大陸常用辭語彙編

大陸常用辭語編輯委員會　編

賴 序

　　自民國 76 年 11 月 2 日政府開放民眾赴大陸探親以來，迄今已逾二十年，兩岸之間由探親，發展成為經貿、社會、文教等全方位的交流，截至 97 年 7 月，台灣民眾赴大陸累計已超過 4,958 萬人次。民國 97 年 5 月 20 日，馬英九總統就職後，兩岸關係進入一新階段，在不到半年的時間中，海峽交流基金會在政府授權下與大陸海峽兩岸關係協會，進行了兩次「江陳會談」，共簽署六項協議，也恢復了兩岸兩會制度性協商；12 月 15 日，實現兩岸海空直航，開啟兩岸關係新紀元。

　　兩岸相隔近六十年，雙方人民雖然語言相通，但由於不同的政經、社會及文教環境，仍有許多特殊或專有用語，其中意涵難為對方理解。歷年來坊間雖有多種大陸詞語工具書之編輯出版，但解釋往往過於簡略，甚至僅有正、簡體字對照而已，對有心學習者幫助有限。

　　此次「大陸常用辭語彙編」之編撰，收錄黨政、經濟、軍事、社會心理、外交、涉台等六類大陸專有或特殊用語 1,600 餘筆，邀集國內學者專家廣泛蒐集資料、仔細考證源流出處，並以深入淺出之文字詳加說明，卷末再依辭目筆畫順序編制索引，以便利使用。對於研究中國大陸、兩岸關係之學者，或是一般民眾，均是極富參考價值的工具書。

　　兩岸恢復制度性協商機制與開啟海空運直航後，面對兩岸新時代、新環境，交流往來勢將更為密切、頻繁。我們期待，本書有助於國內讀者對中國大陸的認識，以及兩岸溝通與瞭解，對兩岸關係的良性發展，也會產生正面效用。

行政院大陸委員會　　賴幸媛　謹識
主　任　委　員

張　序

　　中國文明悠久，地大人眾，位置重要，自然成為長期研究的對象。三十年來，中國大陸情勢劇變，國勢日升，使「中國學」更成顯學，其理由是多重的。

　　首先，自然是他的量體。無論其人口、領土、國內生產毛額、外貿總額、外來直接投資、外匯存底、對境外資源的需求……等，均居於世界的前列。其次，是其快速變化。從閉關自守而改革開放；從排外仇外而走入國際社會；從自力更生到相互依存；從極端社會主義到黨國資本主義與市場經濟；從鄉村社會跨越到城鎮社會。人們很難用單一範式來描繪和分析大陸三十年來的變化和可能影響。第三，是他的複雜性。套句中國大陸領導人的話，中國還是個最大的發展中國家，一切均未定型。雖然工商服務業蓬勃發展，上海、北京、深圳等城市中若干區域的硬體建設規模和水準，與世界著名大都市相比，並不遜色，卻仍然是一個以農民與鄉村為主的社會。另一方面，大陸經濟三十年來的高速發展，卻是以過度的資源耗損，過多的環境破壞，急速擴大的財富與所得差距，為其代價。對於大陸經濟發展的評價，論者多以其使最大量的人口快速脫離貧窮相譽，但是創造這樣一個業績的政府仍然是一個一黨專政、人治大於法治、基本人權缺少有效保障、黨政幹部貪腐普遍的體制！從另一個角度觀察，近三十年來，大陸在工業、交通、通訊、太空、教育、衛生、文化、軍事各方面，無不顯現出旺盛的企圖心，成為世界的工廠，也成為世界的市場，並成為許多境外人士投入的場所，其治理體制自然也有其優越之處。第四，是他的不確定性。我們比較可以確定的是：中共放棄了極端社會主義與極權主義的道路，大陸出現了較大的經濟自由和社會多元化。但是大陸社會究竟是穩定，還是不穩定？在粗放式經濟發展

模式不能再持續的情況下，資源節約型的創新經濟發展模式能否順利建立？經濟發展能否兼顧公平，照顧到社會的弱勢群體？經濟發展能否與社會文化發展平衡？一黨專政的體制是繼續強化呢，還是會過渡到多元民主的體制呢？經濟社會的改革開放與政治上的民主參與是相輔相成呢？還是相互抵觸？民族主義僅止於凝聚自身的團結呢？還是會轉為排拒境外影響，甚至對外挑釁的動力？凡此，時間可能提供答案，目前則無明顯的答案。

由於中國大陸之「大」，變動之「速」，發展模式之「複雜」，未來之「不確定性」，更增加我們研究的必要和挑戰。

二十多年來，兩岸關係大幅轉型。從完全隔絕到頻繁交往。2008 年尾實施「大三通」後，兩岸經貿文教關係只會更加密切。兩岸當局與人民也要由對抗防範的思維調整到和平共榮的思維。這些因素更凸顯出我們對大陸全面、深入了解的重要性。

《大陸常用辭語彙編》秉承過去編撰《中共術語彙解》、《中共辭彙》之精神，就大陸常用辭語，分門別類整理、考證、解釋，並以三十年來中共文獻中出現的辭彙為主。當吾人閱讀有關大陸專著及中共文獻時，有不明白之處，一卷在手，即可釋疑解惑。個人對於蒐集、彙整、解說、編輯的作者和編者所奉獻的心力和所獲致的成果，要特別表示敬意和謝意。

淡江大學特約講座
政治大學兼任教授
前政治大學國際關係研究中心主任　　張京育 謹序
前政治大學校長
前行政院新聞局局長
前行政院大陸委員會主任委員

中華民國 97 年 12 月

iii

推 薦 序

　　隨著國內政治環境的丕變，兩岸關係有了大幅度的進展，大貓熊順利抵台展示，顯示兩岸關係氛圍的和緩，就學術面向言，「兩岸關係」的研究課題，已成為學術研究的「顯學」。

　　以往從事兩岸研究過程中，經常遇到為了要查考中共的專用辭語，必須花費大量的人力及時間，從眾多的資料堆中抽絲撥繭，找出所要的素材，現今固然因資訊及網路的進步已較有改善，但所費功夫實非常人可想見。

　　民國 75 年國內曾出版「中共辭彙」乙書，然而迄今已逾二十年，隨著中共的改革開放，許多辭語的用法或解釋已有改變，加上新增的辭語更不知凡幾，然國內有心之士，願意集眾人之力編輯「大陸常用辭語」並加以出版，可謂為學術界的福音，相信對研究兩岸問題人士助益甚鉅。當然，除了學術研究之外，對接觸兩岸事務，甚至一般民眾而言，這本「大陸常用辭語彙編」可說是一本相當實用的工具書。

　　事實上，辭語的編輯是一件吃力又不討好的工作，然欣見本書的問世，加上其內容通順暢達分類至為詳實，查考又十分便捷。因此，本人有幸藉此為序，以為推薦。

國立金門技術學院中國大陸研究所教授

高 輝　謹識

中華民國 97 年 12 月

　　工欲善其事，必先利其器！在中國大陸暨兩岸關係日益重要與快速變遷發展中，擁有這本工具書，不論是初學者或是專研者，都是最佳的利器。

　　　　淡江大學中國大陸研究所所長

　　　　　　　　　　　　　　張五岳　謹識

我推薦

「大陸常用辭語彙編」，從事中國大陸研究工作的專家、學者都知道研究中共問題，時常會遇上專有名詞的麻煩，因為中共在其政治運作中，使用的專有名詞非常多，而時時推陳出新，在閱讀中共的文件和大陸學者的文章中，每每碰上這些專有名詞，總令人讀著琢磨再三，有時甚而無從查找，如今有了這樣一本專用的辭典，放在手邊，相信使大家省去不少時間。

事實上，有關中共用辭的書在 1986 年政府就曾出版過「中共詞彙」乙冊，蒐集自 1976～1986 年的專有詞彙，如今又事隔二十餘年，大陸也有了翻天覆地的變化，對研究者而言，前者早已不敷使用，際此中共「改革開放」卅餘年之際，編輯單位再次集合人力、物力和財力重編此書，誠可謂研究者之福音，而且此次的分類也比前一本增加了外交和涉臺兩類，心理類也正名為社會心理類，應該說提供讀者使用上更加便利，個人感覺凡是有志於中國大陸研究的學者、專家，理應人手一冊，以供參考。

不過本書還應加上各個辭彙的英文翻譯，才能服務更為廣大的研究族群，希望編輯單位再接再厲，竟其全功。

中國大陸研究學會理事長　　教授　楊開煌　謹識
銘傳大學公共事務系

2009.01.05

「揭開那層神秘的面紗」

　　兩岸長期分治的結果，不僅產生了不同的社會發展道路，也出現了許多相異的政治制度和價值觀念。因此，儘管中共實施對外開放政策已進入三十個年頭，但外界還是形容中國大陸像是披上一層神秘的面紗。對於台灣民眾而言，最大的困擾是如何面對那些「似曾相似，卻又陌生」的中共政治術語。

　　「工欲善其事，必先利其器」，本書最大的特點是把中共長期政治發展中出現的問題，透過不同領域常用辭語的分門別類和詮釋，呈現在讀者面前。相信此書能提供國人觀察中國大陸的實際情況，在揭開對岸那層神秘面紗後，幫助國人對中國大陸的正確了解。

淡江大學大陸研究所教授

趙春山　謹識

對於研究中國未來發展戰略，以及關心兩岸關係變化之人士，實樂見「大陸常用辭語彙編」成冊、出書，該彙編不僅能幫助研究人員正確釋義專有名詞，提供鑒察中國改革開放三十年之脈絡與建政六十年之軌跡，並為廣大讀者整理大量中共辭語，縮短兩岸文化距離，堪為本世紀研究中國、關懷兩岸不可或缺之工具書，殊值參用與珍藏。

淡江大學國際事務與戰略研究所教授

魏萼 謹序

2008 年 12 月 29 日

編輯說明

一、本書編輯按內容性質分為黨政、經濟、軍事、社會心理、外交、
涉台六類，其排列順序係以第一個字筆畫多寡為準，再逐字類
推。惟為方便資料查閱，中共各屆「黨代會」的中央委員會全
體會議，則依據召開期程排序。如：中共十六屆「一中全會」、
「二中全會」、「三中全會」、「四中全會」、「五中全會」。

二、辭彙資料取材時間自 1979 年 1 月至 2008 年 10 月，但中共有
若干辭彙為在此之前即已使用，然隨著經濟社會、政治環境變
遷，而賦予新的內涵，本書仍將之編列在內，如軍事類的「積
極防禦」。

三、大陸常用辭彙篩選，為存真起見，考證務求詳明，並以中共文
獻資料為主。凡屬區域性、地方性或自創俚語，參考價值不大，
儘量予以省略。

四、各類目解釋文字多寡未加限制，端視內容而定，有些用辭內容
需進一步引申者，另單項鋪陳。如：海西經濟區，既是大陸區
域經濟的組成部分，但在兩岸經貿交流中亦具重要地位作用，
故分別於經濟類、涉台類各有側重釋意，並註明相互參閱。

五、對中共常用辭彙國內外有許多學者未曾間斷此領域探究，惟鑒
於中共改革開放後有些內容翻新，或配合現行政策學習而創
辭；或為宣導朗朗上口加以簡化組合，因此爬羅剔抉系統梳理，
舛漏之處在所難免，敬請不吝斧正，俾再版時據以修訂。

大陸常用辭語彙編

目錄

一畫

一刀切　指不顧實際狀況，凡事以相同方式辦理；此在中共制頒政策時常用，為避免搞一刀切，要求因地制宜。

一手硬，一手軟　對改革開放過程中一種錯誤方針政策的通俗稱謂。一般指在建設社會主義物質文明時，放鬆社會主義精神文明建設；或在進行經濟體制改革、對內搞活、對外開放過程中，忽視或放鬆對經濟領域各種犯罪活動的處理、打擊，尤其特指各種社會醜惡現象，如賣淫嫖娼、販毒、賭博、黑社會犯罪等，還有經濟領域中貪污受賄、走私販私等現象。此些社會犯罪活動、醜惡現象嚴重污染社會環境，影響改革開放形象，阻礙社會主義建設進程。

一肩挑　指黨政主要領導由一人出任，主要表現在兩方面：一是為解決村委會主任和村黨支部書記出現的所謂「兩委」矛盾，透過法定程序由村委會主任兼任黨支部書記或黨支部書記兼任村委會主任；二是在鄉鎮綜合體制改革中，實行鄉、鎮黨委書記兼任鄉、鎮長模式，以減少領導職數，降低行政成本。

一個中心兩個基本點　中共「十三大」確立社會主義初級階段的基本路線是：「領導和團結全國各族人民，以經濟建設為中心，堅持四項基本原則，堅持改革開放，自力更生，艱苦創業，為建設成為富強、民主、文明的社會主義現代化國家而奮鬥」，簡稱為「一個中心、兩個基本點」，即以經濟建設為中心，堅持四項基本原則，堅持改革開放。堅持黨的基本路線不動搖，關鍵是堅持以經濟建設為中心，將改革開放和四項基本原則統一，二者相互依存，互為條件。在認識和處理兩個基本點關係的問題上，要警惕右，但主要是防止「左」，另還必須鞏固和發展團結穩定的政治局面。

一案三制　中共在 2003 年 SARS 事件發生後，開始重視突發公共事件的應對工作，在全國範圍內加強和推動應急管理，該年 7 月，國務院

辦公廳成立「建立突發公共事件應急預案工作小組」，推動突發公共事件應急預案編制和應急體制、機制、法制建設工作，即「一案三制」工作。

一票否決制 「一票否決」係爲政府管理與官員考核機制，其考核項目包括計劃生育、綜合治理、安全生產、黨風廉政等，若其中一項考核指標未達標準，相關單位和個人整體考核便遭「全盤否定」，輕則取消評優資格和年終獎金，重則2年內不得提拔乃至降級處分。

一觀三制 2007年10月15日中共召開「十七大」，21日通過「黨章」修正案，將「一觀三制」納入。「一觀」係指科學發展觀，爲十七大提出中國特色社會主義理論體系新概念；「三制」指代表任期制、巡視制度、常委會接受全委會監督制度。黨代表任期制，是黨代表閉會後，黨代表履職創造一種新形式，諸如黨委在平時決定重大問題時徵求黨代表意見，向黨代表通報黨內重要事項，列席黨委會等。巡視制度，是改變以前各級紀委受到上級紀委和同級黨委雙重領導，對同級黨委的監督有一定局限性的情況，現行做法是由上級紀委和組織部門聯合向下級黨委派出巡視組，直接受上級紀委領導，從而有效監督各級黨委執行黨的路線、方針、政策、權力的運行、黨風廉政等建設；常委會接受全委會監督制度，意味中共致力於理順權力運行關係，加強民主集中制，有利於防止少數人或個人決定重大問題及個人專斷。

二畫

九三學社 是中共領導的統一戰線和多黨合作制中的8個民主黨派之一，以科技文化界高、中級知識分子爲主的部分社會主義勞動者和擁護社會主義者的政治聯盟。1944年底，學術界人士在重慶組織「民主科學座談會」。1945年9月3日，爲紀念抗日戰爭和世界反法西斯戰爭的勝利，發揚中國人民爭取民族獨立、解放和維護世界和平、民主的革命精神，將此座談會定名爲「九三座談會」，並於1946年5月4日正式成立九三學社。1949年1月，九三學社發表宣言，響應中共提出的八項和平主張，擁護關於召開新的政治協商會議，成立民主聯合政府號召；同年9月，九三學社代表出席中國人民政治協商會議第一屆全體會議，參與制定「共同綱領」和選舉中央人民政府。「文革」期間，被迫停止活動。改革開放後恢復運作，目前約有成員10萬6,726名。

人民內部矛盾 兩類不同性質的社會矛盾之一，即人民利益根本一致基礎上的矛盾。當前，全體社會主義的勞動者、擁護社會主義的愛國者和擁護祖國統一的愛國者，均屬於人民的範疇，在此範圍內的矛盾都屬於人民內部矛盾。正確處理人民內部矛盾是中共政治生活的主要內容，並依其制定和執行正確的路線、方針和政策，調整好人民內部關係，調動各方面積極因素，發展社會生產力。中共解決人民內部矛盾的方法為「團結—批評—團結」，就是從團結的願望出發，經過批評或鬥爭使矛盾得到解決，從而在新的基礎上達到新的團結。

人民民主專政 實質是無產階級專政，是中華人民共和國的國體。馬克思主義認為，無產階級奪取政權以後，必須建立自己的革命專政，但是無產階級專政採取什麼形式，應根據各國的歷史條件和具體情況決定。人民民主專政的主要特點，是將民族資產階級劃為人民的一部分，實行的是以工人階級為領導、以工農聯盟為基礎，工人階級、農民階級、小資產階級、民族資產階級及其他愛國分子聯合起來，在人民內部實行民主，對反動派實行專政的國家政權。

人民法院 人民法院是國家審判機關，分為最高人民法院、地方各級人民法院和專門法院。人民法院依照法律規定獨立行使審判權，不受行政機關、團體和個人的干涉。人民法院審判案件，依照法律規定實行群眾代表陪審制度，除法律規定的特殊情況外，一律公開進行審判，被告人有權獲得辯護。各級人民法院對本級人民代表大會及其常務委員會負責並報告工作。各級人民法院設立審判委員會，由院長、副院長、委員若干人組成，實行民主集中制，其任務是總結審判經驗，討論重大或疑難的案件及其他有關審判工作的問題。

人民檢察院 人民檢察院是國家的法律監督機關，分為全國最高人民檢察院、地方各級人民檢察院和專門人民檢察院，包括軍事檢察院、鐵路運輸檢察院等。人民檢察院獨立行使檢察權，不受行政機關、團體和個人的干涉。各級人民檢察院設立檢察委員會，由檢察長、副檢察長、委員若干人組成，實行民主集中制，討論和決定重大案件和其他重大問題。最高人民檢察院對全國人民代表大會和常務委員會負責並報告工作，地方各級人民檢察院對同級人民代表大會及其常委會負責並報告工作。

入黨積極分子 主要指那些已經向黨組織正式提出入黨申請，經黨小組或共青團組織推薦、支部委員會或支部大會研究確定作為發展對象進行有計畫培養的人員。黨支部對入黨積極分子，應指定培養聯繫人，並有具體的培養教育計畫和措施。

八大路線 中共於 1956 年 9 月召開的第八次全國代表大會制定的政治路線。內容是：要依靠已經獲得解放和已經組織起來的幾億勞動人民，團結國內外一切可能團結的力量，充分利用一切對我們有利的條件，儘可能迅速建設成為強大的社會主義國家。根據此一路線，大會要求全黨必須做到：1.在政治上必須正確處理內部關係，繼續鞏固和擴大人民民主統一戰線，調動一切積極因素，並且儘可能將消極因素轉變為積極因素；2.在經濟上必須處理好國家利益、集體利益和個人利益三者之間的關係，正確處理中央和地方、工業和農業、重工業和輕工業、沿海與內地之間關係；3.進一步擴大國家的民主生活，開展對官僚主義、主觀主義和命令主義的鬥爭；4.必須鞏固人民民主專政的國家制度，進一步加強法制，逐步、系統制定完備的社會主義法律，以利於社會主義工業化的順利進行；5.在實現國家社會主義工業化的過程中，必須隨時防止和糾正右傾保守或左傾冒險的傾向，積極穩妥推進國民經濟發展。大會正確總結完成新民主主義革命和取得社會主義革命決定性勝利的經驗，確定將黨的工作重點轉移到社會主義建設。

十一大 1977 年 8 月 12 日至 18 日在北京召開，參與會議正式代表 1510 人，會議決議：1.宣告「文革」結束，重申建設社會主義現代化強國任務，但未能糾正「文革」「左」傾錯誤理論、政策和口號；2.審議通過華國鋒所做政治報告及相應決議；3.審議通過葉劍英所做「關於修改黨的章程的報告」及相應決議；4.通過修改「中國共產黨章程」；5.選舉產生中央委員會（中央委員 201 人、候補中委 132 人）。

十一屆一中全會 1977 年 8 月 19 日在北京召開，參與會議計中委 201 人、候補中委 132 人，會議內容為：1.選舉華國鋒為中委會主席，葉劍英、鄧小平、李先念、汪東興為中委會副主席，華國鋒、葉劍英、鄧小平、李先念、汪東興為中央政治局常委；2.選舉華國鋒等二十三人為中央政治局委員，陳慕華等三人為候補委員。

十一屆二中全會 1978 年 2 月 18 日至 23 日召開，參與會議中委 201

人、候補中委 132 人，會議決議：1.通過「政府工作報告」稿；2.通過「1976 至 1985 年發展國民經濟 10 年規畫綱要（草案）」；3.通過「憲法修改草案」和「關於修改憲法的報告」；4.通過「全國人大」常委會組成人員、國務院總理及其組成人員、最高人民法院院長、最高人民檢察院檢察長、「全國政協」常委會組成人員的候選人名單。

十一屆三中全會　1978 年 12 月 18 日至 22 日召開，參與會議中委 169 人、候補中委 112 人，會議決議：1.確立「解放思想、實事求是」的指導方針；2.制定「關於加快農業發展若干問題的決定」（草案）及「農村人民公社工作條例」（試行草案）；3.撤銷中共中央發出的有關「反擊右傾翻案風」和「天安門事件」的文件；4.為鄧小平、彭德懷、陶鑄、薄一波、楊尚昆平反；5.增選陳雲為中共中央副主席，鄧穎超、胡耀邦、王震為中央政治局委員；6.選舉產生以陳雲為第一書記的中央紀律檢查委員會；7.增補黃克誠等 9 位中央委員。

十一屆四中全會　1979 年 9 月 25 日至 28 日召開，參與會議中委 189 人、候補中委 118 人，會議決議：1.審議通過「關於加快農業發展若干問題的決定」；2.增選趙紫陽、彭真為中央政治局委員；3.增補楊尚昆等 12 位中央委員。

十一屆五中全會　1980 年 2 月 23 日至 29 日召開，參與會議中委 201 人、候補中委 118 人，會議決議：1.決定提前召開第十二次全國代表大會；2.增選胡耀邦、趙紫陽為中央政治局常委，重設中央書記處，選舉胡耀邦為總書記；3.審議「中國共產黨章程」（草案）；4.通過「關於黨內政治生活的若干準則」；5.為劉少奇及受其牽連者平反，並恢復其名譽；6.批准汪東興、紀登奎、吳德、陳錫聯的辭職請求；7.建議「全國人大」修改憲法第四十五條有關取消公民「有運用大鳴、大放、大辯論、大字報的權利」規定。

十一屆六中全會　1981 年 6 月 27 日至 29 日召開，參與會議中委 195 人、候補中委 114 人，會議決議：1.審議通過「關於建國以來黨的若干歷史問題的決議」；2.同意華國鋒辭去黨主席和中央軍委主席職務；3.選舉胡耀邦為中央委員會主席，趙紫陽、華國鋒為副主席，鄧小平為中央軍委主席，習仲勛為書記處書記；4.中央政治局常委會由胡耀邦、葉劍英、鄧小平、趙紫陽、李先念、陳雲、華國鋒組成。

十一屆七中全會　1982 年 8 月 6 日召開，參與會議中委 185 人、候補中

委 112 人，會議決議：1.決定「十二大」日程；2.決定將中央委員會工作報告及「中國共產黨章程」(草案)提交「十二大」審議；3.通過對劉伯承、蔡暢不再擔任領導職務的致敬信。

十二大 1982 年 9 月 1 日至 11 日召開，參與會議正式代表 1545 人、候補代表 149 人，會議決議：1.審議通過「全面開創社會主義現代化建設的新局面」報告及相應決議；2.討論通過新「中國共產黨章程」；3.通過「關於中央紀律檢查委員會工作報告的決議」；4.選舉產生中央委員會(中央委員 210 人、候補中委 138 人)、中央顧問委員會(委員 172 人)、中央紀律檢查委員會(委員 132 人)。

十二屆一中全會 1982 年 9 月 12 日至 13 日召開，參與會議中委 210 人、候補中委 138 人，會議決議：1.選舉胡耀邦爲總書記，胡耀邦、葉劍英、鄧小平、趙紫陽、李先念、陳雲爲中央政治局常委；2.選舉萬里等 25 人爲中央政治局委員，姚依林等 3 人爲候補委員；3.選舉萬里等 9 人爲中央書記處書記，喬石等 2 人爲候補書記；4.決定鄧小平爲中央軍委主席，葉劍英等 4 人爲副主席；5.批准「中顧委」和「中紀委」主要領導成員名單；6.總書

記胡耀邦在會上提出 1983 年工作 4 點意見。

十二屆二中全會 1983 年 10 月 11 日至 12 日召開，參與會議中委 201 人、候補中委 136 人，會議決議：1.討論通過「關於整黨的決定」；2.選舉產生以胡耀邦爲主任的「中央整黨工作指導委員會」；3.遞補候補中委楊泰芳、郎大忠爲中央委員，增補魏文伯等 5 人爲「中顧委」委員。

十二屆三中全會 1984 年 10 月 20 日召開，參與會議中委和候補中委共計 221 人，會議決議：1.通過「關於經濟體制改革的決定」；2.通過「中國共產黨第十二屆中央委員會第三次全體會議關於召開黨的全國代表會議的決定」。

十二屆四中全會 1985 年 9 月 16 日舉行，參與會議中委 188 人、候補中委 129 人，會議決議：1.決定「全國黨代表會議」於 1985 年 9 月 18 日召開；2.決定將「關於制定國民經濟和社會發展第 7 個 5 年計畫的建議(草案)」提請「全國黨代表會議」審議；3.討論確定關於進一步實現中央領導機構成員新老交替的原則；4.通過對葉劍英、黃克誠請求不再擔任中央領導職務的致敬信。

十二屆五中全會 1985 年 9 月 24 日召開，參與會議中委 202 人、候補

中委 128 人，會議決議：1.增選田紀雲、喬石、李鵬、吳學謙、胡啓立、姚依林爲中央政治局委員，喬石、田紀雲、李鵬、郝建秀、王兆國爲中央書記處書記，並同意習仲勛、谷牧、姚依林辭去中央書記處書記職務；2.批准增選「中顧委」常務委員和副主任人選及「中紀委」常務委員、第二書記、常務書記、書記人選。

十二屆六中全會 1986 年 9 月 28 日召開，參與會議中委 199 人、候補中委 126 人，會議決議：1.通過「關於社會主義精神文明建設指導方針的決議」；2.通過「中國共產黨第 12 屆中央委員會第 6 次全體會議關於召開黨的第 13 次全國代表大會的決議」，決定「十三大」於 1987 年 10 月召開；3.遞補尹長民爲中央委員。

十二屆七中全會 1987 年 10 月 20 日召開，參與會議中委 202 人、候補中委 122 人，會議決議：1.決定「十三大」召開日程；2.決定將「中央委員會向黨的第 13 次全國代表大會的報告」、「中國共產黨章程部分條文修正案」提交「十三大」審議；3.討論及原則同意「政治體制改革總體設想」，並決定將主要內容載入「十三大」報告中；4.確認政治局擴大會議關於胡耀邦辭去

總書記、趙紫陽代理總書記及撤銷沈圖中委職務的決定。

十三大 1987 年 10 月 25 日至 11 月 1 日舉行，參與會議正式及特邀代表共計 1959 人，會議決議：1.審議通過趙紫陽在「十三大」所做報告及相應決議；2.審議通過「關於中央顧問委員會工作報告的決議」和「關於中央紀律檢查委員會工作報告的決議」；3.審議通過「中國共產黨章程部分條文修正案」；4.選舉第 13 屆中央委員會（中委 175 人、候補中委 110 人）、中央顧問委員會（委員 200 人）、中央紀律檢查委員會（委員 69 人）。

十三屆一中全會 1987 年 11 月 2 日舉行，參與會議中委 173 人、候補中委 106 人，會議決議：1.選舉趙紫陽爲總書記，趙紫陽、李鵬、喬石、胡啓立、姚依林爲中央政治局常委；2.選舉萬里等 17 人爲中央政治局委員，丁關根爲候補委員；3.選舉胡啓立等 4 人爲中央書記處書記，溫家寶爲候補書記；4.決定鄧小平爲中央軍委主席，趙紫陽爲第一副主席，楊尚昆爲常務副主席；5.批准「中顧委」及「中紀委」新選出主要領導人名單。

十三屆二中全會 1988 年 3 月 15 日至 19 日召開，參與會議中委 171 人、候補中委 107 人，會議決議：

1.審議通過趙紫陽所做「談中央政治局4個多月以來的主要工作及今後進一步貫徹十三大精神的思路和布局」的工作報告；2.審議通過擬向7屆「全國人大」和「全國政協」一次會議推荐的國家有關領導人名單。

十三屆三中全會 1988年9月26日至30日舉行，參與會議中委165人、候補中委103人，會議決議：1.審議通過趙紫陽所做「關於當前經濟形勢及全面深化改革方針」的政治報告；2.原則通過「關於價格、工資改革的初步方案」和「關於加強和改造企業思想政治工作的通知」。

十三屆四中全會 1989年6月23日至24日召開，參與會議中委170人、候補中委106人，會議決議：1.審議通過李鵬所做「關於趙紫陽在反黨反社會主義的動亂中所犯錯誤的報告」，決定撤銷趙紫陽黨內職務，對其問題繼續審查；2.選舉江澤民爲總書記，增選江澤民、宋平、李瑞環爲中央政治局常委，增補李瑞環、丁關根爲書記處書記；3.免去胡啓立中央政治局常委、政治局委員及書記處書記職務，免去芮杏文、閻明復中央書記處書記職務；4.確定堅決執行「十一屆三中全會」以來改革開放路線。

十三屆五中全會 1989年11月6日至9日召開，參與會議中委167人，候補中委106人，會議決議：1.審議通過「關於進一步治理整頓和深化改革的決定」；2.討論通過「關於同意鄧小平辭去中共中央軍事委員會主席職務的決定」；3.決定江澤民爲中央軍委主席，楊尚昆爲第一副主席、劉華清爲副主席，楊白冰爲秘書長，增補楊白冰爲中央書記處書記。

十三屆六中全會 1990年3月9日至12日召開，參與會議中委166人、候補中委103人，審議通過「關於加強黨同人民群眾聯繫的決定」。

十三屆七中全會 1990年12月25日至30日舉行，參與會議中委171人、候補中委107人，審議通過「關於制定國民經濟和社會發展十年規畫及『八五』計畫的建議」。

十三屆八中全會 1991年11月25日至29日召開，參與會議中委171人、候補中委105人，審議通過「關於加強農業和農村工作的決定」及「關於召開中國共產黨第十四次全國代表大會的決議」。

十三屆九中全會 1992年10月5日至9日舉行，參與會議中委166人、候補中委105人，會議決議：1.決定「十四大」召開日程；2.決定將「中央委員會向黨的第十四次

全國代表大會的報告」、「黨章（修正案）」提請「十四大」審議；3.同意中共中央政治局關於對趙紫陽在 1989 年政治動亂中所犯錯誤繼續審查情況的匯報，同意維持「十三屆四中全會」對趙紫陽所犯錯誤的結論並結束審查。

十四大 1992 年 10 月 12 日至 18 日召開，參與會議正式代表 1989 人、特邀代表 46 人，會議決議：1.審議通過江澤民所做報告及相關決議；2.審議通過「關於中央顧問委員會工作報告的決議」，並同意不再設立「中顧委」；3.審議通過「關於中央紀律檢查委員會工作報告的決議」；4.審議通過「中國共產黨章程（修正案）」；5.選舉第 14 屆中央委員會（中委 189 人、候補中委 130 人）、中央紀律檢查委員會（委員 108 人）。

十四屆一中全會 1992 年 10 月 19 日召開，參與會議中委 188 人、候補中委 129 人，會議決議：1.選舉江澤民爲總書記，江澤民、李鵬、喬石、李瑞環、朱鎔基、劉華清、胡錦濤爲中央政治局常委；2.選舉丁關根等 20 人爲中央政治局委員，溫家寶、王漢斌爲候補委員；3.選舉胡錦濤等 5 人爲中央書記處書記；4.決定江澤民爲中央軍委主席，劉華清、張震爲副主席；5.批

准「中紀委」所選出主要領導成員名單。

十四屆二中全會 1993 年 3 月 5 日至 7 日舉行，參與會議中委 184 人、候補中委 125 人，會議決議：1.審議通過「關於調整『八五』計畫若干指標的建議」；2.審議通過擬向 8 屆「全國人大」和「全國政協」一次會議推荐的國家有關領導人名單；3.審議通過「關於黨政機構改革的方案」。

十四屆三中全會 1993 年 11 月 11 日至 14 日，參與會議中委 182 人、候補中委 128 人，審議通過「關於建立社會主義市場經濟體制若干問題的決定」。

十四屆四中全會 1994 年 9 月 25 日至 28 日召開，參與會議中委 182 人、候補中委 122 人，會議決議：1.審議通過「關於加強黨的建設幾個重大問題的決定」；2.增選黃菊爲中央政治局委員，增補吳邦國、姜春雲爲中央書記處書記。

十四屆五中全會 1995 年 9 月 25 日至 28 日舉行，參與會議中委 176 人、候補中委 125 人，會議決議：1.審議通過「關於制定國民經濟和社會發展『九五』計畫和 2010 年遠景目標的建議」；2.增補張萬年、遲浩田爲中央軍委副主席，王克、王瑞林爲中央軍委委員；3.遞補

候補中委耿全禮、馬啓智爲中央委員。

十四屆六中全會 1996 年 10 月 7 日至 10 日召開，參與會議中委 181 人、候補中委 124 人，會議決議：1.審議通過「關於加強社會主義精神文明建設若干重要問題的決議」；2.審議通過「關於召開黨的第十五次全國代表大會的決議」；3.遞補候補中委孫文盛爲中央委員。

十四屆七中全會 1997 年 9 月 6 日至 9 日召開，參與會議中委 182 人、候補中委 123 人，會議決議：1.決定「十五大」召開日程；2.決定將「中央委員會向黨的第十五次全國代表大會的報告」、「中國共產黨章程（修正案）」提請「十五大」審議；3.遞補候補中委克尤木‧巴吾東爲中央委員；4.審議通過中央紀律檢查委員會關於陳希同問題的審查報告。

十五大 1997 年 9 月 12 日至 18 日舉行，參與會議正式及特邀代表共計 2074 人，會議決議：1.審議通過江澤民所做報告及相關決議；2.審議通過「關於中央紀律檢查委員會工作報告的決議」；3.審議通過「中國共產黨章程（修正案）」；4.選舉第 15 屆中央委員會（中委 193 人、候補中委 151 人）、中央紀律檢查委員會（委員 115 人）。

十五屆一中全會 1997 年 9 月 19 日召開，參與會議中委 191 人、候補中委 151 人，會議決議：1.選舉江澤民爲總書記，江澤民、李鵬、朱鎔基、李瑞環、胡錦濤、尉健行、李嵐清爲中央政治局常委；2.選舉丁關根等 22 人爲中央政治局委員，曾慶紅、吳儀爲候補委員；3.選舉胡錦濤等 7 人爲中央書記處書記；4.決定江澤民爲中央軍委主席，張萬年、遲浩田爲副主席，傅全有等 4 人爲軍委委員；5.批准「中紀委」新選出主要領導成員名單。

十五屆二中全會 1998 年 2 月 25 日至 26 日舉行，參與會議中委 192 人、候補中委 149 人，會議決議：1.審議通過擬向 9 屆「全國人大」和「全國政協」一次會議推荐的國家有關領導人名單；2.審議通過「國務院機構改革方案」，並建議提請 9 屆「全國人大」一次會議審議。

十五屆三中全會 1998 年 10 月 12 日至 14 日召開，參與會議中委 185 人、候補中委 148 人，會議決議：1.審議通過「關於農業和農村工作若干重大問題的決定」；2.遞補候補中委歐澤高爲中央委員，增補曹剛川爲中央軍委委員。

十五屆四中全會 1999 年 9 月 19 日至 22 日召開，參與會議中委 189 人、候補中委 147 人，會議決議：

1.審議通過「關於國有企業改革和發展若干重大問題的決定」；2.審議通過「中央紀律檢查委員會關於許運鴻問題的審查報告」；3.決定增補胡錦濤爲中央軍委副主席，郭伯雄、徐才厚爲中央軍委委員。

十五屆五中全會 2000年10月9日至11日舉行，參與會議中委183人、候補中委144人，會議決議：1.審議通過「關於制定國民經濟和社會發展第十個五年計畫的建議」；2.審議通過「中央紀律檢查委員會關於徐鵬航問題的審查報告」；3.提出繼續推進現代化建設、完成國家統一、維護世界和平與促進共同發展爲新世紀3大任務；4.遞補候補中委岳海岩、黃智權、王正福爲中央委員。

十五屆六中全會 2001年9月24日至26日召開，參與會議中委190人、候補中委139人，會議決議：1.審議通過「關於加強和改進黨的作風建設的決定」；2.審議通過「關於召開黨的第十六次全國代表大會的決議」；3.審議通過「中央紀律檢查委員會關於石兆彬問題的審查報告」、「中央紀律檢查委員會關於李嘉廷問題的審查報告」；4.遞補候補中委湯洪高爲中央委員。

十五屆七中全會 2002年11月3日至5日舉行，參與會議中委186人、候補中委139人，會議決議：1.決定「十六大」召開日程；2.決定將「中央委員會向黨的第十六次全國代表大會的報告」、「中國共產黨章程（修正案）」提請「十六大」審議；3.審議通過「中央紀律檢查委員會關於王雪冰問題的審查報告」。

十六大 2002年11月8日至14日召開，參與會議正式代表2114人、特邀代表40人，會議決議：1.審議通過江澤民所做報告及相關決議；2.審議通過「關於中央紀律檢查委員會工作報告的決議」；3.審議通過「中國共產黨章程（修正案）」；4.選舉第16屆中央委員會（中委198人、候補中委158人）、中央紀律檢查委員會（委員121人）。

十六屆一中全會 2002年11月15日召開，參與會議中委198人、候補中委158人，會議決議：1.選舉胡錦濤爲總書記，胡錦濤、吳邦國、溫家寶、賈慶林、曾慶紅、黃菊、吳官正、李長春、羅幹爲中央政治局常委；2.選舉王樂泉等24人爲中央政治局委員，王剛爲候補委員；3.選舉曾慶紅等7人爲中央書記處書記；4.決定江澤民爲中央軍委主席，胡錦濤、郭伯雄、曹剛川爲副主席，徐才厚等4人爲軍委委員；5.批准「中紀委」新選出主要領導成員名單。

十六屆二中全會 2003 年 2 月 24 日至 26 日舉行，參與會議中委 191 人、候補中委 151 人，會議決議：1.審議通過擬向 10 屆「全國人大」和「全國政協」一次會議推荐的國家有關領導人名單；2.審議通過「關於深化行政管理體制和機構改革的意見」，建議國務院據此形成「國務院機構改革方案」提交 10 屆「人大」一次會議審議。

十六屆三中全會 2003 年 10 月 11 日至 14 日舉行，參與會議中委 188 人、候補中委 154 人，會議決議：1.審議通過「關於完善社會主義市場經濟體制若干問題的決定」、「關於修改憲法部分內容的建議」，決定將後者提交 10 屆「全國人大」常委會審議；2.政治局首次向全會提交工作報告，接受審查監督。

十六屆四中全會 2004 年 9 月 16 日至 19 日召開，參與會議中委 194 人、候補中委 152 人，會議決議：1.審議通過「關於加強黨的執政能力建設的決定」；2.審議通過「關於同意江澤民同志辭去中共中央軍事委員會主席職務的決定」和「關於調整充實中共中央軍事委員會組成人員的決定」；3.決定由胡錦濤任中央軍委主席、徐才厚任副主席，增補陳炳德、喬清晨、張定發、靖志遠爲中央軍委委員；

4.遞補候補中委艾斯海提‧克里木拜、王正偉爲中央委員；5.審議通過「關於田鳳山問題的審查報告」，撤銷田鳳山中央委員職務，並開除黨籍。

十六屆五中全會 2005 年 10 月 8 日至 11 日舉行，參與會議中委 191 人、候補中委 150 人，審議通過「關於制定國民經濟和社會發展第十一個五年規畫的建議」。

十六屆六中全會 2006 年 10 月 8 日至 11 日舉行，參與會議中委 195 人、候補中委 152 人，會議決議：1.審議通過「關於構建社會主義和諧社會若干重大問題的決定」；2.審議通過「關於召開黨的第十七次全國代表大會的決議」，決定「十七大」於 2007 年下半年召開。

十六屆七中全會 2007 年 10 月 9 日至 12 日召開，參與會議中委 190 人、候補中委 152 人，會議決議：1.決定「十七大」召開日程；2.決定將「中央委員會向黨的第十七次全國代表大會的報告」、「中國共產黨章程（修正案）」提請「十七大」審議；3.遞補候補中委朱祖良、杜學芳、楊傳堂、邱衍漢爲中央委員；4.審議通過「中央紀律檢查委員會關於陳良宇問題的審查報告」和「中央紀律檢查委員會關於杜世成問題的審查報告」，確認中央政

治局 2007 年 7 月 26 日、4 月 23 日分別做出的給予開除黨籍處分。

十七大 2007 年 10 月 15 日至 21 日召開，參與會議正式代表 2213 人、特邀代表 57 人，會議決議：1.審議通過胡錦濤所做報告及相關決議；2.審議通過「關於中央紀律檢查委員會工作報告的決議」；3.審議通過「中國共產黨章程（修正案）」；4.選舉第 17 屆中央委員會（中委 204 人、候補中委 167 人）、中央紀律檢查委員會（委員 127 人）。

十七屆一中全會 2007 年 10 月 22 日舉行，參與會議中委 204 人、候補中委 166 人，會議決議：1.選舉胡錦濤爲總書記，胡錦濤、吳邦國、溫家寶、賈慶林、李長春、習近平、李克強、賀國強、周永康爲中央政治局常委；2.選舉習近平等 25 人爲中央政治局委員；3.選舉習近平等 6 人爲中央書記處書記；4.決定胡錦濤爲中央軍委主席，郭伯雄、徐才厚爲副主席，梁光烈等 8 人爲軍委委員；5.批准「中紀委」新選出主要領導成員名單。

十七屆二中全會 2008 年 2 月 25 日至 27 日舉行，參與會議中委 204 人、候補中委 167 人，會議決議：1.審議通過擬向 11 屆「全國人大」和「全國政協」一次會議推荐的國家有關領導人名單；2.審議通過「關

於深化行政管理體制和機構改革的意見」和「國務院機構改革方案」，並將「國務院機構改革方案」提交 11 屆「人大」一次會議審議。

十七屆三中全會 2008 年 10 月 9 日至 12 日舉行，參與會議中委 202 人、候補中委 166 人，會議決議：1.審議通過「關於推進農村改革發展若干重大問題的決定」；2.審議通過「于幼軍問題的審查報告」，撤銷其中央委員職務，確認中央政治局 2008 年 9 月 5 日做出給予留黨察看兩年處分；3.遞補候補中委王新憲爲中央委員。

三畫

三一八紅線 中共省級黨政正職領導、紀委書記和省委副職（副書記和常委），原任職年齡上限分別爲 65 歲、63 歲和 60 歲，2006 年 10 月至 2007 年 6 月間進行的新一屆省級黨委換屆時，若分別已達 63 歲、61 歲和 58 歲，即不再提拔或連任，以加大幹部年輕化工作力度及避免換屆不久即因年齡因素須調整情況。

三自精神 社會主義精神文明建設的重要內容，指民族自尊、民族自信、民族自強。爲激發群衆投身社會主義建設的積極性，在各族人民特別是青少年中，加強黨的基本路

線教育，愛國主義、集體主義和社會主義思想教育，加強近代史、現代史和國情教育，增強青少年的民族自尊、自信和自強精神，抵禦資本主義和封建主義腐朽思想的侵蝕，樹立正確理想、信念和價值觀。

三個必然要求 中共十六屆四中全會首次提出「構建社會主義和諧社會」任務，2005 年 2 月 19 日，胡錦濤在中共中央黨校省部級主要領導幹部提高建構社會主義和諧社會能力專題研討班上，在闡述為什麼要提出此問題時，講到「三個必然要求」，一是從國內看，為抓住和利用好重要戰略機遇期，實現全面建設小康社會目標的必然要求；二是從國際看，為把握複雜多變的國際形勢，有力應對來自國際環境各種挑戰和風險的必然要求；三是從黨肩負使命看，鞏固執政的社會基礎，實現黨執政歷史任務的必然要求。

三個代表重要思想 2000 年 2 月下旬，中共總書記江澤民赴廣東考察，首次提出中國共產黨始終代表中國先進生產力的發展要求、代表中國先進文化的前進方向、代表中國最廣大人民的根本利益的所謂「三個代表」論述，同年 5、6 月間赴華東、西北調研，再度強調始終做到「三個代表」，是「黨的立黨之本、執政之基、力量之源」，要求按照「三個代表」推進黨的思想、政治、組織和作風建設。2002 年 11 月「十六大」將「三個代表」重要思想寫入黨章，與馬克思列寧主義、毛澤東思想、鄧小平理論並列為行動指南，宣稱「三個代表」重要思想是對馬克思列寧主義、毛澤東思想、鄧小平理論的繼承和發展，反映當代世界和中共的發展變化對黨和國家工作的新要求，是加強和改進黨的建設、推進我國社會主義自我完善和發展的強大理論武器，是中國共產黨集體智慧的結晶，是黨必須長期堅持的指導思想。

三個有利於 指有利於發展社會主義社會的生產力、有利於增強社會主義國家的綜合國力、有利於提高人民的生活水平，係鄧小平 1992 年南方講話時提出，為判斷是否改革開放的標準。有利於發展社會主義社會的生產力，為「三個有利於」標準的核心內容，在社會主義時期全黨和人民的中心任務是發展生產力，改革開放就是要在社會主義條件下，從根本上改變束縛生產力發展的經濟體制，建立充滿生機與活力的社會主義市場經濟體制，進一步解放並促進生產力的發展；有利於增強社會主義國家的綜合國力，為判斷各項工作是非得失標準

的重要內容。綜合國力是指一個國家經濟、科技、政治、軍事、人文等多方面的綜合實力，是決定一個國家國際地位如何的前提和條件。改革開放以來，中共綜合國力不斷提升，但在經濟文化層面較為落後，因此要求在制訂和執行改革開放和經濟建設的各項政策、措施、辦法的時候，必須將「是否有利於增強社會主義國家的綜合國力」，作為判斷各項工作是非得失的標準之一；有利於提高人民的生活水平，亦為判斷各項工作是非得失標準的重要內容。社會主義的根本任務是發展生產力，但發展生產力只是手段，最終目的在於實現全體社會成員的共同富裕。改革開放以來，生產力以及社會生活各方面發生變化，人民生活水平大幅度提高，增強社會主義的吸引力和凝聚力。

三級聯創 中共為落實「十六大」精神，加強和改進農村黨的建設，促進農村改革發展穩定，於 2003 年制頒「關於深入開展農村黨的建設『三級聯創』活動的意見」，要求各地各部門堅持以鄧小平理論和「三個代表」重要思想為指導，圍繞農村發展、農業增效、農民增收，開展以「領導班子好、黨員幹部隊伍好、工作機制好、小康建設業績好、農民群眾反映好」為目標的「『五個好』村黨組織、『五個好』鄉鎮黨委和農村基層組織建設先進縣（市）」的「三級聯創」活動，並將其納入重要議事日程，做到認識、責任、措施、工作到位，堅持一級抓一級、一級帶一級，層層抓落實。另於 2008 年「十七屆三中全會」提出，要求以領導班子建設為重點、健全黨組織為保證、三級聯創活動為載體，加強農村基層組織建設。顯示「三級聯創」將成為當前中共發展農村基層黨組織建設工作重點。

三減改革 是指 2006 年、2007 年中共地方黨委換屆中推行的措施，「減人」精簡黨委班子職數；「減層」減少副書記職數；「減線」擴大黨政交叉任職比例。其目的在於初步形成黨委分工負責機制，充分發揮集體領導作用，再以此為基礎進一步發展黨內民主、建立健全黨內科學合理的權力運行機制、理順黨政關係，此已為中共政治體制改革新的增長點，而其形成背景是因中共地方黨委領導體制及方式，與經濟社會發展的任務要求有不適應、不協調的方面，突出表現有三：一是決策層次多，影響黨委集體領導作用發揮。長期以來，各級地方黨委通常設置書記、副書記

5-7 名，甚至超過常委會成員的半數。在實際工作中，常常出現常委會代替全委會、書記辦公會代替常委會等不符中共黨章的情況。二是分工交叉重疊，降低領導班子工作效能。如縣既有管教育的副縣長，又有管教育的副書記，要審批具體的事情，副書記、副縣長都要請示到才能審批。三是黨政職責不明晰，削弱領導班子執政能力。由於以黨代政、黨政不分，黨組織常常越俎代庖，包辦代替國家權力機關、行政機關、司法機關和經濟組織的工作，導致權力過分集中，嚴重影響決策過程民主化、科學化。

三會一課 三會指定期召開支部黨員大會、支部委員會、黨小組會；一課指按時上好黨課。三會一課是黨組織生活的基本形式。

三講 係指講學習、講政治、講正氣，為中共總書記江澤民 1995 年在北京考察時對領導幹部首次提出之要求。其中「講學習」指學理論、哲學、經濟學、政治學、法學、歷史、文學、科技知識，以及反映當代世界政治、經濟、文化發展的各種知識，以提高駕馭複雜局面、解決現實問題的能力，增強管理經濟、把握未來的本領，提高各項決策的理論和知識水平；「講政治」包括堅定政治方向、政治立場、政治觀點，嚴守政治紀律，增強政治鑑別力和政治敏銳性，保證在思想、政治方面與中央保持高度一致；「講正氣」則指要發揚和繼承黨在革命及建設中形成之好傳統和好作風，堅持真理與原則，公正無私，廉潔自律，言行一致，勇於與一切歪風邪氣和各種腐敗現象做鬥爭。

三種意識 是指憂患意識、公僕意識和節儉意識。係 2007 年 3 月 8 日，中共總書記胡錦濤在參加出席十屆人大五次會議的重慶代表團分組審議會講話時提出，胡錦濤聲稱：各級幹部特別是領導幹部要進一步增強憂患意識，始終保持開拓進取的銳氣；要進一步增強公僕意識，始終牢記全心全意為人民服務的宗旨；進一步增強節儉意識，始終發揚艱苦奮鬥的精神，團結帶領廣大群眾不斷奪取改革開放和社會主義現代化建設的新勝利，這是對各級領導幹部提出的新要求。中共中央指出目前某些地方、某些問題上還存在損害群眾利益的現象，影響社會公正、黨和政府公信力，因此，增強「三種意識」，尤其是公僕意識，對於促進社會公正，鞏固與擴大黨的執政基礎，具有重要意義。

大部制 即「大部門體制」；中共國務院機構設置過多過細，不少部門

職能相近或類似，不僅職責交叉、協調困難情況普遍，且多頭管理、政出多門現象亦十分突出，既削弱政府決策功能，也不利集中統一管理。中共「十七大」提出要「加大機構整合力度，探索實行職能有機統一的大部門體制」，即旨在合併性質雷同部門，把密切相關職能集中於一個大部門統一行使，減少部門間職能交叉和權限衝突，以建利統一、精簡、高效的服務型和責任型政府；2008 年 3 月 11 屆「全國人大」一次會議通過的「國務院機構改革方案」，組建工業和信息化部、交通運輸部、人力資源和社會保障部、住房和城鄉建社部等，即是「大部門體制」的初步嘗試。

工會 是工人階級的群眾組織。它是社會經濟矛盾的產物，是在無產階級和資產階級鬥爭過程中產生、發展起來的。工會最早出現於 19 世紀上半葉的英國，以後在其他國家相繼建立。分為產業工會和職業工會兩類。按產業系統建立，在同一企業內的所有職工，都組織在同一工會內的叫產業工會；按職業原則組成，從事同一職業的熟練工人，都組織在同一工會內的稱職業工會。在資本主義國家，工會組織往往是分散、不統一的。由無產階級政黨和進步人士領導的工會，是為維護無產階級的經濟利益和政治利益而鬥爭的；被工人貴族、右翼社會黨人控制的工會，實際成了資產階級和帝國主義的工具，一般稱之為「黃色工會」。在社會主義國家，工會是無產階級政黨領導下，職工群眾自願結合的工人階級和群眾組織，它是工人階級利益的代表者和維護者，是為工人階級說話、辦事的群眾性組織。

工農聯盟 工人階級和農民階級在無產階級政黨領導下的革命聯合。馬克思和恩格斯在總結無產階級革命鬥爭經驗的基礎上，提出工農聯盟的思想。列寧在新的歷史條件下，進一步提出，工人和勞動農民的聯盟是取得民主革命和社會主義革命勝利，建設社會主義和共產主義的必要條件，是無產階級專政的基礎。工農聯盟是在中國共產黨的領導下，在長期的革命鬥爭中建立和鞏固起來的，抗日民族統一戰線和人民民主統一戰線都是以工農聯盟為基礎。

四畫

不合格黨員 不符合「黨章」規定條件的黨員，凡「黨員缺乏革命意志，不履行黨員義務，不符合黨員條件；黨員沒有正當理由，連續六個月不參加黨的組織生活，或不繳

納黨費，或不做黨所分配的工作」，都被視爲不合格黨員。

中央巡視制度 根據中共中央部署和要求，「中紀委」、「中組部」自 2004 年起組織巡視工作組，自上而下對省級等領導班子，特別是主要負責人進行經常監督，因祇對派出它的組織負責，具有相對獨立性，巡視情況報告交中央政治局常委會審閱。巡視期間主要任務是對領導班子及其成員執行民主集中制、黨風廉政責任制、廉潔自律、幹部選拔任用等情況進行監督檢查，截至 2008 年巡視組已完成對 31 個省（自治區、直轄市）和新疆生產建設兵團、10 家中央管理的銀行、4 家國有資產管理公司、4 家保險公司、2 家國有證券公司，以及 5 家國有重要幹部企業的巡視。各省巡視組已完成對所轄市（市、區、旗）、293 省省直部門、1,218 縣、59 家國有企業、26 所高校巡視。2007 年 10 月中共召開「十七大」時修改黨章，在第二章第十三條中增列在黨的中央和省級委員會實行巡視制度。

中央委員會全體會議 由中央委員和候補中央委員參加的會議。以每屆「一中全會」爲例，出席會議的有中央委員和候補中央委員。全會選舉中央政治局委員、候補委員，中央政治局常務委員會委員，中央委員會總書記；根據中央政治局常務委員會提名，通過中央書記處成員；決定中央軍事委員會組成人員；批准中央紀律檢查委員會第一次全體會議選舉產生的書記、副書記和常務委員會委員人選。「一中全會」以後中央委員會全體會議，由中央政治局召開，每年至少舉行一次。

中央委員會總書記 中共中央最高負責人。「一大」時稱爲書記，「二大」、「三大」時規定爲委員長，並由中央執行委員會選出，負責總理黨務和會計，召集並主持中央局和中央執行委員會的會議。「四大」至「六大」，中央執行委員會或中央委員會均選總書記一人，總理全國黨務。「七大」到「八大」期間，未設總書記職務。「八大」時則規定中央主席爲最高負責人，同時設書記處及總書記職務。1980 年 2 月，「十一屆五中全會」決定不設主席，重新設立中央書記處，改設總書記爲最高負責人。「黨章」並規定：「中央委員會總書記由中央委員會全體會議選舉。中央委員會總書記必須從中央政治局常務委員會委員中產生」、「中央委員會總書記負責召集中央政治局會議和中央政治局常務委員會議，並主持中央書記處工作」。

中央直屬機關工作委員會 1988 年設立的中共中央的派出機構，負責領導中央直屬機關黨的工作。具體職責為：提出中央直屬機關黨的建設的規畫；指導基層組織做好思想建設、組織建設和作風建設，做好黨員管理教育工作；指導中直機關各級黨組織實施對黨員特別是領導幹部的監督，及時向中央反映部、委、辦、局領導班子和幹部情況；負責審批中直各機關黨委和紀委主要領導幹部任免；審改或審批中直機關部分領導幹部黨紀處分；領導中直團委工作；執行中央交辦其他任務。

中央政治局 在中央委員會全體會議閉會期間，行使中央委員會職權的中央組織及領導機關。「黨章」規定：中央政治局、中央政治局常務委員會和中央委員會總書記，由中央委員會全體會議選舉。中央政治局和其常務委員會，在中央委員會全體會議閉會期間，行使中央委員會職權。中央委員會總書記負責召集中央政治局會議和中央政治局常務委員會會議，並主持中央書記處工作，直至下屆中央委員會產生新的中央領導機構和中央領導人為止。中央政治局及其常務委員會始建於 1927 年「五大」，之後歷次全國代表大會均有設置中央政治局的規定。

中央紀律檢查委員會 簡稱「中紀委」，為中共最高紀律檢查機關，係由全國代表大會選舉產生的中央領導機構之一，其每屆任期與中央委員會相同。1949 年 11 月，中共發布成立中央和各級紀律檢查委員會的決定，組成以朱德為書記的紀律檢查委員會。1955 年 3 月，中共全國代表會議決定成立中央和地方監察委員會，代替紀律檢查委員會，董必武為中央監察委員會書記。「文革」期間，紀律檢查機構被取消。1977 年「十一大」決定恢復紀律檢查委員會。1978 年 12 月，「十一屆三中全會」決定成立中央紀律檢查委員會，選舉陳雲為「中紀委」第一書記。「黨章」規定：中央紀律檢查委員會全體會議，選舉常務委員會和書記、副書記，並報中央委員會批准；中央紀律檢查委員會根據工作需要，可向中央一級黨和國家機關派駐紀律檢查組或紀律檢查員。「中紀委」主要任務為：維護黨的章程和其他黨內法規，協助黨的委員會加強黨風建設，檢查黨的路線、方針、政策和決議的執行情況。

中央書記處 中共中央政治局和其常務委員會領導下的中央領導機

構或辦事機構。其成員由中央政治局常務委員會提名，中央委員會全體會議通過。在中共黨史上，1934年1月，「六屆五中全會」開始設立中央書記處。1945年「七大」規定：「中央書記處在中央政治局決議下處理中央日常工作」。1956年「八大」規定：「中央書記處在中央政治局和其常務委員會領導下處理中央日常工作」。「九大」、「十大」取消設立中央書記處規定。1980年2月，「十一屆五中全會」決定恢復中央書記處。1987年11月「十三大」通過的「黨章」規定：「中央書記處是中央政治局及其常務委員會的辦事機構；成員由中央政治局常務委員會提名，中央委員會全體會議通過」。

中央國家機關工作委員會 是中共中央派駐國家機關的黨的機構，1988年成立。其具體職責是：負責提出中央國家機關黨的建設的規畫；指導各部門黨組織做好思想建設、組織建設和作風建設，做好黨員管理教育工作；指導中央國家機關各級黨組織實施對黨員特別是領導幹部監督，及時向中央反映部、委、辦、局領導班子和幹部情況；負責審批各部門機關黨委和紀委主要領導幹部任免；審批部分領導幹部違犯黨紀處分；負責指導中央國家機關各級黨組織配合行政領導做好職工的思想政治工作；領導共青團中央國家機關委員會等群眾組織工作；執行中央交辦其他任務。

中央顧問委員會 簡稱「中顧委」，為中共中央委員會政治上的助手和參謀。係在1982年9月「十二大」根據當時工作實際和幹部隊伍狀況而決定設立，「十二大」「黨章」規定，中央顧問委員會委員必須是在「十二大」前具有40年以上黨齡，曾擔任相當級別職務，對黨曾有較大貢獻、具領導工作經驗，以及有較高聲望者。中央顧問委員會每屆任期和中央委員會相同，並在中央委員會指導下進行工作，對黨的方針、政策的制定和執行提出建議，接受諮詢；協助中央委員會調查處理重要問題，宣傳黨的重大方針政策；承擔中央委員會委託的其他任務。1992年10月「十四大」時撤銷此機構設置。

中國人民政治協商會議 簡稱「人民政協」，是中國共產黨領導，由中國共產黨和各民主黨派、無黨派人士、各人民團體共同創立。是在中華人民共和國成立前夕的中國人民統一戰線的全國性組織。人民政協以「中國人民政治協商會議共同綱領」作為參加政協的各單位和個

人必須遵守的準則。「中華人民共和國憲法」頒布後，以「憲法」為遵守的準則。其主要職能是：根據「長期共存，互相監督，肝膽相照，榮辱與共」的方針，對國家和地方的大政方針和群眾生活的重要問題進行政治協商，並透過建議和批評發揮民主監督作用。

中國民主同盟 簡稱「民盟」，是中共領導的統一戰線、多黨合作和政治協商制度中的 8 個民主黨派之一，以從事文化教育方面工作的知識分子為主的社會主義勞動者和擁護社會主義者的政治聯盟，其前身為中國民主政團同盟，1941 年 3 月成立於重慶，由青年黨、國家社會黨（後改組為民族社會黨）、中華民族解放行動委員會（後改名為農工民主黨）、救國會、中華職業教育社和鄉村建設協會聯合組成，推舉黃炎培為中央委員會主席，其政治綱領為堅持抗日，爭取民主，加強團結，實施憲政。1944 年 9 月，改稱中國民主同盟。1945 年 10 月，民盟舉行第一次全國代表大會，提出立即召開各黨派會議，協商國是，建立聯合政府和普選產生國民大會代表等政治主張，選舉張瀾為主席。1946 年 1 月，參加政治協商會議。1947 年 10 月，國民政府宣布民盟為非法團體而遭解散。1948 年 1 月，民盟在香港召開「一屆三中全會」，成立臨時總部，公開宣告與中共合作；同年 5 月，響應中共召開新的政治協商會議，成立民主聯合政府號召。1949 年 1 月，民盟和其他民主黨派、無黨派人士宣布願在中共領導下，將革命進行到底；同年 9 月，民盟代表出席中國人民政治協商會議第一次全體會議，參與制定「共同綱領」，民盟主席張瀾當選為中央人民政府副主席。「文革」期間，民盟被迫停止活動。改革開放後恢復運作，目前成員 18 萬多員。

中國民主促進會 簡稱「民進」，是中共領導的統一戰線和多黨合作制度中的 8 個民主黨派之一，以從事文教工作知識分子為主的一部分社會主義勞動者和擁護社會主義者的政治聯盟。1945 年 12 月 30 日成立於上海，以發揚民主精神、推進中國民主政治之實現為宗旨，成員是文化、教育和出版界的知識分子。1946 年 5 月，民進參與發起成立上海人民團體聯合會，開展保障人權，反對內戰，要求美軍撤出中國等。1948 年 5 月，響應中共「五一」號召。1949 年 9 月，民進代表出席中國人民政治協商會議第一屆全體會議，參與制定「共同綱領」和選舉中央人民政府。

1950 年 4 月，在北京召開第一次全國代表大，通過以中國人民政治協商會議「共同綱領」為自己的綱領，接受中共領導等重要決議。「文革」期間，被迫中斷工作。改革開放後恢復運作，目前成員 10 萬3,000 餘員。

中國民主建國會 簡稱「民建」，是中共領導的統一戰線和多黨合作制度中的 8 個民主黨派之一，是以從事工商企業和和其他經濟工作人士為主的社會主義勞動者和擁護社會主義者的政治聯盟。1945年 12 月 16 日，以中華職業教育社和遷川工廠聯合會為基礎組成，成員主要是部分民族工商業家和所聯繫的部分知識分子。1948 年 5月，民建響應中共關於召開新的政治協商會議，成立民主聯合政府號召。1949 年 1 月，民建和其他民主黨派、無黨派人士宣布願在中共領導下，將革命進行到底；同年 9 月，民建代表出席中國人民政治協商會議，參與制定「共同綱領」和選舉中央人民政府。「文革」期間停止活動，改革開放後恢復運作，目前有成員 10 萬 9,449 人。

中國共產主義青年團 簡稱「共青團」，係中共領導的先進青年的群眾組織，青年在實踐中學習共產主義的學校，黨的助手和後備軍。最初的名稱為中國社會主義青年團。1920 年 5 月中國共產黨發起組在上海成立。為教育青年宣傳社會主義和實行社會改造，同年 8 月，中共發起組織上海社會主義青年團，俞秀松任書記；10 月，毛澤東在湖南長沙準備建黨同時，亦組織社會主義青年團，並擔任執委書記；11 月，李大釗亦於北京創建社會主義青年團，並當選為執委，而書記則由高尚德接任。中共「一大」時研究建立和發展社會主義青年團問題。1922 年 5 月召開中國社會主義青年團第一次全國代表大會，通過團的綱領，確定中國社會主義青年團為中國青年無產階級的組織，標示中國社會主義青年團正式成立。中國社會主義青年團名稱沿用 3 年，1925 年 1 月更名為中國共產主義青年團。抗戰時期，改為中國青年抗日救國會，中共建政前，重建中國新民主主義青年團。1957 年 5 月，恢復中國共產主義青年團名稱。

中國共產黨領導的多黨合作和政治協商制度 中共和各民主黨派團結合作，互相監督，共同致力於建設有中國特色的社會主義和統一祖國、振興中華的事業，是中共一項基本的政治制度，不同於西方資本主義國家的多黨制或兩黨制，亦

有別於部分社會主義國家實行的一黨制。此一政治制度是中共和各民主黨派在長期的革命和建設過程中形成和發展。1948年5月，各民主黨派響應中「五一號召」。1949年1月22日，各民主黨派領導人聯合發表聲明，宣布接受中共領導，表明多黨合作制度基本形成；同年9月，各民主黨派參加中國人民政治協商會議，參與「共同綱領」的制定和中共建政，民主黨派和無黨派民主人士的代表參加政府工作。至此，共產黨領導的多黨合作的政黨制度正式確立。中共建政後，提出和各民主黨派「長期共存，互相監督，肝膽相照，榮辱與共」的基本方針，進一步鞏固和發展此一制度。多黨合作是指中共與中國國民黨革命委員會、中國民主同盟、中國民主建國會、中國民主促進會、中國農工民主黨、中國致公黨、九三學社、台灣民主自治同盟等8個民主黨派長期合作共事。其中，中共是社會主義事業的領導核心，為執政黨；各民主黨派為參政黨，這種合作的社會基礎是共產黨和各民主黨派所聯繫的社會主義勞動者和擁護社會主義者；合作的政治基礎是堅持社會主義和愛國主義，堅持四項基本原則；合作的前提條件為各民主黨派承認共產黨領導；合作的主要組織形式是中國人民政治協商會議和各民主黨派參政；各政黨活動的根本準則是中共「憲法」，民主黨派享有「憲法」規定的權利和義務範圍內的政治自由、組織獨立和法律地位平等；各民主黨派以中共在新時期的總任務為政治綱領。政治協商即中共和各民主黨派與無黨派人士就國家大政方針、人事安排、政治生活、社會生活、地方重要事務等重大問題，進行討論協商。中共對各民主黨派的領導是政治領導，即政治原則、政治方向和重大方針政策的領導。

中國的政黨制度　中共國務院新聞辦公室2007年11月15日發表「中國的政黨制度」白皮書，全文近1.5萬字，指稱民主政治建設須從基本國情出發，盲目照搬別國政治制度和政黨制度模式，不可能成功。目前實行的政黨制度是中國共產黨領導的多黨合作和政治協商制度，既不同於西方國家的兩黨或多黨競爭制，亦有別於一黨制，而係「一黨執政、多黨參政」，中國共產黨處於領導和執政地位，各民主黨派為參政黨，通過參加政權、參與國家大政方針和領導人選的協商，以及國家事務管理等方式參政議政；中國共產黨與黨外人士互相

監督及實行政治合作，旨在藉由合作、協商代替對立、鬥爭，以避免政黨互相傾軋造成政局不穩和政權頻繁更迭，維護安定團結政治局面。

中國致公黨 簡稱「致公黨」，是中共領導的統一戰線和多黨合作制度中的 8 個民主黨派之一，以歸僑、僑眷以及海外有聯繫的代表性人士為主的社會主義勞動者和擁護社會主義者的政治聯盟，前身為美洲洪門致公堂。1925 年 10 月，由美國舊金山致公堂發起，決定成立中國致公黨，推舉陳炯明、唐繼堯為正副總理。1931 年在香港舉行第二次代表大會，決定在香港設立總部。1947 年 5 月，在香港舉行第三次代表大會，主張「為中國政治民主化而奮鬥到底」；決議參加中共領導的人民民主統一戰線；推舉李濟深為主席。1948 年 5 月，致公黨響應中共關於召開新的政治協商會議，成立民主聯合政府號召。1949 年 1 月，致公黨宣布願在中共領導下，將革命進行到底；同年 9 月，出席中國人民政治協商會議第一屆全體會議，參與制定「共同綱領」，選舉中央人民政府。中共建政後，停止在國外進行組織活動和發展黨員，其工作和組織發展對象主要是國內的歸僑、僑眷中有代表

性的中上人士。改革開放後恢復運作，目前成員近 3 萬人。

中國特色 中國特色一詞是鄧小平在中共第 12 次黨代會開幕時提出，以後在論述「一國兩制」構想進一步闡發其內涵，鄧小平強調「我們的社會主義制度是有中國特色的社會主義制度，這個特色，很重要的一個內容就是對香港、澳門、台灣問題的處理，就是一國兩制，這是個新事務，這個新事務不是美國提出來的，不是日本提出來的，不是歐洲提出來的，也不是蘇聯提出來的，而是中國提出來的，這就叫做中國特色。是將社會主義共性和中國特色個性有機的統一。」現引伸說法，如具有中國特色的社會主義道路和社會主義現代化。

中國特色社會主義理論體系 中共總書記胡錦濤 2007 年 10 月 15 日在「十七大」開幕式提交「政治報告」，總結改革開放近 30 年經驗，認為取得成果主因為：開闢「中國特色社會主義道路」，形成「中國特色社會主義理論體系」。其中「中國特色社會主義理論體系」，包括鄧小平理論、「三個代表」重要思想和科學發展觀等「重大戰略思想」在內的科學理論體系，而最新成果為科學發展觀；此理論體系堅

持和發展馬克思列寧主義、毛澤東思想，是馬克思主義中國化最新成果，是全國各族人民團結奮鬥的理論體系，是不斷發展的開放的理論體系。

中國特色社會主義道路　中共總書記胡錦濤 2007 年 10 月 15 日在「十七大」開幕式提交「政治報告」，總結改革開放近 30 年經驗，認爲取得一切成績和進步的根本原因爲：開闢「中國特色社會主義道路」，形成「中國特色社會主義理論體系」。其中「中國特色社會主義道路」，係指「在中國共產黨領導下，立足基本國情，以經濟建設爲中心，堅持四項基本原則，堅持改革開放，解放和發展社會生產力，鞏固和完善社會主義制度，建設社會主義市場經濟、民主政治、先進文化、和諧社會，建設富強民主文明和諧的現代化國家」；而中國特色社會主義道路之所以完全正確、能引領中共發展進步，關鍵在於既堅持科學社會主義基本原則，又根據國家實際和時代特徵賦予其鮮明中國特色。

中國國民黨革命委員會　簡稱「民革」，中共領導的統一戰線和多黨合作制中的 8 個民主黨派之一。由原國民黨民主派和國民黨內其他分子，繼承和發揚孫中山愛國、革命和不斷進步的精神，堅持孫中山的新三民主義，在反對國民黨反動派、帝國主義侵略中逐步形成。1943 年，醞釀籌建三民主義同志聯合會（簡稱「民聯」）、中國國民黨民主促進會（簡稱「民促」）開展抗日民主運動。1945 年秋 1946 年春，在重慶、廣州分別召開全國代表大會，正式成立，制定政治綱領和章程，選出領導機構，參加反對內戰和爭取人民民主運動。1947 年底，民聯、民促和國民黨其他民主分子代表在香港舉行國民黨民主派第一次代表大會，決定聯合組成中國國民黨革命委員會，推選宋慶齡爲名譽主席，李濟深爲主席，並於 1948 年 1 月 1 日發表成立宣言，主張「推翻蔣介石賣國獨裁政權，實現中國獨立、民主與和平」。1948 年 5 月，響應中共召開新政治協商會議、成立民主聯合政府的號召。1949 年 1 月，民革和其他民主黨派、無黨派人士宣布願在中共領導下，將革命進行到底；同年 9 月，民革、民聯、民促代表出席中國人民政治協商會議第一屆全體會議，參與制定「共同綱領」和人民政府工作；11 月，在北京舉行中國國民黨民主派第二次全國代表大會，決定將民革、民聯、民促和國民黨其他分子統一組成中國國民

黨革命委員會。「文革」期間，民革被迫停止活動。改革開放後恢復運作，並規定新的組織路線爲：以和中國國民黨有關係人士、和台灣各界有關係的人士、致力於祖國統一的人士及以及其他有關人士爲黨員發展對象，目前成員共 8 萬 2,000 多名。

中國農工民主黨 簡稱「農工黨」，是中共領導的統一戰線和多黨合作制度中的 8 個民主黨派之一，以醫藥衛生界知識分子爲主的部分社會主義勞動者和擁護社會主義者的政治聯盟。1930 年 8 月 9 日，國民黨左派領導人鄧演達在上海創建中國國民黨臨時行動委員會，並爲總幹事。1935 年 11 月，臨時行動委員會在九龍召開第二次全國幹部會議，決定改名爲中華民族解放行動委員會，通過「臨時行動綱領」，主張團結全國，對日作戰，土地革命，實行民主。1941 年 3 月，參與組織中國民主同盟。1947 年 2 月，在上海舉行第四次全國幹部會議，決定易名爲中國農工民主黨。1948 年 5 月，響應中共關於召開新的政治協商會議、成立民主聯合政府號召。1949 年 1 月，宣布願在中共領導下，將革命進行到底；同年 9 月，農工黨代表出席中國人民政治協商會議第一屆全體會議，參與制定「共同綱領」，選舉中央人民政府。「文革」期間，被迫停止活動。改革開放後恢復運作，目前有成員 10 萬 2,000 多人。

中國憲法 爲中共的根本大法，具有最高法律效力，爲其他立法工作的根據，其內容規定中共社會制度、國家制度、國家機構和公民權利與義務等，是工人階級意志的表現和人民民主專政的工具。自 1954 年 9 月至 1982 年 12 月，中共先後制頒四部憲法，其中 1954 年 9 月 20 日一屆人大一次會議通過的爲第一部憲法；1975 年 1 月 17 日四屆人大一次會議通過的第二部憲法，是在「文革」中產生，已廢棄不用。1978 年 3 月 5 日五屆人大一次會議通過的第三部憲法，產生於十一屆「三中全會」之前，因其中仍保留「堅持無產階級專政下的繼續革命」和公民有「大鳴、大放、大辯論、大字報」等文革用語，以後雖分別於 1979 年 7 月、1980 年 9 月五屆人大第二、三次會議進行調整，但仍未能完全符合經濟社會發展需要。1980 年下半年，由葉劍英主持，開始對憲法進行大規模、全局性的修訂，經過兩年多的討論、修改，1982 年 12 月 4 日，中共第四部憲法在五屆全國人大五次會議上正式通過。它的特點是，規定

中共的根本制度和根本任務，確定四項基本原則和改革開放的基本方針，恢復設立國家主席、國家軍事委員會，規定國家領導人連續任期不得超過兩屆（10 年），以後中共又繼續於 1988 年、1993 年、1999 年、2004 年對第四部憲法作修改，要者如：1988 年修增 2 條，首次規定「國家允許私營經濟在法律規定的範圍內存在和發展」及「土地的使用權可以依照法律的規定轉讓」。這就確立了私營經濟的法律地位和新的土地使用制度。1993 年修改共有 9 條，主要是將「社會主義初級階段」和「國家實行社會主義市場經濟」等重要論斷和原則寫入憲法；同時，將原「國營經濟、國營企業」的規定修改為「國有經濟、國有企業」；將「人民公社」等規定修改為「家庭聯產承包為主的責任制」；還將縣級人大的任期由原來的 3 年改為 5 年，鄉鎮一級人大的任期也仍然保持 3 年。1999 年將鄧小平理論、非公有制經濟納入。2004 年確立「三個代表」思想在國家政治和社會中的指導地位等。

中共現行（第四部）憲法迄至 2008 年已經過 4 次修改，全文除序言外，計分四章 138 條，第一章總綱，有 32 條，確立國體、政體、經濟制度、國家機構屬性等；第二章公民的基本權利和義務，計 24 條，對公民享有的權利和義務作出法律規定；第三章國家機構，計 79 條，對全國人民代表大會、國家主席、國務院、中央軍事委員會、地方各級人民代表大會和地方各級人民政府、民族自治地方的自治機關、人民法院和人民檢察院職能給予法律規定；第四章國旗、國歌、國徽、首都，計 3 條。

井岡山精神 其實質是馬克思主義的世界觀和無產階級革命的堅定性。基本內涵是：堅定的共產主義理想和信念，為革命事業英勇獻身的精神；將馬克思主義普遍真理與中國革命實際相結合的實事求是精神；密切聯繫群眾、全心全意為人民服務的精神；自力更生、艱苦奮鬥的精神；團結統一、嚴守紀律的精神等。

五十九歲現象 指黨政領導幹部或國有企業負責人在即將離退休前夕，認為「有權不用、過期作廢」，利用掌握權力大肆貪腐現象；由於以臨近副部級 60 歲離退年限者居多且受關注，故名之，亦稱為「最後撈一把」現象。

五水幹部 湖北流行順口溜：「上午品茶水，中午喝酒水，下午撈外水，晚上打大水（撲克遊戲之一），

月底拿薪水」，道出幹部五種不良作風。

五個統籌 中共在 2003 年「十六屆三中全會」首次提出，係指統籌城鄉發展、統籌區域發展、統籌經濟社會發展、統籌人與自然和諧發展、統籌國內發展和對外開放。

五陪風 陪喝、陪會、陪查、陪玩、陪培，合稱黨政機關工作中的「五陪風」現象。

五愛教育 愛祖國、愛人民、愛勞動、愛科學、愛社會主義教育的簡稱。中共強調五愛是人民社會公德的重要組成部分，是社會主義道德教育的基本內容。在 1986 年 9 月 28 日通過的「關於社會主義精神文明建設指導方針的決議」中特別指出：「社會主義道德建設的基本要求，是愛祖國、愛人民、愛勞動、愛科學、愛社會主義」。

五講四美三熱愛教育 是社會主義精神文明建設宣傳教育的一種形式。五講即講文明、講禮貌、講衛生、講秩序、講道德；四美即心靈美、語言美、行為美、環境美；三熱愛即熱愛祖國、熱愛社會主義、熱愛中國共產黨。五講四美三熱愛為全國總工會等單位響應中共中央關於加強社會主義精神文明建設的號召，於 1981 年 2 月 25 日向全國人民，特別是向青少年發出的

「關於開展文明禮貌活動的倡議」中提出。

分配制度 由生產資料所有制所決定的個人收入分配的原則和制度。社會主義初級階段的個人收入分配堅持以按勞分配為主體、多種分配方式併存的制度。按勞分配是指在社會主義條件下的公有制經濟中，以勞動為基準，按每個勞動者提供的勞動數量和質量分配個人消費品，其基本要求是多勞多得，少勞少得，不勞不得。此制度否定剝削，體現平等權利，有利調動勞動者的積極性，加速社會生產力的發展。除按勞分配外，尚存有個體勞動者的勞動收入、私營企業的少量剝削收入，以及按資分配，主要指一般勞動者購買股票、債券所獲得之股息、紅利，以及租金等收入。非勞動收入，係按勞分配的必要補充，其存在有利於促進生產力的發展。總之，貫徹社會主義初階段的分配制度，勞動者的個人勞動報酬要引進競爭機制，打破平均主義，實行多勞多得，合理拉開差距，使一部分經營好的企業和誠實勞動者先富起來。與此同時，要防止貧富懸殊和兩級分化，堅持共同富裕的社會主義方向。

文風 寫文章、說話的風格特點。中共認為文風問題，實際上是寫文章

給什麼人看，講話給什麼人聽的問題，是面向人民大眾爲人民大眾服務，面向少數人爲少數人服務的問題，因而也是馬克思列寧主義要不要中國化，要不要並且能否真正實現與中國實際相結合的問題。

五畫

主觀主義　表現在實際工作中的唯心主義、形而上學的思想和作風。其基本特徵是：主觀脫離客觀實際，違背客觀規律。主觀主義有兩種形式：一種是教條主義，它從書本和知識出發，將馬列主義當成教條，不顧具體情況，到處生搬硬套。另一種是經驗主義，它輕視理論的作用，將局部經驗當作普遍真理，到處搬用。

以權謀私　黨的領導幹部利用自己掌握的職權爲自己或少數人謀取制度和政策規定範圍以外的私利和特權的現象。主要表現是：在升級提職、建房分房、升學、招工等問題，爲自己或子女親友謀取私利；講排場、比闊氣，利用公款請客送禮、遊山玩水；在選拔幹部時，任人唯親，違反組織原則拉幫結夥。

四大紀律八項要求　「四大紀律」首次由江澤民在 1999 年中共第 15 屆「中紀委」第三次全體會議時提出，係指黨的政治紀律、組織紀律、經濟工作紀律和群眾工作紀律；後於 2004 年第 16 屆「中紀委」第三次全體會議時，提出領導幹部要嚴格遵守「四大紀律」，在黨風廉政建設方面遵循「八項要求」，分別爲：1.要同黨中央保持高度一致，不陽奉陰違、自行其是；2.要遵守民主集中制，不獨斷專行、軟弱放任；3.要依法行使權力，不濫用職權、玩忽職守；4.要廉潔奉公，不接受任何影響公正執行公務的利益；5.要管好配偶、子女和身邊工作人員，不允許他們利用本人的影響謀取私利；6.要公道正派用人，不任人唯親、營私舞弊；7.要艱苦奮鬥，不奢侈浪費、貪圖享受；8.要務實爲民，不弄虛作假、與民爭利。

四有教育　爲中共培養社會主義新人的基本要求，係有理想、有道德、有文化、有紀律的教育的簡稱。有理想，就是要樹立共產主義奮鬥目標；有道德，就是要培養以愛祖國、愛人民、愛勞動、愛科學、愛社會主義爲基本要求的社會主義道德風尚和以集體主義、全心全意爲人民服務的無私奉獻精神爲核心的共產主義道德風尚；有文化，就是按照工作需要，向文化科學知識的廣度和深度發展，以適應客觀形勢要求；有紀律，就是要自

覺遵守和維護社會公共紀律、國家法令、法律和各自有關的紀律。

四個如何認識 係江澤民 2000 年在「中央思想政治工作會議」所提出，指如何認識社會主義發展的歷史進程、如何認識資本主義發展的歷史進程、如何認識社會主義改革實踐對人們思想的影響、如何認識當今的國際環境和國際鬥爭帶來的影響。

四個服從 「個人服從組織、少數服從多數、下級服從上級、全黨服從中央」的簡稱，為民主集中制的基本原則之一，係實現統一和集中的根本組織紀律。中共「二大」至「六大」的黨章僅規定：「本黨一切會議均取決於多數，少數絕對服從多數」。1938 年 10 月，中共「六屆六中全會」首次提出「四個服從」：1.個人服從組織；2.少數服從多數；3.下級服從上級；4.全黨服從中央。「七大」黨章則第一次作出「四個服從」規定：「黨員個人服從所屬黨的組織，少數服從多數，下級組織服從上級組織，部分組織統一服從中央」。「十二大」起恢復「八大」黨章提法，即「黨員個人服從黨的組織，少數服從多數，下級組織服從上級組織，全黨各個組織和全體黨員服從黨的全國代表大會和中央委員會」。

四個現代化 即工業現代化、農業現代化、科學技術現代化和國防現代化，統稱為社會主義的現代化。社會主義現代化也就是社會主義物質文明建設，是為社會主義社會建立先進的物質技術基礎。四個現代化的目的是為不斷提高人民的物質文化生活水平，促進社會主義精神文明，鞏固和完善社會主義制度，為實現共產主義創造條件。四個現代化的關鍵是科學技術現代化，因為沒有現代科學技術，就不可能建設現代工業、農業和國防。

四項基本原則 指「堅持社會主義道路、堅持人民民主專政、堅持中國共產黨領導、堅持馬克思列寧主義毛澤東思想」，是 1979 年 3 月中共中央召開理論務虛會時確定。堅持社會主義道路，指明國家發展的根本方向，唯有繼續堅持社會主義道路，中國才能富強，人民才能富裕，現代化才能實現；堅持人民民主專政，規定人民當家作主地位，解決中共國體問題，對人民實行民主和對敵人實行專政兩方面的結合，體現中共政權社會主義的性質；堅持共產黨領導，明確中共在革命和建設中的領導地位，解決立國治國的領導核心問題；堅持馬列主義、毛澤東思想，解決黨和國家發展的根本指導思想問題，馬列主

義、毛澤東思想是植根於實踐，並在實踐中不斷發展的科學，為黨的行動指南。

左與右 中共黨史上對「左」和「右」的意涵依時期演變有所不同，鄧小平1992年2月發表南方講話提出要警惕「右」但主要是防止「左」的論斷後，中共「十四大」明確闡明：「右」的表現主要是否定四項基本原則，搞資產階級自由化，甚至製造政治動亂；「左」的表現主要是否定改革開放，認為和平演變的主要危險來自經濟領域，甚至用「階級鬥爭為綱」的思想影響和衝擊經濟建設這個工作中心。

市管縣、省管縣 改革開放前，中共地方行政區劃原為省、縣（市）、鄉三級制，另介於省、縣間有一虛化的地區行署建制。1982年底起，為促進城鄉一體化及縣域經濟發展，逐步撤銷地區行署，改設地級市，並由地級市領導原地區行署轄區內的縣，實施「市管縣」體制。1992年「十四大」後，隨著市場經濟體制逐步建立，中央、省、地（市）、縣（市）、鄉（鎮）五個層級疊床架屋的行政管理體制在國家治理和信息傳遞等方面漸衍生諸多弊端，另基於成立地級市將「餅」（包括編制、財政、人事、管理等權力）做大的誘因，使許多仍不具條件的地區行署和縣級市倉促改制或升格，復加劇矛盾。故自2002年起，浙江、湖北、廣東等省先後開始實行以「強縣擴權」為主要內容的「省管縣」試點改革，將地級市的經濟、社會與財政管理權直接下放至部分重點縣，此項改革目前仍在摸索進行。

正式黨員 和預備黨員相對，係黨組織的正式成員，經過預備期的教育和考察，具備黨員條件，預備期滿轉正後，即為正式黨員。

民主協商 即政治協商，是中國共產黨領導的多黨合作中，各民主黨派、無黨派人士參政的一個重要方面。大政方針和各族人民政治生活中的重要問題皆須經過民主協商，廣泛聽取各方意見，統一戰線內部關係的各種問題，亦是經民主協商進行調解和解決。

民主評議黨員制度 1988年底由中共中央組織部提出，經批轉在中共內部實行的重教育、管理和監督黨員的制度。主要著重五方面對黨員進行評議：1.是否具有堅定共產主義信念，能否堅持四項基本原則、改革開放；2.是否堅決貫徹執行黨在社會主義初級階段的基本路線和各項方針、政策；3.是否站在改革的前列，維護改革大局，正確處理國家、集體、個人利益間的關

係；4.是否切實執行黨的決議，嚴守黨紀、政紀、國法，堅決做到令行禁止；5.是否密切聯繫、關心群眾，在個人利益與黨和人民利益衝突時，犧牲個人利益。而其基本方法為：在學習教育基礎上，對照黨員標準，總結個人在思想、工作、學習方面情況，作出自我評價，再由黨小組或黨支部民主評議，開展批評與自我批評，組織分析、綜合，按合格、基本合格、不合格三層次，形成組織意見，轉告本人，並向支部大會報告，最後要表彰模範黨員，妥善處理不合格黨員，並查處在評議中揭露的違法違紀問題。

民主集中制 民主基礎上的集中和集中指導下的民主相結合。它是黨的根本組織制度和領導制度，主要原則包括：1、黨員個人服從黨的組織，少數服從多數，下級組織服從上級組織，全黨各組織和全體黨員服從黨的全國代表大會和中央委員會；2、黨的最高領導機關，除它們派出的代表機關和在非黨組織中的黨組外，都由選舉產生；3、黨的最高領導機關，是黨的全國代表大會和它所產生的中央委員會；4、黨的上級組織須聽取下級組織和黨員群眾的意見，及時解決他們提出的問題；5、黨的各級委員會實行集體領導和個人分工

負責相結合的制度；6、黨禁止任何形式的個人崇拜。

民主黨派 中國社會進步階級或階層的政治代表組織，中共統一戰線的重要組成部分，中國人民政治協商會議的組成單位。包括：中國國民黨革命委員會、中國民主同盟、中國民主建國會、中國民主促進會、中國農工民主黨、中國致公黨、九三學社、台灣民主自治同盟等8個。由於在中共「民主革命」中，以反對帝國主義、封建主義和官僚資本主義，爭取民族獨立、國家富強、政治民主，建立和平、統一的新中國為目標，故被稱為民主黨派。1948年5月，各民主黨派響應中共「五一號召」，提出「迅速召開新的政治協商會議，討論並實現召集人民代表大會，成立民主聯合政府」主張。1949年9月，各民主黨派參加在北京召開的中國人民政治協商會議第一屆全體會議，並參與共同綱領制定。中共建政後，在社會主義現代化建設新時期，擁護中共綱領、領導和路線、方針、政策，與中共長期共存，互相監督，肝膽相照，榮辱與共。各民主黨派原社會基礎主要是民族資產階級、城市小資產階級，以及和是類階級相聯繫的知識分子和其他愛國民主人士。而當前，各民

主黨派已成爲各自所聯繫的一部分社會主義勞動者和擁護社會主義者的政治聯盟，在中共領導下，以社會主義勞動者爲主體，爲社會主義事業服務的政黨，是與中共合作致力於社會主義建設的友黨。

民族區域自治制度 中共爲解決國內民族問題採取之基本政策，係在國家統一領導下，各少數民族在自己聚居的地方實行區域自治，設立自治機關，行使自治權，其核心是保障少數民族當家作主，管理本民族、本地區事務的權利。1922年，中共提出民族平等的綱領；1939年，「六屆六中全會」闡述實行民族區域自治的思想；1949年，在「中國人民政治協商會議共同綱領」中，進一步規定對少數民族聚居地區實行民族區域自治；1952年頒布「民族區域自治實施綱要」，之後又將民族區域自治寫入憲法；1984年頒布的「民族區域自治法」，標示民族工作走上法制化、規範化軌道。

立案 指黨的紀律檢查機關對檢舉、控告經初步審核和一定的批准手續，決定列爲檢查案件的活動，是案件檢查處理的第一道程序。立案須具備之條件包括：1、所立案件屬於自己管轄範圍；2、存在違紀違法行爲；3、需要追究其黨紀責任。按照上述原則和幹部管理權限，實行分級立案：1、屬於黨的中央委員會成員違犯黨紀的問題，由中央紀律檢查委員會進行核實，經核實確有嚴重問題須進行組織處理者，即向中央委員會檢舉，經中央委員會批准後立案；2、屬於中央管理的黨員幹部違犯黨紀的問題，由中央紀律檢查委員會決定立案；3、黨和國家各級機關，以及企事業單位管理的黨員幹部違犯黨紀的問題，按照幹部管理權限，由相應的紀律檢查委員會決定立案；4、其餘黨員違犯黨紀的問題，由黨的基層組織決定立案，對於嚴重違犯黨紀、本身又不能糾正的黨組織的問題，由上一級紀律檢查委員會報請它的同級黨委決定立案。屬於下級紀委立案檢查範圍的個別重大或具有典型意義的案件，上級紀委可直接立案，也可責成下級紀委立案。

六畫

仲祖文、鐘軒理、任仲平 近年來，中共主要報刊、媒體常針對特定議題刊登「仲祖文」、「鐘軒理」、「任仲平」等署名評論文章。如 2008年 4月 25日，人民日報刊載署名「仲祖文」的「三談以改革創新精神開創組織工作新局面」專文，針對「全國組織工作會議」內容進行

針對性闡釋；2006 年 5 月，發表「鐘軒理」署名文章－「毫不動搖地堅持改革方向，爲實現『十一五』規畫目標提供強大動力和體制保障」，呼籲排除左、右干擾，堅持和深化改革方向；2008 年 7 月 19 日，以「任仲平」名義刊載「奏響『和平、友誼、進步』的北京樂章」專文，宣傳將秉持「和平、友誼、進步」精神，成功舉辦北京奧運會。其中「仲祖文」、「鐘軒理」，分爲中共中央組織部與中央宣傳部專門就特定議題組織發表的專論；「任仲平」則爲「人民日報」評論員文章的署名。以有關名義發表專文或評論，旨在就某專門問題進行針對性闡釋，政策意涵極強。

任人唯賢 指在選拔任用幹部時，不管被任用的人與自己的關係密切與否，把德才兼備作爲唯一標準。任命幹部時，按組織原則辦事，由黨委集體討論決定，從組織和制度上保證知人善任，選賢任能，防止思想品質敗壞的人進入幹部隊伍乃至領導班子中。

任人唯親 選拔幹部著眼點放在老同事、老部下、至親好友；或從個人好惡出發，任用不堅持黨性原則，唯唯諾諾，只聽自己的話，討好自己的人；或從小集團、派性的私利出發，拉山頭搞宗派，培植自己勢力。

全國人民代表大會 全國人民代表大會是最高國家權力機關，它由省、自治區、直轄市和解放軍選出的代表組成，並有適當名額的少數民族代表，代表以間接方式選舉產生，每屆任期五年，每年舉行一次大會，它的常設機構是全國人民代表大會常務委員會。全國人民代表大會行使的職權是：修改憲法；制定法律；監督憲法和法律的實施；選舉國家主席、副主席，決定國務院總理和副總理、國務委員，各部部長以及其他組成人員的人選；選舉中央軍事委員會主席和副主席、委員；選舉最高人民法院院長和最高人民檢察院檢察長；審查和批准國民經濟計劃、國家預算和決算；批准省、自治區和直轄市的劃分；決定戰爭與和平的問題等。

因地制宜 做好領導工作的一種工作方法。指根據不同時期的具體情況採取與之相適應的措施。毛澤東說：「必須教育幹部善於分析具體情況，從不同地區、不同歷史條件的具體情況出發，決定當地當時的工作任務和工作方法」。

地方四大班子 中共所謂地方四大班子，通常是指北京、天津、上海、重慶 4 個直轄市、內蒙古、寧夏、

新疆、西藏、廣西5個自治區，以及遼寧、吉林、黑龍江、河北、山西、山東、河南、江蘇、浙江、安徽、福建、江西、廣東、湖南、湖北、陝西、甘肅、青海、四川、雲南、貴州、海南22個省的黨委常委會、人大常委會、人民政府、政協常委會。

地方各級人民代表大會 地方各級人民代表大會是地方國家權力機關。省、自治區、直轄市、設區的市人民代表大會代表由下一級代表大會選出，每屆任期5年；自治州、縣、不設區的市、市轄區，每屆任期5年。鄉、民族鄉、鎮的人民代表大會由選民直接選出，每屆任期5年。縣以上各級人民代表大會設立常務委員會，常務委員會由主任、副主任若干人、委員若干人組成，對本級人民代表大會負責並報告工作。省、自治區、直轄市的人民代表大會及其常務委員會，有制定本地區法規的權力，並報全國人民代表大會備案。縣以上地方各級人民代表大會的職權主要有：保證憲法、法律、行政法規、國家計畫和預算、政策和上級人大決議在本地區的貫徹執行；審批本區國民經濟計畫、預算、決算及政治、經濟、文化、教育、衛生、民族工作等重大事項；選舉本級人大常委會的組成人員；決定本級人民政府、人民法院、人民檢察院的主要負責人人選；聽取和審查其工作報告；改變或撤銷本級、下一級人代會、政府的不適當決議與命令；保護社會主義公有財產、私人所有的合法財產、公民的人身權利、民主及其他各項權利；保障農村集體組織的自主權、少數民族的權利、男女平等的權利等。

地方各級人民政府 中共地方各級人民代表大會的執行機關，也是地方各級國家行政機關，包括省、自治區、直轄市、自治州、市、縣、自治縣、市轄區、鄉、民族鄉、鎮和國家在特別行政區域所設置的人民政府。憲法規定，地方各級人民政府實行省長、市長、縣長、區長、鄉長、鎮長負責制；地方各級人民政府每屆任期與本級人民代表大會每屆任期相同。地方各級人民政府都對本級人民代表大會和上一級國家行政機關負責並報告工作。縣級以上地方各級人民政府在本級人民代表大會閉會期間，對本級人民代表大會常務委員會負責並報告工作。地方各級人民政府都是國務院統一領導下的國家行政機關，都服從國務院的領導。縣級以上地方各級人民政府依據「地方各級人民代表大會和地方各級

人民政府組織法」的規定，行使 10 項職權。其中有：依照法律規定的權限，管理本行政區域內的經濟、教學、科學、文化、衛生、體育事業、城鄉建設事業和財政、民政、公安、民族事務、司法行政、計畫生育等行政工作，發布決定和命令，任免、培訓、考核和獎懲行政機關工作人員等。鄉、民族鄉、鎮的人民政府根據上述法律規定，行使 7 項職權，如執行本級人民代表大會的決議和上級國家行政機關的決定和命令，管理本行政區域內的行政工作等。

多黨合作 共產黨領導的多黨合作是中共與各民主黨派在革命和建設的長期實踐中，逐步形成的新型政黨關係，為中共一項基本政治制度。民主黨派與共產黨為友黨關係，是參政黨，而非在野黨、反對黨。各民主黨派與中共一同參加國家政權，參與國家大政方針和國家領導人選的協商，參與國家事務的管理，參與國家方針、政策和法律、法規的制定和執行。中共對各民主黨派的領導，是政治領導，即路線、方針、政策的領導，各民主黨派要接受中共的政治領導，並在憲法賦予的權利和義務範圍內，對社會的政治、經濟、文化等方面重大問題，充分發揮決策前的協商和決策後的民主監督。共產黨領導的多黨合作制度的基本方針為「長期共存，互相監督，肝膽相照，榮辱與共」，根本目的為在國家政治生活中，充分發揮各民主黨派的政治協商和民主監督作用。

老幹部 新幹部、青年幹部的對稱，包括：1.達到國家規定退休年齡的幹部；2.指中共建政前，第一、第二次國內革命戰爭時期、抗日戰爭時期和解放戰爭時期，參加革命工作的幹部；3.符合離休條件的幹部。

考任制 任用幹部的一項制度，即由專門機構根據統一標準，通過公開考試，擇優錄用幹部。考任制適用範圍廣泛，對確保幹部隊伍素質產生極大作用。國家機關中大部分工作人員都要按「國家公務員條例」規定，通過考試任用。考任制普遍實行的前提，是要有健全完善的考試機構、內容、標準和錄用程序。

行政區劃 係指國家依據行政管理和統治需要，遵循有關法律規定，在考量經濟聯繫、地理條件、民族分布、歷史傳統、風俗習慣、地區差異和人口密度等因素基礎上，對行政區域進行分級劃分，並在各區域設置相應地方政權機關。中共自 1949 年建政迄今，為因應統治及經濟發展需要，地方行政區劃歷經多次重大調整，基本在三級與四級間

擺盪，從建政初期的省、縣（市）、鄉（鎮）三級至大行政區、省、縣（市）、鄉（鎮）四級，再恢復三級制。改革開放後，為促進城鄉一體化和區域經濟發展，增設地級市實施「市管縣」體制，又形成省、地級市、縣（市）、鄉（鎮）四級制。

七畫

改革開放「10結合」 2008年中共改革開放30周年，在2007年10月舉行黨的第17次全國代表大會時，胡錦濤做政治報告，宣稱改革開放取得成績和進步，根本原因在於10個結合，即：1.把堅持馬克思主義基本原理同推進馬克思主義中國化結合起來；2.把堅持四項基本原則同堅持改革開放結合起來；3.把尊重人民首創精神同加強和改善黨的領導結合起來；4.把堅持社會主義基本制度同發展市場經濟結合起來；5.把推動經濟基礎變革同推動上層建築改革結合起來；6.把發展社會生產力同提高全民族文明素質結合起來；7.把提高效率同促進社會公平結合起來；8.把堅持獨立自主同參與經濟全球化結合起來；9.把促進改革發展同保持社會穩定結合起來；10.把推進中國特色社會主義偉大事業同推進黨的建設新工程結合起來。從而

取得十幾億人口的發展中大國擺脫貧困、加快實現現代化、鞏固和發展社會主義的寶貴經驗。

八畫

委任制 任用幹部的一項制度，即由上級組織根據幹部管理權限，直接任命下級負責幹部。是中共黨政機關廣泛採取任用工作人員的一種方式。按黨管幹部原則，委任幹部一般實行黨委集體討論確定，由黨委組織部門任命或由政府負責人任命。幹部職務的罷免亦應由任命其職務的上一級組織決定。

官僚主義 脫離群眾，脫離實際，對國家和群眾利益不關心的思想作風。鄧小平在「黨和國家領導體制的改革」一文中，對官僚主義的表現作以下描述：「高高在上，濫用職權，脫離實際，脫離群眾，好擺門面，好說空話，思想僵化，墨守成規，機構臃腫，人浮於事，辦事拖拉，不講效率，不負責任，不守信用，公文旅行，互相推諉，以致官氣十足，動輒訓人，打擊報復，壓制民主，欺上瞞下，專橫跋扈，徇私行賄，貪贓枉法等」。

屆末現象 指幹部在領導班子換屆時無法正確對待自己進退留轉的情況，主要表現為：為謀取更高或更好職位，忙著「跑門子，托人情，

四處活動」；自認年事已高，產生「船到碼頭車到站」思想；感到政績平平，提拔無望，心灰意冷；對組織安排存有牴觸情緒，無心工作。

延安精神　是中國共產黨人和中國人民抗日戰爭時期的優良傳統的概括。內容主要表現在：胸懷遠大理想、腳踏實地進行工作的精神；不怕艱難困苦，不在強大的敵人面前低頭、敢於克服一切困難、戰勝一切敵人的精神；在革命隊伍內部同甘共苦、團結一致的精神；為民族利益、長遠利益，不惜犧牲個人利益的精神。

招聘制　幹部選用制度的一種形式。用人單位根據工作需要和幹部條件，可以登啟事、發廣告，亦可通過組織到受聘單位進行聯繫。招聘時，應對被招聘的幹部進行必要的政治審查和業務考核，按正常錄用、調動幹部的手續，經主管部門批准，如招聘人員為在職，應與被招聘人員單位協商同意後辦理。確定招聘人員後，可簽訂契約，規定招聘人員的責、權、利和用人單位對招聘人員承擔的義務。契約期滿後，雙方商定是否續聘，不續聘人員，回原生產或工作單位。

法人　具有民事權利能力和民事行為能力，依法獨立享有民事權利和民事義務的組織，是相對自然人而言，分為企業法人和非企業法人兩種。企業法人是指以營利為目的的經濟組織，包括全民所有制企業法人、集體所有制企業法人、中外合資經營、合作經營和外資企業法人等。非企業法人是指從事社會管理或公益事業的法人，包括機關法人、事業單位法人和社會團體法人。法人必須具備以下條件：1.依法成立，即經過有關機關批准，符合有關法律、法規，並經主管機關核准登記；2.擁有不少於法定最低資金額的財產；3.有表現法人業務範圍和隸屬關係的名稱，有對內管理法人業務和對外代表法人進行民事活動的常設組織機構，有進行業務活動的場所；4.能夠以自己的財產或經費承擔民事責任。

物質文明　人類改造自然的物質成果，表現為物質生產的進步和物質生活的改變。社會主義物質文明的特點是：物質的成果歸全體人民共同享有。為人民服務、為社會主義服務，是社會主義物質文明的基本標誌。社會主義物質文明建設的中心任務是實現工業、農業、國防和科學技術現代化。社會主義物質文明與社會主義精神文明是相互依賴、相互促進、互為條件的，物質文明為精神文明發展提供物質條

件和實踐經驗，精神文明為物質文明發展提供精神動力和智力支持。

知識分子 有中專畢業以上文化水平，從事科研、教育、文化傳播、技術應用及企業管理等專業工作的腦力勞動者。知識分子是一個歷史範疇，是由於社會分工和文化教育，科學技術的不普及而在特定歷史階段形成的一種現象。知識分子區別於其他勞動階層的主要標誌，一是勞動的性質不同（從事創造性的複雜勞動，以精神、思維活動為特點）；二是勞動的方式不同（以智力支出為主，運用語言文字工具）；三是勞動的產品不同（多為非實物形式，語言、文字、符號、數字、圖形等）。

社會主義市場經濟理論 鄧小平建設有中國特色社會主義理論的重要內容，建立社會主義市場經濟體制目標的理論基礎，是對科學社會主義理論的最新發展。此理論正確闡述市場和計畫是現代化經濟的兩種調節手段。市場是對資源配置發揮基礎性作用的調節手段，計畫是宏觀調節手段，計畫調節須以市場調節為基礎，並糾正市場調節的不足。現代化經濟是以市場調節為基礎性調節手段和計畫宏觀調節手段相結合的經濟。社會主義市場經濟是社會主義條件下的市場經濟，是市場經濟一般規律和社會主義條件（特殊）的統一。

社會主義和諧社會 中共在 2004 年「十六屆四中全會」首次提出，係指民主法治、公平正義、誠信友愛、充滿活力、安定有序、人與自然和諧相處的社會。其中，民主法治，就是社會主義民主得到充分發揚，依法治國基本方略得到切實落實，各方面積極因素得到廣泛調動；公平正義，就是社會各方面的利益關係得到妥善協調，人民內部矛盾和其他社會矛盾得到正確處理，社會公平和正義得到切實維護和實現；誠信友愛，就是全社會互幫互助、誠實守信，全體人民平等友愛、融洽相處；充滿活力，就是能夠使一切有利於社會進步的創造願望得到尊重，創造活動得到支持，創造才能得到發揮，創造成果得到肯定；安定有序，就是社會組織機制健全，社會管理完善，社會秩序良好，人民群眾安居樂業，社會保持安定團結；人與自然和諧相處，就是生產發展，生活富裕，生態良好。

社會主義社會的主要矛盾 是社會主義社會基本矛盾的集中表現，它是人民日益增長的物質文化需要與落後的社會生產之間的矛盾。中共建政前，主要矛盾是中國人民與

帝國主義、封建主義、官僚資本主義的矛盾，這個矛盾由於新民主主義革命的勝利而解決，在解決此矛盾之後，主要矛盾成爲無產階級與資產階級的矛盾，隨著對生產資料私有制的社會主義改造完成，此矛盾亦基本上解決。

社會主義社會的基本矛盾 是生產關係和生產力之間、上層建築和經濟基礎之間的矛盾。社會主義的生產關係和生產力的發展基本上是相適應的，但是社會主義生產關係還很不完善，這種不完善的方面和生產力的發展又是相矛盾的；在社會主義社會，作爲上層建築的無產階級專政的國家政權和法律制度，以馬克思列寧主義爲指導的社會主義意識形態，和社會主義的經濟基礎是相適應的，但由於還存在資產階級意識形態和封建殘餘的影響，國家機構中某些官僚主義的存在，國家制度中某些環節上缺陷的存在，法律、規章制度還不完善等等，又和社會主義經濟基礎的鞏固和發展相矛盾。社會主義生產關係和生產力、上層建築和經濟基礎之間，此種既相適應又相矛盾的情況，構成社會主義社會基本矛盾，成爲推動社會向前發展的基本動力。

社會主義初級階段論 中共第十三次全國代表大會對社會當前所處歷史階段所作的論斷。此理論包括兩層含義。第一，當前社會已經是社會主義社會，必須堅持而不能離開社會主義。第二，社會主義社會還處在初級階段，必須從這個實際出發，而不能超越這個階段。社會主義初級階段理論是馬克思主義關於生產關係必須適應生產力發展的原理，與中國現代化建設實踐相結合的產物，是紮根於當代中國的科學社會主義。

社會協商對話制度 中共「十三大」提出建立的一種社會各階層、團體，特別是領導者與被領導者間就重大的社會、政治、經濟問題，或領導與群眾共同關心的具體問題開展協商討論的制度。該制度建立的目的，在於提高領導機關活動的開放程度，做到上下溝通，互相理解。開展協商對話，要注意問題的不同性質和層次，由不同的單位和團體協商對話解決。

社會治安綜合治理 採取多種措施對社會治安進行綜合治理，爲中共維護良好社會秩序的重要政策和措施。1991 年初，中共中央、國務院、「全國人大」通過「關於加強社會治安綜合治理的決定」，明確綜合治理的任務、要求、目標，制

定「打擊、防範、管理、建設、教育、改造」六個方面的工作範圍。社會治安綜合治理方針是著眼整個社會，動員社會各方力量，包括黨政機關，司法機關，企事業單位，各社會團體，居民委員會以及群眾輿論、家庭教育，形成有效的合力，發揮整體綜合效應，其手段和方法是依靠公安、司法部門運用法律，嚴厲打擊反革命活動和其他嚴重犯罪現象，同時運用思想、政治、行政、教育和文化的各種手段和方法，解決社會治安問題。

糾正行業不正之風　簡稱「糾風」，為廉政建設的措施之一。所謂行業不正之風，是指國家機關和公用事業部門憑藉權力，為本單位、小團體、個人謀取私利的現象，表現為以權謀私、辦事不公、走後門、官僚主義作風、態度蠻橫等，其實質是少數人目無法紀，恣意濫用手中權力。糾正行業不正之風的重點是執法、監督、經濟管理和公用事業單位，並掌握三個環節：1.思想教育是基礎；2.制度建設是保證；3.領導幹部是關鍵。此外更須加強監察、審計等部門的行政監督和檢查，發揮民主監督作用。

表決票與選舉票　中共憲法第 62 條規定，全國人民代表大會職權之一為：1.選舉國家主席、副主席，根據國家主席提名，「決定」國務院總理人選；根據總理提名，「決定」副總理、國務委員、各部委首長人選。2.選舉中央軍委主席，根據軍委主席提名，「決定」中央軍委其他成員。3.選舉最高法院院長、最高檢察院檢察長等。「人大」代表投票時，須「決定」產生者為「表決票」；選舉產生者稱為「選舉票」。前者可投贊成、反對或棄權票，但不可另提人選；後者亦可投贊成、反對或棄權票，但若投反對票，則享有另提人選權利。

非黨幹部　沒有加入中國共產黨的國家幹部。非黨幹部是黨和國家整個幹部隊伍的重要組成部分，在整個幹部隊伍中佔多數。中共黨章規定：「黨員幹部要善於和非黨幹部合作共事，尊重並虛心學習其長處。黨的各級組織要善於發現和推荐有真才實學的非黨幹部擔任領導工作，確保其有職有權」。

九畫

南方講話　鄧小平 1992 年 1 月 18 日至 2 月 21 日赴武昌、深圳、珠海、上海等地考察時之講話，強調發展才是硬道理，改革開放基本路線要管一百年，動搖不得，要求思想更解放一點、改革開放的膽子更大一點、建設的步子更快一點，千萬不

可喪失時機；中共中央在同年 3 月召開政治局會議，認爲講話對開好「十四大」具有重要的指導作用，對解放生產力提出理論的創新。

宣傳部　黨委主管宣傳、思想工作的職能部門，是黨在意識型態工作的主要助手和參謀。主要職責爲掌握宣傳、理論、文化、教育、新聞、出版等工作中的方針政策；研究經濟關係和社會的變化，及時掌握各方面思想動向，提出宣傳教育工作任務；組織宣傳力量，做好幹部和群眾思想政治工作。

建設有中國特色社會主義理論　中共在 1992 年「十四大」將改革開放以來理論創新和實踐成果，概括爲建設有中國特色社會主義理論，認爲其第一次比較系統地初步回答了中共這樣經濟文化比較落後的國家如何建設社會主義、如何鞏固和發展社會主義的一系列基本問題，主要涵蓋社會主義發展道路、社會主義發展階段、社會主義根本任務、社會主義發展動力、社會主義建設的外部條件、社會主義建設的政治保證、社會主義建設的戰略步驟、社會主義的領導和依靠力量及祖國統一問題等方面內容。

後備幹部　爲補充各級領導班子而準備的人選，包括準備接任領導班子主要職務人選和準備進入各級領導班子人選。挑選後備幹部，關鍵是堅持幹部「四化」方針，經過群眾民主推荐，組織部門考核，黨委集體審定和上級黨組織批准程序。確定人選後，須依科學、系統、定向培養後備幹部，並對其考察，根據實際表現及時調整後備幹部隊伍。

思想政治工作　無產階級政黨爲實現自己的政治任務所進行的以人爲對象，以共產主義思想爲核心，有組織有領導地解決人的思想、政治觀點、道德修養和思維方式，提高人們思想覺悟的教育工作。它研究人們思想問題的產生、變化和如何正確解決的規律。它所採取的工作方法是有針對性、靈活多樣的，目的是激勵人民的社會主義積極性、創造性和革命獻身精神。

政企分開　經濟改革的一項基本原則。即政府和企業職責分開。在過去實行的計畫經濟模式下，政企不分，政府憑藉無所不及的指令性計畫直接經營企業，對企業實行統收統支，結果使國有企業失去活力，效率低下。「十一屆三中全會」後，中共將政企分開作爲經濟體制改革的基本原則。實行政企分開，政府部門不得再干預企業的生產、經營、管理等具體事務，企業因而享有充分的經營自主權。

政法委員會 各級黨委主管政法工作的職能機關，其主要工作任務是研究政法工作中的重大問題並提出建議；協助黨委處理各地有關政法工作的請示報告；協調政法各部門工作，對政法各部門有關全局的問題，根據黨委的方針、政策、指示統一認識、部署、行動；調查研究貫徹執行黨委方針、政策和國家法律法令情況；調查研究政法隊伍的組織和思想情況；辦理黨委交辦其他工作。

政治文明 人類社會政治生活的進步狀態和政治發展取得的成果，主要包括政治制度和政治觀念兩方面內容；前者指由於經濟基礎和階級力量對比的變化所引起的國家管理與結構形式的進化發展；後者係政治價值觀、政治信念和政治情感的更新變化。

政治局集體學習 胡錦濤在 2002 年「十六大」接任中共總書記後，鑑於 16 屆政治局有 3/5 為新任，為適應黨和國家事業發展需要，更好地承擔起黨和人民所賦予的重任，要求加強學習，除了自學外，中央政治局還要進行集體學習，同時要將之作為制度長期堅持，強調學習目的在提高執政興國、為民服務和開創中國特色社會主義事業新局面的本領；自「十六大」後配合政治局會議召開建立的集體學習制度，每次結合當時世界與中共發展面臨的熱點或難點議題擬訂主題，由 2-3 位學者專家講解，然後進行討論與提問，最後由胡錦濤發表針對性講話，闡釋執政理念和政策方向，16 屆政治局 5 年任期內共舉行 44 次集體學習。

政治制度 國家政權的組織形式，通常又稱政體。中共憲法規定，「中華人民共和國的一切權力屬於人民」，「人民行使國家權力的機關是全國人民代表大會和地方各級人民代表大會」。此表明中共政治制度為人民代表大會制度，以民主集中制為原則，由人民選舉代表組成全國和地方各級人民代表大會，並以人民代表大會為基礎，建立全部國家機構，行使管理國家的權力之制度。

政治協商 中國共產黨在統一戰線中發揚民主，實現共產黨領導的基本制度。政治協商，是發揚民主，交換意見，決定重大事項，解決矛盾，正確處理統一戰線內部關係的重要方式，其解決的主要問題是國家的大政方針、國家政治生活中的重要問題，調整統一戰線中各種關係，而政治協商機關為中國人民政治協商會議全國委員會和地方委員會。實行政治協商制度，有利於

43

堅持和改善共產黨的領導，堅持社會主義方向，又有利於聯繫和團結各階層群眾，鞏固和擴大愛國統一戰線，有利於反映群眾的利益和意願，發展社會主義民主。

政治紀律 是維護黨在政治原則、方向、路線上行動一致的原則和規矩；是黨為實現自己的綱領，依據科學理論確定黨的各級組織和黨員在政治生活中必須遵守的行為規範。中共一再強調和重申黨的政治紀律，並作為紀律檢查機關當前維護紀律的首要任務。新時期黨的政治紀律要求黨的各級組織和全體黨員必須在政治上和「十一屆三中全會」以來的路線、方針、政策保持一致，堅決貫徹執行社會主義初級階段的基本路線，以經濟建設為中心，堅持四項基本原則和改革開放，維護安定團結的政治局面，絕不允許有對抗黨的路線、方針、政策和基本政治立場的言論和行動。

政策研究室 各級黨委進行政策研究的工作機構，其主要工作係為制定或修改、補充、完善黨和國家的政策進行研究和提出方案，以收集和加工社會信息為基本手段，研究和探討為主要方式。工作任務為圍繞黨委的中心工作，就全局性的重大問題，以及實際工作中具體方針政策問題進行調查研究，提出方案

或建議，供領導決策，同時做好政策執行過程中的信息反饋，並提出完善、補充以及修正政策的意見和建議。

政體 政體是國家政權的構成形式，指統治階級採取何種形式去組織政權機關。政體與國體相適應，即國家階級本質的表現形式。中共憲法第二條第一款規定：「中華人民共和國的一切權力屬於人民」。第二款規定：「人民行使國家權力的機關是全國人民代表大會和地方各級人民代表大會」。第三款規定：「人民依照法律規定，通過各種途徑和形式，管理國家事務，管理經濟和文化事業，管理社會事務」。第三條第一款規定：「中華人民共和國的國家機關實行民主集中制的原則」。此些規定表明人民代表大會制度是根本的政治制度，是人民民主專政的政權組織形式，亦即政體。

科學社會主義 又稱「科學共產主義」。有廣義與狹義兩種涵義。廣義上的科學社會主義即馬克思主義，包括馬克思主義哲學、政治經濟學、科學社會主義三個組成部分；狹義上的科學社會主義是馬克思主義的一個組成部分。科學社會主義產生於 19 世紀 40 年代，以「共產黨宣言」的發表為標誌，它是建

立在唯物史觀和剩餘價值這兩大發現的基礎上。科學社會主義是關於無產階級解放運動的性質、條件和一般目的的學說，亦即消滅一切階級、實現共產主義規律的科學。主要內容是：無產階級的歷史使命；無產階級政黨的建立及其自身建設；無產階級政黨的戰略策略；無產階級革命；無產階級專政；從資本主義到社會主義的過渡；社會主義社會的主要矛盾和階級鬥爭；社會主義的經濟建設；社會主義民主與法制建設；社會主義精神文明建設；社會主義國家的民族問題；無產階級國際主義和對外政策；社會主義的發展階段和最終目的；無產階級執政黨的建設等。

科學發展觀　2003 年 3、4 月間，大陸爆發嚴重 SARS 疫情，在救治與抗擊過程中暴露經濟與社會公共事業發展不平衡、城鄉發展差距懸殊等兩方面問題；8 月 28 日至 9 月 1 日，胡錦濤至江西考察，要求各級領導幹部「牢固樹立協調發展、全面發展、可持續發展的科學發展觀，積極探索符合實際的發展新路子」，係其首次提出「科學發展觀」的概念；同年 10 月舉行的「十六屆三中全會」，進一步提出要「堅持以人爲本，樹立全面、協調、可持續的發展觀，促進經濟社

會和人的全面發展」；歷經闡釋與發展，科學發展觀在 2007 年 10 月「十七大」納入黨章總綱第 7 段，宣稱以人爲本、全面協調可持續發展的科學發展觀，是「同馬克思列寧主義、毛澤東思想、鄧小平理論和『三個代表』重要思想既一脈相承又與時俱進的科學理論，是我國經濟社會發展的重要指導方針，是發展中國特色社會主義必須堅持和貫徹的重大戰略思想」，並指稱「其第一要義是發展，核心是以人爲本，基本要求是全面協調可持續，根本方法是統籌兼顧」。

紀檢監察機關合署辦公　黨的紀律檢查機關與國家行政監察機關的合署辦公。「十四大」後，根據建立社會主義市場經濟要求，中共中央、國務院決定，紀檢監察機關合署辦公，實行一套工作機構，兩個機關名稱的體制。此爲紀律檢查工作和強化行政監察機關職能的重大舉措，有利於做好黨風、廉政建設，落實「兩手抓，兩手都要硬」的戰略方針，有利於發揮黨政監督機關的整體效能，避免工作交叉和重複，精簡機構和人員，提高工作質量和效率。合署後，「中紀委」履行黨的紀律檢查和政府行政監察兩項職能，對黨中央全面負責；監察部按「憲法」規定，受國務院

領導。地方部門則實行由所在政府和上級紀檢監察機關雙重領導體制，按「行政監察條例」規定的職責、權力和程序開展工作，且持續推動民主黨派和無黨派人士擔任監察部和各級監察機關領導職務制度，並逐步增加任職人數。

限期改正 限期改正是黨組織對在民主評議中被認定爲不合格的黨員進行教育的一種形式，也是督促這些黨員在規定的時間內提高思想覺悟，改正缺點錯誤，達到合格黨員條件所採取的一種組織處理措施。限期改正適用於雖被認定爲不合格黨員，但本人有繼續留在黨內的強烈願望，願意接受黨組織的教育幫助，有改正缺點、錯誤的決心和行動的人。限期改正的期限，一般爲一年，限期改正期滿，黨組織應當及時對其是否具備黨員條件進行討論，如果不合格黨員在限期改正期滿時，經過支部大會討論，認爲他仍未改正缺點錯誤，仍未達到合格黨員條件，黨組織勸其退黨，勸而不退者予以除名，一般不再延長限期改正的時間。限期改正作爲對不合格黨員進行處理的一種組織措施，本身不是黨紀處分，因此，不合格黨員在限期改正期間，仍可行使黨員權利，履行黨員義務。

十畫

個人專斷 一種違背黨的集體領導原則、由個人擅自決定重大問題的領導方法和作風。集體領導是民主集中制基本原則之一，實行個人專斷根本違背「少數服從多數」此一重要原則，危害領導方法和作風。1980年2月「十一屆五中全會」通過的「關於黨內政治生活的若干準則」強調，要「堅持集體領導，反對個人專斷」。黨章亦規定：「不允許任何領導人實行個人專斷和把個人凌駕於組織之上」。

個人崇拜 無原則地對領袖人物歌功頌德，誇大其作用，並把領袖人物神化，迷信盲從，當作偶像崇拜的一種根本違背黨性原則的不正常現象。黨章規定：「黨禁止任何形式的個人崇拜。要保證黨的領導人的活動處於黨和人民的監督之下，同時維護一切代表人民利益的領導人的威信」，並將此一規定作爲民主集中制的基本原則之一。個人崇拜的危害在於，其從根本上顛倒個人和組織（集體）、領袖和人民的關係，破壞民主集中制，影響黨內民主和集體領導的貫徹執行。

差額選舉 在選舉中實行候選人人數多於應選名額的不等額選舉。實行差額選舉，有利於健全黨內民主

生活，發揚黨內民主，充分體現選舉人的意志，亦有利於促使被選舉人增強革命事業心，密切聯繫群眾，將對上和對下負責相結合。將差額選舉辦法於「十二大」正式納入黨章，其規定為：「可以經過預選產生候選人名單，然後進行正式選舉。也可以不經過預選，採用候選人數多於應選人數的辦法進行選舉」。而正式提出差額選舉概念，並作出明確具體規定的是「十三大」通過的「中國共產黨章程部分條文修正案」，其規定為：「可以直接採用候選人數多於應選人數的辦法進行正式選舉。也可以先採用差額選舉辦法進行預選，產生候選人名單，然後進行正式選舉」。「十三大」後，中共制定「中國共產黨基層組織選舉工作暫行條例」，使基層黨組織的差額選舉工作制度化、規範化。

特別行政區　即按一國兩制指導思想解決台灣、香港、澳門問題而由「憲法」規定設立的地方行政區域。最早是為解決台灣問題而提出。1981年9月30日，全國人民代表大會常務委員會委員長葉劍英發表和平統一祖國的9條方針，其中第三條提出「國家實現統一後，台灣可作為特別行政區，享有高度自治權，並可保留軍隊。中央

政府不干預台灣地方事務」。同年12月，五屆人大第五次會議通過的憲法第31條規定「國家在必要時候得以設立特別行政區」。按此規定，在1984年12月「中英聯合聲明」和1987年4月「中葡聯合聲明」中，皆提出在中華人民共和國對香港、澳門恢復行使主權時，分別設立「香港特別行政區」和「澳門特別行政區」，直接受中央人民政府管轄。特別行政區實行資本主義制度，除外交和國防事務屬中央人民政府管理外，特別行政區享有高度自治權。

特殊黨員　不參加黨的組織生活、不接受黨內外群眾監督的黨員。黨章規定：「每個黨員，不論職務高低，都必須編入黨的一個支部、小組或其他特定組織，參加黨的組織生活，接受黨內外群眾的監督」，「不允許有任何不參加黨的組織生活、不接受黨內外群眾監督的特殊黨員」。「十一屆五中全會」通過的「關於黨內政治生活的若干準則」亦規定：「黨內絕不容許有不受黨紀國法約束或凌駕於黨組織之上的特殊黨員」。

留黨察看　黨紀處分的一種，指黨員所犯錯誤嚴重，但未完全喪失黨員條件，需給予改正錯誤機會。黨章規定：「留黨察看最長不超過兩

年。黨員在留黨察看期間沒有表決權、選舉權和被選舉權。黨員經留黨察看，確已改正錯誤者，應恢復其黨員權利；堅持錯誤不改者，應開除黨籍」。對受留黨察看一年處分期滿後，尚不能恢復黨員權利，但又未完全喪失共產黨員條件者，經支部大會討論決定，報原審批機關批准，可再延長留黨察看一年。延長期滿，仍無法恢復黨員權利，則開除黨籍。

退黨 黨員退黨是黨籍處理的一種形式。黨章規定：「黨員有退黨的自由。」黨員如果改變自己的信仰，或由於其他原因不願繼續做共產黨員者，可以要求退黨。對要求退黨的黨員處理程序是：本人向所在黨組織提出申請，經黨員大會討論後宣布除名，並報上級黨組織備案。

高度自治 在一國兩制方針指導下，中共對 1997 年、1999 年收回香港、澳門後實行的特殊政策，港、澳繼續保留原有的社會經濟制度，法律基本不變；香港、澳門特別行政區擁有行政管理權、立法權、獨立的司法權和終審權，並繼續保持自由港、獨立關稅和國際金融中心地位；財政保持獨立；香港、澳門特別行政區行政官員由當地人組成。

十一畫

參政議政 是民主黨派在國家政治生活中發揮作用的基本方面。參政，是指各民主黨派通過與中國共產黨的民主協商，通過民主黨派成員參加政權機構，在各級人民代表大會和政府中擔任領導職務，通過參加各級人民政協的活動，參與國家大政方針和國家領導人選的協商，參與國家事務的管理，參與國家方針、政策、法律、法規的制定與執行；議政，是參政的具體形式之一，民主黨派通過以上各種參政活動，以及調查研究、國是諮詢等多種形式，參與決策，提供諮詢，提出意見、建議和批評，直至向中共中央和國務院提出書面意見、建議。

參政黨 指參與國家政權的政黨。中共建政後的各民主黨派，以參政黨立場擁護和接受中共領導，維持在中共領導與根本利益一致基礎上的「長期共存、互相監督、肝膽相照、榮辱與共」的友黨關係，其代表部分社會主義勞動者和擁護社會主義愛國者之利益。參政黨不是在野黨、反對黨，亦不存在輪流執政情況，其職權為參與國家政權、事務管理，參與國家方針、政策和法律、法規制定以及執行和監督。

國家公務員 在政府中行使國家權力、執行國家公務的人員，分為政務和業務兩大類。前者是依中共憲法和組織法管理、實行任期制的政府領導人員；後者，係按國家公務員條例進行管理，實行常任制的政府行政業務人員。中央和地方各級黨委，依法定程序向全國和地方各級人民代表大會推荐政務類公務員候選人，監督管理政務類公務員中的共產黨員。政務類公務員的產生一般需要通過各級人民代表大會的選舉和決定。業務類公務員，按國家公務員條件進行錄用和管理。一般所稱國家公務員概念，特指業務類國家公務員。

國家主席 中共國家機構的組成部分，在國家機構中享有崇高地位，由全國人民代表大會選舉產生，接受人民代表大會的監督，按全國人民代表大會及其常委會的決定進行活動，與全國人大常委會結合起來行使國家元首職權。職權是：根據全國人大和其常委會的決定，公布法律，任免國務院總理、國務委員、各部部長、各委員會主任、審計長、秘書長；授予國家勳章和榮譽稱號；發布特赦令、戒嚴令；宣布戰爭狀態，發布動員令；派遣和召回駐外使節；批准和廢除與外國締結的條約和重要協定；代表國家接受駐外使節等，最初由 1954 年憲法規定設立。文化大革命中，權力被剝奪。1975 年憲法取消國家主席設置，1982 年憲法中恢復，堅持 1954 年憲法的基本原則，同時有所變化，規定全國武裝力量由國家設立中央軍事委員會領導，國家主席不再統帥全國武裝力量，政府工作集中歸國務院領導，由國務院對全國人民代表大會和其常委會負責。

國家性質 指國家的階級本質，通常稱為國體。中共憲法規定，「中華人民共和國是工人階級領導的以工農聯盟為基礎的人民民主專政的社會主義國家」。人民民主專政是由工人階級領導，並由工人階級的歷史地位和使命所決定。工人階級是社會先進生產力的代表，唯有解放全人類最後始能解放自己，其根本利益與群眾利益一致。工人階級領導下的工農聯盟是國家基礎、革命和建設的根本力量，只有得到廣大農民支持，才能徹底實現歷史使命，而農民亦只有在工人階級領導下，才能求得解放。

國務院 即中央人民政府，是最高國家權力機關的執行機關和最高國家行政機關。國務院由總理、副總理若干人、國務委員若干人，各部部長，各委員會主任、審計長、秘書長組成。總理、副總理、國務委

員、秘書長組成國務院常務會議。總理經國家主席提名，由全國人大選舉決定。副總理和其他組成人員經總理提名，全國人大決定，由國家主席任免。每屆任期 5 年。總理、副總理、國務委員連任不得超過兩屆。國務院實行總理負責制，各部、委實行部長、主任負責制。總理召集並主持國務院全體會議和常務會議。國務院的職權主要為根據憲法、法律，規定行政措施，發布決議和命令，檢查其實施情況；統一領導各部、委和所屬機構的工作；統一領導全國地方各級國家行政機關；編制和執行國民經濟計畫和國家預算；領導和管理全國的經濟工作、城鄉建設、民政、公安、外事、國防建設、教育、科學、文化、衛生等各項工作；批准自治州、縣、自治縣、市的劃分；依照法律規定，任免行政人員；維護社會秩序和保障公民權利；決定省、自治區、直轄市範圍內部分地區的戒嚴和全國人大及其常務委員會授予的其他職權。國務院對全國人大負責並報告工作；在全國人大閉會期間，對人大常委會負責並報告工作。

國情教育 關於中共基本情況的教育。是堅定社會主義信念教育的重要組成部分。對全黨和人民特別是青少年進行國情教育，是堅持馬克思主義實事求是思想路線的需要，亦為基礎教育。國情教育的重點是：中國近、現代史教育，堅持黨領導的教育和依靠工人階級、鞏固工農聯盟的教育，經濟、社會發展的現狀教育，民族精神、革命傳統教育等。

國旗 國旗是國家的象徵，是一個獨立主權國家的標誌。它通常體現一個國家的特色。中共憲法規定：「中華人民共和國國旗是五星紅旗」。國旗最初是於 1949 年 9 月 27 日由中國人民政治協商會議第一屆全體會議通過決議確定的。1949 年 10 月 1 日，毛澤東在天安門廣場親自升起第一面五星紅旗

國歌 即田漢作詞、聶耳作曲的「義勇軍進行曲」。此首歌曾被稱為中華民族解放的號角，自 1935 年廣為流傳。1949 年中國人民政治協商會議決定將此首歌作為代國歌，體現中國人民的革命傳統和居安思危的思想。1978 年 3 月 5 日五屆人大第一次會議曾通過更改國歌歌詞的決定，但各方面一直有不同意見。全國人大許多代表、憲法修改委員會許多委員和各界人士都建議恢復國歌原詞。因此，第五屆全國人民代表大會第五次會議於 1982 年 12 月 4 日通過決議，決定

恢復「義勇軍進行曲」為中華人民共和國國歌，撤銷關於更改中華人民共和國國歌的決定。

國徽 國徽是一個國家的標誌和象徵。各國國徽的圖案和使用辦法皆由憲法或專門法律加以規定。中共憲法規定；「中華人民共和國國徽，中間是五星照耀下的天安門，周圍是穀穗和齒輪」。新民主主義革命從五四運動開始，至 1949 年取得勝利，建立中華人民共和國。天安門是五四運動發源地，亦是新中國成立時集會的盛大場所，因此用天安門圖案作為新民族精神的象徵。齒輪、穀穗象徵工人階級與農民階級，五星代表中國共產黨領導下的中國人民大團結，鮮明表現新中國的性質是工人階級領導的以工農聯盟為基礎的人民民主專政的社會主義國家。

國體 國體指的是國家的階級本質，即社會各階級在國家中的地位。它表明在國家中，哪個或哪些階級居於統治者的地位，哪個或哪些階級屬於同盟者，哪個或哪些階級處於被統治者的地位。中共憲法規定：「中華人民共和國是工人階級領導的、以工農聯盟為基礎的人民民主專政的社會主義國家」，此即為國體。

執政黨建設的總體布局 中共「十七大」政治報告闡述未來 5 年黨建工作重點時，明確提出「必須把黨的執政能力建設和先進性建設作為主線，堅持黨要管黨、從嚴治黨，貫徹為民、務實、清廉的要求，以堅定理想信念為重點加強思想建設，以造就高素質黨員、幹部隊伍為重點加強組織建設，以保持黨同人民群眾的血肉聯繫為重點加強作風建設，以健全民主集中制為重點加強制度建設，以完善懲治和預防腐敗體系為重點加強反腐倡廉建設，使黨始終成為立黨為公、執政為民，求真務實、改革創新，艱苦奮鬥、清正廉潔，富有活力、團結和諧的馬克思主義執政黨」，此「以執政能力和先進性建設為主線，加強思想、組織、作風、制度和反腐倡廉 5 大建設」的論述，即被概括為「執政黨建設的總體布局」。

密切聯繫群眾 黨的三大作風之一，指黨在一切工作中與群眾保持最廣泛、最密切聯繫的思想和行為。密切聯繫群眾的作風，來自於歷史唯物主義的一個基本觀點，即人民群眾是歷史的創造者。中國共產黨為中國工人階級的先鋒隊，是各族人民利益的代表，黨不離開人民，人民不離開黨。中國共產黨向群眾宣傳解釋黨的路線、方針和政

策,將黨的主張變成群眾的行動,團結和帶領群眾完成黨的任務。

專政 統治階級運用所掌握的國家權力對被統治階級實行的統治。實行專政的工具是國家機關,即軍隊、警察、法庭、監獄等。人類歷史上有兩種性質根本不同的專政,一種是少數人對絕大多數人的專政;另一種是絕大多數人對少數人的專政,即無產階級專政,或人民民主專政。

專項治理 指黨風、廉政建設中,針對某項影響黨的路線、方針、政策的貫徹執行,群眾意見大、反映強烈的突出問題,集中力量,有領導、有計劃、有步驟進行專門整頓和解決的做法,係相對綜合治理而言。實行專項治理,須以經濟建設為核心,將思想教育和作風、紀律的整頓結合,在查處案件基礎上,切實做好制度建設,完善法規,發揮懲戒於後和防範於前的作用。

從嚴治黨 新時期加強黨的建設的重要方針,執政黨自身建設客觀規律的必然要求。從嚴治黨體現在黨的建設的各方面,在政治上,要求全黨必須與中央保持一致高度;在思想上,要求全體黨員必須堅持共產主義理想,堅持為人民服務宗旨;在組織上,要求全體黨員和各級組織必須堅決貫徹執行黨的路線、方針、政策,嚴格執行黨的紀律;在作風上,要求全黨必須發揚優良傳統和作風;在制度上,要求必須健全黨的民主集中制,擴大黨內民主,加強黨內監督;在黨員和幹部隊伍建設上,要嚴格堅持黨員和幹部標準,對領導層要嚴、對腐敗分子要堅決清除,並提高黨員素質。

教條主義 指盲目奉行某種抽象、僵化的定義或公式。教條主義主要特點是割裂理論和實踐、主觀和客觀的統一。輕視實踐,輕視感性經驗。片面誇大理性的作用,不懂得理論來源於實踐,必須與實踐相結合;不從實際出發,而是從書中的個別定義、詞句出發,拒絕對具體情況進行具體分析,將真理視為主觀自生的東西,否認實踐是檢驗真理的唯一標準。

理論聯繫實際 黨的三大作風之一,亦稱理論與實際相結合的作風。指將革命理論與工作實際、思想實際緊密結合起來的作風。毛澤東在「整頓黨的作風」一文中闡述理論聯繫實際的基本內容。他指出:堅持理論聯繫實際的作風,一是要反對藉口尊重實際而拋棄馬克思主義基本理論的觀點,同時要反對硬套馬克思主義個別觀點的教條主義態度;二是在任何情況下,皆要從實際出發,依據馬列主

義、毛澤東思想的基本原理和黨的路線、方針、政策，有針對性了解和解決社會主義現代化建設中的各種問題；三是努力學習馬列主義、毛澤東思想，掌握其立場、觀點和方法，深入實際，調查研究，進而把握事物的本質和規律。

票決制　中共 2001 年「十五屆六中全會」通過「加強和改進黨的作風建設的決定」，納入各地任用幹部創新做法，提出市（地）、縣（市）黨委、政府領導班子擬任和推薦人選，逐步做到由上一級黨委常委會提名，黨的委員會全體會議審議，進行無記名投票表決。「票決制」係以一人一票決定幹部人選制度，分爲黨委常委會票決制和全委會票決制兩層次，分別由各級常委或黨委全體委員，對本級黨委管轄幹部人選，以一人一票、無記名投票方式進行表決，若贊成票超過與會人數一半即通過任命。

第一代中央領導集體　中國共產黨在領導中國人民進行新民主主義革命的過程中形成，以毛澤東爲核心。

第二代中央領導集體　1978 年召開的「十一屆三中全會」後逐漸形成，鄧小平是第二代中央領導集體的核心。

第三代中央領導集體　中共「十三屆四中全會」後逐步形成，以江澤民爲核心，此領導集體保證黨基本路線的延續和穩定。

統一戰線　廣義上統一戰線是指不同階級、階層、集團、派別、政黨等，爲實現共同目標，在共同利益基礎上，而組成的聯盟。狹義的統一戰線，即無產階級及其政黨領導和組織的統一戰線。中共爲實現自身戰略目標和在一定階段的任務，爭取和一切可能聯合的階級、階層、黨派、團體和人士，在共同利益基礎上結成政治聯盟的工作，主要對象包括民主黨派和無黨派著名愛國人士，非黨知識分子幹部，起義投誠的原國民黨軍政要員及去台人員留在大陸的親友，少數民族及其上層人士，宗教界及其愛國領袖，原工商業者，港、澳、台地區知名人士，及歸國華僑和海外僑胞等。新時期統一戰線工作根本任務爲廣泛團結全體社會主義勞動者，爲統一組國，振興中華而奮鬥。

統戰部　各級黨委主管統戰工作方針、政策和理論的專門機構，是黨委機關在統戰工作的參謀和助手，其基本職能爲：1.貫徹執行長期共存、互相監督、肝膽相照、榮辱與共方針；2.發揚政治協商、民主監督、合作共事、廣交朋友、自

我教育的統一戰線傳統和作風；3.具體做好各民主黨派和無黨派民主人士以及境外、國外愛國華人的聯繫和組織工作；4.協助黨委做好有關方面人事的考察和安排工作。

統籌兼顧 做好領導工作的一種方法，即統一規畫，照顧全局，做好工作。每個單位、每個部門的工作都是多方面的，這些工作都是相互聯繫的統一整體，在研究確定一個時期的中心工作時，妥善安排其他方面的工作。毛澤東指出：「領導人員依照每一具體地區的歷史條件和環境條件，統籌全局，正確決定每一時期的工作重心和工作秩序，並將這種決定貫徹下去，務必得到一定的結果，這是一種領導藝術」。

組織紀律 是黨的組織和黨員在處理個人與組織、組織與組織間關係時必須遵守的行為規範，是黨的組織原則以及有關組織制度、生活等方面的條例、規定的總和，是維護黨的團結統一的紀律。核心是自覺地貫徹執行民主集中制原則。

組織員制度 黨員教育管理和黨的建設的一項重要組織保證。組織員由同級黨委任命，組織部門負責具體管理和業務指導，係專門從事發展黨員和基層組織建設的專職黨務工作幹部，其職責主要是在黨委審批接收新黨員前，和發展對象進行談話，對經黨支部大會討論通過的入黨者作進一步考察教育和瞭解，並如實匯報考察情況。

組織部 各級黨委主管組織、幹部工作的職能部門，黨委在黨的組織工作方面的助手和參謀。包括中央組織部、地方黨委組織部和基層黨委組織部三個層次。上級黨委組織部對下級黨委組織部在業務上有指導關係。其主要職責為：1.根據黨的路線、方針、政策和指示決議，調查研究有關組織工作的方針和政策，提出實施組路線的具體措施；2.督促下級黨委執行民主集中制；3.執行黨的幹部路線和政策，改革幹部制度，做好幹部管理；4.按照革命化、年輕化、知識化和專業化要求培養幹部；5.協同有關部門，做好離休退休幹部工作；6.做好黨員教育、黨員管理和發展黨員工作，貫徹基層組織的整頓和建設；7.落實幹部和知識分子政策，做好幹部審查工作；8.做好幹部和黨員統計，完善幹部和文書檔案管理；9.受理黨員、幹部申訴，處理黨員、幹部的來信來訪；10.配合紀律檢查部門，端正黨風工作。

組織監督 亦稱「黨的監督」。指中國共產黨對國家行政機關及其工作人員的監督。包括中國共產黨中

央和各級黨委的監督，黨的各級紀律檢查委員會的監督和黨的基層組織監督。組織監督是一種全面性監督，既對國家行政機關行政活動的合法性、合理性進行監督，又對國家行政機關工作人員遵紀守法情況進行監督。此種監督不是直接參加和干預具體的行政事務工作，而是對其工作予以檢查和督促，指出存在問題，提出改進意見，對違反國家法律、行政紀律的工作人員建議有關方面予以處理。

十二畫

最高人民法院　中共的最高審判機關。主要職能是：對全國性的重大民事和刑事案件，以及最高人民法院認為應由它進行第一審的案件進行第一審；按照第二審程序受理不服高級人民法院和專門人民法院第一審判決和裁定而提出的上訴和抗訴案件；對一切下級人民法院已發生法律效力的判決和裁定，如發現確實有誤，有權按照審判監督程序將案件提審或指令下級人民法院再審；審理最高人民檢察院按照審判監督程序提起的抗訴案件；負責按死刑覆核程序覆核高級人民法院報請批准的死刑案件；負責核准按照類推制度定罪判刑的案件，監督地方各級人民法院

及專門人民法院的審判工作。最高人民法院院長由全國人民代表大會選舉和罷免，向全國人民代表大會負責並報告工作，每屆任期 5 年，連續任職不得超過兩屆。

最高人民檢察院　中華人民共和國最高法律監督機關。1949 年 9 月 27 日中國人民政治協商會議第一次全體會議決定設立最高人民檢察署。1954 年 9 月第一屆全國人民代表大會第一次會議後改稱最高人民檢察院。其職能是：領導地方各級人民檢察院及各專門人民檢察院的工作；規定各級人民檢察院的人員編制；對有關全國性的重大刑事案件，向最高人民法院提起公訴；對各級人民法院已發生法律效力的判決和裁定，如果發現確有錯誤，有權依照法律監督程序提出抗訴。最高人民檢察院設檢察長、副檢察長和檢察員若干人，並根據需要設若干檢察廳和其他業務機構。最高人民檢察院向全國人民代表大會和它的常務委員會負責並報告工作。檢察長由全國人民代表大會選舉和罷免，每屆任期與全國人大相同，連續任職不得超過兩屆。

港人治港　香港人治理香港的主張。根據「一個國家，兩種制度」的構想，在 1997 年香港回歸後，

成立香港特別行政區。在香港特別行政區內繼續實行資本主義制度，除外交和防務外，由香港人治理香港，現行社會、經濟制度不變，生活方式不變，香港擁有行政管理權、立法權、獨立的司法權和終審權，並繼續保持自由港、獨立關稅、獨立財政和國際金融中心地位，社會治安也由香港特別行政區政府負責維持。

無產階級專政 又稱「工人階級專政」。無產階級在推翻資產階級統治後建立的國家政權。在人民內部實行民主，對敵人實行專政，是多數人對少數人的統治，其歷史任務主要是：鎮壓被推翻的剝削階級和一切敵對勢力的反抗和破壞，防禦國外敵人的侵略和顛覆活動，保衛和鞏固革命成果；實行社會主義改造，消滅一切剝削制度和剝削階級；組織社會主義建設和改革，發展社會生產力，完善社會主義的生產關係和上層建築，為消滅一切階級差別，實現共產主義創造條件。

發展黨員 將申請入黨並符合黨員標準的優秀分子吸收到黨內。根據黨章規定，發展黨員包括對入黨積極分子的推進、培養教育和考察，對入黨積極分子進行政治審查，履行入黨手續，對預備黨員進行教育和預備黨員轉正工作。發展黨員是組織建設中的一項經常性工作，須在堅持黨員標準、保證黨員質量前提下，堅持個別吸收，成熟一個，發展一個，嚴格履行入黨手續，防止把不具備黨員條件的人吸收到黨內來。

街道工委 縣級和縣級以上黨委派駐街道的代表機關，亦稱黨的街道工作委員會。為便於指導城市街道工作，街道工委由市委、區委或縣委派出。街道工委根據上級黨委授權，領導本街道工作，其成員由派出的領導機關任命。一般有批准發展黨員、任命黨的幹部的權力，但不能負責召開黨的代表大會或代表會議。

開除黨籍 黨紀處分的一種，是黨內最高處分。指對於錯誤極其嚴重，完全喪失共產黨員條件的黨員，給予開除黨籍處分。黨章規定：「各級黨組織在決定或批准開除黨籍時，應當全面研究有關資料和意見，採取慎重態度」。因犯嚴重錯誤而被開除黨籍，經長期考驗，已改正錯誤，確實具備黨員條件後，如申請入黨，經黨組織嚴格審查，可重新吸收入黨。

階級 指一些社會集團在歷史上一定社會生產體系中所處的地位不同，對生產資料的關係不同，在社會勞動組織中所起的作用不同，因

而領得自己所支配的那份社會財富的方式和多寡也不同。階級是一個歷史範疇，是生產資料私有制的產物。在原始公社制度下，生產力水平很低，沒有剩餘產品，生產資料公有，人們共同勞動，社會產品平均分配，因此沒有也不可能區分階級。隨著生產力水平的提高、剩餘產品的出現、社會分工的確立及私有制的形成，占有生產資料的少數人，把被剝奪生產資料的大多數人勞動成果占為己有，從而產生剝削和被剝削、統治和被統治的關係，社會才分裂為對立的階級。

階級矛盾 處於不同經濟地位的各階級，因利益和要求不同而產生的矛盾。主要是指剝削階級與被剝削階級之間的矛盾，如奴隸主階級與奴隸階級、地主階級與農民階級、資產階級與無產階級之間的矛盾。這類矛盾，建立在對立階級根本利益衝突的基礎上，是對抗性的矛盾，一般表現為激烈的階級鬥爭。

階級鬥爭 被剝削階級和剝削階級、被壓迫者和壓迫者之間的鬥爭，是社會分裂為階級的必然產物。在每個階級社會裡，都有兩個基本互相對立的階級，他們的根本利益是不可調和的，因而階級鬥爭也總是不可避免的，是不依人的意志為轉移的客觀現實。

階層 同一階級中因經濟地位差異而分成的不同層次。如農民階級可分為貧農、中農和富農，地主階級可分為大地主和中、小地主等。階層有時也指階級出身不同而謀生手段和職業相同的社會集團，如從事腦力勞動的知識分子。階級和階層的區分是相對的，如農民階級中的貧農是農村的半無產階級，中農是農村的小資產階級，富農是農村的資產階級。

十三畫

幹部「四化」方針 幹部隊伍革命化、年輕化、知識化、專業化的簡稱。革命化，指隊伍建設的政治標準和要求，是幹部「四化」的首要條件，即要求幹部樹立堅定的共產主義信念和理想，堅持四項基本原則，積極貫徹執行黨的基本路線，解放思想、實事求是，廉潔自律、克己奉公，有堅強的組織性和法制觀念；年輕化，主要是指黨的幹部，特別是各級領導幹部，應當年富力強，能擔負繁重工作，並妥善解決新老幹部交接問題；知識化，是對幹部知識水平和領導班子內部知識結構的要求。社會主義現代化建設需要各方面的科學文化知識，且各方面知識均持續在發展更新，因此幹部必須不斷學習和掌握

現代科學文化技術知識，才能順應社會主義現代化建設的需要和符合世界形勢；專業化，是對各行各業的幹部應當具備的專業知識和業務能力的要求，須逐步做到各級業務機關，均要由具專業知識的幹部擔任領導職務，選拔經濟管理、科技幹部至領導機關工作，各級領導幹部盡可能具有專門的科學知識和技能，逐步改變幹部隊伍結構，辦好各種專業學校，培訓有專業知識的幹部，並提拔和使用具備各種專業知識的幹部。

幹部迴避制度 中共自 1989 年起，在河北、陝西等 12 個省市黨政機關賡續建立和實行領導幹部迴避制度，主要包括三類：1.任職迴避：在黨委、政府和紀委、公安、法院、檢察院擔任正、副領導職務幹部，其親屬不擔任與該領導有直接上下級關係的領導職務，亦不得在其所在單位工作；2.公務迴避：黨政機關領導幹部不得參與有關本人的任免、檔案管理等業務，在幹部任免、調配、調資、入黨、評聘職稱、招工招幹等工作，凡涉及領導幹部親屬，其本人應主動說明並實行迴避；3.鄉籍迴避：凡縣（市）黨委、政府、紀委和組織、人事、公安、法院、檢察院主要負責人，不得由本籍幹部擔任。1996 年 5月，中共人事部發布「國家公務員任職迴避和公務迴避暫行辦法」，將迴避制度法制化，並全面推廣。

幹部管理 廣義上是指對幹部在考核、任免、調配、使用、獎懲、教育等方面進行的領導、計畫、組織、協調等一系列工作。狹義上主要是指對幹部的管理使用。知人善任，發揮幹部積極性和創造性，提高工作效率，是對幹部管理工作的基本要求。

幹部離休 即老幹部由於年齡和健康狀況不適於繼續擔任工作職務，按國家規定離職休養。黨章規定：「年齡和健康狀況不適宜於繼續擔任工作的幹部，應當按照國家的規定退、離休」。老幹部離休年齡為：中央、國家機關的部長、副部長，省市自治區黨委書記、副書記和省市自治區政府省長、市長、主席、副省長、副市長、副主席及相當職務的幹部，正職年滿 65 歲，副職年滿 60 歲；中央、國家機關的司局長、副司局長，省市自治區黨委的部長、副部長和省市自治區政府廳局長、副廳局長、地委書記、副書記和行署專員、副專員及相當職務的幹部，年滿 60 歲；其他幹部男性年滿 60 歲、女性滿 55 歲。凡到規定年齡，即辦理離休；身體不能正常工作者，可提前離

休；確因工作需要，且身體可正常工作者，經任免機關批准，可適當推遲辦理離休手續。

新社會階層 係在大陸改革開放和發展社會主義市場經濟條件下衍生的新型社會群體，其組成主要包括民營科技企業創業和技術人員、受聘於外資企業管理技術人員、個體戶、私營企業主、中介組織的從業及自由職業人員。據統計，目前新社會階層人數已超過1.5億，約占總人口11.5%，掌管近10萬億元資本。為避免擁有經濟實力與社會影響力的新社會階層走向「對立面」及擴大黨的社會基礎，中共在「十六大」將其定位為社會主義事業建設者，並開放其入黨。

經驗主義 通常指主觀主義的一種表現形式。有時指舊認識論上的一種學說，有唯物主義經驗論與唯心主義經驗論之分。經驗主義是違反馬克思主義，其主要特點是輕視革命理論，片面誇大感性經驗的作用，把局部、個別、片面的經驗誤認為普遍真理。在實踐中常常表現為盲目、偏執、狹隘、保守。

群眾 人類社會中與領導者、管理者相對稱的群體和個體。具雙重涵意，一是指多數人，二是指被領導者和被管理者。從領導與被領導關係上看，常把處於被領導地位的人稱為群眾。從政黨的關係上，可分為黨員群眾，非黨群眾；從職業上，可分為工人群眾，農民群眾，士兵群眾。

群眾路線 即深入群眾，調查研究，將群眾願望、要求和鬥爭經驗集中起來，加以分析、綜合和提高，使之系統化、條理化，從而做出工作決定，提出政策、任務和規畫。當決議形成後，又回到群眾中去作宣傳解釋，貫徹執行，化為群眾的意見，使群眾堅持下去，見之於行動，並在群眾行動中檢驗這些意見是否正確的尺度。群眾的實踐，是檢驗客觀真理的唯一標準。凡是為群眾實踐證明是正確的東西，皆堅持下去；凡是群眾實踐證明是錯誤的東西，皆堅決修正。

聘任制 由上級主管部門的領導聘任下級領導幹部，或正職領導幹部聘任副職幹部的一種幹部任用形式。按黨管幹部原則，聘任副職幹部需經同級黨委組織部門考核，並報上級主管部門批准。受聘者根據聘用契約的規定年限任職，聘用期滿後，根據工作情況和雙方意願決定續聘或解聘，招聘制為聘任制的一種形式。

資產階級自由化 指崇拜西方資本主義國家的民主和自由、否定社會

主義的言論與行為；中共認為進行社會主義現代化，絕不能搞自由化，絕不能走西方資本主義道路，故對搞資產階級自由化者須嚴肅處理。

雷鋒精神　在雷鋒身上體現出來的共產主義精神。其實質是：忠於共產主義事業，毫不利己，專門利人，全心全意為人民服務。周恩來將雷鋒精神概括為「憎愛分明的階級立場，言行一致的革命精神，公而忘私的共產主義風格，奮不顧身的無產階級鬥志」。

預備黨員　預備期內的黨員。申請入黨的人在經過黨支部大會討論通過和上級黨組織審查批准入黨後，尚有一段預備期，在預備期內稱為預備黨員。「七大」前黨章規定，申請入黨者經黨組織批准入黨後，稱為候補黨員，「八大」時將其改為預備黨員，「九大」、「十大」時取消預備黨員規定，「十一大」又恢復預備黨員條款，黨章規定：「預備黨員的義務和正式黨員一樣。預備黨員的權利，除沒有表決權、選舉權和被選舉權外，亦和正式黨員一樣」。

預選　在正式選舉前，為確定正式候選人而進行的預備性選舉。黨章規定，黨內選舉可採取兩種辦法：一是直接採用候選人數多於應選人數的差額選舉辦法進行正式選舉；亦可先採用差額選舉辦法進行預選，產生候選人名單，然後進行正式選舉。採用預選辦法確定正式候選人有兩種情況：1.召開黨員大會，由上屆黨的委員會將上級黨委員會審查同意的候選人預備名單，提交黨員大會進行醞釀，根據多數人意見確定預選候選人名單，然後採用差額選舉辦法進行預選；2.召開黨員代表大會，由上屆黨的委員會將經上級黨的委員會審查同意的候選人預備名單，提交大會主席團醞釀討論，形成建議名單，再提交各代表團討論，根據多數人意見，確定預選候選人名單，提交代表大會採用差額選舉辦法進行預選。不論何種情況的預選，在確定預選候選人名單後，均須提交代表大會採用差額選舉辦法進行預選，且被選舉人在預選中獲得的贊成票，須超過實到有選舉權人數的半數，始可列為正式選舉候選。

十四畫

精神文明　人類精神生產和精神生活發展的成果及其社會價值和作用。表現為教育、科學、文化知識的發達和思想、政治、道德水平的提高。社會主義精神文明以物質文

明為基礎，又對物質文明的發展起巨大推動作用，並保證物質文明建設的正確發展方向，是社會主義制度優越性的重要體現。社會主義精神文明建設，大體分為兩方面：一是文化建設，主要是教育、科學、文學藝術、新聞出版、廣播電視、衛生體育等各項文化事業的發展和人民科學文化知識水平的提高。二是思想建設，主要指馬克思主義的世界觀和科學理論，共產主義的理想、信念和道德，與社會主義公有制相適應的主人翁思想，與社會主義政治制度相適應的權利義務觀念，為人民服務的獻身精神和共產主義的勞動態度，社會主義的愛國主義和國際主義等。

綜合治理　黨和國家在青少年教育、社會治安以及黨風、廉政建設等方面採取的手段和措施。1988年12月27日，中共中央政治局第15次工作會議指出，社會治安問題，是多種社會矛盾的綜合反映，解決社會治安問題，須動員全社會的力量，通過教育、管理、法治等手段，消除危害社會治安因素，實行綜合治理。所謂綜合治理，即運用法律、行政、制度、紀律、教育等手段，五管齊下，互相補充；查處危害嚴重的案件、抓緊制度建設、完善監督機制、從嚴治黨和加強思想教育等工作同時進行。綜合治理是改革開放條件下，黨風廉政建設、法制建設、精神文明建設的新舉措。

綜合國力　是衡量一個國家基本國情和基本資源最重要的指標，亦是衡量一個國家的經濟、政治、軍事、技術實力的綜合性指標。如何界定和衡量一個國家綜合國力或戰略資源，國際上尚無統一定義和計算方法。概言之，綜合國力可簡單定義為一個國家通過有目的的行動追求其戰略目標的綜合能力。實際上，綜合國力就是國家戰略資源的分布組合，被動員和利用來實現一個國家的戰略目標。

腐敗現象　黨員受剝削階級腐朽思想作風影響，從而在行動上背離黨的宗旨所產生的現象。腐敗現象的產生，有舊社會遺留的腐朽思想，亦有隨開放帶來的資產階級思想；有黨和國家制度不完善的原因，亦有黨員放鬆思想改造、甘心做剝削階級思想俘虜的原因。

領導班子結構　指領導群體的組合搭配形式，它包括成員的數量、質量的配備，職務的分工、順序的排列和品德結構、年齡結構、知識結構、專業結構、智能結構、氣質結構等組合狀況。

十五畫

撤職 黨紀處分中的一種，適用於錯誤性質嚴重，已不具繼續擔任黨內領導職務，但又不構成留黨察看的黨員。所謂黨內職務，指黨員在黨的各級組織及其工作部門中所擔任的領導職務，包括支部、總支和各級黨委的委員、書記、副書記；黨組成員、書記、副書記；各級紀律檢查委員會委員、常委、書記、副書記或紀檢組組長、副組長等職務，以及黨員在黨委辦事機構中擔任副科長以上的領導職務。所謂建議撤銷黨外職務，指對受撤銷黨內職務處分的黨員，需要撤銷其行政領導職務時，黨組織應建議行政監察等單位，撤銷其黨外職務。行政監察等單位按行政處分規定進行處理，並將處理情況通知並抄送有關黨組織。

德才兼備 為選拔幹部的原則。所謂德，就是堅持社會主義道路和黨的領導，具體而言，就是堅決貫徹執行黨的基本路線，為人民服務，黨性強、作風好，敢於堅持原則，善於團結同志，密切聯繫群眾，能為人民造福，為發展生產力和社會主義現代化事業作出積極貢獻，此為主要政治標準；所謂才，即要具備為人民服務、造福的本領和才能，有現代科學文化知識，熟悉以至精通個人業務，有專業知識和能力，領導幹部尚須具有較強的組織領導能力。

敵我矛盾 兩類不同性質的社會矛盾之一，即人民的敵人和人民之間的矛盾，是由敵對階級間的根本利益的衝突引起的對抗性矛盾。敵我矛盾在不同國家和各個國家不同歷史時期有不同內容。在社會主義革命和建設時期，人民和一切反對社會主義革命和敵視、破壞社會主義建設的社會勢力、集團間的矛盾，就是敵我矛盾。解決敵我矛盾，在取得政權之前，主要用暴力革命的方式，取得政權後，主要採用專政方式。

潛規則 係指未明文規定、隱藏在正式規則之下，但又獲廣泛認同且起實際作用的規則。

談心活動 黨員同志間深入相互交談，是交流思想，交換意見的一種有效方式。談心活動有集體談心和個別談心兩種形式。談心的目的在於溝通思想，統一認識，解決矛盾，互相幫助，增強團結，做好工作。

調查研究 黨領導的基本方法之一。馬克思主義的認識論在黨的領導工作中之具體運用。黨制定正確的路線、方針和政策，首先即是深

入實際，深入群眾調查研究。在占有豐富第一手材料的基礎上，經過去粗取精的研究加工，從感性認識上升至理性認識，掌握事物發展的客觀規律，方能得出正確結論，作出正確決策，且經過持續調查研究，使之不斷得到補充、修正和提高。

論資排輩　選拔任用幹部時，片面強調幹部資歷，不重視能力和才華，在輩數上排名次，在資格上搞平衡，是封建社會的一種陳腐的用人觀點。

鄧小平理論　即建設有中國特色社會主義理論，主因是鄧小平率先提出，故自 1997 年「十五大」起以鄧小平理論概括；中共宣稱其係毛澤東思想的繼承和發展，是當代中國的馬克思主義。

十六畫

學風　黨風的重要內容之一。一般指在學習態度、學習方法等方面表現出來的習尚和風格。毛澤東 1942 年在中共中央黨校開學典禮上做的「整頓黨的作風」演說中指出，對中國共產黨來說，學風也就是黨的作風。學風是指黨的領導機關、全體幹部、全體黨員的思想方法問題，對待馬克思主義的態度問題，是全黨同志的工作態度問題。一種是理論聯繫實際、實事求是的態度，將馬克思主義與中國革命的實踐結合，用馬克思主義的立場、觀點和方法，研究和解決中國革命的理論問題和策略問題。另種是主觀主義的態度，表現為教條主義和經驗主義兩種形式。

整風　整頓黨的作風。通過對黨員進行馬克思主義教育和批評與自我批評，對黨員思想和工作作風進行全面整頓，從而達到解決黨內矛盾的目的。

整黨　整頓黨的思想和組織。由於黨內左的錯誤思想影響和資本主義腐朽思想以及封建主義殘餘思想的侵蝕，在一個時期內造成黨內思想、作風、組織上嚴重不純，給實現黨的總目標、總任務帶來不利影響。1983 至 1987 年，中共曾進行大規模整黨，整黨總目的和要求，是在馬列主義、毛澤東思想指導下，依靠全黨同志革命自覺性，運用批評和自我批評，執行黨的紀律，揭露和解決黨內思想、作風、組織嚴重不純的問題，實現黨風好轉，提高思想水平和工作水平。整黨任務是：統一思想，整頓作風，加強紀律，純潔組織。基本方法是：在學習文件，提高思想認識基礎上，開展批評和自我批評，分清是非，糾正錯誤，純潔組織。

諮詢機構 指爲國家實行的決策提供服務的各種機構。中共常見的諮詢機構形式主要有政策研究機構，如各個系統成立的政策研究室，主要從事科學技術、教育、經濟等政策問題的研究，爲各個領域的決策服務。另一種形式是科技情報研究機構，此種形式的諮詢機構包括社會科學和自然科學兩種類型，它是社會、經濟、科技發展不可缺少的參謀機構。

憲法修正案 中共基於維護憲法的權威性和穩定性需要，自 1988 年正式採用審議和公布憲法修正案，爲愼重並嚴格規定程序，中共表示其他議案可以由全國人大代表團或 30 名以上代表聯名提出，而憲法修改議案需經全國人大常委會或 1/5 以上的全國人大代表提出；法律和其他議案由全國人大以全體代表的過半數通過，而憲法修改則需全國人大以全體代表的 2/3 以上多數通過。

十七畫

聯合黨支部 黨的支部組織的一種形式。凡正式黨員不足 3 人或其他原因而沒有條件單獨建立黨支部的基層單位，可與鄰近基層單位的黨員共同組成聯合黨支部。聯合黨支部職能與單獨建立的黨支部相同，亦要執行黨章規定的黨的基層組織的基本任務，積極宣傳和執行黨的路線、方針、政策和國家的法律法令，做好對黨員的教育、管理和監督，掌握群眾的思想政治工作，確保基層單位各項任務完成。

臨時黨支部 爲完成某項任務而臨時組建的基層單位所成立的一種支部組織形式。凡有正式黨員 3 人以上，經上級黨委批准，可以成立臨時黨支部，其領導成員一般由上級黨委指派，若具備條件，亦可由支部黨員大會選舉產生；待任務完成隨即撤銷。臨時黨支部組建時間，一般在 2 年以內，若任務超過 2 年，經上級黨組織批准，可成立正式黨支部。臨時黨支部不能發展黨員；對申請入黨的積極分子，可以對其進行培養教育，臨時性任務結束後，將教育情況向黨員所在單位的黨組織和上級有關部門反映；對違紀黨員亦不能直接進行組織處理，須查清犯錯事實並交予有關黨組織。至於臨時黨支部的其他職能與正式黨支部相同。

十八畫

雙重組織生活會 指由黨的支部委員會或黨小組召開的組織生活會和黨委常委、黨組召開的民主生活會。

雙重處分 同時給予犯錯黨員以黨紀、政紀兩種處分，適用於嚴重違犯黨紀，同時又違犯政紀的黨員。黨的組織在討論決定對違紀黨員黨紀處分時，如認為應給予行政處分，可向行政監察部門等提出建議，由行政監察等部門給予政紀處分。黨員受行政開除公職處分者，必須開除黨籍。

雙規 指在規定時間、規定地點交代問題，係中共紀檢監察機關查處幹部涉及違犯法紀問題時常用方式。

雙開 指黨員幹部因涉及違法犯紀情事，經紀檢監察機關查處屬實後，給予開除黨籍與開除公職的處分。

十九畫

蹲點 做好領導工作的一種有效工作方法。蹲點就是深入實際、深入基層，在群眾中進行調查研究。深入實際蹲點，是建立在辯證唯物主義認識論基礎上的科學工作方法，是確定正確的工作方針，實現正確領導的前提和基礎。

二十畫

議行合一制 國家權力機關統一行使立法權和行政權的政治制度，為1871年巴黎公社所首創。公社打碎資產階級的國家機器，廢除官僚制度，實行一切公職人員由人民選舉產生並隨時可以撤換的制度；公社通過法令、決議，並直接指揮執行。公社的領導機構及其成員，既是立法者，又是執行者。因此，不是議會式，而是同時兼管立法和行政的工作機構。

黨小組 黨支部的組成部分。一個黨小組的人數不得少於3人。黨員領導幹部不宜單獨成立黨小組，應分別和普通黨員編在一組，以便接受黨員監督；預備黨員亦不能單獨編成一組，應和正式黨員編在一組。黨小組的主要任務為：1.組織黨員學習；2.定期召開黨小組會；3.檢查黨員履行義務和執行支部決議情況；4.分配黨員一定的工作任務；5.分析周圍群眾情況，並向支部反映；6.向支部匯報黨員的思想、學習和工作情況；7.協助支部做好對黨員的考評鑒定，培養教育入黨積極分子，接收新黨員，做好對預備黨員的教育、考察和轉正工作；8.按時收繳黨費。

黨內不正之風 黨內一部分組織、領導幹部和黨員，在思想、政治、工作、生活等方面所表現與黨的世界觀和黨性要求相違背的態度和行為。其主要表現是：以權謀私，搞特殊化；官僚主義，高高在上，脫離群眾，脫離實際；工作不負責

任，遇事推諉，互相扯皮，敷衍塞責；對群眾疾苦不關心，對群眾意見置若罔聞，對急需解決問題視而不見；弄虛作假，欺騙上級；說大話、假話、空話、套話，搞形式主義；破壞黨的民主集中制，搞一言堂；自由主義嚴重，對錯誤思想和歪風邪氣不批評不制止，姑息遷就，任其發展；拉關係，走後門等。黨內不正之風產生的根源是：1.幾千年封建專制制度和資產階級腐朽思想的影響；2.個人主義；3.十年文化大革命對黨的摧殘，對黨紀和作風的破壞；4.在實行對外開放和體制改革中，忽視思想政治工作和精神文明建設；5.領導體制上的某些弊端；6.經濟體制不完善。

黨內監督 黨的上下級組織之間，黨員之間的互相監察督促。黨內監督的任務，是以黨章和「準則」以及其他黨規黨法規範來約束全黨，保證黨的各級組織和全體黨員，特別是領導幹部嚴格按照黨章、「準則」和其他規章制度辦事，糾正和揭露違反黨紀國法的行為，防止和抵制黨內各種不良現象的發生、發展。

黨內嚴重警告 黨內五種紀律處分中的一種較輕處分，比黨內警告較重，是對犯錯黨員嚴重告誡。一般是黨員所犯錯誤性質和程度，比受

黨內警告嚴重，但又不符撤銷黨內職務處分，給予嚴重警告處分。

黨內警告 黨紀處分的一種，屬於黨內五種處分中最輕微的處分，是對犯錯黨員的一種告誡，使之注意和警惕。一般是在工作上一時疏忽，偶爾違犯黨紀，或錯誤屬思想品質方面，但錯誤性質和造成後果又不嚴重，依據黨紀衡量，既不構成警告以上處分，又不能免予黨內警告處分。

黨代表任期制 1987 年中共「十三大」要求加強黨的民主和制度建設後，鑑於黨代表決策、監督功能形同虛設，故自 1988 年起，選定浙江等 5 省 12 縣（市）推行黨代會常任制試點；「十六大」提出發展黨內民主後，黨代會常任制即被視為重要舉措，要求「擴大在市、縣進行黨代會常任制試點，積極探索黨代會閉會期間發揮代表作用的途徑和形式」，其後有關工作逐步推開。「十六屆四中全會」進一步要求「建立黨的代表大會代表提案制度，積極探索黨的代表大會閉會期間發揮代表作用的途徑和形式，建立代表提議的處理和回覆機制，加強代表同選舉單位黨員的聯繫，擴大在市、縣實行黨代會常任制的試點」；「十七大」在初步總結「十六大」以來黨代會常任制試點

基礎上，指出爲推動黨內民主建設，「將完善黨代表大會制度，實行黨代表任期制，並選擇部分縣（市、區）試行黨代表大會常任制」，首次提出「黨代表任期制」，旨在透過建章立制有效發揮黨代表在閉會期間決策、監督與意見徵集作用，擴大黨內民主進程。2008年7月制頒「全國代表大會和地方各級代表大會代表任期制暫行條例」，以爲規範。

黨代表會議　黨章規定，「黨的中央和地方各級委員會在必要時可召集代表會議，討論和決定須及時解決的重大問題。代表會議代表的名額和產生辦法，由召集代表會議的委員會決定。」按上述規定精神，黨代表會議是指在中央和地方各級委員會任期內，根據工作需要召集、由代表參加討論和決定重大問題的會議。

黨委制　即黨的各級委員會實行集體領導與個人分工負責相結合的制度，相關規定包括：1.凡屬重大問題由黨委集體討論決定，任何黨委領導成員都不能個人決定重大問題，如遇緊急情況，須個人作出決定時，事後要迅速向黨委報告；2.黨委領導成員根據集體的決定和分工，履行自身職責。

黨性修養　共產黨員在政治、思想、組織、作風、道德品質和知識技能等方面，按照黨性原則要求所進行的自我培養和教育，爲黨員自我改造和完善的主要途徑。黨性修養主要內容包括馬克思主義理論修養，無產階級思想、意識和共產主義道德情操的修養，科學文化知識和專業知識修養，黨的優良傳統作風修養，領導幹部要加強領導能力和藝術修養，並根據自身實際情況，不斷提高黨性修養的自覺性。

黨的三大作風　即理論聯繫實際、密切聯繫群眾、批評與自我批評的作風。1945年4月24日，毛澤東在「七大」政治報告將它概括爲三大作風。此三大作風爲相互聯繫的有機整體，集中反映黨的辯證唯物主義和歷史唯物主義的世界觀和方法論。

黨的中央組織　爲中國共產黨根據其綱領和章程，按民主集中制原則所組織的全黨首腦機關。黨章規定，黨的最高領導機關是黨的全國代表大會和其產生的中央委員會。「七大」以前，黨章未將中央組織列爲專章；「七大」後均將中央組織列爲專章，並明確規定其組成人員的條件、產生辦法以及職權等。黨的中央組織包括：黨的全國

代表大會和其選舉產生的中央委員會、中央紀律檢查委員會；由中央委員會全體會議選舉產生的中央政治局和中央政治局常務委員會；黨的中央軍事委員會（組成人員由中央委員會決定）。

黨的支部委員會 黨在基層單位設立的一種基層組織形式。「黨章」規定，黨的支部委員會由黨員大會選舉產生，每屆任期 2 或 3 年；支部委員會選出的書記、副書記，應報上級黨組織批准。支部委員會一般由 3 至 5 人組成，最多不超過 7 人，設書記 1 人，必要時可設副書記 1 人。支部委員會向黨員大會負責，定期向黨員大會報告工作，接受審查和監督，執行「黨章」規定的黨的基層組織的基本任務。凡有正式黨員 3 人以上又不足 50 人的基層單位，都應設立黨的支部委員會；正式黨員不足 3 人，不具備單獨成立支部委員會的基層單位，可與鄰近單位的黨員組成黨的聯合支部委員會。

黨的方針 政黨在一定歷史時期，根據綱領和路線，為達特定目標制定的指導原則。依方針指導範圍或內容，可分為總方針和具體工作方針，而總方針決定各項具體工作方針。方針是將理論付諸實現的決定性環節之一，當方針確定後，必須在實踐中檢驗其正確與否，通過實踐使方針更加完善和科學。

黨的主張 黨對社會發展所持的見解，主要包括對社會經濟、政治、文化等發展的認識和看法，對社會階級力量及狀況的認識、評價和態度，對自身建設的見解和措施，對國家政權建設及社會發展方向和途徑等重大戰略性問題的見解和建議等，其主要表現形式為黨的綱領、方針、政策、決定、決議、聲明、宣言、建議等。

黨的生活 指黨內各種活動，包括黨小組會、黨員大會、黨的各級委員會召開的會議、黨代表大會、黨代表會議、黨內選舉、黨的民主生活會、上黨課、閱讀黨刊和黨內文件、聽取黨內報告以及黨內的其他政治活動等。

黨的全國代表大會 係黨的最高權力機關。黨章規定：黨的全國代表大會每五年舉行一次，由中央委員會召集。中央委員會認為有必要，或者有三分之一以上的省級組織提出要求，可以提前舉行；如無非常情況，不得延期舉行。其職權是：1.聽取和審查中央委員會的報告；2.聽取和審查中央紀律檢查委員會的報告；3.討論並決定黨的重大問題；4.修改黨的章程；5.選舉中央委員會；6.選舉中央紀律檢查

委員會。「六大」通過的黨章第一次規定全國代表大會職權，其內容為：1.接受並審查中央委員會及中央審查委員會的報告；2.決定黨綱上的問題，決定一切政治策略及組織問題的決議案；3.選舉中央委員會和中央審查委員會。「七大」、「八大」通過的黨章與此大致相同，僅增加中央委員會委員名額，由全國代表大會決定並選舉之。「九大」、「十大」、十一大」則刪除全國代表大會職權的規定；「十二大」恢復並充實全國代表大會職權的條文。「十四大」則修改全國代表大會職權的部分條文。

黨的全國代表會議　在兩次全國代表大會之間，根據工作需要，由中央委員會領導舉行的會議。全國代表會議由中央委員會召集，並決定代表的名額和產生的辦法，其職權為：討論和決定重大問題，調整和增選中央委員會、中央紀律檢查委員會的部分成員。調整和增選中央委員及候補中央委員的數額，不得超過全國代表大會選出的中央委員及候補中央委員各自總數的五分之一。「八大」通過的黨章，因規定全國代表大會由中央委員會每年召集一次，故未有召集全國代表會議的條文。「十二大」時重新恢復召集全國代表會議的規定。

「十三大」則補充規定全國代表會議職權。在中共歷史上，曾召開三次全國代表會議，分別為：1937年5月（延安）、1955年3月和1985年9月（北京）。

黨的地方各級代表大會　黨的地方各級代表大會召開期間的各該級地方黨的組織的領導機關，包括：省、自治區、直轄市、設區的市和自治州的代表大會，縣（旗）、自治縣、不設區的市和市轄區的代表大會。黨章規定，省、自治區、直轄市、設區的市、自治州、縣（旗）、自治縣、不設區的市和市轄區代表大會每五年舉行一次。地方各級代表大會由同級黨的委員會召集，在特殊情況下，經上一級委員會批准，可提前或延期舉行。地方各級代表大會名額和選舉辦法，由同級黨的委員會決定，並報上一級黨的委員會批准。召開地方各級代表大會是黨內政治生活正常化的重要指標之一，因此必須做到：1.嚴格按照黨章規定辦事，堅持按期召開黨代表大會；2.認真做好會前準備工作；3.會議指導思想要明確；4.從大會準備至召開，須按黨章規定的民主程序辦事。

黨的地方各級委員會　指黨的省、自治區、直轄市，設區的市、自治州和縣（旗）、自治縣，不設區的市

和市轄區的各級委員會，是地方各級組織在代表大會閉會期間的領導機關。主要職責為：執行上級黨組織指示和同級代表大會決議；在執行中央路線和保證全國政令統一前提下，對本地區的工作實行政治領導；定期向上級黨的委員會報告工作。黨章規定，省、自治區、直轄市，設區的市和自治州委員會，每屆任期五年，委員會委員和候補委員必須有五年以上黨齡；縣（旗）、自治縣、不設區的市和市轄區的委員會，每屆任期五年，其委員和候補委員須具三年以上黨齡；地方各級代表大會如提前或延期舉行，其選舉的委員會任期亦相應改變，而地方各級委員會委員和候補委員名額由上一級委員會決定。

黨的地方各級委員會常委會 黨的地方組織及其領導機構的組成部分，是地方黨的組織和經常工作的領導核心，又稱常委會。地方各級常務委員會由地方各級委員會全體會議選舉產生，並報上級黨的委員會批准，而地方各級委員會的常務委員會，在委員會全體會議閉會期間，行使委員會職權，但不能代替全委會的職權和工作，無權改變全委會決定。地方各級委員會的常務委員會任期為至下屆代表大會

開會產生新的委員會為止。常委會主要職權是貫徹執行中央和上級黨委指示，落實本級黨代會和全委會決議；討論決定有關經濟建設、改革開放和工作部署；討論決定黨委管理幹部的任免，向政府機關推荐重要幹部。

黨的地方組織 黨的地方代表大會和委員會，包括：省、自治區、直轄市，設區的市、自治州，縣（旗）、自治縣、不設區的市和市轄區代表大會，以及由上述各代表大會選出的委員會。中共「一大」時通過的「中國共產黨綱領」規定：「有五名黨員的地方可建立地方委員會」。1927 年「五大」前，黨的地方組織設置為：區執委、地委、城市部委、特別支部、支部。「五大」之後為省委、特委，部分地方設中心縣委、縣委、區委。抗戰時期，部分地方設有特委、地委、工委。根據中共憲法規定，其行政區劃實行三級制，因此黨的地方組織亦實行三級制，即省、自治區、直轄市委員會，設區的市、自治州委員會，縣（旗）、自治縣、不設區的市和市轄區黨的委員會。

黨的決議 為完成黨的總目標、任務，在特定時期，對某一項工作或事情，經黨員大會、黨員代表大會、黨的代表會議或黨的委員會集

體討論所作之決定，此決議體現黨的利益和多數黨員意志。

黨的制度 由黨的權力機關或授權機關制定，各級組織和全體黨員必須遵守的辦事規程和行動準則，為黨內各種行為規範的總和，包括：1.領導制度；2.組織制度；3.幹部制度；4.工作制度；5.生活制度；6.監督制度。

黨的性質 為中共的階級屬性，「黨章」規定：「中國共產黨是中國工人階級的先鋒隊，同時是中國人民和中華民族的先鋒隊，是中國各族人民利益的忠實代表，是中國社會主義事業的領導核心」。此為對中國共產黨性質的完整、準確的表述，並確立階級基礎、根本宗旨和領導地位。

黨的建設 無產階級政黨藉由思想、政治、組織、作風、制度等建設，使自身不斷健全、鞏固、發展的活動。思想建設，指用馬克思主義武裝和教育全黨，提高全黨的的思想理論水平，端正思想路線；政治建設，指運用馬克思主義，結合實際情況，制定並貫徹正確的政治綱領和路線，堅持正確的政治方向；組織建設，指健全和貫徹黨的民主集中制、領導制度和組織原則，健全和加強黨的組織機構和紀律，鞏固和發展各級組織和黨員隊伍，依據黨的幹部路線和政策選拔任用幹部等；作風建設，指樹立理論聯繫實際、密切聯繫群眾、批評與自我批評等優良作風。黨的建設是統一的整體，思想建設為政治、組織、作風等方面建設的前提和基礎；政治建設是黨的建設的關鍵和核心；組織和作風建設為黨的建設重要保證。

黨的政治路線 黨在一定歷史階段為實現其一定的政治目標而規定的行動方針和途徑，為黨在一定歷史階段主張的集中表現，具有鮮明的階級性，代表一定階級的利益和要求。中共在社會主義初級階段的基本路線，為新時期的政治路線，即領導和團結全國各族人民，以經濟建設為中心，堅持四項基本原則，堅持改革開放，為建設成富強、民主、文明、和諧的社會主義現代化國家奮鬥。

黨的政策 政黨為實現和維護其所代表的階級利益，鞏固社會制度，指導社會政治、經濟、文化等各項事業，指導政黨活動，處理階級、社團、民族、國家間的關係，依據黨的發展目標和基本路線而制定的行動準則和調控手段。政策是無產階級政黨的任務、路線向現實轉化的重要環節，其基本要求為：1.實事求是，一切從實際出發；2.原

則性與靈活性的統一；3.穩定與變化的協調性；4.革命和建設事業是社會改造的系統工程，指導革命和建設事業的政策亦須爲一相應的科學系統。

黨的派出機關 黨的縣級和縣級以上委員會爲便於指導地方或機關的工作而派駐各地或機關的組織。黨章規定，中央和地方各級委員會可以派出代表機關。中共中央直屬機關工作委員會、中共中央國家機關工作委員會，是中共中央派出的代表機關；黨的省、自治區、直轄市委機關工作委員會，省、自治區、直轄市政府機關工作委員會，是省、自治區、直轄市委員會派出的代表機關。黨的派出機關，根據上級黨委授權，領導本地區工作。黨委派出的代表機關，不能召開代表大會或代表會議，若需要選舉出席上級黨的代表大會代表時，可由直屬機關黨委或黨支部召開黨員代表大會或黨員大會進行選舉。

黨的紀律 黨的各級組織和全體黨員必須遵守的行爲規則，是維護黨的團結統一、完成黨的任務的保證。黨的紀律涉及黨內生活各層面，主要有：一是作爲黨的根本大法的「中國共產黨章程」；二是作爲「黨章」必要的補充的「關於黨內政治生活的若干準則」；三是黨在某個時期針對黨的生活中某些問題，制定的一些專門適用於一定範圍的制度、條例和法規；四是國家所頒布的憲法、法律、法令及各種工作紀律、勞動紀律等。

黨的紀律處分 區分 5 種：警告、嚴重警告、撤銷黨內職務、留黨查看、開除黨籍。「中國共產黨紀律處分條例（試行）」規定的實施黨紀處分的原則是：1、堅持實事求是原則，處理違犯黨紀的行爲，應當以事實爲依據，準確認定錯誤性質，區別不同情況，依照條例規定，恰當地給錯誤黨員和黨組以紀律處分；2、堅持從嚴治黨原則，黨的各級組織須維護黨的紀律，對於違犯黨紀的黨員和黨組織，必須依照「條例」嚴肅處理，不得姑息遷就；3、堅持民主集中制原則，對違犯黨紀行爲的處理必須經黨委或紀委集體討論決定，不允許任何個人或少數人決定和批准；4、堅持黨員在黨紀前人人平等的原則，黨內不允許有不受紀律約束的特殊黨員，任何黨員違犯黨紀，皆必須受到追究。

黨的基本知識 黨的基本知識即馬克思主義關於黨的建設學說的基本原理，黨內生活的基本制度、規定，以及黨史、共產主義運動史的

基本常識。黨員了解黨的知識，可以提高對黨的認識，增強黨性，自覺執行黨內的各種規範。

黨的基層委員會　黨在基層單位設立的一種基層組織。根據黨章規定，黨的基層委員會由黨員大會或代表大會選舉產生，每屆任期 3 或 4 年；基層委員會選出的書記、副書記，應報上級黨組織批准。黨的基層委員會一般由 5 至 9 人組成，最多不超過 11 人，設書記 1 人，副書記 1 至 2 人；一般不設常務委員會，然因某些單位黨員人數多、工作範圍寬、駐地較分散因素，可設立黨委常委會。黨的基層委員會向同級黨員大會（代表大會）負責並報告工作，執行黨章規定的基層黨組織的基本任務，貫徹上級黨組織和同級黨員大會（代表大會）的決議，有權批准發展黨員、任命黨務幹部、處理違紀黨員。

黨的基層組織　黨的基層組織是黨的組織基礎，中國共產黨是由中央、地方和基層組織共同構成、相互作用的嚴密而完整的組織體系；黨的基層組織是開展黨的活動的基本單位，擔負教育管理黨員、發展新黨員、執行黨的紀律等重要責任，分布在企業、農村、機關、學校、科研院所、街道、人民解放軍連隊和其他社會基層單位。「七

大」以前的黨章，均未將黨的基層組織列為專章，僅將黨的支部列為基層組織。「七大」黨章第一次將黨的基層組織列為專章，並明確規定黨的基層組織包括黨的支部、黨的總支部和基層委員會，並沿用至今。

黨的條例　依據黨的章程制定或批准，規定黨的活動事項或黨組織、工作部門職權及行為規則的文件，為黨內法規的重要組成部分，亦是黨的活動規範化、制度化的條件和特徵之一。

黨的組織生活　主要是指由支部委員會或黨小組組織或召開，以上黨課、學習黨內文件、匯報思想、總結報告工作等為主要內容的活動或會議，包括支部委員會或黨小組召開的組織生活會，以及黨員領導幹部單獨召開的黨內民主生活會。

黨的組織原則　認識和處理黨的組織方面問題的依據和標準，中共以「民主集中制」作為根本組織原則，其基本原則是：1.黨員個人服從黨組織，少數服從多數，下級組織服從上級組織，全黨各組織和全體黨員服從黨的全國代表大會和中央委員會；2.黨的各級領導機關，除其派出的代表機關和在非黨組織中的黨組外，均由選舉產生；3.黨的最高領導機關，是黨的全國

代表大會和其所產生的中央委員會；4.黨的上級組織須經常聽取下級組織與黨員意見，並及時解決所提之問題；5.黨的各級委員會實行集體領導和個人分工負責相結合制度；6.禁止任何形式的個人崇拜。

黨的組織路線　黨根據政治路線的需要而規定關於組織工作的根本方針和準則，是為黨的政治路線服務，係實現政治路線的保證。組織路線為組織建設的核心問題，關係到黨組織的發展和鞏固、團結統一、質量、生命力、戰鬥力以及歷史使命的完成。

黨的最低綱領　亦稱黨的最低奮鬥目標，其基本內容為規定無產階級政黨在民主革命階段所欲實現的政治目的及其行動方針和要求，是實現最高綱領的第一步。中共將馬克思列寧主義和中國實際情況結合，將其綱領分為最低綱領和最高綱領，最低綱領就是新民主主義綱領，即在新民主主義革命階段，通過中共領導，推翻帝國、封建、官僚資本主義，建立中華人民共和國。

黨的最高綱領　政黨的一切活動所欲達到的最終政治目的，中共最高綱領為實現共產主義社會制度，據此，依據各階段具體情況，確定黨的近期目標、路線、方針、政策和任務。目前中共最高綱領現階段基本要求為「堅決貫徹和執行黨在社會主義初級階段的基本路線」。

黨的群眾路線　無產階級政黨與人民建立正確關係和實現正確領導的根本方針和準則，為中共的根本工作路線，其基本點為「一切為群眾，一切依靠群眾，從群眾中來，到群眾中去」。1929年9月28日「中共中央給紅軍第四軍前委的指示信」中首次提出群眾路線概念；1943年6月1日，中共將群眾路線提出較為完整的範疇：「在一切實際工作中，凡屬正確的領導，必須是從群眾中來到群眾中去」，亦即將群眾意見集中，再向人民宣傳解釋，化為群眾意見，使群眾堅持下去，並付諸行動，並在人民行動中考驗意見是否正確，如此循環反覆操作。

黨的路線　政黨在一定歷史時期為實現其綱領和目標所規定各方面工作的基本方針和途徑。從指導作用的範圍以觀，黨的路線可分為在一定歷史時期的基本路線和在各個領域工作的具體路線；以指導內容區分，則為政治路線、思想路線、組織路線、幹部路線等。

黨的領導　無產階級政黨對無產階級革命和社會主義建設，以及對國家政權、群眾團體和其他社會力量與組織的統帥和嚮導作用。黨的領

導體現在政治領導、思想領導和組織領導等方面。政治領導，係指黨的政治原則、方向和重大方針政策的領導。政治領導是實現全面領導的一個重要方面，其實質就是確保國家發展的社會主義方向及國家生活必須堅持正確的原則。在社會主義時期，關鍵在於將馬克思主義和中國社會主義建設的具體實踐結合，制定指導中國社會主義現代化路線。思想領導，是黨以馬列主義、毛澤東思想、鄧小平理論和「三個代表」思想爲指導，加強黨的理論和思想政治工作，提高廣大黨員和人民群眾的思想覺悟，引導人民群眾用無產階級的世界觀和方法論去認識和改造世界。思想領導是實現政治領導的基礎和前提，而思想領導的實質，就是保證馬列主義在意識形態領域占主導地位。組織領導，爲黨的各級組織通過幹部和黨員，組織和帶領人民，爲實現黨的任務和主張而奮鬥。組織領導是實現政治領導和思想領導的物質保證，政治領導和思想領導的實現，要靠黨的各級組織、幹部、黨員去實現，缺乏組織領導保證，政治領導、思想領導就會落空。實現組織領導，要加強和改善黨的領導，建立健全黨的各級組織，將領導班子建設成爲忠於馬克思主義、堅持走有中國特色社會主義道路的領導集體，將基層黨組織建設成爲團結和帶領群眾進行改革和建設的隊伍，並切實加強和改進對黨員的教育與管理，以提高素質，增強黨性。

黨的總支部委員會 黨在基層單位設立的一種基層組織形式。根據黨章規定，黨的總支部委員會由黨員大會選舉產生，每屆任期 2 或 3 年；總支部委員會選出的書記、副書記，應報上級黨組織批准。總支部委員會一般由 5 至 7 人組成，設書記 1 人，副書記 1 人。總支部委員會執行黨章規定的黨的基層組織的基本任務，沒有對黨員進行紀律處分的審批權，未經上級黨組織授權，也不能審批發展新黨員。黨的基層委員會下設的總支部委員會，接受基層委員會的領導。

黨紀處分 黨的紀律處分之簡稱。對違犯黨紀的黨員，黨組織應按其錯誤事實和情節輕重，依據黨紀規定作出必要的處理，此爲對黨內違紀者所採取之必要教育和組織手段。黨紀處分有五種，分別爲：警告、嚴重警告、撤銷黨內職務和向黨外組織建議撤銷黨外職務、留黨察看、開除黨籍。另對違犯黨紀的黨組織，上一級黨的委員會應根據情節嚴重程度，作出進行改組或予

以解散決定，並報再上一級黨的委員會審查批准，正式宣布執行。

黨要管黨 為中共自身建設重要原則之一，指的各級組織必須重視黨的建設，切實做好黨務工作，加強對黨員、幹部和黨組織的管理。中共於「八大」時，劉少奇、鄧小平曾分析執政地位使黨面臨新考驗，指出黨要管黨的重要性。1962年底再次強調在執政情況下黨一定要管黨，且能否管好自己，將成為關係黨和國家前途命運的關鍵，要堅持黨要管黨原則，才能加強執政黨的建設。「十一屆三中全會」後，中共亦再強調並堅持黨要管黨原則，並在黨章中明確規定：「黨的中央、地方和基層組織，必須重視黨的建設，討論和檢查宣傳、組織、紀律檢查、群眾、統一戰線等工作，研究黨內外思想政治狀況」。

黨風 即是一個政黨和它的黨員在政治上、思想上、組織上、工作上、生活上的作風。黨風體現著一個政黨的性質和宗旨，是一個政黨及其黨員的黨性和世界觀的外在表現。黨風的基本特點：黨風是馬克思主義和黨的革命實踐相結合的產物，是在鬥爭實踐中產生和發展起來的。其體現無產階級的特性，是黨組織和黨員對共產主義、對人民和黨組織本身的態度、習尚和風格，是黨員的世界觀、品德和黨各方面工作的反映。

黨風建設 黨組織和黨員的思想作風、工作作風、生活作風的建設工作。主要工作為：1.各級黨委將黨風建設作為自己的重要任務，列入重要議事日程，從上到下層層抓，形成全黨抓黨風局面，實行綜合治理；2.深化改革開放，健全和完善社會主義的政治、經濟、文化等各項制度，減少產生不正之風的條件；3.從嚴治黨，嚴格要求，嚴肅處理違法違紀行為，清除黨內腐敗分子；4.加強黨員培訓、教育、管理工作，提高黨員隊伍的政治素質。

黨建五位一體 中共「十六大」後，以胡錦濤為總書記的黨中央，提出黨的建設思考，包括思想理論建設、組織建設、作風建設、反腐倡廉建設、制度建設，簡稱「五位一體」布局，其中思想理論建設，係堅持以馬克思主義及其中國化的創新成果武裝全黨，進一步闡述科學發展觀、構建社會主義和諧社會、建設創新型國家、建設社會主義新農村、樹立社會主義榮辱觀、堅持走和平發展道路、推動建設和諧世界、加強黨的執政能力建設和先進性建設等在內的系列戰略思想。

組織建設著重加強幹部培訓，2003年開始啓動5年內將縣處級以上幹部輪訓1次的計畫。另高度重視和大力加強基層黨組織建設，分別對農村基層黨組織、國有企業黨組織、街道社區黨組織及新經濟組織調整組織設置，改革工作方式。

作風建設，制定頒發《2004-2008年黨政領導班子規畫綱要》，對幹部作風提出明確要求。

反腐倡廉建設主要依據《建立健全教育、制度、監督並重的懲治和預防腐敗體系實施綱要》，改革反腐倡廉制度，強化黨內監督與社會監督，堅決糾正不正當交易行為，堅決治理群眾反映強烈的熱點問題。

制度建設，主要是推動切實保障黨員的民主權利，完善黨的代表大會制度，注重發揮全委會作用，進一步擴大幹部選拔任用環節的民主等四個方面的制度創新。

黨員組織關係 黨員組織關係是指黨員對黨組織的隸屬關係。按照黨章規定，每個黨員不論職務高低，都必須編入黨的一個支部、小組或其他特定組織，參加黨的組織生活，接受黨內外群眾的監督。在通常情況下，黨員的組織關係與行政關係應當一致。黨員組織關係的概念有廣義和狹義之分，廣義概念包括正式組織關係和臨時組織關係，轉移正式組織關係需開具「黨員組織關係介紹信」，轉移臨時組織關係需開具「黨員證明信」；狹義概念特指正式組織關係。在一般情況下，當提及加強黨員組織關係管理時，是廣義概念；當提及轉移黨員組織關係時，是指狹義概念。

黨員幹部 指加入中國共產黨的幹部。和非黨幹部相較，黨對黨員幹部的要求較嚴。黨員幹部要履行黨章規定的各項義務，並依幹部條件自我要求。

黨員電化教育 黨員電化教育是黨組織運用錄音、錄像、廣播、電視和電影等現代化傳播手段，對黨員有組織地進行的一種有效的教育活動。錄音是製作錄音黨課或錄音報告，通過錄音和播放，組織黨員收聽。錄像是製作黨員電教片，通過錄像機播放，組織黨員收看。廣播是包括有線廣播與無線廣播兩種，在電台或廣播站舉辦黨員教育節目。電視一般是在電視台舉辦黨員教育專題節目，或不定期播放黨員電教片。電影是選擇對黨員有教育意義的影片，組織黨員收看。

黨員管理 黨員管理是黨組織按照黨章和黨內的有關規定，通過一定的方式和手段，使黨員認真履行義

務，正確行使權利的活動。其具體工作主要是：根據黨員數量、分布和流動情況，建立黨的組織；對黨員進行教育、審查和鑑定；嚴格黨員的組織生活，加強監督和整頓紀律；發揮黨員的先鋒模範作用，表彰優秀黨員，清除黨內腐敗分子，嚴肅處置不合格黨員。

黨員領導幹部民主生活會 規定於中共中央印發的「關於縣以上黨和國家機關黨員領導幹部民主生活的若干規定」，其中指出「縣以上黨和國家機關黨員領導幹部的民主生活會，每半年召開一次，根據實際需要，亦可隨時召開。上半年的民主生活會在 7 月底以前召開，下半年的民主生活會在翌年的 1 月底召開。」

黨員證明信 黨員證明信是黨員臨時外出參加組織生活的憑證，即黨員臨時組織關係。黨員臨時外出、開會、實習、學習、考察等，持黨員證明信，證明其黨員身分。黨員證明信一般只限在六個月內使用。持黨員證明信的正式黨員，其組織關係沒有轉移，仍在原單位參加黨的組織生活、交納黨費和享有表決權、選舉權和被選舉權。

黨校 由各級黨委直接舉辦的培養、訓練黨的各級領導幹部的學校，其基本任務爲用馬克思列寧主義、毛澤東思想、鄧小平理論和「三個代表」思想，用黨的路線方針政策和必要的科學文化知識、業務知識武裝幹部，爲黨培訓具有共產主義思想覺悟、黨性強、作風好、懂理論、有專業知識和實際工作能力的領導幹部，並配合組織部門共同做好幹部考察和選拔工作。中共於 1925 年 9 月，北京地委和北方區委根據「四大」「要設立黨校、以便有系統地教育黨員的決定」，創辦第一所黨校—北京黨校；1929 年 2 月，在上海秘密舉辦中央訓練班；1931 年 4 月，要求在各蘇區中央局所在地設立黨校；1933 年 3 月在瑞金成立馬克思共產主義學校，並於 1935 年 11 月在陝北改名爲中央黨校；1940 年 2 月制頒「關於辦理黨校的指示」，要求各地黨的領導機構均要辦黨校；1948 年 7 月創辦高級黨校—馬列學院，其任務是有系統培養具一定理論水平的領導和宣傳幹部。

黨組 中共在非黨組織的領導機關中設立的組織機構，是實現黨對非黨組織領導的重要組織形式，黨組非一級黨委，且在批准其成立的委員會領導下進行工作。1945 年「七大」通過的黨章將黨團改稱黨組，規定在政府、工會、農會、合作社及其他群眾組織的領導機關中，凡

有擔任負責工作的黨員 3 人以上者，即成立黨組；並規範黨組設書記 1 人，超過 10 人的黨組，設黨組幹事會，黨組成員由同級黨委指定。1949 年 12 月「關於在中央人民政府內建立中國共產黨黨組的決定」，提出為實現和加強中共對中央政府的領導，以便統一並貫徹黨中央的政治路線和政策執行，依據黨章規定，在中央政府中擔任負責工作的共產黨員組成黨組，在中央政府政務院成立黨組，最高法院和最高檢察院成立聯合黨組。1969 年「九大」取消黨組規定。1973 年「十大」重新規定建立黨組，但實際並未執行。1982 年 9 月，「十二大」通過的黨章規定：「在中央和地方國家機關、人民團體、經濟組織、文化組織或其他非黨組織的領導機關中成立黨組」。1987 年 10 月「十三大」改為「在中央和地方各級人民代表大會、政治協商會議、人民團體和其他非黨組織的經選舉產生的領導機關中，可以成立黨組」。1992 年 10 月「十四大」黨章修正案恢復「十二大」關於在政府機關、經濟組織和文化組織中設立黨組的規定。

黨群關係　無產階級政黨與群眾之間的相互聯繫。中國共產黨和人民之間的關係，是在長期革命鬥爭和建設事業中建立起來相依為命的關係。無產階級政黨不是把群眾當作自己的工具，而是自覺認定自己是人民在特定歷史時期為完成特定歷史任務的一種工具。中國共產黨既是領導者，亦是人民的工具。

黨管幹部　黨的幹部管理工作準則，是中共對幹部工作領導的根本方針，其主要內容是各級黨的委員會要堅持管好幹部路線、政策的貫徹執行；推荐和管理重要幹部；指導幹部人事制度改革；做好對幹部人事工作的宏觀管理和檢查監督。基本要求是幹部工作的路線、方針、政策、標準、原則、制度，必須由中央統一制定；黨務工作以外幹部管理必須通過立法與行政機構形成相配合的法規、條例。

黨課教育　黨課教育是黨組織用授課形式定期對黨員進行教育的一種方法。通常所說的「三會一課」，其中「一課」就是定期上黨課，為黨在長期黨員教育實踐中總結出一種行之有效的黨員教育方式。

黨籍　黨籍表示黨員資格。一個申請入黨的同志，當他履行入黨手續，被批准為預備黨員即有黨籍。取得黨籍，是一個人從組織上被承認為黨員的依據。預備黨員被取消預備黨員資格或正式黨員被動退出黨、除名、不予登記、開除黨籍以

及自行脫黨、自動退黨者，就失去黨籍。

黨齡　黨齡即成為正式黨員的時間，表示一個黨員在黨內生活和工作的實際經歷。

貳、經濟類

一畫

一次能源　指從自然界直接取得，不用改變其基本形態的能源。一次能源中，石油、天然氣、煤炭、水力是當前被廣泛利用的能源，通常稱為常規能源；其他則稱新能源。

一個中心，三個著眼於　「一個中心」－「學習馬克思主義，一定要以中國改革開放和現代化建設的實際問題，以正在做的事情為中心」；「三個著眼於」－「著眼於馬克思主義理論的運用；著眼於對實際問題的理論思考；著眼於新的實踐和新的發展。」

一個確保、三個到位、五項改革　一個確保：指確保國民經濟年增率達到 8%，人民幣不貶值；三個到位：指國企改革、金融體制改革，以及國務院精簡機構要限期完成；五項改革：指糧食流通體制改革，投資及融資體制改革、住房體制改革、醫療體制改革和財稅體制改革。這是 1998 年 3 月，朱鎔基就任國務院總理時，提出施政要點之簡縮語。

一個龍頭，三個中心　在 1992 年 10 月，中共「十四大」，特別是 14 屆三中全會提出建立社會主義市場經濟體制，在此背景下，中共中央、國務院給政策，決定開發上海浦東新區，希望發揮「一個龍頭，三個中心」作用，即以上海浦東開發開放為龍頭，把上海建成國際經濟、金融、貿易中心，帶動長江三角洲和整個長江流域地區經濟的新飛躍。以後大陸許多城市均借用作為經濟建設發展的目標。

一站式辦公　1996 年 6 月，重慶市江北區政府推出「一站式辦公」，每逢星期二、四，其區計畫經濟委員會、外經委、工商、公安等 13 職能部門，由區政府和部門領導帶隊，坐在一個辦公室為企業、中外商及群眾辦理註冊、政策咨詢、換證換照等上百項業務，「做到特事特辦、急事急辦」，當場解決問題或承諾定期辦理。

一般納稅調整　是指按照稅法規定在計算應納稅所得額時，如果企業財務、會計處理辦法同稅收法律、行政法規的規定不一致，就應當依

照稅收法律、行政法規的規定計算納稅所作的稅務調整，並據此重新調整計算納稅。如國債利息收入，會計上作爲收益處理，而按照稅法規定作爲免稅收入，在計算繳納企業所得稅時需作納稅調整。

一窩黑現象 指「辦理一案，拉出一串；查辦一人，帶出一窩。」，在各級執法部門查辦的腐敗案件中，這種情況越來越多，被稱爲「一窩黑現象」或「一窩黑」。

二畫

二一一工程 係中共創新體系整體規畫中重要組成之一，1993 年由中共中央提出，旨在面向 21 世紀加強高等教育規畫，重點建設約 100 所高等學校及一批重點學科，此作爲國家重點建設項目列入國民經濟與社會中長期發展規畫，並自 1995 年起實施，由國務院、國家計畫委員會、國家教育委員會與財政部相關人員組成協調小組，總目標爲以 10 年（或以上）期限，使一批高等學校與重點學科能構成爲培養高層次專門人才並解決國家經濟建設、科技與社會發展重大科技問題的基地，在教育質量、科學研究與管理等方面處於國內先進水平，並具備國際影響力，其中若干高等學校與重點學科達到或接近世界先進水平。

該計畫到 2010 年主要任務：1.緊圍繞農業、能源、信息、資源環境、人口與健康、材料等國民經濟、社會發展與科技自身發展的重大科學問題；2.建立一批能夠體現中國科學發展水平與綜合科技實力發展產生深遠影響的重大科學工程 3.部署相關、重要、探索性強的前沿基礎研究；4.培養和造就適應 21 世紀發展需要的具備高科學素質、有創新力的優秀人才；5.重點建設一批高水平、能承擔國家重點科技任務之科學研究基地，並形成若干跨學科的綜合科學研究中心。

二次能源 一次能源經過加工或轉換而得到的產品，如電力、蒸氣、焦炭、煤氣，以及各種石油製品等。

二板市場 又稱「創業型板市場」，係創新型中小企業服務之股票市場。其對於上市要求不太嚴苛，同時對高科技公司給予相當鼓勵，因此發展十分迅速。

二保、三自、三定、四放權 「二保」即保稅收、保企業積累。「三自」即各承包單位自籌資金、自主經營、自負盈虧。「三定」即定投標保證金、定人員、定規章制度。「四放權」即下放經營權、定價權、分配權、勞動用工權。

二倒 指第二次轉手買賣的中間人。在中國大陸，轉手買賣被認爲

是惡意地「翻三倒四」，故形像地稱爲「倒賣」，它向來被視爲非法，扣上的惡名包括「買空賣空」、「投機倒把」等。

改革開放後，中共不少官員利用職權倒賣緊缺物質，被稱爲「官倒」或「官倒爺」。

二哥 20 世紀 50 年代時稱呼工人或工業爲「老大哥」、「大哥」，戲稱農民或農業爲二哥，而仿造出來的新詞語。

二鍋飯 許多中小國有企業都經歷以下的改制「三部曲」：從開始的「大鍋飯」，到人人平均持股的「二鍋飯」，再到產生新富的「經營者持大股」。原先國有企業裏那種「人人都有份，人人都不願管」的弊病沒有從根本上改變，這種狀況被人們戲稱爲僅次於「大鍋飯」的「二鍋飯」。

八六三計畫 指 1986 年 3 月，王大珩、王淦昌、楊家墀、陳芳允等 4 位科學家上書中共中央，建議追蹤世界戰略高科技發展。此一建議得到中共中央極大關注及支援。鄧小平批示「此事宜速決斷，不可拖延」。同年 8 月，國務院常務會議和 10 月中共中央政治局擴大會議，先後批准這批科學家提出的發展高科技的計畫，其正式名稱爲「高技術研究發展計畫」，並以提出的年月簡稱爲「863 計畫」。此一科技計畫著眼於增強中共經濟實力，根據「瞄準前沿、積極跟蹤、有限目標、突出重點」方針，選擇對中共今後發展有重大影響的生物、資訊、自動化、能源、新材料及鐳射技術 7 個領域的 15 個主題項目，作爲突破重點。其宗旨是：組織少量精幹的科技力量，在 15 年內，在若干最重要的高技術領域與世界先進水平縮小差距，並力爭在某些領域有所突破；同時培養和造就新一代高水準的科技人才；將開發的高技術成果盡快商品化、產業化，爲改造傳統產業和建立新興高技術產業服務，推動工業、農業、服務行業等在 20 世紀末向現代化過渡，爲 2000 年後形成具有相當優勢的高技術產業創造條件。在「十五計畫」(2001-2005 年) 之前，「863 計畫」的導向主要是追蹤模仿；進入 21 世紀，則走「產學研」、「官產學」道路，由政府主導的體系，轉變爲建立與產業界互相靠攏的新機制，相互取長補短，共同研發新產品，體現「科技是第一生產力」的眞諦。

九七三計畫 係中共「國家重點基礎研究發展計畫」之簡稱，1997 年國家科技領導小組第三次會議決定制定與實施該計畫，鼓勵優秀科學家圍

繞國家戰略目標，在對經濟社會發展有重大影響、能在世界佔有一席之地之重點領域，瞄準科學前沿與重大科學問題開展重點基礎研究。

十大重點節能工程 中共國家發展和改革委員會為落實「節能中長期專項規畫」，組織編制「『十一五』十大重點節能工程實施方案」，它包括節約和替代石油工程、燃煤工業鍋爐（窯爐）改造工程、區域熱電聯產工程、餘熱餘壓利用工程、電機系統節能工程、能量系統優化工程、建築節能工程、綠色照明工程、政府機構節能工程和節能監測（服務）體系建設工程。

「十一五」期間，通過實施十大重點節能工程，總計可節能 2.4 億噸標準煤，減排二氧化碳（以碳計）1.56 億噸。

三畫

三不戶 係指食不果腹、衣不蔽體、房不避風雨的農戶。

三化兩改 「三化兩改」係指高技術產業化、國民經濟和社會信息化、重大裝備國產化，以及傳統工業改組與改造之簡稱。

三同時 指對於確有經濟效益的綜合利用項目，治理環境污染的措施，應當與主體工程同時設計、同時施工、同時投產，合稱「三同時」。

三老企業 係指鄉鎮企業（老鄉）、外資企業（老外鄉）和特區企業（老特）。

三角債 大陸實行改革開放政策以來，在省、市、自治區之間，不同企業事業單位之間，存在兩種債務鏈：一種是三角債，另一種是線形債。所謂三角債，是指甲欠乙、乙欠丙、丙欠甲，三者相互拖欠，形成一個三角形債務鏈。其實，三角債是一個總稱，它包括四角債、五角債及其他各種多角債。

三盲 指文盲、科盲、法盲合稱「三盲」。科盲是指缺乏最基本的科學技術常識者；法盲是指缺乏最基本的法律常識者。

三金工程 係指金橋、金關、金卡等三項資訊化工程建設。其中，「金橋」工程以衛星通訊、通訊電纜、光纜、微波等傳輸手段實現全大陸和跨國計算機聯網，建立起國家公用資訊平臺；「金關」工程指國家經濟模擬資訊網絡工程；「金卡」工程則是從電子貨幣起步，逐步發展成為個人與社會交往的全面證明。

三高農業 係指市場化高、技術含量高、經濟效益高的農業，簡稱為「三高農業」。

三假 假種子、假化肥、假農藥合稱「三假」。大陸各地屢屢發生使用偽劣種子、化肥、農藥等農資，致

使農田長不出莊稼，害蟲殺不死，甚至大面積農作物被毒死，顆粒無收的事件。

「三假」另種說法指假藥、假煙、假酒（或商標）。

三率　利率、匯率和稅率合稱「三率」。

三通一平　指通水、通電、通路，以及平整地基，合稱「三通一平」。

三無商品　指無商標、無廠名（或廠址）、無生產日期（或無產品合格證）的商品，又稱爲「三無匿名商品」。

三無船舶　係指那些無船名船號、無船舶證書，以及無港籍。

三資農業　指有外資、商業資金，以及民間資金投資的農業，簡稱爲「三資農業」。

三綠工程　世紀之初，由中共內貿局、財政部、衛生部、鐵道部、質監局、環保總局聯合推出「三綠工程」－指開闢綠色通道，培育綠色市場，倡導綠色消費。

三靠與靠三　中國大陸許多落後地區的農民，處境十分困難，他們靠「搞生產靠貸款，吃糧靠返銷，花錢靠救濟」，被稱爲三靠。「靠三」則是依靠中共十一屆三中全會的簡稱。

三獎一補政策　三獎一補政策是指對財政困難縣政府增加本級稅收收入和省市級政府增加對財政困難縣鄉財力性轉移支付給予獎勵，對縣鄉政府精簡機構和人員給予獎勵，對產糧大縣按照糧食商品量、糧食產量、糧食播種面積等因素和各自權重計算給予獎勵，對以前緩解縣鄉財政困難工作做得好的地區給予補助的政策。

大三件　係指三件比較貴重的家庭耐用電器，又稱「三大件」，不同地區、不同時期，有不同的說法。在江西南昌，1970 年代末係指手錶、縫紉機和收音機，1980 年代中期指彩色電視機、電冰箱及空調，1990 年代指電視機、電冰箱及洗衣機，21 世紀初指手機、電腦和 DVD。

大生產佈局　又稱「宏觀地區佈局」，區分爲「部門佈局」與「地區佈局」，前者爲整個行業部門之佈局，例如中共農業佈局、中共工業佈局、中共交通運輸業佈局等；後者是跨省（自治區、直轄市）範圍之同生產部門在同一空間的綜合佈局，例如中共東北區生產佈局、中共沿海區生產佈局、中共長江流域生產佈局等。

宏觀地區佈局主要側重於全國或整個行業部門的宏觀經濟效益，強調各大區域與各大部門間的緊密協作。

大都市僱傭圈　係由中心城市及其周邊地區（郊區）所組成的社會、經濟相聯繫的統一區域，具備以下

條件者即可稱爲大都市僱傭圈：長住人口（夜間人口）5 萬人以上、除礦業外，非第一產業就業人數占全體長住就業人數 75%以上、晝夜間人口比例在 1 以上、向其他特定中心城市流出的就業者占全體長住就業人數比例 15%以下，向其他所有城市總流出的就業者占全體長住就業人數的比例在 30%以下。

小三件 指相對於大三件，1980 年代，上海人最喜愛的家電「小三件」，是指微型液晶彩色電視機、袖珍收錄音機、迷你激光唱機。

小狗經濟 大陸經濟學家鐘朋榮在考察浙江經濟發展後概括出來的。小狗經濟的秘訣在於分工明確、合作緊密，優勢在於產業集中和競爭，在於專業化和協作，在於體制和機制創新，在於用市場交易關係代替企業內部管理關係。

小星火計畫 係一項在大陸中小學開展的振興農村經濟開發計畫，它是由「星火計畫」引伸出來的。1986 年春，由天津市青少年科技輔導員協會倡議，號召城鄉實驗等「十小」活動。它以農村傳播科學技術爲宗旨，以學一項實用技術，搞「十小」科技活動爲主要內容。通過「學生—家庭—農村」的渠道，爲振興農業科技與經濟，做些能力所及的事。

四畫

不徵稅收入 不徵稅收入是指，從性質和根源上不屬於企業營利性活動帶來的經濟利益、不負有納稅義務，並不作爲應納稅所得額組成部分的收入。稅法草案所稱的不徵稅收入它包括財政撥款，依法收取並納入財政管理的行政事業性收費、政府性基金等。

中央財政支出和地方財政支出 根據政府在經濟和社會活動中的不同職責，中共劃分中央和地方政府的權責，按照政府的權責劃分確定的支出。中央財政支出包括國防支出、武裝警察部隊支出、中央級行政管理費和各項事業費、重點建設支出，以及中央政府調整國民經濟結構、協調地區發展、實施宏觀調控的支出。地方財政支出主要包括地方行政管理和各項事業費、地方統籌的基本建設、技術改造支出、支援農村生產支出、城市維護和建設經費、價格補貼支出等。

中國現代化建設「三步走」 係根據鄧小平制定的戰略目標——中國現代化建設分「三步走」：

第一步從 1981 年到 1990 年國民生產總值翻一番，解決人民的溫飽問題；第二步從 1991 年到 20 世紀末，國民生產總值再翻一番，人民

生活達到小康水平；第三步到 21
世紀中葉，人均國民生產總值達到
中等發達國家水平，人民生活比較
富裕，基本實現現代化。

中共「十四大」進一步提出，
要在20世紀90年代初步建立起社
會主義市場經濟新體制；20世紀末
國民生產總值比 1980 年翻兩番，
實現第二步發展目標；同時，也
對實現第三步戰略目標提出初步
設想。

中共「十五大」又將第三步目
標進一步具體化：到 21 世紀的第
一個 10 年，實現國民生產總值比
2000 年翻一番，使人民的小康生活
更加富裕，形成比較完善的社會主
義市場經濟體制；再經過 10 年的
努力，到建黨 100 周年時，使國民
經濟更加發展，各項制度更加完
善；到新中國成立 100 周年時，基
本上實現現代化，建成富強、民
主、文明的社會主義國家。

中共「十六大」提出，中國的
國內生產總值到 2020 年力爭比
2000 年翻兩番，綜合國力和國際競
爭力明顯增強。

中部崛起　中國「中部」指湖北、湖
南、河南、安徽、江西、山西六個
相鄰省份，地處中國大陸內陸腹
地，有著承東啓西、接南進北、吸
引四面、輻射八方的作用。中部依

靠大陸全境 10.7%的土地，承載大
陸 28.1%的人口，並創造大陸
19.5%的 GDP，是中共的人口大
區、經濟腹地和重要市場。

2004 年 3 月，溫家寶在中共政
府工作報告中，首次提出促進中部
地區崛起，2006 年 3 月 27 日中共
中央政治局召開會議，研究促進中
部地區崛起工作。會議指出，促進
中部地區崛起，是中共中央、國務
院繼作出鼓勵東部地區率先發
展、實施西部大開發、振興東北地
區等老工業基地戰略後，從大陸現
代化建設全局作出的又一決策，藉以
落實促進區域協調發展總體戰略。

中等收入階層　大陸經濟學家為「中
等收入階層」歸納了六個方面的特
徵：教育背景通常極佳；有基本的
經濟基礎和創業知識；比較富有，
願意在相對約束但不是在完全約
束下發展；在經濟發展中具有拉動
效應，往往可以帶動貧窮階層的就
業；非常易於形成專家、職業群
體；有部分的固定資產。

五大生態工程　指「三北」（東北、
西北、華北）防護林體系建設工程、
長江中上游防護林工程、沿海防護
林工程、平原農田防護林工程和治
沙工程，合稱「五大生態工程」。

五子商品　它與老百姓日常生活密
切相關的五種類型商品－米袋

子、菜籃子、火爐子、車子、房子，合稱爲「五子商品」。

五小 指小發明、小革新、小改革、小設計、小建議，合稱「五小」，爲共青團主導推廣面向青年工作者的活動。

五化 指機械化、半機械化、自動化、半自動化、聯動化，合稱「五化」，爲工農業生產追求的改革目標。

五東 係在廣東、山東、關東（遼東）之外，加上後起之秀的閩東和上海浦東，合稱爲「五東」。它們都是改革開放後發展較快的地區。

五項改革 指糧食流通體制改革、投資及融資改革、住房體制改革、醫療體制改革和財稅體制改革。

五種承包形式 大陸農村採用的五種主要承包形式：包產到戶、包乾到戶、技術承包、經營承包和開發性的基建承包。

五種城市類型 大陸重點發展的五種主要城市類型，即：北京型－文化歷史名城，政治、文化爲中心；沿海型－對外開放，對內搞活經濟，在爲國家積累資金及爲內地培養人才等方面發揮作用；風景型－發揮風景資源；中心型－發揮跨省、區的經濟中心作用；衛星型－規模不大，效益很高，設施先進，競爭能力強。

公共積累 公共積累是由勞動者所創造的價值或產品的一部分，被儲積起來，用作共同的擴大再生產、非生產性的基本建設，以及建立物資儲備。公共積累有廣義和狹義之分，廣義的公共積累泛指國民收入中用於積累的部分，它包括企業上繳給國家的稅收、利潤的一部分和企業從稅後利潤中提取的一部分；狹義的公共積累就是指企業從稅後利潤中提取的公積金。

公有制經濟 公有制經濟它不僅包括國有經濟和集體經濟，還包括混合所有制經濟中的國有成分和集體成分。

公積金 公積金係指企業爲強其經營能力及應付意外事件，或爲了彌補企業虧損，擴大營業和生產範圍，從企業盈利中提取的用於積累的部分，不作紅利分配，而保留在企業內部以備必要時使用的基金，它分爲盈餘公積金和資本公積金。

分級包幹 又稱「分灶吃飯」，1980至 1993 年中共財政體制改革中實施預算管理體制，它即明確劃分中央與地方財政收支範圍，分級實行多種不同的包幹方法等。

分稅制 爲了建立適應市場經濟發展需要的中央與地方財政關係，加強中央宏觀調控能力，中央政府與各省市地方政府，將地方政府開徵

到的不同稅種，按比例分享，稱為分稅制。

反傾銷　反傾銷是指對外國商品在本國市場上的傾銷所採取的抵制措施。一般是對傾銷的外國商品除徵收一般進口稅外，再增收附加稅，使其不能廉價出售，此種附加稅稱為「反傾銷稅」。雖然在「關稅暨貿易總協定」中對反傾銷問題做了明確規定，但實際上各國各行其事，仍把反傾銷作為貿易戰的主要手段之一。

水體農業　指在水上發展種植業。

火炬計畫　中共從 1988 年起實施一項旨在發展高新技術產業之指導性計畫，該計畫提出的優先發展領域分別為微電子技術與電子計算機、信息與通信、生物工程、機電一體化、新材料、新能源、高效節能與環境保護技術等範疇。其宗旨是：發揮科技優勢，促進高新技術研究成果商品化、高新技術商品產業化、高新技術產業國際化。

牛市　指股票市場上買入者多於賣出者，股市行情看漲稱為牛市。形成牛市的因素很多，主要包括以下幾個方面：1.經濟因素：股份企業盈利增多、經濟處於繁榮時期、利率下降、新興產業發展、溫和的通貨膨脹等都可能推動股市價格上漲。2.政治因素：政府政策、法令

頒行、或發生了突變的政治事件都可能引起股票價格上漲。3.股票市場本身的因素：如發行搶購風潮、投機者的賣空交易、大戶大量購進股票都可能引發牛市發生。

天津濱海新區　天津市根據 2006 年 5 月 26 日中共國務院下發的「關於推進濱海新區開發開放的意見」（國發 20 號文），於 2006 年 9 月遞交國務院有關部門的「濱海新區綜合配套改革試驗方案」終於 2007 年 3 月 17 日，即中共 11 屆人大一次會閉幕前一日獲得正式批覆（其中還另包括批准 OTC 市場等實質改革試驗支持政策的綜改方案），至此，天津即憑藉相關方案展開包括金融試驗改革、土地管理改革等十方面的大規模綜合配套改革試驗。

「新區」位於河北天津市中心區的東面，瀕臨渤海；規畫面積 2,270 平方公里，擁有海岸線 153 公里，海域面積 3,000 平方公里；常住人口約 140 萬（截止 2005 年）。濱海新區包括：三個功能區—天津港、開發區、保稅區全部；三個行政區：塘沽區、漢沽區、大港區城區部分；海河下游冶金工業區：東麗區無瑕街、津南區葛沽鎮。

五畫

世界貿易組織（WTO）　世界貿易組織（WTO）：它前身是成立於 1947 年的關稅暨貿易總協定 GATT。WTO 涵蓋貨物貿易、服務貿易及知識產權貿易，而 GATT 只適用於商品貨物貿易。世界貿易組織成立於 1995 年 1 月 1 日，總部設在日內瓦。WTO 作為正式的國際貿易組織在法律上與聯合國等國際組織處於平等地位。它的職責範圍除了關貿總協定原有的組織實施多邊貿易協議，以及提供多邊貿易談判場所和作為一個論壇之外，還定期審議其成員的貿易政策和統一處理成員之間產生的貿易爭端，並負責加強同國際貨幣基金組織和世界銀行的合作，以實現全球經濟政策的一致性。WTO 協議的範圍包括從農業到紡織品與服裝，從服務業到政府採購，從原產地規則到知識產權等多項內容。

主物　係指能獨立發揮效用之物。「從物」是指不能獨立發揮效用、依附於主物並發揮輔助作用之物，比如電視機是主物，電視機的遙控器是從物。

主權財富基金　「主權財富基金」（Sovereign Wealth Fund）。它既不同於傳統的政府養老基金，也不同於那些簡單持有儲備資產以維護本幣穩定的政府機構，而是一種全新的專業化、市場化的積極投資機構。

1990 年代以來，主權財富基金逐步興起，並已遍布全球各地。設立主權財富基金的國家，包括一些發達國家和資源豐富國家，也包括一些新興市場國家和資源貧乏國家。

根據匯金公司的研究歸納，主權財富基金主要來源於外匯儲備盈餘、自然資源出口盈餘和國際援助基金；其設立動因主要包括穩定型、沖銷型、儲蓄型、預防型和戰略型五類主權財富基金；管理模式分為中央銀行直接管理和專門投資機構管理兩個階段。

代幣購物券　1990 年代初，大陸各地商業企業及某些單位，未經銀行批准，私自發行的各種各樣有價證券，統稱代幣購物券，它可用於購物、餽贈、交換或獎勵職工等，故為一種變相的貨幣。

出口退稅機制改革　出口退稅是指對出口貨物在國內已徵收的增值稅和消費稅進行退還的政策。自 2004 年 1 月 1 日起，中共對出口退稅機制進行改革，主要內容是：按照「新賬不欠，老賬要還，完善機制，共同負擔，推進改革，促進發

展」的原則，適當降低出口退稅率；加大中央財政對出口退稅的支持力度；建立中央和地方共同負擔出口退稅的新機制；推進外貿體制改革，調整出口產品結構；累計欠退稅由中央財政負擔。

出資人職責 指獲得授權的中央政府和地方政府或他們委託的專門機構，對經營性國有資產行使出資人的職權和承擔保值增值的責任。

加工貿易禁止類商品目錄 1999 年起，中共開始對加工貿易實行商品分類管理，按商品將加工貿易分為禁止類、限制類和允許類。2004 年至今，根據大陸國民經濟發展需要和宏觀調控要求，按照相關法律、法規及加工貿易管理有關規定，中共陸續將部分商品列入加工貿易禁止類目錄。對列入禁止類目錄的加工貿易，取消其進口保稅政策。

加速折舊 加速折舊是指，按照稅法規定准予採取縮短折舊的年限、提高折舊率的辦法，加快折舊速度，減少應納稅所得額的一種稅收優惠措施。

包乾到戶 係大包乾其中一種做法，也是農村集體經濟組織，實行的一種最普遍和最基本的承包責任制度，它已成為農村家庭聯產承包制中最主要、最基本的形式。「包乾到戶」一般以農戶為單位，在集體經濟統一組織和經營下，以土地等主要生產資料公有制為前提，根據統一計畫，承包一季或全年以至更長時間的生產任務。即根據雙方簽訂的有關權力、責任和利益的承包合同，由農戶自行安排各項生產活動，產品除向政府繳納農業稅，向集體繳納積累和其它提留外，完全歸承包者所有。

半自然經濟 它係介於商品經濟與自然經濟間的一種經濟形式。其中，商品經濟是指市場需要而生產產品的經濟形式；自然經濟則是一種自給自足的經濟形式。

半拉子工程 指那些半途停工，只完成一半的工程。

占買者 指秘密收買某種證券的大部分或全部，藉以支配該證券交易形勢和價格條件的交易者。占買者的典型活動方式是，首先低調地收買某種證券的大部分或全部，同時，設法在市場上抬高該證券的價格。普通投資者不知內情，見該證券價格不正常上漲，預計不久即將升到頂點隨後下跌，於是爭先賣出，以期日後價格跌落時再行補回。此所謂做空頭。但這些做空頭者不知占買者已基本控制了該證券的市場。因此，當該證券價格下跌時，做空頭者欲買回證券，市場

已無供給。這時，他們不得不接受占買者開出的價格並受後者支配。

可用財力　係指當年結算財力剔除企業專項扶持資金和市撥專款後的餘額。

可再生能源　可再生能源係指在自然界中可以不斷再生、永續利用、取之不盡、用之不竭的資源，它對環境無害或危害極小，而且資源分布廣泛，適宜就地開發利用。可再生能源主要包括太陽能、風能、水能、生物質能、地熱能和海洋能等。

　　生物質能包括自然界可用作能源用途的各種植物、人畜排泄物以及城鄉有機廢物轉化成的能源，如薪柴、沼氣、生物柴油、燃料乙醇、林業加工廢棄物、農作物秸稈、城市有機垃圾、工農業有機廢水和其他野生植物等。

可持續發展戰略　可持續發展是指既滿足當代人需求，又不對後代人滿足其自身需求能力構成危害的發展。它是以控制人口、節約資源、保護環境為重要條件；其目的在使經濟發展同人口增長、資源利用、環境保護相適應，使資源、環境的承載能力，與社會、經濟的發展相協調，從而進一步推動社會和經濟發展，並在發展進程中促進人口、資源、環境問題的解決。可持續發展戰略就是把社會和經濟的發展，與人口、資源、環境結合起來，統籌安排，綜合協調，使其均衡、持續地發展。

四技　指中共科研單位在為經濟建設服務過程中，開展的技術諮詢、技術轉讓、技術服務和技術培訓等四方面活動。

外匯券　它全稱為「外匯兌換券」，它是含有外匯價值的人民幣代用券；1980 年 4 月 1 日，經中共國務院批准，由中國銀行開始發行，到中國大陸的人士，必須將所持外幣，兌換成外匯券，迄 1990 年代取消為止。

失業保險　失業保險是指，國家透過立法，對勞動者因遭受本人所不能控制的失業風險而暫時失去收入時，提供一定物質幫助，以維持其基本生活的一種社會保險。

市盈率　市盈率是指某種股票普通股每股市價與每股盈利的比率。所以它也稱為股價收益比率或市價盈利比率。其計算公式為：

市盈率＝普通股每股市場價格／普通股每年每股盈利

　　上述公式中的分子是指當前的每股市價，分母可用最近一年盈利，也可用未來一年或幾年的預測盈利。這個比率是估計普通股價值的最基本、最重要的指標之一。一般認為該比率保持在 10－20 之間

是正常的。過小說明股價低，風險小，值得購買；過大則說明股價高，風險大，購買時應謹慎，或應同時持有的該種股票。但從股市實際情況看，市盈率大的股票多為熱門股，本益比小的股票可能為冷門股，購入也未必一定有利。

市場多元化戰略 市場多元化戰略是指，在國際貿易中它按照國際分工規律和比較優勢原則，來採取相應的政策措施和技術組織手段，以實現進出口結構的多元化，增強本國外貿對國際市場變動的適應能力。

對外貿易的市場多元化戰略主要包括：進出口商品結構的多元化和進出口地區結構的多元化。前者指進出口商品種類實現多樣化，重點是大力進行出口結構的調整，挖掘和利用本國的比較優勢，以擺脫出口單一，尤其是過於依賴初級產品出口的不利局面；後者指貿易合作對象不宜過分側重和依靠少數國家或地區，而應當力爭在廣闊的範圍內同更多的國家和地區開展貿易往來，以保證外貿渠道的廣泛和暢通。此外，貿易方式和貿易手段的多樣性也是市場多元化戰略的內容；譬如，除直接或間接透過國際市場買賣外，還可採取易貿易、補償貿易等靈活多樣的貿易方式。

市場多元化戰略是一種積極、主動的對外貿易戰略，它有利於保持本國外貿收支及國際收支的穩定和平衡；增強本國經濟對外部衝擊的抵抗能力；有利於改善本國的產業結構，提高資源的利用效率；有利於抵制貿易保護主義，加強本國的國際經濟地位。但是，在制定和執行市場多元化戰略時，務必克服貪大求全的思想，而應切實結合本國的實際情況，充分考慮到貿易中的成本因素，有針對性、有步驟地推行之。此外，為了促進市場多元化戰略的實施，還應當配合進行外交政策方面的調整。

市場規畫 指政府、立法機構、行業協會等有關機關，按照市場運行的客觀要求來制定行為準則。市場規畫分為制度性規則和運行性規則。運行性規則主要包含在一些承認和維護財產所有權的法律制度中，保證市場運行主體的財產所有權及其收益不受侵犯。

市場經濟 係由市場對資源配置起基礎性作用。社會主義條件下和資本主義條件下的市場經濟具有以下共性：承認個人和企業等市場主體的獨立性；建立具有競爭性的市場體系，由市場形成價格；建立有效的宏觀經濟調控機制；必須有完

備的經濟法規；要遵守國際經濟交往中通行的規則和慣例。

打工經濟 指勞動力過剩的農村，依靠農民到城裏「打工」賺錢，來改善鄉村經濟，稱為「打工經濟」。

扒價 利用某種關係，以低價獲取高值商品等財物，其實多數含貶義。

民辦公助 民辦公助它是以群眾為主體興辦各種社會事業，政府給予一定資金支持的一種建設模式。

以小型農田水利建設民辦公助為例，就是以統一規畫、尊重民意為前提，以財政補助為引導，以農民、農民用水合作組織、村組和基層水管單位為載體，變政府主導為政府引導，變農民被動建為農民自主建，建設與管理並重，投資與投勞並舉，既活用好財政資金，調動農民群眾的積極性，又妥善解決小型農田水利工程管護的難題。

用益物權 「用益物權」是指，權利人依法對他人的不動產或者動產享有佔有、使用和收益的權利，比如土地承包經營權、建設用地使用權、宅基地使用權。

白皮貨 指沒有貼商標的商品。

白色公害 指廢棄的塑膠製品，對環境造成的危害，又可稱為白色污染。

白色收入 指公開合法的收入，包括基礎工資、職務工資、級別工資、年齡工資等。與它相對的「黑色收入」，是指非法收入，而「灰色收入」是指利用政策或制度的灰色地帶，半合法半非法、半公開半隱蔽的收入。

白色污染 由塑膠包裝材料所造成的環境污染，由於塑膠製品多為白色，又因其廢棄後散落於環境中形成視覺刺激，以及生產、使用中的有害因素，故稱之。治理白色污染辦法，一是在生產過程中對工藝技術進行改進或生產替代品，二是在流通過程與消費過程中開展廢棄物回收，三是在固體廢棄物處理過程中做無害化處置與再生利用。

白色消費 指辦喪事的花費。

白色銀行 比喻用塑膠薄膜搭蓋的大棚。

白衣騎士 指在遇到敵意接管時，目標公司主動邀請來接管的另一家公司或個人。

白條 白條有三種解釋：1.未加蓋公章，不能作為正式憑據的字條；2.用白紙寫下來的欠款單，也泛指非正式單據；3.某些地方政府部門開出可以用於抵押的有價字條。

白領化 原意為：不論體力勞動者，或者非體力勞動者，都可穿白領服裝工作。轉意為：從事體力勞動者，都可轉化為從事文職工作。

白髮浪潮 係比喻老年人越來越多的社會發展趨勢。

六畫

休眠帳戶　指的是證券帳戶金額為零、資金帳戶餘額不足人民幣 100 元，且 3 年以上無交易紀錄的投資者之 A 股帳戶及對應的資金賬戶。

企業所得稅　企業所得稅是指，國家對企業的生產經營所得和其他所得徵收的一種稅。在發達國家一般實行法人所得稅制度，即以法人組織作為納稅人。稅法草案取消了現行內資企業所得稅以獨立核算組織為標準確定納稅人的規定，將納稅人的範圍確定為企業和取得收入的其他組織，這與現行稅法的有關規定是一致的。

先進製造業　係相對於傳統製造業而言，指製造業不斷吸收電子信息、計算機、機械、材料及現代管理技術等方面的高新技術成果，並將這些先進製造技術綜合應用於製造業產品的研發設計、生產製造、在線檢測、營銷服務和管理的全過程，實現優質、高效、低耗、清潔、靈活生產，即實現信息化、自動化、智能化、柔性化、生態化生產，取得很好經濟社會和市場效果的製造業總稱。

全球經濟失衡　全球經濟失衡是國際貨幣基金組織在 2005 年初提出的一個新的課題，係指已經在全球連續多年存在的現象，即美國的經常赤字迅速增長，相應地積累了巨大的債務，而包括日本和中國在內的亞洲國家、其他新興市場國家，以及 OPEC 成員國等持有大量貿易盈餘，相應地積累了大量的外匯儲備。

這種現象之所以引起世界的關注，主要是因為，目前這種情況下，經濟相對不發達國家長期存在貿易順差，發達國家長期存在貿易逆差，事實上造成前者在實物上「補貼」後者、並向其輸出資本為特徵的循環，反映的是一種不正常的均衡關係。一旦這種脆弱的循環斷裂，全球經濟將陷入危機之中。因此，解決全球經濟失衡問題已經成為各主要經濟體政策制定者的共識。

共有　「共有」是指，兩個以上的單位或個人對一項財產共同享有所有權，比如兩個人共同購買一輛汽車。

吊空　股票投資者做空，賣出股票後，股票價格當天並未下跌，反而有所上漲，只得高價賠錢買回，這就是吊空。

合同工作制　指勞動者和用人單位，利用勞動合同的形式，確定和調節雙方勞動關係的用工制度，稱為合同工作制，受聘者為「合同工」。

勞動合同工作制是商品經濟的產物，它打破過去「三鐵」（鐵飯碗、鐵工資、鐵交椅）的用人制度。

合法收入　合法收入是指，勞動者透過誠實勞動取得的收入，經營者透過合法經營取得的利潤，以及資本、技術等生產要素參與收益分配得到的收入。依法保護合法收入，允許和鼓勵一部分人透過誠實勞動和合法經營先富起來，允許和鼓勵資本、技術等生產要素參與收益分配，是大陸社會主義初級階段處理分配問題的基本政策，也是大陸把按勞分配和按生產要素分配結合起來的主要內容。

合格境內機構投資者　指在本幣上未完全實現自由兌換的國家，經其政府批准，符合規定條件、被允許向境外證券市場進行投資的境內投資機構。英文 Qualified Domestic Institutional Investors，縮寫為 Q D I I。中國證券監督管理委員會與中國人民銀行於 2002 年 11 月聯合發布「合格境外機構投資者境內證券投資管理暫行辦法」，允許合格境外機構投資者進入中國證券市場進行投資，但尚未對合格境內機構投資者對外投資做出規定。

合理消費　又稱適度消費，是指適應國情國力、生產發展水平和自然資源條件的一種消費狀態。某個國家在一定時期的消費是否合理或適度，要以國民收入的生產規模，以及國民收入分配和再分配中的諸項關係來衡量。消費是否合理既取決於消費的規模、水平、結構與國民收入生產的規模、水平、結構是否適應，也取決於國民收入的分配和再分配中的各種比例關係。

回檔　係指股價呈不斷上漲趨勢，終因股價上漲速度過快而反轉回跌到某一價位，這一調整現象稱為回檔。一般來說，股票的回檔幅度要比上漲幅度小，通常是反轉回跌到前一次上漲幅度的 1/3 左右時又恢復原來上漲趨勢。

地役權　係指在相鄰關係以外，權利人按照合同約定處理不動產相鄰的兩個或者兩個以上權利人之間在通行、通風、採光等方面產生的各種關係，利用他人的不動產以提高自己的生產或者生活水平，比如甲公司和乙公司約定，借用乙公司的道路通行，以便利甲公司員工的出入。

多殺多　指股市上的投資者普遍認為當天股價將會上漲，於是大家搶多頭帽子買進股票，然而股市行情事與願違，股價並沒有大幅度上漲，無法高價賣出股票，等到股市結束前，持股票者競相賣出，造成股市收盤價大幅度下跌的局面。

多頭、多頭市場 多頭是指投資者對股市看好，預計股價將會看漲，於是趁低價時買進股票，待股票上漲至某一價位時再賣出，以獲取差額收益。一般來說，人們通常把股價長期保持上漲趨勢的股票市場稱爲多頭市場。多頭市場股價變化的主要特徵是一連串的大漲小跌。

成才規律 指人才成長過程中諸因素之間相互作用的內在聯繫。學術界公認的成才規律爲：順勢成才規律、因子增長成才規律、自然發展成才規律、才能萌發成才規律、科學勤學成才規律、揚長避短成才規律、創造動機成才規律等七項。

成份股 又稱「指數股」，計算股票價格指數時所選用的股票，股價指數是以這些成份股爲基礎計算出來。

收支兩條線 行政事業性收費，及罰款沒收款的收入和支出，分開在兩條線上，由兩批人進行處理；目的在從制度上消除貪污舞弊的違法行爲。

收盤價 係指某證券在證券交易所一天交易活動結束前最後一筆交易的成交價格。如當日沒有成交，則採用最近一次的成交價格作爲收盤價，因爲收盤價是當日行情的標準，又是下一個交易日開盤價的依據，可據以預測未來證券市場行情；所以投資者對行情分析時，一般採用收盤價作爲計算依據。

有限責任 是指公司股東所負責任僅以其出資額爲限，即把股東投入公司的財產與他們個人的其他財產脫鈎。如果公司資不抵債，不能以股東未投入公司的其他財產清償債務。有限責任與無限責任相對應。無限責任是公司所有的股東對公司債務負連帶無限責任，當他們投入公司的財產不足以清償公司債務時，則要求以其個人所有的其他全部財產來清償。負無限責任的股東信用程度高，但投資風險大。與無限責任股東相比，有限責任股東所承擔的風險大爲降低。因此，世界各國無限責任公司極少，絕大多數都是有限責任公司。

有限責任公司 是由法律規定的一定人數的股東組織，是股東以其出資額爲限對公司債務負有限責任的公司。有限責任公司也是一種資合公司，和股份有限公司有一些相似的特徵，但另一方面也具有人合公司的因素，因此，有限責任公司具有以下法律特徵：第一，有限責任公司的股東僅就其出資額爲限對公司負責；第二，有限責任公司的股東人數，一般都有最高人數的限制。有限責任公司的股東，不限於自然人，法人和政府都可以成爲有限責任公司的股東；第三，有限責任公司不能公開募集股份，不能

發行股票；第四，有限責任公司股東出資的轉讓也有嚴格的限制；第五，有限責任公司的設立程序要比股份有限公司簡便得多，只有發起設立，而無募集設立，程序上也較為簡化。

有獎娛樂 改革開放以來，有些地方以改善投資環境、募集公益資金、活躍群眾業餘文化生活為由，開辦帶有賭博性質的電子遊戲機等有獎娛樂活動。

死多 係指抱定主意做多頭的意思。投資者對股市長遠前景看好，買進股票準備長期持有，並抱定一個主意，不賺錢不賣，寧可放上若干年，一直到股票上漲到一個理想價位再賣出。

灰色商人 係指為雙方介紹買賣，從中得利的中間人；這類人過去被稱為「捐客」。他們的收入，屬於「灰色收入」，介於合法的「白色收入」與非法的「黑色收入」之間。

老四件與新四件 改革開放初期，大陸城鎮居民對家庭及個人耐用消量品的需求，最主要是自行車、手錶、縫紉機及收音機。1990 年代，上述物品普及率高，被稱為老四件；人們改追求彩色電視機、洗衣機、音響及電冰箱。目前，手提電話、個人電腦、空調及小汽車，合稱 21 世紀初的「新四件」。

自助銀行 客戶用各種信用卡，直接在銀行的櫃員機，辦理銀行服務項目，包括取款、存款、繳費、過數、買賣股票等，而不必勞駕銀行職員幫忙，具有這種設備的銀行，被稱為「自助銀行」。

自然經濟與半自然經濟 自然經濟又稱是自給自足的經濟，指的是為了直接滿足生產者個人或經濟單位的需要，而不是為了交換的經濟形式。半自然經濟則界於自然經濟與商品經濟之間，它是自然經濟向商品經濟轉變中的一種過渡經濟，兼有自然經濟和商品經濟二者的內容和特點，呈現出二者不同組合梯度的一系列過渡狀態，並不是一種獨立的經濟形式。

自然經濟是與商品經濟相對立的，它排斥社會分工，每一個生產者或經濟單位利用自身的經濟條件，幾乎生產自己所需要的一切產品。自然經濟並與社會生產力低下和社會分工不發達相適應。它生產規模狹小，各經濟單位分散、孤立、互不往來。

自選商場 可以讓顧客自己從貨架上選取商品的商場。它是受超級市場的影響而出現的商店售貨形式；在某些地方，係現在「超市」的早期名稱。

行業壟斷　行業壟斷是指，由於生產集中的高度發展，而使某一行業商品的生產和銷售受到幾家超大型企業的控制。

西氣東輸工程　將大陸西部（主要是新疆）的天然氣，透過舖設的管道，輸送到東部（最終目的地是上海）的工程。該工程西起新疆輪南，途經 10 個省、自治區、直轄市，全長 4,000 公里，設計年輸氣量 120 億立方米，是「十五計畫與2010 年遠景規畫」的國家重點工程項目；2000 年 8 月，國務院批准立項，2002 年 7 月 4 日全線開工。

西部大開發　西部大開發係中共中央為貫徹鄧小平關於大陸現代化建設「兩個大局」戰略思想、面向新世紀作出的戰略決策，全面推進社會主義現代化建設的一個戰略部署。

1999 年 9 月，中共十五屆四中全會通過的「中共中央關於國有企業改革和發展若干重大問題的決定」提出：大陸要實施西部大開發戰略。

1999 年 11 月，中共中央、國務院召開經濟工作會議，部署 2000 年工作時把實施西部大開發戰略作為一個重要的方面。

2000 年 1 月，國務院西部地區開發領導小組召開西部地區開發會議，研究加快西部地區發展的基本思路和戰略任務，部署實施西部大開發的重點工作。

2000 年 10 月，中共十五屆五中全會通過的「中共中央關於制定國民經濟和社會發展第十個五年計畫的建議」，把實施西部大開發、促進地區協調發展作為一項戰略任務，強調：「實施西部大開發戰略、加快中西部地區發展，關係經濟發展、民族團結、社會穩定，關係地區協調發展和最終實現共同富裕，是實現第三步戰略目標的重大舉措。」

2001 年 3 月，九屆全國人大四次會議通過的「中共國民經濟和社會發展第十個五年計畫綱要」對實施西部大開發戰略再次進行具體部署。

西部地區特指陝西、甘肅、寧夏、青海、新疆、四川、重慶、雲南、貴州、西藏、廣西、內蒙古 12 個省、自治區和直轄市。實施西部大開發，就是要依托亞歐大陸橋、長江水道、西南出海通道等交通幹線，發揮中心城市作用，以線串點，以點帶面，逐步形成大陸西部有特色的西隴海蘭新線、長江上遊、南（寧）貴、成昆（明）等跨行政區域的經濟帶，帶動其他地區發展，有步驟、有重點地推進西部大開發。

西電東送 「西電東送」係中國大陸的一項重大的能源發展戰略,亦是「西部大開發」的標誌性工程,為大陸西部把資源優勢轉化為經濟優勢提供新機遇,對大陸加快能源結構調整和東部地區經濟發展,將起重要發揮作用。

大陸西部地區可開發利用的水能資源十分豐富,占全大陸的90%以上,而開發率僅 8%。中共規畫「西電東送」將形成北、中、南三路送電格局。北線由內蒙古、陝西等省(區)向華北電網輸電;中線由四川等省向華中、華東電網輸電;南線由雲南、貴州、廣西等省(區)向華南輸電。

「南線」開發南盤江、紅水河、瀾滄江、烏江水電基地,其中紅水河的龍灘、瀾滄江的小灣、烏江的洪家渡均是調節性能較佳的「龍頭」水電站,中共國家電力公司已擬為近期重點開發項目。

「中線」開發長江中上遊、金沙江中下遊水電基地。目前長江三峽在建。金沙江中下遊是大陸最大的,也是技術經濟指標較好的水電基地,且是「西電東送」最重要的電源。

「北線」開發黃河上遊水電基地,除滿足西北地區電力需求外,將透過西北電網和華北電網的聯網,實現「西電東送」。

貴州是「西電東送」的重點,不僅蘊藏著 1,640 萬千瓦的水能資源,且擁有「江南煤海」,煤炭遠景儲量達 2,400 億噸,超過江南 9 省(區)之和,具有「水火互濟」的能源優勢。烏江幹流梯級開發規畫建設 10 個大中型水電站,其中 9 個在貴州境內,裝機容量 770 萬千瓦,目前僅建成烏江渡和東風水電站,裝機容量共 114 萬千瓦。

七畫

住房公積金制度 住房公積金是職工及其所在單位,按規定儲存具有保障性和互助性的職工個人住房的基金,歸職工個人所有。

住房分配貨幣化 1998 年起,中國大陸各地陸續停止福利分房,同時開始實行住房分配貨幣化改革。住房分配貨幣化是指住房的產權,透過貨幣支出來購買或建造。

佔有 「佔有」是指,佔有人對不動產或動產的實際控制。

免稅收入 免稅收入是指,屬於企業的應稅所得但按照稅法規定免予徵收企業所得稅的收入。稅法草案所稱的免稅收入包括國債利息收入,符合條件的居民企業之間的股息、紅利收入,在中國境內設立機構、場所的非居民企業從居民企業取得與該機構、場所有實際聯繫的

股息、紅利收入，符合條件的非營利公益組織的收入等。

利改稅　過去，中共國營企業必須將利潤完全上繳；實行新稅制後，企業按照政府規定的稅種及稅率，繳納稅金，盈餘之部分歸企業自行支配，即改為以稅收代替上繳利潤，故稱為「利改稅」。

利空　利空是指能夠促使股價下跌的信息，如股票上市公司經營業績惡化、銀行緊縮、銀行利率調高、經濟衰退、通貨膨脹、天災人禍等，以及其他政治、經濟、軍事、外交等方面促使股價下跌的不利訊息。

利息稅　利息稅全名為「儲蓄存款利息所得個人所得稅」，是指對個人在中國境內存儲人民幣、外幣而取得的利息所得徵收的個人所得稅。

自中共建政以來，利息稅曾兩度被免徵，而每一次的變革都與經濟形勢密切相關。

1950 年，中共頒布「利息所得稅條例」，規定對存款利息徵收所得稅。但當時大陸實施低工資制度，人們的收入差距也很小，因而在 1959 年停徵存款利息所得稅。

1980 年通過的「個人所得稅法」和 1993 年修訂的「個人所得稅法」，再次把利息所得列為徵稅項目。但針對當時個人儲蓄存款數

額較小、物資供應比較緊張的情況，隨後對儲蓄利息所得又作出免稅規定。

根據 1999 年 11 月 1 日起開始施行的「對儲蓄存款利息所得徵收個人所得稅的實施辦法」，不論什麼時間存入的儲蓄存款，在 1999 年 11 月 1 日以後支取的，1999 年 11 月 1 日起開始孳生的利息要按 20%徵收所得稅。十屆全國人大常委會第 28 次會議在 2007 年 6 月 27 日審議國務院關於提請審議全國人大常委會關於授權國務院可以對儲蓄存款利息所得停徵或者減徵個人所得稅的決定草案的議案。根據此一草案，全國人大常委會將授權國務院根據國民經濟和社會發展需要，可對儲蓄存款利息所得停徵或減徵個人所得稅。

坐轎子　在股市上一種哄抬操縱股價的投機交易行為。投機者預計將有利多或利空的信息公布，股價會隨之大漲大落，於是投機者立即買進或賣出股票。等到信息公布，人們大量搶買或搶賣，使股價呈大漲大落的局面，這時投機者再賣出或買進股票，以獲取厚利。先買後賣為坐多頭轎子，先賣後買稱為坐空頭轎子。

宏觀調控　指政府為實現宏觀（總量）平衡，保證經濟持續、穩定、

101

協調增長，而對貨幣收支總量、財政收支總量和外匯收支總量的調節與控制；由此擴展開來，通常把政府為彌補市場失靈採取的其他措施也納入宏觀調控的範疇。

在社會主義市場經濟條件下，調控的主要目標是：經濟穩定增長，重大經濟結構優化，物價總水平基本穩定，充分就業，公正的收入分配，國際收支平衡等。

技術密集型產業 技術密集型產業，是指技術水平高、技術在生產過程中占主導地位的產業部門。它不僅表現為先進技術設備多，而且表現為工程技術人員和熟練工人比重大，故也稱智力密集型產業。

技術密集型產業，是按生產要素的密集程度對產業部門進行分類的結果，它是相對於勞動密集型產業、資金密集型產業、生產要素綜合密集型產業而言的。

村級三項費用 它又稱「村提留費」，包括村幹部報酬、五保戶供養、村辦公經費等三項，中共於2000年開始試點進行的農村稅費改革中，對其徵收與使用辦法進行改革。

私募基金 私募基金與公募基金相對，係指通過非公開的方式向特定投資者、機構與個人募集資金，按投資方和管理方協商回報進行投資理財的基金產品。

其方式基本有兩種，一是基於簽訂委託投資合同的契約型集合投資基金，二是基於共同出資入股成立股份公司的公司型集合投資基金。

走出去戰略 指到境外投資、開拓市場，擴大對外工程承包和勞務合作，帶動產品、設備和技術出口，彌補國內資源不足，促進經濟發展結構調整，拓展經濟發展的空間，稱為「走出去戰略」。

車本 指駕駛汽車的證件或學習駕駛汽車的證件；大小約128開。

八畫

兩免一補政策 「兩免一補」政策是指，近年來中國政府對農村義務教育階段貧困家庭學生就學實施的一項資助政策。其主要內容是對農村義務教育階段貧困家庭學生「免雜費、免書本費、逐步補助寄宿生生活費」。這項政策從2001年開始實施，其中，中央財政負責提供免費教科書，地方財政負責免雜費和補助寄宿生生活費。

兩金 指能源交通重點建設基金，與預算調節基金，合稱為「兩金」。

兩個確保 指確保國有企業下崗工基本生活，和確保離退休人員基本養老金按時足額發放，簡稱「兩個確保」。

兩票兩單　兩票係指專用稅票和進貨發票；兩單係進口報關單和收匯核銷單。

兩稅　指增值稅和消費稅，它們是目前中國大陸最主要的稅種。

兩頭在外　趙紫陽在 1987 年底對沿海工業提出的發展方向，就是把生產經營過程的兩頭（原材料和銷售市場）放到國際市場上。

到位　原指到達預定地點或位置，但現已有多種含意，譬如：指投資、籌措或劃撥的資金、物資，已經落實，圓滿解決；政策、法令或指令，已經按計畫執行；指政治思想工作，確實開展等。

固網　固定網絡基礎設施之簡稱，它是進入互聯網絡的第一道關口，在中國大陸，原只許官辦。但是，加入 WTO 後，中國大陸已承諾在電訊領域（包括互聯網絡）逐步對外資開放。

居民消費價格指數（CPI）　大多數國家都編制居民消費價格指數（CPI），反映城鄉居民購買並用於消費的消費品及服務價格水平的變動情況，並用它來反映通貨膨脹程度。

　　從 2001 年起，中共採用國際通用做法，逐月編制並公布以 2000 年價格水平為基期的居民消費價格定基指數，作為反映中國通貨膨脹（或緊縮）程度的主要指標。經國務院批准，國家統計局城調總隊負責大陸居民消費價格指數的編制及相關工作，並組織、指導和管理各省區市的消費價格調查統計工作。

房改房　大陸住房制度改革中以標準價和成本價向職工出售的「自營」與「直營」公房，它為中共住宅體制改革之產物。

所有制結構　所有制結構是指，各種不同的生產資料所有制形式在一定社會經濟形態中所處的地位、所占的比重，以及它們之間的相互關係。居於支配地位的所有制的性質，決定該所有制結構的性質。

　　所有制結構是社會生產關係中的核心，是制度形態問題，也是一定的經濟體制的決定性因素，因為一定的經濟體制首先是以一定的所有制結構為基礎的。

承包　係兩個經營主體之間為了一定的經濟目的，承包方以契約形式依法從發包方取得一定的權利，並向發包方承擔責任的一種經濟行為。主要包括對工程項目的承包、對生產銷售及技術開發等任務的承包和對資產經營權的承包。對資產經營權的承包簡稱承包經營，是指企業資產所有者將資產的經營權發包給企業經營者，並以承包經

營合同的形式，明確雙方責權利關係的一種企業資產經營方式。

抵免限額　是指稅收抵免的最高限額，即對跨國納稅人在外國已納稅款進行抵免的限度。

抵押權　是為了確保債務履行而設立的一種擔保物權，指債務人或者第三人自己繼續佔有不動產或者動產，透過登記制度將該財產抵押給債權人，當債務人不履行債務時，債權人就抵押財產依法享有優先受償的權利，比如以房產抵押設定的抵押權。

抬轎子　抬轎子是指利多或利空信息公布後，預計股價將會大起大落，立刻搶買或搶賣股票的行為。搶利多信息買進股票的行為稱為抬多頭轎子，搶利空信息賣出股票的行為稱為抬空頭轎子。

放心奶　指能讓消費者可以放心飲用的牛奶等奶類商品。反之，被懷疑含有病菌，而不敢放心食用的奶類，被稱為「不放心奶」。同類詞語還有「放心肉」、「放心米」、「放心菜」、「放心油」等。

易拉蓋　容易拉開飲料罐之蓋，多數用鋁箔或鋅箔製成，又稱易拉罐。

服務性消費　指人們為滿足自己的物質和文化生活需要，以服務性消費品為消費對象的消費活動或消費行為。在市場經濟條件下，服務也是一種商品。人們的收入或者同實物形式的商品交換，或者同某種服務性消費交換，以滿足其生產和消費的需要。

東北振興　中共鑑於大陸東北老工業基地具有重要的戰略地位，遂於「十六大」提出「支持東北地區等老工業基地加快調整和改造，支持資源開採型城市發展接續產業」。2003年3月中共「政府工作報告」提出支持東北地區等老工業基地加快調整和改造的思路。2003年9月10日，溫家寶主持中共國務院常務會議討論並原則同意「關於實施東北地區等老工業基地振興戰略的若干意見」，就振興東北地區等老工業基地作出系統部署、制定專門政策。2007年8月正式發布「東北地區振興規畫」，藉此標誌著東北老工業基地振興工作進入新階段。

板的　出租用的人力板車。

泡沫經濟　它是對一地虛假繁榮經濟的比喻，意指經濟的發展不是憑內力驅動起來的，而是在搓衣板上由肥皂給搓出來的泡泡。這個看上去美麗的泡泡停留的時間很短暫，一陣微風、一次光照，就足可讓泡泡化為烏有。

炒樓花　它以謀取暴利為目的、買賣預售商品房屋之現象。「樓花」指正在施工的樓宇。

物業費 物業費又稱物業管理服務費。所謂物業管理，係指業主透過選聘物業管理企業，由業主和物業管理企業按照物業服務合同約定，對房屋及配套設施設備和相關場地進行維修、養護、管理，維護相關區域內的環境衛生和秩序的活動，由此也就生發了物業費的概念。

嚴格來講，小區物業管理費是將小區的所有設備設施維護支出加上小區內的能源消耗，以及人工成本和物業公司酬金等除以小區總面積，基本就是本小區的物業管理費。

物權法 全名爲「中華人民共和國物權法」，2007年3月16日由中共第十屆全國人民代表大會第5次會議審議通過，並於當日由中共國家主席胡錦濤批准頒布主席令第62號公佈，自2007年10月1日起施行。該法包括：總則、所有權、用益物權、擔保物權及佔有等5篇，以及基本原則、「物權的設立、變更、轉讓和消滅」、物權的保護、一般規定、「國家所有權和集體所有權、私人所有權」……等19章。

狗熊的擁抱 指在企業收購中，一家企業獲得對另一家企業控制權的一種方式。收購公司致函目標公司董事們，向他們表達收購意願並要求他們對報價迅速做出決定，此即稱爲狗熊的擁抱。若董事們不同意這收購，收購公司就可以直接透過發盤收購方式向目標公司股東們提出收購要求。

社會主義新農村 中共在2006年「兩會」上提出，建設社會主義新農村是中國現代化進程中的重大歷史任務。全面建設小康社會，最艱巨最繁重的任務在農村。中國各地將按照「生產發展、生活寬裕、鄉風文明、村容整潔、管理民主」的要求，實行工業反哺農業、城市支持農村和「多予少取放活」的方針，協調推進農村各方面的建設，明顯改善廣大農村的生產生活條件。

空心村 改革開放以來，先富起來的農民紛紛蓋起新房，然而新樓房多是擠佔耕地建成，農戶遷入新村後，村中的老宅大部分被閒置，形成一個個「空心村」。

空殼村 在大陸某些鄉村之居民大部分出外打工，公共財產被分光，集體經濟被瓦解，此類村莊被稱爲「空殼村」。

空頭與空頭市場 空頭是投資者和股票商認爲現時股價雖然較高，但對股市前景看壞，預計股價將會下跌，於是把借來的股票及時賣出，待股價跌至某一價位時再買進，以獲取差額收益。採用這種先賣出後買進、從中賺取差價的交易方式稱

為空頭。人們通常把股價長期呈下跌趨勢的股票市場稱為空頭市場，空頭市場股價變化的特徵是一連串的大跌小漲。

股份合作制經濟　它是改革中出現的新事物，它是勞動者的勞動聯合，和勞動者資本聯合為主的集體經濟。

股份有限公司　是指全部註冊資本由等額股份構成並透過發行股票籌集資本的企業法人。它具有以下特徵：一、公司的資本總額平分為金額相等的股份，股份透過股票表現。二、股東以其所認購的股份對公司承擔有限責任。三、公司以其全部資產對公司承擔責任，公司是獨立的法人，公司的債務責任只由公司獨立承擔，股東沒有對公司債務承擔持有股份份額以外責任的義務。四、公司可以向社會公開發行股票，股票可以依法轉讓或交易。五、股東的數額有最低限制，這是成立股份有限公司的基本條件。例如：大陸規定設立公司一般應有三個以上（含三個）發起人。六、股東以其持有的股份享受權利和承擔義務，國家對股東的權利和義務作了明確、具體的規定。七、公司應將註冊會計審查驗證過的會計報表公開，以便股東瞭解公司的財務狀況。

股份制　「股份制」實質是一種聯資經營制，以入股的方式把分散的、屬於不同主體的生產要素集中起來統一使用、合理經營、自負盈虧、按股分紅的一種企業經營組織形式。其基本特徵是生產要素的所有權與使用權分離，在所有權不變的情況下，分散的使用權轉化為集中的使用權。因此，它可以容納多種所有制關係和所有制形式。

股票換手率　亦稱「股票週轉率」，在一定時間內證券交易所股票交易的股數與上市流通的股票股數之比率。它表明一定時間內市場中股票轉手買賣的頻率，反映股票流通性強弱的指標之一。

軋空　即空頭傾軋空頭。股市上的股票持有者一致認為當天股票將會大下跌，於是多數人卻搶賣空頭帽子賣出股票，然而當天股價並沒有大幅度下跌，無法低價買進股票。股市結束前，做空頭的只好競相補進，從而出現收盤價大幅度上升的局面。

金卡網　全名「中華人民共和國國家電子貨幣網」，以金橋網為運行基礎的中國電子貨幣網，金卡網以計算機網絡系統為基礎，以金融交易卡為流通媒介，透過電子信息交換實現轉帳，進而實現貨幣流通。金卡網目標與任務是用 10 幾年時

間，在大陸城市人口中普及金融交易卡，實現支付手段的變革，進入電子貨幣時代。

金稅工程 指按照科技加管理的工作思路進行建設，以電腦網絡爲依托，實現稅務機關互聯互通、相關部門信息共享，採用先進技術，覆蓋稅收各稅種、各管理環節的信息管理系統工程的總稱。

金橋網 全名「中華人民共和國國家公用信息通信網」，以衛星網與光纖網組成的衛星綜合數字業務網爲骨幹網，與郵電系統的分組交換網、數字數據網互爲補充與備用，與金融網和其他信息數據專用網互聯互通、互爲支持。

金磚四國 「金磚四國」（BRICs）包括巴西、俄羅斯、印度和中國。BRICs 恰好是上述四國英文名稱首字母縮寫，故得名「金磚四國」。
　　一般認爲，最早提出「金磚四國」概念的是美國高盛公司。2003年10月高盛公司發表一份題爲「與BRICs 一起夢想」的全球經濟報告。報告估計，到 2050 年，世界經濟格局將會經歷劇烈洗牌，全球新的六大經濟體將變成中國、美國、印度、日本、巴西、俄羅斯。

金融三亂 指亂集資、亂批准設置金融機構，和亂辦金融業務，合稱爲「金融三亂」。

金關工程 大陸近年大力實現貨物通關自動化，利用電腦對整個國家的物流實施高效率管理，將海關、經貿部門、商檢局、稅務、銀行，以及有關重點外貿進出口公司進行電腦聯網，此項重大改革工作，稱爲金關工程。

金關網 全名「中華人民共和國國家外貿信息專用網」，以金橋網爲運行基礎，近期目標爲外貿系統實現聯網，開發外貿專用網的四個業務應用系統，處理出口退稅、境外收匯結匯、配額與許可證管理和進出口統計業務。

長多 是指長時間做多頭的意思。投資者對股勢前景看好，現時買進股票後準備長期持有，以期股價長期上漲後獲取高額差價。

長住單位 又稱「長住機構單位」，在一國經濟領土內具有經濟利益中心的機構單位。經濟領土是由一國政府控制或管理的、其公民、貨物、資本均可在其中自由流動，包括在國外之飛地（例如大使館、領事館、軍事基地等），經濟利益中心則是在一國經濟領土內某些場所（例如住宅、生產產地或其他建築物），或基於該場所而從事並擬繼續從事相當規模、無限期或有限期但較長時間（一年以上）的經濟活動與交易的機構耽誤。長住單位

並不依照國籍或法律準則為標準，也不基於其資產與管理歸屬哪個國家控制。

長空 是指長時間做空頭的意思。投資者對股勢長遠前景看壞，預計股價會持續下跌，在借股賣出後，一直要等股價下跌很長一段時間後再買進，以期獲取厚利。

阻力線 股價向上波動遇到某種情況時的術語。股價上漲到達某一價位附近，如有大量的賣出情形，使股價停止上漲，甚至回跌的價位即是遇到了阻力線。

非公有制經濟 是大陸社會主義市場經濟的重要組成部分，包括個體經濟、私營經濟，以及海外資本和外國資本經濟。「個體經濟」是生產資料歸勞動者個人所有，並由其本人（包括其家庭成員）直接支配和使用的經濟形式，屬於小私有制經濟。「私營經濟」是以生產資料私有制為基礎的存在雇傭勞動關係的經濟成分，它在本質上屬於資本主義性質。「海外資本和外國資本經濟」指港、澳、台地區，以及外國的企業、其他經濟組織或個人，遵照大陸法律，經過中共政府批准，提供資本開設的企業，屬於資本主義性質。大陸改革開放以後，非公有制經濟的發展對繁榮城鄉經濟、擴大就業、方便人民生活，發揮了不可或缺的重要作用。

非公經濟 36 條 中共新華社於 2005 年 2 月 25 日受權發布國務院「關於鼓勵支持和引導個體私營等非公有制經濟發展的若干意見」，此為中共首部以促進非公有制經濟發展為主題的中央政府文件，因文件內容共 36 條，此份文件遂常被簡稱為「非公 36 條」。

非居民企業 是指按照一國稅法規定不符合居民企業標準的企業。稅法草案所稱的非居民企業是指依照外國（地區）法律、法規成立且實際管理機構不在中國境內，但在中國境內設立機構、場所者，或在中國境內未設立機構、場所，但有來源於中國境內所得的企業。例如，在大陸設立的代表處及其他分支機構等外國企業。

九畫

信息產業 凡與信息的採集、存貯、傳播、利用，以及信息設備製造，信息系統建設等活動有關的產業部門，總稱為「信息產業」，亦稱為第四產業。

冒尖戶 改革開放以來，在農村改革中率先富裕起來的農戶。

南水北調工程 南水北調工程它最早是為補充北京為中心的華北地區工農業用水和城市居民用水，改善南北內河航運，而計劃把長江水

引到華北地區的大型綜合性水利工程。後來引伸出廣義的概念：把南部豐富水源，引到北部及西北部地區的大型綜合水利工程。

城市低保　「城市居民最低生活保障制度」之簡稱，屬於「三條保障線」制度之第三條保障線。其對象是一個城市中所有家庭收入低於一定標準的居民，其基本功能是向低收入居民提供最基本的生活保障。

城市居民家庭可支配收入　指居民家庭在支付個人所得稅之後所餘下的實際收入。

可支配收入
＝實際收入－個人所得稅－家庭副業
　生產支出－記帳補貼。

城市問題或城市病　城市化是人類文明發展的自然歷史過程。由於全部技術落後，工業革命前城市化的過程緩慢。到 1800 年，世界城鎮人口僅佔總人口的 3%。18 世紀以來，城市化是繼工業化之後席捲全球的大浪潮。20 世紀是城市化的年代，城市化是 20 世紀影響人類社會經濟形態最重要的力量。城市化的快速發展在給人類帶來巨大經濟效益的同時，也造成一系列負面影響，而造成巨大的「城市問題」或稱「城市病」。這些問題可歸納為四類：一是人口膨脹，二是資源短缺，三是環境問題，四是社會問題。

從生態學的觀點看，城市問題的產生主要有三個方面原因：一是資源開發利用不當造成的生態問題：各種物流、能量流、人流、信息流是城市發展可利用的資源，是維持城市新陳代謝的物質基礎。對這些「流」的輸入和輸出應該有一個質的標準和量的要求，以保持城市生態的動態平衡。二是城市結構不合理的生態問題，為產業結構、生產布局不當造成的生態環境破壞。三是城市功能不健全造成的生態失衡。

城鄉二元結構　係發展中國家現象，城市與鄉村處於不同的經濟發展與社會狀況，大陸具體表現為：部分比較發達的現代工業與大量的傳統農業並存、部分現代化城市與廣闊的傳統農業並存、部分現代工業企業與大量的落後手工勞動或半機械化的企業並存、部分較發達地區與廣大不發達與貧困地區並存。

城鄉醫療救助制度　是指透過政府撥款和社會捐助等多渠道籌資建立基金，對患大病的農村五保戶和貧困農民家庭、城市居民最低生活保障對象中，未參加城鎮職工基本醫療保險人員、已參加城鎮職工基

本醫療保險但個人負擔仍然較重的人員，以及其他特殊困難群眾給予醫療費用補助（農村醫療救助也可以資助救助對象參加當地新型農村合作醫療）的救助制度。

建倉 又稱「開倉」、「立倉」，期貨市場上交易者新買入或新賣出一定數量期貨合約之行為。

後發優勢 一個相對落後的國家或地區，在實施合理的發展戰略趕超發達國家時，所具有利之自然與社會經濟條件。

按揭 為 Mortgage 的中譯，又稱為「抵押貸款」；通常是將房屋、股票等作為抵押品，向銀行、財務公司、抵押店取得貸款。

毒丸 一家公司為抵制敵意接管而發行的一種特殊證券，這種證券給予其持有人一種特別權利，該權利只有在某種觸發事件如敵意接管發生後才能行使。

洋打工 外國人在中國大陸工作，被稱為「洋打工」，或稱為「外國兵團」。

洋消費 改革開放以來，中國大陸民眾喜歡購買及使用從外國進口的東西，此現象稱為洋消費。

洋插隊 文化大革命期間，城市知識青年及機關幹部，被下放到農村基層生產隊，與農民同吃同住同勞動，稱為插隊。改革開放後，到外國留學或打工，往往也要與當地社會融為一體，故被稱為洋插隊。

流動性過剩 通常指經濟層面資金充裕，銀行信貸投放衝動較強。在流動性過剩狀況下，會刺激國內投資、信貸等經濟指標持續上升，現階段容易引發經濟過熱，從而給經濟發展帶來負面影響。

在國際經濟失衡的背景下，中國國際收支近年來持續雙順差，外匯儲備不斷攀升，在當前結售匯制度下，中國央行放出基礎貨幣進行對沖，貨幣供應量加大；此外，人民幣匯率機制改革後，為保持匯率基本穩定，中共央行需要通過投放人民幣以買入外匯，而基礎貨幣投放又以乘數效應擴大廣義貨幣供給，從而導致大陸內部流動性過剩。

洗盤 投機者先把股價大幅度殺低，使大批小額股票投資者（散戶）產生恐慌而拋售股票，然後再股價抬高，以便乘機漁利。

活勞動 勞動者在物質資料生產過程中，腦力與體力之消耗。相對「物化勞動」之稱。

盈餘公積金 是指企業按照規定從稅後利潤中提取的積累資金。企業的盈餘公積金分為兩種：一是法定盈餘公積金，按所得稅後利潤的10%提取，當盈餘公積金已達註冊資本的50%時可不再提取；二是任

意公積金，按公司章程規定或股東會議決議提取，以防日後急需。盈餘公積金是指定用途的留存收益，法定盈餘公積金一般用於彌補企業以後年度的虧損，或者用於轉增資本金，但轉增資本金後，企業的法定盈餘公積金一般不得低於註冊資本的 25%。

相配交易　股票市場上不正當的交易手段之一。交易者分別委託兩個經紀人，按其限定的價格由一方買進而由另一方賣出同種同量的證券，以抬高或壓低該證券的正常市價。表面上看，此時交易是公正的，而實際上，證券價格為其所操縱，達到其投機獲大利的目的。

相鄰關係　在民法上是指，權利人依法處理不動產相鄰的兩個或者兩個以上權利人之間在通行、通風、採光等方面產生的各種關係，以保障其必需的生產和生活。

紅籌股　在大陸境外註冊、香港上市、中資控股，或主要業務在大陸的上市公司及其股票的統稱。由於國際時以「紅色」代表大陸，因此將香港股市上有此種中資背景之上市公司及其股票稱為紅籌股。

美國次級貸款危機　次級抵押貸款（sub-premium mortgage）指銀行或貸款機構提供給那些信用等級或收入較低、無法達到普通信貸標準的客戶的一種貸款。這種貸款通常不需要首付，只是利息會不斷提高。

美國抵押貸款市場的「次級」（Subprime）及「優惠級」（Prime）是以借款人的信用條件作為劃分界限的。根據信用的高低，放貸機構對借款人區別對待，從而形成了兩個層次的市場。信用低的人申請不到優惠貸款，只能在次級市場尋求貸款。兩個層次的市場服務對象均為貸款購房者，但次級市場的貸款利率通常比優惠級抵押貸款高 2%～3%。

引起美國次級抵押貸款市場風暴的直接原因是美國的利率上升和住房市場持續降溫。

在過去幾年美國住房市場高度繁榮時，次級抵押貸款市場迅速發展，甚至一些在通常情況下被認為不具備償還能力的借款人也獲得購房貸款，這就為後來次級抵押貸款市場危機的形成埋下隱患。

在截至 2006 年 6 月的兩年時間裏，美國聯邦儲備委員會連續 17 次提息，將聯邦基金利率從 1% 提升到 5.25%。利率大幅攀升加重了購房者的還貸負擔。且自 2006 年第二季度以來，美國住房市場開始大幅降溫。

隨著住房價格下跌，購房者難以將房屋出售或者通過抵押獲得

融資。受此影響，很多次級抵押貸款市場的借款人無法按期償還借款，次級抵押貸款市場危機開始顯現並呈愈演愈烈之勢。

伴隨著美國次級抵押貸款市場危機的出現，首先受到衝擊的是一些從事次級抵押貸款業務的放貸機構。2007年初以來，眾多次級抵押貸款公司遭受嚴重損失，甚至被迫申請破產保護，其中包括美國第二大次級抵押貸款機構——新世紀金融公司。同時，由於放貸機構通常還將次級抵押貸款合約打包成金融投資產品出售給投資基金等，因此，隨著美國次級抵押貸款市場危機愈演愈烈，一些買入此類投資產品的美國和歐洲投資基金也受到重創。

更為嚴重的是，隨著美國次級抵押貸款市場危機擴大至其他金融領域，銀行普遍選擇提高貸款利率和減少貸款數量，致使全球主要金融市場隱約顯出流動性不足危機。

計畫單列城市 「計畫單列」是指中共對若干經濟特別重要的省轄大城市、大型企業集團、基本建設集團項目等，在國家一級計畫中單列戶頭，提高其計畫管理級別的措施。而「計畫單列城市」是指中共編制國民經濟計畫時加以計畫單列的某些城市；目的在於不改變省

領導市的行政體制前提，將計畫單列城市的經濟與社會發展計畫納入國家計畫，進行綜合平衡。計畫單列城市擁有相當於省一級之經濟管理權限，可更加發揮其經濟中心作用。

計畫經濟 係指在生產資料公有制基礎上，有計畫發展國民經濟的一種社會經濟制度。在這種經濟制度下，計畫是社會資源配置的一種手段，國家透過統一計畫，對社會生產和社會需求進行調節。計畫經濟的基礎是生產的社會化和生產資料公有制。生產的社會化要求按比例有計畫地分配社會勞動，而生產資料公有制則使實行計畫經濟成為可能。

傳統經濟理論認為，實行計畫經濟，國家可以按照客觀經濟規律，從國民經濟的實際出發，制定統一計畫，合理分配人力、物力、財力，使整個社會生產和再生產有計畫地進行，實現社會生產和社會需要之間的平衡。

風險投資 風險投資（venture capital）也叫做VC投資，在中國是一個約定俗成的具有特定內涵的概念，其實把它翻譯成創業投資更為妥當。廣義的風險投資泛指一切具有高風險、高潛在收益的投資；狹義的風險投資是指以高新技術為基

礎，生產與經營技術密集型產品的投資。根據美國全美風險投資協會的定義，風險投資是由職業金融家投入到新興的、迅速發展的、具有巨大競爭潛力的企業中一種權益資本。從投資行爲的角度來講，風險投資是把資本投向蘊藏著失敗風險的高新技術及其產品的研究開發領域，旨在促使高新技術成果盡快商品化、產業化，以取得高資本收益的一種投資過程。從運作方式來看，是指由專業化人才管理下的投資中介向特別具有潛能的高新技術企業投入風險資本的過程，也是協調風險投資家、技術專家、投資者的關係，利益共享，風險共擔的一種投資方式。

飛地 一般指下列五種土地形式：1. 兩個中心區間可能出現、不與任何中心地區相聯繫的空隙地帶。2.屬於某一行政區管轄，但不與該區相連之土地。3.屬於某人所有，但與其成片的土地相分離而坐落於他人土地界線以內的零星土地。4.屬於某國，而坐落於另一國疆域內的一片土地。5. 土地的實際坐落同土地證書上所記載坐落不一致的土地。

飛錢 即匯兌方式，飛錢出現在社會、經濟和商業活動發展的直接結果，同時也與兩稅法實行以後錢重物輕及錢荒有直接關係。

十畫

借雞生蛋，借船出海 比喻利用外來資金、人才、先進技術等條件，發展自己的經濟。

倒騰 股市中大戶投機者炒股方法之一。一些稍有實力或有雄厚實力的投機者在市場上逐步或大量地集中吸進某種股票，將其價格抬高，然後在高價位賣出獲利；爾後又從低價中再吸進，如此反覆運用，一會兒炒冷門股，一會兒炒熱門股；一會兒炒這種股，一會兒炒那種股。反覆倒騰，以謀其利。

個體戶 在大陸個體戶是與改革開放伴生的新事物，主要指在政府規定範圍內和工商行政部門管理下，從事工商業經營活動的個體經濟戶。它可以是一個人，也可以是一個家庭，或以個人、家庭爲老闆，外加少數雇員組成的經濟戶；類似西方世界的家庭式「獨資小公司」。

個體企業 在中國由勞動者個人開辦、以勞動者及其家庭成員的個體勞動爲基礎、勞動成果歸勞動者個人所有與支配之企業。

個體指數 又稱「單項指數」，單項事物動態變化的比較指數，例如，反應某一種商品價格變動的個體價格指數。

個體商業　個體所有制商業之簡稱，過去稱爲「小商小販」。勞動者個人使用自有的生產資料，以自己或家庭成員爲基礎，自主進行商品及服務經營活動的商業經濟形式。現階段法律規定，雇工不足 8 人的爲個體經濟。

剛性管理　以規章制度爲中心、採用制度約束、紀律監督、物質獎懲等手段對企業員工進行管理之方式，主要適用於工業時代通行的，以生產爲核心之管理。

恩格爾係數　19 世紀德國統計學家恩格爾根據統計資料，對消費結構的變化得出一個規律：一個家庭收入越少，家庭收入中（或總支出中）用來購買食物支出所占比例就越大，隨著家庭收入增加，家庭收入中（或總支出中）用於購買食物的支出則會下降。推而廣之，一個國家越窮，每個國民的平均收入中（或平均支出中）用於購買食物的支出所占比例即越大，隨著國家的富裕，這個比例呈下降趨勢。恩格爾定律的公式：

＊食物支出對總支出的比率（R1）
＝食物支出變動百分比／總支出變動百分比

＊食物支出對收入的比率（R2）
＝食物支出變動百分比／收入變動百分比

恩格爾定律係根據經驗資料提出，適用於假定其他一切變數都是常數，因此在考察食物支出在收入中所占比例的變動問題時，還應考慮城市化程度、食品加工、飲食業和食物本身結構變化等因素，唯有達致相當高的平均食物消費水準時，收入的進一步增加才不對食物支出發生重要影響。

拳頭產品　指效益高、競爭力強、影響大的產品，它可像捏緊的拳頭那樣打出去，故又稱「拳頭商品」。同族衍生詞如：拳頭廠、拳頭企業、拳頭項目等，分別表示有競爭力的工廠、企業和項目。

旅遊黃金週　大陸自 1999 年 10 月 1 日國慶節開始，國務院決定增加法定休假日，以及調整周末雙休日後，每年春節、「五一國際勞動節」和「十一國慶節」三個長假期，都有一個星期左右的休假，號稱黃金週。政府爲擴大內需，鼓勵各地在黃金週期間大力發展旅遊業，稱之爲旅遊黃金週。

核心 CPI　是指將受氣候和季節因素影響較大的產品價格剔除之後的居民消費物價指數。

目前，中國對核心 CPI 尚未明確界定，美國是將燃料和儀器價格剔後的居民消費物價指數爲核心 CPI。一般認爲，核心 CPI 能更真實地反映宏觀經濟運行情況。

海西經濟區 以福建為主體，西涵江西省東部（從贛東北到贛東南）大片腹地、北及浙江溫州，南至廣東汕頭，區域呈半圓型，面積 25.48 萬平方公裡，占全大陸土地面積的 2.65%，福州、廈門是這個半圓的中心。「海西」面對台灣，北承長江三角洲，南接珠江三角洲，是一個經濟聯繫緊密、中心城市支樽、要素流動聚集、對外開放的經濟綜合體。（詳見涉台類海西區）

浮多 看好股市前景，認為將會上漲，想大撈一把，而自己財力有限，於是向別人借資金買進股票。放款人若要收回，買股票的多頭即需賣掉股票，還掉資金，同時，即使股價上漲，也不敢長期持有，一旦獲得相當利潤就賣出；萬一股價下跌，更心慌意亂，趕緊賠錢了結，以防套牢，因資金不穩定，所以稱浮多。

浮空 因其情形與「浮多」相同，只是認為股價下跌，借股放空。因所放空的股票隨時有被收回的顧慮，所以稱「浮空」。

特別納稅調整 是指稅務機關出於實施反避稅目的而對納稅人特定納稅事項所作的稅務調整，它包括針對納稅人轉讓定價、資本弱化、避稅港避稅及其他避稅情況所進行的稅務調整。

特別國債 中共全國人大常委會於 2007 年 6 月 29 日表決決定，批准發行人民幣 1.55 兆元特別國債購買外匯。

中共財政部將發行的人民幣 1.55 兆元特別國債，用於購買約 2,000 億美元外匯，作為即將成立的國家外匯投資公司的資本金。發行的特別國債為 10 年期以上可流通記帳式國債，票面利率根據市場情況靈活決定。

那麼，什麼是特別國債？特別國債具有的「10 年期以上」、「可流通記帳式」等特性分別是什麼意思？

根據背景資料，這是中共繼 1998 年發行人民幣 2,700 億元特別國債注資銀行後，再次通過特別國債的方式解決重大金融問題。當年 8 月 18 日，中共財政部發行期限 30 年的人民幣 2,700 億元特別國債，用於撥補國有獨資商業銀行資本金，以提高國有獨資商業銀行的資本充足率，提高其國際金融市場的競爭力。

這次特別國債一個特點就是償還期限為 10 年以上，這在大陸屬於長期國債範疇。

特別處理（ST）股 中國滬深證券交易所於 1998 年 4 月 22 日宣布，根據 1998 年實施的股票上市規則，

將對財務狀況或其它狀況出現異常的上市公司的股票交易進行特別處理，由於「特別處理」的英文是 Special treatment（縮寫是 ST），因此，這些股票就簡稱為 ST 股。

上述財務狀況或其它狀況出現異常主要是指兩種情況，一是上市公司經審計連續兩個會計年度的淨利潤均為負值，二是上市公司最近一個會計年度經審計的每股淨資產低於股票面值。在上市公司的股票交易被實行特別處理期間，其股票交易應遵循下列規則：(1)股票報價日漲跌幅限制為 5%；(2)股票名稱改為原股票名前加 ST，例如：ST 遼物資；(3)上市公司的中期報告必須審計。

留海 改革開放以來，中國大陸內陸省份幹部，部分被派到經濟發達的東南沿海地區，一邊掛一個職務，一面學習新知識。

留置權 是法律規定為了確保債務履行而設立的一種擔保物權，當債務人不履行債務時，債權人依法留置已經合法佔有的債務人的動產，並就該動產享有優先受償的權利，比如顧客不支付洗衣費，洗衣店依法有權留置衣服，在法定期限內顧客還不支付洗衣費，洗衣店有權變賣衣服以獲取洗衣費。

租賃經營 是指在不改變所有制的前提下，實行所有權與經營權的分離，產權主體作為出租方，將企業有期限地交給承租方經營，承租方向出租方交付租金，並依照合同規定對企業實行自主經營。企業租賃經營是大陸國有企業，特別是小型企業的一種經營方式。根據承租主體的不同，租賃經營可以分為個人租賃、合伙租賃、全員租賃、企業租賃等。

耕地佔用稅 1987 年 4 月 1 日中共國務院發布「中華人民共和國耕地佔用稅佔暫行條例」，規定對於佔用耕地建房者，或從事其他非農業建設的單位與個人徵收之稅目。若只佔耕地，不是建房或從事其他非農業建設，不能成為耕地佔用稅納稅人。

能源審計 是指用能單位自己或委託從事能源審計的機構，根據大陸有關節能法規和標準，對能源使用的物理過程和財務過程進行檢測、核查、分析和評價的活動。

財政分稅制 指按照公平和效率的原則，再科學合理地劃分事權，明確中央和地方稅收管轄權的基礎上，依據各種稅收本身的特徵和稅源大小，徵管難易程度，劃分和建立中央與地方兩個稅收體系，實行分級管理，分別發揮各自稅收對宏

觀與微觀經濟的調節作用，以確保各級政府職能順利實現的一種財政管理體制。分稅制已於 1994 年在全國各省市實行。

財政幻覺　政府財政支出效益通常在表面上大於政府支出成本，因此，對財政支出效益產生錯覺。例如在經濟衰退時期，政府增加財政支出，舉辦大型公共工程，刺激總需求、增加就業、恢復經濟繁榮等，但由於其資金來自於稅收，分散於若干年份內徵收，並由全體納稅人負擔，因此，人們忽略這種財政支出的高稅收成本與一些工程的無效益。

財政收入　指國家財政參與社會產品分配所取得的收入，是實現國家職能的財力保證。財政收入所包括的內容幾經變化，目前主要包括：1.各項稅收：包括增值稅、營業稅、消費稅、土地增值稅、城市維護建設稅、資源稅、城市土地使用稅、印花稅、個人所得稅、企業所得稅、關稅、農牧業稅和耕地佔用稅等。2.專項收入：包括徵收排污費收入、徵收城市水資源費收入、教育費附加收入等。3.其他收入：包括基本建設貸款歸還收入、基本建設收入、捐贈收入等。4.國有企業計畫虧損補貼：此項為負收入，沖減財政收入。

財政決算　中共政府、機關、團體和事業單位的年度會計報告。是根據年度預算的最終執行結果編製的。決算同預算相適應，有國家決算、單位決算，透過決算可檢查和總結預算執行情況。國家決算是經法定程序批准的年度預算執行結果的會計報告，包括報表和文字說明兩部分。

財政政策　是國家通過財政收入和財政支出調節社會供給和需求的總水平，以實現國家的社會經濟目標的政策。

財政預算　國家制訂的年度財政收支計畫，它是國家為實現其職能而有計畫地籌集和分配財政資金的主要工具，是國家的基本財政計畫。大陸的國家預算由中央預算和地方預算組成，中央預算佔主導地位。國家預算按法定程序編製、審查和批准。國家預算的收入和支出，分別反映了國家財政參與國民生產總值分配的程度和國家財政活動的事權範圍。國家預算是國民經濟計畫的一個重要組成部分。

財政轉移支付制度　是指政府不以取得商品和勞務作為補償的財政支出制度，即財政資金在各級政府間實現轉移的程序、規則和方法的制度。透過財政資金無償的、單方面的轉移實現收入再分配，調節中

央與地方分配關係、調節地區間財力分配，縮小地區差距，落實國家產業政策。該項制度是分稅制財政體制的重要內容，是大陸宏觀調控的重要手段。

財產性收入 中共在「十七大」報告中首次提出「創造條件讓更多群眾擁有財產性收入」。

「財產性收入」一般是指家庭擁有的動產（如銀行存款、有價證券等）、不動產（如房屋、車輛、土地、收藏品等）所獲得的收入。它包括出讓財產使用權所獲得的利息、租金、專利收入等；財產營運所獲得的紅利收入、財產增值收益等。

中國國家統計局城市司住戶處處長陳小龍稱，統計中常用的「人均可支配收入」，由四部分構成，按照佔比大小分別是：工資性收入（工資等）、轉移性收入（養老金等）、經營性收入（商業買賣收入等）和財產性收入。在「人均可支配收入」中以「工資性收入」為主，大約佔到 70% 左右。財產性收入佔比位置較小，佔比大約在 2% 左右。

貢獻率 它是分析經濟效益的一個指標。是指有效或有用成果數量與資源消耗及佔用量之比，即產出量與投入量之比，或所得量與所費量之比。計算公式：

貢獻率（%）

＝貢獻量（產出量，所得量）／投入量（消耗量，佔用量）×100%

貢獻率也用於分析經濟增長中各因素作用大小的程度。計算方法是：

貢獻率（%）

＝某因素貢獻量（增量或增長程度）／總貢獻量（總增量或增長程度）×100%

上式實際上是指某因素的增長量（程度）佔總增長量（程度）的比重。

十一畫

假日經濟 指人們利用節假日集中購物、集中消費的行為，帶動供給、帶動市場、帶動經濟發展的一種系統經濟模式。有人形容稱之為：因為有一部分人休息，而使另一部分人獲得工作的機會。假日經濟屬於消費經濟範疇。假日經濟的主要特徵是消費，假日經濟具有的文化特徵是休閒與旅遊，假日經濟具有的空間特徵是流動與聚合，包括人流、物流和資金流。從時間上

來講，集中在雙休日與 3 個「七天」的節日高峰。

動車組　指把動力裝置分散安裝在每節車廂上，使其既具有牽引力，又可以載客，這樣的客車車輛便叫做動車。而動車組就是幾節自帶動力的車輛加幾節不帶動力的車輛編成一組。帶動力的車輛叫動車，不帶動力的車輛叫拖車組。動車組技術源於地鐵，是一種動力分散技術。

動漫產品　是指以「創意」為核心，用動畫、漫畫為表現形式，它包含動漫圖書、報刊、電影、電視、音像製品、舞臺劇和基於現代信息技術傳播手段的動漫新品種等動漫直接產品，不包含與動漫形象有關的服裝、遊戲、玩具等衍生產品。

剪刀差　其概念產生於 20 世紀 20 年代的蘇聯，指工農業產品交換時，工業品價格高於價值，農產品價格低於價值所出現的差額，因用圖表呈現剪刀張開形態而得名，表示工農業產品價值的不等量交換。倘價格背離價值的差額越來越大，稱「擴大剪刀差」；反之，為「縮小剪刀差」。

中共在工業化進程中，即長期採用工業品與農產品「價格剪刀差」方式，人為壓低農產品收購價格，使部分農民收入在工農業產品

交換過程中轉入工業部門，俾加速積累工業化所需資金。

國內生產總值（GDP）　國內生產總值即英文 Gross Domestic Product，其縮寫為 GDP。

它是對一國（地區）經濟在核算期內所有常住單位生產的最終產品總量的度量，常常被看成顯示一個國家（地區）經濟狀況的一個重要指標。

生產過程中的新增加值，包括勞動者新創造的價值和固定資產的磨損價值，但不包含生產過程中作為中間投入的價值；在實物構成上，是當期生產的最終產品，包含用於消費、積累及淨出口的產品，但不包含各種被其他部門消耗的中間產品。

GDP 的測算有三種方法：

生產法：GDP
＝∑各產業部門的總產出－∑各產業部門的中間消耗

收入法：GDP
＝∑各產業部門勞動者報酬＋∑各產業部門固定資產折舊＋∑各產業部門生產稅淨額＋∑各產業部門營業利潤

支出法：GDP
＝總消費＋總投資＋淨出口。

國民生產淨值（NNP）　簡單地說，NNP＝GNP－折舊。

國民收入（NI） 簡單地說，國民收入 NI＝NNP－間接稅和企業轉移支出＋政府對企業補貼。

國民原則 又稱「屬地原則」，以國民作為經濟核算對象之原則，國民則指本國的常住單位，根據國民原則，凡是本國的常住單位所從事的生產經營活動，不論發生在該國內或國外，其成果均要加以計算。

國民經濟信息化 是指一個國家整個國民經濟的各部門、各行業、各企業之間及內部，高度重視信息資源的開發和積累，加強信息資源的管理，充分利用各類信息資源，實現信息資源共享的狀況。實現國民經濟信息化，可以使信息資源更好地為各級政府宏觀決策、宏觀調控服務，為企業、事業單位、農村、科研、醫藥衛生、學校服務，為居民的生產經營活動和生活服務。

國有企業改革 就是要按照社會主義市場經濟的要求，重塑微觀經濟基礎，建立新的企業制度，把原來的經營機制不完善的國有企業，改造成為適應市場的法人實體和競爭主體。

國有企業改革的方向主要是建立現代企業制度，其基本特徵是：一、產權清晰；二、權責明確；三、政企分離；四、管理科學。

對國有大、中企業要有計畫地實行規範的公司制改造，組建有限責任公司和股份有限公司，並要把國有企業改革同改組、改造、加強管理結合起來；而實施戰略性改組則是國有企業管理體制改革的重點。

以往部分國有企業陷入困境，除了企業制度方面的原因，很重要的一點在於國有資產分布與企業組織結構不合理，國有經濟戰線拉得過長，戰略重點不凸出。因此，為了從總體上搞活國有企業，提高國有企業經濟效益，必須對存量國有資產進行有效重組。同時，優化投資結構，把存量重組與增量優化配置結合起來，將有限的資源逐步集中到國家真正需要控制和加強的基礎產業、支柱產業和高新技術產業上。

國有資本經營預算制度 係指規範國有資本經營預算編制行為的一系列法律、行政法規和規章的總稱。

國有資本經營預算，是國家以所有者身分對國有資本實行存量調整和增量分配而發生的各項收支預算，是政府預算的重要組成部分。根據「預算法實施條例」第20條的規定，各級政府預算按照複式預算編製，分為政府公共預算、國有資產（本）經營預算、社會保障預算和其他預算。

資本經營預算制度，對完善國有企業收入分配制度，增強政府的

宏觀調控能力，集中解決國企發展中的體制性、機制性問題，均具有重要意義。

國家外匯儲備　是指一國金融當局（中央銀行）為了調節國際收支和維持匯率所持有的外匯資產。外匯儲備與黃金儲備、在國際貨幣基金組織的儲備頭寸，以及特別提款權一起，組成了一國的國際儲備或國際清償能力。作為一國外匯儲備的外匯資產須具備以下兩個條件：一是這種資產須具有流動性；二是一國金融當局須能無條件地獲得這類資產。

對世界各國來說，持有外匯儲備的主要作用有：一、彌補國際收支逆差，平衡國際收支；二、干預外匯市場，維持本國貨幣匯率的穩定；三、當一國國內經濟出現不平衡時，外匯儲備也是重要和有效的調節手段；四、顯示一國的對外清償能力，有助於提高一國的國際信譽。

國家調節市場，市場引導企業　中共於 1987 年 10 月召開「十三大」時提出：社會主義計畫商品經濟的體制，應該是指計畫與市場內在統一的體制，並提出：新的經濟運行機制，總體上說應當是「國家調節市場，市場引導企業」的機制，即國家運用經濟、法律與必要的行政手段，調節市場供需關係，創造適宜的經濟與社會環境，以此引導企業正確地進行經營決策，此作法便將市場地位大幅提高。

國家儲備肉　「國家儲備肉」實際上是屬流動管理的，既包括活豬，也包括冷凍鮮肉。

中共政府對儲備活豬的生產基地給予補貼，在中央儲備肉冷凍庫-18℃的環境下，存放的豬肉保質期是 6 個月，不過儲備冷凍肉，並非凍了 6 個月的肉，而是在進貨和銷售過程中不停更換的流動的冷凍鮮肉，現今在大陸各大超市裏買到的豬肉都是這種冷凍鮮肉。

國庫集中收付制度　中共之國庫集中收付制度：主要內容是指，建立國庫單一帳戶體系，所有財政性資金都納入國庫單一帳戶管理，收入直接繳入國庫或財政專戶，支出透過國庫單一帳戶體系，按照不同支付類型，採用財政直接支付與授權支付的方法，支付到商口或貨物供應者或用款單位。

國債代地方政府發行　按照「中國預算法」規定，地方政府不得發行地方政府債券。但為支持地方經濟建設，1998 年以來，中央財政將部分新增國債項目資金轉貸給地方，用於國家確定的國債資金建設項目，由地方政府還本付息，不列入中央預算，也不作財政赤字處理。

國債項目資金 是指 1998 年以來，中共中央政府為實現擴大內需，調整結構，加強宏觀調控，國家預算擴大安排的用於基礎設施建設等方面的專項資金，這些資金透過發行國債籌措。

國債餘額管理 是指立法機關不具體限定中央政府當年國債發行額度，而是透過限定一個年末不得突破的國債餘額上限，以達科學管理國債規模的方式。

　　國債餘額包括中共中央政府歷年預算赤字和盈餘相互沖抵後的赤字累積額、向國際金融組織和外國政府借款統借統還部分（含統借自還轉統借統還部分），以及經立法機關批准發行的特別國債累計額，是中央政府以後年度必須償還的國債價值總額，能夠客觀反映國債負擔情況。

基尼係數 是衡量收入分配均等程度的重要指標。20 世紀初義大利經濟學家基尼，根據洛倫茨曲線找出判斷分配平等程度的指標（如下圖），設實際收入分配曲線和收入分配絕對平等曲線之間的面積為 A，實際收入分配曲線右下方的面積為 B。並以 A 除以 A＋B 的商表示不平等程度。這個數值被稱為基尼係數或稱洛倫茨係數。如果 A 為零，基尼係數為零，表示收入分配完全平等；如果 B 為零則係數為 1，收入分配絕對不平等。該係數可在零和 1 之間取任何值。收入分配越是趨向平等，洛倫茨曲線的弧度越小，基尼係數也越小，反之，收入分配越是趨向不平等，洛倫茨曲線的弧度越大，那麼基尼係數也越大。如果個人所得稅能使收入均等化，那麼，基尼係數即會變小。聯合國有關組織規定：若低於 0.2 表示收入絕對平均；0.2～0.3 表示比較平均；0.3～0.4 表示相對合理；0.4～0.5 表示收入差距較大；0.6 以上表示收入差距懸殊。

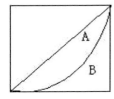

　　大陸的基尼係數標準低於資本主義市場經濟國家，合理區間為 0.3 至 0.35。

基本面 包括宏觀經濟運行態勢和上市公司基本情況。宏觀經濟運行態勢反映出上市公司整體經營業績，也為上市公司進一步的發展確定了背景，因此，宏觀經濟與上市公司及相應的股票價格有密切的關係。

　　上市公司的基本面包括財務狀況、盈利狀況、市場佔有率、經營管理體制、人才構成等各個方面。

基礎設施 中共對基礎設施的定義，是參考世界銀行（1995）prud'homme（2004）的定義，並結合數據的可靠性，選取恰當的指標來度量中國基礎設施的水平和發展狀況，具體指標有四：分別為交通基礎設施、能源基礎設施、通訊基礎設施、城市基礎設施。

　　有關交通基礎設施由3個指標組成，即鐵路營運里程、內河航道里程和等級公路里程。其中等級公路是指高速公路、一級公路和二級公路的總里程數。能源基礎設施由電力消費量和能源消費量2個指標組成。通訊基礎設施在統計年鑑中可獲得的數據較多，涵蓋郵政、電信和互聯網三大方面。其中，郵電基礎設施由郵政局所個數和總郵路長度2個指標衡量，電信基礎設施由長途電話、無線尋呼用戶、移動電話用戶、長途自動交換機容量、本地電話局用交換機容量，移動電話交換機容量和長途光纜線路長度來衡量。而互聯網基礎設施主要包括互聯網人數和長途微波線路長度。城市基礎設施指標主要包括：城市用水普及率、城市燃氣普及率、每萬人擁有公交車輛、人均擁有道路面積、人均公共綠地面積、每萬人擁有公共廁所。

寄生經濟 指一國的經濟依附於他國的經濟、或者他國的資金、技術等等，比如大陸現階段的經濟形式，資本、專利、核心技術掌握在他國手中，如果他國收取此種資源，大陸的經濟由於依附性太強，必受重創；如果繼續依附，則必會再受他國殘酷剝削。

專賣 又稱「獨家經營」、「排他經營」，指一個製造商只允許其銷售商販賣自己的產品，而禁止銷售其競爭對手的產品之作法。專賣可用來提高進入壁壘，為垂直約束之一。

強制性能效標識制度 是依據國家有關法律法規實施的一項節能管理制度，即由國家制定並公布統一的產品目錄、產品能效標準、能效標識實施規則、能效標識樣式和規格。2005年3月1日，中共國家發改委和國家質檢總局聯合制定的「能源效率標識管理辦法」正式實施，要求指定的用能產品必須加註符合相關標準要求的信息標籤，明示產品的能效等級、能源消耗量等能效性能指標。

控股權 是指在股份公司中股權（或股票）的持有人透過占有的一定份額或比例，從而能夠控制和支配該公司生產經營重大決策、選擇經營管理者和收益分配方案的權利。從理論上來說，要控制一個公司至少

必須掌握其 51%以上的股份。但實際上，隨著股權（股票）的數量增加和股東數的擴大，股份不斷分散化，不一定必須掌握股份的過半比例，只要所掌握的比例比其他股東大就可以實現控股權。

採購經理指數　採購經理的國家協會（NAPM），現在已改稱為供應管理之協會，公布每月綜合指數，包括國內製造業情況，房屋建築新訂單，生產，供應者送貨次數，訂貨，庫存，價格就業，出口訂單，以及入口訂單，它是將製造也除以非製造業以下指數。

排污權有償使用和排污權交易　係指在「總量控制」前提下，政府將排污權有償出讓給排污者，並允許排污權在二級市場上進行交易。

排污權有償使用和排污權交易將使企業在利益驅動下，珍惜有限的排污權，減少污染物排放，同時使企業成本真實反映環境保護的要求，從而達到防治污染的目的。

由於電力行業和太湖流域條件成熟，並且具有實踐經驗，因此擬選擇電力行業和太湖流域分別開展二氧化硫和化學需氧量排污權有償使用和排污權交易試點。

殺貧　當火車客運票價猛漲，對於貧困的社會階層，如同打殺搶劫，稱為殺貧。

混崗　大陸國營企業和事業單位中使用集體所有制職工，並與全民所有制固定職工混合在一起，進行常年性生產勞動的做法。

統發工資　2000 年 12 月 21 日，中共國務院機關事務管理局、財政部共同發出「關於中央國家機關離退休人員離退休費和離退休幹部管理機構人員工資實行統一發放的通知」，指自 2001 年 1 月起，對中央國家機關離退休人員離退休費，和離退休幹部管理機構人員工資實行統一發放，簡稱「統發工資」。

現代農業建設　是指用現代物質條件來裝備農業，用現代科學技術改造農業，用現代產業體系提升農業，用現代經營形式發展農業，用現代新型農民推進農業，用現代發展理念引領農業，提高農業水利化、機械化和信息化水平，提高土地產出率、資源利用率和勞動生產率，提高農業效益和競爭力。

建設現代農業的過程，就是改造傳統農業、不斷發展農村生產力的過程，就是轉變農業增長方式、促進農業又好又快發展的過程。建設現代農業，必須按照高產、優質、高效、生態、安全的要求，著眼於促進農民增收，大力調整和優化農業結構。

瓶頸制約 它係一種被形象化的現象,如交通運輸等基礎設施及煤電油鋼等能源、原材料的發展及供給能力滯後於日益增長的國民經濟和社會發展的需要,成為總體國民經濟正常運行的制約因素。國民經濟發展的快慢在很大程度上取決於這些基礎設施和基礎產業的承受能力。就好比一個瓶子,由於其頸部比瓶身要細,因而限制了瓶內液體順暢大量地流出,只能是緩慢地涓涓細流,不管瓶體多粗,容量多大,其流量都受制於瓶頸的大小。因此,若想獲得國民經濟的持續、快速、健康發展,就必須加快產業結構的調整,採取切實有效措施,消除「瓶頸」制約。

產品經濟 相對於自然經濟和商品經濟的一種經濟形式,也是馬克思設想的在商品經濟消亡以後的未來社會的交換方式。這種交換與商品交換的最大區別是,人與人之間的關係不再透過以貨幣為媒介的等價交換來表現,而是透過直接的產品交換來體現。

產業升級 主要是指產業結構的改善和產業素質與效率的提高。產業結構的改善表現為產業的協調發展和結構的提升;產業素質與效率的提高表現為生產要素的優化組合、技術水平和管理水平,以及產品質量的提高。產業升級必須依靠技術進步。

產業政策 指透過干預一國的產業(部門)間的資源分配或產業(部門)內的產業組織,達到該國國民經濟發展目標的政策。產業政策的核心包括兩個內容:一是產業結構政策,二是產業組織政策。它們是產業政策的兩個輪子。

產業結構 指國民經濟的各個產業部門之間和每個產業部門內部的構成。產業結構狀況,一般用兩種指標表示:一種是用各產業投入生產要素(勞動力、資金等)的數量對比指標,從各產業間的資源配置的比較上說明產業結構;另一種是用各產業產出(增加值、實物量等)的數量對比指標,從各產業生產經營活動成果比較上說明產業結構。

產權 係經濟所有制關係的法律表現形式。它包括財產的所有權、佔有權、支配權、使用權、收益權和處置權。以法權形式體現所有制關係的科學合理的產權制度,是用來鞏固和規範商品經濟中財產關係,約束人的經濟行為,維護商品經濟秩序,保證商品經濟順利運行的法權工具。

第一產業 主要是指農業,包括林、牧、漁業。

第二產業 主要是指工業，包括採礦、電力、煤氣的生產製造和供應，以及建築業。

第三產業 分為流通和服務兩大部門，並可分為四大層次。第一層次：流通部門，包括：交通運輸業、郵電通訊業、物資供銷和倉儲業。第二層次：為生產和生活服務的部門，包括金融、保險業、地質普查業、房地公用事業、居民服務業、旅遊業、信息諮詢業、商業飲食業和各類技術服務業等。第三層次：為提高科學文化水平和國民素質服務的部門，包括教育、文化、衛生、體育、廣播電視事業和社會福利事業等。第四層次：為社會公共需要服務的部門，包括國家、機關、政黨機關、軍隊和警察。

符號經濟 係由貨幣、股票、債券、金融衍生工具等經濟符號的生產、交易與流通所形成的經濟系統。

莊家 股市中的莊家就是股東，但是他持有的股票的量要大的多。也就是他的籌碼要多，所以基本上可以控制某一支股票，一般10%至30%即可控盤，控制股票的走勢和價格，以達到獲利的目的。而散戶只能被動的期待股票上漲。所以散戶也要分析曲線和量，觀察莊家的動作，才能跟在莊家後面分一杯羹。

還有，不論是在賭博還是股市，贏的永遠是莊家。

貨幣化拆遷 在城鎮房屋拆遷中，以貨幣對拆遷戶進行補償的一種方法，即城市房屋拆遷多採取實物安置的作法，拆一間房、補一間房，又稱「拆一還一」。

貨幣幻覺 在通貨膨脹時期出現的情形，或將名義價值當做實際價值的一種誤解及其相關的錯誤行為方式。當通膨發生時，個人無法瞭解通膨貨物價上漲程度，只能憑藉自己接觸本地區的少數商品價格來判斷。

貨幣沉澱 係指貨幣退出流通領域的現象，例如經濟蕭條時期，由於利率很低，消費者更願意將貨幣持在手中，使貨幣無法在生產與消費活動中發揮作用。

貨幣政策 指國家通過銀行金融系統，組織和調節全國貨幣的供應，確立和實施貨幣供應量與貨幣需要量的相互關係的準則，是實現宏觀經濟目標所採取的控制、調節和穩定貨幣措施的總和。

貨幣堅挺 貨幣求過於供、市場利率上升的一種貨幣現象。在現代經濟中，中央銀行若實行緊縮貨幣政策，透過政策工具意志或供應量的擴張，即發生貨幣堅挺現象。市場上資金需求量大、可貸資金相對較

少，市場利率就會上揚。在貨幣供應量不變的情況下，由於經濟規模擴大，也會發生貨幣堅挺現象。相對於貨幣疲軟。

軟著陸與硬著陸　「軟著陸」的基本經濟含義是：國民經濟的運行經過一段適度擴張之後，平穩地回落到適度增長區間。「軟著陸」是相對於「硬著陸」即大起大落方式而言的。

「軟著陸」和「硬著陸」雖然都能達到「著陸」的目的，但是二者所付出的成本不同，所引發的後果也不一樣。前者在過程中相對平緩，追求漸進發展，可隨時調控，後遺症少，但用時較長。後者能夠輕易一步到位，但風險較大，過程難以控制，後果有時會嚴重到難以收拾的地步。

通存通兌　通存通兌之業務，係指銀行客戶通過銀行向本人或他人實時辦理資金轉賬、現金存取和信息查詢的業務。也就是說，實現通存通兌之後，手中持有 A 銀行存摺的市民，完全可到 B 銀行辦理存、取款，而不必再像以往那樣，將現金在不同銀行間「搬來搬去」。

客戶辦理跨行通存通兌業務之前，必須持本人有效身分證件親自到開戶銀行申請開通該業務，並簽訂業務協議，這既可以在開立個人存款賬戶時一併申請，也可在開戶之後再到開戶銀行另行申請。開通之後，客戶將獲得 12 位數的支付行號，以後到其他銀行跨行通存通兌時須提供這一號碼。

都市型工業　是指以城市獨特的信息流、人才流、現代物流、資金流等社會資源為依托，以產品設計、技術開發和加工製造為主體，以低能耗、低物耗、少污染、少佔地、多就業為特徵的現代綠色工業。如服裝服飾製造業、包裝和印刷業、室內裝飾用品製造業等。

鹿市　指充滿投機並呈現一片混亂的股票或期貨市場狀態，在股市或期貨市場上所謂的「鹿」，指那些僅在短期內買進或賣出股票或合約，賺了錢就走的投機者。一般而言，市場上不能沒有「鹿」，如果市場上「鹿」太多，就會出現過度性投機，導致市場混亂。

十二畫

集體所有制企業　簡稱集體企業，係指以生產資料的勞動群眾集體所有制為基礎，實行共同勞動，在分配形式上以按勞分配為主（部分企業實行按勞分配和按資分配相結合）的集體經濟組織。

集體所有制和全民所有制一樣，是中共公有制經濟的重要組成部分。集體所有制企業是以營利為

目的，從事生產經營活動的經濟組織。中共的集體所有制企業一般可以分為：城鎮集體所有制企業和鄉村集體所有制企業。

勞動密集型產業 是指在生產要素中勞動占有很大比重的產業部門，一般用職工人數，尤其是從事體力勞動的工人人數表示。這種類型產業部門的特點是：固定資產價值比重低，技術水平程度低。它是按生產要素的密集程度對產業部門進行分類的結果。與勞動密集型產業相對應的有資金密集型產業、技術（智力）密集型產業和生產要素綜合密集型產業。

報價 指證券市場上交易者在某一時間內對某種證券報出的最高進價或最低出價，報價代表了買賣雙方所願意出的最高價格，進價為買者願買進某種證券所出的價格，出價為賣者願賣出的價格。報價的次序習慣上是報進價格在先，報出價格在後。在證券交易所中，報價有四種：一是口喊，二是手勢表示，三是申報紀錄表上填明，四是輸入電子計算機顯示屏。

孳息 「孳息」包括天然孳息和法定孳息。天然孳息，比如母畜生的幼畜、果樹結的果實。法定孳息，比如按照借款合同取得的利息。

就業成本指數（ECI） 就是就業成本指數。它是在受薪就業時對在美國所有州及 255 個地區超過 500 個行業所提供的工作數量的量度，就業估計是基於大企業的市場調整。而且把在國內企業及政府裏全職或兼職的受薪員工數目計算起來。它反映的是就業的難易及其條件的好壞。

循環經濟 它是以資源的高效利用和循環利用為目標，以「減量化、再利用、資源化」為原則，以物質閉路循環和能量梯次使用為特徵，按照自然生態系統物質循環和能量流動方式運行的經濟模式。它要求運用生態學規律來指導人類社會的經濟活動，其目的是透過資源高效和循環利用，實現污染的低排放甚至零排放，保護環境，實現社會、經濟與環境的可持續發展。

斑馬經濟 經濟學家鐘朋榮在其「中國企業為誰而辦」中首次提出。大陸的大型企業集團，由總部對各分廠、各車間進行統一管理，要建立龐大的管理體系，管理成本上升到什麼程度，資源潛力就浪費到什麼程度。這種「講規模、低效益」的經濟形式，被稱為「斑馬經濟」。

期貨價格指數（CRB） 是期貨價格的指數，反映期貨價格的高低。

棘輪效應 某種經濟變量它只能往一方向變動且具有不可逆之特性，例如，消費即具有棘輪效應，人們的消費習慣與消費水平一旦形成，易於向上調整，難以向下調整；因此，人們收入於短期內下降，人們亦無法立即降低自己的消費水平與習慣，此有利於在經濟衰退、收入下降時減緩總需求的下降趨勢。

減計收入 是指按照稅法規定准予對經營活動取得的應稅收入，按一定比例減少計算，進而減少應納稅所得額的一種稅收優惠措施。

無形貿易 在國際貿易中，以勞務、服務業等非實體形態，提供的輸入和輸出活動叫無形貿易。

發展方式三個轉變 中共在「十七大」報告中提出加快經濟發展方式的「三個轉變」，聲稱是黨根據經濟發展規律而明確的戰略任務，即：在需求結構上，促進經濟增長主要依靠投資、出口拉動向依靠消費、投資、出口協調拉動轉變；在產業結構上，促進經濟增長由主要依靠第二產業帶動向依靠第一、第二、第三產業協同帶動轉變；在要素投入上，促進經濟增長由主要依靠物資資源消耗向主要依靠科技進步、勞動者素質提高、管理創新轉變。

中共指出，由轉變經濟增長方式到轉變經濟發展方式的不同，在前者主要是指國民生產總值的提高，它以產出量的增加作為衡量尺度，而發展較之增長，具有更廣泛的涵意包括產出擴大，分配結構的改善，社會變遷、人與自然的和諧、生活水平質量的提高，以及自由選擇範圍的擴大與公平機會的增加，經濟增長強調財富「量」的增加，經濟發展強調「質」的提高，不僅是提高資源利用效率來實現經濟增長，而且還包括結構、質量、生態平衡、環境保護等方面的轉變。

發盤收購 一家收購公司為了取得對目標公司的控制權，直接向目標公司股東進行股權的公開收購。

稅收抵免 是指居住國政府對其居民企業來自國內外的所得一律匯總徵稅，但允許抵扣該居民企業在國外已納的稅額，以避免國際重復徵稅。

稅收優惠 指國家運用稅收政策在稅收法律、行政法規中，規定對某一部分特定納稅人和課稅對象給予減輕或免除稅收負擔的一種措施。稅法草案規定的企業所得稅的稅收優惠方式包括：免稅、減稅、加計扣除、加速折舊、減計收入、稅額抵免等。

結算財力 是指當年財政預算內可用於安排支出的財力。計算公式為：

當年地方財政收入＋補助收入－上解支出。

當年地方財政收入包括一般預算收入和基金收入。補助收入是指上級財政透過結算補助所形成的收入，主要包括稅收返還收入、專項補助收入和結算補助收入。上解支出是指，下級財政根據體制應上解上級財政的支出，主要包括體制上解支出和專項上解支出。

結餘或結轉 結餘即財政收入大於支出的部分。結轉即結餘中有專項用途、需繼續安排使用的資金。結餘減去結轉等於淨結餘。

虛擬經濟 係指相對獨立於實體經濟的虛擬資本的經濟活動；虛擬資本一般指以有價證券形式，如債券、股票存在的未來預期收益的資本化。

虛拋交易 係不正當的交易手段之一。交易者故意高價將證券拋出，同時預囑另一經紀人進行收購，以影響股市行情，並約定一切損失由賣者承擔，另付經紀人佣金。

費改稅 中共為防止地方政府巧立名目向農民亂收費，中央政府逐步以徵收固定稅種和百分率的稅收方式，取代各種苛捐雜稅，以避免亂收費、亂集資、亂罰款及攤派。

貿易逆差 是指一國在特定年度內進口貿易總值大於出口總值，俗稱「入超」，反映該國當年在對外貿易中處於不利地位。同樣，一國政府當局應當設法避免長期出現貿易逆差，因為大量逆差將致使國內資源外流，對外債務增加。這種狀況同樣會影響國民經濟正常運行。

貿易順差 是指在特定年度一國之出口貿易總額大於進口貿易總額，又稱「出超」，表示該國當年對外貿易處於有利地位。貿易順差的大小在很大程度上反映一國在特定年份對外貿易活動狀況。通常情況下，一國不宜長期大量出現對外貿易順差，因為此舉很容易引起與有關貿易夥伴國的摩擦。例如，美、日兩國雙邊關係市場發生波動，主要原因之一就是日方長期處於巨額順差狀況。與此同時，大量外匯盈餘通常會致使一國市場上本幣投放量隨之增長，因而很可能引起通貨膨脹壓力，不利於國民經濟持續、健康發展。

進入壁壘 又稱「進入障礙」，市場內已有之企業對準備進入之新企業所具有之優勢，亦即準備進入市場的新企業可能遇到的不利因素與障礙。一般而言，進入壁壘高的行業，賣方集中度高；進入壁壘低的行業，賣方集中度低。

集合競價 在股市每一交易日中，任一證券的競價分為集合競價與連續

競價兩部分，集合競價是指對所有有效委託進行集中處理，深、滬兩市的集合競價時間為交易日上午 9：15 至 9：25。集合競價分四步完成：

第一步：

確定有效委託在有漲跌幅限制的情況下，有效委託是這樣確定的：根據該只證券上一交易日收盤價及確定的漲跌幅度來計算當日的最高限價、最低限價。有效價格範圍就是該只證券最高限價、最低限價之間的所有價位。限價超出此範圍的委託為無效委託，系統作自動撤單處理。

第二步：

選取成交價位。首先，在有效價格範圍內選取使所有委託產生最大成交量的價位。如有兩個以上這樣的價位，則依以下規則選取成交價位：1.高於選取價格的所有買委託和低於選取價格的所有賣委託能夠全部成交。2.與選取價格相同的委託的一方必須全部成交。如滿足以上條件的價位仍有多個，則選取離昨市價最近的價位。

第三步：

集中撮合處理所有的買委託按照委託限價由高到低的順序排列，限價相同者按照進入系統的時間先後排列；所有賣委託按委託限價由低到高的順序排列，限價相同者按照進入系統的時間先後排列。依序逐筆將排在前面的買委託與賣委託配對成交，即按照「價格優先，同等價格下時間優先」的成交順序依次成交，直至成交條件不滿足為止，即不存在限價高於等於成交價的叫買委託、或不存在限價低於等於成交價的叫賣委託。所有成交都以同一成交價成交。

第四步：

行情揭示 1.如該只證券的成交量為零，則將成交價位揭示為開盤價、最近成交價、最高價、最低價，並揭示出成交量、成交金額。2.剩餘有效委託中，實際的最高叫買價揭示為叫買揭示價，若最高叫買價不存在，則叫買揭示價揭示為空；實際的最低叫賣價揭示為叫賣揭示價，若最低叫賣價不存在，則叫賣揭示價揭示為空。集合競價中未能成交的委託，自動進入連續競價。

黃道 原為天文學術語，在大陸改革開放後被借用，寓意可以發財致富的「吉祥之路」。

十三畫

傳統產業 係相對於新興產業而言的有較長發展歷史的產業。根據生產力和科學技術發展水平的高低，傳統產業所包含的內容是相對

的，逐步變化的。如在 18 世紀 70 年代，鋼鐵工業是新興產業，而今已被西方發達國家列為「夕陽工業」。

傳統產業與新興產業以信息技術為劃分界限。傳統產業是新興產業的基礎，新興產業是促進傳統產業發展和改造傳統產業的手段和保證。

搭伙交易 由兩個或兩個以上的投機者結伙操作股市價格的一種做法。一旦達到目的即告散伙。這種「搭伙」可能是口頭達成的，也可能是按文字合同建立的。其組織形式不固定。通常參加「搭伙」者有的提供資本，有的提供內幕消息，有的則管理搭伙者的資金。搭伙交易的手法很多，但目的無非是操縱股市以牟暴利。因此，在許多國家搭伙交易一經發現便予以取締或嚴懲。

搭便車問題 能夠從公共產品獲益者可以避開為公共產品付出費用的問題，「搭便車問題」意味著市場機制不能解決公共產品的供給問題。

新的經濟增長點 新的經濟增長點，一般是指那些具有較高的產業關聯度，能帶動其他產業發展，有較高經濟效益，市場前景廣闊，能推動全國經濟增長的產業或產品。

新興產業 是相對於傳統產業而言的新興產業。主要指第二次世界大戰以後，由於信息技術、生物工程技術、新興材料技術、新能源技術、空間技術和海洋開發技術等現代科學技術進步而迅速發展起來的一系列新興產業部門，包括：微電子技術、光纖通信、航太、核能、生物工程等。

其特點是：知識密集、技術密集、資本密集，能夠產生巨大的經濟效益和社會效益。

新型國有企業 所謂「新國企」，係指在中共發展社會主義市場經濟的背景下，按照建立現代企業制度的目標，透過改革改組改制，在自身內部基本建立了適應市場化要求的體制機制，與計畫經濟條件下的傳統國企相比，已發生本質變化的國有企業。「新國企」保持鮮明「國」字特色，與傳統國企相比，不僅在形式上新，更在內涵上新。

其基本特徵如下：一是新使命：不僅承擔傳統國企作為國民經濟支柱和執政黨物質基礎所賦予的政治、經濟和社會責任外，還承擔對國有經濟的控制、影響和帶動作用，建設創新型國家的主體作用，參與國際經濟合作和競爭的龍頭作用，以及在構建社會主義和諧社會中的陣地作用等諸多新歷史

使命；二是體制新：普遍建立了法人治理結構，使企業成為真正的市場競爭主體；三是機制新：普遍借鑒國際先進經驗，有效解決傳統國企機構臃腫、機制僵化、效率低下等「通病」；四是思路新：針對傳統弊端實施國有經濟戰略性結構調整，以基本適應市場化競爭和國際化經營的需要；五是戰略新：能將企業發展戰略置於管理的核心地位；六是文化新：普遍重視顧客需求和對市場的快速反應，並倡導企業文化變革。

業主的建築物區分所有權　指隨著高層建築物的出現和小區的形成而產生的新的所有權形式，指各業主對住宅等專有部分享有所有權，對電梯等公共設施、綠地等公共場所共有部分，享有共有及共同管理的權利。

源泉扣繳　是指以所得支付者為扣繳義務人，在每次向納稅人支付有關所得款項時，代為扣繳稅款的做法。實行源泉扣繳的最大優點在於可有效保護稅源，保證國家的財政收入，防止偷漏稅，簡化納稅手續。

煤炭資源有償使用制度　係指煤炭資源的勘查和開發者要按照市場經濟原則，合理負擔煤炭資源探礦權採礦權取得成本、煤礦礦山環境治理和生態恢復成本，以及安全生產成本等。同時，國家加大對煤炭資源勘查的支持力度，完善煤炭資源稅費政策，加強煤炭資源開發管理和宏觀調控，促進煤炭資源合理有序開發，不斷提高煤炭資源回採率。

萬村千鄉市場工程　係指大陸 2005年開始實施的農村現代流通網絡建設工程。國家透過安排財政資金，以補助或貼息的方式，引導城市連鎖店和超市等流通企業向農村延伸發展「農家店」，爭取用三年時間（2005-2007 年），在全國建設 25 萬家標準化「農家店」，覆蓋 75%以上的縣，形成以城區店為龍頭、鄉鎮店為骨幹、村級店為基礎的農村現代流通網絡，以改善農村消費環境，滿足農民生產生活需求。

經濟活動人口　又稱「撫養人口」，在總人口之中實際從事一定社會勞動並取得相應報酬之人口。又區分為狹義與廣義。狹義的經濟活動人口指在業人口或工作人口，廣義的經濟活動人口尚包括失業人口。經濟活動人口為社會創造物質財富與精神財富，是總人口中最積極、重要部分，對人口變動與經濟增長影響深遠。

經濟特區　在一個主權國家或地區內劃出一定的區域範圍，在對外經

濟活動中，採取更爲開放的政策，如實行優惠稅率，提供良好的、安全的、可靠的投資環境，建立事權集中、高效能的管理體制，以吸引外國投資，引進先進技術和管理經驗，擴大勞動就業，增加外匯收入，形成工業、農業、商業、服務業、旅遊業等結合的綜合性的經濟特別區域。中國大陸經濟特區的設置最早是作爲改革開放政策的突破口，1978 年 4 月中共中央同意廣東福建省先行一步，1979 年 7 月決定在深圳、珠海、汕頭、廈門建立出口特區，1998 年又增設海南特區。此外，80 年代開始有其他名目經濟開放區出現。1992 年鄧小平南巡，明確特區姓「社」不姓「資」。

經濟發展戰略 係指國家關於國民經濟和社會發展的全局的、總體的長期部署和謀劃，包括戰略目標、戰略步驟、戰略重點，以及重大戰略措施。正確的經濟發展戰略是國家組織和管理經濟建設的基本依據，實施正確的戰略指導，是關係到社會主義建設成敗的關鍵。

經濟增長 一個國家或地區生產的物質產品和服務的持續增加，它意味著經濟規模和生產能力的擴大，可以反映一個國家或地區經濟實力的增長。主要是用國內生產總值、國民生產總值來測量經濟增長。爲了消除價格變動的影響，反映實際的經濟增長，應該使用不變價格計算。

度量經濟增長除了測算增長總量和總量增長率之外，還應計算人均佔有量，如按人口平均的國內生產總值或國民生產總值及其增長率。

經濟總量平衡 係指社會總需求與總供給在總量上的基本平衡。社會總需求是指，在一定時期內全社會爲了滿足生產和生活需要所形成的對最終產品與勞務的需求總和。社會總供給是指，一定時期內全社會各部門提供的全部最終產品與勞務的總和。

補倉 在期貨市場上交易者逐步補足原有持倉數量之行爲。當交易者認爲某種期貨價格將朝某一特定方向發展，但又不能完全確定時，往往採取逐步建倉的方法，在合適價位上入市建倉。一般而言，補倉原則是選擇理想價位逐步補進，而非一次補齊，其最大優點是避免價格突然逆轉給自己造成過大經濟損失；然一旦行情看準，即可獲得較爲豐厚的收益。但這種投資策略可能使投資者喪失最好的建倉機會。

資本公積金 係指來自資本或其他原因所形成的公積金，其來源有：財產重估差價、股票溢價發行收入和接受捐贈收入。

財產重估差價是指，國家按規定對企業固定資產重新估價時，固定資產重估價值與帳面淨值的差額。例如，在企業兼併、聯營、合資、租賃、承包、拍賣、清算時應進行資產評估。大陸現行法規規定，經評估後確定的資產價值與帳面價值的差額部分，報經國有資產管理部門和同級財政部門批准後，可按資產評估通知書作增減資本公積金處理。增減的差額投資部分亦即財產評估差價。

股票溢價發行收入專指股份制企業的股票發行價格高於股票面值的部分，按照國際慣例，股本應按股票面值登記入帳，其差額部分應轉增資本公積金。

接受捐贈收入指地方政府、社會團體或個人贈與企業的資產，大陸企業可按接受資產的市場價格和新舊程度入帳，轉增資本公積金。

資源有償使用制度 係指將資源業由事業型轉向經營型的管理制度，即透過改革，構建與市場經濟機制相適應的運作機制與管理模式，達到產權和權能結構清晰、合理；資源業成為獨立產業；資源開發出讓權與轉讓權進入市場；國家所有權在經濟上得到實現；資源使用節約、合理、高效；資源業配置優化，走向良性發展。

資源配置 是指對相對稀缺的資源在各種可能性的生產用途之間進行的選擇、安排和搭配，以獲得最佳效率的過程。任何社會都面臨著生產什麼？如何生產？和為誰生產？這三大基本經濟問題，而社會的經濟資源（包括物質資源和人力資源）是稀缺的，投入到某種產品生產的資源的增加，將會導致投入到其他產品生產的該種資源的減少。因此，人們被迫在可以相互替代的各種資源使用方式中選擇較優的一種，以達到社會最高效率。資源配置得經濟合理，就能節約資源，生產巨大的社會經濟效益，實現優化配置；配置得不合理，就會削弱資源的有效使用，造成社會性資源浪費。節約資源，綜合利用資源，是全人類面臨的重大任務。

跳空 指股價受利多或利空影響後，出現較大幅度上下跳動的現象。當股價受利多影響上漲時，交易所內當天的開盤價或最低價高於前一天收盤價兩個申報單位以上。當股價下跌時，當天的開盤價或最高價低於前一天收盤價在兩個申報單位以上。或在一天的交易中，上漲或下跌超過一個申報單位。以上這種股價大幅度跳動現象稱之為跳空。

過高收入 因地區間、行業之間、社會群體之間收入差距過大而得到

的多的收入。中共「十五大」報告曾指出，要「調節過高收入，完善個人所得稅制，開徵遺產稅等新稅種。規範收入分配，使收入差距趨向合理，防止兩極分化」。要調節過高收入，主要是透過完善稅制，包括完善個人所得稅制，開徵遺產與贈與稅等新稅種，並加強稅收徵管，加大稅收調節力度。同時，要規範收入分配秩序，完善收入分配機制。

預約定價 又稱預約定價協議或預約定價安排，是納稅人與其關聯方在關聯交易發生之前，向稅務機關提出申請，主管稅務機關和納稅人之間通過事先制定一係列合理的標準（包括關聯交易所適用的轉讓定價原則和計算方法等），來解決和確定未來一個固定時期內關聯交易的定價及相應的稅收問題，是國際通行的一種轉讓定價調整方法。

十四畫

實多 係指投資者對股價前景看漲，利用自己的資金實力做多頭，即使以後股價出現下跌現象，也不急於將購入的股票出手。

慣性通貨膨脹 係可預期的、並被納入各經濟活動中的通貨膨漲。

滲水股票 又稱「虛股」，它按照票面價值計算的資產總額大於發行公司實際資產總額的股票。

熊市 與牛市相反。在股票市場上賣出者多於買入者，股市行情看跌稱爲熊市。引發熊市的因素與引發牛市的因素差不多，不過是向相反方向變動。

精神經濟 由大陸學者李向民提出的，它曾受到錢學森等大陸老一輩學者的關注。李向民的專著「精神經濟」一書比較清晰地闡明瞭解這個概念的含義：「隨著世界新的技術革命浪潮的興起，物質財富的生產必將呈基本飽和和相對過剩狀態，精神產品再生產的規模將不斷擴大，並吸引更多的資源向其集中，智慧、知識和情感將成爲經濟發展的主要推動力量，以精神產品生產爲龍頭的新興產業正在逐步成爲新的經濟生長點，人類面臨一個新的時代──精神經濟時代。」

綠色革命 20 世紀 60 至 70 年代中期，發展中國家興起以推廣農作物高產良種爲中心的農業科技革新運動，以及 20 世紀 90 年代以來的無污染農業的發展。前者稱爲「第一次綠色革命」，後者稱爲「第二次綠色革命」。在「第一次綠色革命」中，各國參與國家大規模引進與推廣抗倒伏的矮桿、高產小麥與

水稻的優良品種，並圍繞良種特性改進灌溉、施肥與噴灑農藥等技術，促進糧食大幅增產。

1990 年世界糧食理事會第 16 次部長會議正式提議於發展中國家開展「第二次綠色革命」，著重解決無污染農業發展問題，借助生物技術、基因工程、遺傳學等新成果，培育抗病、抗旱、抗凍、抗熱、抗鹽、抗病蟲害的新品種，發展生物固氮技術、無土栽培技術、生物複製技術與生物防治技術等。

聚集成本 當社會經濟活動在一定空間的集中，一方面會產生聚集經濟，同時，也會引起聚集成本的增加。所謂聚集不經濟是指社會經濟活動及其相關要素空間集中所引起的費用增加或收入、效用損失。當這種聚集不經濟超過其聚集經濟時，經濟活動行為單元就會做出不同的行為選擇。因為經濟活動行為單元衡量一個區位的經濟價值時，不僅要看它所產生的收入或效用，還要看它所形成的成本。

聚集經濟 指企業向某一特定地區集中而產生的利益，亦稱聚集經濟效益，是城市存在和發展的重要原因和動力。

蒙特利爾陷阱 1980 年代之前，舉辦奧運會的城市沒有幾個能走出賠錢的怪圈。其中最為引人注目的就是 1976 年蒙特利爾奧運會，那屆奧運會出現了 10 多億美元的巨額虧空，15 天的奧運會使蒙特利爾負債長達 20 年，故人稱「蒙特利爾陷阱」。

銀行體系流動性 係由金融機構在中央銀行的超額存款準備金和金融機構持有的庫存現金構成，是金融機構創造貨幣的基礎。影響銀行體系流動性的因素通常包括：法定存款準備金率、中央銀行公開市場操作、再貼現、再貸款、外匯佔款、財政在中央銀行存款，以及流通中現金等。

十五畫

價值型基金 係股票基金的一種，它的投資風格旨在買入價格相對內在價值顯得較低的股票，預期股票價格會重返應有的合理水平。與成長型、先鋒型等基金產品相比，價值型基金的風險更低。

價值儲藏 資產作為一種價值物而被儲藏。含貨幣、股票、債券、房屋、土地、珠寶、珍貴藝術品等資產，可作為價值儲藏的手段。其中，貨幣是最具流動性的價值儲藏手段。儲藏手段是貨幣的職能之一。

價格倒掛 同一種商品的購進價格高於其銷售價格之現象，此情形主因出於某種價格政策之要求。例

如：有時爲促進生產，國家提高某些工業產品出廠價格與農產品收購價格，但爲不影響人民生活、保持物價基本穩定，對這類產品的售價不做相對應的提高，而由國家給予價格補貼。價格倒掛是暫時性措施，它不符合商品流通的一般規律。

價格剛性 指市場的不完全競爭，以及價格變動需要付出一定的成本或帶來一定的風險，使得價格一旦確定後就難以改變之特性。價格剛性是在分析通膨與失業並存現象與宏觀經濟政策目標時提出。若價格剛性與工資剛性同時存在，將引起價格與工資的螺旋式上升。

價格黏性 當貨幣供給量變化，在短期內商品與服務的價格變化仍顯滯後，但從長期觀察，價格仍能隨貨幣供給量的變化而緩慢地做出調整，而價格黏性主要是由工資剛性所引起。工資水平式在某一時期透過談判而確定，並體現在長期合同中，不能隨意更改。價格黏性表示此種價格調整過程，工人每次受到「貨幣幻覺」影響，工資水平的調整總是落後於貨幣供給變化，貨幣政策因而發揮作用。

增收和超收 增收是指預算執行結果比上年增加的財政收入。超收是指預算執行結果超過預算安排的財政收入。

增長速度等於發展速度減 1（或 100％）。

廣域網 又稱「遠程網」，「局域網」的對稱。其傳輸距離大於 10 公里、數據傳輸帶小於 100Mbps 的計算機網絡，簡稱 WAN。

撥檔 股市投資者做多時，若遇股價下跌，並預計股價還將繼續下跌時，馬上將其持有的股票賣出，等股票跌落一段差距後再買進，以減少做多頭在股價下跌那段時間受到的損失，這種交易行爲稱爲撥檔。

樓宇經濟 係以商務樓、功能性板塊和區域性設施爲主要載體，以開發、出租樓宇引進各種企業，從而引進稅源，帶動區域經濟發展爲目的，以體現集約型、高密度爲特點的一種經濟型態。主要表現爲現代服務業，如金融業、諮詢業、廣告策劃、影視製作、網絡公司、律師事務所、會計事務所、諮詢仲介公司、高科技企業、娛樂服務企業、房地產開發企業、旅遊服務企業、交通通訊企業等國內外各類企業和公司。

熱錢 又稱游資或投機性短期資本，儘管大陸官方對其尚無明確定義，但通常是指以投機獲利爲目的快速流動的短期資本，而且進出之間往往容易誘發市場乃至金融動盪。

熱錢的投資對象主要是外匯、股票及其衍生產品市場等，具有投機性強、流動性快、隱蔽性強等特徵。

熱錢是造成全球金融市場動盪乃至金融危機的重要根源。無論是發生在 1994 年的墨西哥金融危機，還是 1997 年的東南亞金融危機，熱錢都具有推波助瀾的作用。

盤擋 股票價格當日變動幅度很小，最高價與最低價不超過 2%，顯示股市行情不夠活躍。

範圍經濟 係針對關聯產品的生產而言，即由一個企業同時生產多種相關聯產品的單位成本，小於由多個企業分別生產這些產品時的單位成本。

賣空 投資者預測股票價格將會下跌，於是向經紀人交付抵押金，並借入股票搶先賣出。待股價下跌到某一價位時再買進股票，然後歸還借入股票，並從中獲取差額收益。

質權 為了確保債務履行而設立的一種擔保物權，包括動產質權和權利質權。「動產質權」是指債務人或者第三人將其動產交由債權人佔有，當債務人不履行債務時，債權人就該動產依法享有優先受償的權利，比如以字畫出質設定的質權。「權利質權」是指債務人或者第三人將其擁有的財產權利憑證交由債權人佔有或者透過登記制度將該權利出質給債權人，當債務人不履行債務時，債權人就該財產權利依法享有優先受償的權利，比如以倉單、存款單出質設立的質權。

適度從緊的財政政策 主要指大陸「九五」期間，以及以後一個時期，財政支出政策應配合國家宏觀調控和抑制通貨膨脹的需要，合理控制財政支出總量，優化和調整財政支出結構，嚴格控制一般性支出，加強和改進財政支出管理。

適度從緊的貨幣政策 係對貨幣政策鬆緊度的一種選擇，也是一種以控制通貨膨脹，保證經濟持續、快速、健康發展為目標，以從緊控制社會信用總量、促進有效供給增加為特徵的貨幣政策選擇。適度從緊的貨幣政策，是中共央行根據大陸經濟和金融運行的現實狀況於 1995 年初提出來的。

十六畫

擋檔 又稱「先退後進」。投資者在做多交易時，發現某種股票的價格開始下跌，並預計有可能繼續「下跌」，便當機立斷將持有的股票抽出，待股票價格跌落到一定的價位後再買進，以便減少股價下跌對投資造成的損失。

擔保物權 是為了確保債務履行而設立的物權,包括抵押權、質權和留置權;當債務人不履行債務時,債權人就擔保財產依法享有優先受償的權利。

橫向一體化 又稱「水平一體化」,係企業透過同一生產階段的規模擴展而實現的一體化。透過橫向一體化企業可以實現更大範圍的市場進行更大規模的生產與經營活動,從而得到更多的市場份額。其優勢在於經營規模擴大,從而形成規模經濟效益。

獨立交易原則 又稱為「公平獨立原則」、「公平交易原則」、「正常交易原則」,是指完全獨立的無關聯關係的企業或個人,依據市場條件下所採用的計價標準或價格來處理其相互之間的收入和費用分配的原則。獨立交易原則目前已被世界大多數國家接受和採納,成為稅務當局處理關聯企業間收入和費用分配的指導原則。

融合型經濟 係以培育產業主體和支柱產業、實現區域經濟優勢為目標,打破行政隸屬關係,融合各方優勢,實行一體化運行的經濟機制和發展模式。這種機制和模式應當體現出以下幾個優點:一是由於行政隸屬關係被打破,區域內各自獨立的經濟單元之間由外部經濟變為內部經濟,可大量降低交易成本;二是透過產業結構調整,實現區域內的同類產業和相似產業的聯合,變過度競爭為一體化運行,降低競爭費用;三是拆除區域內各經濟單元之間的相互封鎖,降低保護成本。

十七畫

環保壁壘 又稱為「綠色壁壘」,國際貿易中為防範污染越境、規避生態風險而採取的政策措施。

環渤海區 環渤海經濟區指渤海灣周邊地區構成的經濟帶,為歐亞大陸橋東部起點之一。狹義上指京津冀城市群、山東半島城市群和遼東半島城市群構成的經濟圈;廣義上包括內蒙古自治區中部和山西省部分地區。環渤海經濟區包括:1.北京市、天津市兩個直轄市;2.遼寧省:大連市、丹東市、營口市、盤錦市、瀋陽市、阜新市、錦州市、葫蘆島市、朝陽市、通遼市;3.河北省:秦皇島市、承德市、唐山市、滄州市、石家莊市、邢台市、廊坊市;4.山東省:濱州市、東營市、淄博市、濟南市、濰坊市、煙台市、威海市、青島市。(維基百科)

總部經濟 「總部經濟」於 2003 年在北京被炒熱。一般來講,總部經濟是指某區域由於特有的資源優

勢吸引企業將總部在該區域集群布局，將生產製造基地布局在具有比較優勢的其他地區，而使企業價值鏈與區域資源實現最優空間耦合，以及由此對該區域經濟發展產生重要影響的一種經濟形態。

總部經濟模式改變了區域之間對同一產業在企業、項目上的要素競爭，實現具備不同資源優勢的區域之間透過功能鏈不同區段的分工與合作，透過資源共享，實現優勢互補、共贏發展。

十八畫

簡單商品經濟 又稱「小商品經濟」（small commodity economy），係以生產資料個體所有制和個體勞動為基礎的商品經濟，是商品經濟的一個歷史階段。商品經濟的發展經歷了簡單商品經濟和發達商品經濟兩個階段。發達商品經濟（developed commodity economy）是以社會化大生產為基礎的商品經濟。市場經濟（market economy）是商品經濟的發達階段。在市場經濟條件下，各種生產要素都以商品的形式存在，市場成為資源配置的基礎方式，成為聯結各經濟主體的紐帶，成為一切經濟活動的平台。

糧食最低收購價政策 中共之糧食最低收購價政策是為保護農民利益、保障糧食市場供應實施的糧食價格調控政策。一般情況下，糧食收購價格由市場供求決定，中共在充分發揮市場機制作用的基礎上實行宏觀調控，必要時由國務院決定對短缺的重點糧食品種，在糧食主產區實行最低收購價格。當市場糧價低於國家確定的最低收購價時，將委託符合一定資質條件的糧食企業，按國家確定的最低收購價收購農民的糧食。

糧食綜合補貼制度 係中共政府在綜合對農民種糧各種補貼因素的基礎上，對種糧農民實行的一種直接補貼制度。該制度以目前的糧食直補、農資綜合直補為基礎，綜合考慮影響農民種糧成本（包括化肥、柴油、種子、農機等成本因素）、收益（主要是種糧收入）等變化因素，歸併已有的對農民種糧的各種補貼，透過糧食直補渠道，直接補貼農民，以保證農民種糧收益的相對穩定，促進國家糧食安全。

翻「番」的用法與計算 翻一「番」，就是指增加百分之一百，也就是增加了一倍。但翻兩「番」及其以上就不能等同於倍數。「番」按幾何級數計算，「倍」按算術級數計算。翻番的計算公式為：

$$n = \lg\left[\left(報告期數 \div 基期數\right)\right] \div \lg 2$$

式中 n 表示翻番數，lg 是常用對數符號。

翻兩番 大陸翻兩番的說法，是鄧小平於 1980 年 1 月 16 日在中共中央幹部會議上講話時提出的，表示到本世紀末，爭取國民生產總值每人平均達到一千美元，兩個十年翻兩番。

1984 年 3 月 25 日，鄧小平會見日本首相中曾根康弘時，宣稱「翻兩番、小康社會、中國式的現代化，這些都是我們的新概念。」

職工工資總額 係指各單位在一定時期內直接支付給本單位全部職工的勞動報酬總額。工資總額的計算原則應以直接支付給職工的全部勞動報酬為根據。各單位支付給職工的勞動報酬及其他根據有關規定支付的工資，不論是計入成本的，還是不計入成本的；不論是按國家規定列入計徵獎金稅項目的，還是未列入計徵獎金稅項目的；不論是以貨幣形式支付的，還是以實物形式支付的，均包括在工資總額內。

職工平均工資 指企業、事業、機關單位的職工在一定時期內平均每人所得的貨幣工資額。它表明一定時期職工工資收入的高低程度，是反映職工工資水平的主要指標。其計算公式為：

職工平均工資

＝報告期實際支付的全部職工工資總額／報告期全部職工平均人數。

藍色國土 指國家主權可管轄之海域，中共擁有 18,000 公里海岸線，6,500 多個面積在 500 平方公尺以上的島嶼，島嶼岸線長達 14,000 公里，根據 1994 年生效「聯合國海洋公約」規定 200 海里專屬經濟區與大陸架制度，中共可管轄海域近 300 萬平方公里，約陸地國土面積 1/3。

藍色農業 係利用沿海灘地與海洋資源，以發展種植業、近海養殖業、海洋捕撈業等為基本特徵的農業，並因海洋呈藍色而得名。隨著經濟、社會發展與科學技術進步，陸地農業資源將會逐漸減少，未來經濟發展將會越來越面向海洋。

藍籌股 指少數名聲極大、利潤極高的上市公司股票。其價格長期保持在較高的水平上，具有較高的市盈率與收益率。「藍籌」係撲克賭博中所用的一種籌碼名稱，在撲克賭博籌碼分為：白、紅、藍三色，其中藍色代表分值最高。

轉讓定價 係指關聯企業之間在銷售貨物、提供勞務、轉讓無形資產等時制定的價格。在跨國經濟活動中，利用關聯企業之間的轉讓定價

進行避稅已成為一種常見的稅收逃避方法，其一般做法是：高稅國企業向其低稅國關聯企業銷售貨物、提供勞務、轉讓無形資產時制定低價；低稅國企業向其高稅國關聯企業銷售貨物、提供勞務、轉讓無形資產時制定高價。這樣，利潤就從高稅國轉移到低稅國，從而達到最大限度減輕其稅負的目的。

雙百市場工程 係指大陸 2006 年開始實施的農產品市場建設專項工程。國家透過安排財政資金，以補助或貼息的方式，重點改造 100 家大型農產品批發市場、培育 100 家大型農產品流通企業，達到構建與國際市場接軌的農產品現代流通體系、保障農產品消費安全、拓寬農民持續增收渠道的目的。

題材板塊 通常係指由於某一些突發事件或特有現象而使部分個股具有一些共同特徵，例如資產重組板塊、WTO 板塊、西部概念等。市場要炒作就必須以各種題材做支撐，這已成了市場的規律。

　　根據有關市場人士的分析，常被利用的炒作題材大致有以下幾類：1.經營業績好轉、改善；2.國家產業政策扶持，政府實行政策傾斜；3.將要或正在合資合作、股權轉讓；4.出現控股或收購等重大資產重組；5.增資配股或高送股分紅等。

十九畫

壟斷福利 「壟斷福利」主要有兩類，一是指電力、石油、銀行、電信等壟斷企業，員工除了得到高於社會平均水平的工資外，還可享受住房、旅遊、醫療等方面的福利，因而使其總收入遠高於一般行業。另一類福利則是壟斷企業以免費或極低的價格，向其員工甚至家屬提供本企業生產的產品或服務。這類福利多集中於公用事業領域，比如公共交通系統職工免費乘車，鐵路職工坐火車免票，電力系統職工享受免費「福利電」等等。為民眾普遍詬病的是第二種「壟斷福利」。

關卡 股市在受利多信息的影響，股價上漲至某一價格時，做多頭的認為有利可圖，便大量賣出，使股價至此停止上升，甚至出現回跌。股市上一般將這種遇到阻力時的價位稱為關卡。

關稅總水平 它包括簡單算術平均關稅總水平和加權平均關稅總水平。通常情況下指的是簡單算術平均關稅總水平，它是以一個國家的稅則中全部稅目的稅率之和除以稅目總數得出的關稅水平。加權平均關稅總水平指的是以一定時期的進口關稅總稅額除以進口商品總價值得出的關稅水平。

參、軍事類

一畫

一個主體、兩個結合　係中共現行的兵役制度，指的是以義務兵役制爲主體的義務兵與志願兵相結合，民兵與預備役相結合的兵役制度。

一箭多星　用一枚運載火箭同時或先後將數顆衛星送入地球軌道的發射技術。它能充分地利用運載火箭的運載能力，以降低衛星發射成本，使相關聯的多顆衛星保持密切配合。

　　最早實現一箭多星的國家是美國。1960 年，美國首次用一枚火箭發射兩顆衛星，1961 年又實現一箭三星；接著，蘇聯多次用一枚火箭發射 8 顆衛星；歐洲航天局也掌握這種發射技術。中共在 1981 年 9 月用一枚運載火箭將一組三顆實踐二號衛星送入地球軌道，成爲第四個一箭多星發射技術的國家。

　　目前國際上一箭多星的發射常用兩種方式；第一種是把幾顆衛星一次送入一個相同的軌道或幾乎相同的軌道上；第二種是分次分批釋放衛星，使每一顆衛星分別進入不同的軌道。亦即運載火箭到達某一預定軌道速度時，先釋放第一顆衛星，然後火箭繼續飛行，達到另一個預定的軌道速度時，又釋放第二顆衛星，依此類推，逐個把衛星送入各自的預定運行軌道。

一類艦艇　完成單艦艇、中隊訓練科目，進入編隊科目、戰術課題、遠航及合同訓練，可擔負日常戰備勤務的艦艇。

二畫

二類艦艇　進行單艦艇和艇中隊訓練科目的初訓，但不能擔負戰備勤務的艦艇。

人民防空　人民防空簡稱「人防」。動員和組織人民群眾防備敵人空中襲擊、消除空襲後果所採取的措施和行動，與要地防空、野戰防空共同構成，中共國土防衛體系，人民防空依據「人民防空法」，由各級人民政府制定法規及規章，縣級以上政府須將人防建設納入國民經濟和社會發展規畫。

　　新時期人防要求，戰時擔負保護人民生命財產安全和國家經濟

建設成果任務，平時擔負防災救災和處置突發公共事件任務，人防經費由國家和社會共同負擔。

自 2002 年以來，中共已初步建立起省、市、縣三級互聯互通的指揮通信和報警通信專用網，健全城市防空預警報知網絡，重點城市的警報音響覆蓋率達到 85% 以上，多數人民防空重點城市建成人民防空指揮所。

各大城市組建搶險搶修、醫療救護、消防、治安、防化防疫、通信、運輸等防護救援隊伍，組織短期脫產集訓及重大災害事故應急救援演練，對人民群眾進行人民防空知識教育和技能培訓，將人民防空教育列入學校教學計畫和教學大綱，一些廠礦、企業和社區還組建民防志願者隊伍。

人民武裝警察部隊 簡稱「武警」或「人民武警」，與解放軍同樣，均是中共黨領導的國家武裝力量。其名稱和領導體制曾幾經變化。1951 年中共中央軍委一度將內衛邊防、地方公安部隊改編為解放軍公安部隊，由中央軍委管轄。1957 年，公安軍更名為「中國人民公安部隊」，1958 年又改編為人民武裝警察。1963 年中共中央批准「關於人民武裝警察部隊改名為公安部隊問題的報告」，改名後，其建制

屬公安部，由中央軍委、公安部雙重領導。1979 年 7 月 31 日，中共中央批轉烏蘭夫在全國邊防工作會議上的報告。其中指出，要把現行的義務兵役制與地方職業民警制兩種體制統一起來，實行義務兵和志願兵相結合的體制，組成一支統一的邊防武裝警察隊伍。

此後，人民邊防武裝警察即按人民解放軍的條令、條例進行建設。1982 年 6 月 19 日，中共中央批轉公安黨組「關於人民武裝警察管理體制問題的請示報告」，決定將解放軍擔負地方內衛任務及內衛值勤的部隊移交公安部門，同公安部門原來實行義務兵役制的邊防、消防等警種統一，重新組建人民武警部隊。

1983 年 4 月武警總部在北京成立，並由內衛部隊、黃金、森林、水電、交通部隊組成，列入武警序列的還有公安邊防、消防、警衛部隊。內衛部隊由各總隊和機動師組成。武警部隊由國務院、中央軍委雙重領導，實行統一領導管理與分級指揮相結合的體制，設總部、總隊（師）、支隊（團）三級領導機關。總部是武警部隊的領導指揮機關，在各級行政區劃內，省級設武警總隊（師級），地區（州盟）級設武警支隊（團級），縣級設立武

警大隊（營級）或中隊（連級）。在執行公安任務和相關業務建設方面，武警部隊接受同級公安部門的領導和指揮。

八一學院 是共軍依托中央廣播電視大學進行遠程教育而設置之學院，培訓對象為部隊士官。其組建緣由1999年共軍實施士官制度改革，70餘萬士官，一半以上未經過院校系統培訓；20餘萬中、高級士官，有大專以上文憑者不到一半，士官隊伍應具備的現代知識、信息化素質與所擔負的任務使命差距極大，既有的士官學校僅能完成10%的人員培訓。當時正值中共教育部制定「面向21世紀教育振興行動計劃」，遠程教育為重點項目之一，2000年3月共軍總部有關部門遂與教育部協作共建「八一學院」。

八個不准 1986年中共總政治部根據中共中央、中央軍委指示，在全軍普遍開展尊幹愛兵活動，提出「八個不准要求」，即：不准打罵體罰士兵，不准接受士兵的禮物，不准侵占士兵的利益，不准對士兵罰款，不准酗酒，不准賭博，不准看淫穢物品，不准弄虛作假。

十化一改 中共中央軍委2007年2月下發關於「十一‧五」期間推進軍隊後勤保障和其他保障社會的意見，明確提出「十化一改」的改革任務。項目包括：

㈠生活保障社會化。加快住房分配貨幣進程，穩步推進駐大中城市作戰部隊商業服務和營房保障社會化，逐步擴大小遠散單位醫療保障、油料保障社會化範圍。

㈡通用物資儲備社會化。到2010年，軍隊經費儲備比例達到15%左右。

㈢基礎設施建設社會化。將交通、電力、通信等納入地方基礎設施建設體系，軍隊除保密工程外，其他項目面向市場實施工程招標採購。

㈣公務用車社會化。「十一‧五」期間，選擇部份駐大中城市的機關、院校、醫療和科研單位進行試點，待條件成熟後全面推開。

㈤非公務電話通訊保障社會化。在條件成熟的地區或單位逐步實行軍隊非公務電話通信保障社會化。

㈥人才培養社會化。逐步實現軍地通用人才主要依靠普通高校培養；充分利用地方各類職業學校和培訓機構，加強軍地通用專業培訓，逐步擴大從地方直接徵召各類專業技術兵的規模。

㈦軍隊文化事業社會化。充分利用國家和社會文化資源為部隊服

務，軍隊現有新聞出版、文藝體育單位，除有軍隊特色、確需保留的機構外，其餘的逐步與軍隊剝離。

(八)軍人子女教育社會化。縮減現有幼兒園、子女學校規模，「十一·五」期間在駐大中城市非作戰部隊進行試點，條件成成熟後逐步推開。

(九)軍事科研社會化。充分發揮國家教育科研機構的技術、設施優勢，採取合作、委託、智力引進和民用技術直接轉化等多種形式，提高軍事科研水平和效益。

(十)裝備生產和維修保障社會化。加強裝備的集中採購和競爭性採購，進一步研究和深化軍民一體化裝備維修保障。

(十一)全面深化事業單位和職工管理制度改革。進一步壓縮軍隊職工規模，清理壓縮賓館、招待所和各類培訓中心，深化用工、分配和保險制度改革。實施步驟，2007 年由總部各主管部門制定具體方案，各大單位先行試點；2008 年依據方案逐步展開；2009 年全面啓開新啓動項目；2010 年力爭取得實質性進展。爲加強組織協調，做好檢查指導工作，起草相關法律法規和配套政策，中共國務院、中央軍委 2007 年 1 月 8 日正式成立「軍隊後勤保障社會化工作領導小組」。

三畫

三大民主　所謂「三大民主」是指政治民主、經濟民主、軍事民主，中共稱之爲建軍原則，也是軍隊政治工作的基本原則和傳統，最早由毛澤東提出。

1927 年 9、10 月間毛領導湘贛邊界秋收暴動部隊進行三灣改編時，規定官兵待遇平等、經濟公開、士兵有開會說話的自由。

1928 年 11 月 25 日，在「井岡山鬥爭」一文中，倡導「官不打士兵、官兵待遇平等……，軍隊也需要民主主義。」

1948 年 1 月 30 日又在「軍隊內部的民主運動」文章中，將軍隊內部的民主生活具體概括爲政治民主、經濟民主、軍事民主。

1960 年 9 月中央軍委擴大會議上，將中共三大民主寫進《關於加強軍隊政治思想工作的決議》。

1987 年 1 月，中共中央軍委在頒發的《關於新時期軍隊政治工作的決定中》強調，三大民主是軍隊民主生活的重要內容，要保障官兵政治上的民主權利，發揮官兵對部隊經濟生活的監督作用。

1991 年 1 月中共中央軍委頒發的《政治工作條例》，把民主制度建設列爲軍隊政治工作的主要內容和各級政治機關的重要職責，其中政治民主是指官兵均享有憲法規定的公民權利和軍隊條令、條例規定的基本政治權利；經濟民主是指官兵有權管理、監督經濟生活，以及違反經濟政策的行爲；軍事民主是指在軍事訓練中，實行官兵互教、兵兵互教，在執行各項任務時，運用群眾路線方式，完成任務後，進行群眾評議。

三大技術 指中共要求步兵必備的刺殺、射擊和投彈等三種戰鬥技能。

三大紀律八項注意 源於中共 1927 年 9 月秋收暴動時，毛澤東要求對待人民群眾「說話和氣，買賣公平，不拉夫，不打人，不罵人」；同年 10 月，又規定「行動聽指揮，不拿群眾一個紅薯，打土豪要歸公」的三項紀律；1928 年 1 月，共軍在遂川縣城發動群眾時，提出六項注意：「上門板，捆禾草，說話和氣，買賣公平，借東西要還，損壞東西要賠」；其中「上門板」是指宿營時借老板的門板走時要上好才走；「捆禾草」是指宿營時借老板的禾草，走時要捆好才走；「講話和氣」是指買賣東西不許強買強賣；「借東西要還」是指借老板的

任何東西都要送還才走；「損壞東西要賠」是指損壞老板的任何東西，要賠償他才走。

1929 年，共軍竄抵贛南閩西，又在六項注意中增加「洗澡避女人」、「不搜俘虜腰包」兩項；1930 年 5 月以後，毛澤東、朱德又對六項注意作修改，增加「七、不得胡亂屙屎；八、不搜敵兵腰包」，從而發展爲三大紀律八項注意，並寫進 9 月 25 日紅一方面軍頒布的《紅軍士兵會章程》中。

1931 年，中共中央代表歐陽欽在向黨中央報告中央蘇區情況時，具體地報告紅一方面軍的三大紀律八項注意執行情形，並成爲地方武裝紀律要求；惟中共各地部隊依據自己的實際，在內容上略有不同。

1947 年 10 月 10 日，中共中央對「三大紀律八項注意」的內容作統一規定。三大紀律是 1.一切行動聽指揮，2.不拿群眾一針一線，3.一切繳獲要歸公。八項注意是 1.說話和氣，2.買賣公平，3.借東西要還，4.損壞東西要賠，5.不打人罵人，6.不損壞莊稼，7.不調戲婦女，8.不虐待俘虜，並沿用迄今。

三大根本制度 黨委制、政治委員制、政治機關制是中共軍隊政治工作的三大根本制度。黨委爲部隊統

一領導和團結的核心，同時又是整個政治工作組織機構的領導中樞，除對部隊的一切重大問題作出決策外，主要是組織領導政治工作。政治委員是部隊的首長，又是政治工作的領導者。政治機關即是部隊政治工作的領導機關，又是政治工作的具體組織者和實施者。政治委員和政治機關屬於軍隊政治工作的行政系統，對於黨委有關政治工作決定的實施，對於部隊政治工作的領導，負有直接的重大責任。

中共表示此三大根本制度是資本主義國家軍隊從來沒有的，其他社會主義國家軍隊也未完全建立和實行過。諸如黨委制即為獨有的，其他社會主義國家雖實行，但多數與共軍實行的黨委制並不相同，它們的黨委不對部隊實施統一的領導，政治委員蘇軍最早建立，惟屬過渡性的軍事制度，根本上所施行的還是「一長制」。政治機關社會主義國家是由軍事指揮員統一領導，共軍則是由黨委、政治委員來領導。

三分四定 「三分四定」是連隊被裝管理十條標準之一。「三分」：一是攜行被裝。指按著裝規定當季使用和需隨身攜帶的被裝。二是前運被裝。指部隊發給的過使用季節的被裝。三是留守物品。指自購或從家裡帶來的物品。「四定」：一是定人管理。攜行被裝由個人保管；前運被裝和留守物品集中保管，由司務長和文書雙鎖聯管。二是定位存放。攜行被裝按規定存放；前運被裝和留守物品，在儲藏室分類存放。三是定標記。前運被裝標記部隊代號、連、排、班和姓名；留守物品標記本人家庭通訊位址，郵遞區號及收件人姓名。四是定期檢查。個人每月、連隊每季1次，團（旅）隨「點驗」每年普遍抽查1至2次。

三化建設 中共軍隊「三化」建設是指革命化、現代化、正規化，是共軍現代化建設的重要指導思想。1952年10日毛澤東在給軍事學院的訓詞中首次提出。1954年10月在第一次國防委員會會議，以及1958年6～8月召開中央軍事委員會擴大會議中又多次強調，鄧小平、江澤民、胡錦濤擔任軍委主席，亦均提出軍隊「三化」建設任務。

其基本概念，所謂現代化，是指軍隊的武器裝備、戰略戰術等必須與社會生產力和科學技術發展的水平相適應，不斷向更高的標準發展，同時，也包括軍事理論的更新和發展。所謂正規化，是現代化的必然要求。旨在實行統一的指

揮、統一的制度、統一的編制、統一的訓練，實現諸兵種密切的協同動作，從教育訓練上培養組織性、計畫性、準確性和紀律性。

所謂革命化，主要指全心全意為人民服務的宗旨和黨指揮槍的原則。當前軍隊建設的矛盾主要在於現代化水平與高技術條件下局部戰爭的需要不相適應。因此，軍隊建設必須以現代化為中心，正規化是軍隊現代化的必然要求，革命化是軍隊建設的重要內容和政治保障。

三手活動 指共軍在軍事訓練中開展的神槍手、神炮手、技術能手活動。

三好五無 共軍在被裝管理方面要求應做到「三好五無」。「三好」是：設施配套，管理條件好；制度健全，狠抓落實好；戰備齊裝，「三分四定」好。「五無」是：無丟失損壞，無蟲蛀鼠咬，無黴爛變質，無外流送人，無差錯事故。

三次大裁軍 三次大裁軍專指改革開放後，共軍分3次裁減員額170萬人。根據中共控與裁軍協會研究部主任滕建群解讀這3次大裁軍，主要因應十一屆三中全會後，中共兩大戰略性轉變，一是對戰爭與和平的認識，認為世界大戰一時打不起來；二是對外政策由過去的「一條線」轉變到維護世界和平上來。基此，1985年5月至6月舉行

的軍委擴大會議決定，把軍隊工作從立足於早打、大打、打核戰爭的臨戰狀態轉移到和平建設軌道上來，轉移到發展武器裝備和提高軍人的素質上來，轉移到科學編組、人與武器裝備更好地結合上來。是以決定軍隊減少員額100萬人。

其後，共軍又進行兩次大裁軍。1997年9月，中共宣布裁軍50萬人，其中軍官達20餘萬人，特點是「精兵、合成、高效」，解放軍開始由數量型向質量效能型、由人力密集型向科技密集型的轉變。同時中共中央軍委對軍隊建設提出「政治合格、軍事過硬、作風優良、紀律嚴明、保障有力」的總要求。

2003年9月開始的大裁軍則在解放軍的編制體制、官兵比例等方面做出更進一步的調整，其中裁減的20萬員額中有80%是軍官，撤銷或部分師的建制，確保指揮體制的暢通。到2006年，裁軍20萬人的任務完成，軍隊員額為230萬人。（請參閱軍隊精簡整編）

三步走發展戰略 2006年12月29日中共發表《2006年中國的國防》白皮書，在第二章「國防政策」中聲稱依據國家總體規畫，國防和軍隊現代化建設實行三步走的發展戰略「在2010年前打下堅實基礎，

2020 年前後有一個較大的發展，到 21 世紀中葉基本實現建設資訊化軍隊、打贏信息化戰爭的戰略目標。」在此之前，1997 年 12 月 7 日中央軍委擴大會議上，江澤民亦曾提出「國防和軍隊現代化建設分三步走的戰略目標」；概括在跨世紀的這十幾年時間裡，必須堅定不移地貫徹加強質量建設的方針，走有中國特色的精兵之路；必須注意突出重點，著力解決最關鍵的問題；必須抓住機遇，積極推進軍隊改革；必須高度重視科學技術進步，加快高素質軍事人才的培養。」強調「各軍兵種都要把應急機動作戰部隊建設放在優先地位，使之成為應付局部戰爭和突發事件、完成新時期軍事鬥爭任務的中堅力量。」

三長一兵訓練 艦艇部隊艦艇長、部門長、業務長和志願兵訓練的簡稱。

三個條例 係中共為適應軍隊現代化、正規化建設的需要，先於 1982 年初的中央軍委常務會議決定實行新的軍銜制；復於 1988 年，全國人大常委會和中央軍委先後頒佈《解放軍軍官軍銜條例》、《解放軍現役軍官服役條例》和《解放軍文職幹部暫行條例》，簡稱「三個條例」。

三個提供、一個發揮 係中共中央軍委主席胡錦濤於 2005 年 9 月 28 日在解放軍「新世紀新階段我軍歷史使命理論研討班」表示，當前和今後一個時期，國家安全環境存在一些風險和挑戰，西方敵對勢力對社會主義國家實行和平演變的戰略一天也沒有停止，也從未停止對大陸的顛覆破壞。同時在新的歷史條件下，團結鞏固黨的執政地位進行的顛覆和反顛覆、滲透和反滲透、演變和反演變的鬥爭異常尖銳複雜，因此要把軍隊的歷史使命與鞏固黨的執政地位要聯繫起來。確立新世紀新階段軍隊歷史使命即：軍隊要為黨鞏固執政地位提供重要的力量保證，為維護國家發展的重要戰略機遇期提供堅強的安全保障，為維護國家利益提供有力的戰略支撐，為維護世界和平與促進共同發展發揮重要作用。簡稱「三個提供，一個發揮」。

三庫安全 中共空軍部隊地面安全工作重點之一，「三庫」指油庫、軍械庫、航材庫。

三從訓練 這是中共軍事訓練的基本原則之一，要求部隊從實戰需要出發，從難、從嚴進行訓練。

三掃一標（一通） 係指履帶式綜合掃雷車，具有「爆破掃雷、電子掃雷、機械掃雷」和「通路標示設置」等「三掃一標」或稱「三掃一通」的功能；「爆破掃雷」是以掃雷車

上 3 具火箭爆破器，每個開關分別控制一枚彈，可開關一條寬近 5 米、縱深 100 多米的坦克通路；「電子掃雷器」用於掃除非觸發的電子引信地雷；掩埋比較深，爆破後仍殘留的地雷，就用「機械掃雷」即所謂「犁掃」，在掃雷車前面形似耕地的犁頭深入地下不同深度，自動鏟出地雷。在車體後部正中央，有一個近 1 米高的圓筒是通路標示筒，把通路標示開關扳到「自動」位置，幾十枚通路標示器就自動間隔 7－8 米掉在所開關的通路正中央，引導坦克、裝甲車快速通過。

三結合武裝力量體制 三結合武裝力量體制最早由毛澤東提出，當時中共中央革命軍事委員會在 1941 年 11 月 7 日《關於抗日根據地軍事建設的指示》中明確規定：「每個根據地的軍事機構均應包含三個部分：1.主力軍，2.地方軍，3.人民武裝（即不脫離生產的自衛隊及民兵）」。這種體制，使主力兵團和地方兵團相結合、正規軍和民兵相結合、武裝群眾與非武裝群眾相結合，實現軍隊和人民的總動員，形成人民戰爭武裝力量。鄧小平主持軍委工作期間在武裝力量建設上歷經改革，決定以「人民解放軍、人民武裝警察部隊和民兵預備役」組成的新的三結合武裝力量

體制。其中「武裝力量」是國家的正規軍隊和其他武裝組織的總稱。「武裝力量體制」是指武裝力量的組織機構制度，是構成武裝力量戰鬥力的一個重要因素。

三種錯誤政治觀點 中共聲稱堅持黨對軍隊絕對領導，面臨來自國內外敵對勢力最嚴峻的挑戰，其中三種錯誤政治觀點屬根本原則性問題。所謂「三種錯誤政治觀點」是指軍隊非黨化、軍隊非政治化、軍隊國家化，中共國防大學軍隊建設研究所在「軍隊新的歷史使命論」一書引申為鞏固黨的執政地位，必須同堅持黨對軍隊的絕對領導相聯繫。進行軍隊非黨化的鬥爭即是對政治多黨制的鬥爭；而軍隊非政治化的論調是企圖將軍隊與中國特色社會主義政治脫鉤；軍隊國家化旨在割裂階級、政黨、國家、軍隊之間的本質聯繫。

三熟悉六會 共軍總部對各級政治機關幹部業務素質和能力的基本要求，即：熟悉上級指示和政策規定，熟悉崗位職責和本職工作業務，熟悉部隊情況；會做思想工作，會上政治課，會調查研究，會出主意，會寫材料，會辦事情。

三戰 為輿論戰、心理戰、法律戰的簡稱，共軍已將之作為戰時政治工作的主要內容。2003 年 12 月 5 日

中共中央、中央軍委重新頒布「解放軍政治工作條例」，在第2章第14條18款中明確戰時政治工作為「加強黨委對作戰的統一領導，保證中共中央、中央軍委的軍事戰略方針、作戰原則和命令、指示的貫徹執行進行輿論戰、心理戰、法律戰，開展瓦解敵軍工作，開展反心戰、反策反工作……」。惟「三戰」提出後，共軍對其理論尚處於研究階段，定義也不盡相同。依據中共軍事科學院釋意：

所謂輿論戰，是指戰爭雙方以電視、廣播、網絡、報刊等大眾傳播媒體為主要載體，有計畫、有目的地向敵方傳遞經過選擇的訊息，引導和控制社會輿論，營造有利於己、不利於敵的輿論態勢的對抗活動。

所謂心理戰，是指戰爭雙方以改變敵認知、情感、意志和行為為直接目的，運用多種途徑和手段，瓦解敵戰鬥意志和作戰能力，鞏固自身心理防線，達到以小的代價換取大的勝利而展開的對抗活動。

所謂法律戰，是指戰爭雙方以相關的國內法、國際法特別是戰爭法為武器，通過多種手段和途徑，揭露敵之戰爭行為的違法性，宣揚己之戰爭行為的合法性，奪取法理優勢，為爭取國際社會和廣大民眾

道義上的同情和支持而開展的對抗活動。

三類艦艇 停泊修理或進行基礎訓練的艦艇。

口令入侵竊密 即通過猜測系統或用戶口令來進入網絡系統，從而竊取有關情報。口令是一種為獲得進入所訪問系統或文件必須使用的代碼，由於口令的正確使用是一件很重要的事，口令猜測的方法一般有蠻力猜測、直接字典猜測、間接字典猜測、主內存駐程序攻擊等。

大飛機 「大飛機」是一個隨時代科技水準而不同的相對概念。中共對「大飛機」的定義是指飛行重量超過100公噸，有效載重超過40公噸之軍、民用運輸機，或載客150人座以上客機。2007年2月26日中共國務院批准將大型飛機研製正式立項；自此，大型飛機產業化成為中共未來15年重要國家發展戰略目標之一。

大訓練觀 所謂「大訓練觀」，是樹立國家安全層面的宏觀訓練意識，即從全局性角度看軍事訓練對國家戰略、軍事戰略之作用，以及如何發揮彼此間相互協調、促進之功能。

四畫

中巴聯合反恐軍演 2006年12月11日至18日，中共和巴基斯坦在巴

基斯坦阿伯塔巴德地區舉行代號為「友誼－2006」的聯合反恐軍事演習。演習共分兩個階段進行；第一階段 12 日至 14 日為裝備展示和技戰術訓練交流，主要進行武器裝備和單兵、班組山地作戰、反恐作戰技戰術展示，相互學習交流。第二階段為 17 日至 18 日為實兵聯合演習，主要演練營指揮所組織戰鬥和戰鬥實施，主要包括情況判斷、定下決心、組織協同和設卡聯檢，以及伏擊、巡邏、搜剿、圍殲等戰鬥行動。

中央軍事委員會　中共中央軍事委員是黨領導下的最高軍事領導機構，和政權設置的國家中央軍事委員會屬於「兩塊牌子、一套人馬」，簡稱中央軍委。黨的中央軍委最早於 1931 年在江西瑞金成立，當時中共蘇區中央區下設有中央革命軍事委員會，以後歷經派系、路線、權力鬥爭。「文革」期間中央軍委日常工作遭到衝擊，一度以「軍委辦公會議」取代，1976 年 9 月毛澤東死亡，在此之前鑑於「槍桿子出政權，可以造黨、造一切」，其至死均掌握軍權不放，之後華國鋒在「你辦事，我放心」批示下，成為毛澤東接班人，1977 年 7 月被追認為中央軍委主席，但為時不滿 3 年，在權力鬥爭中落敗，遂於 1980 年 6 月中共十一屆六中全會上辭去此一職務，所遺由鄧小平出任。

1982 年 11 月中共召開五屆「人大」五次會議，通過新一部憲法決定增設國家中央軍委，為貫徹黨的絕對領導，遂以「兩塊牌子，一套人馬」方式運作。根據中共憲法第三章第四節規定：國家中央軍事委員會領導全國武裝力量；中央軍事委會由主席，副主席若干人，委員若干人組成；中央軍事委員會實行主席負責制；中央軍事委員會每屆任期同全國人民代表大會每屆任期相同；中央軍事委員會主席對全國人民代表大會和全國人民代表大會常務委員會負責。2007 年 10 月中共「十七大」公布的黨章，對於黨的中央軍事委員會有關規定極為簡略，僅稱組成人員由中央委員會決定。

中印陸軍聯合反恐訓練　中印陸軍 2007 年 12 月首次舉行的聯合反恐訓練是根據兩國國防部簽署的「防務領域交流與合作諒解備忘錄」，以及兩軍領導人互訪達成的共識而舉行的，兩國陸軍於 2007 年 12 月 19 日至 27 日，在昆明「聯合反恐訓練場」展開代號為「携手－2007」，參訓兵力各約一百人，分三個階段，即交流展示、共同訓練

和聯合演練；雙方並派出軍事觀摩團共同觀摩。

「交流展示」，突出反恐武器裝備和單兵反恐技術、戰術基礎的交流。

「共同訓練」，著眼反恐作戰行動對部隊心理、體能的要求和反恐作戰的複雜、困難環境，安排心理訓練、障礙訓練和班組反恐技術、戰術訓練。

「聯合演練」，雙方參訓分隊在同一反恐作戰想定的背景下，組成聯合反恐指揮所，演練分隊反恐組織指揮和反恐作戰行動，從中研究、探索分隊聯合反恐行動樣式、行動原則、指揮要求和戰術運用等，從而提高參訓分隊的反恐作戰能力。

中印邊防部隊聯合登山訓練　2004年8月28日，中共和印度的邊防部隊各自選派12名登山隊員，在西藏自治區普蘭縣境內從海拔4142米處出發，越過3000米長的亂石山坡，完成聯合登山訓練活動。這是中印兩軍首次在邊境地區舉行聯合登山訓練。

中吉聯合反恐軍事演習　2002年10月10至11日，中共、吉爾吉斯針對「東突伊斯蘭運動」，在兩國邊防線及縱深一百公里數個地點進行的聯合反恐軍事演習。演習分兩個階段進行，第一階段是演練兩國邊防軍在共同打擊國際恐怖主義方面的協同配合能力；第二階段演練各種消滅恐怖分子的戰術。參演兵力有步兵、炮兵、裝甲兵、通信兵與陸軍航空兵，共數百人及10餘輛裝甲戰鬥車和直升機；新疆軍區在喀什至庫車逾千公里公路、鐵路沿線的駐軍亦配合演練邊防通報，情報交換，指揮所作業，作戰配合，協同圍殲等課目。

對共軍言，是上海合作組織框架內的首次聯合軍事演習，亦是陸軍首次出境參加實兵演習。

中國特色軍事變革　2003年3月10日下午，江澤民在參加解放軍代表團全體會議時，強調「資訊化是當代科技革命、社會變革最重要的推動因素，也是新軍事變革的本質和核心。現代戰爭形態正由機械化戰爭向資訊化戰爭轉變。我們要積極推進中國特色的軍事變革，使軍隊適應當代科學技術和新軍事變革加速發展的形勢，加快推進軍隊的各項改革和建設，實現我軍由機械化半機械化向資訊化的轉變。」依據2004年「中國的白皮書」，其主要作法：

(1)走複合式、跨越式發展道路。逐步實現由機械化向信息化的轉型。以機械化為基礎，以信息化

為主導，推動火力、機動力和訊息能力的協調發展，加強以海軍、空軍和第二炮兵為重點的作戰力量建設，全面提高軍隊的威懾和實戰能力。

(2)實施科技強軍。實現由數量規模型向實質效能型、由人力密集型向科技密集型的轉變。實施人才戰略工程，培養高素質新型軍事人才。加強高新技術武器裝備發展，改造現代武器裝備，形成系統配套的武器裝備體系。

(3)深化軍隊改革。根據現代戰爭型態變化，創新發展軍事理論，探索信息化條件下建軍和作戰的規律。按照精兵、合成、高效的原則，以組織結構調整和指揮體制改革為重點，建立和完善規模適度、結構合理、機構精幹、指揮靈便的軍隊體制編制。

(4)加緊軍事鬥爭準備。立足打贏信息化條件下的局部戰爭，突出加強武器裝備建設、聯合作戰能力建設和戰場建設；堅持人民戰爭思想，發展人民戰爭的戰略戰術；適應一體化聯合作戰的要求，建立能夠充分發揮武裝力量整體效能和國家戰爭潛力的現代化作戰體系；提高應對危機和處置各種突發事件的能力。

(5)開展軍事交流與合作。貫徹國家對外政策，發展不結盟、不對抗、不針對第三方的軍事合作關係。參與聯合國維和行動和國際反恐怖合作，開展多種形式的軍事交流，建立軍事安全對話機制，營造互信互利的軍事安全環境。參加非傳統安全領域的雙邊或多邊聯合軍事演習。學習和借鑒外軍有益經驗，有選擇性地引進先進的技術裝備和管理方法。

中國維和部隊　1990 年 4 月中共第一次向「聯合國停戰監督組織」派出 5 名軍事觀察員，開始參加聯合國維和行動；1992 年續向聯合國柬埔寨臨時權力機構派出由 400 名官兵組成的工程兵大隊，此為首次建制派遣非戰鬥部隊參與聯合國維和行動。

2001 年中共國防部成立「維和事務辦公室」，統一協調和管理軍隊參加維和行動；根據辦公室主任施正柏稱，中共參與維和行動，旨在體現和平與地區安全負責任的態度，有利於促進與駐在國雙邊關係，以及與外軍交流、學習、合作。

自 1990 年至 2007 年 6 月中共計在聯合國總部和 10 個任務區執行維和任務；其中，在聯合國剛果（金）特派團派有 1 個工兵分隊175 人，1 個醫療分隊43 人；在聯

合國利比里亞特派團派有1個工兵分隊275人、1個運輸分隊240人和1個醫療分隊43人；在聯合國駐黎巴嫩臨時部隊派有1個工兵分隊275人和1個醫療分隊60人；在聯合國蘇丹特派團派有1個工兵分隊275人、1個運輸分隊100人和1個醫療分隊60人；軍事觀察員和參謀軍官97名，累計派出官兵7293員。

2007年8月27日聯合國秘書長潘基文任命趙京民為聯合國西撒哈拉全民投票特派團部隊指揮官。（趙京民，現階少將，1954年12月生，1970年入伍，兩度擔任聯合國軍事觀察員，原在中共國防部維和事務辦公室任職）

五大航太技術 係指衛星回收技術、一箭多星技術、衛星測控技術、高能低溫燃料火箭技術和地球靜止衛星發射技術。

五句話總要求 是中共軍隊建設從總體上須達到「政治合格、軍事過硬、作風優良、紀律嚴明、保障有力」要求的簡稱。該五句話為江澤民1990年12月在「全軍軍事工作會議」、1991年9月檢閱華北部隊軍事訓練時分別提出，1992年10月並寫進黨的「十四大」報告中，1996年4月16日江澤民對每句話賦予內涵。要點為：「政治合格」

是根本，是不變質的必然要求；「軍事過硬」是核心內容，也是新形勢下履行人民軍隊根本職能的基本前提和可靠保障；「作風優良」和「紀律嚴明」是重要內容，也是人民軍隊特有的優良傳統和優勢；「保障有力」是後勤建設的物質基礎，也是打得贏的必要條件。五者之間要相互補充、相互促進，共同構成新時期軍隊建設的基本內容。

五提倡五反對 1979年5月中共空軍黨委在北京召開常委擴大會議，對所屬部隊發出「五提倡五反對」的要求，包括：1.提倡顧全大局，把黨的利益放在個人利益之上；反對資產階級派性，只顧自己。2.提倡艱苦奮鬥，以身作責；反對貪圖安逸，得過且過。3.提倡解放思想，實事求是；反對因循守舊，弄虛作假。4.提倡治軍要嚴，賞罰嚴明；反對極端民主化，違法亂紀。5.提倡刻苦學習，抵制錯誤思想干擾；反對不讀書、不看報、渾渾噩噩過日子。

介質竊密 對硬、軟盤、光盤等介質管理不善和管理措施不力，易造成存儲有用信息的介質實體丟失或被竊，從而為利用介質進行竊取情報的活動提供方便之門。利用介質竊密，可派遣己方偵察人員深入敵後，爭取到能接觸對方計算機信息

系統的信息存儲介質的機會，伺機竊取。也可通過拉攏、引誘對方計算機信息系統管理人員、操作人員等，進行策反以獲取信息存儲介質而得到有關情報資料。還可收集利用對方認為過時報廢而沒有徹底實施銷毀的信息存儲介質，對其加工、分析、處理從而獲取有關軍事信息。

反空襲戰役 反空襲戰役為保衛戰役地幅內主要部署、重要目標和人民群眾的對空安全，粉碎對方空襲企圖。

特點有：一、掌握判斷敵情困難，戰役準備時間短促，反空襲作戰容易陷於被動。二、防空範圍廣闊，保衛目標眾多，反空襲作戰任務繁重。三、信息作戰貫穿始終，高技術兵器威脅嚴重，反空襲作戰難度增加。四、連續作戰，對抗緊張激烈。五、參戰諸軍兵種多，指揮協同複雜。基本要求為：充分準備，快速反應；整體作戰，防反結合；集中力量，重點用兵；統一指揮，密切協同；連續作戰，全程抗擊。

主要行動：一、防護。重點在健全情報預警系統，適時發放防空警報；採取各種措施，實施對空防護；組織搶修搶救，消除空襲後果。二、抗擊。要瞭解敵人正確之攻擊方向，並予以防護。要綜合運用各種防護方法，並要斷機處置各種情況。三、反擊。要妥善選擇反擊時機，要精心挑選反擊目標，要靈活運用反擊戰法，包括火力突擊、空中奇襲、敵後破壞、海上打擊等戰法。

反輻射摧毀 是利用反輻射武器對敵各種雷達及相應電磁輻射源進行的摧毀。主要用於攻擊敵警戒雷達、制導雷達等位置相對固定的電磁輻射設施。

天山－1號（2006） 係中共和哈薩克於 2006 年 8 月 24 日至 26 日區分兩階段舉行的聯合反恐演習，第一階段在哈薩克阿拉木圖州，第二階段在新疆伊寧市。旨在針對恐怖活動的特點和規律，設想某暴力恐怖團夥擬在中哈邊境地區策劃一次重大暴力恐怖襲擊行動，需要雙方執法安全部門聯合，共同處置恐怖事件。這是上海合作組織框架內中哈首次舉行聯合反恐演習。

天鏈一號 01 星 係中共首顆「資料中繼」衛星，於 2008 年 4 月 25 日北京時間 23 時 35 分，在西昌衛星發射中心由「長征三號丙」運載火箭發射升空，經 4 次變軌控制後，5 月 1 日定點於東經 77 度赤道上空。中共聲稱航天器太空資料「中轉站」的正式建成，意味著航太測控覆蓋率將實現大幅提升，同時還

將增強航天器測控及星地資料傳輸的即時性，這對未來降低航天器運行風險、提高地面測控指揮決策效率，尤其是對航天器出現異常情況下及時實施故障分析和太空搶救具有作用例如：

(1)遠望號測量船隊加上 10 餘個地面站，能爲神舟飛船提供 12%的測控覆蓋率，但一顆中繼衛星即可覆蓋衛星或飛船 50%的飛行弧段，無論是經濟效益還是使用效率都有質的提高。

(2)航天器在太空中出現故障，搶救時機往往以秒計；中繼衛星投入應用後，將使航天器故障能夠及早發現、盡早解決。

(3)資源衛星、環境衛星等獲得的科學資料，要在衛星經過地面站上空時才能下傳使用，如果突發重大自然災害，就會失掉最佳的應對處置時機。中繼衛星可使各類衛星實現資料即時下傳，及時應用，成爲各類應用衛星的效能倍增器。

支援偵察系統　支援偵察系統或監視接收機在工作原理上與雷達告警接收機相同，但通常比雷達告警接收機更複雜。它主要用於即時發現和搜集雷達信號，分析戰區內所有威脅雷達的類型，並對雷達定位，連續監視戰場電子裝備的狀態、部署情況，形成戰場的完整電子戰態勢，爲指揮決策和實施電子戰任務提供依據。因此支援偵察同樣要求快速處理與反應，但需要比告警接收機提供更詳細、更全面的電磁環境資訊。

火炮戰　共軍認爲現代條件下，儘管空軍、導彈火力得到發展，並廣泛運用於戰場，但炮兵火力在戰役作戰中仍具重要地位，也是陸軍作戰的主要突擊力量，實施火炮戰方式是：

(1)火力突擊，即集中優勢的炮兵火力，在敵戰役縱深內的重要目標（通常爲較大的面狀目標）實施高密度、高強度、突然、猛烈的密集突擊，力爭給敵嚴重毀傷。

(2)火力遮斷，是以中遠程炮兵火力，在敵戰役縱深內建立數道綿密的火力屏障，或實施快速遠距離布雷，以割裂敵火戰役布勢，封閉局部戰場，阻斷其坦克集群或後續部隊、預備隊的前出，切斷其後勤補給。

(3)火力撥點，是指以集中、準確、猛烈的炮兵火力，敵對戰役縱深內起核心和支柱作用的要害目標實施堅決的毀滅性打擊，以求收到撥其一點或數點而震撼其戰役布勢全局之效。

(4)火力反擊，即充分利用炮兵火力反應迅速的特點，在敵方對己方

實施火力突擊或火力襲擊之時，立即對敵方的火力打擊力量進行及時有力的還擊作戰。以摧毀和壓制敵方的火力力量，保障己方的作戰行動。

(5)火力封鎖，是以中遠程炮兵火力，對敵方縱深內的交通要道、橋樑、港口、碼頭、機場等目標實施不間斷的火力封鎖，以切斷、控制敵後方運輸，阻止敵兵力機動，摧毀敵軍事基礎設施，破壞和削弱敵整體作戰能力。

(6)火力伴動，主要是巧妙地運用炮兵火力，製造假象，使敵產生錯覺或誘敵就範，以創造有利的戰場態勢。

五畫

北空 中共空軍駐北京軍區的戰役軍團的簡稱，歸空軍建制，受空軍、北京軍區雙重領導，領導和指揮駐河北、山西、內蒙古中部、北京、天津等地區空軍部隊，主要擔負首都北京和本區防空作戰，空中進攻作戰，協同陸、海軍作戰等任務。

北劍演習 係北京軍區裝甲部隊在內蒙古「朱日和合同戰術訓練基地」的實兵系列操演的代名詞，「北」顯示演習地點在北京軍區所轄範圍，「劍」強調突擊性力量，表示有裝甲部隊參加的演習。自

2003 年起計有北劍－0308U、北劍－2005、北劍－0709（T）等演習。

北劍－0308U，指 2003 年 8 月 25 日舉行的「裝甲旅縱深突擊作戰」實兵演習；北京軍區出動數百輛坦克、裝甲車與一百多門火炮，以及強擊機、殲擊機、武裝直升機，進行攻擊與反攻擊、機動抗擊與阻擊、聯合打擊與反打擊等課目的攻防演練。此次中共首度邀請 15 個國家的 27 名軍事觀察員觀摩演習。

北劍－2005，係 2005 年 9 月 27 日舉行，由空降旅配合裝甲師與裝甲旅實兵對抗檢驗性演習，參演部隊尚有地空導彈營、電子對抗分隊、攻擊直升機中隊、偵察干擾分隊與無人偵察機等，總兵力 16000 餘人。演習不設預案、不搞預演、不設觀摩台，有來自朝鮮、印度、俄羅斯、法國、英國、德國、以色列、美國、加拿大、巴西、澳大利亞等 24 個國家的 40 名空降兵、裝甲兵部隊中高級指揮員和駐華武官現場觀摩。

北劍－0709（T），係 2007 年 18 至 19 日的裝甲實兵對抗系統原理性實驗演練。目的是檢驗首次投入使用的、覆蓋中共陸軍所有交戰火力的「實兵交戰系統」與複雜電磁環境下「信息化訓練環境建設系

統」的功能。參演部隊有坦克、榴彈、導彈、偵察、通信、工兵，以及裝備保障和後勤保障等 10 多個分隊。演練形式是自由對抗，導演部不給參演部隊提供具體的想定背景，不干預雙方的決心和行動。

四有軍人　這是中共培育軍人的目標和要求，「四有」係指有理想、有道德、有文化、有紀律。（請參閱黨政類之四有教育）

四個教育　江澤民在 1994 年 12 月中共中央軍委擴大會議上指示，加強軍隊思想政治建設要著重抓好「愛國奉獻教育、革命人生觀教育、尊幹愛兵教育、艱苦奮鬥教育」，簡稱「四個教育」。

四會教練員　是中共部隊在訓練中對教練員的基本要求和衡量標準，即會講、會做、會教、會做思想工作。

四熟知五會　中共空軍黨委會對基層政治工作幹部能力素質和作風要求的簡稱，1992 年 5 月提出，主要內容為：對所屬人員要熟知個人簡歷和家庭情況，熟知愛好特長和性格氣質，熟知身體狀況和生活習慣，熟知婚戀情況和人際關係；會組織黨支部日常工作，會上政治課，會做經常性思想工作，會發揮團支部、軍人委員會的作用，會處理內外關係。

四總部　四總部指總參謀部、總政治部、總後勤部、總裝備部。它們既是中央軍委的工作機關，又是掌管全軍軍事、政治、後勤、裝備工作的領導機關。

基本任務為：保障中央軍委關於作戰和建軍的戰略決策和各項方針、政策的實現。其中

總參謀部是負責組織領導全國武裝力量的軍事建設，組織指揮全國武裝力量的軍事行動的軍事領導機關。設有作戰、情報、通信、軍訓、軍務、動員、裝備、機要、測繪、外事、管理及各兵種業務部門。

總政治部是負責全軍黨的工作，組織進行政治工作的領導機關。設有組織、幹部、宣傳、保衛、紀檢等部門。

總後勤部是負責組織領導全軍後勤工作的領導機關。設有財務、軍需、衛生、軍事交通、油料物資、基建營房等部門。

總裝備部是負責組織領導全軍裝備工作的領導機關。設有綜合計畫、軍兵種、陸軍裝備科研訂購、通用裝備保障等部門。

失能性摧毀　是指毀傷敵信息系統的軟件程序，造成信息設備功能紊亂，系統功能喪失，無法正常工作。

民兵 民兵分基幹民兵和普通民兵，是中共武裝力量的組成部分，是解放軍的後備力量，平時不脫離生產，民兵工作在國務院、中央軍委領導下，由總參謀部主管。根據中共「兵役法」規定，凡年滿 18 歲至 35 歲符合兵役條件的男性公民，除徵集服現役者外，餘編入民兵組織服預備役。

28 歲以下退出現役的士兵和經過軍事訓練的人員，以及選定參加軍事訓練的人員，編爲基幹民兵。其餘 18 歲至 35 歲符合服預備役條件的男性公民，編爲普通名兵。

根據需要，也可吸收女性公民參加基幹民兵。農村的鄉鎮、行政村、城市街道和具有一定規模的企業事業單位，是民兵的基本組建單位。基幹民兵單獨編組，在縣級行政區內的民兵軍事訓練基地集中進行軍事訓練，目前編有應急分隊和高炮、高機、便攜式防空導彈、地炮、通信、防化、工兵、偵察等專業技術分隊。

爲使民兵在遇有情況時能夠召之即來，中共建立民兵戰備制度，定期開展以增強國防觀念爲目的之戰備教育，有針對性地的按戰備預案進行演練，提高遂行任務的能力。

民兵三大任務 民兵「三大任務」，最早於 1960 年提出，雖在不同時期說法不同，但任務方向未改變，現階段主要包括：1.積極參加社會主義現代化建設，帶頭完成生產和各項任務。2.擔負戰備勤務，保衛海陸邊防，維護社會治安。3.隨時準備參軍參戰，抵制侵略，保衛祖國。

民兵工作三落實 係毛澤東於 1962 年 6 月 19 日提出，即「組織落實、政治落實、軍事落實」，標準是「要達到組織健全，官兵相識；隊伍純潔，戰備觀念強；軍事訓練、武器管理好，能隨時執行作戰任務。」

民兵五大技術訓練 指民兵步兵主要進行隊列、射擊、投彈、爆破和戰術訓練。

民兵四個作用 中共要求民兵在精神文明、物質文明和社會文明建設中要起四個作用即：1.在生產建設崗位上起帶頭作用，2.在完成急難險重任務中起突出作用，3.在維護社會治安中起骨幹作用，4.在傳播社會主義新風中起表率作用。

永備機場 建有永久性人工道面跑道，具有較完善的固定飛行保障設施，供航空兵部隊長期駐用的機場。

瓦解敵軍 主要是：配合軍事打擊，對敵開展政治攻勢，實行寬待俘虜政策，採取各種措施和手段，從政治上、組織上分化敵軍，動搖敵人

軍心，爭取敵軍官兵反戰、怠戰、停止抵抗，直至投誠起義，以達到破壞和瓦解敵軍戰鬥力的目的。

工作內容為：研究敵軍情況；開展政治攻勢；進行組織上的分化和策反工作；貫徹執行寬待俘虜政策。

具體做法包括：1.把握敵軍的特點及其內部發展變化的規律，根據本國敵軍和異國敵軍、內線作戰和外線作戰，以及在戰爭進程中不同階段雙方力量消長等特點，規定工作方針和具體任務。2.實行軍事打擊與政治爭取相結合，利用軍事打擊的威力，擴大政治瓦解的效果。3.抓住敵軍內部的對立與矛盾，採取利用矛盾，爭取多數，反對少數，各個擊破的方針，實行首惡必辦，脅從不同，立功受獎的政策。4.把祕密的組織工作與公開的政治攻勢相結合，綜合運用各種方法、手段與技巧，講求實效，防止急功近利和形式主義。建立健全敵軍工作機構，選用忠誠、果敢、機智的敵軍工作人員，並發動全軍官兵、各界群眾、國際友人和敵方覺醒官兵協力工作。5、教育部隊把對敵人的仇恨和執行寬待俘虜政策二者區別開來，在戰鬥中要英勇殺敵，但對俘虜則要尊重其人格，應進行教育爭取。

中共強調在未來高技術局部戰爭中，雖然戰爭規模和樣式會發生很大變化，但瓦解敵軍的原則仍將發揮極為重要的作用。

六畫

全民國防教育日　2001 年 4 月 28 日中共 9 屆全國人大常委會審議通過「國防教育法」，以法律形式規定每年 9 月份的第三個星期六為「全民國防教育日」，每屆此時，中共國防教育辦公室和各級黨政軍領導機關，均利用報刊、廣播、電視、電影、文藝演出、圖書出版、公益廣告、群眾簽名、軍事表演等方式，普及國防法規和國防知識，展開以愛國主義為核心的國防教育。

全面建設現代後勤綱要　2007 年 12月 12 日中共中央軍委頒發施行「全面建設現代後勤綱要」，指出，目前軍隊後勤還處在機械化、半機械化和訊息全面發展初始階段，迫切要求全面建設現代後勤。「綱要」圍繞保障體制一體化、保障方式社會化、保障手段信息化、後勤管理科學化等四方面，提出重點建構 12個體系：三軍一體的後勤指揮體系，結構合理的後勤力量體系，高效順暢的聯勤運行體系，更廣範圍的社會保障體系，快捷靈敏的後勤

動員體系，軍民結合的軍事物流體系，複合發展的後勤裝備體系，綜合集成的訊息網絡體系，功能完備的保障設施體系，科學民主的後勤決策體系，完善配套的法規和標準體系，嚴格規範的管理監督體系。

要求到 2010 年，全面建設現代後勤取得實質性進展，全面具備應急作戰後勤保障能力；到 2020 年建設全面現代後勤任務基本完成，爲建設訊息化後勤、保障打贏信息化戰爭奠定基礎。

全面戰爭　全面戰爭是兩個國家或若干個國家動員，運用軍事、政治、經濟、文化、外交的整體力量所進行的戰爭。它不同於局部戰爭和有限戰爭。除戰爭規模大，並且波及空間廣，持續時間長，對國際形勢產生一定影響。

全面戰爭可分爲：⑴國與國之間運用全部力量，在廣大地區進行的戰爭，如抗日戰爭，實行全民總動員。⑵若干國家之間運用全部力量進行的戰爭。如第一次、第二次世界大戰。世界上對全面戰爭有不同解釋，如美軍認爲，是大國之間投入全部資源並危及一個主要交戰國生存的武裝衝突。與總體戰爭、全面核戰爭、無限戰爭等是同一含意。

地地戰役戰術導彈突擊　係使用地地戰役戰術導彈，對敵地面縱深目標實施突擊。按火力性質，可分爲常規導彈突擊和核導彈突擊；按作戰方式，可分爲單發導彈突擊和集群導彈突擊。目的是破壞敵指揮通信中心，摧毀敵導彈等技術兵器、軍事設施及其他重要目標。

成空　中共空軍駐成都軍區的戰役軍團的簡稱，歸空軍建制，受空軍、成都軍區雙重領導，領導和指揮駐四川、雲南、貴州、重慶、西藏等地空軍部隊，主要擔負本區防空作戰，空中進攻作戰，協同陸軍作戰等任務。

朱日和合同戰術訓練基地　該基地係 1997 年 7 月在中共中央軍委爲適應未來高技術戰爭的需要，決定把位在內蒙古隸屬北京軍區原裝甲兵訓練場擴編成全軍規模最大、科技含量最高的合同戰術訓練基地。

基地面積 1000 多平方公里，是亞洲最大的訓練基地；1999 年北京軍區抽調裝甲、陸航、電子對抗、特種作戰等精銳部（分）隊組建一支模擬「藍軍」部隊，2000 年底完成以信息技術爲支撐，計算機網絡爲平臺，集「導調監控、戰場仿眞、輔助評估、綜合保障、基地管理」五大系統於一體；主要擔

負的任務是組織師、旅、團級部隊完成合同戰術演練，協同裝甲兵和其他兵種進行技術、戰術訓練，可展開軍師規模的實兵演習，並為陸軍裝備的各種武器進行實彈、實爆作業和航空兵實施對地面部隊攻擊演練提供保障。

紅藍對抗部隊的實時動態可經過「實兵交戰系統」與「戰場損消耗統計系統」傳輸，展現在導演部的電子屏幕上，對雙方部隊進行裁決和評判。共軍僅此一基地可展開集團軍規模的實兵戰役演習，於 2003 年 8 月 25 日，開始對外軍開放。

自主式制導　為引導指令由彈上制導設備自動尋找地球表面或大氣中物質之物理特性而產生，制導系統與目標、指揮體系均不發生任何聯系之制導。缺點為一經發射，其飛行彈道就不能再更動，只能用於攻擊固定目標或預定區域。

主要方法有：慣性制導，即依據物體之慣性確定導彈飛行之方法；地形匹配制導，即依據導彈飛行路線的地形特點作為引導；天文導航，即依據宇宙空間某些天體與地球相對位置作為引導；方案制導，即依據事先裝入導彈內的程式作為引導。

七畫

作戰海區　為海軍艦船、飛機在海上作戰所劃定的範圍，為海軍兵力的主要戰場。

局部戰爭　局部戰爭是在一定的地區內，使用一定的武裝力量進行的戰爭，其作戰目的、使用武器、作戰目標選擇、參戰的兵種和兵力等方面都有所限制。戰爭規模較小，只在一定範圍內對國際形勢產生影響。

有的國家稱它是「有限戰爭」，這種戰爭對大國來說，在某些方面是加以限制的戰爭，對中小國家來說，也可能是全力以赴的戰爭。第二次世界大戰後，美軍與朝鮮、越南、中東等戰爭，越南和柬埔寨、前蘇聯和阿富汗等戰爭，都屬局部戰爭。

快速集群　係進攻戰役部署中用於快速發展的兵力集團；按規模，分為方面軍與集團軍快速集群；按兵種，分為坦克和機械化快速集群；通常以方面軍或集團軍中突擊力和機動力較強的坦克軍團或兵團、機械化軍團或兵團組成，配置在便於機動的位置上，在戰役第一梯隊突破敵戰術地幅後，投入交戰。

有時為加快進攻速度，可提前從敵防禦間隙或薄弱部位進入交戰，在火力和第一梯隊的掩護下，

充分發揮快速機動能力，繞過敵方的堅守地域，插至敵後方，摧毀敵指揮機關和炮兵陣地，搶佔重要目標，斷敵退路，阻敵增援，迅速達成對攻殲目標的分割與合圍，協同正面部隊殲敵；當有空降兵參戰時，即配合其作戰。

抗信息干擾 在敵實施信息干擾的情況下，爲保障己方信息設備和系統發揮正常效能而採取的措施和行動。

一是通信抗干擾。組織指揮通信力量靈活採取單邊帶通信、調幅、調頻通信，直接序列擴頻、跳頻等新的通信方式；增大發射功率，儘量縮小通信距離，採用方向性強的天線，減少電波能量向其他方向輻射，避免信號標準化等技術措施。同時靈活運用建立隱蔽的無線電通信網絡（專向），使用反電磁干擾的專用聯絡文件，控制無線電波發射時間，簡化報文和採用無線電通信，實施無線電靜默，無規律地改變電台工作頻率，建立複式無線電台通信和勤務無線電網絡（專向），組織實施無線電轉信等戰術手段，抗敵通信干擾。

二是雷達抗干擾。組織指揮雷達力量靈活採取跳頻、頻率捷變、頻率分集和擴展頻段，抗過載電路（如瞬時自動增益控制電路、近程增益控制電路、對數中頻放大器等），採用窄波束天線和發射短脈沖、低壓天線的旁瓣，使用速度分辨率高的雷達（如連續波雷達、脈沖多卜勒雷達）等技術措施。同時採取靈活利用地形、合理配置雷達、形成抗干擾能力強的雷達網絡，設置假雷達與反雷達探測的假目標，對雷達實施以反雷達波的人工僞裝等戰術手段抗敵雷達干擾。

三是抗光電干擾。其行動與以上措施基本相同。

抗洪搶險專業應急部隊 1998 年夏中國大陸長江流域沿岸發生特大洪水，共軍出動 30 萬官兵和民眾搶險救災，事後共軍總參謀部檢討缺失，並爲改變人海戰術作法，決定在工程兵的基礎上，組建一支具備抗洪專業技能的力量。

2002 年 5 月，中共瀋陽軍區某集團軍工兵團等 19 支工兵及舟橋部隊被總參謀部確定爲抗洪搶險專業應急部隊，擔負著長江、黃河、淮河、海河、松花江、遼河、珠江、閩江等七大流域、九條江河和兩大湖泊的抗洪搶險，主要運用專業技術、裝備器材，完成危險段堤防的險情探查、護坡搶險、封堵決口以及水上救護、爆破分洪等任務，搶險時將統一配戴「鈎鎬與船槳」、KHYJ 字母組成的紅色臂章。

中共稱該部隊是總部在不增加編制員額、不改變原有戰備訓練任務、不改變現行領導指揮關係的前提下確定的，在共軍歷史上屬首次，今後訓練中，將增加相關技術訓練和綜合演練，力求經過 5 至 10 年將這 19 支工程兵部隊建設成為裝備精良、技術先進、訓練有素、專業嫻熟、反應快速、搶險救災能力強、既能進行各種作戰工程保障，又能完成專業應急突擊力量，作為解放軍非戰爭行動訓練的主要內容之一。

抗登陸戰役 抗登陸戰役為依托瀕海地區或島嶼抗擊敵人渡海登陸的防禦作戰，是抗擊敵人從海上入侵的主要戰爭模式。最大特點為面對海洋實施防禦作戰。

其他特點包括：一、瀕海依陸，存在諸多有利條件。二、先期作戰鬥爭空前激烈。三、聯合作戰，指揮協同要求較高。四、攻防一體，攻勢行動的地位更加突出。五、抗擊敵立體登陸的任務困難。

鑒此，必須作到以下要求：一、統一指揮，周密協調，發揮聯合作戰的整體力量。二、建立陸、海、空、天、電一體，島、岸、城緊密結合，縱深立體的防禦體系。三、抓住有利戰機，實施全面打擊，給予敵殲滅性之「半渡擊」與

「背水擊」。四、藏打結合，攻防結合，抗空襲、抗登陸同時實施。

其行動範圍有：一、反敵先期作戰。包括實施戰役偵察與反偵察、實施戰役信息進攻與防禦、積極抗擊敵空中、海上襲擊、反敵海上之水雷與兵力封鎖、以海岸導彈、炮兵與陸軍遠程炮兵部隊進行反敵掃雷與破障。二、以突防能力較強之導彈潛艇、遠程航空兵或導彈部隊等，打擊集結、上船與渡航之敵。三、於敵展開、換乘和向海岸接近中，發揮己方優勢，對敵實施「半渡擊」。四、堅守島嶼，防止敵建立前進基地；堅守海岸陣地，並支援協調島、岸、城作戰。五、以航空兵、導彈及部份海上艦艇火力，突擊敵空降部隊，並針對敵空降之企圖、規模、地區與行動，從最困難與最複雜之情況出發。六、實施反突擊，打擊並殲滅登陸之敵軍。

攻勢佈雷 海軍兵力在敵方水域佈設水雷障礙的戰鬥行動。用以封鎖敵方基地、港口和航道，破壞其海上運輸、打擊、限制其艦艇機動等。

攻潛 對潛艇攻擊的簡稱。海軍反潛兵力使用反潛武器對敵方潛艇實施攻擊的戰鬥行動。包括水面艦艇攻潛、潛艇攻潛、航空兵攻潛和艦機協同攻潛等。

巡航導彈技術 巡航導彈是一種由氣動升力、發動機推力和重力決定飛行軌跡、形似飛機的無人駕駛武器，飛行期間以均速水平飛行，它的重力、升力、推力與阻力處在完全平衡的巡航狀態，故而得名。近年由於高效率之小型渦輪風扇發動機、小型化核彈頭及微電子技術、電子計算機小型化技術、中段制導和末制導技術出現，該技術發展迅速。

該技術依位置分可分為地對空、艦對地、空對地、艦對艦與岸對艦等；依用途分為戰略巡航導彈及戰術巡航導彈。主要組成部份包括彈體、推動發動機、主發動機、制導系統及戰鬥部。制導方式採取複合式制導，前段多採用慣性制導，中段採用地形匹配制導，後段則採用自主式尋的制導以增加命中精確度。優點為重量及尺寸小，不易為敵方探測，且飛行高度低，可作超低空飛行，突防能力強。

防空戰役 防空戰役之根本目的在打破敵方之空襲企圖，保衛重要目標之安全。

特點包括：一、展開突然，發展迅速。戰役展開突然，是由空襲作戰的突然性、兵器之高性能、防空戰役在行動上的被動性等因素決定。二、防衛空間廣闊。防空戰役必須在敵對雙方戰役全縱深、全方位、從低空到高空的空間進行，範圍廣闊。三、參戰力量多元，協同複雜。四、連續作戰、鬥爭激烈。因空襲、反空襲作戰對戰爭全局有決定性之影響。在進行中必須作到：加強戒備，快速反應、統一指揮，分散控制、抗反結合，嚴密防護。

主要作戰行動包括：一、掌握判斷對方情況，調整戰役部署。依據敵方偵察活動、通信聯絡電子干擾及兵力調動等，判明敵行動，並予以部署。二、抗擊對方電子壓制，破壞對方空中突擊。當發現敵方空襲兵力時，應派遣有遠程作戰能力之殲擊航空兵進行先期破壞，並集中兵力，造成優勢。三、準確把握戰機，適時組織反擊。四、嚴密組織防護，減少空襲損失。

八畫

佯動 佯動是製造假像以欺騙和迷惑敵人的作戰行動。有戰術佯動、戰役佯動和戰略佯動。目的是隱蔽真實企圖，造成敵人的錯覺和不意，牽制或調動敵人，為實現作戰企圖創造條件。佯動通常在次要的方向上實施假調動、假集結、假展開、假空降等，以掩護和配合主要方向上的行動。有時，也在主要方向上

實施。如以頻繁的襲擾麻痺敵人，然後發起進攻，令敵措手不及。

佯動手段要因敵因時而異，靈活機智，變幻莫測。如以退爲進，以攻爲守，以小示大，以少示眾，張虛隱實，聲東擊西等等。佯動要求逼眞，善於把積極行動與巧妙僞裝結合起來，達到迷惑敵人的目的。

兩全兩訓 2005 年 12 月 26 日中共空軍於北京召開「軍事訓練工作會議」，會中對部隊訓練強調要開展以航空兵部隊爲主體，新機及新裝備部隊爲重點的全員全裝深訓精訓活動，進一步提升理論、技術戰術、後勤保障、裝備保障與作戰能力，增強空軍整體素質與信息化條件下作戰能力，其中全員全裝深訓精訓要求，中共空軍部隊簡稱爲「兩全兩訓」。

兩個服務、四個保證 「兩個服務」指服務於國家的改革開放和全面建設小康社會，服務於軍隊的革命化、現代化、正規化建設，「四個保證」即從政治上、思想上、組織上保證黨對軍隊的絕對領導和人民軍隊的性質；保証以培養有理想、有道德、有文化、有紀律軍人爲目標的軍隊社會主義精神文明建設；保證軍隊內部團結和軍政、軍民團結；保證軍隊戰鬥力提高和各項任務的完成。

1986 年 12 月中共中央軍委通過「關於新時期政治工作的決定」，對「兩個服務、四個保證」作出概括和闡述，1991 年、1995 年、2003 年頒發的「解放軍政治工作條例」，均將之作爲新時期軍隊政治工作的基本任務，強調離開「兩個服務、四個保證」，政治工作就會脫離實際，其中保証黨對軍隊的絕對領導和人民軍隊的性質是核心。

兩個武裝 江澤民於 1996 年底向共軍發出號召，要加強正確的思想理論武裝和現代科技知識武裝，強調：如果有正確的思想理論武裝，有現代科技特別是高科技知識武裝，軍隊的革命化、現代化、正規化建設就有根本保障，全軍的建設品質和戰鬥力就會提高起來。爲落實「兩個武裝」的要求，總參謀部於 1997 年 1 月制定《全軍幹部學習高科技知識三年規畫》，對軍隊幹部學習目標、學習方法和步驟等作明確規定。

兩個轉變 共軍兩個根本性轉變是指「在軍事鬥爭準備上，由應付一般條件下局部戰爭向打贏現代技術特別是高技術條件下局部戰爭轉變；在軍隊建設上，由數量規模型向質量效能型、人力密集型向科技密集型轉變。」其提出背景爲

1990 年海灣戰爭爆發後，根據世界戰略格局和戰爭型態的改變，以江澤民為核心的中央軍委於 1993 年初召開的軍委擴大會議，指示要將軍事鬥爭準備放在打贏現代技術特別是高科技條件下的局部戰爭，把軍隊建設重點放在注重質量效能，向科學技術要戰鬥力上。

協同動作 是各軍種、兵種及各部隊為進行共同的作戰任務，根據統一計畫，互相協調一致的行動。目的是形成整體力量，殲滅或有效地抗擊敵人。協同動作的原則是以作戰中起主導作用的某一軍種或兵種部隊為主，其他軍種、兵種部隊進行配合。如陸、海、空三軍協同作戰，以陸軍為主；海上作戰，以海軍為主；國土防空作戰，以空軍為主。陸軍各兵種協同作戰，以步兵或坦克兵為主。

　　各部隊之間的協同，以擔任主要任務的部隊為主；主力兵團與地方部隊、民兵遊擊隊的協同，以主力兵團為主。協同動作的方法，是各軍種、兵種部隊在統一的計畫下，按目標、時間、地點（空域、海域）互相協調。通常採用現地、沙盤或圖上進行，並分預先協同和臨時協同。在作戰過程中原計畫遭到破壞時應重新組織協同。

協作－2006 係中共與塔吉克斯坦兩國軍隊首次聯合反恐軍事演習，亦是解放軍首次派建制組織部隊赴境外與外軍進行聯合軍事演習。於 2006 年 9 月 22－23 日在塔吉克斯坦的哈特隆州庫利亞布市舉行，演習內容是組織和實施在山地條件下對恐怖組織聯合圍殲作戰行動，分為指揮所演練和實兵演練兩個階段進行。

和平使命演習 初始係中俄在上海合作組織框架內，首次聯合舉行的軍事演習，代號「和平使命－2005」，當時演練區分三個階段，2005 年 8 月 18 日至 19 日為第一階段在俄羅斯符拉迪沃斯托克實施，主要演練戰略磋商與戰役籌畫；20 日至 22 日為第二階段，演練著眼於中俄雙方為應對共同威脅，經過戰略磋商，定下軍事行動決心，將戰略力量迅疾投送到交戰地區，根據戰場情況變化，調整決心部署，遂行聯合作戰行動；23 日至 25 日，為第三階段，主要演練中俄在統一戰略意圖和戰役指揮下，所採取的聯合海上封鎖作戰、兩棲登陸作戰和強制隔離作戰三個實兵課目；其中第二、三階段的演練在山東半島及其附近海域進行。中俄動用各軍、兵種，包括空軍、海軍、陸軍和空降兵、海軍陸戰隊及保障部（分）隊近萬人參

演，演習地域跨越兩國陸、海、空域，演習的內容更是涵蓋應對主要挑戰的新型作戰樣式和作戰行動。

此次演習後「上合」組織決定隔年實施「和平使命－2007」，中共、俄羅斯、哈薩克斯坦、吉爾吉斯斯坦、塔吉克斯坦、烏茲別克斯坦6個成員國均參加，於2007年8月9日至17日分別在新疆烏魯木齊和俄羅斯車裡雅賓斯克「切巴爾庫爾合成訓練場」舉行，參演兵力約4000餘人，演習分戰略磋商、聯合反恐戰役準備與實施兩個階段演練，採取聯合偵察、奪控要點、分區清剿、機動打援、立體追殲等5個作戰行動。

定向能武器攻擊 係利用高能電磁波對電子設備實施摧毀的攻擊行動。其攻擊方式包括：1.高功率微波武器攻擊。2.激光武器攻擊。又分戰術與戰略激光武器攻擊。3.粒子束武器攻擊。

官兵一致 官兵一致是共軍由處理官兵關係的原則，1937年12月25日毛澤東在同英國記者貝特蘭談話時提出。1990年6月9日中共中央軍委頒布的解放軍內務條令、1995年5月10日頒發的解放軍政治工作條例，均規定要認眞貫徹官兵一致原則，其主要內容爲：官兵之間、上下級之間政治上平等，只

有職務高低之分，沒有貴賤之別，軍官關心和愛護士兵，士兵尊重軍官，團結互助，同甘共苦，實行有領導的民主，建立自覺的紀律，共同爲軍隊建設和完成各項任務承擔責任，貢獻力量。實行官兵一致，關鍵在幹部。

實行官兵一致必須做到：1.對全體官兵進行馬克思主義理論、黨的路線和人民軍隊性質、宗旨教育，使官兵忠於黨、忠於人民、忠於國家、忠於社會主義，樹立共同的政治信念和全心全意爲人民服務的思想。2.建立健全民主制度，發揚三大民主，使官兵享有政治平等的權利。3.嚴格執行體現官兵一致原則的《政治工作條例》和《紀律條令》及有關規章制度，使之成爲全軍官兵必須遵守的行爲規範。4.建立嚴格的管理制度，軍官堅持嚴格要求，耐心說服，搞好思想教育和疏導，防止懲辦主義。士兵尊重軍官，服從管理，聽從指揮。5.開展尊幹愛兵活動，官兵實行自我檢查和自我教育，糾正錯誤，消除隔閡，增進團結。

岸指 即岸上指揮所。海軍在岸上開設實施對海上作戰指揮的指揮所。通常指海軍、艦隊或擔負沿岸海區防禦任務的戰役編隊建立的指揮機構，一般靠近海上主要作戰方向。

招飛九關 中共空軍招飛局在選拔招收飛行學員時，規定嚴把「九關」：

㈠是報名關。報名由學校組織實施，學生符合自荐條件，並徵得家長同意後始得報名，經所在班主任推薦學校審查同意後，方可填寫報名表。

㈡是確定預選對象關。空軍招飛局各選拔中心和專業體檢隊將派出預選組，在地（市）或縣（市）設置的檢測站實施。預選組將對考生進行身體、心理素質初檢，並對其進行政治和文化情況初審，合格者發給《招飛准檢証》。

㈢是體格檢查關。經預選合格的考生，按規定的時間和要求到指定的全面檢測站接受體格檢測。體格檢查由空軍體檢專業人員按《招收飛行學員體格檢查標準》實施。

㈣是心理素質檢測關：由空軍心理選拔專業人員按國家軍用標準《招收飛行學員心理檢查要求與方法》實施。

㈤是政治審查關。體格檢查和心理選拔合格的考生進入政治審查。由各選拔中心和地方公安部門按照飛行學員政治條件規定的要求共同組織實施，學校和村、居委會、社區及有關單位給予協助。

㈥是文化考試關。考生體格檢查、心理選拔、政治審查合格後，由所在學校組織參加全國普通高等學校招生統一考試（外語限英、俄語）。

㈦是集中選拔關。空軍招飛局在北京組織對全面檢測合格考生進行政治、身體、心理素質和文化全面選拔錄取。

㈧是審批錄取關。空軍實行提前單獨集中錄取，錄取分數線由空軍招飛局劃定。審批錄取工作按照全面衡量、綜合擇優錄取的原則，對文化考試成績達到錄取分數線以上且政治、身體、心理素質等方面都優秀的考生實行優先錄取。

㈨是入校報到關。被錄取的考生，持《錄取通知書》按要求時間到空軍航空大學報到。入校後，符合飛行學員條件者3個月後取得學籍、軍籍，對不符合條件者，按有關規定取消錄取資格。對入校後思想發生變化不願從事飛行事業或有高考舞弊行為的，退回所在地，並按有關規定辦理。

武裝力量 中共武裝力量是由人民解放軍、人民武裝警察部隊、民兵所組成，又稱「三結合」武裝力量。人民解放軍是主體，由現役部隊和預備役部隊組成。

現役部隊是國家的常備軍，由陸軍、海軍、空軍、第二炮兵、軍隊院校和國防科學技術研究機構組成，主要擔負防衛作戰任務，必要時可以依照法律規定協助維護社會秩序；預備役部隊平時按照規定進行訓練，必要時可以按照法律規定協助維護社會秩序，戰時根據國家發布的動員令轉為現役部隊。

陸軍部隊依任務和裝備區分，主要由步兵、裝甲兵、炮兵、工程兵、通信兵、防化兵、航空兵等兵種組成，陸軍部隊的組織體制一般按照軍（集團軍）、師（旅）、團、營、連、排、班的序列進行編制。

海軍部隊按艦隊、海軍基地、水警區編組，下轄東海、南海、北海三個艦隊，海軍基地通常隸屬於艦隊，下轄水警區和艦艇部隊等。按照裝備和擔負的作戰任務，又可分為水面艦艇部隊、潛艇部隊、海軍航空兵、海軍岸防兵、海軍陸戰隊。

空軍部隊的組織序列由軍區空軍、（軍）師、團（場站）、大隊編成。根據武器裝備和擔負的任務，主要分為航空兵、高射炮兵、地空導彈兵、空降兵、雷達兵等兵種。

第二炮兵部隊又稱戰略導彈部隊，裝備地地戰略導彈武器系統，執行戰略核反擊任務的部隊，直屬中央軍委領導。

軍隊院校按行政隸屬關係和所承擔的教育科研專業，可分為軍委、總部、軍區和各軍種、兵種所屬的院校。

國防科學技術研究機構包括從事國防科學技術研究的各研究院所及各類國防科學技術試驗基地。

預備役部隊組建於 1983 年，是以現役軍人為骨幹，以預備役軍官、士兵為基礎，按統一的編制為戰時實施成建制快速動員而組建起來的部隊。其師團已納入建制序列，授有番號、軍旗。預備役部隊平時隸屬省軍區，戰時動員後歸指定的現役部隊指揮。

人民武裝警察部隊，屬國務院編制序列，與中央軍委實施雙重領導，享受人民解放軍同等待遇，平時擔負人民生命財產安全的任務，戰時協助解放軍進行防衛作戰。

民兵是不脫離生產的群眾武裝組織，是人民解放軍的後備力量，是進行現代條件下人民戰爭的基礎。民兵工作在國務院、中央軍委領導下，由總參謀部主管。民兵在軍事機關的指揮下，戰時擔負配合常備軍作戰、獨立作戰；為常備軍作戰提供戰鬥勤務保障及補充兵員等任務，平時擔負戰備執勤、搶險救災和維護社會秩序等任務。

武器裝備三化管理 對部隊武器裝備實行的科學化、制度化、經常化管理，目的是保證武器裝備經常處於良好的技術狀態，保障部隊執行平時和戰時的各項任務。

武警部隊任務 武警部隊的基本任務是：維護國家安全和社會穩定，保衛國家重要目標，保衛人民生命財產安全，戰時協助解放軍進行防衛作戰。和平時期，主要擔負固定目標執勤、處置突發事件、反恐怖任務，並支援國家經濟建設。固定目標執勤，包括警衛、守衛、守護、看押、看守和巡邏等勤務。

具體負責國家列名警衛對象和來訪重要外賓，省級以上黨政領導機關和各國駐華使、領館，國際性、全國性重要會議和大型文體活動現場的安全警衛；對監獄和看守所實施外圍武裝警戒；對重要機場、電台、國家經濟、國防建設等重要部門的機密要害單位或要害部位實施武裝防守保衛；對鐵路主要幹線上的重要橋樑、隧道和特定的大型公路橋樑實施武裝防守保護；對國家規定的城市或特定地區實施武裝巡查警戒。

處置突發事件，主要是對突然發生的危害國家安全或者社會秩序的違法事件依法實施處置，包括處置叛亂事件、騷亂以及暴亂事件、群體性治安、械鬥事件等。反恐怖，主要是反襲擊、反劫持、反爆炸。

支援國家經濟建設，主要有黃金地質勘查、森林防火滅火，參加國家能源、交通重點項目建設，遇有嚴重災害時，參加搶險救災。

波次 登陸作戰時，裝載登陸兵的登陸艇（直升機）按登（著）陸的先後次序和間隔時間所排列的順序，組織部隊登陸和戰鬥隊形展開的批次。一批即一波。

波束式制導 為利用電磁波波束引導飛彈飛向目標的制導技術，又稱為駕束式制導。在此種系統中，指揮站會發出跟蹤目標之旋轉電磁波波束，導彈即沿此波束飛向目標。該波束有兩種作用，一為跟縱目標，二為引導飛彈。

該制導系統包括指揮站中發設波束裝置、導彈上之感應裝置、放大和形成指令裝置及控制飛行裝置。波束制導主要用於地對空導彈、艦對空導彈和空對地導彈等攻擊活動目標之武器系統。優點為設備簡單、抗干擾力強，缺點則為指揮與目標必須在一條直線上、制導精度會隨射程增加而降低等。

物資儲備 軍隊為保障供應而預先進行的物資儲存，是組織物資保障的基本措施。儲備的物資主要是武

器、彈藥、車輛、油料、給養、被裝、藥材、維修零部件和軍兵種專用物資器材等。通常將物資儲備分為日常儲備和戰備儲備。

「日常儲備」多用於銜接進貨的間隔時間，在正常供應中斷和需要量額外增加時的保障。

「戰備儲備」主要用於戰爭初期銜接後續補給，保障部隊快速行動和作戰期間的更大需要。還可分為戰略儲備、戰役儲備和戰術儲備。

根據現代戰爭特點和局部戰爭經驗，各國都力求擴大物資儲備規模，重視建立地下倉庫和移動儲備基地（倉庫），利用汽車、火車車廂、集裝廂和艦船儲備物資，強調佈局的分散性。小目標和縮短前送距離，增加前方物資比例，以提高儲備品的生存能力和應急能力。

空中封鎖戰役　空中封鎖戰役是以空軍力量為主體，切斷對方與外界的空中通道，限制對方航空兵活動，從空中封閉對方。

特點包括：一、政策性強。空中封鎖戰役是一種戰略性作戰行動，有時甚至涉及第三國利益，也必須同時考慮國際法之要求。二、保持封鎖穩定的難度大。封鎖主要依靠長時間孤困對方，因此時間持續增加，難度也相對增加。三、指揮協同複雜。行動樣式多變、參加部隊多種，致使指揮複雜。進行空中封鎖戰役之要求有：周密籌劃，整體用兵、靈活運用各種方式、密切協同，重點封鎖。

主要行動包括：一、準備大量兵力於地面處於備戰狀況，以支援前線作戰。二、實施空中巡邏與空中截擊。三、進行空中突擊與空中佈雷。四、地面防空火力封控，挫敗對方反封鎖。

空中進攻戰役　空中進攻戰役主要任務在突擊對方防空體系、主要預警及指揮設施、軍事工業、政治及經濟中心、重要交通或其他要害或特定目標。

特點包括：一、集中使用航空兵，多種機群體作戰。包括各種攻擊機種、電子干擾機、空中預警指揮機、空中加油機及殲擊機等。二、深入對方占領區作戰，情況複雜多變。空中進攻戰役多深入敵方戰略、戰役縱深內進行的空中作戰行動，包括敵占領區之地形、天候均難以掌控。三、因現代防空效能佳，致突防難度大，突擊任務重。要實施該戰役，必需作到充分準備，集中兵力、慎重決策，奇襲致勝，積極主動，速戰速決、密切協同，整體作戰。

主要行動為：一、精選攻擊目標、確定空中布勢。二、採取各種

措施，突破對方防禦。三、集中精
兵銳器、實施火力突擊。四、嚴密
組織防護、抗擊對方空中反擊。

空中電磁走廊　係以空中電子戰飛機
與地面多處通信和雷達等干擾設備
組合，構成空地立體互動、要素更
全、威力更大的電磁干擾態勢。

　　中共為因應未來陸、海、空、
天、電（磁）五位一體聯合作戰的
信息化戰爭，正充分利用並整合現
有電磁干擾資源，在南空劃出專門
空域設置空空對抗、空地對抗等多
個複雜電磁環境，作為訓練用的
「空中電磁走廊」，積極開展複雜
電磁環境對抗訓練，以符合中共新
大綱讓複雜電磁環境訓練常態化
的要求。

空軍航空武器試訓基地　中共空軍
主要擔負空對空、空對地導彈試
驗、鑑定、批檢，新型航空裝備性
能試驗和檢驗，大型靶機和無人機
研製等任務的機構。歸蘭州軍區空
軍建制，執行師級權限。

空軍場站　中共空軍設在機場擔負
飛行後勤、戰勤保障的機構，通常
隸屬於所駐航空兵師（訓練基地）
或飛行學院訓練團，一般由司令
部、政治處及油料、軍械、航材、
運輸、財務、軍需等業務部門和通
信、飛行管制、氣象、汽車、場務、
警衛、衛生等勤務分隊組成。其他

國家空軍機場航空兵後勤保障部
隊主要業務範圍和中共空軍場站
大致相同，日本稱「基地業務群和
維修補給群」，隸屬於航空團；美
國稱為「空軍基地勤務部隊」，隸
屬於所駐空軍部隊。

空軍裝備研究院　中共空軍裝備發展
決策的最高諮詢機構，2004 年 2 月
2 日在北京成立，機關設科技部、
政治部和院務部，下設空軍裝備總
體論證研究所、空軍航空裝備研究
所、空軍地面防空裝備研究所、空
軍雷達與電子對抗研究所、空軍通
信導航與指揮自動化研究所、空軍
偵察情報裝備研究所、空軍航空氣
象防化研究所，航空彈藥技術勤
務、導彈技術勤務、科技信息研究
所和計量試驗站、翻譯隊等單位。

空軍戰役　空軍戰役為空軍戰役軍團
單獨或在其他軍兵種配合下實施，
並通過若干空對空、空對地、地對
空戰鬥來達成一定之軍事目的。

　　特點包括：一、高技術兵器對
抗，戰役節奏加快。現代高技術戰
爭強調突然性與速決性，以爭取主
動贏得勝利。二、戰役空間廣闊，
戰場環境複雜多變。航空武器精
良、機載巡航導彈能力及空軍跨區
部署，均增加空軍戰役空間的廣闊
性。另現代戰役均為聯合戰役，將
不同力量整合，頗為不易。三、戰

役行動多樣，攻防交織進行。因空軍高機動性，使此種戰役攻防變化快速。四、信息獲取、控制及使用之信息戰，已成爲空軍戰役之核心與「制高點」。

空降戰役　空降戰役主要任務爲奪佔或破壞敵之政治、軍事或經濟中心及戰略要地。

特點包括：一、戰役兵力主要依靠空中機動。二、戰役交戰在敵縱深進行。實施縱深攻擊爲空降戰役最主要任務。三、戰役勝負取決於整體配合。主要要求爲：充份準備，周密準備；統一指揮，嚴密協同；隱蔽突然，奇襲制勝；集中使用，打敵要害；全面保障，突出重點。

主要行動包括：一、奪取戰役信息權及制空權，並依先遣梯隊、突擊梯隊、後方梯隊及後續梯隊陸續並適切之組織承載。二、以預先及直接火力準備，清除交戰地區之障礙，爲空降作戰集團順利著陸，奪取空降基地和地面作戰創造條件。三、開闢空中走廊，保障空降作戰集團和空中運輸順利送抵作戰區，並以最有效率方式組織空中運輸。四、奪佔敵空降基地，並扼守要點要地。

空襲戰　空襲戰是以航空兵爲主體從空中對地面、水上目標實施的火力突擊，主要方式有聯合空襲、遠程奔襲、隱形突襲、連續突襲等。

聯合空襲，是指由多兵種、多機種、多機群編隊共同實施的空中火力突擊。作戰編成通常由空中預警指揮機（編隊）、護航掩護編隊、突擊目標編隊、壓制防空武器編隊、電子戰編隊、空中加油機編隊、空中救護編隊等組成，形成以預警機爲指揮中心，以突擊目標編隊爲主要突擊力量，以其他編隊爲支援、掩護、保障力量的功能齊全、編配合理的作戰整體。

遠程奔襲，是指航空兵器從遠離戰區的基地起飛，經過長途空中機動，到達空射彈藥的有效距離後，對敵方目標進行空中突擊。現代航空兵器特別是在加油機和空間定位系統的支援保障下，有的已具備「全球到達、全球作戰」的能力。

隱形突襲，是由隱形戰鬥轟炸機利用其難以被對方防空預警系統發現的特點，實施隱身突防，深入敵戰役、戰略縱深，突然對敵方的要害目標進行空中打擊。

連續突襲，是指綜合運用各種空襲兵器，對敵方進行全天候、全時辰的不間斷空中打擊。

非致命武器　又稱「失能武器」（disabled weapons），是使人和武器失去作戰能力但不造成大批人

員死亡和設施、環境嚴重破壞的一類武器。非致命武器可分階段「對付人的」和「對付武器的」兩大類。「對付人的」非致命武器，主要作用是使人暫時迷失方向、精神錯亂、暈眩、嗜睡、行動困難或損傷人的感覺器官等；「對付武器裝備的」非致命武器的主要功能是使光電探測器損壞，使電子設備失靈，阻止車輛行駛或飛機起飛，破壞電腦的作業系統，使金屬材料、複合材料等變質退化，使燃料失去流動性，使基礎設施無法使用。有的非致命武器既可以攻擊人，又能攻擊武器裝備。國外正在研製的非致命武器有多種，例如：

「次聲武器」利用炸藥爆炸或活塞驅動產生頻率低於 500 赫的低頻聲波，使車輛內和掩體內的人產生噁心、嘔吐、失衡等症狀；功率足夠大時，也能震壞建築物。

「致盲武器」利用鐳射或強閃光使人失明、光電感測器燒壞。

「高功率微波」和「非核電磁脈沖高功率微波」可使電子器件、點火器、引信等失靈，也能攻擊人；利用高能炸藥爆炸壓縮充電的線圈，能輻射出高能量電磁脈沖，可破壞電子系統。這種電磁脈沖發生器可製成炮彈或導彈彈頭，攻擊遠距離目標。

此外還有：「電腦病毒」可破壞 C3I 系統，「粘膠型泡沫」可將人和武器裝備完全包裹起來，無法行動；「潤滑劑」可使飛機跑道、道路變得十分滑溜，飛機無法起飛，車輛無法行駛；「酸、感、微生物」能腐蝕裝備器材；噴撒「碳纖、碳粒子」可使高壓輸電線短路，破壞電力網和電子系統等等。

九畫

紅外制導　是利用紅外跟蹤和測量的方法控制和導引導彈飛向目標的制導技術。導彈上的紅外導引頭接收來自目標反射或輻射的紅外線，經處理得出目標位置，並用於跟蹤和控制導彈飛向目標。

紅外制導多用於被動尋的制導系統，由紅外位標器、計算機及執行機構所組成。使用紅外位標器蒐集輻射的紅外線，進行處理後給出目標的信號，並與導彈上基準信號比較，用於引導飛彈飛向目標。另外，也可用於指令指導系統，惟地面或飛機上的紅外位標器必須接收導彈輻射的紅外線，並引導飛彈。

此種制導優點為結構簡單、成本低、功耗小、體積小、重量輕、不易暴露、隱蔽性好，角分辨率較高及抗干擾等。缺點為易受目標物性質影響，且也容易受氣候條件的限制。

信息干擾　在臨戰階段，配合戰役反偵察作戰，組織指揮信息干擾力量對敵實施偵察的機、艦實施干擾，削弱敵偵察效能。在奪取戰場制信息權階段，圍繞主要作戰方向，組織指揮信息干擾力量與計算機網絡攻擊力量、實體摧毀力量協同，對敵實施高強度的電子迷盲；而後以伴隨干擾技術支援陸軍航空兵、特種作戰部隊進入敵縱深，攻擊敵重要信息目標，奪取戰場制信息權。

在作戰行動全縱深開展後，組織指揮信息干擾力量割裂被圍之敵內部與外部的聯繫，壓制實施戰役反擊之敵，為實施機動作戰和火力作戰的部隊提供支援。

信息作戰反情報偵察　陸軍信息作戰反情報偵察主要圍繞安全保密、信息防護和信息欺騙等行動進行。在指揮反情報偵察行動中，一是周密制定反情報偵察計畫，計畫中應明確戰場信息安全措施，各類保密規定，反敵電子、紅外、光學偵察的主要手段，各類假目標、假陣地的部署區域、類型，各類電台的電磁頻譜區分，無線電佯動的時機和區域，專業反偵察力量和作戰部隊的反偵察任務等。

二是在臨戰準備和作戰過程中，根據敵偵察活動情況，判斷敵重點偵察區域和主要偵察手段，據此調整和機動偵察預備力量，加強重點地區的反偵察力度。

三是組織信息進攻力量，在海防部隊、陸軍航空兵及空、海軍作戰力量的協同下對敵實施偵察的機、艦實施干擾和攻擊，破壞敵偵察行動。

信息作戰情報偵察　陸軍信息作戰情報偵察行動主要由「專業」與「非專業偵察力量」共同遂行。

「專業偵察力量」是指陸軍各級部隊編制內的技偵分隊，「非專業偵察力量」是指作戰部隊和地方支前民兵和各類技術人員。信息作戰指揮員及其指揮控制機構在指揮信息偵察行動中，應明確各類偵察力量的主要偵察區域、任務，情報等級分類，各類情報上傳下達的途徑，建立戰場一體化情報偵察系統，及時組織對重要情報的分析、判斷和處理，並向上級和友鄰分發有關情報信息。

信息設施摧毀戰　又稱實體摧毀戰、硬摧毀戰，係指使用信息作戰武器裝備及兵力、火力等手段，摧毀和破壞敵信息系統及相關設施，同時保護己方信息系統和相關設施免遭敵打擊的作戰行動。其作戰分類按摧毀程度可分為失能性和毀滅性摧毀等兩種；按使用手段

可分爲反輻射、定向能（同定向能武器攻擊）與電磁脈沖摧毀三種。

信息彈葯攻擊 係利用信息彈葯爆炸時產生的高能電磁脈沖或物理附著物對信息設施進行毀傷的作戰行動。用於對敵重要信息集群目標的攻擊。其主要手段有電磁脈沖彈、貧鈾炸彈、石墨炸彈等。

信息戰 共軍定義信息戰，是指在戰場上針對敵方的信息探測源、信息通道和信息處理決策系統所採取的旨在奪取和保持信息優勢，破壞敵人的信息控制能力，同時保持已方信息控制能力的綜合性作戰行動，是在現代條件下隨著信息技術發展而逐漸形成的一種新的作戰行動，取決於三個原因，其一、信息系統是現代軍隊的「耳目、大腦和神經中樞」，是作戰系統的核心，也是整個作戰系統最脆弱部位，打擊對方信息系統，符合避強擊弱戰爭原則；其二、武器裝備的發展，爲打擊軍隊信息系統提供充分的條件和手段；其三、首先攻擊對方的信息系統，是種效益最高、損失最少、耗時最短的作戰方法，可使敵方的兵力集團陷於癱瘓或失去有組織抵抗的能力。

歸納作戰類型分爲信息進攻、信息防禦，信息進攻基本樣式有電磁攻擊、邏輯攻擊、心理攻擊、實體摧毀等四種；信息防禦主要有五種，即電磁防護、邏輯防護、心理防護、實體防護和情報信息防護。

信號分選 也稱爲去交錯，是信號處理的第一步。分選的依據是用那些對於每部雷達不變而又能區別於其它雷達的參數來進行比較，相同參數的可以認爲屬於同一部雷達。在脈沖描述字中，方位是最好的分選參數。因爲在分選的很短時間段上（幾十毫秒），一部雷達的方位資料是幾乎不變的，而不同方位上的雷達，其方位資料不同。雷達工作頻率也可以作爲分選參數，大多數常規雷達的工作頻率也是幾乎不變的。即能將具有相同方位和頻率的脈沖描述字歸併到同一塊存儲單元內，完成初步的分選。然而即使歸併在同一個單元內的脈沖也未必一定是來自同一部雷達的。

因此，還須對同一單元內的脈沖用脈沖重複週期來核對，進一步分選，最終把各個雷達的脈沖區分開，確定出雷達的參數。現代雷達的工作頻率可能是捷變的，脈沖重複間隔也可以變化，所以分選工作非常複雜，需要有專門的演算法來分析這些具有捷變參數的雷達信號。現在人們仍然在不斷探索、研

究新的分選方法，以適應越來越複雜的信號環境。其中有人就運用人工神經網路技術，模仿人腦的學習過程來實現對複雜信號的分選。

保衛戰 保衛重要城市、要塞等戰略要地和根據地的防禦作戰。

前沿機場 中共空軍又稱之爲「一線機場」，專指鄰近國境線或戰線前沿的機場，通常進駐殲擊、強擊航空兵部隊。

前衛－206B 指中共濟南軍區著眼未來戰爭於 2006 年 11 月 7 日起爲期 12 日的軍事演習代號，14 日至 19 日爲作戰階段，在山東省膠東半島的萊州灣實施。參演部隊包括：陸軍航空兵部隊、電子戰部隊、新型炮兵部隊和特戰隊，兵力達 8000 餘人。在強調資訊化背景和完全陌生的地域實施無人機偵察、電子干擾、機降突襲與傘降破襲、直升機空中突擊、導彈射擊、炮兵壓制破壞射擊、攔阻射擊、精確射擊等課目，並運用「部隊作戰評估系統」對演習部隊進行以量化爲主，近乎實戰的全程檢驗。期間陸軍航空兵首次完成實戰背景下在沙地開設野戰機場。

勇士－2007 是中共瀋陽軍區首次公開的年度例行性演習，2007 年 9 月 25 日在吉林省「洮南訓練基地」舉行，主要演練「摩托化步兵師進

攻戰鬥」。此次演習，中共國防部邀請上海合作組織、東盟成員國，以及美、英、法等 35 國家，包括駐華武官、國防部參謀、裝甲師師長和陸軍學校校長等 55 名外軍中高級指揮員現地觀摩。

南空 中共空軍駐南京軍區戰役軍團的簡稱，歸空軍建制，受空軍、南京軍區雙重領導，領導和指揮駐江蘇、浙江、安徽、福建、江西、上海等地空軍部隊，主要擔負本區防空作戰，空中進攻作戰，協同陸、海軍作戰等任務。

城市防禦戰役 是戰役軍團依托城市市區及其外圍地區進行的防禦戰役。主要任務爲守住城市，挫敗對方奪占城市的企圖，或利用城市大量殺傷、消耗或拖住對方進攻城市的力量，配合其他方向的作戰。

其特點有：一、戰場條件相對優越。二、反空襲鬥爭地位突出。因以攻方來說，一般把空襲作爲破壞與奪城的首要作戰行動。三、反封鎖圍困的鬥爭十分激烈。因實施封鎖圍困是敵奪取城市的基本手段。四、指揮協同複雜。該種戰役範圍廣，參戰力量多。

主要行動包括：一是爲抗擊對方空襲。首先應建立健全防空情報預警系統。其次，要充分利用城防、人防工程保存作戰實力。第三

要以遠程綜合火力突擊摧毀對方機場及導彈陣地等，打擊對方空襲力量。二是堅守外圍防區。堅守外圍防區是奪取勝利之關鍵，應力求在外圍摧毀對方進攻力量。三是粉碎對方封鎖。四是堅守市區。五是反空降兵力。現代戰爭以空降作戰配合其他地面部隊已成為基本手段，故在抵抗地面部隊時，要同時注重殲滅對方空降能力。

城市進攻戰役 為戰役軍團對依托市區及其外圍地區進行防守之敵實施的進攻戰役。主要任務為殲滅或驅逐防守城市之敵，奪占、控制城市。通常採取之戰法包括嚴密封鎖、首殲外圍、割裂瓦解、分區殲敵等，實施該項戰役，必須作到充分準備，集中兵力圍攻部署，多路有重點之向心突破，保護城市重要設施。

主要行動包括：一、封鎖孤立預定奪占的城市。首先進行空中封鎖；其次要奪占對方守城兵力與外界保持聯絡之「結點」；再次採取積極行動切斷對方守城力量之「供給線」。二、火力癱瘓對方防禦體系。對非軍事目標，則採取選擇性攻擊，並嚴格規定不能破壞之目標，如核發電廠、化學儲運庫等。三、先行奪占城市外圍陣地。四、分割殲滅對方市區守備兵力。五、

阻打援敵。戰役軍團必須依據戰役企圖及援軍兵力大小，適時適地進行阻打援敵作戰。

威懾戰略 係在全局上顯示軍事力量或威脅運用軍事力量，以迫使對手屈服的方略。按性質，可分為進攻性和防禦性威懾戰略；按程度，可分為優勢、均勢、有限和最低威懾戰略；按層次和範圍，可分為局部和全面威懾戰略；按力量的構成，可分為常規和核戰略威懾戰略。其作用在使對手相信，若選擇戰爭，其所付出的代價將大於可能獲得的好處，甚至遭到徹底失敗，從而不敢發動戰爭或行軍事抵抗，是己方實現不戰而達成經濟和政治目的。

威懾戰略奏效的 3 個基本要素：1.有強大的實力；2.有使用力量的決心、意志和藝術；3.讓對手瞭解並相信以上兩點。

從運作機制言，威懾戰略能否奏效，取決於被威懾方綜合代價評估與風險評估後，是否採取行動；因此，為保證威懾戰略成功，即須讓對手造成高代價、高風險的評估。

封鎖戰役 通常為對據守島嶼之敵實施海上與空中封鎖的進攻戰役。

特點為：一、作戰行動限制因素多，戰略性強。該戰役通常在廣闊的海域與空域進行，往往可能涉

及到鄰國及公海和空域。特別是海空交通與國際貿易關係密切，更增加實施封鎖戰役的複雜性。二、作戰持續時間長，任務難度大。三、參戰軍兵種多，指揮協同複雜。四、作戰空間廣闊，雙方對抗激烈。五、戰場條件受限，對戰役行動影響較大。作戰地區之自然地理和海區情況將直接影響該行動。

其主要任務為震（威）懾對方、削弱敵方鬥志及其戰爭潛力、製造孤立對方態勢。現代封鎖戰役之基本要求為：一、確立「封打結合、殲耗並舉」作戰思想。首先要以封為主，封打結合；其次要貫徹「殲耗並舉」的思想。二、戰役過程要求立足持久，具體作戰行動要求力爭速決。三、充份發揮整體作戰力量，揚長避短。四、正確掌握封鎖要點，擊中並靈活用兵。五、挫敗對方反封鎖作戰行動。六、遵循現有國際法規。

主要行動包括：一、建立封鎖系統，形成封鎖態勢。形成包括偵察監控、水中障礙、機動打擊、火力打擊等。二、實施障礙封鎖作戰。主要為佈雷，包括預先隱蔽布雷、隱蔽補充佈雷、空中集中佈雷等。三、奪取封鎖作戰區信息、制空、制海及外圍島嶼控制權，抵抗敵反封鎖作戰。四、實施持續立體封鎖。包括加強對敵港口封鎖、重點打擊、加強巡邏、突擊重要目標等。五、依據戰役完成情況及戰略態勢，決定結束戰役時機。

後勤指揮系統 後勤指揮機構按指揮關係構成的統一整體。共軍的後勤指揮系統是採用直線結構式與職能結構式相結合的混合結構式體制，以直線結構式為基礎，在每個領導環節設立由管理各種後勤業務的職能部門組成的參謀部門－即後勤機關，完成承上達下的任務。共軍後勤指揮系統關係較複雜，包括指揮、指導與協調、保障等。

其中「指揮關係」指各級後勤在編制序列上隸屬於各級部隊統一的編制，各級後勤受本級部隊黨委和軍政首長的直接領導和指揮。各級合成軍隊黨委和首長對本級編成內的後勤機關是指揮關係。「指導與協調關係」指上級後勤機關對本級合成軍編成內的下級後勤機關的關係。「供應保障關係」指上級後勤所屬的後勤部（分）隊開設的兵站、倉庫、醫院等保障機構與所供應保障部隊後勤構成的業務工作上的聯繫。諸種關係協調構成後勤指揮系統。

思想工作三個環節 中共空軍解決部隊人員思想問題的基本方法和

要求的簡稱，即「及時發現、確實弄清、正確解決」。1963年2月，空軍在政京召開政治工作會議，首次提出解決現實思想問題的「三個環節」。1964年3月，在空軍政治工作會議上，研究如何幫助指導員熟練掌握「三個環節」的問題。1995年4月，「三個環節」內容寫入中央軍委頒發的「軍隊基層建設綱要」。1998年1月，空軍黨委頒發「關於加強新形勢下空軍部隊經常性思想工作和經常性管理工作的意見」，要求部隊運用「三個環節」解決現實思想問題。

指揮所體系 為保障戰役指揮的及時、穩定、不間斷，必須建立指揮所體系，根據需要通常應建立基本指揮所（基指）、預備指揮所（預指）、後方指揮所（後指），前進指揮所（前指），各指揮所在戰役中不一定需要全部組建，將按實際需要和戰場可能，靈活掌握，可分為固定和移動兩種。

基本指揮所，是戰役的基本指揮機構，供戰役指揮員和指揮機關基本成員使用的主要場所，是實施戰役指揮的中心。通常由主官或上級指派的戰役指揮員、參謀長和司令部的主要成員，政治、後勤、裝備機關和參戰的各軍兵種的有關人員及通信系統、指揮自動化系統

組成，並配備較強的警衛、工程兵、防化等勤務保障力量。為保障指揮機構的隱蔽性和保持高度機動性，基本指揮所的人員力求精幹，並疏散配置。

指揮中心主要由計畫協調中心、情報中心、通信中心、電子對抗中心、火力中心構成。

預備指揮所，是為準備接替基本指揮所的指揮而建立的預備指揮機構。通常由副職首長和必要的參謀和政工、後勤、裝備技術人員及必要的指揮自動化系統、通信系統組成，並配備必要的勤務保障分隊。預備指揮所應同基本指揮所保持密切的聯繫，接受情況通報，隨時瞭解並掌握戰役的發展情況，一旦基本指揮所遭到破壞或不能對戰役行動實施指揮時，立即接替指揮，以確保戰役指揮的不間斷。

後方指揮所，是為統一組織與實施後方指揮而建立的預備指揮機構。通常由一名戰役副指揮員兼任指揮員，由參戰各軍種後勤、裝備部門地方支前機構的有關人員組成，配備必要的指揮自動化系統、通信系統和警衛等保障力量。主要負責部隊的部署、後勤和裝備與技術保障的實施，後勤和裝備技術各單位的協同、通信聯絡、後方防衛的組織指揮，隨時準備在必要

時擔負指揮後方的防空、防核生化武器和阻止敵地面部隊襲擊，以及後方反空降作戰等戰役後方工作。

前進指揮所，是為加強戰役主要方向的指揮而建立的輔助指揮機構。通常由副職首長、少數參謀人員和通信分隊組成，並配備必要的勤務保障力量。前進指揮所主要是輔助基本指揮所實施指揮，開設的位置比基本指揮所靠前，有時可利用下一級基本指揮所，因此也稱作輔助指揮所或前方指揮所。

政治工作十原則　中共中央為加強軍紀和改進新形勢下的軍隊政治工作，於 2003 年 12 月修頒《解放軍政治工作條例》明確規定軍隊政治工作必須遵循的「十條原則」：1.堅持黨對軍隊的絕對領導；2.堅持人民軍隊的性質和宗旨；3.堅持用科學理論武裝部隊；4.堅持把思想政治建設擺在軍隊各項建設的首位；5.堅持圍繞軍隊現代化建設這個中心開展工作；6.堅持促進官兵的全面發展；7.堅持官兵一致、軍民一致、瓦解敵軍；8.堅持發揚政治民主、經濟民主、軍事民主；9.堅持貫徹依法治軍、從嚴治軍；10.堅持繼承優良傳統與創新發展的統一。

政治工作三大原則　中國人民解放軍在政治工作中實行的官兵一致、軍民一致、瓦解敵軍三項基本原則。

政治委員制　共軍在團以上部隊和相當團以上單位建立政治委員的制度。在團級以上單位設立政治委員，營設立政治教導員，連設立政治指導員。政治委員、政治教導員、政治指導員與同級軍事主官同為所在部隊（分隊）的首長，在同級黨委（支部）的領導下，對所屬部隊（分隊）的各項工作共同負責。

政治委員是黨的委員會日常工作的主持者，是政治工作的領導者。中共表示政治委員制度的實行，對於保證黨對軍隊的絕對領導，加強與軍隊政治工作，保證完成黨和國家賦予軍隊的各項任務，具有十分重要的作用。

政治機關制　共軍在團以上部隊和單位設立政治部（處）的制度，政治機關是所屬部隊政治工作的領導機關，負責管理黨的工作，組織進行政治工作。政治機關內通常設組織、幹部、宣傳、保衛、文化、群工、聯絡、祕書等業務部門。

總政治部是中央軍事委員會的政治工作機關，是全軍政治工作的領導機關。在中共中央、中央軍委的領導下，負責管理全軍黨的工作，組織進行政治工作。總政治部以下各級政治機關在其上級政治

機關、同級黨的委員會和政治委員的領導下進行工作。中共認為政治機關制度的建立，對管理黨的工作和組織進行政治工作，保証部隊順利完成各項任務，發揮著重要作用。

穿插 穿插是利用敵人部署的間隙或薄弱部位插入其縱深或後方的戰鬥行動，是進攻作戰的一種重要手段。目的是奪占敵縱深內的要點，分割和打亂敵人部署，為各個殲敵創造有利條件。

穿插具有任務艱鉅，腹背受敵，邊打邊插，獨立戰鬥等特點。要周密計畫準備，詳細查明敵人防禦間隙、薄弱部位和縱深內的兵力部署、地形、道路等情況，制定多種戰鬥方案。穿插部隊要具有獨立作戰能力，正確選擇穿插路線，嚴密組織與正面部隊的協同，明確遠程火炮和航空兵支援的方法。

穿插可在進攻發起前利用敵防禦間隙秘密進行，或打開缺口後強行實施。穿插時要靈活處置各種情況，或繞過，或以部分兵力掩護，主力不停地插至指定目標。

軍工集團公司 中共主要從事生產、研製武器裝備之大型事業單位，目前共有 11 大軍工集團公司，分別為：中國兵器工業集團公司、中國兵器裝備集團公司、中國核工業建設集團公司、中國核工業集團公司、中國航天科工集團公司、中國航天科技集團公司、中國航空工業第一集團公司、中國航空工業第二集團公司、中國船舶工業集團公司、中國船舶重工集團公司、中國電子科技集團公司。

軍民一致 為軍隊政治工作原則之一，是共軍實行的與地方人民政府和人民群眾關係方面的準則，主要內容為：軍隊履行全心全意為人民服務的宗旨，遵守秋毫無犯的群眾紀律，擁護政府，愛護人民，維護群眾利益，時刻不脫離群眾，密切軍政、軍民關係，鞏固和發展軍政、軍民團結。文革時，此要求遭受破壞，直至中共十一屆三中全會後始得以繼承。

軍民共建 是指在中共地方黨的委員會和政府統一領導下，軍隊同駐地人民群眾共同從事文明村、文明街、文明鎮、文明學校、文明工廠等建設的活動。

軍兵種建設 中共中央軍委、總部指示強化軍兵種建設具體要求：

陸軍須針對未來訊息化戰爭的客觀需求，加速現役主戰裝備更新換代和訊息化改造，建設精幹合成、靈敏多能的新型陸戰力量，優先發展陸軍航空兵、輕型機械化部隊和訊息對抗部隊；裝甲兵在陸軍合成作戰部隊中的比例進一步提

高。炮兵、航空兵陸續列裝新型火炮、野戰防空導彈、偵察預警雷達、火控系統、情報指揮系統等裝備，地空導彈與高射炮比例得到優化；工程兵與主戰兵種配套發展，伴隨保障和精確保障能力不斷提高；防化兵初步建立與聯合作戰相適應的核化生防護體系，使核生化防護、核生化應急救援、反核生化恐怖能力明顯增強；通信兵加強通用訊息傳輸平台、處理平台和指揮控制系統、頻譜管理系統建設，提高通信和訊息保障能力。

海軍著眼於建設多兵種合成、具有核常雙重作戰手段的現化海上作戰力量，完善海戰場建設，重點推動新型裝備的各項配套設施和作戰支援保障建設。加強適應訊息化條件下作戰需要的海上機動兵力建設，增強近海海域的整體作戰能力、聯合作戰能力和海上綜合保障能力。改革創新訓練內容和組訓方式，深化海上一體化聯合作戰訓練，探索現代條件下海上人民戰爭的戰略戰術。

空軍要建設一支攻防戰兼備的信息化空中作戰力量，減少作戰飛機總量，重點發展新型戰鬥機、防空反導彈武器，加強指揮控制系統建設。突出訓練的針對性和對抗性，加大不同兵種、機種合同作戰

訓練，積極穩妥地組織新機改裝和新武器裝備使用訓練。飛行員按院校、訓練基地、作戰部隊三級制，分基礎教育、初級飛行、高級飛行、作戰飛機改裝飛行、戰術飛行五個階段實施訓練，須保持與擔負任務要求相適應的訓練飛行時間；航空兵部隊主要進行空戰、對地攻擊和聯合作戰等訓練。

第二炮兵著眼於建設核常兼備的戰略力量，加快提升作戰指揮控制系統信息化水平，提高陸基戰略核反擊能力和常規導彈精確打擊能力。完善戰場體系和後勤、裝備配套建設，增強綜合保障效益。加強集成訓練，提高訓練質量。強化導彈核武器安全管制機制，健全相關法規制度和技術防範措施，完善核事故處置應急手段。

軍事外交　中共定義軍事外交是一個國家展示軍隊形象、宣示軍事政策的窗口，也是增進各國和平共處、合作發展的重要途徑，是國家外交的組成部分。同時表示軍事外交要堅決服從和服務於國家政治外交大局，貫徹防禦性的國防政策，因此在宣誓建設現代化國防的方針和決心時，要更加注意以行動証明，是維護國家主權、安全和統一的需要。現階段中共開展軍事外交具體作法將積極踐行「互信、互

利、和平、協作」新安全觀，提高國防透明度。1995 年首次發表軍控與裁軍白皮書後，迄 2006 年並先後發表五版國防白皮書。

自 2000 年以來，5 次邀請外國軍事觀察員或駐華武官，觀摩軍事演習，主要包括摩步旅對野戰陣地防禦之敵進攻戰鬥對抗演習、裝甲旅進攻訓練演習、裝甲師實兵對抗演習、海軍陸戰隊兩棲作戰實兵實彈演習、加強機械化步兵師山地進攻演習等多種類型的演習。在歡迎外國軍隊「走進來」之際，也採取「走出去」做法。

2001 年以來曾先後 9 次派員觀摩外軍軍事演習，到境外與外軍聯合軍演的次數不斷增加。另為加強溝通、消釋疑慮、增進互信，共軍積極開展雙邊防務磋商，廣泛參與多邊安全對話，主要國家有美國、俄羅斯、日本、澳大利亞、英國、法國及大陸周邊國家等。

軍事訓練與考核大綱　中共總參軍訓和兵種部針對 2001 年制訂之軍事訓練大綱存在之問題，自 2006 年 10 月開始著手新的《軍事訓練與考核大綱》編修工作，現已完成頂層設計、逐級部署和組織編修 3 個階段任務，進入試訓論證階段。

新訓大綱於 2008 年 7 月頒發，2009 年 1 月起，全軍和武警按新大綱施訓。新訓大綱，縱向劃分為聯合訓練和軍兵種訓練兩個層面，橫向包括諸軍兵種專業，以提高聯合作戰能力為主，按照軍種戰役、合同戰術、分隊訓練和戰技訓練基礎構設訓練內容體系；拓展非戰爭軍事行動訓練內容；增加信息化之知識技能和飛機、艦艇、導彈等高新武器裝備模擬訓練比重，並規範網絡訓練、基地化訓練和對抗訓練的方法步驟和標準；明確複雜電磁環境下訓練、夜間訓練、複雜氣象條件下訓練，以及心理承受能力訓練的條件、形式、方法和要求；建立以能力為核心的訓練標準和考評體系，細化和提高基礎訓練標準，擴大四級制考評範圍，增設百分制考評項目；確定管理調控模式，規範各級組訓職責，明確訓練大綱的修訂權限。

軍事經濟一體化　為使軍工生產相互適應和取得最佳效果，在某些同一社會政治制度國家的軍事政治集團範圍內，就軍事經濟和科學技術的相互聯繫方面實現國際化的過程。資本主義的軍事經濟一體化服從於壟斷資產階級的利益，旨在保障對外侵略方針，加緊軍備競賽，為戰爭準備物質技術基礎和攫取最大利潤。在社會主義條件下，軍事經濟一體化的目的是更充分、更合理地利用社會主義的科學

技術潛力，以建立抗擊外來侵略所必需的防務力量。

軍事演習類別 共軍每年例行性的演習種類繁多，在想定情況誘導下進行的作戰指揮和行動的演練，是部隊在完成理論學習和基礎訓練之後實施的近似實戰的綜合性訓練，其性質可按目的、規模、參演方式與參演人員等分類：

(1)按目的可分為研究性演習、示範性演習和檢驗性演習。「研究性演習」是帶著特定的課題，有特定的研究目的，通過一些試驗性的課目來完成。「示範性演習」通常帶有觀摩作用，意在為其他部隊確立標準。這種演習一般需要進行預演。「檢驗性演習」也稱校閱性演習，主要是對部隊的訓練成果進行檢驗。演習要求一次到位、一次完成，不允許事先勘察地形，不允許組織任何合練和預演。

(2)按規模可分為戰略、戰役和戰術三個級別。「戰略級演習」一般是跨軍兵種、跨戰區進行的演習，或是多個國家聯合舉行的演習。「戰役級演習」一般在某個戰區、某個軍兵種內部進行。「戰術級演習」則是由戰術級的部隊或分隊，在較小的作戰區域內完成。

(3)按參演方式可分為室內演習和野外演習、單方演習和對抗演習、實彈演習和非實彈演習、分段演習和綜合演習。其中「對抗性演習」是指在演習中設置對抗性的紅、藍雙方。「單方面演習」，則不設置對抗性的紅、藍雙方。

(4)按參演人員可分為實兵演習、首長司令部演習和首長司令部帶實兵演習。「實兵演習」，主要是為鍛鍊部隊。

「首長司令部演習」主要是為鍛鍊指揮機關。「首長司令部帶實兵演習」則是結合前兩者的演習。各類軍演通常用一個代號命名，有時註明實施演習的年份，如「和平使命－2007」演習、「鐵拳－2007」、「礪兵—2008」等。

軍事戰略 指導戰爭全域的方略。它包括國家和武裝力量準備戰爭、計畫與進行戰爭和戰略性戰役的理論與實踐。軍事戰略理論研究戰爭的規律、特點以及進行戰爭的方法，制定準備和進行戰爭、戰略性戰役的理論原則。

軍事戰略實踐是根據敵對雙方軍事、政治、經濟、地理等因素，照顧戰爭全域的各方面、各階級之間的關係，規定軍事力量的準備和運用。它包括武裝力量的建設，國

防工程設施，軍事裝備和軍需物資的生產和儲備，戰爭動員，基本作戰方向的確定，戰區的劃分，作戰方針和作戰指導原則的制定等。它作為最高軍事統帥機關實踐活動的一部分，性質和內容是受社會政治制度和社會經濟制度制約。軍事戰略和戰術之間的關係，是全域和局部的關係。隨著敵對雙方力量對比的變化和戰爭發展的進程，軍事戰略會相應變化。

軍隊後方 廣義言，為在戰區縱深，保障各級部隊作戰而開展後方工作的地域，是軍隊作戰的依託。軍隊後方一般有戰略後方、戰役後方和戰術後方之分。在軍隊後方，有軍隊配置的相關部隊，保障機構，後方設施、作戰物資，以及當地的人力物力資源，對作戰進行全面的後方保障。狹義言，軍隊後方就是軍隊後勤，是軍隊後方勤務的簡稱。現代戰爭，人力物力消耗巨大，前方和後方的界線越來越不明顯，軍隊後方的地位和作用，也越來越重要。

軍隊精簡整編 1949 年以來，共軍先後進行 10 次重大精簡整編。

第 1 次精簡整編：中共佔據大陸初期，軍隊總兵力達 550 萬人。1950 年 6 月，全軍參謀會議精簡整編方案中決定全軍員額精簡至 400 萬，但不久，抗美援朝戰爭爆發，精簡整編工作終止。到 1951 年底，因戰爭全軍員額達 627 萬人，是共軍歷史上兵力最多的時期。

第 2 次精簡整編：1951 年 11 月中央軍委召開整編會議，計畫到 1954 年將全軍總員額控制在 300 萬人左右。1952 年 1 月，毛澤東批准《軍事整編計畫》，全軍總定額縮減至 300 萬人左右。

第 3 次精簡整編：根據 1953 年 8 月 28 日中共中央關於軍隊應再整頓組織精簡機構冗員指示，以及 12 月全國軍事系統黨的高級幹部會議決定，把全軍簡編為 350 萬人。

第 4 次精簡整編：1957 年 1 月，中央軍委擴大會議，通過《關於裁減軍隊數量加強品質的決定》，確定全軍總人數再裁減 1／3，要求 3 年裁減 130 萬人，壓縮至 250 萬人左右。

第 5 次精簡整編：1975 年 6 月 24 日至 7 月 5 日，中央軍委擴大會議決定 3 年內將軍隊減少 60 萬人。到 1976 年，軍隊總人數比 1975 年減少 13.6%。後來由於「四人幫」的干擾破壞，精簡整編任務停頓。

第 6、7、8 次精簡整編：1977 年 12 月，中共中央軍委會議通過「關於軍隊編制體制的調整方

案」，要求全軍繼續完成 1975 年規定的精簡整編任務。1980 年 3 月，中央軍委決定軍隊再次進行精簡整編，大力精簡機關，壓縮非戰鬥人員和保障部隊，部分部隊實行簡編，將一部分部隊移交地方。同年 8 月 15 日，中共中央批轉中央軍委《關於軍隊精簡整編的方案》。1982 年 9 月，中共中央和中央軍委又決定軍隊進一步進行精簡整編。1985 年 5 月底 6 月初，中央軍委決定裁減軍隊員額 100 萬，精簡整編工作到 1987 年初基本結束。

第 9 次精簡整編：1997 年 9 月，江澤民在十五大宣佈，在 80 年代裁減軍隊員額 100 萬的基礎上，將在今後 3 年內再裁減軍隊員額 50 萬。到 1999 年底，任務完成，20 餘萬軍隊幹部退出現役轉業地方工作。這是中共歷次裁減軍隊員額中幹部所佔比例較高的一次。

第 10 次精簡整編為 2003 年 9 月，決定用 3 年時間裁減 20 萬，此次裁減 80% 是軍官，同時撤銷部分師的建制。到 2006 年任務完成，軍隊員額保持在 230 萬人。（請參閱三次大裁軍）

飛行 M 數 又稱飛行馬赫數。指航空器的飛行速度與其飛行高度上音速的比值。超音速飛行時，飛行馬赫數大於 1，亞音速飛行時，飛行馬赫數小於 1。

飛行人員八項素質 中共空軍黨委 1985 年 11 月提出，飛行員必須具備 8 項素質要求。即：崇高的理想、高尚的道德、寬廣的胸懷、豐富的知識、過硬的本領、嚴格的紀律、頑強的作風、強健的體魄。

飛行四階段政治工作 中共空軍航空兵部隊政治機關和政治幹部，在飛行日四個階段中所開展的思想和組織工作。基本內容為：預先準備階段，摸清飛行人員的思想、技術、身體狀況，保證飛行計畫符合飛行人員實際，根據飛行日和飛行人員特點，制定飛行政治工作計畫，做好思想動員；直接準備階段，深入現場，根據飛行人員思想、身體變化和飛機、天氣情況，協助把好開飛關和放飛關；飛行實施階段，掌握飛行人員的飛行、思想和身體情況，勤看、勤問、勤提醒，適時進行現場宣傳鼓勵，保證飛行日計畫順利實施；飛行講評階段，協助做好講評前的準備工作和講評後的思想工作，協助飛行幹部發動群眾評教、評學、評指揮，認真總結經驗教訓、表場好人好事，提出改進措施。

飛行直接準備五把關 中共空軍航空兵部隊對飛行人員飛行前實施

安全把關的基本方法和要求。即根據飛行人員思想、身體、技術、飛機、天氣情況，及時把好開飛關和放飛關。

飛行員三項制度 中共空軍飛行人員中實行的飛行等級、飛行補助金和最高飛行年齡制度的簡稱。最早見於1984年頒發「關於在航空兵部隊建立飛行等級制度、恢復飛行補助金和確定飛行人員飛行最高年齡的暫行辦法」中，1999年頒發「空軍飛行人員管理條例」，2001年頒發「空軍關於調整直昇機飛行人員和女飛行人員飛行最高年齡的通知」均是依循此制度作出相關法規規定。

首長分工負責 首長分工負責是黨委決策的執行原則。即黨的委員會作出決定後，需由軍政首長分工負責貫徹執行。屬於軍事工作方面的，由軍事主管負責組織實施；屬於政治工作方面的，由政治委員負責組織實施；軍政首長必須服從黨的委員會領導，執行黨的委員會決議。黨的委員會不得包攬行政事務，應當支持行政首長獨立負責地開展工作。

首長分工負責與黨委集體領導是互相聯繫、互相補充的統一整體。沒有黨委的集體領導，就不可能有正確的決策，而如果沒有首長分工負責，黨委的決策便無法得到有效的貫徹落實。所以，中共要求集體領導必須同首長分工負責相結合，充分發揮首長的職能作用。

十畫

核反擊戰役 核反擊戰役為第二炮兵核導彈戰役集團，對敵方重要戰略、戰役目標實施核突擊，以挫敗其戰略企圖之作戰行動。

特點包括：一、戰役指揮高度集中。因戰役使用戰略核導彈武器，對戰爭具決定性影響，必須受最高決策層指揮與控制。二、防護地位十分重要。嚴密的防護是保證導彈部隊生存與成功實施核反擊之重要手段與前提。三、戰役布勢高度分散，作戰指揮與協同複雜困難。四、戰役行動受國家政治、軍事、外交；裝備技術保障、後勤保障及軍種戰役力量保障與協同等因素限制。

作戰行動要求：一、除應配合政治、外交鬥爭外，也須充份作好核反擊實戰準備。二、要充份作好各項防護準備，密切掌握敵企圖與行動，積極準備實施對地對空防禦作戰，要妥善處置遭襲後果。三、要適時適切下達命令，充分掌握導彈兵力與火力，始終保持必要的核反擊預備力量，同時能果斷處置特殊情況。

193

核電磁脈沖彈 即 EMP 彈。是一種以增強電磁脈沖效應為主要殺傷破壞因素的特殊性能核武器。可利用其在大氣層外爆炸時產生的強電磁脈沖，毀壞敵方的通信系統及電子設備。

核戰略 核戰略主要研究與解決：現代核戰爭的特點，核戰爭條件下軍隊的組織編制；國家與軍隊的核戰爭準備，核作戰計畫，核戰爭中整個武裝力量和軍種的戰略使用；核戰爭戰略行動樣式和方法；核戰爭條件下軍隊的戰略指揮原則；軍隊在核戰爭條件下的全面保障；民防的一般原則等。

海上反艦戰役 旨在消滅或重創敵大型水面戰鬥艦艇編隊的戰役，為海軍奪取制海權的重要手段。

特點包括：一、戰機難以捕捉。現代船艦機動及預警能力均強，增大捕捉戰機之可能性。二、遠程對抗、鬥爭激烈。現代海上兵力均具有大縱深偵察、定位能力，使對抗雙方都力爭先於對方使用武器和編組戰役力量、力爭先機制敵、積極進攻和頑強防禦相結合。

作戰行動舉要：一、戰役展開。依據各兵力之任務、行動方向與實施時間與海域進行。二、戰役主要突襲。在選定的海域內消滅對方的主要兵力集團，並在輔助方向

上遲滯和削弱對方的輔助兵力或支援兵力群。

海上保交戰役 又稱為保衛海上交通線安全戰役。主要任務為打擊對方破交兵力，防禦對方對裝卸港、中間港的襲擊，掩護運輸艦船在海上航行，打破對方對己方港口、航道封鎖等。

特點有：一、防衛正面寬、縱深大、時間長、目標多。為有效保衛海上交通運輸，必須組織嚴密、穩定的防禦。二、由於該項作戰行動必須以確保海上交通運輸的安全為前題，故受到諸多運輸行動限制。

作戰要求：一、必須依據不同任務行動進行分配編組。二、必須以運輸行動為中心組織實施。三、有效重點使用兵力。四、綜合運用多種手段。

主要戰役行動包括：一、發起戰役。己方有利時，以主動突擊為主；己方不利時，以隱蔽為主；已遭封鎖時，以反封鎖、反襲擊方式行之。二、組織掩護運輸艦船裝載與出港。三、組織掩護運輸船艦在海上渡航。四、組織掩護運輸船艦進港與卸載。

海上封鎖戰役 為隔絕或削弱敵方與外部的海上聯繫的戰役。可分為全面封鎖、局部封鎖、水面封鎖、空中封鎖與水下封鎖等。主要任務

為限制敵方艦船機動，孤立對方島嶼或海區的兵力集團，掌握制海權。

特點為：一、法規、政策限制較多。二、戰役過程較長。三、戰役戰場相對固定。四、作戰方式較多。

組織實施海上封鎖戰役有以下要求：一、科學編組戰役力量。二、綜合運用多種手段，進行嚴密封鎖。三、立足長期作戰，保持不間斷封鎖。四、把握關鍵，實施重點封鎖。

作戰行動包括：一、建立海上封鎖體系。包括障礙封鎖配系、兵力封鎖配系、支援掩護配系、預警、偵察、觀察配系等。二、襲擊對方基地、港口。三、實施兵力封鎖。以水下、水面、空中各種方式，主動尋找殲滅對方敵艦。

海上破交戰役 主要為破壞甚至中斷對方海上運輸，削弱其經濟、軍事力量，以及戰爭潛力。

特點是戰役持續時間長。空間廣闊，目標多樣。進行海上破交戰役，必須作到：一、及時全面掌握狀況。二、有重點的配置兵力。三、集中力量打擊與小兵力群不斷破襲相結合。四、打擊對方運輸艦船和封鎖其裝卸港口相結合。

作戰行動主要為：一、戰役展開。目的在創造有利的態勢，以便捕捉戰機，並且要在戰役偵察保障下進行。二、襲擊、封鎖敵裝卸港口。當對方運輸船艦在港口內進行集中裝卸時，則以當時需要及可能，派遣突擊兵力（通常為海軍航空兵）進行襲擊與封鎖。三、襲擊對方護航運輸隊。四、於戰役發起後要有適當之應變措施。

海上聯合作戰 在海上兩個以上的軍兵種或不同建制的部隊，在統一指揮下為實現同一作戰目的的海上聯合作戰行動。如登陸作戰、抗登陸作戰。

海上襲岸戰役 為使用常規武器或海上核力量打擊敵海軍基地、港口及其他岸上重要目標之戰役。

主要特點為：突擊目標相對固定，兵力因通常要抵進對方一定距離，較易暴露。

基本要求：一、戰役編組方面，通常編組為主要突擊兵力集團、輔助突擊兵力集團、掩護兵力編隊、佯動兵力編隊、各種保障軍力編隊及戰役預備隊等。二、力爭達成戰役突然性。三、爭取首次突擊成功。四、集中突擊與小規模襲擊結合。

戰役行動包括：一、戰役展開。二、戰役直前電子鬥爭。三、火力突擊。

海空協同　水面艦艇與飛機在統一計畫、指揮下，爲遂行共同的戰鬥任務而在目標、時間、地點上協調一致的行動。

海空協同通信　爲保障海軍艦艇部隊與海軍航空兵或空軍航空兵協同作戰而建立的通信聯絡。主要有：組織協同無線電網；透過航空兵向艦艇部隊派出的作戰小組、目標引導小組的電台建立無線電通信；艦艇部隊的電台加入航空兵對空指揮網；使用簡易信號通信器材。

海指　即海上指揮所。在海上艦艇編隊或飛機上開設的指揮所。通常設於具完善指揮、控制、通信和情況處理設備，機動性好、續航力大，具一定防禦能力的艦艇、飛機上。

海軍兵種戰術　海軍單一兵種進行戰鬥的方法。主要有潛艇戰術、水面艦艇戰術、海軍航空兵戰術、海軍岸防兵戰術、海軍陸戰隊戰術。內容包括戰術運用、戰鬥部署、戰鬥行動、協同、指揮和保障等。

海軍後備力量　海軍戰時可以徵集獲得到支援的人力、物力的數量。主要包括：海軍預備役部隊、海軍預備役人員、海上民兵和可用於平戰結合、軍民結合的國民經濟中的有關部門。

海軍指揮自動化　亦稱海軍作戰指揮自動化。在海軍指揮體系中，使用電子計算機及其他技術設備，運用現代科學理論與方法，實現信息處理自動化和決策方法科學化，以保障海軍各級指揮員和指揮機關對海軍部隊和武器裝備實施指揮與控制的系統工程。

海軍基指　即海軍基本指揮所。海軍首長對海軍部隊實施作戰指揮的主要機構和場所，爲對海軍部隊實施全面指揮的主要指揮所。

海軍戰役　海軍戰役爲海軍單獨或爲主在海戰場實施的戰役。基本種類有：海上封鎖戰役、海上破交戰役、海上襲岸戰役、海上反艦戰役、海上保交戰役、海軍基地防禦戰役等。

　　主要特點：一、戰場無險可據，流動性大。二、軍團構成複雜，作戰手段豐富。三、打擊以「軟」、「硬」結合，遠程突襲方式進行。

海軍戰術　海軍部隊、分隊進行戰鬥的方法，分爲兵種戰術和合同戰術。主要包括戰鬥基本原則、兵力部署、協同協作、戰鬥指揮、戰鬥行動、戰鬥保障和後勤技術保障等。

海軍聯合作戰　以海軍爲主，聯合其他諸軍兵種，按照總的企圖和統一計畫，在聯合指揮機構的統一指揮下進行的戰役行動。

海區　亦稱海域。海洋的一定區域，其範圍通常根據作戰、訓練、科

研、生產等需要來確定。如作戰
海區、訓練海區、作業海區和實
驗海區。

海基防禦戰役　海基防禦戰役意指
抗擊對方對己方海軍基地大規模
突擊、封鎖或奪占而進行之戰爭。
主要任務在保護基地體系、駐屯兵
力、重要設施的安全及海上運輸之暢
通。由於戰役發起突然，攻擊方為求
一舉癱瘓，必然以猛烈突擊行之。

防禦時必須作到：一、建立由
多種防禦配合組成之嚴密防禦體
系。包括對海、空、水雷、核生化
等。二、健全防空火力、對海火力、
反潛作戰、水中障礙及核生化等配
系。三、統一指揮、密切協同。四、
嚴密防護、積極抗擊。

主要作戰行動有：一、組織部
隊展開。在洞悉對方徵候時，應迅
速警報，作好準備。二、抗擊對方
大規模密集突擊。集中火力摧毀對
方指揮預警飛機、電子戰機群、雷
達哨艦艇等。三、對抗對方對海軍
基地的封鎖。要積極消滅對方佈雷
兵力，及清除水雷障礙和強行通過
水雷障礙等。四、抗擊對方奪占海
軍基地。五、對核、化、生武器之
防衛。查明對方使用情況，予以反
擊，並迅速處理後果。

海戰場建設　為海軍作戰準備的組
成部分。主要包括兵力駐泊體系、

後勤保障體系、裝備維修體系、防
禦體系、指揮體系、導航體系等方
面的建設。

特種戰　主要表現在作戰力量通常
經過特殊裝備、特殊訓練、特別編
組，具有很強的特種作戰能力、生
存能力和自給能力，能夠執行多種
帶有特殊性質的作戰任務，且能滿
足多種作戰目的之需要，以敵方戰
役系統中的要害目標為主要攻擊
對象。其作戰編組靈活，無固定模
式，賦予的作戰任務有較大的自由
度和選擇性，進出路線、機動方
式、打擊時機、作戰手段有相當靈
活性。

由於須深入敵方戰役縱深實
施作戰，隱蔽成員賴以生存和完成
預定任務為必要條件。作戰時機，
多是利用夜暗、不良天候和敵人疏
於戒備之時；行動主要是採取欺騙
與偽裝、偷襲與破壞、捕俘與暗
殺，以及各種技術戰和心理戰等非
正面對抗的方式。

基本手段是奇襲，在敵人意想
不到的時間、地點，以出敵意外的
戰法和手段，給敵措手不及的迅猛
打擊。值得指出的是，計算機「駭
客」戰具有相當隱蔽性，而成為特
種作戰的重要手段。雖然特種作戰
是小規模的戰術行動，但採用各種
特殊戰法和手段，並以敵方作戰系

統中的要害部位和關鍵目標為攻擊對象，因此能獲得極高的作戰效益。

真空彈 是一種能穿牆透壁，不同於一般常規殺傷武器的炸彈，爆炸後不大會產生彈片和衝擊波，而是放出大量的易燃氣體，這些氣體散佈在目標周圍，將其包圍，而後引燃。氣體引燃後會產生巨大的震盪氣流，能夠穿透牆壁，與爆炸點附近空間的氧氣充分反應，耗盡氧氣後，形成局部真空。由於負壓作用，在此範圍內人員的身體器官就會受到嚴重傷害，如五臟爆裂等，常規的保護對它無能為力。

航太技術 探索、開發和利用太空以及地球以外的天體的綜合性工程技術稱為航太技術。

航渡 艦船或艦船編隊按計畫從起航點到達預定點的航行過程。

訓練四落實 是中共部隊軍事訓練的基本要求和衡量標準。包括：人員落實、時間落實、內容落實、質量落實。

訓練基地五配套 中共總參謀部為提高民兵軍事素質，要求以縣（市、區）為單位統一建立起「吃、住、訓、管、養」五配套的民兵訓練基地，實現訓練形式基地化、訓練內容一體化、訓練手段電教化、訓練管理制度化。

陣地防禦戰役 為戰役軍團在較堅固的地區，依托預先構築的陣地進行的防禦戰役。

主要任務為：扼守設防地區和重要目標，抗擊對方之進攻；掩護主力機動和實施進攻作戰；鞏固已占領地區，抗擊對方反擊。特點包括：戰場相對固定，防禦設施較為完善，隱蔽企圖難度大，反突破、反空降、反合圍鬥爭激烈。

主要行動有：一、反空襲。首先必須以電子欺騙方式組成嚴密防護。其次要積極打擊，作到防中有打、打中有防、有主有次，有效抗擊敵空襲。二、反突破。包括：破壞對方進攻準備；打擊對方開進展開的兵力，削弱其突擊力；卡口守點，制止對方戰術突破與擴張；阻止對方戰役突破。三、反合圍。四、反突擊。目標應選對防禦威脅最大之敵，盡可能迫敵於不利地位。

陣地進攻戰役 指戰役軍團對依托陣地進行防禦之敵實施的進攻戰役，為完成任務，通常採取癱瘓敵防禦作戰體系、立體突破、分割包圍、各個殲滅的基本戰法。

特點有：突破難度大、戰役準備要求高、戰役消耗大。

主要行動包括：一、戰役軍團從集結地域開進、展開，先占領進攻出發陣地，再從進攻出發陣地對

防禦方發起攻擊。在高技術條件下局部戰爭中，還力求從行進間發起攻擊。二、進行火力準備以突破防禦。三、先頭部隊突破對方防禦後，各攻擊集團乘勢擴大與鞏固突破口，迅速割裂其防禦部署。四、要及時判明對方反突擊企圖，採取堅決行動予以粉碎，是奪取陣地進攻戰役勝利之關鍵。五、應實施立體封鎖，力爭不使對方被圍兵力構成環形防禦堅守待援或乘隙逃跑。六、隨時準備抗擊對方立體、連續性之增援。

高功率微波武器攻擊　係利用高功率微波定向能對敵信息設施進行局部或大面積物理破壞和軟殺的作戰行動。主要用於燒毀信息設施元器件，使敵人的電子系統被毀，系統數據失效，武器控制系統失能，信息傳輸受阻，破壞敵指揮控制系統的正常工作等。

高技術條件下局部戰爭　中共表示高技術條件下局部戰爭是信息技術、新材料技術、新能源技術、生物技術、航天技術、海洋技術等快速發展並在軍事領域廣泛應用的產物。

特點表現在：1.大量使用高技術武器裝備。2.作戰空間擴大，戰場呈現大縱深、高立體。3.作戰行動向高速度、全天候、全時程發展。4.廣泛使用 C4ISR 系統，實現戰場指揮控制的智能化、自動化。5.戰法多樣。6.聯合作戰成為基本作戰樣式。7.戰爭消耗大。

基本規律有：1.仍是政治的延續。2.戰爭勝負更依賴於系統整體對抗。3.綜合國力是制約高技術條件下局部戰爭的物質基礎。4.單位空間裡的兵力密度縮小，單位時間裡的作戰強度增大。5.武器與人的有機結合是贏得高技術條件下局部戰爭的關鍵。6.制信息權成為贏得戰爭勝負的重要因素。

戰略指導為：1.著眼政治鬥爭需要確定軍事行動。2.積極開展政治攻勢達成戰爭目的。3.充分發揮整體作戰效能。4.努力實現軍隊作戰指揮的快速高效。5.重視建立現代化的後勤保障和技術保障系統。

十一畫

偽裝　共軍編制有偽裝工程部隊，基本任務是：綜合運用各種手段，隱蔽戰役企圖和重要目標，保存戰役力量；欺騙迷惑敵人，使敵產生錯覺，為實現戰役行動的突然性和奪取戰役主動權創造條件。

戰役偽裝的基本要求是：從戰役的全局需要出發，統一計畫與組織實施；多種手段管綜合運用，系統、協調、形象、逼真；加強針對

性，有的放矢；加強監督、檢查與管理。其手段為：

⑴隱真。戰役指揮機關指導部隊廣泛運用新材料、新技術，採取多種方法和途徑周密進行隱真偽裝；如實施必要的工程技術偽裝，構築各種隱蔽工事，將重要武器裝備隱蔽於地下或半地下；運用制式和簡易偽裝器材，對重要目標或固定設施採取遮蓋、迷彩、變形和施放煙幕等偽裝措施；充分利用夜暗、不良天候、自然植被等天然條件，掩護部隊行動，隱蔽配置部隊或武器裝備。

⑵示假。包括設置假目標、製造假情報、組織各種伴動行動等。利用輿論工具和政治、經濟、外交活動，以及諜報手段散佈假消息，洩露假情報；通過指揮通訊系統下達假命令；圍繞戰役行動，適時以火力、兵力、電子力量進行伴動；適時變更部署，組織實施戰場內假機動；有計畫的構築和設置假集結地域、假機場、假渡口、假陣地、假指揮所等，並儘量使之具有與真目標相似的特徵。

⑶偽裝行動。必須統一制訂的戰役偽裝計畫，嚴格規定各軍兵種部隊偽裝的任務、區域範圍、方法、完成時限及有關要求，為取得整體偽裝效果，要從空中、海上和地面等多方位，對偽裝情況和效果進行檢查，及時發現問題，改進偽裝方法。

動對動、攻對攻、精對精 中共根據空天戰場的特徵，歸納出「動對動、攻對攻、精對精」的三大特點。

⑴動對動。星體和飛行器在空間不停地高速運動，決定空天戰必然是運動戰。星體、飛行器在宇宙的運動是有規律的，其基本軌道為圓形、橢圓形、拋物線形和雙曲線形。在空天戰中，攻擊型飛行器（如殺手衛星、太空殲擊機等）摧毀或俘獲功能型飛行器（如偵察衛星、預警衛星、通訊衛星等），都是通過改變軌道進行的。

⑵攻對攻。進攻性是空天戰的本質特徵之一，「先發制人」、「主動進攻」。使未來的戰爭，必然從攻擊、摧毀、干擾、俘獲對方的偵察、通訊、預警、導航等功能型衛星開始。對攻的方式大致有兩種：一是雙方的進攻型飛行器直接格鬥，爭取制空天權；一是雙方的進攻型飛行器，分別攻擊對方功能型衛星；當然，也不排除兩種方式的混合。攻擊各種功能型衛星的方法大致有四：一是從地基（或海基）平台發射反衛星導彈；二是用飛機發射空一

天導彈；三是運用空基平台發射高能射束（激光束、粒子束、微波束等）；四是利用「潛伏殺手衛星」和航天飛機摧毀或俘獲衛星。

(3)精對精。空天目標體積小、速度快、射距遠，是在天體引力場中運動，其間變化的未知因素頗多，因此必須提高飛行器的導航精度，尤其是慣性導航系統的精度，使敵方無法實施干擾。當然，為能迅速準確地摧毀對方，還必須建立自己的衛星監測系統，平時掌握對方各種衛星軌道參數和工作情況，建立攻擊軌道的數學模型，編制控制程序。俾在需要時根據命令確定攻擊方案，發射待命的飛行器，運用導航系統使其迅速進入目標交會區域，最後通過自尋的導引頭，自動摧毀或俘獲目標。

參謀六會訓練　共軍對各級部隊、單位參謀人員基本訓練要求，須達到「六會」，即：「會寫、會畫、會傳、會讀、會記、會算」。

國民經濟動員　中共對國民經濟動員的基本政策是：根據國家發展戰略，把國防經濟建設寓於國家經濟發展之中；發揮國民經濟動員在國家經濟建設與國防常備能力之間的橋樑紐帶作用，在國家經濟結構調整中統籌考慮軍需民用、平戰銜接，使平時的國防經濟保持在合理水平上；加強高新科學技術和軍民兩用技術的開發利用，注重高科技產品的動員和高度技術儲備，從整體上提高國民經濟動員基礎的科技水平；按照平時服務、急時應急、戰時應戰的功能定位，構建與社會主義市場經濟相適應的動員體制、機制、法制；堅持全民自衛原則，提高適應訊息化條件下防衛作戰需要的國民經濟動員能力。

主要目標是：建成比較完善的應付戰爭兼顧應對突發事件雙重功能的國民經濟動員體系，形成與國民經濟有機融合的國民經濟動員基礎，能夠從經濟上保持和應付局部戰爭及突發事件的需要。在訊息通訊、公路、鐵路、橋樑、隧道、機場、港口、碼頭和城市重大基礎設施的建設中更加注重國防要求，提高平戰結合力度，建立平戰兼顧的國民經濟動員預案體系。在機械、兵器、航空、航天、船舶、化工等領域建立國民經濟動員中心，優化國民經濟動員能力建設的結構和布局。

國防威懾基本力量　中共宣稱國防威懾基本力量主要來自四個方面。第一，人民戰爭的巨大威力；第二，堅不可摧的人民軍隊；第

三，有限的核力量；第四，強大的國防潛力。

國防政策 中共自 1998 年至 2006 年計發表五篇「中國的國防」白皮書，均宣稱「奉行防禦性的國防政策」，在 2006 年的國防白皮書中，具體提出新世紀新階段的國防政策，包括：

(1)維護國家安全統一，保障國家發展利益。確保國家領海、領空和邊境不受侵犯；反對和遏制臺獨分裂勢力及其活動；防範和打擊一切形式的恐怖主義、分裂主義和極端主義。

(2)實現國防和軍隊建設全面協調可持續發展。堅持國防建設與經濟建設協調發展的方針，使國防和軍隊現代化進程與國家現代化進程相一致。

(3)加強以信息化為主要標誌的軍隊質量建設。堅持以機械化為基礎，以信息化為主導，推進信息化機械化複合發展，實現軍隊火力、突擊力、機動能力、防護能力和訊息能力整體提高。實施科技強軍戰略，依靠科技進步加快戰鬥力生成物模式的轉變。

國防鬥爭基本形式 中共概括基本國防鬥爭的形式為國防威懾、軍事鬥爭、非軍事鬥爭等三個方面。

國防動員 亦稱戰爭動員。國家為準備戰爭和實施戰爭而在相應的範圍內由平時狀態轉入戰時狀態所採取的統一調動人力、物力、財力的緊急措施。方式分為全國總動員和局部動員。

國防現代化 國防事業達到現代先進水準的過程和目標。是國家現代化的重要組成部分。主要包括軍事思想、武裝力量、國防科技、國防工業、國防設施、國防體制與管理等方面的現代化。核心是建設強大的現代化、正規化革命軍隊。

國防發展戰略 籌畫、指導國防力量的建設，以實現國防發展目標的方略。是國防戰略和國家發展戰略的重要組成部分。

內容包括：武裝力員建設、武器裝備發展、後備力量建設、國防經濟建設、國防科技建設、國防教育建設等。制定和實施正確的國防發展戰略，都將對國家的安全和發展產生直接的重大影響作用。

國防戰略 綜合發展相運用國家總體力量，籌畫和指導國防建設，以實現國家安全目標的方略。其目的是運用綜合國力抗擊外來侵略，確保國家領土和主權不受侵犯。中共評估國際環境和形勢，認為在當今和平時期，世界各國都把國防戰略的著眼點放在增長綜合國力上，即

不僅著眼於國防實力的建設，而且著眼於國防潛力的積蓄以及潛力轉化為實力的機制，不僅考慮到兵力、武器、軍費等直接構成國防實力的「硬體」，而且還考慮體制、法規等關係到能有效發揮國防實力和潛力的「軟體」。

國防戰略性轉變　中共中央、中央軍委根據國際及內部形勢，對國防和軍隊建設的指導思想曾進行三次戰略性轉變。

第一次轉變為 1950 年代初期，當時毛澤東提出要建設一支現代化正規化革命軍隊的總任務和目標，據此，共軍相繼組建空軍、海軍、炮兵、工程兵、通信兵、防化兵等軍兵種，共軍改變單一陸軍狀態。

第二次轉變是在 1960 年代以後，中共中央、中央軍委和毛澤東鑑於美、俄及東南方沿海地區戰略形勢變化，對大陸構成現實威脅，認為戰爭迫在眉睫，並提出準備「早打、大打、打核戰爭」的指導思想，對重工業的布局和建設大搞「山、散、洞」、「大小三線」，施行全民皆兵，「三北」地區大量構築永備工事，相當數量部隊進入備戰狀態，增加軍隊員額，使國防和軍隊建設由平時轉入臨戰準備狀態。

第三次轉變是 80 年代中期，即是將國防和軍隊建設從立足於「早打、大打、打核戰爭」的臨戰準備，轉到和平時期建設，從過去孤立地考慮國防軍備建設，向以經濟建設為中心，在經濟建設的大局下行動，增強綜合國力和國防總體力量的建設轉變；從過去準備打大規模戰爭與核戰爭，向遏制和打贏現代技術特別是高技術條件下局部戰爭準備。

國家戰略能力　是指國家在非戰爭狀態下，營造和形成有利的安全戰略態勢的能力，也是指國家在戰爭狀態下，進行戰爭、贏得戰爭的能力。從維護國家安全的角度講，國家的綜合國力也就是國家戰略能力，主要包括經濟實力、國防實力和民族凝聚力。

常規導彈突擊戰役　常規導彈突擊戰役為二砲在統一指揮下與陸、海、空各軍種聯合對敵主要目標進行攻擊，或遂行其他特殊作戰任務。

主要特點有：一、作戰效能對戰局影響大。因使用之導彈具有射程遠、精度高、威力大、速度快、突襲能力強等特點，對戰役具決定性影響。二、作戰行動整體性強。包括技術整合、戰場條件與其他軍種之協同均有相當高之要求。三、戰場空間廣闊，環境惡劣。因武器

射程遠，致戰役縱深增加；而成爲敵重點打擊及破壞目標，致戰役環境惡劣。四、武器系統技術複雜，並需與其他軍種密切配合，致指揮與各項保障較爲複雜。

主要作戰行動包括：一、實施導彈威懾作戰，旨在顯示堅強意志及強大實力，以遏止敵作戰行動。故要集中指揮；與政治、外交鬥爭協調一致，靈活運用戰術戰法。二、導彈破擊，要精選攻擊目標，密切協同及集中火力。三、要掌握戰機，準確判斷敵動機與企圖，充分作好封鎖作戰準備。四、實施導彈火力襲擾，關鍵要作到突襲行動之「隨機性」。五、實施導彈機動戰，要做到「動」、「藏」、「打」交織一體，力求及早下達導彈火力機動命令。

強攻 指對防禦之敵的強行攻擊。是進攻戰鬥的基本方法之一。主要用於對堅固陣地防禦之敵或野戰陣地防禦之敵的攻擊。襲擊立足未穩之敵或孤立薄弱據點之敵不成時，也要轉入強攻。強攻要有周密的計畫和充分的準備：正確選擇主攻方向和攻擊點：集中優勢兵力、火力，形成多梯隊的攻擊部署。

擔任強攻的部隊，基本要求須在猛烈火力的支援下，協調一致地連續衝擊，突破敵人的防禦後迅速分割、包圍，各個殲滅敵人。有的國家軍隊主張，先以戰術核武器殺傷對方有生力量，摧毀其工事障礙，再以坦克、摩托化部隊或機降部隊迅速佔領其陣地，爾後肅清堅固工事或建築物內的殘敵。

強擊航空兵 空軍編成內裝備強擊機（攻擊機），主要遂行低空、超低空突擊地（水）面目標任務的航空兵。

掉鏈子 是指在軍營中重要的場合、關鍵的時刻沒發揮好，沒有達到預期效果。例如：訓練、競賽、重大活動進行前，連隊會有「要拿出最高水準，千萬不能掉鏈子」的說法，它是鼓舞士氣的最常用也最形象的一句話。戰士們也用它給自己打氣。

掛花、掛彩 該詞流行 70 多年，指在戰鬥中負傷。把流血的傷口當成褒獎的紅花，是種被革命英雄主義和樂觀主義所支撐的想像。

現代後勤保障 共軍所謂的現代後勤保障主要指後勤保障一體化。過去中共軍隊傳統保障體制是以陸軍爲主體，三軍自成一體，自我保障、條塊分割的方式不符聯合作戰和社會主義市場經濟發展的要求。

2000 年初共軍著手改革，除建立以軍區爲基礎的聯勤體制外，2004 年軍委並確定在濟南戰區進

行大聯勤改革試點，指而「三軍一體是核心，軍民一體是依托，平戰一體是標誌」，三者相互聯繫構成現代後勤保障體制的基本框架，是全面建設現代後勤的重要任務。

「三軍一體」堅持以優化結構、節約資源、提高保障能力為目標。在作戰後勤保障上，逐步實現通用保障與專用保障、基地保障與伴隨保障、預置保障與投送保障、戰略戰役與戰術保障高度融合，一體聯動。

「軍民一體」是將軍隊後勤納入國家經濟建設中，構建軍民兼容的生產體制、軍民一體的儲備供應體制、軍民結合的後勤裝備科研體制和醫療保障體制。

「平戰一體」要以戰時後勤保障需求為牽引，保障體制建設既要適應未來作戰需要，又要適應平時建設需要，最大限度縮小平戰時差距。

第二炮兵戰役 為中共核導彈戰役軍團或常規導彈戰役軍團，獨立或以其為主在其他力量配合下實施之戰役。依性質可分為核反擊戰役及常規導彈突擊戰役。前者由導彈基地或導彈基地群編成，必要時還可得到上級配屬防空部隊、電子對抗隊和地面防衛部隊等。後者通常依據任務，由三個以上常規導彈旅和相應的保障部（分）隊組成。

第二炮兵戰役軍團主要任務為：遂行核反擊戰役；以戰略核導彈突擊對方重要戰略目標，以達戰略目的；遂行常規導彈突擊戰役，以常規導彈突擊對方重要戰略、戰役目標，達成預定的戰役目的；協同陸軍、空軍、海軍戰役軍團作戰，或完成上級賦予的其他作戰任務。

粒子束武器攻擊 係以接近光速的速度向目標發射極強的高能粒子束撞擊目標，並穿過目標表面將能量沉積於目標內部造成信息設施或目標實體的嚴重損壞。主要用於燒溶目標、引爆目標中彈藥或熱核材料、破壞目標電子設備和器件等。

貧鈾彈 是彈芯用貧鈾合金製成的炮彈或炸彈。所謂貧鈾是從金屬鈾中提煉出核材料鈾 235 以後得到的副產品，主要成分是不具放射性的鈾 238，故稱貧化鈾，簡稱貧鈾。它的密度為 18.7 克／立方釐米，是鋼密度的 2.8 倍。

目前有不少國家利用貧鈾研製成新彈藥，其中美國貧鈾的利用取得突破性進展，所生產的新式 M1A1 坦克採用貧軸裝甲，從而提高坦克防護力。在海灣戰爭期間，亦曾使用貧鈾穿甲彈。由於貧鈾密度大，又易氧化，穿甲時發熱燃燒，形成較大的後破壞作用，殺傷乘員及破壞坦克的內部設備。

軟殺 是以非物理性，非實質上的摧毀方式降低或者是壓制敵人使用電磁波的行動與能力。常見的軟殺可區分兩類：

「主動干擾」是以發出訊號阻止敵人有效接收與利用電磁訊號的方式，如：發出干擾電波使敵人無法使用無線電進行通訊。

「被動干擾」是自己不發出訊號，對於敵人使用電磁波的行動加以干擾。如：利用干擾絲製造雷達假目標，或以特殊塗料降低敵人紅外線偵測的距離或者是機率。

速決戰 指在較短時間內決定勝負的作戰。是相對於持久戰而言的。共軍歷來都很重視速決戰，在所謂革命戰爭時期，均將戰役、戰鬥的速決戰和戰略的持久戰，作為兩個同時並重的原則。因為處在敵強我弱的情況下，只有在戰役、戰鬥上抓住良機，集中優勢兵力，速戰速決，不斷地消滅敵人，才能有效地打破敵人的進攻，保存和發展革命力量，支持長期的革命戰爭。因此，戰役、戰鬥的速決戰，是實現戰略持久戰的必要方針。

野戰給水 在野戰條件下對軍隊的飲水、用水的供應，包括水源偵察、汲水、水質處理、儲水、輸運水和配水等。

陸軍 中共陸軍是人民解放軍主要軍種，擔負陸地作戰任務，目前未設置獨立的領導機關，領導機關職能由四總部代行，瀋陽、北京、蘭州、濟南、南京、廣州、成都七個軍區直接領導所屬陸軍部隊。

陸軍由步兵、裝甲兵、炮兵、防空兵、陸軍航空兵、工程兵、防化兵、通信兵等兵種及電子對抗兵、偵察兵、測繪兵等專業兵組成。

步兵徒步或乘裝甲輸送車、步兵戰車實施機動和作戰，由山地步兵、摩托化步兵、機械化步兵（裝甲步兵）組成。

裝甲兵（坦克兵）以坦克及其他裝甲車、保障車輛為基本裝備，遂行地面突擊任務。

炮兵以各種壓制火炮、反坦克火炮、反坦克導彈和戰役戰術導彈為基本裝備，遂行地面火力突擊任務。

防空兵以高射炮、地空導彈武器系統為基本裝備，遂行對空作戰任務。

陸軍航空兵裝備攻擊直升機、運輸直升機和其他專用直升機及輕型固定翼飛機，遂行空中機動和支援地面作戰任務。

工程兵擔負工程保障任務，由工兵、舟橋、建築、偽裝、野戰給水工程、工程維護等專（分）隊組成。

防化兵擔負防化保障任務，由防化、噴火、發煙等部（分）隊組成。

通信兵擔負軍事通信任務，由通信、通信工程、通信技術保障、航空兵導航和軍郵勤務等專業部（分）隊組成。

陸軍按其擔負的任務還劃分為野戰機動部隊、海防部隊、邊防部隊、警衛警備部隊等。

野戰機動部隊的編制序列一般是：集團軍、師（旅）、團、營、連、排、班。

海防部隊、邊防部隊和警衛警備部隊，根據擔負的作戰任務和地理條件，確定編組方式。

陸軍航空兵 1986 年 10 月中共著手百萬裁軍的同時，中央軍委宣布組建陸軍航空兵，1988 年第一支陸航兵正式加入戰鬥序列，實行總部、戰區、一線作戰集群 3 級管理體制。

進入 21 世紀，中共中央軍委總部為適應未來信息化戰爭，要求陸航部隊以「建設一支適應一體化聯合作戰需要的快速機動、超越突擊的陸軍精銳力量」為目標，在提高陸軍空地一體、遠程機動、快速突擊、特種作戰和適時保障能力方面發揮重要作用。強調今後一段時間，陸航將優先發展主要和重要戰略方向的空中突擊力量，建成現代化作戰的陸軍拳頭部隊和反恐維穩行動的骨幹力量；發展戰略戰役機動突擊力量，形成較強的立體機動作戰能力；提高主要力量向作戰部隊延伸，具備很強的對地對空火力、兵力突擊和訊息作戰能力，有利牽引陸軍信息化、機械化建設的複合發展，使陸航成為未來陸軍的新型戰鬥力。

自成軍後，陸航部隊曾多次參加軍演，並以指揮直升機、偵察直升機、攻擊直升機、運輸直升機、電子干擾直升機、佈雷直升機、勤務直升機等在作戰空域形成「一域多層、空地一體」的立體攻勢。

陸軍戰役 意指陸軍戰役軍團獨立或在其他軍種部（分）隊的支援、配合下進行之合同戰役。可區分為進攻及防禦戰役。其特點如下：一、參戰力量以陸軍戰役軍團為主。二、戰役行動受陸戰場地理環境制約。三、對其他軍種的掩護、支援依賴性大。四、戰役成敗對全局具有決定性之影響。

十二畫

單兵作戰系統 是用高科技加強步兵戰鬥力、機動性和防護性的整體系統，通常包括頭盔、防彈衣、生命維持系統、通訊系統、火控系統和單兵電腦等先進的武器，以適應未來戰爭的需要。

尋的式制導 又稱為自尋式制導、自動導引制導或自動瞄準制導。主要為利用飛彈上之設備,接收來自目標之輻射或反射之能量,以轉變為參數,引導飛彈飛向目標。

依據能量來源,可區分為主動式尋的制導,即由彈體本身主動向目標發射能量,並接受反射而控制飛彈;半主動式尋的制導,即由飛彈載體(如飛機或船艦等)之制導系統向目標發射能量,由彈體接收反射能量而進行引導;被動式自動尋的制導,即武器裝備被動接受目標發出之能量,跟蹤命中目標。

復員 有兩種意涵,其一:軍隊志願兵和軍隊幹部退出現役,回參軍地區或在服役所在地安置。國家不包分配工作;其二:戰爭結束後,國家由戰時狀態轉入平時狀態。

換乘 登陸兵由運輸船轉換到登陸工具上的行動,一般在運輸船進入換乘海域時進行,換乘區可分為氣墊船母艦和直升機母艦換乘區、運輸艦船換乘區和登陸艦泛水區。

晶體視頻接收機 一種最簡單的偵察接收機稱為晶體視頻接收機。它可以簡單到在一定頻段內只由一個晶體檢波二極體和視頻放大器組成,完成檢波的功能,就像最簡單的不能選台的收音機。在這個頻段內只要有雷達信號超過一定的強度,即視頻放大器輸出的信號超過一個規定的電壓,就認為發現了雷達信號。由於放大作用很小,晶體視頻接收機靈敏度不高。用於雷達告警的晶體視頻接收機靈敏度一般為-40～-50分貝毫瓦,也就是可以發現萬分之一到十萬分之一毫瓦功率的信號。對於地對空導彈的制導雷達,發現距離可以達到20公里。

焦點式指揮方式 即在網路化的作戰體系中,根據作戰任務或意外的突發性打擊,由最適合或處於最佳位置的指揮員實施指揮的一種方式。

其特點是適應性、反應力和恢復力較強:當戰場情況發生變化時,能及時改變原有指揮方式的組織和運作程式,克服了原有指揮方式只能應對單一任務和打擊情況的缺點;採取相應地、最有效地措施予以應對,以滿足資訊化作戰對行動和指揮必須即時有效的要求;能迅速地從不利、被動的地位恢復或調整過來,充分利用各種資源及時有效地彌補系統的損失,保證指揮和作戰行動持續地進行,有效地克服了原有指揮方式轉換慢、恢復時間長的缺點。基於以上特點,焦點式指揮方式必將成為未來資訊化戰爭的重要指揮方式。

登陸戰役 主要任務在突破敵抗登陸防禦，殲滅當面之敵，奪占登陸場或具有戰略、戰役意義的外圍島嶼，為爾後行動創造有利條件。

特點有：一、敵前登陸，在目前高新科技下，戰役準備及隱蔽行動企圖十分困難。二、強渡海區，必須奪取和保持信息權、制海權、制空權等，以掌握主動。三、背水攻堅，雙方奪取與防衛登陸戰場將相當激烈。四、各軍種、各戰場之聯合作戰，指揮協同複雜。五、渡海進攻，必須作好充份準備及物資運補。

要求為：充份準備、集中力量、隱蔽企圖、手段多樣以奪取信息權、制空權及制海權、首次突擊與連續突擊相結合，全力提升上陸速度、以政治手段配合軍事行動、實施有效之戰備保障。

主要行動分：一、先期作戰。此一階段首在以電子對抗與干擾，奪取信息控制權。其次以導彈、航空兵火力進行攻擊。第三為奪取制空、制海及外圍島嶼之控制等。二、集結上船與海上航渡。航渡時要選擇良好會合區，明確會合方向。三、突擊上陸並建立登陸場。突擊上陸之重點在掌握信息權、制空權及制海權等。建立登陸場後要能持續粉碎敵之反擊行動，並連接擴大登陸場，以為戰爭創造有利條件。

硬殺 是以實質上破壞或者是殺傷敵人的系統，人員與相關設施，以阻絕敵人進行各種電子作戰行動的能力。常見的手段包括以各種飛彈或者是炸彈等武器摧毀敵人的通訊設施與單位。

蛟龍—2004 係2004年9月21至23日中共南海艦隊海軍陸戰旅在廣東省「汕尾兩棲作戰訓練基地」與陽西、海陵島地區實施的年度例行演習。課目有防空、奪取制空權、海上封鎖等，旨在檢驗陸戰隊訓練水平及綜合保障能力。此次軍演，有來自法、德、英、墨等4個國家的7名軍事觀察員和52名國防大學防務學院國際問題研討班的中外學員前往觀摩。

集團軍（軍）戰役指揮機構 通常受戰區戰役或戰區方向指揮機構指揮。適用於小型戰役或大中型戰役中的子戰役，參戰的各軍種軍團的指揮機關，即為戰役指揮機構，臨時組建的戰役軍團，其指揮機構可以由上級派出、臨時組建，或由某一建制軍團指揮機構為基礎組建，區分為陸軍集團軍、空軍集團軍、海軍集團軍、常規導彈部隊基地戰役指揮機構等，是最基本的戰役指揮機關，直接指揮各軍種戰術力量。

集團軍群戰役指揮機構（戰區方向指揮機構） 通常適用於中等規模的

戰役，戰役由若干集團軍（軍）組成集團軍群在一個戰略方向或幾個戰役方向獨立實施。指揮機構可由戰區獨立建立，也可依托某一集團軍或戰區某一軍種建立，戰區派出代表，並吸收該方向參戰的其他軍種指揮人員參加。由戰區指揮員及有關的軍種指揮員和相應的指揮機關人員組成。

通常情況下，集團軍群戰役指揮機構（戰區方向指揮機構）可以指揮數個戰役軍團力量，該指揮機構受戰區指揮機構指揮，有時也可直接受統帥部指揮。

無線電制導 是指利用無線電跟蹤、測量和傳輸手段控制和導引飛彈飛向目標的制導技術。基本原理為利用無線電接收裝置接收目標與導彈輻射或反射的電磁波，通過信息處理得出目標與導彈之運動參數，再經過信號變換形成制導指令。

在無線電制導中作為跟蹤、測量與傳輸的媒介是電磁波，最常用的是雷達與無線電高度表。其缺點為抗干擾能力較差，並且容易受敵人反輻射導彈的攻擊。

雲豹突擊隊 「雲豹突擊隊」隸屬中共武警總隊特勤大隊，組建於2002年12月，是中共為防範和打擊恐怖主義而專門組建的反恐特種部隊，主要擔負處置重大恐怖事件中心區武力突擊任務，該部隊有400餘名官兵，年齡在18－30歲之間，經受體能、射擊、攀登、格鬥、戰術、駕駛等8個月預備期訓練，然後實行全程淘汰制，最終僅有近1/3參訓者成為真正的反恐隊員。雲豹組建後，先後4次參加國家級反恐綜合演練，相繼接待20餘國家軍事代表團參觀考察，2007年9月上海合作組織「和平使命-2007」聯合反恐演練，「雲豹突擊隊」曾與俄「勇士突擊隊」的1,000餘名官兵參演，想定為對被恐怖份子占領的療養院進行突擊，解救被劫持的人質。2008年北京奧運會擔任核心安保任務。

十三畫

試飛基地 指中共空軍主要擔負航空兵飛行技術和戰術研究、技術骨幹集訓、新機理論教學、新航空裝備鑑定試驗任務的機構。1987年4月，空軍第11航空學校整編為空軍飛行試驗訓練中心，隸屬空軍，執行師級權限。2002年10月，改稱空軍飛行試驗訓練基地。

艇波 登陸戰鬥中，按一定時間間隔分批輸送登陸兵突擊上陸的登陸艇組。根據登陸場正面寬度，登陸通道數量，登陸工具類型、性能和

數量,需運送兵力的數量等確定艇波的編成。

載人航天器 中共所謂載人航天器包括載人飛船、航天飛機和空間站三種類型。其中載人飛船又稱宇宙飛船,分載人式衛星飛船、登月式載人飛船。是用多級火箭做運載工具,從地球發射的可在宇宙飛行並安全返回的一次性使用的航天器。它能基本保障航天員在太空短期生活並進行一定的工作。運行時間一般是幾天到半個月,一般乘 2 到 3 名航天員。在三種飛行器中因其規模最小、技術簡單、費用較低,是被首先用於突破載人航天的基本技術,世界第一個載人航天器為蘇聯1961 年發射的「東方」號載人飛船,美國是第一個成功發射登月式載人飛船。1999 年 11 月中共首次發射「神舟一號」無人飛船。2005 年 11 月發射「神舟六號」進入載人飛行。

航天飛機是種兼有飛船與運載雙重功能的載人航天器,任務結束後返回地面,經過整修,可以再次發射上天。航天飛機是當前唯一可以部分重複使用的航天器/運載器。目前,只有美國的航天飛機投入實用。空間站是一種體積大,具備一定試驗或生產能力,並可以供多名航天員巡訪、長期工作和生活的航天器,在軌道運行期間由飛船或航天飛機接送航天員、運送物資和設備。空間站可分為單倉段空間站和多艙段空間站兩大類。前者是指用運載火箭一次就能送入太空軌道運行的空間站,後者則是由多個艙段在軌道上組裝而成立的空間站。1994 年開始有美、俄等 16 國共同建造「國際空間站」,2007 年基本完成,達到 6～7 人長期執行工作的能力。

雷達制導 為指利用雷達引導導彈飛向目標的制導技術。可分為雷達波束制導與雷達尋的制導兩種方法。前者由機載圓錐掃描雷達、導彈上之接收裝置,和自動駕駛儀組成。圓錐掃瞄雷達向目標發射電波跟蹤。導彈於發射後進入雷達波束,並接收信號,透過自動駕駛儀使飛彈飛向目標。後者又稱為雷達自動導引,又可分為主動式雷達導引、半主動式雷達導引與被動式雷達導引三種。主動式雷達導引系統均安裝於導彈上,並主動尋找目標進行攻擊。半主動式由載具發射雷達信號,並由導彈負責接受反射信號控制飛彈方向;被動式則由導彈上之導引頭接受目標幅射的無線電信號,並以跟蹤目標。

電子干擾 是阻止或削弱敵方雷達、通信等電子設備有效使用電磁頻譜而採取的行動。

211

電子反對抗 是電子戰的「盾」，起著防禦的作用，其手段是電子反偵察和電子反干擾，施行保護己方電子設備有效使用電磁頻譜的任務。

電子作戰支援 （Electronic Warfare Support，ES）是對軍事行動所需要的各種電子作戰相關情報的支援，辨識與分析。

電子攻擊 （Electronic Attack，EA）包含電戰反制的任務，範圍包括對於操作人員、設施、支援裝備與人員的攻擊和摧毀。

電子防護 （Electronic Protection，EP）包含電戰反反制的任務，涵蓋範圍擴及對裝備，人員以及作戰相關與支援資訊的保護，並且確保各類軍事行動有效進行，不致受到敵方的反制干擾。

電子偵察 是對敵方電子裝備發射的電磁能量進行搜索、截獲、識別和定位，為軍事行動提供情報支援。

電子戰 是在電磁領域內開展的軍事鬥爭，目的是爭奪電磁頻譜的有效使用權。它包括對敵方採取的測定、利用、削弱或阻止使用電磁頻譜的行動和對己方採取的保護行動這兩個相互對立的方面，對立的雙方分別稱為電子對抗和電子反對抗。隨著技術的發展，以及軍事作戰思想的變革，電子戰的手段也更加豐富。例如定向能武器可以利用強大的電磁能量毀壞敵方電子設備、殺傷敵方戰鬥人員，反輻射導彈可以摧毀敵方的雷達，從而擴大電子攻擊的範圍。按照現階段作戰任務和裝備特點，電子戰由電子偵察、電子攻擊和電子防護三個部分組成。

電視制導 是利用電視控制和導引飛彈飛向目標的制導技術，可分為電視指令制導與電視尋的制導。前者為利用裝置於導彈上之電視攝影機、發射器、天線指令接受器、計算機、指令發射器及發射天線等所組成。攝影機將影像傳送到載機，選中攻擊目標後，用無線電將指令發送給導彈，飛向目標。

電視尋的制導之系統全部安裝於導彈上，由導彈上之自動尋的導引頭自行跟蹤目標，並透過自動駕駛儀控制導彈飛向目標。此種方式之優點為目標雖可能隱蔽，但因利用圖像信息對導彈進行制導，精確度較高；缺點為不能獲得距離訊息，並易受大氣能見度之限制，不適用於全天候作戰。

電磁交警 是指對電磁頻譜管控。中共瀋陽軍區試點已成立「電磁頻譜管理中心」，軍區凡有大型軍事活動，電磁頻譜管理必須全程參與，向導演部提供地域電磁態勢，並適時建議導演部隨機設置險情。瀋陽

軍區「電磁頻譜管理中心」主任李新奇表示未來戰場空間的電磁信號縱橫交錯，不僅互相干擾，還容易暴露目標。為此利用兩年多時間實地考察電磁環境，收集整理軍地用頻台站的資料，建立電磁頻譜管理資料庫，摸索探討出全面掌控、控制頻點、壓縮限制、即時監控、動態調整等複雜電磁環境下電磁頻譜管控法，保證重要軍事行動的用頻安全。「電磁交警」的頻管中心人員不僅要掌握政策法規標準，做到管控任務清、頻譜資源清、用頻裝備清、台站佈局清、基礎電磁環境清，還要學會圖上作業、文書擬制、網上作業等參謀業務。

電磁脈沖摧毀　是利用投擲高功率微波器和電磁炸彈爆炸產生的強電磁脈沖，攻擊摧毀敵信息系統及武器系統的信息設備，主要用於戰場一定區域內信息目標的摧毀。

電磁偵察　利用各種電子偵察設備，對敵方計算機訊息系統內各種電子設備所發射（或輻射）的電磁信號進行搜索、定位、檢測、識別、記錄和分析，破譯對方計算機信息系統內有關信息和情報。計算機電磁波輻射大致分兩類：一是計算機進行時由運算器、控制器以及磁盤（帶）機等設備發射的電磁波，若

無遮蔽物，在 100M 距離內可被相應頻段的接收機接收。如在對方的計算機硬件中預先埋置發射裝置，即使在很遠的距離也能收到。另是計算機顯示器的陰極射線管輻射的視頻電磁波，其像素頻率、行頻即使在 100M 外，用專門接收設備也能看到計算機終端上顯示的信息。利用有限信道傳輸信息，會被敵方以搭線或在線路上安置感應線圈的方法竊聽、複製、竄改或插入偽數據。利用無線信道傳輸信息，由於信息在傳輸過程中會產生電磁輻射，無法阻止利用專門設備偵聽或截獲。

電磁模擬特遣隊　中共瀋陽軍區某炮兵旅組建 6 支「藍軍」電磁模擬特遣隊，分別在各專業訓練場，按「由低到高、逐級合成」的原則，設置樣式齊全、特徵明顯、動態變化的電磁環境。「藍軍」電磁模擬特遣隊訓練時所負責任為：1.以「劃分頻段、逐個干擾、巡迴保障」方式，對指定裝備、班（排）、站進行干擾；2.將用頻裝備區分短波、超短波、微波等，對相同裝備實施同頻、同步、同時干擾，使參訓人員「捕得住、定得準、攻得上」並進行電磁偵察、干擾、反輻射、火力引導；3.「看得清、通得好、傳得準」進行通信指揮系統防偵抗

213

擾、抗毀、抗癱訓練；4.確保電磁安全與資源合理利用，進行資料獲取、資源分析與調控訓練。該炮兵旅旅長王國軍肯定「藍軍」電磁模擬特遣隊創造的複雜電磁環境，能滿足專業兵種的基礎訓練需求，鍛鍊部隊資訊化條件下的指揮控制、偵察情報、遠程機動、火力打擊等 40 多種能力。

電磁頻譜 是指電子設備使用電磁波的頻率佔用情況，對無線電通信、雷達這些軍事電子裝備言，就是它們使用的工作頻率。如果在無線電臺的工作頻率上沒有其他設備在使用，也沒有干擾，那麼無線電臺就有正常、有效工作的條件。為阻止無線電臺有效通信，需要在電臺的工作頻率上發出干擾電磁波，佔據電磁頻譜。軍事電子裝備用到哪些電磁頻率，就會在哪些頻率上展開使用權爭奪。

電算機網絡偵察行動 是利用專門設備竊取敵方網絡內部的情報，查明其系統構成特徵及性能的軍事行動。它包括網絡竊密、電磁偵察、介質竊密等三項內容。

電戰反反制 （Electronic Warfare Counter Countermeasures，ECCM）是指我方降低或者是壓制敵人的反制行動所產生的影響。常見的手段包括更換雷達使用的頻道或者

是操作地點，更換無線電通訊使用的頻道等等。

電戰反制 （Electronic Warfare Counter-measures，ECM）是指對敵方使用電磁波的裝備和手段，進行壓制或者是破壞的行動。常見的任務包括干擾敵人接收的電磁波訊號，或者是對敵人的裝備進行實質上的破壞等。

電戰支援 （Electronic Warfare Support Measure，ESM）是指利用各類裝備與手段，對於電磁波訊號進行分類、辨識、定位與分析等等的工作。常見的任務包括對各種雷達的區分，辨識與方位標定等。

預備役制 依法在年齡、政治、身體適合服兵役而未服現役的公民，以及服現役期滿退出現役後符合服預備役條件的人員，統稱預備役人員（包括預備役軍官和預備役士兵），中共所謂革命戰爭時，其根據地，鄉編有赤衛隊（23 歲至 56 歲）、少年先鋒隊（16 歲至 23 歲）、兒童團（8 歲至 15 歲），區有特務營，縣有獨立團；這些群眾武裝，除配合正規軍作戰外，還擔負著正規軍的兵員補充任務，實際上起著預備役的作用。

1955 年中共實行義務兵役制後，開始建立預備役部隊，按國防部《關於組織預備役師的命令》，

先後在成都、武漢、昆明、蘭州等軍區組建預備役部隊。1956 年 4 月開始訓練，歷時一年半。1957 年 6 月，軍委發出《關於改進兵役工作的指示》，將民兵和預備役合二爲一。1958 年 3 月，預備役師機構集體轉業，預備役師取消。

中共十一屆三中全會後，中央軍委決定恢復預備役制度，同時組建一批預備役師、團。1981 年至 1983 年 3 月，民兵組織進行調整改革，將年齡壓縮爲 18 歲至 35 歲；並規定基幹民兵爲一類預備役，普通民兵爲二類預備役。1983 年 3 月瀋陽、北京軍區等單位開始著手組建預備役部隊。5 月，總參發出通知，預備役部隊實行統一編制，有關師、團均授相應的軍旗、番號、印章。從此，預備役部隊進入全面建設的時期。1984 年 5 月，全國人大通過的「兵役法」確定了民兵與預備役相結合的後備力量建設制度。1986 年 8 月 10 日，三總部發出通知，規定預備役部隊正式列入人民解放軍建制序列。1995 年 5 月 10 日，第八屆全國人大常委會第 13 次會議通過了《預備役軍官法》，該法與中國兵役法相銜接，與中國軍隊幹部工作的「三個條例」（即解放軍現役軍官服役條例、解放軍軍官軍銜條例、解放軍文職幹部暫行條例）相配套。1996 年 3 月 24 日，中央軍委發出《關於預定授予預備役軍官軍銜工作的指示》。

預備役軍官軍銜　中共根據 1995 年 5 月 10 日八屆全國人大常委會通過的《預備役軍官法》規定，預備役軍官軍銜設三等八級：少將；大校、上校、中校、少校；上尉、中尉、少尉。最高軍銜爲少將。專業技術軍官授予相應軍銜，海、空軍在軍銜前分別冠以「海軍」、「空軍」。其中，少將、大校軍銜由中央軍事委員會主席批准授予。

預備役部隊　共軍預備役部隊最早於 1955 年開始組建，當時根據中共國防部「關於組織預備役師」的命令，先後在成都、武陵、武漢、昆明、蘭州等軍區組建，並預編了 10 餘萬預備役士兵，1957 年預備役師被取消。

中共十一屆「三中全會」以後，爲加強國防現代化建設，提高戰時快速動員能力，中共中央軍委決定恢復預備役制度，從 1983 年起，瀋陽軍區、北京軍區等開始著手組建，1983 年 5 月，共軍總參謀部發出通知，明確預備役部隊實行統一編制，師、旅、團授予番號、軍旗，執行人民解放軍的條令、條例，列入人民解放軍序列，平時歸

省軍區（衛戍區、警備區）建制領導，戰時動員後歸指定的現役部隊指揮或單獨逐行作戰任務；編制組成是以現役軍人為骨幹，以預備役軍官和基幹民兵以及一類預備役人員中優秀分子為主要兵員對象。預備役部隊師、團、營和部份連隊的主官以及機關部門、科室的主要幹部是現役軍人，其餘是地方幹部、轉業退伍軍人中符合條件的預備役軍官和經過登記的預備役士兵。預備役部隊按居住地域編成，部隊官兵配戴「Y」臂章。

1995 年 5 月 10 日中共八屆人大常委會通過《預備役軍官法》，1996 年 4 月根據《預備役軍官法》規定，中央軍委發出關於評定授予預備役軍官、軍銜工作的指示，之後數萬名預備役軍官被授予軍銜。同時期預備役部隊已由單一步兵發展成擁有炮兵、裝甲兵、工程兵、通信兵、防化兵在內諸兵種合成的國防力量。

2002 年 8 月共軍首次在北京軍區舉行預備役配屬現役部隊實兵對抗演練，想定是預備役某團接到上級快速動員命令後，分散在 5 個縣市 48 個鄉鎮的 1,500 多名預備役官兵迅速按規定時間收攏集結，轉服現役，配發了現役軍服和武器裝備，經過臨戰訓練後，向演練地域開進，先後輾轉 3 個省，摩托化行軍 730 多公里，途中演練防空襲、防偵察、改變機動路線、快速隱蔽集結等多種戰鬥行動。到達戰區後，預備役部隊立即編入現役部隊，與「藍軍」展開實兵對抗。

預備役部隊訓練大綱 中共 2002 年以來調整改革預備役部隊編制體制，陸軍步兵部隊規模多次壓縮，陸軍支援保障部隊比例增加，同時新組建海軍、空軍、第二炮兵預備役部隊，原訓練大綱已不能完全適應新的形勢和任務要求。因此增加軍兵種訓練內容，由原來的 14 冊 21 本增加為 27 冊 36 本，同時建立有相應獨立的訓練考核手冊。其他心理戰、複雜電磁環境基本常識、信息攻防常識、反恐怖、反（騷）動亂和搶險救災等也成為新訓大綱重要內容。為更好的地執行非戰爭軍事任務，總參謀部還細化不同地區預備役部隊的訓練內容，賦予不同任務。共軍總參動員部部長白自興 2008 年 9 月 2 日介紹說，這是一個選訓大綱，不同作戰方向、擔負不同作戰任務的不同類型部隊，均有針對性訓練內容。

解放軍軍總 中共所謂解放軍軍總即堅持黨的絕對領導。（相關內容請參閱「黨對軍隊絕對領導」）

十四畫

綜合火力戰 是在信息戰的支援下，由參戰軍種的航空兵、炮兵和導彈兵共同實施的火力打擊，主要目的為控制戰場空間，破壞對方的戰爭潛力和重要的基礎設施，摧毀及癱瘓對方的作戰體系，削弱對方的作戰能力，為決定性交戰創造條件或單獨達成一定的戰役、戰略目的。共軍認為現代火力系統已具備全縱深打擊敵人的能力，從而改變過去由前至後、由近到遠的火力打擊順序。在戰役一開始，進攻方就可以打擊敵方全縱深的任何部位，突擊敵人的指揮通信系統、交通樞紐、能源設施、重要的軍工生產基地等，癱瘓敵人的整個軍事系統和作戰系統。也因此使得原來被清楚劃分為作戰前線（戰術級）、交戰地區（戰役級）、後方地區（戰略級）的界限開始變得模糊不清。在現代條件下，處於前線的作戰坦克和處於戰場縱深的重要戰略目標將可能同時遭到戰役火力的突擊。其基本作戰樣式包括空襲戰、導彈戰、火炮戰等。

網絡偵察 係利用秘密或公開的技術手段從計算機網絡系統獲取情報。技術偵察，主要蒐集對方的戰略情報，也可獲取對方的戰役、戰術情報等。特點是不受時空限制，具高度靈活性，能獲取高級機密。網絡偵察由各軍事情報部門根據上級要求和需要組織實施，情報人員可以合法網絡用戶身分蒐集網上公開的情資，也可利用對方網絡軟件系統的漏洞滲入對方網絡系統，或是通過網絡通信線路竊取網絡數據流和截收對方衛星通信信號等途徑獲取情資。隨著網絡技術的發展，網絡偵察獲取情資比重越來越大，地位也越來越重要，網絡偵察與反偵察的鬥爭將越來越尖銳。

網絡戰 係計算機網絡作戰的簡稱；即以計算機和計算機網絡為主要目標，以信息技術為手段，在整個網絡空間所進行的攻防作戰的總稱。網絡戰是高技術戰爭的全新作戰樣式，具有如下特點：

(1)作戰力量的廣泛性。無論軍民、團體或個人都能透過網絡，形成縱橫連接一體化的作戰平台，實施系統對系統的行動，使受攻擊的對方不易察覺。

(2)作戰手段的知識性。憑藉計算機和網絡技術知識，以入侵計算機網絡和傳播計算機病毒等技能實施作戰，有別於傳統作戰的實物性，而具有高智能性和知識性。

(3)作戰空間的廣闊性。不受地域的任何制約，使得作戰空間與前方

後方一體化，形成軍民一體的網絡結構。

(4)作戰時間的連續性。幾乎不受任何外界自然條件、氣候因素、地理環境的影響和日夜的區別，具全天候、全時程連續作戰的特點。網絡戰的發起沒有明顯的宣戰、交火的標誌，淡化了戰前、戰時、戰後等時間觀念。

(5)作戰過程的突發性。具有光速傳輸、瞬時到達的特性，攻擊效果不受時間和距離的影響。

網絡戰場 係用計算機網絡將各作戰單位連成一整體戰場。目的是實現軍隊作戰信息共享，以滿足戰場實時信息需求。其特點是：1.覆蓋全戰場的探測、偵察網能保證對各種目標進行不間斷的實時監控，保證目標無疏漏，確保不貽誤戰機；2.「無限帶寬」的網絡能保證信息實時傳輸；3.龐大的計算機網絡可以使戰場上獲得的信息得到實時處理；4.橫向聯網的武器平台可以對目標實施實時準確的打擊。

網絡竊密 是利用對方計算機網絡的安全防護漏洞，通過猜測、破譯口令和利用各種網絡、節點伺機進入對方的計算機信息網絡，偵察對方 C4ISR 系統、武器控制系統等涉及軍用、民用的計算機信息網絡的性能、用途及結構配置等應用情況，蒐集和破譯有關計算機網絡戰的情報。常用的網絡竊密手段有口令入侵、網絡竊聽器和 IP 欺騙。

網絡竊聽器 是一種能用來實現網絡竊聽功能的工具，它可以是軟件，也可以是硬件。只要在互聯網上幾乎任何地方都可以安裝；戰時，通常在計算機網絡中具有戰略意義（如指揮控制中心、網關）安擦插網絡竊聽器。其一般不可能截獲往來於網絡中的所有數據包，因為數據包的數目極為龐大，但它可以截獲每個數據包的前 200－300 個字節，這些字節通常包含用戶口令，是網絡竊密真正希望獲得者。

精確制導技術 是以微電子、電子計算機和光電轉換技術為核心，以自動控制技術為基礎而發展的高新技術。根據該技術原理研製的控制導引武器裝備自動飛向目標的整套設備，稱作武器裝備的精確制導系統。由該系統所導引之導彈，以戰術導彈為主，通常不包括戰略導彈。

　　該系統由測量裝置與中央計算機、敏感裝置、執行機構等部分所組成，主要功能為測量武器系統本身座標、接收與變換制導指令、測量目標與武器系統相對座標及各種運動參數、修正武器系統飛行的控制指令、控制武器系統的飛行

狀況，保證武器系統飛行穩定與命中目標。依照方式不同，可分為自主式、尋的式、波束式、指令式、圖象匹配式與複合式；依所用物理量特性區分，可分為無線電、紅外線、雷射、雷達、電視與複合式等方式。

圖像匹配式制導　指透過遙感特徵圖像把導彈自動引向目標的制導方式。此種方式精準度相當高，誤差可達 10 公尺以內。在實際運用中，可分為地形匹配制導與地圖匹配制導兩種方式。前者是以地形輪廓線（等高線）作為特徵，並以雷達或雷射光高度表作為遙感裝置。其優點為容易獲得地形特徵，基準源數據穩定，不受氣候影響；缺點為不易在平原地區使用。後者是以區域地貌作為目標特徵，採用圖像成像裝置，攝取沿飛行軌跡或目標區附近之區域地圖與儲存在導彈上的基準圖匹配。優點為能在平原地區使用，但目標特徵不易獲得，易受氣候和季節變化影響，不夠穩定。

十五畫

廣空　中共空軍駐廣州軍區戰役軍團的簡稱，歸空軍建制，受空軍、廣州軍區雙重領導，領導和指揮駐湖北、湖南、廣東、廣西、海南等地空軍部隊，主要擔負本區防空作戰，空中進攻作戰，協同陸、海軍作戰等任務。

數字化戰場　係全面應用信息技術及時獲取、交換並使用數字化信息的戰場。亦稱信息化戰場或戰場數字化，即將戰場上所有有關軍事的活動、手段、決策、物資等信息進行數字化表示與處理。其主要特徵是：1.信息數字化。具有速度快、準確度高、容量大、保密性強的特點。2.戰場透明化。3.戰場網絡化。4.戰場一體化。5.信息對抗激烈。

模擬部隊（藍軍）　共軍發展模擬部隊源於 1972 年，當時的副總參謀長李達和張震參訪美國利文沃思堡觀看美軍與模擬蘇軍的演習後，向軍委提出「關於建立模擬軍隊」的報告，然未獲重視被擱置 13 年；直至 1985 年 1 月，經總參批准，1986 年南京軍區第一個組建合同戰術訓練中心。1987 年中共有第一個「藍軍」基地，並建立第一支外軍模擬營。

　　1999 年底，由北京軍區抽調裝甲、陸航、電子對抗、特種作戰等精銳部（分）隊在朱日和基地組建規模最大外軍模擬部隊－「藍軍」旅。朱日和基地藍軍部隊的編制按照外軍的編制序列，訓練也嚴格按照外軍的條令、訓練大綱、作戰原則和戰術手段。

基地收集大量的外軍動態資訊，研究外軍最新的戰術理論，編寫出數十套作戰方案，聘請十多位外軍研究專家來基地授課，反覆實兵演練，就連外觀打扮也真假難分，官兵都要熟記 20 萬字的「藍軍旅」作戰綱要，具備模擬不同外軍部隊的能力。

模擬藍軍部隊的主要任務是與輪流來訓練中心演習的部隊進行實兵對抗；運用實車、實炮和現代化的電子、鐳射等模擬器材，為部隊提供近似實戰的戰場環境；檢驗和考核部隊合同戰術訓練水準。並可承擔科研試驗、專項集訓、合同戰術理論研究等項任務。

藍軍旅自 2000 年至 2008 年先後進行過 10 多次演練，因後來幾場是敗多勝少，基地自 2008 年起取消固定「藍軍」制，讓參加對抗演習的雙方互換角色，輪流擔任「紅、藍」軍。

確山演習　緣於 2006 年 10 月 12 日至 18 日，解放軍四總部組織全軍 10 所院校聯合導調，在濟南軍區某摩步師舉行實兵檢驗性演習，代號為「確山—2006」。演習導演部由陸軍指揮院校、有關專家和部分院校學員組成，運用「部隊演習評估系統」，採取全程導調、活導活演、連貫演練、綜合檢驗、量化評估的方法，重點演練在複雜電磁環境下摩托化步兵師應急作戰行動和綜合保障，對部隊「指揮控制、遠程機動、火力打擊、整體防護、綜合保障」五種能力進行全面核對總和綜合考評；導調情況層出不窮，分析梳理出 8 個方面 23 個問題，引發了全軍組織部隊演習指導思想改革的大討論。

濟南軍區對照「確山—2006」演習中暴露出的問題，於 2007 年 9 月 22 日至 28 日，繼續組織導調，由該摩步師在河南的確山合同戰術訓練基地實施為期七日的實兵檢驗性演習，代號「確山—2007」演習重點為情報資訊、火力打擊、作戰力量整體運用、一體化綜合保障、作戰行動量化評估等。

編隊　艦艇、飛機或車輛的兵力編組。

複合制導　為採用兩種或兩種以上之制導方式在一種武器中組合成之制導系統。自主式制導優點為抗干擾力強，缺點為只能用於攻擊固定目標；指令式制導精度高、抗干擾力強，缺點為積累誤差大，精度可能隨距離增加而降低；尋的式制導優點為其精度不受距離增加而降低，且作用距離較近，惟缺點為造價昂貴。各種武器系統可依據不同任務、飛行地理及氣候條件，採用不同之制導方式，揚其所長，避

其所短。常見之複合制導方式爲自主式制導加上尋的式制導；自主式制導加上指令式制導；自主式制導加指令式制導及尋的式制導；指令式制導加尋的式制導等。

駐港部隊 共軍駐港部隊組建於 1993 年初開始，隸屬中央軍事委員會，由陸、海、空軍部隊組成，1997 年 7 月 1 日進駐香港履行防務。駐港部隊部署有 14 個營區，總部設在港島中環營區，陸軍部隊部署在石崗村營區，海軍部隊部署在昂船洲營區，空軍部隊部署在石崗營區，部隊配備各類性能優良的武器裝備，其中部分在全軍是首次投入使用。根據基本法和駐軍法的規定，駐港部隊與香港特別行政區互不隸屬，互不干預，必要時，應特區政府請求，經中央人民政府批准，協助特區政府維持社會治安和救助災害。此外，針對防務特點和營區訓練條件，並從實戰需要，加強軍事訓練，幹部輪換交流、限制部隊輪換均按有關法律法規實施。

駐澳門部隊 共軍駐澳門部隊是根據中共中央軍委命令組建的，是繼駐港部隊後，派駐特別行政區的第二支部隊，根據 1999 年 6 月 28 日九屆「人大」第 10 次常務會議通過的「駐軍法」，駐澳門部隊於 1999 年 12 月 20 日正式進駐，具體任務包括：一、防備和抵抗侵略，保衛澳門特別行政區的安全；二、擔負保衛勤務；三、管理軍事設施；四、承辦有關涉外軍事事宜。此外，根據澳門駐軍法第 3 條、第 14 條的規定，由澳門特別行政區政府請求並經中央人民政府是批准，駐澳門部隊還可以協助特別行政區政府維護社會治安和救助災害。另根據防務需要，兵力不超過 1,000 人，主要由陸軍組成，但爲使便於處理海、空軍防務事宜，編配少量海、空軍官，武器裝備以輕武器爲主。該部隊隸屬中共中央軍事委員會領導，軍費由中共中央政府負擔。

十六畫

導彈火力突擊 係以導彈武器對敵實施的火力突擊。包括核導彈與常規導彈之火力突擊；突擊目標須根據作戰企圖、任務、戰場態勢與目標的重要程度等確定；通常包括重要的指揮和通信中心、導彈基地、縱深預備隊、後方補給基地、大型橋樑、渡口、列車站等交通樞紐，機場、海軍基地、港口與主要攻擊方向上的集團等。通常選在火力準備開始、支援反突擊或反衝擊、敵主要集團在隱蔽地集結或準備機動等時機；可由單一軍種組織實

施，亦可由幾個軍種按統一計畫協調一致地進行。

突擊方式須根據突擊的目的、目標數量、面積、性質、重要性和規定的摧毀程度、導彈武器性能、數量，以及雙方態勢變化等情況確定。

導彈戰　係以導彈武器為主要攻防手段的作戰行動；是現代陸戰、海戰和空戰的重要作戰樣式之一。按導彈武器性質，分為核導彈與常規導彈戰；按導彈攻擊類型，分為地地、地空、空空、空地、空艦、空潛、岸艦、艦空、潛地、艦艦等 10 種導彈戰；按攻擊目標，分為反坦克、反雷達與反衛星等 3 種導彈戰；按作戰方式，分為導彈襲城、破襲、突擊、防空、反制、威懾、襲船、警告和游擊等 9 種導彈戰。

目的有 5：1.透過襲擊，破壞和摧毀敵方的交通樞紐、機場港口、輸油管線、通信指揮中樞與工程設施等，給敵方的行動、聯絡、補給與保障等造成困難；2.消滅敵有生力量，剝奪敵賴以繼續進行戰爭之能力；3.為己方地面部隊和海、空軍作戰提供火力支持，奪取戰爭主動權，影響戰爭進程與結局；4.對敵方進攻性導彈進行攔截；5.利用導彈武器的巨大殺傷破壞力，給敵方國家的政治、經濟和戰爭潛力造成難以承受的損失，動搖其軍心民心、癱瘓其經濟和社會功能，從根本上動搖其賴以進行戰爭的基礎，懾服和制勝對方。

導調　是根據導演部（總導演）意圖和演習命題、目的，誘導部隊按照實戰標準和要求進行各種作戰行動的演練。導調的方法有計畫導調與隨機導調；直接導調與間接導調；跟隨導調與定點導調；個別導調與綜合導調。

戰役　共軍對戰役的定義，是指軍團為達成戰爭的局部目的或全局性目的，在統一指揮下進行的由一系列戰鬥組成的作戰行動。關於戰役定義，不同的國家軍隊、不同的歷史時期有不盡同的表述形式，如：美英等西方國家一般都把集團軍或軍以上部隊的作戰行動，稱為大兵團作戰行動。但對於構成戰役的本質要素，認識上是基本一致的。

戰役的本質要素，主要體現在力量、目的、計畫與指揮、組成等四方面。力量方面，主要是指與戰役軍團相當的能夠遂行戰役任務的作戰力量。在目的方面，戰役一般對戰爭全局產生一定影響，能夠達成戰爭的局部目的，某些大規模的戰略性戰役，尤其是因局部戰爭中某些戰役可能達成戰爭全局性目的。在計畫與指揮方面，既包括

上級的統一計畫和指揮，也包括戰役軍團自身的行動計畫與指揮。在組成方面，戰鬥是構成戰役的主體，同時也包括與戰役作戰相關的機動和突擊等作戰行動。

現代戰役，通常是諸軍種、兵種共同進行的合同戰役。按作戰性質分，有進攻戰役和防禦戰役。按參戰軍種分，有陸、海、空等軍種的獨立戰役，有陸海、陸空、海空和陸海空等幾個軍種的聯合戰役。按作戰空間分，有陸上、海上、空中戰役。按作戰規模分，有大型戰役，如大的戰區或方面軍群進行的戰役；中型戰役，如中等戰區或方面軍進行的戰役；小型戰役，如小的戰區或集團軍進行的戰役。在一次大型戰役中，通常包括幾個中、小型戰役。

蘇聯軍事理論認為：戰役是近代戰爭中才出現的軍事行動樣式，而戰區戰略性戰役，則是未來戰爭中戰略行動的基本樣式。

戰役力量 戰役力量是用於和準備用於戰役作戰的武裝力量總稱，包括信息力、火力、機動力、保障力、偵察能力、突擊力、電子戰能力、指揮控制能力、作戰保障能力、後勤和裝備保障能力、防護力、綜合作戰能力等。

其中信息力是指軍隊對信息的獲取、傳遞、處理和控制及制止敵方有效行使信息的能力；火力是戰役軍團用於殺傷敵軍有生力量，摧毀其武器裝備和各種設施，使其喪失作戰能力的主要手段，是戰役軍團作戰能力的重要標誌；機動力是軍隊轉移兵力和火力的速度、距離及其克服地形天候能力的總合；保障力是使戰役力量得以生存和持續作戰的基礎，對部隊作戰能力、戰役決策、戰役進程和結局均有重大影響；以上四項在戰役力量中具有支撐作用。

偵察力是戰役軍團獲取敵情、地形及其他有關作戰情報的能力；突擊力是火力與機動力的結合，是快速和猛烈打擊敵人的能力；電子戰能力，是指保護己方順利使用電磁波譜和破壞敵方使用電磁波譜的綜合能力，是信息力的重要組成部分；指揮控制能力，是指揮員及指揮機關運用指揮工具，為達成一定目的，綜合使用各種力量和手段，指導調動所屬部隊及控制敵軍行動的能力；作戰保障能力，是保障戰役軍團任務的能力，是通信、交通、工程、氣象、偽裝、測繪、對核生化武器防護和戰場管理等各項保障能力的總稱；後勤和裝備保障能力，是支援

223

和保障作戰的各種人力、物力、財力和技術及其組織的總和；防護力，指戰役力量在戰場上為保存自己而採取各種措施和行動的能力；綜合作戰能力，是戰役軍團綜合各種作戰能力所形成的整體作戰能力。

戰役力量結構 戰役力量結構以軍兵種部隊為基礎，作戰效能好壞，不僅取決於人與武器裝備的質量高低和數量多寡，而且取決於戰役力量結構是否合理。戰役力量結構有平時結構和戰時結構之分。平時以軍兵種部隊方式存在，戰時從各軍兵種抽調部隊，組建戰役軍團。這種結構方式是由軍事行動的多樣性決定的。

現代軍事行動的樣式既包括提供安全和人道主義援助、搶險救災、緝毒、維持和平、打擊恐怖活動、反暴亂、支援他國地方政府、撤運非戰鬥人員等非戰爭軍事行動，也包括大規模地區性衝突、局部戰爭和全面戰爭，兩者使用武力的強度有很大差別。作戰對手既可能是擁有高技術兵器的強敵，也可能是一般的機械化軍隊，或是一些非正規武裝。由於面臨的威脅和任務不同，組建聯合戰役軍團所需的軍兵種部隊和採用的結構必然各不相同。

戰役分類 按照作戰性質可分進攻戰役、防禦戰役，進攻戰役是以殲敵和奪佔一定空間為主要目的。

防禦戰役是以耗敵和保守一定空間為主要目的，在戰役作戰中，沒有單純的進攻或防禦，只不過是攻防所占比例和所處的主次地位不同而已。

按作戰形式分機動戰、陣地戰、游擊戰戰役。機動戰戰役，是戰役軍團以兵力、火力、電磁機動和突擊為主要手段，在不固定戰線上進行的戰役。陣地戰役，是戰役軍團對據守陣地之敵進攻或依托陣地防禦的戰役，分為陣地進攻戰役、陣地防禦戰役。游擊戰戰役，是游擊軍團為配合正面戰場或主力軍團的正規作戰，於敵後、翼側等戰場所進行的戰役。

按作戰規模分戰區戰略性戰役、戰區獨立方向戰役和集團戰役。戰區戰略性戰役，是在統一指揮下，由戰區的全部或大部力量在戰區數個方向，或由數個戰區力量在臨時劃定的作戰區進行的對戰爭全局具有決定性意義的大規模戰役。戰區獨立方向戰役，是使用戰區部分或大部力量，在戰區或戰區方向指揮機構的指揮下，於戰區的某一方向實施的戰役。集團軍戰

役，是集團軍或相當於集團軍的作戰力量所實施的戰役。

按參戰軍種分合同戰役、聯合戰役。合同戰役，是以某一軍種的軍團獨立進行，或以某一軍種的軍團為主，在有關軍兵種的配合下實施的戰役，亦稱軍種戰役（包括陸軍戰役、海軍戰役、空軍戰役和第二炮兵戰役）。聯合戰役，是由兩個或兩個以上軍種的軍團（特殊情況下也可以是兩個以上軍種的若干戰術兵團編成的戰役軍團），在聯合指揮機構的統一指揮下共同實施的戰役。聯合戰役是未來戰役的基本樣式，通常由系列合同（軍種）戰役組成。

按作戰空間分陸上戰役、海上戰役、空中戰役。陸上戰役，是陸軍戰役軍團獨立或在其他軍兵種配合下，在陸戰場上實施的戰役。海上戰役，是海軍戰役軍團獨立或在其他軍兵種配合下，在海戰場或瀕海地區實施的戰役。空中戰役，是空軍戰役軍團獨立或以空軍戰役軍團為主，在其他軍兵種的配合下，在空戰場或一定空間、地域內實施的戰役。

戰役布勢 是指對戰役編成力量所作的任務區分、力量編成和配置。戰役布勢是根據敵情、地形、任務、戰役樣式、戰役企圖等確定，通常分集團布勢或梯隊布勢。

集團布勢，即按參戰部隊的任務、性質，編成若干集團（集群）。

梯隊布勢，是按投入交戰的先後次序編組第一梯隊、第二梯隊、戰役預備隊、諸兵種預備隊及戰役後方等，通常第一梯隊由主要力量編成，第二、第三梯隊以機動能力較強的力量編成，戰役預備隊以強有力的力量編成。

隨著戰役類型和樣式不同，戰役布勢的形式與內容也不一樣。總的要求是：應符合戰役企圖，把主要力量用於主要作戰方向，且一種布勢可適應多個方案；部隊既要疏散隱蔽地配置，又要利於集中作戰效能和便於指揮、協同；有獨立作戰、持續作戰的能力；能夠充分發揮諸軍兵種、各部隊的整體威力。

戰役地理學 係研究戰役活動與地理環境關係的學科，屬軍事地理學的組成部分。也是戰役學的組成要件內容主要有：1.尋找戰役軍團既定或預想戰役戰場的方向、位置、空間範圍及所處戰略地位。2.戰役戰場內主要城市、交通運輸線、工業設施、機場、港口、橋樑等重要目標的分布狀況及其對戰役活動的影響。3.區域地理環境與戰役容量、戰役正面、戰役縱深及戰役規模的關係。4.區域地理環境與戰役

方向和戰役目標的關係。5.區域地理環境與戰場建設的關係，主要是建立陣地和駐屯體系、交通網、指揮及後方供應設施等的地理條件。6.區域地理環境與戰役部署的關係，主要指戰役軍團兵力配置、劃分戰役防區或防線、劃定作戰分界線、確定戰役地幅或進攻、防禦和突破地帶及後方地域和機構（即戰役後方）部署等的地理條件。7.區域地理環境對戰役作戰行動（包括戰役集團兵力的集結、展開、機動、突擊等）的影響。8.區域地理環境與戰役保障的關係，主要指防空，對核化學、生物及燃燒武器的防護，通信保障，工程保障和戰役偽裝等的地理條件。9.區域地理環境與戰役持續時間的關係。10.區域地理環境與特定戰役活動的關係。特殊地理環境對戰役活動的影響。戰役戰場在運用地理條件方面可供借鑒的歷史戰例。

戰役決心　指揮員對戰役目的和行動所做的基本決定，是實施戰役的基礎和制定戰役計畫、下達戰役命令、組織戰役協同的依據。戰役決心內容包括戰役企圖、戰役部署、行動方法、重要保障措施、戰役發起時間或完成戰役準備的時限、指揮所開設等。

戰役協同　係指參加戰役作戰的各軍兵種及其他各種力量，按照戰役指揮員及指揮機關的統一計畫，在戰役作戰的各個領域進行的協調配合行動，其目的是使多種戰役力量在多維戰場空間所進行的系列作戰和行動形成有機的整體，協調一致地達成戰役的最終目的。

　　從戰場空間看，高技術局部戰爭條件下的戰役戰場，是由多維空間組成的立體戰場，範圍涉及陸地、海洋、空中、太空和電磁等各個領域，戰役協同需要在廣闊的多維空間範圍內組織，客觀上要求戰役指揮員及其指揮機關必須使控制協調覆蓋作戰行動所涉及的所有領域。

　　從戰役力量看，由於參戰的軍兵種多，戰役協同既包括多個軍種之間的協同，還包括正規部隊與地方武警和民兵之間的協同。

　　從戰役樣式和行動看，現代戰役尤其是聯合戰役，往往包括多個不同的子戰役之間的協同。如：登陸戰役通常要組織防空戰役、空中進攻戰役、海上封鎖或進攻等戰役樣式的協同。因此要求戰役指揮員既要組織好多種戰役樣式和行動之間的協同，又要協調多個軍種之間的行動。此外，還要組織作戰部隊與保障部隊之間的協同；正規部

隊與地方部隊及非正規部隊之間的協同；特殊兵器、特種作戰與各種戰役行動之間的協同等。

戰役協同演練　就是根據戰役協同計畫，演練司令部組織指揮及各戰役集團、各軍種兵種、各部隊之間在各戰役階段中的協同動作，形成整體合力，協調一致地打擊敵人，達成戰役目的，是戰役訓練的核心內容。

戰役協同演練一般分為組織和實施兩個階段：組織階段，即指揮員組織司令部制訂嚴密的協同動作計劃；實施階段，主要是根據戰役協同計畫進行演練。

戰役後方　戰役軍團所轄的後方，是保障戰役軍團進行作戰的比較穩固的基地。戰役後方由戰役軍團指揮員及其指揮機關統一指揮。以戰略後方為盾，動員和運用本地域內的軍民整體力量，從物資、兵員、衛生、技術、運輸等方面保障戰役軍團作戰的需要。

戰役後方是戰役作戰地區的部分，在戰役後方地區內，有戰役後勤機構和部隊，以及其它軍兵種部隊。戰役後方地位重要，在現代戰爭中是敵人襲擊破壞的重要目標，但防衛力量通常較弱。所以必須重視戰役後方的防衛問題。

戰役指揮機構　戰役指揮機構按照規模可劃分三種類型，即：戰區指揮機構、集團軍群戰役指揮機構（戰區方向指揮機構）、集團軍（軍）指揮機構。

戰役部署（布勢）　是對戰役編成內的兵力所做的任務區分、編組和配置。通常根據敵情、地形、任務和戰役類型、樣式等，建立梯隊式部署或集團式部署。

戰役機動　為達成一定的戰役目的而組織實施的兵力兵器移動。基本樣式包括戰役包圍、戰役迂回、戰役穿插、戰役退卻等。

戰爭指導規律　專指符合戰爭客觀規律的指導戰爭的原理、原則。戰爭指導規律有一般和特殊之分。是各類戰爭中普遍適用的共同規律，具有廣泛指導意義。特殊指導規律，是根據戰爭的時間、地點和性質等特定條件和規律而制定的，如超出這些特定條件，放到廣泛的範圍，適應性就受限制。戰爭指導規律又有全域和局部之分。全域性的指導規律，屬戰略範疇；局部性的指導規律，屬戰役、戰術領域。全域決定局部，局部隸屬於全域，而局部又反作用於全域。

戰時精確動員五要　是指依托信息技術和信息資源對戰時需求實施

精確控制的一種動員模式，需做到「五要」，即：

(一)要以能力儲備爲基礎，確保動員資源儲備的合理性。能力儲備與成品儲備重要區別在於經動員後，能夠在戰爭中始終保持作戰物資、裝備源源不斷的供應，保證持續動員的有效進行，從而在戰爭的中後期產生決定性的影響。

(二)要以作戰需求爲牽引，確保精確動員有的放矢。根據戰爭的發展趨勢進行需求預測，做到有的放矢，把戰爭潛力轉變爲有效的戰爭實力。

(三)要以潛力調查結果爲依據，確保精確動員有據可依。平時要對相關戰爭潛力的數據、質量、現狀等進行嚴格調查，戰時才能合理地制定各類計畫，合理地利用資源。

(四)要以計算機網絡技術爲支撐，透過計算機網絡適時瞭解前方的物資消耗情況，找出最快的補給手段和最短的運輸路線，有效實現動員保障與作戰需求的及時對接。

(五)要加強平戰結合的動員體制建設，確保精確動員有效實施。加強平戰結合動員體系建設，一要完善各類動員法規制度，保持動員的權威性。二要結合市場經濟實際，注重軍事工業經濟效益與國家國防效益的融合。三要加強和重視平時的動員演練，對戰時各種複雜情況進行預想，強化演練的針對性和有效性，掌握必要的動員數據，爲戰時實施精確動員作好準備。

戰鬥 兵團或部隊、分隊在較短時間和較小空間內進行的有組織的作戰行動。分爲進攻戰鬥和防禦戰鬥兩類。可在戰役內進行，也可單獨進行。

戰鬥隊形 是爲進行戰鬥將兵力兵器展開所形成的隊形。各軍種、兵種有各自的戰鬥隊形。諸兵種在同一地域進行同一任務，則編成統一的戰鬥隊形。基本形態有：三角隊形、梯形隊形、橫隊隊形、縱隊隊形和梯次隊形。

合成兵團、部隊和戰鬥隊形通常包括：第一梯隊、第二梯隊、合成預備隊、炮兵群、高射炮兵群及坦克預備隊、工程兵預備隊、防化學兵預備隊、運動保障隊、障礙設置（或排除）隊等組成。

基本要求：能最大限度地發揮諸兵種的戰鬥能力；便於協同和指揮；便於疏散隱蔽、實施機動；能充分發揮火力突擊效果等。

戰區 1.爲實行戰略計畫，執行戰略任務而劃分的區域。相當於戰略

區。2.與戰略區相應的軍隊組織。3.泛指進行戰爭的區域。

戰區戰役指揮機構　通常適用於大型戰役，由戰區陸、海、空軍指揮員及戰役戰術導彈部隊指揮員與有關參謀人員和機構組成，是在既設戰區機關基礎上組建。現代條件下，戰區戰役指揮機構多屬聯合戰役指揮機構。其軍事指揮主官，可由戰區指揮員擔任，也可由統帥部委派。

　　戰區戰役指揮機構主要指揮本戰區戰役作戰，受統帥部指揮，向下可指揮集團軍群戰役指揮機構（戰區方向指揮機構）或所轄諸集團軍（軍）指揮機構、特種作戰集團指揮機構。任務是：根據統帥部的意圖，定下戰役決心、制定戰役作戰計畫、擬制軍種協同計畫、組織臨戰訓練，並負責組織指導戰役的實施。

戰略　對戰爭全域的籌畫和指導。是依據國際、國內形勢和敵對雙方政治、經濟、軍事、科技和地理等因素確定的。戰略解決的主要問題是：對戰爭的發生、發展及其特點、規律的分析與判斷；戰略方針、任務、方向和作戰形勢的確定；武裝力量的建設和使用；武器裝備稱軍需物資的生產；戰略資源的開發、儲備和利用；國防工程設施建設；戰略後方建設；戰爭動員，以及照顧戰爭全域各個方面、各個階段之間的關係等。

戰略力量　用於全面核戰爭的武裝力量的組成部分。美國 1961 年時建立戰略力量分爲以洲際彈道導彈、戰略航空兵和原子導彈潛艇的部隊、兵團和軍團組成的戰略進攻力量和包括對導彈核突擊的預警系統，對飛機、導彈、宇宙空間防禦兵力兵器在內的戰略防禦力量。英國的戰略力量由原子導彈潛艇、中型戰略轟炸機部隊和兵團組成。法國的戰略力量由中程彈道導彈、原子導彈潛艇、中型戰略轟炸機部隊和兵團組成。

　　共軍戰略力量主要是第二炮兵。戰略進攻力量是武裝力量的最重要組成部分，也最受重視。戰略防禦力量是創造戰略進攻的條件，也是取得戰略優勢的重要一環。在全面核戰爭中，戰略力量與通用兵力協同行動。

戰略後方　軍隊戰略區的後方，通常與國家後方相結合，是保障作戰的穩固基地。戰略後方由統帥部或戰略區指揮員及其指揮機關統一指揮。在國家和人民的支援下，統籌安排後方對全軍的作戰支援，組織協調各戰區的後方力量，以保障軍隊作戰。特別是保障主要戰略、戰役方向和主要戰場的作戰需要。現

代戰爭，對後方支援的依賴性大，平時應儘可能建立起強大的現代化的戰略後方體系，以增強國防實力。

戰略後備物資儲備 指國家和軍隊直接掌管的，同國計民生和國防安全有重大關係的生活資料、生產資料和武器裝備的儲備，包括原材料、燃料、設備、糧食、軍械物資等。中共的戰略物資儲備分為國家儲備和軍隊儲備。國家儲備是長期的儲備，包括戰略後備物資儲備和動員物資儲備。軍隊儲備通常區分為戰略儲備、戰役儲備和戰鬥儲備，主要用於滿足戰爭初期軍隊作戰的需要。

戰略後備物資儲備的目的，是為防備戰爭、災荒和國家經濟的重大失調。動員物資儲備是國家實施戰爭動員，國家經濟從平時體制轉向戰時體制的過渡時期，為擴大武器裝備生產等所作的物資儲備。軍隊物資儲備是軍隊為應付臨戰急需所作的物資儲備。三種物資儲備的相互關係是，一旦戰爭爆發，首先使用的是軍隊物資儲備，其次是動員物資儲備立即投入生產和使用，再次是動員戰略後備物資儲備，以支持戰時生產和作戰的需要。

戰略資源 對戰爭全域起重要作用的人力資源和物質資源。人力資源是指具有必要勞動能力，包括能服兵役的人口。物質資源是自然資源和物質資料的總稱。自然資源按其生成狀況可分為再生資源（糧食、森林、橡膠、牲畜以及水資源等）和非再生資源（礦石、石油和煤炭等）。物質資料是自然資源經過人類開發或加工後的物資，包括生產資料和消費資料，戰略資源狀況是由國家地理位置、面積、人口、地形和地質狀況，以及能否合理開發、儲備、分配、消耗等因素決定的。它是準備和進行戰爭的物質基礎，決定著一個國家支援戰爭的能力，直接影響戰爭的進程和結局，是國家制定軍事戰略的依據之一。

戰略模式 國家國防發展戰略的形式與特點。決定戰略模式的因素包括國內外環境，本國戰略地位，國家戰略賦予國防的任務，軍事戰略為國防發展戰略提出的要求，以及國家的歷史傳統，戰略資源優點和不足等等，其核心就是未來要準備打什麼仗。各國的戰略模式雖不相同，但有共同特點，即在軍與民的對立統一中選擇。如前蘇聯採取的是「抑民重軍」的發展模式；美國採取的是「以軍帶民」，全面發展國家綜合實力，奪取空間「制高點」的模式；西歐國家採取的是加強防務合作，注意軍民兼顧。「軍民相容」是第二次世界大戰以後，許多

國家用以解決發展國防和發展經濟之間矛盾的最佳模式。

戰術 是指導和進行戰鬥的方法。主要內容包括：戰術基本原則及戰鬥部署、協同動作、戰鬥指揮、戰鬥行動、戰鬥保障、後勤保障、技術保障。按基本戰鬥類型分，有進攻戰術和防禦戰術；按參加戰鬥的軍種、兵種分，有軍種戰術、兵種戰術和合同戰術；按戰鬥規模分，有兵團戰術、部隊戰術和分隊戰術。

戰術反映戰鬥的規律，是軍事學術的組成部分，從屬於戰略、戰役，又對戰略、戰役的發展產生一定影響。戰術的形成和發展，受軍事技術、士兵成分、組織編制、訓練水準、民族特點、地理條件等影響，其中軍事技術和士兵素質具決定作用。根據時機、地點、部隊等情況，靈活地運用和變換戰術，對奪取戰鬥勝利有著重要意義。

戰術的基本原則有：熟知敵對雙方各方面情況，找出行動規律，使主觀指導符合客觀實際；積極消滅敵人有生力量，採取各種防護措施，保存自己。在現代戰爭條件下，隨著軍隊裝備的發展，將給戰術帶來廣泛深遠影響，使戰術更加複雜多變。

戰術後方 戰術兵團、部隊所轄的後方，因戰術兵團、部隊作戰機動性大，戰術後方也常隨著戰線的轉移而變動。戰術後方由戰術兵團、部隊的指揮員及其指揮機關統一指揮。通常依靠戰役後方，必要時直接取得戰略後方的支援，並儘量發揮本地域內各種力量的作用，以保障作戰的需要。

戰場建設 戰場建設包括軍事工程建設、物質儲備、群眾工作和各種戰場資料準備等。軍事工程建設包括構建陣地體系，人員、武裝、裝備駐屯體系，交通網及與之相應的車站、港灣、碼頭、機場和各種指揮設施，後方供應設施等。軍事工程建設應遵循先急後緩、先重後輕、平戰結合的原則，有計畫有重點地進行。同時，還應注意地形特徵，結合未來可能遂行戰役的樣式，加強建設的針對性。戰場物質儲備通常是針對可能發生的戰爭，進行戰前儲備，主要有彈藥、各種裝備、油料、藥品、食品等。

儲備要把握好時機，過早易損壞霉變。在儲備物資的同時，還應根據戰役可能長期特久的情況，做好就地取材進行軍需物資生產的準備。現代戰役對水、動力（尤其是電力）等準備的要求很高，應結合平時生產和生活建立各種設施，以便戰時能自我保障。

戰場群眾工作要在充分解戰場軍民數量、結構、政治態度等情況的基礎上，加強與民眾的聯繫，幫助群眾進行生產和建設。宣傳群眾，激發民眾的愛國主義熱情和正義感。幫助地方政府搞好民兵建設，有針對性地進行軍事訓練，以便最大限度地發掘人民戰爭的潛力。

各種戰場資料準備是對整個作戰區與作戰有關的各種資料，如地形、水文、氣象、交通和通信等，做好蒐集準備，並不斷補充完善。

戰役戰場準備必須在統一計畫和領導下進行，應注意保密和隱蔽企圖。

戰場電磁相容　電磁相容(Electromagnetic Compatibility，簡稱 EMC) 是在電學中研究意外電磁能量的產生、傳播和接收，以及這種能量所引起的有害影響。電磁相容的目標是在相同環境下，涉及電磁現象的不同設備都能夠正常運轉，而且不對此環境中的任何設備產生難以忍受的電磁干擾之能力。例如，我方某武器平臺使用 GPS 進行導航，正處於攻擊狀態，但為阻止敵方利用 GPS 制導的精確制導武器對我方的攻擊，我方採用 GPS 干擾系統實施連續干擾。這顯然會導致我方設備間的相互干擾。所謂「戰場電磁相容」是指：在同一戰場電磁環境下，己

方各種作戰裝備能夠執行各自的作戰功能，並且不降低戰技指標的共存狀態。即要求同一電磁環境中，己方各裝備和各分系統能夠正常工作，並達到不受其他裝備的干擾，同時又不對其他裝備產生嚴重干擾。

機動戰戰役　是指陸軍戰役軍團在其他軍種部隊支援、配合下，對運動或立足未穩之敵實施的進攻戰役。主要任務為殲滅、消耗對方兵力集團，轉化雙方戰役力量對比，改變戰場態勢，發展戰役勝利。

特點包括機動性、進攻性、打走一體、多次定決心。行動要領為創造和捕捉戰機。創造戰機即運用各種力量及手段，逼迫對方處於不利之地位，為殲敵創造條件的作戰行動。捕捉戰機是為把勝利的可能變為現實而採取的作戰行動。上述必須作到加強偵察，掌握敵情、當機立斷、快速機動、隨機應變，連續捕捉。

機場等級　根據機場場道規格、標準、設備完善程度和所能保障的飛機類型劃分。中共空軍之永備機場，按適用機種分為特級、1、2、3 等四個等級；其中「特級機場」主要供遠程轟炸機和大型運輸機使用，「一級機場」供中程轟炸機和中型運輸機使用，「二級機場」

供殲（強）擊機、近程轟炸機和中小型運輸機使用，「三級機場」供小型運輸機和初級教練機使用。按機場跑道承載能力，分為 A、B、C、D、E 等五個等級。

激光武器攻擊　係利用激光直接毀傷目標並使之失效的摧毀方式。分戰術與戰略激光武器攻擊兩種。「戰術激光武器攻擊」主要用在激光制盲和防空，「激光致盲」是利用波段長為 0.4－1.4 μm 近紅外線波段激光，形成高出正常可見光 10 萬倍激光束損傷視網膜以致盲，主要用於破壞敵人視覺和光電系統瞄準具、夜視儀、測距儀、可視紅外系統、偵察相機、紅外地平儀、目標指示器和跟蹤器等光電系統傳感器；「激光防空」用於攔截空中目標，利用激光燒蝕、激波、輻射效應摧毀目標或使目標失能。「戰略激光武器攻擊」主要用於摧毀敵方各類衛星和戰略導彈。

激光（雷射）制導　是利用激光跟蹤、測量和傳輸的手段控制和導引導彈飛向目標的制導技術。原理為由激光器向目標發射激光束，接收裝置接收反射的激光，經轉換得出目標位置，以引導導彈，多用於尋的制導系統和波束制導系統。為跟蹤目標，多配備光學瞄準系統。在大氣層內使用時，易受氣候條件限制。激光的波束窄，搜索與跟蹤較為困難，因多搭配紅外、電視、光學或微波等技術綜合使用。

積極防禦　為中共軍事戰略方針，強調在戰略上實行防禦、自衛和後發制人的原則。毛澤東擔任軍委主席時依據此方針，提出「人不犯我，我不犯人，人若犯我，我必犯人」主張。表示「大仗邊疆打，小仗讓出地方打」，但隨著國際局勢和戰爭型態的改變，以及因應國防部政策戰略性轉變，現雖沿用積極防禦然有新的內涵－

2006 年「中國的國防」白皮書釋意為：立足於打贏信息化條件下的局部戰爭，著眼維護國家主權、安全和發展利益的需要，做好軍事鬥爭準備。創新發展人民戰爭的戰略思想，堅持軍事鬥爭與政治、經濟、外交、文化、法律等各項領域的鬥爭密切配合，綜合運用各種手段和策略，主動預防、化解危機，遏制衝突和戰爭的爆發。逐步建立集中統一、結構合理、反應迅速、權威高效的現代國防動員體系。以聯合作戰為基本作戰形式，發揮諸軍兵種作戰優長。陸軍逐步推進由區域防衛型向全域機動型轉變，提高空地一體、遠程機動、快速突擊和特種作戰能力。海軍逐步增大近海防禦的戰略縱深，提高海上綜合

作戰能力和核反擊能力。空軍加快由國土防空型向攻防兼備型轉變，提高空中打擊、防空反導、預警偵察和戰略投送能力。第二炮兵逐步完善核常兼備的力量體系，提高訊息化條件下的戰略威懾和常規打擊能力。

十七畫

應徵公民 大陸每年 12 月 31 日以前年滿 18 歲的男性公民，中共規定在當年 9 月 30 日以前，必須按照縣、自治縣、市、市轄區的兵役機關安排，進行兵役登記。經兵役登記和初步審查合格者，稱應徵公民。

濟空 中共空軍駐濟南軍區戰役軍團的簡稱，歸空軍建制，受空軍、濟南軍區雙重領導，領導和指揮駐山東、河南省空軍部隊，主要擔負本區防空作戰，空中進攻作戰，協同陸、海軍作戰等任務。

縱深機場 位於縱深地區或戰略、戰役後方的機場，通常進駐轟炸、運輸航空兵部隊。

聯合—2008 2008 年 9 月 19 日至 24 日，中共濟南軍區在濰坊訓練協作區展開為期 5 天的「聯合—2008」研究性實兵演習；參演部隊主要包括 26 集團軍（判）所屬之摩步旅、北海艦隊其快艇支隊與空 5 師（判）所屬之電偵機、殲轟機，陸航武裝

直昇機等，另並徵用民船。演習區域由山東煙臺至大連海域，演練機動、裝載、航渡、登陸、進攻戰鬥等複雜電磁環境下的對抗；係跨戰區的聯合作戰演習，除濟南軍區所屬部隊外，其他戰區海、空軍部隊亦直接參加演習和相關保障，以驗證「情報獲取、指揮控制、火力打擊、電子對抗、兵力行動、支援保障」等六種能力，同時研究解決聯合作戰、訓練方面存在的問題，進一步探索協作區組織聯訓聯演的方法途徑。

參演部隊在後勤保障方面，按照「資源共享、力量共用、聯勤聯保」的原則，建立聯合保障的運行機制，打破軍兵種間相對獨立的保障體系，重新編組使用各種力量，藉成立諸軍兵種及地方軍供機構（例如軍糧供應站、蔬菜生產基地、大型汽修廠、醫院等）組成的聯合保障中心，透過一體化聯勤保障網絡，可為協作區域內的三軍部隊提供快捷高效的後勤保障。

聯合戰役 為兩個以上軍種的軍團，在聯合戰役指揮機構的統一指揮下共同實施的戰役。參加聯合戰役的各軍種是平行關係，互不隸屬，戰役組成通常由一系列相互聯繫的子戰役組成。聯合戰役依作戰性質，可分為聯合進攻戰役及聯合防

禦戰役;依戰役力量組成,可分為陸空聯合戰役、海空聯合戰役、陸海空及二炮聯合戰役;依作戰任務,分封鎖戰役、登陸戰役、抗登陸戰役、邊境地區反擊戰役、城市攻防戰役及反空襲戰役等。

其特徵為:一、戰略性強。因聯合戰役的進程與結局關係到國家利益與民族安危,對實現國家戰略及軍事戰略具重大影響。二、指揮層次高。決策層次及戰役的組織實施通常由高於各軍種戰役軍團指揮級別的聯合戰役指揮部指揮。三、高技術對抗激烈。主要在使用高新科技及陸、海、空、二炮等各軍種聯合作戰,使戰爭呈現激烈。

聯合戰役協同 為其指揮體系依據任務,對參戰力量之統籌安排及調控活動。特點有五:一、協同層次高。包括協同對象、協同類型、協同行動的層次,都高於一般戰役指揮。二、協同要素多。包括各種武力協同、諸軍種與部隊之協同、不同戰場空間協同等。三、協同空間廣。包括陸、海、空等空間的作戰。四、協同不穩定。原因為聯合戰役協同為一動態協同;現代戰爭武器精準度及殺傷力均大幅增加;敵對雙方協同與反協同的對抗激烈。五、協同機制複雜。表現在組織體制、實施方法和過程複雜。組織實施聯合戰役協同,必須遵循整體、重點、分級與靈活等原則。協同方式則可依任務、階段、空間等不同而定。

聯合戰役指揮 為將戰役力量潛能轉化為實際作戰能力的重要環節。

指揮體系可分為:一、三級指揮制。通常於大型戰役中實施。分為聯合戰役指揮部、戰區方向指揮部或軍種戰役指揮部、戰役軍團指揮部等三級。二、二級指揮制。即聯合戰役指揮部、軍種戰役軍團指揮部。三、單級指揮體制。運用於小型聯合戰役及集團軍聯合戰役。聯合戰役指揮機構,區分為作戰中心、情報中心、通信中心及保障中心。

指揮行動包括:一、運籌決策活動。主要程序為分析情勢、瞭解任務、判斷情況、提出方針、確定目標、制定方案並擇優決斷。二、計畫組織活動。包括制定作戰計畫、組織戰役協同、組織指揮體系、組織機動與訓練等。三、指揮控制活動。包括情況判斷、下達命令、跟蹤反饋及糾正偏差等,並予以週期循環。

十八畫

瀋空 中共空軍駐瀋陽軍區戰役軍團的簡稱,歸空軍建制,受空軍、

瀋陽軍區雙重領導，領導和指揮駐遼寧、吉林、黑龍江省和內蒙古東部等地區空軍部隊，主要擔負本區防空作戰，空中進攻作戰，協同陸、海軍作戰等任務。

雙爭活動 係解放軍在基層單位開展的「爭創先進連隊、爭當優秀士兵」群眾性活動簡稱。

指導方針是：「著眼建設，堅持經常，注重實效」。先進連隊的具體標準：1.政治合格。2.軍事過硬。3.作風優良。4.紀律嚴明。5.保障有力。優秀士兵的條件是：「政治思想強，軍事技術精，作風紀律嚴，完成任務好」。評比工作結合每年年終總結進行，一般在老戰士退伍前完成。

發展歷史概況：1.土地革命戰爭時期，工農紅軍部隊開展「政治上比進步，戰鬥中比勇敢、比戰果」的競賽活動。2.抗日戰爭時期，開展「創造英雄模範」活動。3.解放戰爭時期，各部隊開展「立功創模運動」；此舉與「新式整軍運動」和「團結互助運動」一起被譽為「打通連隊工作之門的三把鎖匙」。4.1958－1971 年，部隊普遍開展「四好連隊」和「五好戰士」活動。5.十一屆三中全會後，部隊開展領導班子學「航一師」、連隊學「硬骨頭六連」、個人學「雷鋒」的「三學活動」。6.1993 年 12 月 9 日中共中央軍委修頒《軍隊基層建設綱要》以後規定全軍統一開展「爭創先進連隊、爭當優秀士兵」活動。

雙重歷史任務 係指解放軍目前正處於機械化尚未完成，又需要努力實現資訊化的特殊階段，面臨著機械化和資訊化雙重歷史任務。

十九畫

識別信號 為識別敵我而規定的信號。是協同作戰計畫中信號規定的內容之一。通常以電信號及燈光、旗語、音響、標誌物和口令等表示。主要用於空中飛機、地面部隊、海上艦艇的相互識別和指示目標。

邊境反擊戰役 是以邊境地區淺近縱深為主要戰場，以縱深機動部隊為主要力量，以反擊殲敵為主要作戰行動。

其特點為：一、少數民族及國際敵對勢力各種因素，使該戰役處於內憂外患，背景複雜之狀況。二、目的在維護國家主權，保衛領土完整之反侵略戰爭。三、戰役屬被動模式，戰役決策通常由高層決定。四、攻防結合，以攻為主，並轉換頻繁。五、作戰環境惡劣，保障艱鉅。基本要求為：著眼全局，宏觀籌畫；力爭主動，快速反應；充份預見，獨立作戰；聯合作戰，

精兵制勝；防反結合，殲驅並舉；
強化保障，穩定後方。

作戰行動包括：一、戰役機動。要以科學進行機動編組、準確把握機動時機、靈活運用機動方法、建立戰役機動走廊、嚴密組織反偵察、反空襲、反電子干擾等三反作戰。二、先機作戰。要正確選擇打擊目標、準確掌握打擊時機、綜合運用各種戰爭手段。三、防禦作戰。要堅守要點，大量耗敵、要依托要點，機動阻敵、要圍繞要點，縱深殲敵。四、反擊作戰。要以科學計畫火力突擊、集中精銳機動殲敵、廣泛實施縱深打擊、擴大戰果搜勦追擊。五、戰役結束。要準確掌握結束時機，包括戰役將獲勝，或戰役已陷入僵局，或陷於被動出現危機；要周密組織轉入防禦；要隱蔽迅速，撤離戰場。

二十畫

礪兵－2008 2008 年 8 月 26 日起濟南軍區輕型機械化步兵旅與北京軍區裝甲團在空軍、陸航、空降等諸兵種參與下進行為期 1 個月實兵對抗，演習代號「礪兵－2008」。期間採取「實兵對抗演練、複雜環境檢驗、現地全程觀摩、互動座談交流」的方法，按照戰備等級轉換、跨區投送、戰鬥部署、戰鬥實

施四個階段進行；其中第三階段於 9 月上中旬在北京軍區朱日和訓練基地進行針對性訓練，並進行一次檢驗性對抗演練。第四階段為 9 月中下旬，參演雙方以現代條件下聯合作戰為背景，圍繞戰鬥部署、戰鬥實施等內容運用基地的鐳射類比交戰系統進行演習評估。旨在檢驗解放軍機械化部隊在現代條件下的綜合作戰能力，展示解放軍依托大型訓練基地組織諸軍兵種聯合訓練水準和現代化訓練手段。

這是濟南軍區第一次實施遠端兵力投送的跨區演練，也是解放軍第一次以機動攻防為課題進行複雜電磁環境下組織指揮與資訊化條件下裝甲機械化部隊作戰行動的實兵對抗演習。該機步旅是全軍第一批實行改制換裝的輕型機械化步兵旅。而作為「藍方戰術集團」主力的北京軍區所屬某裝甲團，是解放軍資訊化建設先行單位，在朱日和合同戰術訓練基地擔任「藍軍」，負責與進訓部隊對抗。

艦指 即艦指揮所。艦艇長在執行戰鬥或其他任務時對本艦艇所屬部門實施指揮的部位。

艦艇日常組織 艦艇按建制關係設立的各級行政組織。中共海軍二級以上艦艇通常設立艦、部門、分（區）隊和班四級組織；三級艦為

艦、部門、班三級；四、五級艦為艦、班兩級。

艦艇等級 根據艦艇類型、排水量和任務確定的每艘艦艇在海軍戰鬥序列中的地位。劃分為一、二、三、四、五級，每級又分為甲乙丙等。

黨委的集體領導 中共稱此係組織領導的原則，在軍隊亦適用，其規定凡屬重大問題，都必須由黨的委員會，集體討論作出決定，個人不得專斷。討論問題，必須充分發揚民主；決定問題，必須嚴格執行少數服從多數的原則。決定重要問題，要進行表決。黨的委員會成員必須有全局觀念，積極參加和維護集體領導；對黨的委員會的決定如有不同意見，可以聲明保留，並有權向上級黨的委員會直至中央提出，但在本級或上級黨的委員會未改變決定之前，必須堅決執行。

實行集體領導的原則，是黨委實現正確決策的可靠保證，能夠有效地集中集體經驗和正確意見，防止和克服主觀性、片面性，使黨委作出的決定能符合客觀實際。同時，黨委集體研究決定的過程，也是黨委成員交流思想、相互學習的過程，有利於黨委成員思想的統一和行動的一致。

黨委會 中國共產黨在解放軍中的組織制度。團以上部隊和相當於團以上部隊、單位設置黨的委員會，營和相當於營的單位設立黨的基層委員會，連和相當於連的單位設立黨支部；黨的各級委員會，是各該單位統一領導和團結的核心；實行黨委統一的集體領導下的首長分工負責制。共軍黨委制的建立和實行，是為保證黨對軍隊的絕對領導，貫徹執行黨的路線方針、政策和解決重大問題，中共強調其極具重要作用。

黨對軍隊絕對領導 黨對軍隊實施全面的獨立的集中統一領導，是中共建軍的根本原則，基本定義：

解放軍必須完全地、無條件地置於中國共產黨的領導之下，軍隊中一切組織和個人在任何情況下都不允許向黨鬧獨立性，不允許向黨爭兵權，不允許打個人的旗號。

解放軍的最高領導權和指揮權屬於黨的中央委員會和中央軍委，未經中共中央和中央軍委授權，任何個人不得插手軍隊，不得調動和指揮軍隊。

軍隊成員不得參加其他黨派和宗教組織，未經相應政治機關批准，不得擅自參加地方的群眾團體，不准成立違背編制和條令、條例規定的社團和組織，不允許其他政黨和政治派別在軍隊中建立組織和開展活動。

軍隊的一切活動都必須服從和服務於黨的綱領、路線、方針、政策，軍隊成員必須在思想上、政治上、行動上同黨中央、中央軍委保持一致，軍隊必須堅持黨對軍隊領導的一系列根本制度，堅持在軍隊建立和開展黨的政治工作，保證黨在政治上、思想上、組織上對軍隊的領導。

中共實現黨對軍隊絕對領導是通過系列根本制度，包括：軍隊的最高領導權和指揮權集中於黨中央和中央軍委；黨在軍隊的團以上部隊和相當於團以上部隊的單位設立黨的委員會，在營和相當於營的單位設立黨的基層委員會；根據民主集中制原則，實行黨委統一集體領導下的首長分工負責制；在軍隊設立總政治部，團級以上單位設立政治委員和政治機關；在連隊和相當於連隊的基層單位設立黨的支部。

殲擊航空兵　空軍編成內裝備殲擊機（戰鬥機），以截擊、空戰為主要手段遂行作戰任務的航空兵。

殲轟航空兵　空軍編成內裝備殲擊轟炸機（戰鬥轟作機），遂行空戰和突擊地（水）面目標任務的航空兵。

二十一畫

蘭空　中共空軍駐蘭州軍區戰役軍團的簡稱，歸空軍建制，受空軍、蘭州軍區雙重領導，領導和指揮駐陝西、甘肅、寧夏、青海、新疆、西藏阿里、內蒙古西部等地區空軍部隊，主要擔負本區防空作戰，空中進攻作戰，協同陸軍作戰等任務。

轟炸航空兵　空軍編成內裝備轟炸機，主要遂行轟炸地（水）面目標任務的航空兵。

鐳射武器　利用沿一定方向發射的雷射光束直接攻擊目標的武器稱為鐳射武器，（laserweapon）它是定向能武器的一種。

特點：1.快速。射擊時一般不需要提前量。2.靈活：幾乎沒有後座力，易於迅速變換射擊方向；射速高，能在短時間內射殺多個目標。3.精確：可將能量聚焦於很細的雷射光束，精確地擊中目標甚至目標的脆弱部位。4.不受電磁干擾。按作戰使用，鐳射武器有戰略和戰術之分，「戰略」鐳射武器可用於反衛星和反戰略導彈，但技術難度較大，短時間難以實現。「戰術」鐳射武器包括「硬殺傷」鐳射武器和「軟殺傷」鐳射武器兩種。前者是利用強雷射光束破壞目標；後者所需能量較低，主要用於燒傷人眼或破壞武器的電子設備和光電感測器，所以又稱為鐳射致盲武器或鐳射反感測器武器。

弱點主要是：1.隨著射程增加，落在目標上的光斑增大，能量密度降低，破壞力減弱，有效作用距離因此受到限制；2.在地面或飛機上使用，大氣、不良天氣、戰場煙塵、人造煙幕等對鐳射均有衰減作用，大氣的折射和擾動也會給瞄準目標帶來困難；3.雷射器的能量轉換效率較低，需要有充足的能源供應，在目前技術條件下鐳射武器的體積和重量較大，因而限制它的使用。

肆、社會心理類

一畫

211 工程 「211 工程」是中共在 1990 年代中開始策劃和實行、旨在將大陸高校系統化的一項戰略性政策，是面向 21 世紀，重點建設 100 所左右的高等學校和重點學科的建設工程。1993 年 2 月，中共發布的「中國教育改革和發展綱要」提出，集中各方面力量辦好 100 所左右重點大學和一批重點學科和專業；1995 年，國務院批准「『211 工程』總體建設規畫」，正式開始實施「211 工程」。該建設內容主要包括學校整體條件、重點學科和高等教育公共服務體系建設三大部分。隨著工程的實施，許多過去被其他部門管轄的高等院校被納入中共教育部的管轄，許多高校被合併，從全大陸各地挑選出約 100 個高等學校設立為重點高校，並讓其在經費方面獲得優先待遇。總體而言，建設「211 工程」體現出重點突破、帶動整體的高等教育事業發展戰略，成為中共創建世界一流大學的啟動工程。

985 工程 「985 工程」是指根據中共總書記江澤民 1998 年 5 月的講話，所進行的建設重點大學的計畫。1998 年 5 月 4 日，江澤民在慶祝北京大學建校一百周年大會上提出：「為了實現現代化，要有若干所具有世界先進水準的一流大學。」據此，中共教育部決定在實施「面向 21 世紀教育振興行動計畫」中，重點支援大陸部分高校創建世界一流大學和高水準大學，簡稱「985 工程」。

一村一品 一個村子或一個地區，根據當地特點，按照大陸內外市場需求，生產具當地資源優勢特色、品質優良、特色明顯、附加價值高的優勢農產品。透過專業化、規範化、標準化的開發，健全服務體系，在技術上不斷完善，使之成為暢銷產品。

一言堂 在中共政治領域，一言堂是對領導幹部工作作風的貶義詞，主要指在決策過程中違反會議討論、不聽取、不理睬，甚至壓制他人意見，民主集中制是中共組織原則。毛澤東解釋民主集中制的民主

集中原則具體表現是：任何決策都應當先聽取群眾意見再決策，然後再聽取群眾意見修改政策；領導班子是集體領導。然而，中共各級黨組織在實際工作中，一言堂至今仍廣泛存在，由於缺乏制度保障，對一言堂的制約主要是領導人自律。

一胎化　1960 年代大陸人口自然增長率呈現高峰期，根據中共統計逾千分之卅三‧五。1971 年中共國務院批轉衛生部、商業部、燃化部「關於做好計畫生育工作的報告」，指出「四五計畫」期間，一般城市人口增長率要降到千分之十以下，農村降至千分之十五以下，這是中共首次由政府擬定人口規畫。1973 年 12 月，中共召開計畫生育匯報會，提出要實行「晚、稀、少」，「晚」是指男 25 週歲、女 23 周歲才結婚；「稀」指兩胎要間隔 4 年；「少」是指最好一個，最多兩個，但一般是將兩個作為目標。1980 年 9 月，中共中央發表「關於控制我國人口增長問題致全體共產黨員、共青團員的公開信」，由此訂定一胎化的人口政策（或稱獨生子女政策）。

經過 20 餘年，一胎化政策負面效應顯露，歸納大陸學者專家分析結果：一是人口性別比失衡；二是社會老齡化；三是出現獨子難教的困擾；四是入伍參軍後經不起傷亡。由此可見一胎化政策是在特定歷史時期「病急亂投醫」的產物，要擺脫「人口決定論」誤區，國家富裕和發展，不是靠減少人口，重要的是提高國民素質，而掌握科學技術的人才是最大的資源，隨著現代化建設，以及為改善過去行政手段強制墮胎極不人道形象，於 2001 年 12 月通過「計畫生育法」，提倡一對夫妻生育一個子女，符合條件的，可以要求安排生育第二個子女。

一費制　即建立統一只收一種費用的制度。其具體內容是：在全面清理農村中小學亂收費，審定雜費、課本費標準之基礎上，核定一個最高收費標準，只向學生收取一項費用。「一費制」最高限制標準由教育部、國家計委、財政部制定，自 2001 年起試行。2001 年「一費制」最高限額為：農村小學每學年每位學生繳費 120 元人民幣；農村初中學生每年每位收 230 元人民幣，費用涵蓋教材費、課堂作業本費、雜費等。

一窩黑現象　即所謂「辦理一案，拉出一串；查辦一人，帶出一窩。」在中共各級執法部門查辦的腐敗案件中，類似情況越來越多，被稱為「一窩黑現象」或「一窩黑」。案犯主要為熟人、同事、對己有利

的職能部門人員，或上下級領導、親朋好友，彼此相互牽連、關係錯綜複雜，形成「群蛀」(一群人都變成社會的蛀蟲)。主要有以下幾種類型：⑴上樑不正下樑歪。若一個部門或一級黨政機關主要領導帶頭腐敗，結果必然群起仿效；⑵狼狽爲奸型。不同部門、行業的犯罪人員利用對方的權力，互取所「長」，從事跨部門、行業的共同犯罪，其共同目標爲侵吞公共財物，牟取私利；⑶家族犯罪型。企業、部門負責人透過安插親友在財務、審計等要害環節方式，將侵吞的公共財產化爲一家所有，並爲自身犯罪活動提供便利。

乙肝　乙型肝炎之簡稱。中國大陸屬於乙肝病毒高度感染流行區，估計約有1億人帶有乙型病毒。這種乙肝病毒引起的消化道傳染病，主要透過輸血和注射傳播。相對而言，「甲肝」即甲型肝炎之簡稱。

二畫

人口再生產　人口新一代出生、成長和老一代衰老、死亡不斷重複的過程，可區分爲自然與社會方面。自然方面，即人口不斷出生、成長、衰老、死亡的生理過程；社會方面，係指人口再生產要透過一定的婚姻、家庭關係實現。人口再生產在本質上是一個社會過程。

人口再生產類型　與一定生產力發展階段相適應的人口出生率、死亡率和自然增長率三者相結合，而形成人口再生產的不同特徵。在人類發展歷史上，迄今有過3種人口再生產類型：⑴原始人口再生產類型，其特點是：高出生率－高死亡率－低自然增長率；⑵傳統人口再生產類型，其特點是：高出生率－低死亡率－高自然增長率；⑶現代人口再生產類型，其特點是：低出生率－低死亡率－低自然增長率。

人口再生產類型轉變　人口再生產類型由低級向高級的發展變化，與生產力發展存在密切關係。人類歷史上人口再生產的類型主要有3種：原始、傳統、現代。原始人口再生產類型與採集、狩獵經濟時代相適應；傳統人口再生產類型與手工勞動爲基礎的農業經濟相適應；現代人口再生產類型與以現代科學技術爲基礎的社會化大生產經濟相適應。

人口年齡構成　各年齡組人口在全體人口中所占比重，通常以百分數表示，對人口自然變動和人口再生產速度具重要影響。根據不同年齡人口在社會經濟生活中的地位與

作用，在人口統計中常用以下年齡分組：

0 歲			嬰兒組	
1～3 歲			幼兒組	
4～6 歲			學齡前兒童組	
7～12 歲			學齡兒童組	
13～15 歲			勞動力後備組	
16～60 歲（男）			勞動年齡組	
16～55 歲（女）				
0～15 歲			少年兒童組	被撫養人口組
65 歲以上或	女 55 歲以上		老年人口組	
	男 60 歲以上			
16～25 歲（男）			義務兵役組	
18 歲以上(不包括無選舉權的人)			選齡組	
15～49 歲（女）			育齡婦女組	
20 歲（女）			法定起點婚齡組	
22 歲（男）				

人口老齡化 指人口總體中，老年人口（60 或 65 歲及以上）比重日益增加的現象，尤指已達年老狀態的人口中，比重持續提高的過程。相關概念有：

⑴決定人口老齡化之因素：促使人口老齡化的直接原因係生育率和死亡率降低，然其中決定性因素主要是生育率下降。隨著每年出生嬰兒數所佔比重下降，兒童及少年比重（0-14 歲）亦將隨之降低，成年人（15-59 歲）與老

年人比重逐漸上升，平均年齡即不斷提升，整體人口便日趨老化。

⑵老年型人口與人口老齡化之差異：前者係指人口中老年人比重超過一定界限的狀態，後者係反映人口年齡結構（Age structure）向老年人口轉變的動態過程，人口老齡化的結果必然使社會處於老年型。而當自然增長率逐漸降低至一定程度後不再減少，則人口老化過程將穩定停止。

⑶人口老齡化與老年人口數量之關係：人口老齡化並非老年人口絕對數量的增加，而是老年人口相對於少兒組人口的增加，係人口年齡結構的相對變化。

按照國際通用標準，大陸自1999 年起即已進入老齡社會，截至2004 年底，60 歲以上老年人口為1.43 億，預估 2037 年超過 4 億，2051 年達最大值，之後將維持在3-4 億。據聯合國預測，21 世紀上半葉，大陸將一直是世界上老年人口最多的地區，佔世界老年人口總量 1/5，下半葉仍將是僅次於印度的第二老年人口大國，消費結構、勞動力總量、社會保障等，均將面臨巨大變化及挑戰。

人口自然增長率 指一定時期內人口自然增長數（出生人數減死亡人

數）與該時期內平均人口數之比，通常以年為單位計算，用千分比表示，計算公式為：

人口自然增長率

$$=\frac{\text{年內出生人數}-\text{年內死亡人數}}{\text{年平均人口數}} \times 1000‰$$

＝人口出生率－人口死亡率

人口性別比 人口中男性與女性人數之比。通常以每100名女性人口相對應的男性人口數來表示。公式：人口性別比＝（男性人數÷女性人數）×100%

根據統計對象不同，人口性別比可分為以下各種：

⑴總人口性別比：統計對象為總人口。

⑵出生性別比：又叫第二性別比（第一性別比是胚胎形成時的性別比），統計對象為出生時的嬰兒。

公式：出生性別比
＝某年出生的男嬰數
÷該年出生的女嬰數×100%

⑶嬰兒性別比：統計對象為1歲內存活的嬰兒。

公式：嬰兒性別比
＝某時點1歲以內的男嬰÷
該時點1歲以內的女嬰數
×100%

⑷結婚年齡人口性別比：統計對象為到達法定結婚年齡的人口。大陸為男22歲、女20歲的人口。結婚年齡性別比又叫第三性別比。

⑸死亡人口性別比：統計對象為某年或某一時期內死亡的全部人口。

⑹分年齡組人口性別比：統計對象為各歲人口或各年齡組人口。

統計顯示，目前大陸新生兒男多女少，比例約為119：100，嚴重偏離106：100的正常值。

人口的文化構成 在總人口中具各種文化教育水準的人數或所占百分比。個人文化教育水準通常分為以下幾組：不識字或識字很少、小學、初中、高中、大學肄業、大學畢業。人口文化程度係反映一國或地區人口文化教育狀況之一類指標，包括文盲率、具有小學（初中、高中、大學）文化程度的人數或百分比、初等（中等、高等）教育就學率、高等教育普及率等。

人口的民族構成 在總人口中各種民族的人口數或所占百分比，在大陸則是漢族與所有少數民族的人口數及其所占百分比。

人口品質 反映人口總體質的規定性範疇，亦稱人口素質。人口學所講的人口品質，一般係指人口總體的身體、科學文化及思想道德素

質，反映人口總體認識和改造世界的條件與能力。

人口紅利　隨著「嬰兒潮」時期誕生的人口步入中年，人們在住房、出行、休閒娛樂、投資理財等方面的需求將進入高速增長的時期，房地產行業、汽車行業、個人娛樂休閒產品行業，以及金融保險等行業將長期繁榮。

人口紅利，簡單來說就是人口中適齡勞動力比較多，有助於經濟的增長。這是因為，人口的年齡結構決定人們的消費、儲蓄、投資行為模式，影響商品、資產的價格，進而改變一個國家的經濟格局。

一國人口生育率的迅速下降在造成人口老齡化加速的同時，少兒撫養比亦迅速下降，勞動年齡人口比例上升，在老年人口比例達到較高水平之前，將形成一個勞動力資源相對豐富、撫養負擔輕、於經濟發展十分有利的「黃金時期」，人口經濟學家稱之為「人口紅利」。

人口計畫　國家機關在人口預測之基礎上，根據國家人口發展目標、方針、政策及現實人口狀況，結合社會經濟發展要求而制訂的人口發展具體目標和要求。人口預測可以有多種測算結果，人口計畫則是綜合各種測算資料，適應社會經濟發展的要求，經過努力可能實現的

一種目標。人口計畫的主要內容有：總人口數、出生人數、出生率、自然增長人數、自然增長率、計畫內出生人數、計畫生育率；在地區還包括遷移人數和遷移率等，以及實現人口計畫必須採取的措施。按計畫期限可分為短期計畫（如年度計畫）、中期計畫（如 5 年計畫）、長期計畫（如 10 年、20 年計畫），長期人口計畫一般又稱人口規畫；按地域可分為基層人口計畫、地區人口計畫、全國人口計畫。

人口密度　一定時期單位土地面積上居住的人口數，通常以每平方公里常住人口數表示，反映人口稠密情況。1900－1980 年，世界人口密度已從每平方公里 10.8 人增加至 29 人，增加近 2 倍；大陸人口密度 1982 年已達每平方公里 107 人，1987 年達 114 人，1998 年達 130 人。

人口統計　對人口現象的數量資料進行搜集、整理和分析研究的過程。年度統計的年末人口數，指每年 12 月 31 日 24 時的人口數，而中共統計數據並未包括台灣、港澳及海外華僑人數。

人口數量　反映人口總體規模的規定性。泛指人口規模、增長速度、構成和各種數量特徵。引起人口數量變動的原因有二：一是由人口的出

生和死亡引起的自然變動；二是人口的遷入和遷出引起的機械變動。

人口遷移　人口在地理位置上的變更或稱人口移動，主要有如下幾種形式：遊牧民族的遷徙活動；內部的移民墾植活動；城市人口鐘擺式移動；為消費、文化、娛樂、休息目的而引起的人口遷移。此外，還有國際間的移民活動，外籍工人遷移活動以及國際難民移動等。

人口總數　又稱總人口數。意指一定時點、地域範圍內所有生命活動的個體總和，不分性別，年齡，民族，係人口統計中最基本的指標。

人才赤字　人才外流，進不抵出的現象，在大陸西北省分尤其嚴重。如甘肅省在 1981-1987 年間，調走的專業技術人員達 3 萬多人，而同期調進的專業技術人員僅 4000 多人，年年為「人才赤字」。

人才強國戰略　中共總書記江澤民 2000 年在「中央經濟工作會議」上首次明確提出：「要制定和實施人才戰略。」同年，「十五屆五中全會」通過的「中共中央關於制定國民經濟和社會發展的第十個五年計畫的建議」，則將科技和人才置於突出的戰略位置，體現其時代精神。該「建議」首次以大篇幅專門論述人才資源開發相關內容，指出「要大力開發人才資源，加速發展教育事業」。次年，九屆「人大」四次會議批准的「十五」計畫綱要，以專門篇章提出「實施人才戰略，壯大人才隊伍」，將人才資源提升到戰略資源的高度。2002 年中共中央公佈實施的「2002-2005 年全國人才隊伍建設規畫綱要」，是中共第一個綜合性的人才隊伍建設規畫，亦是落實「十五」計畫綱要的具體行動。該「規畫綱要」在先前「人才戰略」概念的基礎上，進一步提出人才強國戰略，闡明人才的戰略性、基礎性和決定性的作用，將人才問題提升到國家戰略層面。2003 年 5 月 23 日，中共中央政治局召開會議，提出新世紀新階段人才工作和人才隊伍建設的指導思想、任務和工作目標，稱人才問題是關係黨和國家事業成敗的關鍵問題，並強調人才資源是第一資源，要實施人才強國戰略，堅持黨管人才原則。同年 11 月 24 日再次召開會議，重點研究人才工作；12 月 19-20 日召開「全國人才工作會議」，要求將實施人才強國戰略作為黨和國家一項重大而緊迫的任務，以及新世紀新階段人才工作的根本任務。

人均財產性收入　一般指家庭擁有的銀行存款、有價證券及房屋、土地等「動產」及「不動產」所獲收入。

人流 人工流產之簡稱。由於大陸實行「一胎化」，許多未能按照政府計畫而懷孕之婦女，必須接受「人流」。有時「流動人口」亦簡稱為「人流」。

八七扶貧攻堅計畫 計畫自 1994 至 2000 年，以 7 年左右時間，集中人力、物力、財力，動員社會各界力量，基本解決大陸農村 8,000 萬貧困人口溫飽問題。「八」指 8,000 萬貧困人口；「七」指用 7 年時間；「扶貧」指扶持援助貧困地區發展經濟，使當地人民脫離貧困；「攻堅」指任務十分艱鉅，必須集中力量攻破之。其制定奮鬥目標主要是：⑴至 2000 年使絕大多數貧困戶，每年按人口平均純收入以 1990 年不變價格計算達 500 元人民幣以上，並穩定解決溫飽、減少返貧之基礎條件；⑵加強基礎設施建設，基本解決人畜飲水困難，使絕大多數貧困鄉和有農貿市場、商品基地等地通路、通電；⑶改變文化、教育、衛生落後狀態，基本普及初等教育，積極掃除青壯年文盲、大力發展職業教育和技術教育，減少地方疾病，將人口自增長率控制在規定範圍內。2001 年 5 月 20 日，江澤民在中央扶貧開發工作會議，指稱貧困人口占農村總人口比例已自 1978 年 30.7% 下降為 2000 年 3% 左右，「八七扶貧攻堅計畫」已基本完成，解決農村貧困人口溫飽問題的戰略目標已基本實現。

八榮八恥 2006 年 3 月，面對腐敗和群體事件日益嚴重，胡錦濤在「兩會」提出所謂「八榮八恥」的社會主義榮辱觀。八榮八恥是：堅持以熱愛祖國為榮、以危害祖國為恥，以服務人民為榮、以背離人民為恥，以崇尚科學為榮、以愚昧無知為恥，以辛勤勞動為榮、以好逸惡勞為恥，以團結互助為榮、以損人利己為恥，以誠實守信為榮、以見利忘義為恥，以遵紀守法為榮、以違法亂紀為恥，以艱苦奮鬥為榮、以驕奢淫逸為恥。

三畫

三八六一九九部隊 三八婦女節、六一兒童節、九九重陽節，三個分別屬於婦女、兒童、老人的節日，被串連在一起，成為社會上需要照顧的三個弱勢社群符號。

三下鄉 中共為促進農村文化建設，改善農村社會風氣，密切黨群、幹群關係，深入貫徹「十四屆六中全會」精神，「中宣部」、「國家科委」、農業部、文化部等十部委於 1996 年 12 月聯合下發「關於開展文化科技衛生『三下鄉』活動的通知」，自 1997 年開始正式實

施。其中，「文化下鄉」包括圖書、報刊下鄉，送戲下鄉，電影、電視下鄉，開展群眾性文化活動；「科技下鄉」包括科技人員下鄉，科技資訊下鄉，開展科普活動；「衛生下鄉」包括醫務人員下鄉，扶持鄉村衛生組織，培訓農村衛生人員，參與和推動當地合作醫療事業發展。

三大差別　指工農差別、城鄉差別、腦力和體力勞動的差別。根據共產黨的理論，此為社會主義尚未能進入共產主義的主因之一。這三大差別的存在，主要由於生產力不發達，因此，發展生產力，並調整生產關係，消除三大差別是共產黨在社會主義時期的任務。

三支一扶計畫　「三支一扶」意指大學生在畢業後，赴農村基層從事支農、支教、支醫和扶貧工作。計畫政策依據係中共人事部 2006 年頒布「關於組織開展高校畢業生到農村基層從事支教、支農、支醫和扶貧工作的通知」，其目的在為高校畢業生向基層單位落實就業問題提供具體指導和保障。概況如次：

⑴計畫落實方式：以公開招募、自願報名、組織選拔、統一派遣方式，自 2006 年起連續 5 年，每年招募 2 萬名左右高校畢業生赴鄉鎮從事支教、支農、支醫和扶貧工作。

⑵工作時限：一般為 2 到 3 年，工作期間給予一定生活補貼，工作期滿後，自主擇業，擇業期間享受一定政策優惠。

⑶就業服務及優惠政策：

－工作期滿後，如原基層服務單位有工作空缺，須優先考慮「三支一扶」人員，所在縣、鄉的企事業單位如有職務空缺，亦須空出部分職務吸納該部分畢業生。

－對於準備自主創業人員，可享受行政事業性收費減免、小額貸款擔保和貼息等有關政策。

－服務期滿且考核合格者，可享受一定的政策加分或同等條件優先錄用。

－赴西部和艱苦邊遠地區服務 2 年以上，服務期滿後 3 年內報考碩士研究生，初試總分加 10 分，同等條件下優先錄取。

－服務期滿考核合格者，根據本人意願可返回原籍或至其他地區工作，接收單位所在地區應准予落戶。

－進入國有企事業單位時，由接收單位按照所任職務比照同等條件人員確定其職務工資標準，其服務期限計算為工齡，在今後晉升中高級職稱時，同等條件下優先評定等。

⑷招募對象和條件：

　　為省內普通高校和本省生源、外省普通高校應屆畢業生，不含定向、委培生和已落實就業單位的畢業生。其基本條件是：

－政治素質好，熱愛社會主義祖國，擁護黨的基本路線和方針政策；

－大學專科以上學歷，具有工作崗位所需專業知識；

－具有敬業奉獻精神，遵紀守法，作風正派；

－身體健康。

三同　指「同吃、同住、同勞動」。最初是中共為緩解 60 年代初期災荒壓力，疏散三百萬幹部和大批知識分子下放勞動而提出的口號。後來成為對幹部的要求，要與工人、農民和勞動群眾共同生活和工作，在大慶經驗和其他許多政治工作經驗中都有類似原則。改革開放後，隨著知識化和專業化及科層制的建立，「三同」的說法逐漸消失。

三老　意指老黨員、老幹部、老工人。

三自　中共政府對大陸基督教教會定下的三條原則，即「自治，自養，自傳」。自治，指政治上獨立於外國教會，肅清其影響，不接受其指揮；自養，指經濟上獨立，不接受外國財政支援；自傳，指自己傳道授徒，自選接班人，不接受外國教會的封賞恩賜。

三知、三多、三溝通　三知：即瞭解留守兒童的個人情況、家庭情況和學習情況；三多：多與留守兒童談心溝通，多參加學校學生集體活動，多到其家中走訪；三溝通：定期與留守兒童父母、託管人、老師聯繫溝通。

三股勢力　自「上海合作組織」成立以來，打擊「三股勢力」一直是中共與各成員國防務安全合作重要內容，根據 2001 年 6 月共同簽署的「打擊恐怖主義、分裂主義和極端主義上海公約」，「三股勢力」主要被定義為：

⑴恐怖主義：致使平民或武裝衝突情況下，未積極參與軍事行動的任何其他人員死亡或對其造成重大人身傷害、對物質目標造成重大損失的任何其他行為，以及組織、策劃、共謀、教唆上述活動的行為，而此類行為因其性質或背景可認定為恐嚇居民、破壞公共安全或強制政權機關或國際組織以實施或不實施某種行為，並且是依各方國內法應追究刑事責任的任何行為。

⑵分裂主義：旨在破壞國家領土完整，包括將國家領土的一部分分裂出去，或分解國家而使用暴

力，以及策劃、準備、共謀和教唆從事上述活動，且依據各方國內法應追究刑事責任的任何行為。

⑶極端主義：旨在使用暴力奪取政權、執掌政權或改變國家憲法體制，透過暴力手段侵犯公共安全，包括為達上述目的組織或參加非法武裝團夥，且依各方國內法應追究刑事責任的任何行為。

三非 中共對煤礦企業的安全監管的工作對象。「三非」指非法建設、非法生產、非法經營等行為。

三座大山 所謂「三座大山」，係指「帝國主義、封建主義、官僚資本主義」，1970 年代、80 年代中國大陸最常使用。

三條社會保障線 中共國有企業下崗職工基本生活保障、城鎮居民最低生活保障，以及企業離退休人員基本養老金保障，簡稱為「三條社會保障線」，又稱「低保」，即最低保障。三條社會保障線的實行步驟如下：⑴下崗職工首先進入企業的再就業服務中心，領取基本生活費；⑵3 年後仍未實現再就業者，從再就業服務中心出來，按規定從社會領取失業保險金；⑶失業期滿仍未就業者，接續辦理城市居民最低生活保障。此三條保障線相互銜接，構成最低生活保障網。

三陪 「三陪」是指在歌舞廳等娛樂場所陪酒、陪舞及陪唱。就此三種工作形式而言，似乎並無牽涉道德意識；但據中共社會治安管理部門調查結果，從事「三陪」的女性（簡稱「三陪女」）中，逾半數涉及賣淫等情色活動。

三無人員 大陸農民離開農村，進入城市，若無合法證件、無固定住所、無穩定經濟來源，就會被當作「三無人員」；另廣東深圳市所指「三無人員」，則是流入市區的無戶口、無邊防證、無職業的外來人。中共民政部網站指出：「三無人員是城市中收容遣送的對象，這些無合法證件、無固定住所、無穩定經濟來源的流浪乞討人員的收容工作，是一種帶有行政管理性質的社會救助行為」。

三超 中共對煤礦企業的安全監管，「三超」指工礦企業超能力、超強度、超定員生產；在交通運輸領域，則指交通運輸單位超載、超限、超負荷運行。

三亂 指「亂收費，亂罰款，亂漲價」。中共改革開放以來，不僅各行各業注重實惠和經濟效益，政府機關亦利用各種方法尋求增加收入，以改善幹部和工作人員待遇，除自辦企業商業外，「三亂」是主要

管道，即是在法定稅收和收費之外，利用政府職權無理收取的費用。

三補貼政策 即糧食直補、良種補貼和農機具購置補貼的統稱。「糧食直補」是指將流通環節的間接補貼，改為對種糧農民的直接補貼；「良種補貼」是指政府透過建立良種推廣示範區，對農民選用良種並配套使用良法技術進行的資金補貼；「農機具購置補貼」是指政府對農民個人、農場職工、農機專業戶，及直接從事農業生產的農機作業服務組織購置和更新大型農機具給予的部分補貼。

三農問題 指農村、農業和農民問題。1980年代前期，中共農村地區率先進行經濟改革，使農民生活獲得極大改善；但80年代以後，工農差異再度增大，農業亦再度面臨衰退，三農問題浮出檯面。1990年代以前，三農問題基本上是中共農村工作問題；1990年代以後，隨著經濟改革全面展開，大量農民工進城，三農問題變得更複雜，並與國民經濟其他問題乃至社會政治問題掛鉤，例如戶籍制度、交通、農民工子女就業、流動人口犯罪和農村流動人口的計畫生育問題等。

三違 中共對煤礦企業的安全監管工作項目，「三違」指違章指揮、違章作業、違反勞動紀律。

下海 原意是指業餘的戲劇演員，轉為職業藝人；引申為原本與商業無關的人員，轉而從事經濟工作，進入商品市場領域。如：作家「下海」做生意；教師「下海」賣燒餅；幹部「下海」經商等。由於孔子「重農輕商」，在中國傳統儒家思想中，將商場比喻成戰場，像汪洋大海，必須掙紮求生，故「下海」一詞帶有貶意。中共改革開放後，為減輕負擔，進行機構精簡，將部分人員分流到商業部門，或要求以「停薪留職」等形式，自立門戶、自負盈虧從事商業活動。此舉有助發展經濟、提高效率，但當事者自嘲為「下海」，含有失去鐵飯碗，必須下海學游泳，求生存之意；而民間借用「下海」，泛指從未經商者投入經商活動。

下崗 「下崗」指失去或離開原有的工作崗位。中共在計畫經濟時期「統包統配」就業制度下，國有企業必須全權承擔群眾安置就業任務，以致冗員充斥、人浮於事、效率低下。改革開放後，面對激烈市場競爭，企業為求生存發展，從而須將以往積存的富餘人員分離出去，由於難以立即找到就業機會，遂成為下崗職工。

大包幹 即包產到戶，是大陸農村的一種經營管理形式，亦稱「包幹」。長期以來，大陸各級領導中都有人

不同意毛澤東的集體化運動，認為會損害農民的積極性與農業生產。在不願挑戰意識形態、無法變更所有制的情況下，將名義上歸屬集體的土地承包給農戶耕種。1960年代，這種方式曾有效地恢復農業生產。1979年後，萬裏、趙紫陽和鄧小平再次強力推動大包幹。到1980年代中期，大包幹已經成為大陸農村基本經營管理方式。

大案 貪污賄賂犯罪案件中，貪污、賄賂數額在5萬元以上，挪用公款案在10萬元以上，其他案件在50萬元以上。瀆職犯罪大案一般為直接經濟損失5萬元以上，死亡1人以上或重傷3人以上的案件，或雖未造成經濟損失和傷亡，但犯罪情節惡劣或造成嚴重後果的案件。

大款 「款」指錢；「大」即多，且有派頭之意。「大款」即是很有錢的人，專指利用改革開放政策，在短時間內迅速佔有巨大社會財富的人，亦稱為「款爺」（專指男性）或「款姐」（專指女性）。北方地區通常加上尾音「兒」，稱為「大款兒」。有時亦稱「大腕」，以手腕大比喻有錢，但「大腕」另有名氣大、有勢力之意，不只是有錢而已。

小公主 嬌生慣養的獨生女，被稱為「小公主」；而「小皇帝」係指嬌生慣養的獨生子女，或專指嬌生慣養的獨生男孩。中共提倡「一胎化」後，每對夫婦只能合法地生育1個孩子，這個唯一的後代，便成為絕大多數家庭的寶貝，有如封建時代的皇帝、公主般受到父母及祖輩的寵愛，有時亦稱之為「小太陽」，比喻其集全家寵愛於一身，家庭成員以其為中心，圍繞著他（她）團團轉。

小皇帝 嬌生慣養的獨生子女，被統稱為「小皇帝」。有時，「小皇帝」專指男孩；而「小公主」，專指嬌生慣養的獨生女。

小蜜 指某些腐敗的經理、廠長、書記、主任等領導幹部或老闆的秘書兼情人。「蜜」有「甜蜜蜜」之意，故寫作「蜜」，而不作「密」。一說「蜜」是英語miss（小姐）的音譯；另一說法則稱係與「秘書」的「祕」字的諧音。中共改革開放前，「男女授受不親」是大陸社會的戒律，違犯者多會被扣上「作風不正派」、「思想腐敗」等罪名，受到黨紀、法律重罰；改革開放後，眾多幹部腐敗及金錢誘惑，使男女間曖昧情事頻生。大陸民間流行的一首順口溜「握手歌」，將領導幹部或老闆對「小蜜」的心境描繪得甚為傳神：「握著老婆的手，好像左手握右手；握著小姐的手，好像回到十八九；握著小蜜的手，直往懷裡摸啊摸；握著女同學的手，後悔當

253

初沒下手；握著情人的手，酸甜苦辣全都有！」

四畫

中介組織 指為委託人提供訂約機會或充當介紹人而取得報酬的社會經濟組織。1978 年以前，中國大陸禁止任何形式的社會中介組織存在，只有官方機構可以提供社會居間介紹業務。2002 年 11 月 8 日，江澤民在中共「十五大」報告中，提出要培育和發展社會中介組織，首次承認它的社會合法地位；在「十六大」開幕式報告中說，中介組織的從業人員，亦是中國特色社會主義的建設者。

又稱市場中介組織，一般係指介於政府與企業之間、商品生產者與經營者之間、個人與單位之間，為市場主體提供資訊諮詢、培訓、經紀、法律等各種服務，並在各類市場主體包括企業之間、政府與企業、個人與單位、國內企業與國外企業之間從事協調、評價、評估、檢驗、仲裁等活動的機構或組織。許多國家經驗顯示，社會中介組織是宏觀調控與市場調節相結合中不可缺少的環節，具有政府行政管理不可替代的作用。中介組織大多屬於民間性機構，部分具有官方色彩，均須透過專門的資格認定依法

設立，對其行為後果須承擔相應的法律和經濟責任，並接受政府有關部門管理與監督。

中國科協 為「中國科學技術協會」的簡稱，是大陸科學技術工作者組織而成的群眾團體。1958 年 9 月由「中華全國自然科學專門學會聯合會」和「中華全國科學普及協會」兩個團體合併而成。其宗旨是團結動員科技工作者，促進科技繁榮和發展，以及科技的普及和推廣、科技人才的成長。

中國紅客聯盟 「中國紅客聯盟」成立於 2000 年 12 月 31 日，在鼎盛時期曾有 8 萬之眾，成員有商人、學生、教師、從事網路安全工作的人。2001 年 4 月，「中」美撞機事件後，美國駭客在 4 月底開始攻擊大陸網站。同年 5 月 1 日凌晨，「中國紅客聯盟」率 8 萬之眾聯合大陸「黑客聯盟」、「鷹派」等駭客組織開始對美國進行報復性攻擊，目標包括白宮網站。據統計，「中國紅客聯盟」曾先後 6 次較大規模地對抗外國駭客。2004 年 12 月 31 日組織宣佈解散，創始人 Lion 在一封公開信中稱，該聯盟一直都是名存實亡，已無存在的必要。2005 年 1 月 20 日，新的「中國紅客聯盟」開始重組，其組織領導者為原紅客聯盟的主要成員。

中等收入者 指一定時期內收入保持在中等及生活較富裕、生活水平相對穩定的居民群體。

互聯網 英文 Internet 的中譯名，又作「互聯網絡」、「國際網絡」、「國際互聯網」或「網際網路」（台灣譯名），亦有兼顧音、義稱爲「因特網」。中共在 1994 年才加入網際網路，成爲第 71 個進入國際網路的國家。雖然起步遲，但使用網路的用戶（大陸稱「網民」，台灣稱「網友」）人數每年均大幅增加。

五大生 是指 1979 年 9 月 8 日以後，經省級政府或國務院有關部委批准，由國家教委（原教育部）備案或審定的廣播電視大學、職工大學、職工業餘大學、高等學校舉辦的函授大學和夜間大學的畢業生（參加自學考試畢業生視同「五大」畢業生）。「五大生」的學歷待遇在《高等教育自學考試暫行條例》中雖有明確規定，如：第 7 章第 31 條規定：「在工資待遇方面，非在職人員錄用後，與普高等學校同類畢業生相同；在職人員的工資待遇低於普通高等學校同類畢業生的，從獲得畢業證書之日起，按普通高等學校同類畢業生工資標準執行。」但執行時卻有差別待遇，且多不被企業承認，加之管理混亂，假文憑太多。因此，在就業、

升學、留學時均處於競爭弱勢，相應對「五大生」稱呼也帶有歧視性色彩，成了低素質學生的代名詞。

五保供養 在農村中對老弱病殘、無人扶養的貧困戶，在吃、住、穿、費、葬等五個方面給予生活照顧和物質幫助，稱爲「五保供養」，獲供養者稱爲「五保戶」。

五個一工程 一本好書、一齣好戲、一部優秀電視劇、一部優秀電影、一篇有創見有說服力的好文章，合稱「五個一」，爲中共中央宣傳部於 1991 年倡導並開始組織實施的一項精神產品創作工作。

六四事件 又稱「89 天安門事件」，指中共在 1989 年 6 月 3 日晚間開始的鎮壓學生及民眾愛國民主運動的事件。導因 1989 年 4 月 15 日，中共前總書記胡耀邦突然逝世，許多學生自動發起悼念活動並提出政治改革推動民主、反對腐敗等訴求，惟遭到中共中央拒絕，學生一再升級抗議，並得到各界同情、支援，數次在北京出現百萬人遊行示威。5 月 13 日，學運參與人員佔據天安門廣場，進行大規模絕食；經談判解決無效，5 月 19 日，中共宣佈北京部分地區實施戒嚴；十餘萬各地軍隊進駐北京途中被民眾攔堵。6 月 3 日，鄧小平等決定下令採取一切必要手段清理

天安門廣場；晚間調動部隊鎮壓靜坐學生、民眾，隨後自 6 月 5 日起，連續發出 9 項戒嚴通告，同時展開系列檢、舉、捕、殺行動，舉世譁然，歐美、亞洲許多國家予以經濟制裁，或凍結關係。或終止交流計畫。1989 年 6 月 23 至 24 日中共召開「十三屆四中全會」，將此事件定調為「政治動亂」和「反革命暴亂」，同時撤銷趙紫陽總書記和其他職務。

公證人員 在國家公證機關依法辦理公證事務的司法人員，包括公證員、助理公證員和在公證處工作的其他人員。

分配制度改革 中共改革開放以前，在收入分配問題上幾乎是絕對的平均主義，但隨國民經濟持續快速發展及城鄉居民收入提增，城鄉、地區、行業間收入差距亦不斷擴大，成為改革與經濟發展的嚴重制約因素。2006 年 7 月，中共決定在統籌協調各方面利益關係的基礎上，對分配制度進行改革，改革內容主要有：

⑴對公務員的工資制度進行改革，重點是建立制度，完善機制；嚴肅紀律，規範秩序；統籌兼顧，縮小差距，從而建立公務員工資分配的新機制和一個好的制度框架，為今後繼續深化改革奠定基礎。

⑵改革和完善事業單位工作人員的收入分配制度，合理調整機關事業單位離退休人員的待遇，完善機關工人的工資制度。

⑶適當提高企業離退休人員基本養老金標準和殘疾軍人、革命烈士家屬等部分優撫對象的撫恤補助標準。

⑷提高軍隊離退休幹部的待遇標準，對軍隊無軍籍退休退職職工和軍隊離退休幹部管理機構工作人員也適當提高待遇標準。

⑸適當提高城市居民最低生活保障對象的補助標準，擴大保障範圍，增加保障項目。

據統計，是次分配制度改革將覆蓋 1.2 億人，其中包括 5,000 萬離退休人員，3,000 萬事業單位人員，3,000 萬城市居民最低生活保障及優撫對象，600 多萬公務員及部分和軍隊有關人員。

天安門事件 中共現代史上有兩起重大的天安門事件，其一是 1989 年 6 月發生的（請參閱「六四事件」）；其二為 1976 年 4 月 5 日所發生者。起因是 1976 年 1 月 8 日中共國務院總理周恩來死亡，北京民眾藉黃花岡 72 烈士殉國紀念日在天安門廣場進行悼念周恩來的活動，至 4 月 5 日參加悼念群眾達至上萬人，花圈在人民英雄紀念碑

堆積如山，由於群情激動有失控現象，當天下午時歷任北京市革命委員會主任吳德發表講話後，中共調派公安幹警、工人民兵進行暴力鎮壓。4月7日、10日中共新華社在報導中稱：天安門廣場是「有預謀、有計畫、有組織地製造反革命政治事件」，「他們明目張膽地發表反共演說，張貼反動詩詞、標語，散發反動傳單，煽動搞反革命組織」，用清明節悼念周恩來的幌子，「公開擁護鄧小平」，用「影射和赤裸裸的反革命語言」，說「秦始皇時代已經過去」，高喊「打倒秦始皇（毛澤東）！」「打倒慈禧太后（江青）！」等口號，是把矛頭直接指向毛江。

孔子學院　爲迎合全球漢語學習，以及推廣文化交流需要，中共於2004年3月，中共國務委員陳至立將設在海外的語言推廣機構正式定名爲「孔子學院」。其具體作法是，由中共大學等公共機關與對方的大學或研究機構共同創辦，對方國家提供土地和教學樓等設施，在北京的「孔子學院」總部提供教師教材，負責課程安排等，並遵守統一的教學、考試、培訓質量認證體系和標準開展教學和檢測，主要向社會人士提供專門技能的漢語培訓以及中文教師的教學能力培訓，屬於非學歷教育。

「孔子學院」的英文名稱爲Confucius Institute，總部設於北京，具法人地位，境外設立其分支機構孔子學院，中文名稱爲「XX孔子學院」（XX爲學院所在城市名稱），英文名稱爲Confucius Institute in XX。亞洲首家「孔子學院」設於韓國首爾（2004年11月21日）；歐洲首家「孔子學院」設於瑞典斯德哥爾摩大學（2005年2月）。截至2008年9月，已經啓動建設266所孔子學院（課堂），分佈在76個國家和地區。

少年兒童係數　又稱少年兒童人口比重。是指少年兒童（或0～14歲）人口占總人口的百分比。計算公式是：

少年兒童係數
＝（0～14歲人口數／總人口數）× 100%

文化扶貧　中共農村地區，包括「老少邊窮」地區（即中共早期的革命根據地「老區」、少數民族地區、邊遠地區和窮困地區），以及部分沿海和內地經濟相對發達地區的文化生活貧乏，亟需予以扶助，稱爲「文化扶貧」。其具體作法是：大力提倡和支援送戲、送書、送電影下鄉；積極開展各種形式的文化

扶貧活動，將健康有益，豐富多彩的精神糧食和文化服務送到農村。

文化產業 1998 年，中共文化部、工商局聯合發布「關於加強文化市場管理工作的通知」，首次在政府文件中出現「文化市場」的概念。1999 年，國務院發展計畫委員會主任曾培炎在「關於 1998 年國民經濟和社會發展計畫的執行情況與 1999 年國民經濟和社會發展計畫草案報告」中，明確提出要「推進文化、教育、非義務教育和基本醫療保健的產業化」，由此，文化產業第一次被正式納入國家發展計畫的政策視野之中。2000 年 10 月，中共「十五屆五中全會」通過的「中共中央關於『十五』計畫的建議」提出，要「完善文化產業政策，加強文化市場建設和管理，推動有關的文化產業的發展」、「推動資訊產業與文化產業的結合」，係文化產業概念首次納入中共的文件之中。而中共國家統計局於 2004 年 3 月頒布「文化及相關產業分類」標準，並於 2005 年與其他若干部門聯合完成「文化及相關產業指標體系框架」的制定，將文化產業定義為「為社會公眾提供文化、娛樂產品和服務的活動，以及與這些活動有關聯的活動集合」，據此定義，將文化產業分為三層，即文化產業核心層、文化產業外圍層、文化產業相關層。文化產業核心層主要包括新聞、書報刊、音像製品、電子出版物、廣播、電視、電影、文藝表演、文藝演出場館、文物及文物保護、博物館、圖書館、群眾文化服務、文化研究、文化社團等。文化產業外圍層主要包括互聯網、旅行社服務、遊覽景區文化服務、室內娛樂、遊樂園、休閒健身娛樂、網吧、文化仲介代理、文化產品租賃和拍賣、廣告、會展服務等。文化產業相關層主要包括文具、照相器材、樂器、玩具、遊藝器材、紙張、膠片膠捲、磁帶、光盤、印刷設備、廣播電視設備、電影設備、家用視聽設備、工藝品的生產和銷售等。實際上，層與層之間的界線並非涇渭分明。

文化體制 根據中共文化部教育科技司司長韓永進的解釋，文化體制改革中所謂「文化」，係指社會意識形態以及與之相適應的制度和組織機構，亦即目前中共政府管理體制中，文化部系統、廣電總局系統及新聞出版總署系統所管理範圍內的文化。而「制度」是在一定歷史條件下形成的政治、經濟、文化等方面的體系。按其外延大小可分為三個層次：第一層次是關於整個社會型態方面的規定性，如原始

社會制度、資本主義社會制度等；第二層次是在一定社會型態下的具體社會制度，如經濟制度、政治制度、文化制度等；第三層次是一定社會制度下的具體行業機關、企事業單位元的工作程式和行為規範。綜合言之，中共的文化體制是指文學藝術、新聞出版、廣播影視、哲學社會科學等領域的管理體制和運行機制。其現行文化體制形成於建政初期，基本上模仿前蘇聯的模式；該體制與以階級鬥爭為綱的政治路線和高度集中統一的計畫經濟體制一致。在中共社會主義政權建立和鞏固的過程中，該體製作為國家意識形態體系的重要組成部分，對於盡可能掌握、運用有限文化資源，抵制敵對勢力的宣傳並動員民眾投身於中共所領導的革命，曾經發揮過重要作用。

文盲 中共建政以來進行的五次全國人口普查，對於「文盲」的定義及界線，曾作過若干修正：1953年第一次人口普查時，未統計「文盲」人數；1964 年第二次人口普查，定義為「13 歲及 13 歲以上不識字人口」，共有 2 億 3,327 萬人，文盲率（文盲佔總人口比例）33.5%；1982、1990 及 2000 年的第三、四、五次普查，定義文盲為：「15 歲及 15 歲以上不識字或識字

很少的人」，全大陸的文盲人口，分別為 2 億 2,996 萬人、1 億 8,003 萬人及 8,507 萬人，文盲率分別為 22.18%、15.88%及 6.72%。

文聯 「文聯」即「中國文學藝術界聯合會」（簡稱「中國文聯」），是由中共全國性文學藝術家協會，各省、自治區、直轄市文學藝術界聯合會和全國性的產業文學藝術工作者聯合會組成的人民團體，成立於 1949 年 7 月，為「政協」發起單位之一。「中國文聯」實行團體會員制，現有「中國作家協會」（行政獨立單位）、「中國戲劇家協會」、「中國電影家協會」、「中國音樂家協會」、「中國美術家協會」、「中國鐵路文聯」、「中國石油文聯」等 52 個團體會員。「中國文聯」專責對各團體會員進行聯絡、協調、服務，並承辦團體會員需要統籌安排的事宜。其最高權力機構為「中國文學藝術界聯合會全國代表大會」和由它選舉產生的「全國委員會」。「全國委員會」選舉主席 1 人和副主席若干人組成主席團；主席團下設書記處，主持日常會務工作，並設立必要的工作機構。

五畫

世界漢語大會 2005 年 7 月 20-22日，中共首次召開「世界漢語大

會」，旨在宣傳中共對外推廣漢語教學的政策，就有關國際漢語教學發展問題，廣泛聽取國外各界意見。會議主要包含 3 個議題，即多元文化交融與漢語需求，包括世界多元文化架構下的語言發展問題（各國發展漢語的政策）、漢語對促進本國與中國文化交流和經濟貿易發展的作用、學習漢語需求與提供服務；新時期漢語教學的運作機制，即「孔子學院」的建設與發展、漢語水平考試（HSK）的改革與發展、國外漢語教師培訓計畫、教材創新與網路資源配置；國際第二語言教育發展前景，包括第二語言教育理論研究、第二語言教育推廣方式介紹、漢語作為第二語言教學理論研究。會議的召開不僅被視為對全球「漢語熱」的回應，更被解讀為中共推展漢語言文化主動、系統性的動作。

出生率 又稱粗出生率，指在一定時期內（通常為一年）平均每千人所出生人數的比率，一般用千分率表示。計算公式為：

出生率

＝年出生人數／年平均人數

×1000‰

公式中：出生人數指活產嬰兒，即胎兒脫離母體時（不管懷孕月數），有過呼吸或其他生命現象。年平均人數指年初、年底人口數的平均數，也可用年中人口數代替。

功能變數名稱 互聯網絡的「功能變數名稱」，是一串易於記憶的代表互聯網絡規約地址的字元，以協助互聯網用戶方便找到網站。如中共的一級功能變數名稱是「.cn」，香港的功能變數名稱是「.hk」，台灣的功能變數名稱是「.tw」等。

包二奶 在大陸地區，「包二奶」指有婦之夫秘密、非法地包養第二個女人。在中國傳統觀念中，「二奶」係相對於「大婆」（「元配」）而言，原意指「第二個奶奶」，即「妾」，相當於過去所說的「少奶奶」。過去許多朝代娶妾是公開合法行為，但 2001 年 4 月中共通過的新婚姻法，增加「禁止有配偶者與他人同居」條文，等於將「包二奶」定為違法行為。

卡爺 指掌握某些權力，動不動對人管、卡、壓的人。「卡爺」多數是管理市場、公路、公共場所的地方管理人員。

四〇五〇就業工程 上海市政府為幫助女性 40 歲以上、男性 50 歲以上的下崗、失業、協保人員就業，而量身訂製的工作項目。

失業人口 在勞動年齡內具勞動能力，目前無工作，並以某種方式正

在尋找工作的人員，包括就業轉失業的人員和新生勞動力中未實現就業的人員，惟不具工作意願及勞動能力者，不在此限。在某時期內沒有就業機會並在尋找工作者，按其性質可分為：(1)潛在失業，指一年中僅少部分時間從事工作，經常處於半失業狀態或工資收入很低的勞動力；(2)季節性失業，即適齡勞動者在非生產性季節無工作或無工資收入的失業；(3)結構性失業，指由生產技術結構的變化造成部分工人因不適應技術需要的失業。而中共「失業保險條例」所指失業人員，僅限定就業轉失業的人員。另據有關規定，大陸目前法定勞動年齡是 16-60 歲，體育、文藝和特種工藝單位按規定履行審批後，可招用未滿 16 歲的未成年人；對企業中男年滿 60 歲、女年滿 50 歲的職工，和機關事業單位中男年滿 60 歲、女年滿 55 歲的職工，實行退休制度，對從事有毒、有害工作和符合條件的患病、因工致殘職工，可降低退休年齡。

平均年齡 某時點屬於統計對象個人年齡的平均數。計算方法是：

平均年齡（歲）

＝[（各年齡組的下限值 × 各年齡組人數）之和／總人口數]＋（組距／2）

統計對象是初婚、初育、死亡人口，參照上述計算公式，可得到平均初婚年齡（男性或女性）、平均初育年齡（一般指婦女）、平均死亡年齡（全部死亡人口或分性別人口）等。

幼兒園 幼兒園（台灣稱為「幼稚園」）指實施幼兒教育的組織。依據 1996 年 6 月 1 日中共「國家教委」發布的「幼兒園工作規程」，幼兒園是對 3 週歲以上學齡前幼兒實施保育和教育的機構，是學校教育制度的基礎階段。就學制上言，幼兒園一般為 3 年制，亦可設 1 年或 2 年制；辦園形式方面，可分為全日制、半日制、定時制、季節制和寄宿制等。

打拐 有關資料顯示，大陸出現拐賣婦女兒童犯罪始於 70 年代，到 80 年代末趨於嚴重。1979 年頒布的「刑法」將此類犯罪囊括在「拐賣人口罪」中。1991 年，中共「人大」通過「關於嚴懲拐賣、綁架婦女兒童的犯罪分子的決定」，首次將「買方行為」定為犯罪，追究買人者的刑事責任，使打擊拐賣婦女兒童犯罪買方市場具備法律依據。1997 年新「刑法」頒布，使打擊拐賣婦女兒童犯罪的法律進一步得到完善。1991、1993、1995 年，中共公安部開展 3 次區域性的「打拐」專

項鬥爭。1992 至 1997 年，雖然全大陸拐賣人口立案數逐年下降，但這種犯罪卻屢禁不止、屢打不絕。1998 年拐賣人口案件立案數即再度反彈，其中城市立案數比 1997 年上升 7.4%。

打的 「的」是「的士」（taxi，計程車，大陸最早意譯為「出租車」）的音譯，為香港用法。「打的」，即搭乘「的士」之簡稱。中共改革開放後，此語由香港傳入廣東，後向北方城市傳播流行。由於廣東人習慣將「乘車」、「乘的士」稱為「搭車」、「搭的士」，大陸北方地區居民則用普通話中的「打」字取代同音的「搭」字，因而出現「打的」說法及寫法。

打非 「打非」為打擊非法出版活動之簡稱，通常與「掃黃」（掃除色情活動）合稱為「掃黃打非」。

打假 「打假」意指打擊假冒偽劣商品、作品、產品等。不同時期，「打假」有不同內容、目標和重點。

打黑除惡 「打黑除惡」為打擊黑社會，剷除惡勢力之簡稱。大陸地區的黑惡勢力，常有政治「保護傘」作為其靠山，有些從基層到高層，層層都有保護傘，而一線民警除了一道打黑除惡的命令和相關法律以外，卻缺乏必要的人身保護和政治保護措施，在黑惡勢力猖獗的地區，反而成為「弱勢團體」。而黑惡勢力倡狂，不僅影響社會治安，背後更可能因與權力機關勾結，誘使官員腐敗、破壞司法公正等。有鑑於黑惡勢力犯罪逐漸增加，中共曾於 2000 年底召開「全國公安機關電視電話會議」，要求開展打黑除惡專項鬥爭，即嚴打社會性質、流氓惡勢力及組織性犯罪等涉黑涉惡案件，惟成效始終不彰；2006 年 2 月，配合「十一五」規畫實施，召開「全國打黑除惡專項鬥爭電視電話會議」，決定擴大開展行動，並由政法、紀檢、監察、宣傳及工商等部門組成「全國打黑除惡專項鬥爭協調小組」及其辦公室（簡稱「打黑辦」），藉以加強組織領導、監督檢查和打擊力度。2008 年 5 月，舉行「繼續深化打黑除惡專項鬥爭電視電話會議」，除總結 2 年來工作，並針對新形勢進行工作部署。

民工潮 大陸農村地區居民因農閒或其他因素大量離鄉工作，或在外地休假回鄉（特別是每年春節期間）所形成的人潮。改革開放初期，稱之為「盲流」，但因帶有歧視性，近年來改稱為「民工潮」；有些地方稱為「勞務大軍」。

民族區域自治 1984 年中共「六屆全國人大二次會議」通過「民族區域

自治法」，其原則爲在國家統一領導下，以少數民族聚居的地區爲基礎，建立相應的自治機關，行使自治權，中央政府在財力和物力上給予支援，以促進當地經濟文化發展，此外，另透過普通高等學校、民族大學（學院）、民族幹部學校，大力培養少數民族幹部和專業技術人員。目前，中共已建立 5 個自治區：內蒙古自治區、新疆維吾爾自治區、廣西壯族自治區、寧夏回族自治區、西藏自治區，以及 30 個自治州、120 個自治縣(旗)，以及 1,100 多個民族鄉。民族自治地方的自治機關爲自治區、自治州、自治縣（旗）的人民代表大會和政府；各自治區、自治州、自治縣（旗）的人大常委會主任或副主任，以及自治區主席、自治州州長、自治縣縣長，均由實行區域自治民族的公民擔任。

民間組織　指涉及政府與市場間的各類型社會組織，依照中共民政部統計指標，目前「合法登記」的民間組織主要類分爲「社會團體」、「民辦非企業單位」與「基金會」；截至 2007 年底，總數估計達 38.7 萬個，較上年增長 9.3%，涉及科、教、文、衛、勞動、民政、體育、環保、法律、社會中介、工商服務、農村專業經濟等領域。此外，諸如「中華全國總工會」、「共青團」、

「全國婦聯」以及「中國文聯」、「中國科協」、「全國僑聯」、「中國作協」、「中國法學會」、「對外友協」、「貿促會」、「中國殘聯」、「宋慶齡基金會」、「中國記者協會」、「中國紅十字總會」、「全國台聯」、「黃埔軍校同學會」、「外交學會」、「中國職工思想政治工作研究會」、「歐美同學會」等，雖同屬非政府性的社會組織，但因主要爲政治服務，故毋須在民政部門登記註冊亦屬「合法」組織，除主要任務、機構編制和領導職數均由中央機構編制管理部門直接確定，在很大程度上亦行使部分政府職能。

民辦非企業單位　根據中共「民辦非企業單位登記管理暫行條例」規定，民辦非企業單位意指企業事業單位、社會團體和其他社會力量以及公民個人利用非國有資產舉辦，從事非營利性社會服務活動的社會組織。其名稱須符合國務院民政部門規定，不得冠以「中國」、「全國」、「中華」等字樣。如：民辦醫療、學校、劇團、養老院、研究中心、圖書館等。

生產人口　在物質生產領域從事勞動的勞動力人口。即在農業、工礦業、建築業，以及爲生產服務的運輸業、郵電業、商業、飲食業和在其他部門中從事勞動的人口。

263

生態文明 中共「十七大」報告提出，要「建設生態文明，基本形成節約能源資源和保護生態環境的產業結構、增長方式、消費模式」。是指以人與自然、人與人和諧共生、全面發展、持續繁榮爲基本宗旨的文化倫理形態。其具體內涵包括以下幾方面：

(1)人與自然和諧的文化價值觀。樹立符合自然生態法則的文化價值需求，體悟自然是人類生命的依託，自然的消亡必然導致人類生命系統的消亡，尊重生命、愛護生命並不是人類對其他生命存在物的施捨，而是人類自身進步的需要，把對自然的愛護提升爲一種不同於人類中心主義的宇宙情懷和內在精神信念。

(2)生態系統可持續前提下的生產觀。遵循生態系統是有限的、有彈性的和不可完全預測的原則，人類的生產勞動要節約和綜合利用自然資源，形成生態化的產業體系，使生態產業成爲經濟增長的主要源泉。物質產品的生產，在原料開採、製造、使用至廢棄的整個生命周期中，對資源和能源的消耗最少、對環境影響最小、再生迴圈利用率最高。

(3)滿足自身需要又不損害自然的消費觀。提倡「有限福祉」的生活方式。人們的追求不再是對物質財富的過度享受，而是一種既滿足自身需要、又不損害自然，既滿足當代人的需要、又不損害後代人需要的生活。這種公平和共用的道德，成爲人與自然、人與人之間和諧發展的規範。

生態省建設 2000 年中共國務院制頒「全國生態環境保護綱要」明確提出，大力推進生態省、生態市、生態縣和環境優美鄉鎮的建設，即以區域可持續發展爲目標，將區域經濟發展、社會進步、環境保護三者有機結合起來，總體規畫，合理佈局，統一推進。被列爲「生態省（市、縣）」的地區不僅要加強環境保護與生態建設，提高群眾生態環境意識，保護和改善生態環境，且要大力培育生態產業，發展生態經濟，增強經濟實力，提高生活品質。截至 2006 年底，大陸已有海南、吉林、黑龍江、福建、江蘇、浙江、山東、廣西、安徽、四川等 15 個省區開展生態省建設，150 多個市（縣、區）開展生態市（縣、區）創建工作，通過考核驗收並被命名爲國家級生態示範區的總數達 300 個。

申遺 「申遺」是申報「世界遺產」的簡稱。爲保護世界文化和自然遺產，1972 年 11 月 16 日，聯合國教

科文組織第 17 屆大會通過「保護世界文化和自然遺產公約」；1976年，世界遺產委員會成立，並建立「世界遺產名錄」。前述「公約」和「世界遺產名錄」對世界遺產的定義和列入條件，均作出詳細解釋，並制定相關規定。2003 年 10月 17 日，聯合國教科文組織第 32屆大會通過「保護非物質文化遺產公約」，將狹義的文化遺產又分爲兩類：物質文化遺產和非物質文化遺產。前者是具有歷史、藝術和科學價值的文物；後者則是「被各社區、群體，有時是個人，視爲其文化遺產組成部分的各種社會實踐、觀念表述、表現方式、知識、技能，以及與之相關的工具、實物、手工藝品和文化場所」。

　　能被世界遺產委員會列入「世界遺產名錄」的地方，可成爲世界級名勝，接受「世界遺產基金」提供的援助，並可由相關單位組織遊客進行遊覽。由於可藉全球的關注與保護提高知名度，且能得到可觀的經濟效益和社會效益，各國莫不積極申報「世界遺產」。中共除訂定每年 6 月第二個星期六爲「中國文化遺產日」，設立非物質文化遺產保護中心等舉措，亦積極「申遺」，顯示日益重視文化遺產，更能藉此對外宣傳國家形象。

皮書　「皮書」最早是以「白皮書」（White Book or White Paper）的形式出現於 18、19 世紀的英國，特指一般政府文告。根據各類機構所提出不同性質、不同內容的書面報告或研究成果，各種顏色的「皮書」因應而生，較廣泛運用者概有以下4 類：

(1)白皮書：是由官方制定、發布、闡明及執行的規範報告，如政府發表的短篇報告或政治性官方聲明。

(2)藍皮書：是由第三方完成的綜合研究報告，如議會出版物、名人錄、指南、手冊，甚至於紀念畫冊。

(3)紅皮書：是關於危機警示的研究報告，如美國於 1977 年出版的「關於危險物品運輸紅皮書」，以及國際電信組織所發行的「國際電信聯盟紅皮書」等均屬之。

(4)綠皮書：是關於樂觀前景的研究報告，如中國大陸出版的「農村綠皮書」、「科學發展報告」等。

　　此外，尚有黃皮書（過去中、法等國政府發表的重要報告書習慣使用黃色封皮，故名之）、黑皮書（匈牙利 1949 年發行「公審明曾蒂」一書，封皮爲黑底黃字，稱之）、灰皮書等，但運用較少。

立案　檢察機關對犯罪線索進行初步調查後，認爲存在職務犯罪事實

並需要追究刑事責任時，依法決定作爲刑事案件進行偵查的訴訟活動，是追究犯罪的開始。

六畫

伊妹兒　「伊妹兒」（台灣有時稱「伊媚兒」）即英文 e-mail 的擬人化音譯名，較正式的中文名稱是「電子郵件」，簡稱「電郵」。由於電子郵件方便快捷、費用低廉，只要使用能連上網際網路（互聯網）的電腦就能收、發電子郵件，因此，在中國大陸應用越來越廣泛。

全面建設小康社會　「小康社會」發端於鄧小平對「在本世紀末實現四個現代化」的現實思考。初始，建設小康社會的目標，側重於解決溫飽問題，直至 1997 年，在人均國民生產總值提前實現翻兩番的情況下，中共又提出「使人民的小康生活更寬裕」的歷史任務。2000年，中共「十五屆五中全會」首次提出「全面建設小康社會」，此後，「十六大」報告進一步明確「全面建設小康社會」內涵，提出要在本世紀頭 20 年，集中力量，全面建設惠及十幾億人口的更高水準的小康社會。「十七大」報告則進一步提出全面建設小康社會的新要求，包括在優化結構、提高效益、降低消耗、保護環境的基礎上，實

現人均國內生產總值到 2020 年比 2000 年翻兩番。

全國中小學危房改造工程　指中共 2001 年開始實施對大陸中小學危房改造的工程。該工程分兩期，2001－2002 年爲第一期，中共中央財政安排專項資金 30 億元；2003－2005 年爲第二期，中央財政安排專項資金 60 億元。2001－2005年，全大陸納入農村中小學危房改造規畫的專案學校共 6 萬餘所，累計改造危房 7,800 萬平方公尺，3,400 多萬名師生從危險校舍中搬進新校舍。從 2006 年起，全大陸農村義務教育階段中小學校校舍維修改造，均納入農村義務教育經費保障機制中統一規畫。

全國文化資訊資源分享工程　中共文化部 2001 年開始，將優秀文化資訊資源進行數位化加工整合，通過互聯網和衛星等資訊管道傳送到基層文化單位根據「十一五」規畫提出到 2010 年基本實現鄉鄉有文化站。

再分配　亦稱社會轉移分配，指在初次分配結果的基礎上，各收入主體間透過各種渠道實現現金或實物轉移的一種收入再次分配過程，也是政府對要素收入進行再次調節的過程。主要包括：⑴收入稅：居民和企業等各收入主體當期得到

的初次分配收入依法應支付的所得稅、利潤稅、資本收益稅和定期支付的其他經常收入稅。政府以此對企業和個人的初次分配收入進行調節。(2)財產稅：居民等財產擁有者，根據現有財產狀況，依法繳納的動產稅和不動產稅，如房產稅、遺產稅等，政府以此對居民收入進行的調節屬於存量調節。(3)社會繳款：居民為維持當前和未來的福利，保證在未來各個時期能獲得社會福利金，而對政府組織的社會保險計畫或各個單位建立的基金所繳納的款項，如失業保險、退休保險、醫療保險計畫等。(4)社會福利：指居民從政府獲取的、維持最基本生活的收入，主要包括社會保險福利金（如失業金、退休金、撫恤金、醫療保險金等）和社會救濟金（如生活困難補助、救濟金）。(5)其他轉移收支：包括政府內部轉移收支本國政府與外國政府國際組織之間的援助、捐贈、會費繳納等，對私人非營利性機構的捐贈、贊助等轉移收支；居民之間的內部轉移收支，如城鎮居民對農村居民的轉移收支。再分配主要由政府調控機制起作用，政府進行必要的宏觀管理和收入調節，是保持社會穩定、維護社會公正的基本機制。

各單位的從業人員 在中共各級國家、政黨機關、社會團體及企業、事業單位中工作，取得工資或其他形式的勞動報酬者。包括在崗職工、再就業的離退休人員、民辦教師，以及在各單位中工作的外方人員和港澳台方人員、兼職人員、借用的外單位人員及第二職業者，不包括離開本單位仍保留勞動關係的職工。各單位的從業人員反映各單位實際參加生產或工作的全部勞動力。

合法收入 勞動者透過誠實勞動取得的收入，經營者透過合法經營取得的利潤，以及資本、技術生產要素，參與收益分配得到的收入，又稱為「白色收入」。

合法勞動收入 一般勞動者的收入是勞動所獲得的報酬，而私營企業主、個體工商戶的收入屬於混合收入，包括勞動收入、經營管理收入、資本要素收入等，只要不違法，即是合法收入。

在崗職工 在本單位工作並由單位支付工資者，以及有工作崗位，但因學習、病傷產假等原因暫未工作，仍由單位支付工資的人員。

安康計畫 「中國兒童少年基金會」於 2000 年 5 月推出實施，旨在使兒童「遠離失學、遠離疾病、遠離傷害、遠離犯罪」的大型公益專案。

成都宣言 2007年9月2日中共在四川成都舉辦第4屆世界華文傳媒論壇，並通過「成都宣言」，指出：1.華文要爲構建和睦相融、合作共贏、團結友愛、充滿活力的華僑華人社會提供良好的輿論氛圍。2.華文傳媒要在華人社會倡導「和而不同」的文化觀念；「和衷共濟」的公德思想；「和氣生財」的商業道德；「和協萬邦」的政治理念。3.華文傳媒要爲華僑華人融入當地主流社會，與住在國人民和諧相處提供融洽友好的環境，消除因文化差異導致的族群矛盾衝突。4.華文傳媒與所在國主流媒體之間，與大陸傳媒之間，要加強合作，發揮各自優勢，互補互惠互利，公平競爭，有序發展，努力實現媒體間的資源共享，共贏發展。5.要樹立大奧運報導意識，要報導和展示中國民主、進步、文明、開放的國家形象和歷史進程。6.從事傳媒工作的新聞人，要爲全球華文讀者提供有效多元的資訊服務。

華文論壇已舉辦4屆，前3屆分別是2001年在江蘇南京，2003年在湖南長沙、2005年在湖北武漢召開，以後隔年將繼續舉行。

年中人口數 每年6月30日24時或7月1日零時的人口數，主要經由人口經常登記或抽樣調查取得，大陸第四次人口普查數據均是年中人口數。

年平均人口數 每年內各時點人口的平均數。年初人口數、年末人口數、年中人口數均屬於時點人口指標，反映某一時點（年初、年末、年中）的人口規模，不能反映一年的人口規模。年平均人口數則能綜合反映全年的人口規模，屬於時期人口指標。取得年平均人口數量常用方法有：⑴（年初人口數＋年末人口數）／2；⑵直接用年中人口數代替。

年末人口數 每年12月31日24時的人口數，或下年1月1日零時的人口數，即下年的年初人口數。年末人口數或下年年初人口數主要透過人口經常登記或抽樣調查推算辦法取得，亦可用（上年年末人口數＋本年出生人數－本年死亡人數＋本年遷入人數－本年遷出人數）求得。

年初人口數 每年1月1日零時的人口數，或上年12月31日24時的人口數，即上年的年末人口數。

年齡構成類型 按照反映年齡構成的指標和一定標準，將不同人口集團或同一人口集團的不同時期區分爲不同類別。人口年齡構成類型通常分3種：年輕型、成年型、老年型，從發展來看，又相應稱爲增長型、

靜止型、縮減型。年輕型、老年型人口與人口年輕化、人口老化是既有聯繫又有區別的兩類概念，後者是說明一個人口集團年齡構成變化的趨向，反映動態過程。人口年齡構成類型由年輕型向成年型變化，稱為人口老化；反之，由老年型向成年型變化，稱為人口年輕化。

區分	年輕型	成年型	老年型
少年兒童係數（0～14歲人口在總人口中的比重）	40%以上	30～40%	30%以下
老年人口係數（≥65歲人口在總人口中的比重）	5%以下	5～10%	7%以上
老少比（≥65歲人口／0～14歲人口）	15%以下	15～30%	30%以上
年齡中位數	20歲以下	20～30歲	30歲以上

次生災害 依據中共「國家地震應急預案」，次生災害指「地震造成工程結構、設施和自然環境破壞而引發的災害，又稱衍生災害。如火災、爆炸、瘟疫、有毒有害物質污染以及水災、泥石流和滑坡等對居民生產和生活的破壞」。2008年5月12日四川境內發生芮氏8級的「汶川大地震」後，地震災區出現多處堰塞湖、土石崩塌等危及居民生命財產安全的狀況，即屬次生災害。

死亡率 又稱粗死亡率，指在一定時期內（通常為一年）一定地區的死亡人數與同期平均人數（或期中人數）之比，一般用千分率表示。計算公式為：

死亡率
＝年死亡人數／年平均人數
× 1000‰

灰色收入 指除工資等公開合法的白色收入之外，且不屬於非法的收入，多數是利用政策或制度上的漏洞等灰色地帶而賺取的額外收入。灰色收入係相對於「白色收入」、「黑色收入」而言，包括個人的兼職、承包轉讓、勞務報酬、財產租賃、投稿、翻譯、利息、股息、紅利、遺產繼承等收入，以及專利權的轉讓、專利實施許可和非專利技術的提供轉讓取得的收入，個體工商戶的收入亦可列入。由於上述方式的收入，不像「白色收入」般透明，當事人一般不願公開；但又毋須像「黑色收入」般嚴加保密，係界於兩者之間的收入，故稱「灰色收入」。

百千萬人才工程 指20世紀90年代初，中共人事部和「國家科委」組織實施的一項人才工程，旨在培養造就跨世紀學術和技術帶頭人。1995年12月31日，國務院實施「百

千萬人才工程」，其總目標是到 20
世紀末，在以自然科學爲主及對國
民經濟發展影響重大的科學領
域，造就 100 名 45 歲左右，能進
入世界科技前沿，在世界科技界享
有盛譽或有較大影響的傑出青年
專家；1,000 名 45 以下，具有國內
先進水平，保持學科優勢的學術和
技術帶頭人；10,000 名 30-40 歲，
在各自學科領域裡有較高造詣，成
績顯著，發揮骨幹或核心作用的帶
頭人後備人選。

老少比 老年人口數與少年兒童人
口數的比值，用百分數表示。

公式：老少比
＝（65 歲人口數／0～14 歲人口數）
　× 100‰

老少邊窮 革命老根據地（老）、少
數民族地區（少）、西北邊境地區
（邊）、貧困地區（窮），合稱「老
少邊窮」地區，亦稱爲「老少邊貧」
地區，均爲大陸最貧困落後的地
區。據統計，人均年純收入在
150-200 元之間，人均年佔有糧食
只有 150-200 公斤。

老年（人口）係數 又稱老年人口比
重。是指老年人口占總人口的百分
比。老年人的年齡起點一般定爲 60
歲或 65 歲。

公式：老年係數
＝（60 或 65 歲人口數／總人口數）
　×100‰

老齡化 「老齡化」爲「人口老齡化」
的簡稱，亦可稱爲「老年化」。聯
合國將各國人口的年齡結構，分爲
三種類型，即：65 歲以上人口占總
人口 4%以下者，稱爲「年輕型國
家」；65 歲以上人口占總人口
4%-7%者爲「成年型國家」；65 歲
以上人口占總人口 7%以上者則是
「老年型國家」。故一個國家（或
地區）的 65 歲以上老年人口達到
或超過總人口 7%，便進入人口老
齡化狀態。中共 2000 年進行的第
五次人口普查顯示：當年 65 歲以
上老年人口，已經占總人口的
6.96%，接近「老年型國家」，且近
年來老齡化有以下特點：(1)老齡化
的速度很快；(2)老年人口的絕對數
量很大；(3)老年扶養係數（65 歲以
上人口占 15-64 歲勞動人口的比
例），在 30 年後將會很大。

考研 報考研究所簡稱「考研」。中
共各大專院校及各省市「社科院」
等科研單位，均有招收研究生。碩
士研究生實行全大陸統一招生制
度，但招生單位有較大的自主權；
博士研究生則實行招生單位自主
招生制度。全日制碩、博士生，就

讀時間至少 3 年。近年有部分碩士博士連續課程，4-5 年即可唸完。改革開放後，逐漸形成尊重知識、尊重知識分子的風氣；而「知識化」是鄧小平推行幹部「四化」之一，想當幹部或找個好工作，學歷日顯重要，故報考研究生繼續深造者越來越多。

自主知識產權 意指在科學、技術、文化藝術等領域從事智力活動而創造的財富，主要是專利權（亦稱工業產權），也包含部分著作權和商標權，為法律所確認的產權，相較於其他產權，知識產權具專有性、地域性和時間性。

自主創新 自主創新是相對於技術引進、模仿而言的一種創造活動，指透過擁有自主知識產權的獨特核心技術以及在此基礎上實現新產品價值的過程。創新所需的核心技術源於內部的技術突破，擺脫技術引進、技術模仿對外部技術的依賴，依靠自身力量，透過獨立的研究開發活動而獲得，其本質是把握創新核心環節的主動權，掌握核心技術的所有權。自主創新的成果，一般體現為新的科學發現以及擁有自主知識產權的技術、產品、品牌等。

西藏問題 既是民族的文化復興運動，又涉及政治、宗教、民族、人權等元素，而關鍵則在於主權爭議。就中共官方立場，西藏自古以來即屬中國領土，但就西藏部分人士而言，卻不是「古已有之」，亦非相互供養關係，而是延伸為一種擺脫「漢人統治」及對政治權威和穩定的需求。凡此歷史因緣及時代背景，亦為日後衝突之肇因。1959 年 6 月，西藏發動大規模「武裝鬥爭」，要求「西藏獨立、趕走漢人」，旋遭中共武力鎮壓，導致西藏政教領袖達賴喇嘛及無數藏人被迫流亡印度。自 80 年代初起，雙方雖經多次接觸，然缺乏互信與共識，迄今未獲任何進展與成果。目前，中共認為「西藏問題」即是以美國為首的「國際敵對勢力」，利用「人權牌」、「宗教牌」欲對其實施西化、分化戰略的突破口。2008 年 3 月 10 日，西藏拉薩發生近 20 年來最大騷亂抗爭，除遭中共強力鎮壓，業被定調為「達賴喇嘛在幕後煽動」。

七畫

克隆 克隆是 clone（無性繁殖）的音譯，原意指：由同一個祖先細胞分裂繁殖而成的純細胞系，又稱無性繁殖細胞系。克隆技術，即利用動物的體細胞而非生殖細胞（卵子和精子），培育成另一個成體的繁

殖方式。雄性動物的體細胞繁殖出的後代為雄性，反之則為雌性。克隆出的後代，與提供細胞的動物有完全相同的基因，惟因後天生長環境不同，與其「母親」或「父親」不一定長得完全一樣。

希望工程 中共雖竭力提高學齡兒童就學率與升學率，但仍有許多兒童失學。「中國青少年發展基金會」（簡稱「青基會」）於 1989 年 10 月 30 日建立「救助貧困地區失學少年基金」，發動海外捐贈助學，簡稱為「希望工程」，意指要為失學兒童締造希望。

扶貧 1958 年中共實施「人民公社」制度，規定對生活困難之社員，得經群眾討論同意後給予補助，其條件為「全年收入不能滿足基本生活需要」。其後歷經「人民公社化運動」及「文化大革命」，前者基於認為農村公社化已消滅貧困，毋須再行社會救濟，後者則因撤銷社會救濟主管機構內務部及各級民政部門，各地社會救濟制度 2 度陷入癱瘓。改革開放後中共廢社建鄉，1982 年並著手農村經濟體制改革，同時為保持農村穩定，逐步恢復社會救濟，改變過去單純生活救濟，以多種方式扶持貧困戶及優撫對象發展生產，增強其抵禦災害能力。1985 年，中共確定人均年純收入 200 元（人民幣，下同）作為貧困線，此後根據物價指數逐年微調；貧困線之下，另設置收入更低的絕對貧困線。依據中共 2004 年人均純收入低於 668 元之標準，大陸農村絕對貧困人口已由 1978 年 2.5 億降至 2610 萬人；然依年人均純收入 669-924 元之標準（與國際社會通行的每人每天消費 1 美元之貧困標準較為接近），農村則仍有 4,977 萬低收入人口。

批准逮捕 檢察機關對公安機關、國家安全機關、監獄管理機關提出逮捕的犯罪嫌疑人進行審查，根據事實，依法作出逮捕決定。

村居民家庭生活消費支出 農村常住居民家庭用於日常生活的全部開支，為反映和研究農民家庭實際生活消費水準高低的重要指標。

沙塵暴 沙和塵在暴風挾帶下吹襲，形成的沙塵風暴，稱為「沙塵暴」；有時，只有塵沒有沙的風暴，亦稱為「沙塵暴」。沙塵暴的境外源頭在外蒙古南部的戈壁灘；境內源頭在內蒙古西部的中央戈壁灘；內蒙東南部的科爾沁沙地、渾善達克沙地；新疆北、東、南部沙漠；以及寧夏、甘肅的沙漠。內蒙古渾善達克沙地位於北京正北方，距北京不足 200 公里，是最接近北京的沙塵暴源頭。據中共國家

局 2008 年林業報告統計，近 50 年來，強大沙塵暴在大陸發生率成急速上升趨勢，發生次數由 20 世紀 50 年代的 5 次增加到 90 年代的 23 次，且強度大、間隔時間短，已嚴重威脅到北京環境安全。

沙漠化　由於過度放牧及開發土地，原來的耕地、山坡或草原等良好的土地受侵蝕，逐漸荒廢被沙覆蓋，變成沙漠或半沙漠，稱爲「沙漠化」，又稱爲「沙化」。中共爲地球上受沙漠化危害最嚴重的國家之一，北方 11 個省區 200 多個縣約有 34 萬多平方公里嚴重沙漠化，危及約 5,000 萬人口，近 6,000 種動植物生存受到威脅，甚至瀕臨絕種。

決定起訴　檢察機關對公安機關、國家安全機關、監獄管理機關和檢察機關內設機構反貪污賄賂部門移送起訴的刑事犯罪嫌疑人進行審查，根據事實，依法向人民法院提起公訴。

決定逮捕　檢察機關對直接受理、自行偵查的案件，認爲需逮捕犯罪嫌疑人時，依據法律作出的逮捕決定。

豆腐渣工程　中共國務院前總理朱鎔基以「豆腐渣」比喻品質低劣、不堪一擊的工程，稱爲「豆腐渣工程」。1998 年 8 月 7 日，江西九江長江堤防被洶湧洪水衝垮，震驚全大陸。事發前，當地領導幹部向中共中央保證該地「固若金湯」，但災後在倒塌的防洪牆裡卻發現沒有任何鋼筋，因而到當地巡視的朱鎔基憤而斥之爲「豆腐渣工程」。此後凡因品質低落而造成損害的工程一般均喻之「豆腐渣工程」。

八畫

事業單位　一般是將各類學校、文化團體、科研機構、醫院、出版社、氣象台等機構稱爲事業單位。事業單位既不同於國家機關、黨派機關和社會團體，也不同於企業單位，它廣泛服務於整個社會的各領域和各方面。事業單位亦是以腦力勞動者爲主體的知識密集型組織，其主要勞動成果是知識產品，爲國家創造或改善生產條件，增進社會福利，不斷滿足人民文化、教育、科學、衛生等方面日益增加的需要。事業單位機構與人數的發展，是國家經濟建設發展的必然結果，甚至有人稱以科學、教育、衛生等爲主體的事業單位發展，是衡量一個國家經濟力量大小、生產力水平高低和文明程度的主要標誌之一。

侃爺　此爲北方方言，指特別會吹牛、說三道四、漫無邊際聊天的人。「侃」字原有剛直、從容不迫

之意；「爺」是對長輩或主人的敬稱。改革開放後出現的「侃爺」，往往褒貶意並存。

兩免一補政策　中共自 2001 年起，對農村義務教育階段貧困家庭學生就學，實施「免雜費、免書本費、逐步補助寄宿生生活費」的資助政策，其中中央財政負責提供免費教科書，地方財政負責免雜費和補助寄宿生生活費。

兩基　為「基本普及九年制義務教育，基本掃除青壯年文盲」之簡稱。

其他單位職工　在聯營經濟、股份制經濟、外商投資經濟、港、澳、台投資經濟單位工作，並由其支付工資的各類人員。

到位　原意指到達預定的地點或位置；但有多種轉意，如：⑴指投資、籌措、劃撥的資金或物資已經落實，圓滿解決；⑵政策、法令或指令，已經按計畫執行；⑶指政治思想工作確實開展等。

受理勞動爭議案件數　勞動爭議仲裁委員會根據國家有關規定，對勞動爭議當事人的申請予以審查，符合受理條件而正式立案、準備處理的勞動爭議案件數。

委培生　意指由用人單位提供培養經費，高等學校接受委託而代為培養的學生。委託培養招生一律採用合同制；委培合同由用人單位與高等學校，依據相關政策規定，並報招生所在省、區、市招生委員會審核。委培生畢業後必須到委培單位工作，服務期限原則上如同國家任務招收的學生，以 5 年為宜，最多不超過 8 年。

定向生　「定向就業」招生，係為幫助邊遠、少數民族地區和工作環境較艱苦的行業培養人才，保證其得到一定數量的畢業生而制定的政策。普通高校可以按招生計畫的一定比例適當列入「定向就業」招生計畫；考生自願填報有關高校定向就業招生志願，一旦被錄取，即為「定向生」。大部分定向生可免交學雜費，並根據學習和表現情況享受定向獎學金。定向生畢業後必須到定向地區或定向單位工作，服務期限一般不超過 6 年（含見習期 1 年），服務期滿後允許流動；拒絕去定向地區或定向單位工作者，須退還所得全部獎學金，補交學雜費，並向學校繳納部分增減費。

官倒爺　官商結合，利用特權炒賣（中共稱為「倒賣」）商品的公司；或從事此種活動者，被稱為「官倒爺」或簡稱「官倒」。1988 年 8 月 18 日，「人民日報」發表題為「治治官『倒』」的評論員文章，首次由官方解釋「官倒爺」的含意，內

文稱：「群眾把這些官商結合、倒騰緊俏物質和產品的公司稱爲『官倒爺』、『大倒爺』。它們比起形形色色的沒有『官』色彩的『小倒爺』來危害更大。『官倒爺』的要害是官商結合。有的是政企不分，兩塊牌子，一套人馬，既有行政管理權，又有經營權；有些是政府官員與一些公司攪和在一起，掛董事長、顧問的頭銜，明作靠山，批條子、通路子，暗當後台；有的是離退休幹部辦起的公司，說是發揮「餘熱」，實際是發揮「餘權」。這些官商結合的公司憑藉手中的權利，倒騰緊俏商品，層層加價，一夜暴富。這當中自然也少不了行賄受賄、化公爲私、中飽私囊的勾當。」1989 年中，北京「六四事件」以及各地發生的大規模學運，學生要打倒主要目標之一，便是「官倒」。

官商 原指政府機構（官）辦的商業機構（商）；相對而言，民營的商業、企業，稱爲「民企」。但改革開放後的官商，是指官與商的結合，即官倒或官倒爺。

官爺 原爲封建時代對政府官員的尊稱，但改革開放初期，因官商橫行，中飽私囊，幹部貪污腐敗現象十分嚴重，故民間稱幹部爲「官爺」，帶有貶意。

房改 住房制度改革之簡稱。1980 年 6 月，中共國務院正式宣佈執行住房商品化政策，改變以前「公家包，低租金」的住房制度，並明確指出房改的總體思想和目標爲：改革低租金的住房福利分配制度，實現住房商品化。

所有者權益 指對財產或資產具排他性的所有、占有、支配、使用等權利。此種財產權可進行市場交換，而財產在使用中則能不斷增值。

東突 2001 年「9.11」事件後，中共順勢結合國際「反恐」浪潮，將發生在新疆的獨立運動定性爲國際恐怖主義的一部分，並加緊對地區維吾爾族的控制。2003 年 12 月 15 日，中共公安部公布首批認定的 4 個「東突」恐怖組織，分別是「東突厥斯坦伊斯蘭運動」、「東突厥斯坦解放組織」、「世界維吾爾青年代表大會」及「東突厥新聞資訊中心」。其中，「東突厥斯坦伊斯蘭運動」（又稱「東突厥斯坦伊斯蘭黨」、「眞主黨」、「東突厥斯坦民族革命陣線」、「東突伊斯蘭運動，簡稱『東伊運』」），最早於 1993 年由新疆和田人買買提托乎提和阿不都熱合曼在大陸境外發起成立，同年解散，1997 年艾山·買合蘇木和阿不都卡德爾·亞甫泉再次發起。該年，其策劃新疆烏魯木齊公車爆

炸案，並宣稱「96 年大幹，97 年動手，2000 年實現獨立」，其宗旨是在新疆建立一個政教合一的「東突厥斯坦伊斯蘭國」。中共與美國均將其認定爲恐怖組織，2002 年 9 月 11 日聯合國亦將其列入恐怖組織名單，爲中共最關注的「疆獨」恐怖組織。

法輪功 又稱「法輪大法」，全名爲「法輪大法研究會」，是李洪志於 1990 年代在中國大陸創立的一種修練方式。其功法不同於一般氣功，係著重心性的修練，強調「眞、善、忍」。一些人認爲法輪功借用許多佛教觀念，如法輪、業等，因而視爲一種宗教；但法輪功學員認爲「法輪」和「業」均非佛教專用，其中業的概念在婆羅門教或更早的修練方法和宗教就已經存在。法輪功基本內容都在據信由李洪志所著的「轉法輪」一書中，書中稱其指導內涵爲「眞、善、忍」：眞是指做眞事、講眞話、做眞人；善是指做事要有善心，先考慮別人；忍即遇事要忍。要「修練」到「高層次」，須先提高自己的心性，亦即人心道德，並要在日常生活工作做到「眞、善、忍」，而動作只是輔助修練的手段。法輪功思想包含因果報應的內容，認爲人的前世所造之業需要化解，因而法輪功學員

應承受一些自身的業力並持之以恆的修練，以實現高層次、達到解脫；有緣人一開始修練法輪功，師傅便會在其小腹部位的另外時空下一個「法輪」，以助其淨化身體和練功，此亦爲法輪功名稱的由來。

中共民政部透露，在中國大陸的法輪功信徒有 200 萬人；海外估計有 6,000 萬之多；信徒之中，中共黨員、幹部有十餘萬人。1999 年 4 月 25 日，萬餘名練功者在中南海晨練示威，使中共高層震驚並決定鎮壓；同年 7 月，中共宣佈法輪功爲非法組織，並予以嚴格取締。其後，更以邪教組織爲名給予輿論撻伐及對信眾的迫害。但在其他國家和地區，法輪功仍可合法在公共場所自由練功。迄今，法輪功信眾仍持續堅持利用網站、報紙、廣播和電台宣傳其理念，在大陸境內外反抗中共鎮壓，如 2003 年開展審判江澤民、鼓勵幹部退黨。

盲流 最早出現在 1952 年。當時，大陸許多農民進入城市找工作，使城市失業人口增加、農村春播受到影響。當年 11 月 26 日，中共中央人民政府內務部社會司在「人民日報」發表「應勸阻農民盲目向城市流動」文章。1980 年代末，由於經濟迅速發展，大量農民湧入城市，

在工作機會、公共交通、生活等方面，與城市居民產生衝突，「盲流」一詞重新「流行」。直至 2003 年 6 月，中共國務院頒布「城市生活無著的流浪乞討人員救助管理辦法」，廢止沿用多年的收容遣送制度，「盲流」一詞最終退出歷史舞臺。

知識創新工程 1998 年，中共「國家科技教育領導小組」第一次會議決定啟動「知識創新工程試點」專案，以「中科院」作為國家創新體系建設的試點單位。總體目標是：到 2010 年前後，將「中科院」建設成瞄準國家戰略目標和國際科技前沿、具有強大和持續創新能力的國家自然科學與高技術的知識創新中心；成為具有國際先進水準的科學研究基地、培養造就高級科技人才的基地和促進高技術產業發展的基地；成為有國際影響的國家科技知識庫、科學思想庫和科技人才庫。試點工作分三個階段，1998-2000 年為啟動階段；2001-2005 年為全面推進階段；2006-2010 年為優化完善階段。

社會互助 在政府鼓勵和支持下，社會團體和社會成員自願組織和參與的扶弱濟困活動，具有自願和非營利特徵，其資金主要來自社會捐贈與成員自願交費，政府往往從稅收等方面給予支持。大陸社會互助主要形式包括：工會、婦聯等群眾團體組織的群眾性互助互濟；民間公益事業團體組織的慈善救助；城鄉居民自發組成的各種形式的互助組織等。

社會和諧 中共自「十六大」提出「社會更加和諧」的要求後，繼於「十六屆四中全會」提出構建社會主義和諧社會的戰略任務，到「十六屆六中全會」進一步通過「中共中央關於構建社會主義和諧社會若干重大問題的決定」，中共對和諧社會構想是要建立一個民主法治、公平正義、誠信友愛、充滿活力、安定有序、人與自然和諧相處的社會。其目標是：

——社會主義民主法制更加完善，依法治國基本方略得到全面落實，人民的權益得到切實尊重和保障；

——城鄉、區域發展差距擴大的趨勢逐步扭轉，合理有序的收入分配格局基本形成，家庭財產普遍增加，人民過上更加富足的生活；

——社會就業比較充分，覆蓋城鄉居民的社會保障體系基本建立；

——基本公共服務體系更加完備，政府管理和服務水準有較大提高；

——全民族的思想道德素質、科學文化素質和健康素質明顯提高，良好道德風尚、和諧人際關係進一步形成；

——全社會創造活力顯著增強，創新型國家基本建成；

——社會管理體系更加完善，社會秩序良好；

——資源利用效率顯著提高，生態環境明顯好轉；

——實現全面建設惠及十幾億人口的更高水準的小康社會的目標，努力形成全體人民各盡其能、各得其所而又和諧相處的局面。

社會保障卡 全稱為「中華人民共和國社會保障卡」，係由中共勞動和社會保障部統一規畫，各地勞動保障部門向社會發行，應用於各項有關業務領域的積體電路卡（IC卡）。其中，向城鎮從業、失業和離退休人員發放者，稱為社會保障（個人）卡，向用人單位發放者，稱為社會保障（用人單位）卡，所謂社會保障卡，通常指前者。其卡面和卡內均記載持卡人姓名、性別、公民身分號碼等基本資訊，卡內另標識持卡人個人狀態（就業、失業、退休、失業等），可記錄持卡人社會保險繳費情況、養老保險個人帳戶資訊、醫療保險個人帳戶

資訊、職業資格和技能、就業經歷、工傷及職業病傷殘程度等。持卡人可憑卡就醫，進行醫療保險個人帳戶結算；辦理養老保險事務；赴相關部門辦理求職登記和失業登記手續，申領失業保險金，申請參加就業培訓；申請勞動能力鑒定和享受工傷保險待遇等。

社會保障制度 大陸社會保障制度始建於 20 世紀 50 年代初，1951年中共曾頒布勞動保險條例，包括養老、傷殘、遺屬、疾病津貼、醫療、工傷和職業病、生育待遇等保障專案。此後，又相繼頒布救災救濟、優撫安置等系列社會保障政策，並根據社會發展對有關政策進行充實和調整。如 1984 年，開始企業職工養老保險制度改革，1986年，建立城鎮失業保險制度，1994、1996 和 1998 年分別開始實施生育保險、工傷保險和城鎮職工醫療保險制度改革，1999 年建立城市居民最低生活保障制度，2002年開始建立新型農村合作醫療制度。現階段大陸社會保障制度主要包括繳費型的社會保險，以及非繳費型的社會救濟、社會福利、優撫安置、社會互助等內容。

社會保險 以國家為主體，透過立法手段設立保險基金，當勞動者在年老、患病、生育、傷殘、死亡等暫

時或永久喪失勞動能力，以及失業中斷而失去收入來源時，由社會給予物質幫助和補償的一種社會保障制度。其與商業保險雖均有互助互濟，分擔風險，保障人民生活安定的功能，但保險目的、性質、對象、權利與義務對等關係、保障水準、立法範疇、管理體制皆不相同。最大的區別是社會保險為「憲法」規定的社會保障，並非以營利為目的，屬社會福利性質，是勞動者的基本權利，而商業保險是金融企業的經營活動，「多投多保，少投少保，不投不保」。目前大陸的社會保險包括基本養老保險、失業保險、基本醫療保險、工傷保險和生育保險5個專案，使勞動者在年老、失業、疾病、工傷、生育時獲得幫助和經濟補償，保障其基本生活和醫療。

社會建設 中共在「十七大」報告中，提出加快推進以改善民生為重點的社會建設，強調自教育、就業、分配、社保、醫療、完善社會管理等方面入手，期使人民學有所教、勞有所得、病有所醫、老有所養、住有所居。其基本內涵主要包括：1.社會事業，指國家為社會公益目的，由國家機關或其他組織舉辦的從事教育、科技、文化、就業、醫療、衛生等活動的社會服務；2.社會建設基本制度，指社會建設的

系列基本規則，包括城鄉管理制度、勞動就業制度、工資和收入分配制度、社會保障制度、社會福利制度等；3.社會公平與公正；4.社會秩序與規範；5.社會管理水平。

社會救濟 中共政府對因各種原因而無法維持最低生活水平的公民給予無償救助。救助的對象主要是：無勞動能力及生活來源者；雖有收入來源，但生活水準低於法定最低標準者；雖有勞動能力和收入來源，但由於意外災害使生活暫時無法維持者。

社會團體 自願組成，為實現會員共同意願，按章程開展活動之非營利性組織，如：學會、研究會、志願者團體、行業協會等。根據中共「社會團體登記管理條例」規定，現階段大陸的社會團體均帶有準官方性質，成立社會團體必須提交業務主管部門的批准文件，業務主管部門係指縣級以上各級人民政府有關部門及其授權的組織。

社會福利 中共政府和社會向特別需要關懷的社會成員提供必要援助，目前主要包括老人福利、兒童福利、殘疾人福利等。

社會福利企業單位 以安置城鎮具一定勞動能力的盲、聾、啞和肢體殘疾人員就業為目的，享受國家減

免稅待遇的國有或集體企業。包括福利工廠、福利商業和服務業、義肢廠和安置農場等單位。

社會福利事業單位　集中收養社會孤老、殘、幼的機構，包括由民政部門管理的社會福利院、兒童福利院、精神病人福利院和城鎮集體舉辦的福利院及農村集體舉辦的敬老院。

社會福利事業單位收養人數　包括民政部門管理和城鎮、農村集體舉辦的社會福利事業單位中，收養的老人、少年兒童、缺乏生活自理能力的殘疾人員和精神病人。

社會撫養費　中共指稱爲調節自然資源的利用和保護環境，適當補償政府社會事業公共投入的經費，而對不符合法定條件生育子女的公民所徵收之費用，屬於行政性收費，具有補償性和強制性特點。

社會藍皮書　「中國社會形勢分析與預測」課題俗稱「社會藍皮書」，係在中共中央領導關於社會科學研究要緊密結合實際，爲實現國民經濟和社會發展的第二步戰略目標服務的指示下，爲填補大陸社會形勢分析與預測方面的科研空白，由素有「中南海智囊」之譽的「社科院」於 1992 年立項爲重點課題。該課題自 1992 年立項後進展順利，取得顯著研究成果，已經成爲產官學各界觀察大陸社會形勢的權威刊物。

社會矛盾五大特徵　中共推動市場化、工業化、現代化和社會主義的改革，使大陸社會在變遷過程中矛盾問題突出，呈現五大特徵：1.社會矛盾顯形化。社會轉型期利益的分化與利益群體的形成，導致衝突頻發，成爲當今社會矛盾產生的內在根源，且有可能引一發系列的嚴重後果。2.矛盾衝突群體化。隨著利益的分化和調整，矛盾個體在利益選擇面前，往往會爲共同的利益集聚，使個體矛盾演變爲群體矛盾。同時，一些社會熱點、難點問題，往往也由於利益的相關聯性，獲得社會輿論的支持，形成社會矛盾群體化的心理基礎。在共同利益的驅動下不同利益群體，特別是利益受損群體形成強的凝聚力和較大的抗爭能量。3.矛盾博奕政治化。以往社會矛盾一般單純屬經濟社會問題，但轉型期簡單的問題往往會演變爲複雜的社會問題。矛盾個體不直接要求解決自身問題，而與轉型期的腐敗、人權保障等政治問題掛鉤。4.矛盾衝突異質化。群體結構的分化，身分可變性的增加，使社會異質性的增大，各個社會成員利益階層屬性也出現很大不同與分化，成爲一種新的社會矛

盾。最終形成轉型期社會經濟結構多樣化和利益主體多元的局面。5.矛盾解決複雜化。轉型期社會矛盾往往關係到某一群體或多個群體的共同利益，涉及的範圍和人員較為廣泛。一件偶發的社會矛盾事件，可生產連鎖反應，出現「交叉感染」，引發多起社會矛盾事件。

初次分配 指國民總收入（即國民生產總值）直接與生產要素相聯繫的分配。任何生產活動皆離不開勞動力、資本、土地和技術等生產要素，在市場經濟條件下，取得前項要素必須支付一定報酬，此種報酬即形成各要素提供者的初次分配收入。主要包括居民提供生產要素所得報酬收入，政府利用國家權力對貨物和服務的生產和再生產所徵收的生產稅和進口稅形成的初次分配收入，企業在扣除其固定資產消耗和其他運營成本及稅收後的淨營業盈餘形成的初次分配收入。初次分配主要由市場機制形成，生產要素價格由市場供求狀況決定，政府透過稅收槓桿和法律法規進行調節與規範，一般不直接干預初次分配。

返貧 返貧與脫貧（脫離貧困）是相反詞，指處於「飽而時饑，暖而還寒」的重返貧困現象。如陝南（陝西省南部）的秦巴山區是大陸最大的集中連片貧困區之一。雖然近年該地 90%以上的貧困農戶已解決溫飽問題，但在安康、商洛、漢中三地仍有眾多貧困戶在溫飽線上下徘徊，返貧率居高不下。貧困地區「返貧」的原因，除環境惡劣、扶貧工作存在腐敗等因素，尚包括：繳交子女高額學費；賭博成性；因缺乏牲畜防病、治病知識，被生病的牛、豬等牲畜拖累；農民本身醫療費太高；攀比送禮「爭面子」等。

金三角 世界四大毒品生產地之一，位置偏僻、山路崎嶇、交通閉塞，亦為寮國、緬甸、泰國交界之三不管地帶，因盛產鴉片著稱於世，為大陸毒品主要來源地之一。

金新月 世界四大毒品生產地之一，位於阿富汗、巴基斯坦及伊朗 3 國交界地帶，地域狀似彎月，根據中共「國新辦」2008 年 6 月發布消息指出，「金新月」地區已超越「金三角」，成為入陸毒品最大產地，且日趨專業、精細、規模化，藏匿毒品手法多樣。

非法收入 亦稱「黑色收入」，是指侵吞公有財產和偷稅逃稅、行賄受賄、權錢交易等非法手段牟取的經濟利益，包括透過權錢交易、貪污受賄、偷稅漏稅、走私販私、製假售假等非法手段獲得的收入，依法應予以打擊、取締和清繳。

非勞動年齡人口 指 14 歲及以下和 65 歲及以上人口。

非勞動收入 指透過資本、技術、經營管理等要素參與分配獲得的收入。其中，資本要素獲得的收入包括股金分紅、利息等；技術要素獲得的收入包括技術股份分紅、出售專利所得等；經營管理要素獲得的收入主要是透過股權激勵方式獲得的股份分紅等。私營企業主、個體工商戶的收入是混合收入，包括勞動、經營管理、資本要素收入等，只要不違法，均爲合法收入。

九畫

信訪 意指公民、法人和其他組織採用書信、電話、走訪（應當推選代表提出，代表人數不得超過 5 人）等形式，向各級政府、縣級以上各級政府所屬部門（以下簡稱各級行政機關）反映情況，提出意見、建議和要求，依法應由有關行政機關處理的活動。信訪人可向上級政府機關提出對政府的意見，官員失職、瀆職和侵害權利問題、批評、檢舉或投訴，或所有侵害到其自身利益的行爲。任何人不得報復、打擊壓制或逼害信訪人，保留信訪人提出意見的權利。若信訪人不服結果，可自行向其再上一級的政府機關提出，故有時亦稱「上訪」，即百姓「自下而上」將問題反映上級單位，盼有關部門解決之行爲。

「信訪」活動正式納入中共「政治制度」發展，約始於 1951 年「關於處理人民來信和接見人民工作的決定」。其後歷經 1982 年「黨政機關信訪工作暫行條例草案」、1984 年「加強縣一級紀檢信訪工作座談會紀要」及 1987 年「中央紀律檢查委員會關於處理檢舉、控告和申訴的若干規定」。直至 1995 年，中共國務院制頒「信訪條例」，始正式被納入法制化與制度化規範。2004 年底，鑑於「信訪條例」已不足應付改革深化、社會轉型後的「信訪洪流」，中共遂在原條例基礎上進行大幅增修（增修幅度高達 90%），並於 2005 年 5 月 1 日頒布實施。2007 年 3 月，又以因應新形勢新任務要求，制頒「關於進一步加強新時期信訪工作的意見」。

保險福利費用 企業、事業、機關單位在工資以外，實際支付給職工和離休、退休、退職人員個人，以及用於集體的勞動保險和福利費用。職工保險福利費用包括：醫療衛生費、文體宣傳費、集體福利事業補貼費、集體福利設施費，以及上述費用以外，單位支付給職工的保險福利費。

城鄉醫療救助制度 透過政府撥款和社會捐助等多管道籌資建立基金，對患大病的農村五保戶和貧困農民家庭、城市居民最低生活保障對象中未參加城鎮職工基本醫療保險人員、已參加城鎮職工基本醫療保險但個人負擔仍然沈重的人員，以及其他特殊困難群眾給予醫療費用補助（農村醫療救助亦可資助救助對象參加當地新型農村合作醫療）的救助制度。

城管 城市管理行政執法局，簡稱城管（執法）局，又稱「城管」，是本級政府相對集中行政處罰權的行政機關，具有獨立的執法主體資格，行使相對集中的行政處罰權，查處違法行為，並對作出的具體行政行為承擔法律責任。「城管」隸屬於市容管理辦公室管轄；而市容管理辦公室則為城市管理局的事業單位，其職責是對城市市容市貌、佔道擺攤、亂搭亂建等影響市容的現象進行整頓治理。同時，「城管」亦指市容管理執法人員，「城管」有權對違規當事人進行教育或罰款，對違規物品在出具暫扣證明後進行暫扣，當事人可憑暫扣證明去城管辦公室接受教育或罰款，保證以後不會再犯後可以領回被扣物品。理論上「城管」未具沒收物品的權力。在實際「執法」過程中，

由於法律未盡完善，「城管」普遍存在執法違規現象，如收費、罰款不合理、沒收物品、處分被沒收物品、暴力執法、便衣執法、打砸搶等現象，引起民眾普遍反感以及對流動商販的普遍同情。「城管」與流動商販之間的矛盾十分尖銳，常有「城管」在「執法」過程中傷害流動商販或被流動商販傷害的事件見諸報端。

城鎮人口 居住在城市和集鎮的人口，一般以非農業人口為主，但亦包括小部分農業人口。大陸城鎮人口占總人口比例呈持續上升之勢，1964 年第二次全國人口普查時，城鎮人口占總人口 18.4%；1982年第三次全國人口普查時，城鎮人口已達 20.6%；1990 年第四次全國人口普查時，占比上升至 26.23%，1999 年達 30.1%。

城鎮私營和個體從業人員 在工商管理部門註冊登記，其經營地址設在縣城關鎮（含城關鎮）以上的私營企業從業人員；包括私營企業投資者和雇工。城鎮個體從業人員指在工商管理部門註冊登記，並持有城鎮戶口或在城鎮長期居住，經批准從事個體工商經營的從業人員；包括個體經營者和在個體工商戶勞動的家庭幫工和雇工。

城鎮居民家庭可支配收入 被調查的城鎮居民家庭在支付個人所得稅、財產稅及其他經常性轉移支出後所餘下的實際收入。

城鎮居民家庭全部收入 被調查城鎮居民家庭全部的實際收入，包括經常或固定得到的收入和一次性收入，不包括周轉性收入，如提取銀行存款、向親友借款、收回借出款及其他各種暫收款。

城鎮居民家庭消費性支出 被調查的城鎮居民家庭用於日常生活的全部支出，包括購買商品支出和文化生活、服務等非商品性支出。不包括罰沒、丟失款和繳納的各種稅款（如個人所得稅、牌照稅、房產稅等），及個體勞動者生產經營過程中發生的各項費用。

城鎮居民家庭購買商品支出 被調查的城鎮居民家庭爲自用或贈送親友而購買商品的全部支出，包括自商店、工廠、飲食業、市集或直接從農民手中購買各種商品的開支。商品支出分爲以下 8 類：食品；衣著；家庭設備用品及服務；醫療保健；交通與通信；娛樂、教育、文化服務；居住；雜項商品和服務。

城鎮居民基本醫療保險試點 意指向未納入大陸城鎮職工基本醫療保險制度覆蓋範圍的學生、兒童和其他非從業城鎮居民，建立的基本醫療保險制度，採個人和家庭繳費爲主、財政對困難群體給予適當補助的籌資辦法，重點保障住院和門診大病等醫療支出。與城鎮職工基本醫療保險、新型農村合作醫療制度，共同構成大陸覆蓋城鄉全體居民的基本醫療保險制度體系。中共已自 2007 年開始，選擇若干城市開展試點。

城鎮登記失業人員 指非農業戶口，在一定的勞動年齡內，有勞動能力，無業而要求就業，並在當地就業服務機構進行求職登記的人員。

城鎮登記失業率 城鎮登記失業人數與城鎮從業人數、城鎮登記失業人數之和的比。

公式：城鎮登記失業率
＝城鎮登記失業人數／（城鎮從業人數＋城鎮登記失業人數）×100%

城鎮集體單位職工 在大陸城鎮集體經濟單位及其管理部門工作，並由其支付工資的各類人員。

待業 係「等待就業」之簡稱，在改革開放後，解釋爲有勞動能力的勞動者，未能與生產資料結合而形成等待就業的情況。最初，「待業」亦稱爲「隱性失業」或「富餘人員」。「待業」第一種情況是指，具有一定的勞動能力而要求就業的

中學畢業生，和其他符合勞動年齡的人員；另一種是指，失去原來的工作，尚未得到新工作，亦即「結構性待業」。實際上，「待業」是大陸對「失業」的另一種避免尷尬的說法；但 20 世紀 90 年代中期以來已各自正名。長期以來，中共自稱是沒有失業的社會主義國家；但許多地方冗員過多，效率低下，實際上，這亦是失業，為「隱性失業」，與暫時失去工作，靠微薄失業救濟金維持生計的「顯性失業」不同，係將失業置於暗處，多餘人員（美其名為「富餘人員」）由企業包下來。至於將尚未安排工作的人稱為「待業」、「下崗」，亦為失業的另一種說法而已。

春暉計畫 中共教育部在 1996 年施行「春暉計畫」，教育部資助「留學人員短期回國工作專項經費」於 1997 年全面實施，撥出專項經費，創造必要條件，旨在資助留學人員短期返陸、以多種方式為國服務。主要資助對象為獲得博士學位並在本專業領域取得較突出學術成就的留學人員（包括已獲得國外長期、永久居留權或留學再入境資格者）。主要資助形式為回國的單、雙程國際旅費。主要資助範圍包括應邀回國參加學術會議；回國進行科研合作和學術交流；組織短期研討班、講習班、聯合指導博士生；引進技術對貧困地區進行扶貧開發；參加國有大中型企業技術改造；教育部或駐外使（領）館教育處（組）批准的其他短期回國服務活動。「春暉計畫」每年資助的學科領域、專業方向和項目、會議等視需要而設置。

春運 按中國傳統習俗，離鄉在外謀生者，每逢春節長假（一個星期至一個月不等），均要返鄉過年，與親友團聚。而每年春節期間，全大陸各地的航空、鐵路、公路、輪船的載客運輸，即稱為「春運」。

星火計畫 指 1985 年中共「國家科委」提出的「把科技撒向農村、促進農業結構調整、發展地方經濟的計畫。」該計畫提出要在「七五」期間，做好一批科技與經濟緊密結合的「短平快」項目，特別是對鄉鎮企業有示範推廣意義的中小企業。該計畫對鄉鎮企業採取先進科技和管理制度，發揮明顯促進作用。

流氓軟體 又稱為惡意軟體，根據「中國互聯網協會」的定義，流氓軟體是「在未明確提示用戶或未經用戶許可的情況下，在用戶電腦或其他終端上安裝運行，侵害用戶合法權益的軟體，但不包含我國法律法規規定的電腦病毒」。惡意軟體

的惡行包括強制安裝、難以卸載、流覽器劫持、廣告彈出、惡意收集用戶資訊、惡意卸載、惡意綑綁等。

流浪乞討人員 中共原有的收容遣送制度，係計畫經濟條件下產物，最初是針對湧入城市的無業人員及災民進行收容救濟，帶有一定的社會福利性質。隨著經濟社會發展，由於相關運行機制和管理方式已無法適應實際需求，中共遂於 2003 年 8 月 1 日制頒實施「城市生活無著的流浪乞討人員救助管理辦法」。按照規定，凡自身無力解決食宿，無親友投靠，未享受城市和農村最低生活保障，正在城市流浪乞討度日者，均可獲得政府全面救助，內容包括：符合衛生標準的食物，基本條件的住處，救助站內突發疾病的救治，幫助與其親屬或所在單位聯繫，為無力支付交通費的受助人員提供乘車（船）憑證等。對於受助人員，救助站另採分類管理，其中對具有完全民事行為能力者，實行開放式管理；對無民事行為能力和限制民事行為能力之殘疾、老年、未成年人，實行監護式管理；16 歲以下的未成年人送流浪兒童救助保護中心；對行動不便的殘疾人和 70 歲以上自理困難的老年人，則由工作人員予以照料。救助期限一般不超過 10 天，主要採自願及無償原則。截止 2006 年底，大陸已建有 1,100 多個救助管理站，130 個流浪兒童救助保護中心。

流動人口 流動人口（floating population）概念目前主要用於大陸。特指在未改變原居住地戶口之情況下，赴戶籍所在地以外從事務工、經商、社會服務等各種經濟活動，在遷入地已居住一定時間長度以上之人口，但排除旅遊、就學、訪友、探親、從軍等情形。至於在多大空間、時間範圍的「人戶分離」才算流動人口，則需根據中共實際工作確定標準。嚴格而論，中共對「流動人口」的統一基本概念迄今闕如。除各省市對其認知、統計標準不一，在大陸現實生活中，亦存在諸多如「農民工」、「打工者」、「外來務工經商人員」、「暫住人口」、「非正規遷移」、「外來人口」等不下數十種稱謂。概言之，由於大陸特殊的戶籍管理制度，從而使人口在兩個地理單元之間的移動，被機械式劃分為「戶口登記隨常住地變化而改變的人」及「戶口登記未隨常住地變化而改變的人」。前者或稱之為「遷移人口」；後者係指未改變戶籍登記地，但在遷入地已居住一定時間長度以上的人口，或稱之為「流動人口」。所謂「一定時

間長度」，在 1990 年中共第四次人口普查時係以一年為標準，而 2000 年第五次人口普查則是以半年為基準。

津貼和補貼 為補償職工特殊或額外的勞動消耗，和因其他特殊原因支付給職工的津貼，以及為保證職工工資水準不受物價影響支付給職工的物價補貼。

科技人才 科技人才是指從事或有潛力從事科技活動，有知識、有能力，能夠進行創造性勞動，並在科技活動中作出貢獻的人員。科技人才隊伍主要包括科學研究與技術開發隊伍、科技管理隊伍和科技支撐隊伍。

科教興國戰略 「科教（科學技術與教育）興國」，是指全面落實科學技術是第一生產力思想；堅持教育為本，將科技和教育擺在經濟、社會發展的重要位置；增強國家的科技實力及向現實生產力轉化的能力；提高全民族的科技文化素質；將經濟建設轉移到依靠科技進步和提高勞動者素質的軌道上，以加速實現國家的繁榮強盛。其理論基礎源於鄧小平關於「科學技術是第一生產力」的思想。從 20 世紀 70 年代後期到 90 年代初期，鄧小平堅持「實現四個現代化，科學技術是關鍵，基礎是教育」核心思想，

為「科教興國」發展戰略的形成奠定的理論和實踐基礎。1995 年，中共發布「關於加強科學技術進步的決定」，召開「全國科技大會」，首次正式提出實施科教興國發展戰略。1996 年，八屆「人大」四次會議正式提出「九五」計畫和 2010 年遠景目標，令「科教興國」成為基本國策。

穿小鞋 原意指封建時代的裹足女性，穿著小型鞋子難走路。轉意為：領導幹部故意利用職權，刁難下級，出難題為難甚至打擊報復下級。

突發公共事件 指突然發生，造成或可能造成重大人員傷亡、財產損失、生態環境破壞和嚴重社會危害，危及公共安全的緊急事件。根據中共國務院 2006 年 1 月發布的「國家突發公共事件總體應急預案」，突發公共事件主要分為以下 4 類：⑴自然災害。主要包括水旱災害，氣象災害，地震災害，地質災害，海洋災害，生物災害和森林草原火災等。⑵事故災難。主要包括工礦商貿等企業的各類安全事故，交通運輸事故，公共設施和設備事故，環境污染和生態破壞事件等。⑶公共衛生事件。主要包括傳染病疫情，群體性不明原因疾病，食品安全和職業危害，動物疫情，

以及其他嚴重影響公眾健康和生命安全的事件。⑷社會安全事件。主要包括恐怖襲擊事件，經濟安全事件和涉外突發事件等。各類突發公共事件按照其性質、嚴重程度、可控性和影響範圍等因素，一般分為四級：Ⅰ級（特別重大）、Ⅱ級（重大）、Ⅲ級（較大）和Ⅳ級（一般）。

要案 縣、處級以上幹部的犯罪案件。

計畫生育 簡稱「計生」，始於20世紀70年代。中共將計畫生育視為一項基本國策推行，目的在於控制人口增長、提高人口素質、改善人口結構。當時的目標是，到20世紀末將人口控制在12億左右，但據中共第5次人口普查結果，2000年大陸人口總數已達12億6,583萬人。現行主要政策內容為：提倡晚婚晚育，少生優生；提倡一對夫婦生育一個孩子。在農村地區，確有困難的夫婦間隔幾年後可生育第二個孩子；在少數民族地區，根據各民族意願與該民族人口、資源、經濟、文化和習俗等具體情況，存在不同規定：一般可以生育兩個孩子，部分地區則可生育三個孩子，對人口過少的少數民族則不限制生育子女數量。

十畫

除六害 從1989年11月開始，中共在全大陸開展查禁、打擊賣淫嫖娼，製作、販賣、傳播淫穢物品，拐賣婦女、兒童，製造、吸食、販賣毒品，以及聚眾賭博和利用封建迷信騙財害人的違法犯罪活動。

孫志剛案 2003年3月17日，27歲的湖北籍青年孫志剛在廣州市區，因「未帶身分證」，被當地黃村派出所以「三無人員」身分送至市收容遣送中轉站，復轉送至收容人員救治站。20日凌晨，遭站內護工及收治人員野蠻毆打，不治身亡。此案經傳媒報導引起社會激烈討論而驚動中共高層，責令嚴肅處理涉案人員。由於此案非僅為個人糾紛問題，其中有關濫用執法權力、收容遣送制度之弊、戶籍管理制度的修改等方面問題，已為社會長期爭辯熱點。透由此案，中共國務院於6月20日公布「城市生活無著的流浪乞討人員救助管理辦法」，同時廢除1982年開始執行的「城市流浪乞討人員收容遣送辦法」。其意義為公民權利獲得更多符合人道的保障。

海歸 從海外學成歸國的簡稱，通常指學者歸國創業行動，又稱為「海歸派」；「派」原指一個派系，但此

處亦指一個人；是類群體稱為「海歸族」，有時也戲稱「海龜」、「海龜派」（取其諧音）。與此相對，在國內生長的人才，稱為「土鱉」、「土鱉族」。

留守兒童 中共改革開放以來，隨著城鄉經濟體制改革及現代化進程推進，出現為數近 2 億、自農村進入城市謀生的「農民工」，囿於各種主、客觀原因，渠等須將子女留在農村，從而形成一個特殊且龐大的留守兒童群體。由於生活與教育環境不穩定、缺乏父母親關愛，導致其成長受到嚴重影響，已衍生系列如人口素質下降、犯罪率攀升等社會問題。

據 2005 年中共人口 1%抽樣調查數據顯示，農村留守兒童總數約 5,800 萬人，其中 14 歲以下約 4,000 多萬，且增長迅速，平均每 4 個農村兒童即有 1 個為留守兒童；其中，男孩占 53.71%，女孩占 46.29%，男女性別比為 114.75，且年齡愈小，性別比愈高；多集中在中西部等內陸省區，僅四川、安徽、河南、廣東、湖南及江西等 6 省所占比例即超過半數。

素質教育 1985 年 5 月，鄧小平在「第一次全國教育工作會議」強調國家國力的強弱，經濟發展後勁的大小，越來越取決於勞動者的素質，取決於知識分子的數量和質量。同年發布的「中共中央關於教育體制改革的決定」指出，「在整個教育體制改革過程中，必須牢牢記住改革的根本目的是提高民族素質，多出人才，出好人才。」成為素質教育實踐的思想源頭。1993年，「中國教育改革與發展綱要」中明確要求「中小學要由應試教育轉向全面提高國民素質的軌道」，為文件中第一次將「素質教育」與「應試教育」相對應；1994 年 6 月，李嵐清在「全國教育工作會議」提出，基礎教育必須從「應試教育」轉到「素質教育」的軌道上，全面貫徹教育方針，全面提高教育質量；同年 8 月，「中共中央關於進一步加強和改進學校德育工作的若干意見」第一次正式在文件中使用「素質教育」的概念。1997 年 10 月，制定「關於當前積極推進中小學實施素質教育的若干意見」；1999 年 1 月，「面向 21 世紀教育振興行動計畫」，將素質教育列為重要的跨世紀工程。簡言之，素質教育是指依據人的發展和社會發展的實際需要，以全面提高全體學生的基本素質為根本目的，以尊重學生主體性和主動精神，注重開發人的智慧潛能，注重形成人的健全個性為根本特徵的教育。

荒漠化 土地荒漠化和沙化係大陸最為嚴重的生態環境問題之一，總計438萬平方公里的荒漠化和沙化土地面積遠遠超過耕地面積總和，約占總面積45%。根據中共國家林業局實施的一項全國性防沙治沙計畫，至 2010 年將基本遏制沙化擴展趨勢；至 2030 年，在鞏固前期治理成果基礎上，沙化土地總面積開始逐年減少；至 2050 年，凡在當時經濟技術條件下能夠治理的沙化土地基本得到治理，最終在沙區建成較為完備的生態體系。

馬太效應 中共新華社術語解釋「馬太效應」(Matthew Effect)，是指好的越好，壞的越壞，多得越多，少的越少的一種現象。名字來自聖經馬太福音中的一則寓言。1968 年由美國科學史研究者羅伯特・莫頓 (Rober K. Merton) 原創運用，他歸納「馬太效應」為任何個體、群體或地區，一旦在某個方面（如金錢、名譽、地位等）獲得成功和進步，就會產生一種累積優勢，就會有更多的機會取得更大的成功和進步。他闡述此觀點時引用「聖經」在「馬太福音」第 25 章中的兩句話：「凡有的，還要加給他，叫他多餘；沒有的，連他所有的，必要奪過來。」

「馬太效應」是近 10 幾年來經濟學界經常提及的，旨在提醒決策者，要避免貧富差別過大；反應貧者越貧，富者越富，贏家通吃的經濟學中收入分配不公的現象。「馬太效應」揭示了一個不斷增長個人和企業資源的需求原理，關係到個人的成功和生活幸福，因此它是影響企業發展和個人成功的一個重要法則。

十一畫

國有單位職工 在大陸國有經濟單位及其附屬機構工作，並由其支付工資的各類人員。

國家創新體系 國家創新體系是指由科研機構、大學、企業及政府等組成的網絡，它能夠更加有效地提昇創新能力和創新效率，使得科學技術與社會經濟融為一體，協調發展。國家創新體系的概念，源於20世紀 90 年代費里曼對日本成功經驗的總結，其核心內涵是實現國家對提高全社會技術創新能力和效率的有效調控和推動、扶持與激勵，以取得競爭優勢。在知識經濟時代，知識基礎成為企業、區域乃至國家提高核心競爭力的重要平台，因此國家創新體系既包括提高技術創新能力與效率，亦包括提昇全社會的知識基礎等重要內容。

婚檢 結婚之前，男女雙方接受身體健康檢查，以及其他相關的服務，稱為「婚前保健」，簡稱「婚檢」。1994 年 10 月中共「母嬰保健法」明確婚前保健為醫療保健機構的職責，是每位即將結婚的公民應享有的權利，亦是優化人的素質，提高家庭生活品質的重要舉措。衛生部、民政部自 1986 年起負責推行婚前檢查工作。婚前保健包括：婚前衛生諮詢、婚前衛生指導、婚前醫學檢查。每一位即將結婚的公民，在接受婚檢時，都可以獲得一次全面的體格檢查、錄影宣傳和諮詢服務。據有關部門統計，城市居民已能 100%接受「婚檢」，但農村僅有 70%。2003 年中，中共通過新法例，廢除「婚檢」規定，改為自願原則。

專升本 高等專科學生升本科考試簡稱「專升本」，是中共教育體制中專科層次學生升本科學校或專業繼續學習的考試制度。該考試在大多數有專升本教學系統的高等教育學校舉行，一般每年舉行一次。

強勢利益集團 是指經合法管道形成，組織化程度較高且集體意識強，對於利益的表達順暢，並占有較多社會政治經濟文化資源，以爭取自身利益最大化為目標，在參與政治社會過程中，表現強勢的經濟利益集團。廣義上尚包括屬性相似但未被組織起來的社會強勢群體。

從業人員 從事一定社會勞動並取得勞動報酬或經營收入的人員，包括全部職工、再就業的離退休人員、私營業主、個體戶主、私營和個體從業人員、鄉鎮企業從業人員、農村從業人員、其他從業人員（包括民辦教師、宗教職業者、現役軍人等）。此一指標反映一定時期內全部勞動力資源的實際利用情況。

掃黃打非 根據中共國務院辦公廳「關於印發新聞出版總署職能配置、內設機構和人員編制規定的通知」，「掃黃」意指「掃除黃色出版物」，「打非」則為「打擊非法出版活動」，係中共自「十六大」以來，為確保文化市場繁榮健康有序發展，著力開展之嚴打專項行動。根據有關規定，「掃黃打非」整治重點主要包括：政治性非法出版物；「法輪功」邪教類非法出版物；宣揚封建迷信和偽科學的出版物；煽動民族分裂、侵害民族風俗的出版物；淫穢、色情出版物；盜版盜印及非法走私出版物等。

淫穢出版品（物） 1985 年 4 月 17 日，中共國務院「關於嚴禁淫穢物品的規定」指出，「具體描寫性行為或露骨宣揚色情淫蕩形象」的書籍、報刊、抄本、錄音帶、圖片，

屬於淫穢出版物，必須嚴厲禁止；「夾雜淫穢內容的有藝術價值的文藝作品，表現人體美的美術作品，有關人體的生理、醫學知識和其他自然科學作品」，不屬於淫穢讀物。1988 年 7 月 5 日，中共新聞出版署發布「關於重申嚴禁淫穢出版物的規定」，對如何界定淫穢出版物，以及如何取締，再作詳細規定。

統帳結合　「社會統籌」指社會保險基金在大範圍內由社會保險經辦機構依法統一徵收、統一管理、在屬地範圍內統一調劑使用，「個人帳戶」則是指由企業和職工共同繳費，記於個人名下，以備將來之需。「統帳結合」，即是結合「社會統籌」與「個人帳戶」的保險制度。

脫貧　生活上脫離貧困狀況。有時，亦用於精神化生活方面，意為擺脫精神污染、豐富精神生活。廣義上是指弱勢社群脫離困境。

軟件　原指在電腦上應用的各種程式，包括操作程式、控制程式、數據管理系統等，由英文 soft ware 意譯而來（台灣稱軟體）。與其相對應的詞是「硬件」（hard ware，台灣稱硬體），即電腦上的基本原件、裝置系統。軟件可引申為軟的條件，即配套的條件，包括服務態度品質、管理的方法水準、社會環境等。另由軟件衍生出來的詞語，如「軟環境」（所處社區的管理服務水準、治安狀況、民風習俗、政府政策等）、「軟氣氛」（輕鬆和諧的氣氛）、「軟毛病」（不是很嚴重的小問題）、「軟技術」（電腦軟件技術或軟科學方面的技術）、「軟課題」（軟科學方面的課題）、「軟消費」（文化娛樂等花費不多、輕鬆活潑的消費）、「軟商品」（服務事業、技藝方面的商品）、「軟任務」（要求不太嚴格、執行不太困難的任務）、「軟指標」（沒有嚴格數量、品質要求的指標）。

軟科學　英語 Soft Science 的意譯，是一門高度綜合性的新興學科。「軟科學」係與「硬科學」相對而言。如將物理學、化學、電子學等科學稱為「硬科學」；對科學技術的諸環節進行組織、管理、規畫、安排、預測等工作，則稱為「軟科學」。「軟科學」是研究社會、經濟、科技協調發展的綜合性科學，主要作用是闡明現代社會複雜的政策問題，為決策的科學化與管理的現代化服務。

十二畫

最低生活保障制度　簡稱低保，是大陸社會保障體系中，社會救助制度的重要組成部分，被喻為維護社會穩定、保障人民基本生活的最後一

道「防護網」。未被其他保障制度覆蓋或保障不足者，以家庭爲單位，只要人均收入低於最低標準，便可領取足以維持基本生活的補助，個人不需承擔任何繳費義務。中共建政初期，在城鎮主要是由單位承擔對貧困居民的救濟責任，農村則主要建立以集體經濟爲基礎的「五保」制度。然而，隨著國有企業經濟體制轉軌與農村集體經濟解體，原有社會救濟制度基本瓦解，下崗、失業、物價上漲等原因形成的新城市貧民及農村中的貧困人群不斷增加，考慮到「二元」經濟現實狀況，中共開始分別針對城市、農村相關制度進行改革：

⑴城市：1993 年，中共首先開始對城市社會救濟制度進行改革，嘗試建立最低生活保障制度。至 1999 年，所有城市和有建制鎮的縣城均建立最低生活保障制度，同年，正式頒布「城市居民最低生活保障條例」，爲城市貧困居民提供最基本的生活保障。資金來源主要由地方人民政府列入財政預算，地方政府根據當地維持居民基本生活所必需的費用確定最低生活保障標準，家庭人均收入低於標準之城市居民均可申領，領取之保障金爲家庭人均收入與最低生活保障標準的差額部分。

⑵農村：農村最低生活保障制度，是指由地方政府爲家庭人均純收入低於當地最低生活保障標準的農村貧困群眾，按最低生活保障標準，提供維持其基本生活的物質幫助。申請農村低保的基本程序是：由戶主向鄉（鎮）政府或者村民委員會提出申請；村民委員會開展調查、組織民主評議提出初步意見，經鄉（鎮）政府審核，由縣級政府民政部門審批。鄉（鎮）政府和縣級政府民政部門對申請人的家庭經濟狀況進行核查，瞭解其家庭收入、財產、勞動力狀況和實際生活水準，結合村民民主評議意見，提出審核、審批意見。在申請和接受審核的過程中，要求申請人如實提供關於本人及家庭的收入情況等資訊，並積極配合有關的審核審批部門按規定進行的調查或評議，有關部門也應及時回饋審核審批結果，對不予批准者，應予說明原因。根據民政部的統計測算，2006 年全面實施農村低保制度的 23 個省份，平均補助水準爲月人均 35.4 元，其中，東部地區 50.9 元，中部地區 25.3 元，西部地區 25.5 元。2007

年 3 月，中共國務院總理溫家寶在政府工作報告中已宣布，將全面建立農村最低生活保障制度。

創收　創造機會，增加收入之簡稱。通常指院校、科研機關等本來不賺錢的事業單位，在完成教學及科研任務的前提下，組織開展一些有償活動，爲小集體創造若干收入。有時，個人兼職外快，亦戲稱爲「創收」。

勞動力人口　勞動適齡人口中具勞動能力者，既包括勞動適齡人口中正在從事社會勞動並取得報酬，或有正當收入的人口，亦包括勞動適齡人口中具勞動能力的失業人口。

勞動力人口再生產　具勞動能力的人口一代一代不斷更替的過程，欲實現勞動力人口再生產，即需根據社會對未來勞動力的需求實行計畫生育，進行勞動力培養費用投資。

勞動年齡人口　指 15～64 歲人口。

勞動收入　各類勞動者透過勞動所獲之各種報酬。從城鎮看，企業、機關、事業單位及其它經濟組織中從業人員，其勞動收入主要是工薪收入，包括工資、獎金、各種津貼、補貼等。從農村看，勞動收入係指農民透過勞動獲得的收入，包括出售生產的各種勞動產品所獲收入等。

勞動教養　簡稱勞改，是大陸方便公安機關維持治安，而授權公安機關將輕度犯罪分子，或可以不追究刑事責任的犯罪分子，強制勞動改造懲罰方式。從有關規定看，勞教分子具有許多勞改分子沒有的權利和福利，但實際執行過程中，勞教的條件亦很嚴酷，幾乎與勞改犯無異。由於毋需經過司法審判程序，公安機關濫用職權的現象更嚴重。

博士後　英文「Postdoctoral」的意譯，並非指比博士更高一級的學位。作爲一種教育及研究制度，是指取得博士後，再在導師指導下從事一段時間的科研工作。博士後指此種制度，亦可指從事此種研究的人員。博士後制度是 1985 年由著名物理學家李政道提倡，在鄧小平親自支援下建立，現已初具規模並取得成效。按規定，只有 40 歲以下的博士，才有資格成爲博士後研究人員。博士後一般在某個博士後流動站工作 2 年，然後出站分配工作，或流動至另一個站。按規定，博士後工作期限不得超過 4 年；每位博士後科研人員，每年可得到 2 萬元研究經費。

博客　源於英文 blog 或 blogger。blog，是 weblog 的簡稱；而 weblog，是 web 和 log 的組合詞。web，指 World Wide Web，即互聯

網；log 的原義是「航海日誌」，後指任何類型的流水記錄。兩者合併，weblog 即是在網路上的一種流水記錄形式，稱「網路日誌」或「網誌」；一般仍簡稱 blog 為多，故大陸地區及台灣分別譯為「博客」、「部落格」。「博客」亦可指 blogger（台灣稱為「部落客」），即習慣於日常記錄並使用 weblog 工具者。具體而言，可解釋為使用特定軟體，在網路上發表、轉載、張貼、出版個人文章，蒐集資訊，出售產品等行為者。而博客網站兼具工作、抒發、學習、娛樂、交流等功能，係大陸網民繼電子信箱（e-mail）、電子留言版（BBS）、好友聊天（QQ）之後出現的第四種網路交流方式，被稱為「互聯網的第四塊里程碑」。截至 2008 年上半年，42.3% 的大陸上網人口擁有個人博客或個人空間，用戶規模達 1.07 億人。

博導 在中共大專院校或科研機構，進修博士學位的博士生之導師，簡稱「博導」。博士生導師是高校教師隊伍中最高層次群體，在學校中通常發揮帶頭示範作用。

就業人口 又稱在業人口。指 15 歲及 15 歲以上人口中，從事一定社會勞動，並取得報酬或經營收入的人口。在業包括在全民所有制、集體所有制、個體所有制企業或單位就業的固定工或臨時工。不在業人口則指 15 歲及 15 歲以上人口中，未從事社會勞動的人口，包括在校學生、料理家務、待升學、市鎮待業、離退休、退職、喪失勞動能力等非在業人口。

就業彈性係數 指 GDP 增長一個百分點帶動就業增長的百分點，係數愈大，吸引勞動能力愈強，反之愈弱。

普九 「普及九年制義務教育」之簡稱。中共實行「六三三四制」基本教育體制，即小學六年，初中三年，高中三年，大學四年。普及九年制義務教育，即是普及小學及初中階段的教育。「普九」是 1992 年中共「十四大」提出的口號，目標是到 2000 年，普及九年義務教育的地區，人口覆蓋率為 85%。實行步驟則為：1994-1996 年在全大陸40-45% 左右的人口地區實現「普九」，主要是大中城市及經濟發展程度較高的農村；1997-1998 年實現「普九」人口為 60-65%，1999-2000 年為 85%。貧困地區之中 10% 的人口地區，繼續發展和鞏固「普五」（普及五年教育）或「普六」（普及六年教育），5% 人口的特困地區，普及 3-4 年小學教育。

普法 普及法律知識教育之簡稱。2003 年 3 月通過的「中華人民共和

國立法法」，首次將「依法治國」寫入國家法律，並在全大陸各地掀起聲勢浩大的普法教育。

朝霞工程 2001 年中共「文聯」在全大陸 10 個革命老區開展的大型公益活動，旨在資助品學兼優，有藝術特長，家庭經濟困難的 7 至 15 歲的少年兒童完成九年義務教育。

減負 「減輕負擔」，簡稱為「減負」。

無償獻血 無償獻血即是捐血，是指捐血者自願捐獻全血、血漿或血液成分，而不收取任何報酬。這些血液通常儲存在血庫中，由醫療單位、血站或紅十字會保管，以備需要者輸血時使用。與有償捐血相較，捐血的血液品質可以得到保證，有利於受血者的健康和安全。一般人可在各地區的固定捐血站捐血，許多捐血站會定期派遣採血車到學校、單位，或配合地區活動徵求捐血者。

硬件 原指電腦各個組件、部件和裝置的統稱，為英文 hard ware（亦稱硬體）之意譯；與其相對應的「軟件」（soft ware），是指在電腦上應用的程式和有關的資料，包括操作程式、控制程式、數據管理系統等。硬件可引申為硬的條件，即「硬環境」，指生活、工作、經商、發展經濟的基本條件，包括基礎設施、設備等。

等級裁判員 指經考核正式批准授予等級裁判員稱號者。裁判員等級分為國際裁判、國家級裁判、一級裁判、二級裁判、三級裁判。

等級運動員 指經考核正式批准授予等級運動員稱號者。運動員等級分為國際級運動健將、運動健將、一級運動員、二級運動員、三級運動員、少年級運動員。

超生 指大陸婦女違反計畫生育政策，超額生育子女之情況。中共執行計畫生育政策以來，「計畫外生育」主要發生區域在農村，惟目前「超生」群體已逐漸轉變為處於生育旺盛期的流動人口。2006 年總和生育率由千分之 1.8 左右上升至 1.87，計畫生育率下降 1.28 個百分點。另伴隨經濟快速發展，城市名人、富人超生已成趨勢，並向普通市民蔓延。如僅 2005 年 1 至 11 月，赴香港分娩陸籍婦女即有 1 萬 7591 人。另透過代孕超生、「買」第二胎准生證、偽造第一胎收養證明等情況亦逐漸增多，超生問題嚴重。

超級女聲 簡稱「超女」。2003 年，大陸湖南衛視因推出「超級男聲」歌唱比賽創下高收視率業績；2004 年，在女性選手更具市場魅力的商機導引下，「超級女聲」繼而竄起。從輻射近半個大陸的各分區初選開始，宣稱「不拘年齡，不拘長相，

不拘唱法」、「凡喜愛唱歌並年滿 16 歲的女性均可免費報名參加」。該節目造成影響為：⑴總計吸引 15 萬人報名參賽；⑵超過 2,000 萬觀眾每周熱切關注；⑶截至 2005 年 8 月 19 日的三強產生，已有 4 億人次收看；⑷最高收視率曾高於央視「新聞聯播」（原穩居收視率之首），係大陸電視史上首次由地方媒體佔據首位；⑸報導媒體超過百家，網路專題留言近 200 多萬條；⑹年度總決選創下每 15 秒 11.25 萬元人民幣的廣告天價；⑺簡訊投票機制估計創收數千萬元人民幣。

集體福利事業補貼費 對職工浴室、理髮室、洗衣房、哺乳室、托兒所等集體福利設施各項支出與收入相抵後的差額補助費。

集體福利設施費 按照有關規定開支的集體福利設施費用，如職工食堂炊事用具的購置費、修理費、職工宿舍的修繕費用。不包括由企業、事業、機關單位自籌經費開支的職工福利設施基本建設費用。

黃金週 自 1999 年 10 月 1 日（中共「國慶節」）開始，中共國務院決定增加法定休假日，並調整週末雙週休日後，每年春節、「五一」和「十一」三個長假期，均有一個星期左右的休假，號稱「黃金週」。政府為擴大內需，鼓勵各地在「黃金週」期間大力發展旅遊業，稱之為「旅遊黃金週」；中共國務院亦訂定「大力發展入境旅遊，積極發展國內旅遊，適度展出境旅遊」總方針。

黑五類 指「地富反壞右」等五類人，是地主、富農、反革命、壞分子和右派的簡稱。這些人都是中共先後在不同時期的政治運動中，定性為敵我矛盾的受鎮壓對象；文革十年「黑五類」受盡折磨和迫害，其子女亦遭株連，不能入黨、提幹、參軍、當工人。改革開放後，中共執政當局先後為這五類分子「摘帽子」。

黑色收入 通過投機倒把、貪污倒竊、索賄受賄等非法手段獲得的收入，由於是隱密、不便公開的，故稱為「黑色收入」。相對而言，工資等公開合法的收入，稱為「白色收入」；而介於合法與非法之間，利用制度或政策空隙賺取的額外收入，則為「灰色收入」。

黑孩子 未事先獲得准生證而超計畫生下來的子女，中共有關部門不讓其上報戶口，因而成為黑市居民，俗稱「黑孩子」或「黑戶口」；另亦包括生下來因故未報戶口的兒童。

黑客 「黑客」一詞譯自英語「hacker」，台灣譯作「駭客」，最初是指發現網路系統安全漏洞並進行修補的

人，而現在多指利用系統安全漏洞對網路進行攻擊破壞或竊取資料的人。黑客憑恃其專業知識，有能力利用網路侵入他人電腦，有些係因好奇心驅使而侵入互聯網站；有些則是為謀取不義之財；另有部分係受僱於政府或公司，利用互聯網獲取情報成為其職業。由於許多黑客從事的是窺探檔案內容、盜取帳號密碼、暗中複製檔案、竄改程式及檔案內容、放置惡意程式（病毒）等行為，一般電腦使用者對其評價多為負面。但亦有「道德黑客」，利用其專業侵入公共部門或私人企業網站、網路系統，藉以提醒該部門單位有關系統漏洞，俾能針對缺點予以改進。

黑哨 泛指在比賽項目中，偏袒一方的不公正裁判；專指大陸內地足球比賽中球員「打假球」、裁判吹哨不公平、接受商業賄賂等醜惡「黑」、「假」現象。

十三畫

新型毒品 新型毒品是相對鴉片、海洛因等傳統毒品而言，主要指人工化學合成的致幻劑、興奮劑類毒品，是國際禁毒公約和中共法律法規所規定管制、直接作用於人的中樞神經系統，使人興奮或抑制，連續食用能使人產生依賴性的精神藥品（毒品）。鴉片、海洛因等麻醉藥品主要是罌粟等毒品源植物再加工得到的半合成類毒品，而新型毒品大部分是透過人工合成的化學合成類毒品，所以又名「實驗室毒品」、「化學合成毒品」。目前被普遍濫用的主要有冰毒、搖頭丸、氯胺酮（K 粉）、咖啡因、安納咖、氟硝安定、LSD、安眠酮、三唑侖、GHB、丁丙諾菲、麥司卡林、PCP、止咳水、迷幻蘑菇、地西泮、有機溶劑和鼻吸劑等。同時，由於新型毒品的濫用多發生在娛樂場所，故又被稱為「俱樂部毒品」、「休閒毒品」、「假日毒品」。麻古、氯胺酮等新型毒品，只要足量接觸 2-3 次即可成癮，是極危險的精神藥品。一旦停用會出現精神萎靡、渾身困乏疲軟等症狀；戒毒後若受外界干擾，極易再次使用，需要很強的意志力和耐力才能戒掉。

新型農村合作醫療 新型農村合作醫療制度（簡稱「新農合」）是由中共政府組織、引導、支援，農民自願參加，透過個人繳費、集體扶持和政府資助多方籌資，以大病統籌為主的農民醫療互助共濟制度，旨在解決農民就醫問題，解決農民因疾病造成的經濟負擔。2002年 10 月，中共下發「關於進一步

加強農村衛生工作的決定」提出，要逐步建立以大病統籌為主的新型農村合作醫療制度；2003 年起，在大陸部分縣（市）試點；預計到 2010 年實現基本覆蓋農村居民。

新社會階層 改革開放前，中共基本社會結構是兩個階級（工人階級、農民階級）、一個階層（知識分子階層），伴隨改革開放的發展，新社會階層從無到有，主要是由非公有制經濟人士和自由擇業知識分子組成，集中分布在經濟組織、新社會組織中，如律師事務所、金融期貨市場和房地產經濟人、行業協會、同業公會和商會組織負責人。中共統戰部勾勒其八大基本特徵：1.由工人、農民、幹部和知識分子分化形成；2.相當部分是知識分子；3.主要集中在公有制領域；4.聚集大部分高收入者；5.職業和身分不穩定性大；6.政治訴求逐步增強；7.多數是非中共人士；8.有不斷擴大的趨勢。迄今 2008 年 6 月底，相關行業從業人員總數在 1.5 億左右。

　新社會階層稱謂，2001 年 7 月經江澤民正式提出，為能使其在建設小康社會，保持社會和諧成為重要力量，在社會主義民主政治程中發揮積極作用，中共統戰部強調要引導其有序參與政治，從而鞏固

黨的階級基礎和擴大黨的群眾基礎，從 2004 年起，中共中央每年都在中央社會主義學院定期召開「新社會階層人士理論研究班」，目的是進一步團結和聯繫新的社會階層代表人士，透過培訓班通報黨的政策，培養和選拔新社會階層代表人士。

經濟活動人口 16 歲以上，具勞動能力，參加或要求參加社會經濟活動的人口，包括從業人員和失業人員

群體性事件 意指由某些社會矛盾引發，特定群體或不特定多數人聚合臨時形成的偶合群體，以人民內部矛盾的形式，透過非合法依據的規模性聚集、對社會造成負面影響的群體活動，或表達訴求和主張，或直接爭取和維護自身利益，或發洩不滿，進而對社會秩序和穩定造成負面重大影響的各種事件。如集體衝擊黨政機關駐地，攔截交通工具，罷工、罷課、罷市以及違反規定的集會、遊行、集體上訪等活動。2005 年 7 月，中共官方公布資料顯示，「群體性事件」數量自 1994 年 1 萬多起上升至 2004 年 7 萬 4 千多起，增加 6 倍之多，參與人數自 73 萬人次上升至 376 萬人次。

農民工 又稱「民工」、「外來務工人員」、「打工仔」、「合同工」、「輪換工」等。1984 年，中共「社科院」

教授張雨林在「社會學研究通訊」發表一篇文章中,首次提出「農民工」一詞,爾後即被大量引用,為大陸經濟社會轉型時期衍生之龐大特殊群體,意指戶籍身分仍是農民、有承包土地,但主要從事非農產業、以工資為主要收入來源者。最初的農民工係,指「進廠不進城,離土不離鄉」的鄉鎮企業職工。1980年代中後期,城市的二、三產業快速發展,「進廠又進城,離土又離鄉」的農民工開始大量出現。由於大陸戶籍制度限制迄今依然存在,農民工不僅無法享受城市經濟發展帶來的各種社會福利與相關權益保障,更是城市中勞動條件最差、工作環境最苦、收入最低的群體。根據中共公布數據顯示,1988年,大陸農民工約3,000多萬人,經過1991、1992年調整,約1,000萬農民工被「動員」回鄉,1992年,鄧小平「南巡」後,農民工以每年1,000萬的速度增加,至今約1‧2億,若加上在本地鄉鎮企業就業、「離土不離鄉」之農村勞動力,總數約2億人。2006年,中共國務院頒布「關於解決農民工問題的若干意見」,顯示其已意識到維護農民工權益之重要性,並開始逐步解決相關問題。

農村人口　意指不論從事何種職業,居住在農村的人口,不同國家城市化進展速度和原有人口的基礎不同,農村人口所占比例各異。1981年發達國家農村人口僅占總人口29%;發展中國家占70%;大陸1982年農村人口占69.1%。

農村五保　「五保」制度係大陸農村傳統的社會救助制度,主要針對缺乏勞動能力或完全喪失勞動能力、生活無依之老弱寡、殘疾者,在吃、穿、住、醫、葬等方面給予生活照顧及物質幫助,享受「五保」待遇的家庭稱「五保戶」。對「五保戶」的供養,則採集中與分散供養2種方式,前者係指將「五保」對象供養在集體提供經費舉辦之養老院內;後者則由農戶供養,集體提供生活費用補貼。惟自農村經濟體制改革後,「五保戶」賴以生存的集體經濟瓦解,中共遂自1985年起,開始逐步推行鄉鎮統籌解決經費之辦法。1994年1月,中共國務院頒布「農村五保供養工作條例」,「五保」制度雖自此走上規範化道路,然1999年大陸實施農村稅費改革後,執行卻因經費短絀而陷入困境。依中共民政部救災救濟司提供數據,截至2002年底,大陸農村「五保」供養對象共570.37萬人,約占農業人口0.6%,其中

真正獲得保障僅 296.82 萬人，約占應保對象 52.04%，應保未保情況甚至持續至 2004 年仍未見改善。而在保障落實方面，除公布現金標準與「五保」對象實際取得之生活費間存在相當差距，保障內容亦普遍由「五保」縮減為「兩保」（保吃、保葬）甚至「一保」（保吃）。迄 2006 年 3 月，中共國務院新修通過「農村五保供養工作條例」，明確規定「五保」供養資金在地方人民政府預算中安排，中央則對困難地區施予財政補助，正式將之納入公共財政範疇。截至 2006 年底，共計納入五保供養對象 484.5 萬人，供養標準為年人均 1,949 元人民幣。

農村居民家庭純收入　農村常住居民家庭總收入中，扣除從事生產和非生產經營費用支出、繳納稅款和上交承包集體任務金額後之剩餘，可直接用於進行生產性、非生產性建設投資、生活消費和積蓄的收入。農村居民家庭純收入包括從事生產性和非生產性的經營收入，取自在外人口寄回帶回和國家財政救濟、各種補貼等非經營性收入，包括貨幣及自產自用的實物收入，但不包括向銀行、信用社和向親友借款等借貸性收入。

農村勞動力轉移培訓　指對需要轉移到非農產業就業的農村富餘勞動力開展培訓，以提高農民的素質和技能，加快農村勞動力轉移就業。培訓包括職業技能培訓和引導性培訓，以職業技能培訓為主。培訓以尊重農民意願和農民直接受益為前提，以市場運作為基礎，以轉移到非農產業就業為目標。

農村最低生活保障制度　是指由地方政府為家庭人均純收入低於當地最低生活保障標準的農村貧困群眾，按最低生活保障標準，提供維持其基本生活的物質幫助。該制度是在農村特困群眾定期定量生活救濟制度的基礎上逐步發展和完善的一項規範化的社會救助制度。

農村綜合改革　為中共中央在農村稅費改革進入取消農業稅的新階段，為鞏固農村稅費改革成果和建設社會主義新農村提供體制機制保障之重大決策。主要內容係推進鄉鎮機構、農村義務教育和縣鄉財政管理體制改革，進一步鞏固農村稅費改革成果；同時統籌推進糧食流通體制、徵地制度和農村金融等方面改革。涉及調整農村生產關係和上層建築不適應生產力發展的部分環節，目標係逐步建立精幹高效之農村行政管理體制和運行機制、覆蓋城鄉的公共財政制度，以及農民增收減負的長效機制，促進農村經濟社會全面協調發展。

農村衛生三建設 為改善農村生活，和基層預防保健工作設備條件和服務能力，中共在「八五」期間，對全大陸農村的鄉鎮辦衛生院、縣辦防疫站，以及縣辦婦幼保健站的房屋、設備及人才進行改善工作，合稱「農村衛生三項建設」。

農盲 對從事「三農」（農業、農民、農村）缺乏基本知識者被稱為「農盲」；特別指城鎮附近的農村青年，熟悉許多演藝圈名人的喜好或精通撲克牌、麻將等多種娛樂，卻對農村生活一竅不通，成為新一代的「農盲」。農村生產農盲主因由於農業生產效益較低，使農村青年不願務農，因而設法「跳出農門」，對農業生產毫無興趣。

農業人口 依靠農業生產維持生活的全部人口，包括實際從事農業生產的人口及由從事農業生產的人口撫養的人口，相對非農業人口而言，二者劃分標誌是其從事勞動的性質，對考察一國農業與工業現代化程度具重要意義。惟依據大陸統計指標，由鄉村管理下的非直接從事農業生產者，如民辦教師，鄉村醫生等，仍被歸列為農業人口統計。

農業普查 主要按照規定的統一方法、時間、表式及內容，採取普查人員直接到戶、到單位訪問登記等辦法，全面收集農村、農業和農民有關情況，為研究制定農村經濟社會發展規畫與新農村建設之政策依據，為農業生產經營者和社會公眾提供統計資訊服務。世界大多數國家係以 10 年或 5 年一個週期開展農業普查，在大陸則每 10 年進行 1 次。第一次於 1997 年進行，第二次則自 2007 年 1 月 1 日開始。根據第二次農業普查，其具體內容包括：⑴農戶人口與勞動力就業狀況；⑵農戶家庭生活設施和生活條件；⑶農戶承包與經營的農業用地；⑷農戶農業生產條件和農業生產情況；⑸各種企事業單位的農業生產經營情況；⑹鄉鎮和村的社會經濟狀況與發展情況。行業範圍包括農作物種植業、林業、畜牧業、漁業和農林牧漁服務業，相較於第一次全國農業普查，增加農林牧漁服務業。

農資綜合直補政策 中共在現行糧食直補制度基礎上，對種糧農民因柴油、化肥、農藥等農業生產原料增支實行的綜合性直接補貼政策。補貼規模根據預計全年農業生產資料價格變動，對農民種糧收益的影響綜合測算確定，並對柴油調價硬性增支因素予以充分考慮。補貼資金全數由中共中央財政負擔，一次性撥付給地方，並重點向糧食主產區和產糧大縣傾斜，年內

不再隨後期農業生產原料實際價格變動而調整。2006年共安排農資綜合直補 120 億元人民幣。

農轉居 指農業戶口整建置轉為非農業戶口，並在農村集體經濟組織中從業，且辦理參加社會保險手續時，符合規定勞動年齡之有勞動人力人員。

愛滋病 Acquired Immune Deficiency Syndrome（後天性免疫不全症候群），縮寫為 AIDS，中文音譯作愛滋病（台灣、香港稱愛滋病），是一種 HIV（Human Immunodeficiency Virus）潛伏性病毒引起的傳染病，主要透過性接觸、血液和母嬰（妊娠、分娩、哺乳）途徑傳染，至今尚無有效的治癒方法。中國大陸自 1985 年報告首例愛滋病病例以來，全大陸 31 個省區市均發現愛滋病疫情，並呈現快速上升趨勢，由此引起的社會問題逐漸增多，防治工作亦相當困難。根據世界衛生組織推算，2000 年大陸地區的愛滋病感染者累計已超過 120 萬人。

十四畫

福利依賴現象 指享有社會救助者長期接受社會救助，就業動機弱化，滿足於低水平生活狀態。

網民 互聯網（網際網路）用戶，大陸稱「網民」，台灣稱「網友」。雖然中共在 1994 年才加入互聯網，但使用網路人數每年均呈現持續快速發展的趨勢。據中共「網際網絡信息中心（CNNIC）」發布的「第 22 次中國互聯網絡發展狀況統計報告」顯示，截至 2008 年 6 月底，大陸網民數量共 2.53 億人，首次超過美國躍居世界第一位；與發達國家的網民相比，大陸網民年齡層較低，51%為 25 歲以下，約 70%為 30 歲以下，其中，40%為大專及以上學歷；同時，大陸互聯網普及率僅有 19.1%，低於全球 21.1%的平均互聯網普及率，亦遠低於鄰國韓國（71.2%）、日本（68.4%），與俄羅斯相近（20.8%）。

十五畫

撫養比 又稱撫養係數、負擔係數，指人口中非勞動年齡人口數與勞動年齡人口數之比，以百分數表示。

公式：撫養比
＝（非勞動年齡人口數／勞動年齡人口數）×100%

暴力標語 大陸農村中，經常出現令人心驚膽顫的標語，如宣傳計畫生育的標語：「該紮不紮，見了就抓」，意指見到不肯結紮的男性即抓去強行結紮；「該流的不流，拉豬牽牛」，是指婦女若違反計畫生

育規定，不肯進行人工流產（墮胎），地方幹部即將其豢養的豬、牛等牲畜強行拉走。其他如「誰不實行計畫生育，就叫他家破人亡」、「一胎環，二胎紮，三胎四胎殺殺殺」等充滿暴力傾向的標語，群眾稱之爲「土匪標語」；學者稱爲「暴力標語」。

調解人員　在「人民調解委員會」擔負調解民間一般民事糾紛和輕微違法行爲引起糾紛的工作人員，包括調解委員會的委員及調解小組的調解員。

調解民間糾紛　調解委員會依照法律規定，根據自願原則，以說服教育方式調解民間發生的有關民事權利和義務的爭執，促成當事雙方達到協定和諒解，解決糾紛。包括婚姻家庭糾紛，財務權益糾紛等，惟不包括法院受理調解的民事案件數。

廣播電視村村通工程　爲解決廣大農民群眾聽廣播、看電視難的問題，1999 年中共黨中央、國務院決定啓動廣播電視村村通工程，第一輪工程至 2005 年結束。

　　根據第一輪工程實施效果，2006 年，中共黨中央、國務院決定繼續實施廣播電視村村通工程，按照「鞏固成果、擴大範圍、提高質量、改善服務」的要求，構建農村廣播電視公共服務體系。新一輪廣播電視村村通工程的目標是：到 2010 年底，全面實現 20 戶以上已通電的自然村全部通廣播電視。

十六畫

獨生子女家庭　指領取「獨生子女父母光榮證」的家庭，可按照有關規定享受獎勵和照顧。大陸各地對實行計畫生育的獎勵優待，主要體現在對獨生子女及其父母的獎勵和照顧上，包括：⑴發放獨生子女父母獎勵費；⑵增加產假；⑶在獨生子女入托、入園、入學、就業、就醫或健康檢查方面給予優待；⑷在農村安排宅基地、村級集體經濟收益分紅等利益分配方面的優待；⑸對實行計畫生育的農民適當減免義務工或者勞動積累，適當減免鄉統籌款或者村提留款；⑹對獨生子女父母年老時的優待。

辦理公證文書　公證處在一定時期內辦結的公證文書件數。公證文書按司法部規定或批准的格式製作，包括國內公證和涉外公證兩部分。國內公證分爲經濟合同公證和民事法律關係公證兩大類。

靜止人口　一個總人口數長期保持不變（既不增加也不減少）的人口，即每年出生人口數與死亡人口數總是相等，出生率等於死亡率，

且與平均預期壽命成倒數關係。靜止人口和穩定人口均假定是封閉人口，未發生人口遷移現象。

十七畫

優撫安置 優撫安置制度係中共政府對以軍人及其家屬進行物質照顧和精神撫慰的社會保障制度。主要項目有：對烈士家屬、傷殘軍人等予以定期撫恤和補助；對傷殘軍人等實行醫療費用保障補助和減免；城鎮退役士兵可享政府安排工作的優待，對願意自謀職業者給予經濟補助和政策優惠等。

十八畫

擴招 指中共自 1999 年開始，高等教育（包括大學本科、研究生）不斷擴大招生人數的教育改革政策。1999 年中共教育部頒布「面向 21 世紀教育振興行動計畫」提出，到 2010 年，高等教育毛入學率將達到適齡青年的 15%。此後高等教育的規模在短短的 5、6 年之間，大學招生擴大將近 3 倍，使「大眾化教育」取代「精英教育」。

職工 在大陸國有經濟、城鎮集體經濟、聯營經濟、股份制經濟、外商和港、澳、台投資經濟、其他經濟單位及其附屬機構工作，並由其支付工資的各類人員，不包括返聘的離退休人員、民辦教師、在國有經濟單位工作的外方人員和港、澳、台人員。

職工工資總額 各單位在一定時期內直接支付給本單位全部職工的勞動報酬總額。工資總額的計算原則，應以直接支付給職工的全部勞動報酬為根據。各單位支付給職工的勞動報酬以及其他根據有關規定支付工資，不論計入成本或不計入成本，按規定列入計徵獎金稅專或未列入計算者，以貨幣或以實物形式支付者，均包括在工資總額內。

職工平均工資 企業、事業、機關單位的職工，在一定時期內平均每人所得的貨幣工資額，為反映職工工資水準的主要指標。計算公式為：職工平均工資＝報告期實際支付的全部職工工資總額／報告期全部職工平均人數

職工平均工資指數 意指報告期職工平均工資與基期職工平均工資的比率，是反映不同時期職工貨幣工資水準變動情況的相對數。計算公式為：

職工平均工資指數
＝報告期職工平均工資／基期職工平均工資

職工平均實際工資指數 扣除物價變動因素後的職工平均工資，表示職工實際工資水準提高或降低的程度。

計算公式爲：職工平均實際工資指數
＝報告期職工平均工資指數／報告期
城鎮居民消費價格指數×100%

十九畫

離休、退休、退職人員 離休是指
1949 年前參加黨所領導的革命戰
爭、脫產享受供給制待遇和從事地
下革命工作的老幹部（工人），以
及在東北和個別老解放區，1948
年底前享受當地政府制定的薪金
制待遇的幹部。老幹部退休年齡：
正省級幹部爲 65 歲，副省級以下
幹部爲 60 周歲，而其中女性處級
以下幹部爲 55 周歲。目前，除個
別在人大、政協任職者還未辦理離
休手續外，在同職人員中已無離休
人員。退休：正常退休人員須符合
下列條件之一：1.男年滿 60 周歲，
女幹部年滿 55 周歲，女工人年滿
50 歲（連續工齡滿 10 年）。2.從
事井下、高空、高溫、特別繁重體
力勞動或其他有害身體健康的工
作，男年滿 55 周歲、女年滿 45
周歲，連續工齡滿 10 年的幹部、
工人。

退職指男年滿 55 周歲、女年
邁 50 周歲，且工作年滿 20 年的；
工作年限滿 30 年的，或因應精簡
政策，經本人提出要求，任免機關
批准而離開職務者。

離休、退休、退職人員保險福利費用
除離休金、退休金、退職生活費以
外，單位支付給離休、退休、退職
人員的保險福利費。

雙扶戶 主要對具有一定勞動能力
且生活困難的優撫戶和貧困戶，給
予一定救濟金，以扶持其透過生產
自救達致脫貧目的。

疆獨 新疆位處大陸西北邊陲，歐亞
大陸的「心臟地帶」，源於其獨特
的政治地緣環境，歷來爲多民族及
各種宗教匯聚之地。因同屬跨國民
族在政治、經濟、文化、風俗習慣
等存在認知差異，地區穩定始終備
受影響。對中共而言，其戰略地位
的重要性尤體現在蘊藏之豐富資
源及進口石油要道的地緣優勢。中
共認定「新疆問題」濫觴於 19 世
紀後半期的「泛伊斯蘭主義」和「泛
突厥主義」（簡稱兩泛），另「東突」
勢力亦是在此影響下崛起。20 世紀
90 年代以降，隨著蘇聯解體及其中
亞各民族共和國獨立，「東突」勢
力起而效尤，冀達建立「東突厥斯
坦」目的，所謂「疆獨運動」，即
意指新疆地區的民族主義、宗教主
義和分離主義運動。據中共官方統
計，1990 年代「東突分裂勢力」在
新疆實施暴力恐怖案件 250 多起，
造成 600 多人傷亡，對中共安全及
邊疆地區穩定構成嚴重威脅。

伍、外交類

一畫

10.3 共同文件 係指 2007 年 10 月北韓核問題第六輪「六方會談」第二階段會議所通過之「落實共同聲明第 2 階段行動」共同文件。根據此文件，北韓將在 2007 年 12 月 31 日以前完成對寧邊 5 兆瓦實驗性反應堆、後處理廠（放射化學實驗室）及核燃料元件製造廠去功能化。

28 字外交方針 1989 年天安門事件發生後，中共面對國際政治、經濟、輿論制裁，當時中共領導人鄧小平提出「冷靜觀察、穩住陣腳、沉著應付、韜光養晦」16 字外交方針，後又增加「善於守拙、絕不當頭、有所作為」12 字。此 28 字，中共在 1990 年代將之作為對外戰略指導方針。現則選擇性運用，諸如主導上海合作組織，參與聯合國維和行動，說明外交上當「有所作為」。（相關內容請參閱「冷靜觀察」、「韜光養晦」等）

2.13 共同文件 2007 年 2 月 13 日，北韓核問題第五輪「六方會談」第三階段會議發布之共同文件。該文件除重申以和平方式早日實現朝鮮半島無核化，以及認真履行在共同聲明中作出的承諾外，並同意根據「行動對行動」原則，採取協調一致步驟，分階段落實共同聲明，並設立「朝鮮半島無核化」、「北韓與美國關係正常化」、「北韓與日本關係正常化」、「經濟與能源合作」、「東北亞和平與安全機制」等 5 個工作組，以討論制定各領域落實共同聲明之具體方案。

9.19 共同聲明 指 2005 年 9 月 19 日，北韓核問題第四輪「六方會談」全體會發布之「第四輪六方會談共同聲明」。該文件主要達成以下共識：1.以和平方式可核查實現朝鮮半島無核化之目標；2.根據「聯合國憲章」宗旨和原則以及公認的國際關係準則處理相互關係；3.通過雙邊和多邊方式促進能源、貿易及投資領域的經濟合作；4.共同致力於東北亞地區持久和平與穩定。直接有關方將另行談判建立朝鮮半島永久和平機制；5.根據「承諾對承諾、行動對行動」原則，採取協調一致步驟，分階段落實上述共識。

一個不變、三個目標 中共總書記江澤民 1997 年 9 月在「十五大」政治報告中提出「一個不變、三個目標」，即奉行獨立自主外交政策不變，及爭取國際和平環境，謀求早日實現統一大業，建立世界政治經濟新秩序三個目標。

一條線、一大片戰略方針 1973 年 2 月，毛澤東與赴訪的美國國務卿季辛吉談話時提出「一條線」、「一大片」戰略思想，即按照大致的緯度劃「一條線」，連接從美國到日本、中共、巴基斯坦、伊朗、土耳其和歐洲的戰略線，並團結這條戰略線以外的其他國家（即「一大片」），以抗衡蘇聯霸權主義和侵略野心，旨在團結包括美國在內的一切可團結之力量，共同反對蘇聯勢力。

一超多強 1991 年 8 月蘇聯解體，9 月華沙公約組織解散，中共對冷戰後的國際形勢作出判斷，認為國際格局出現一個超級強國（美國）及多個強國（歐、日、中、俄）並存，共同主宰世界局面。

一邊倒 1949 年中共建國初期，在外交政策方面，毛澤東先後提出「另起爐灶」（不承認國民政府與各國建立之舊外交關係）、「打掃乾淨屋子再請客」（指西方國家若要與中共建交，中共將在先清除帝國主義在大陸的勢力後，始進行，以免留

下其殘餘勢力與活動）及「一邊倒」三條方針，謂之「一邊倒」外交政策，即以聯合蘇聯打擊美國為主。

二畫

人民外交 又稱民間外交。中共所稱的人民外交具有兩重含義：1.指中共外交的人民性，亦即外交的基礎與著眼點在於人民，注重加強中外人民間的瞭解、信任、團結與合作，且一切外交活動均是為人民的根本利益服務。2.為中共獨創的一種對外交流方式。主要是透過不屬於正式外交機構的各種對外團體、對外機構，與外國各種機構、團體、法人及各階層人士廣泛接觸。

　　周恩來論述區分人民外交與官方外交之間的關係：1.官方外交與人民外交工作對象不同；2.官方外交與人民外交是互相配合、協調一致的關係。換言之，中共外交是「官民並舉」，相輔相成。

入世 係中共申請加入世界貿易組織 WTO 之簡稱。中共經過 15 年談判，於 2001 年 11 月 10 日在卡達多哈舉行的世貿組織第四次部長會議上，獲接納正式成為世貿組織成員方。

入關 1982 年 11 月，中共獲關稅貿易總協定（GATT）觀察員身份並首次派團列席關貿總協定第卅六

屆締約方大會；同年 12 月，中共國務院批准申請參加關貿總協定之報告。1986 年 7 月，中共駐日內瓦代表團大使錢嘉東，向關貿總協定遞交申請，要求恢復中共締約方地位，至此展開中共「入關」（又稱「返關」、「復關」）談判。

按照關貿總協定規則，中共「入關」談判分為二階段，一是對中共外貿體制進行審議；二是實質階段，進行雙邊市場准入談判並起草議定書。1996 年 1 月 1 日，GATT 為 WTO 取代，其後改稱「入世」。

八一七公報　1982 年 8 月 17 日，中美就美國對台軍售問題達成協議，並分別在北京、華盛頓同時發表「聯合公報」（即「中美就解決美向台出售武器的聯合公報」），內容共分 9 條：1.雙方重申中美建交公報確立的基本原則，即美國承認「中華人民共和國政府是中國的唯一合法政府，承認只有一個中國，台灣是中國的一部分」。在此範圍內，美國人民同台灣人民繼續保持文化、商務和其他非官方關係；2.簡述售台武器的由來和中美進行談判的過程；3.雙方重申互相尊重主權和領土完整、互不干涉內政是指導中美關係的根本原則；4.中共重申，「台灣問題是中國內政」，「告台灣同胞書」宣布爭取和平統一祖國的大政方針。中共提出的九點方針是爭取和平解決台灣問題的重大努力；5.美國政府表示重視與中共的關係，並重申無意侵犯中共的主權和領土，無意干涉中共內政，亦無意執行「兩個中國」政策。美國欣賞「告台灣同胞書」與九點和平解決台灣問題的政策；6.考慮到雙方上述聲明，美國政府聲明，不尋求執行一項長期向台灣出售武器的政策，向台灣出售的武器在性能和數量上將不超過中美建交後近幾年供應的水平，準備逐步減少對台灣武器出售，並經過一段時間導致最後解決。在做此聲明時，美國承認中共關於徹底解決這一問題的一貫立場；7.雙方保證繼續努力爭取徹底解決售台武器問題；8.雙方決心本著平等互利原則，加強各方面的雙邊關係；9.雙方將就共同關係的雙邊和國際問題保持接觸並進行適當磋商。

三畫

三個世界　1974 年 2 月由毛澤東提出，指美國與蘇聯是第一世界，亞非拉發展中國家和其他地區是發展中國家，是第三世界，處於這兩者之間的發達國家是第二世界。目前國際間已少使用，改採已開發國家與發展中國家兩大集團。

三停一減 1982 年 6 月 11 日，中共外長黃華在第二屆裁軍特別聯大上首次提出，爲中共關於核裁軍問題的立場之一。具體內容爲：蘇美兩國停止試驗、停止改進、停止生產核武器，並將其各種類型的核武器和運載工具削減 50%。

三尊重方針 中共對東歐國家實行的外交方針，即「尊重根據本國情況確定內外政策；尊重同蘇聯在歷史上形成的特殊關係；尊重對發展同中國關係的設想和做法」。

三鄰政策 江澤民擔任總書記期間對周邊國家倡議「睦鄰、友鄰、安鄰」。胡錦濤掌權後據以提出「睦鄰、安鄰、富鄰」新三鄰政策。「睦鄰」就是要和睦相處，維護地區和平穩定；「安鄰」就是要對話合作，營造亞洲和諧發展環境；「富鄰」是要加強區域合作，實現共同繁榮。2006 年 11 月 15 至 26 日，胡錦濤對越南、寮國、印度、巴基斯坦進行國事訪問，並出席在越南舉行之亞太經合會組織（APEC）第 14 次非領導人非正式會議，期間圍繞「三鄰」政策，強調將「堅持走和平發展道路，堅持實施互利共贏的開放戰略」。

上海合作組織 1996 年 4 月 26 日，中共國家主席江澤民、俄羅斯總統葉爾欽、哈薩克總統納扎爾巴耶夫、吉爾吉斯總統阿卡巴耶夫及塔吉克總統拉莫諾夫在上海舉行首次會晤，簽署「關於在邊境地區加強軍事領域信任的協定」。1997 年 4 月 24 日，5 國元首在莫斯科簽署「關於在邊境地區相互裁減軍事力量的協定」。此後，5 國元首每年輪流在各國會晤，由於首次在上海舉行，故該機制稱爲「上海五國」。

2000 年 7 月 5 日，烏茲別克總統卡里莫夫以觀察員身分出席杜尚別會晤，2001 年 6 月 14 日，6 國在上海簽署「哈、中、吉、俄、塔、烏聯合聲明」，烏茲別克正式加入「上海五國」機制，次日，中共、俄羅斯、哈薩克、吉爾吉斯、塔吉克、烏茲別克等 6 國，在上海成立橫跨歐亞大陸的區域性、多邊合作組織。6 國領袖簽署「上海合作組織」成立宣言、「打擊恐怖主義、分裂主義和極端主義上海公約」，「上海合作組織」正式成立。

目前該組織已成爲多元綜合性組織。近年，並先後吸收蒙古、巴基斯坦、伊朗、印度爲觀察員，與阿富汗建立聯絡組，獲得聯合國大會觀察員地位，與聯合國經社理事會、東協、獨立國協、獨立國協集體安全條約等建立合作關係。

上海精神 2001 年 6 月，「上海合作組織」成立。強調互信、互利、平

等、協商、尊重文明多樣性、謀求共同發展，即爲「上海精神」。

大國外交 胡錦濤、溫家寶體制下最重要的外交理念之一。由中共外交部政策研究司編撰之「中國外交（2005 年版）」，以年度白皮書形式，對胡溫全面掌權的 2004 年外交成績進行詳述。在該書概述中，不同過往將「穩定和發展同主要大國的關係」，排在「增進同周邊國家的睦鄰友好」之前，顯示胡溫體制將「大國外交」置於重點位置，除相繼開展頻繁的外訪活動外，幾乎與所有大國元首會面，並陸續邀請各大國元首與政府首腦訪問中國大陸。

大國是關鍵、周邊是首要、發展中國家是基礎、多邊為舞台 中共於「十六大」政治報告中提出的外交戰略，即以「大國是關鍵，周邊是首要，發展中國家是基礎，多邊是重要舞台」作爲整體外交佈局，全方位發展對外關係，即：穩定發展與各大國關係；加強周邊睦鄰友好關係；鞏固與開發中國家團結合作；參與以聯合國爲中心的多邊外交。

四畫

不結盟 指中共不依附於任何大國或國家集團，不屈從於任何大國的壓力，亦不與任何國家結盟，完全從本國人民和世界人民的根本利益出發，根據事物本身的是非，獨立自主決定自身政策。

中日四文件 中日四文件係指兩國簽署代表定位雙邊關係的四份文件，包括 1.1972 年由中共總理周恩來及外長姬鵬飛、日本總理大臣田中角榮及外務大臣大平正芳簽署的第一件文件－「中日聯合聲明」；2.1978 年由中共副總理鄧小平委派外長黃華、日本外務大臣園田直簽署的第二份文件－「中日和平友好條約」；3.1998 年由中共國家主席江澤民、日本總理大臣小淵惠三簽署的第三份文件－「中日聯合聲明」；4.2008 年由中共國家主席胡錦濤、日本總理大臣福田康夫簽署的第四份文件－「中日共同聲明」。第四份文件在簽署時，除要求確遵前三份文件外，並稱將全面推進兩國「戰略互惠關係」。

中日和平友好條約 爲中日四文件之一，於 1978 年 8 月簽訂，10 月條約批准書互換儀式在東京舉行，中共外長黃華與日本外相園田直分別代表本國在互換條約批准書的證書簽字。全文共 5 條，主要內容如下：1.締約雙方應在互相尊重主權和領土完整、互不侵犯、互不干涉內政、平等互利、和平共處等各項原則基礎上，發展兩國間持

久的和平友好關係。雙方確認，在相互關係中，用和平手段解決爭端，而不訴諸武力和武力威脅；2.締約雙方表明，任何一方都不應在亞洲和太平洋地區或其他任何地區謀求霸權，並反對任何其他國家或國家集團建立這種霸權的努力；3.締約雙方將本著睦鄰友好的精神、文化關係，促進兩國人民的往來而努力；4.本條約不影響締約各方同第三國關係的立場；5.本條約有效期10年，10年以後，在根據本條約第二款的規定宣布終止以前，將繼續有效。本條約是中日聯合聲明與邦交正常化的繼續與發展。

中日韓推進三方合作聯合宣言　2003年10月7日，中共總理溫家寶、日本首相小泉純一郎、韓國總統盧武鉉在印尼峇里島舉行中日韓領導人第五次會晤，並發表「中日韓推進三方合作聯合宣言」，就三方合作目標、領域及形式達成具體共識。

中共－太平洋島國經濟發展合作行動綱領　2006年4月，中共總理溫家寶赴斐濟出席「中共與太平洋島國經濟發展合作論壇」首屆部長級會議；期間除宣佈6項支持島國經濟發展之舉措外，並簽署「中共－太平洋島國經濟發展合作行動綱

領」。根據「行動綱領」確定之原則，中共將繼續從5方面確定雙方經貿合作發展目標及重點領域：1.擴大雙邊貿易規模，力爭至2010年雙邊貿易達30億美元；2.鼓勵投資合作，探討利用政府貸款和商業融資等多種方式，在島國進行基礎設施、通信以及農林漁業開發等領域的合作；3.鼓勵雙向合作開發旅遊市場，中方將積極鼓勵旅遊企業開展赴島國之旅遊業務；4.將能源合作列為重要領域，繼續與島國分享節能及利用再生和替代能源的成功技術；5.在良種培育、農業科技、病蟲害防治、糧食儲備等方面開展技術交流，幫助島國提高農業綜合生產能力。

中共加強與歐盟關係20字方針　1998年2月12日至18日，中共總理李鵬赴訪盧森堡、荷蘭及俄羅斯後，中共官方媒體發表加強與歐盟關係20字方針，即「平等相待、相互尊重、求同存異、循序漸進、協商一致」。

中共對美外交16字方針　1990年代初中共外交陷於「六四」困境時，鄧小平於1993年美國總統克林頓上台後提出「增加信任、減少麻煩、發展合作、不搞對抗」16字方針；1997年江澤民訪美前，為尋求與布希政府發展「建設性合作關

係」提出新的 16 字方針，即：「增進了解、擴大共識、發展合作、共創未來」。

中共與東協 5 大平行對話合作框架

1996 年 7 月中共成為東協全面對話國，1997 年 2 月確立 5 個平行機制的總體對話框架，分別為：中共－東協資深官員磋商、中共－東協聯合合作委員會、中共－東協經貿聯委會、中共－東協科技聯委會、中共－東協商務理事會。

中共與東協全面經濟合作框架協議

2002 年 11 月 4 日，第 6 次東協－中共領導人會議在柬埔寨金邊舉行。期間，中共總理朱鎔基與東協領導人簽署「中共與東協全面經濟合作框架協議」，提出雙方加強和增進各締約方之間經濟、貿易和投資合作，促進貨物和服務貿易，逐步實現貨物和服務貿易自由化，並創造透明、自由和便利的投資機制，以及為各締約方間更緊密的經濟合作開闢新領域等全面經濟合作之目標；並決議 2010 年前建成中共－東協自由貿易區。

中共與非洲關係 20 字方針

1996 年，中共國家主席江澤民訪非洲國家所提構想濃縮而成。唐家璇於 2000 年 9 月 5 日提出，即「真誠友好、平等相待、團結合作、共同發展、面向未來」。

中阿合作論壇

全稱「中國－阿拉伯國家合作論壇」。自 1956 年中共與阿拉伯國家聯盟（簡稱「阿盟」）展開聯繫以來，先後與 22 個阿拉伯國家建立外交關係。2000 年 3 月，「阿盟」外長理事會首度提議成立「中阿合作論壇」（簡稱「論壇」）。2003 年 8 月，雙方擬定「論壇」宣言及「行動計畫」草案，遞交「阿盟」秘書處；至 2004 年 1 月，胡錦濤訪問埃及與「阿盟」總部期間，「論壇」正式宣告成立。

「論壇」秉持之基本原則包括：尊重聯合國及「阿盟」憲章目標、和平共處原則，中共在「土地換和平」、「阿拉伯和平倡議」基礎上對中東和平進程的支持，阿拉伯國家對「一中」原則的支持，致力以和平手段解決國際爭端，支持中東建立無核區，開展南北對話，尊重各國文化、文明的特殊性。

「論壇」屬常設性機制，每兩年在中國大陸、「阿盟」總部或輪值成員國召開部長級會議，另可視需要召開緊急會議。在部長會議機制下，並組建高官委員會，追蹤部長會議紀要與決議執行情況。「論壇」分別在 2004、2006、2008 年舉行三屆部長級會議。首屆會議除簽署「論壇」成立宣言、行動計畫等綱領性文件外，中共並就「中」阿關係發展及「論壇」建設，提出具體倡議。第二屆會議則

以「建立新型夥伴關係」為主題，重點討論政治磋商、經貿、投資、人力資源培訓、環保、文明等合作領域、形式，並建立相應機制。第三屆於2008年5月21至22日在巴林舉行，本次會議以「面向實現和平與可持續發展的新型夥伴關係」為主題，旨在探討強化「中」阿政治、經濟、安全等合作，對地區及國際問題交換意見，並制定「論壇」2008至2010年行動計畫。

中非合作論壇 係指中共與非洲國家的開展集體對話的機制。2000年10月，「中非合作論壇」第一屆部長級會議在北京召開，通過「北京宣言」和「中非經濟和社會發展合作綱領」等文件，並決定在21世紀建立和發展長期穩定、平等互利的新型夥伴關係，建立中非合作論壇機制。

　　該機制包括每三年舉行一屆部長級會議，以及部長級會議召開前一年舉行之高官會議。2005年8月，中共提議將2006年論壇第三屆部長級會議提升為一次中非領導人峰會。2006年11月3至5日，中非合作論壇北京峰會暨第三屆部長級會議在北京正式舉行，會中通過「中非合作論壇北京峰會宣言」及「中非合作論壇－北京行動計畫（2007-2009年）」兩份文件。

中東問題五點主張 2007年11月27日，中共外交部長楊潔篪出席在美國馬裏蘭州安納波利斯市舉行的中東問題國際會議，會中就推動中東和平進程走出僵局提出五點主張：

1. 尊重歷史，彼此兼顧，把握和談方向。以色列建國已近60年，然而巴勒斯坦人民建立自己獨立國家的願望迄今仍未實現。有關各方應面對現實，在中東和平「路線圖」計畫和「阿拉伯和平倡議」的基礎上，啟動最終地位問題談判，推動解決邊界、難民、水資源等問題。

2. 摒棄暴力，排除干擾，堅定和談信念。中方希望巴勒斯坦內部實現和解，只有民族團結才能帶領巴人民走向和平。

3. 全面推進，平衡發展，營造和談氛圍。巴勒斯坦問題與中東其他問題彼此影響，應適時重啟敘以、黎以和談，與巴以和談形成相互促進的局面。同時從推進整個中東和平與穩定的大局出發，穩妥處理好該地區其他熱點問題，為和談創造有利的外部環境。

4. 重視發展，加強合作，夯實和談基礎。有關各方和國際社會應創造條件，促進地區國家的經貿往來，讓阿以雙方人民真正分享到和平成果，中方呼籲國際社會加

大對巴人道援助和發展援助，讚賞有關方面提出的區域經濟合作計畫。

5. 凝聚共識，加大投入，加強和談保障。國際社會應密切合作，建立廣泛參與、平衡有效的多邊促和機制、監督機制和執行機制，為和平提供保障。

中俄國家年 2005 年 7 月，中共國家主席胡錦濤訪問俄羅斯期間，兩國元首共同確定，2006 年在大陸舉辦「俄羅斯年」和 2007 年在俄羅斯舉辦「中國年」活動，以全面推動兩國戰略協作夥伴關係向前發展。2006 年 1 月 1 日，中共「俄羅斯年」活動正式啓動。同年 3 月 21 日，中俄兩國元首共同出席中共「俄羅斯年」開幕式。11 月 9 日，兩國總理出席中共「俄羅斯年」閉幕式。雙方共舉辦 300 多項活動，俄羅斯 7 個聯邦區的領導、65 個州長赴華訪問，數萬俄羅斯人赴華舉辦活動。中方直接參加「俄羅斯年」活動人數約 50 萬。

2006 年 12 月 31 日胡錦濤和普京互致新年賀電，並宣布在俄羅斯舉辦的「中國年」活動正式開始。2007 年 3 月 26 日，兩國元首共同出席在莫斯科舉行的「中國年」開幕式。俄羅斯「中國年」內容涉及政治、經貿、文化、科技、軍事、傳媒、地方交往等多個領域，主要活動包括中國國家展、中國文化節、第十一屆聖彼得堡國際經濟論壇、第四屆中俄投資促進會等。

中美三公報 即「上海公報」、「中美建交聯合公報」、「中美就解決美向台出售武器的聯合公報」（「八一七公報」）的統稱。內容分別詳見中美「上海公報」、中美建交公報、八一七公報。

中美「上海公報」 1972 年 2 月 21-28 日，美總統尼克森訪問大陸，與中共領導人在上海達成關係正常化協定，並於 2 月 28 日形成正式文件，即「上海公報」。

中美建交公報 全稱爲「中華人民共和國和美利堅合眾國關於建立外交關係的聯合公報」，雙方於 1979 年 1 月 1 日起互相承認並建立外交關係，3 月 1 日互派大使及建立大使館。公報中表明，美國政府承認中共立場，即只有「一個中國」，「台灣是中國的一部分，中共政府是中國的唯一合法政府」，在此範圍內，美國人民將和台灣人民保持文化、商務和其他非官方關係。

中美戰略經濟對話 中美戰略經濟對話係由美方提出，中方同意，於 2006 年 9 月 20 日共同發表「中美關於啓動兩國戰略經濟對話機制的共同聲明」。根據「共同聲明」，

對話主要討論兩國共同感興趣及關切的雙邊和全球戰略性經濟問題，每年進行兩次，輪流在兩國首都舉行。2006 年 12 月在北京進行首次戰略經濟對話，第二、三、四次分別於 2007 年 5 月、12 月及 2008 年 6 月，輪流在華盛頓和北京舉行。

中美戰略對話 2004 年 11 月，中共國家主席胡錦濤與美國總統布希出席亞太經合會第 12 次領導人非正式會議會晤，就進一步推進中美建設性合作關係達成共識。2005 年美國務卿萊斯與中方就落實該共識進行協商，商訂定期舉行中美戰略對話，以討論政治和經濟領域中的諸多議題，在雙向互利基礎上加強各領域的交流和合作。

首次對話於 2005 年 8 月 1 日在北京舉行，由中共外交部副部長戴秉國和美國常務副國務卿佐利克率團參加；第五次對話於 2008 年 1 月在貴州貴陽舉行，中共國防部外事辦公室副主任丁進攻少將出席對話，為中共軍方首次派員參加對話。

中國－東協自由貿易區 2000 年 11 月，中共總理朱鎔基在新加坡舉行的第四次「中國－東協領導人會議」中，首度提出建立「中國－東協自由貿易區」構想，並建議在「中國－東協經濟貿易合作聯合委員會」框架下，成立「經濟合作專家組」，就雙方建立自由貿易關係之可行性進行研究。

2002 年 11 月，在第 6 次領導人會議中，中共與東協簽署「全面經濟合作框架協議」，決議 2010 年前建成自由貿易區。2004 年 11 月，中共與東協簽署「貨物貿易協議」，並於 2005 年 7 月實施約 7,000 種稅目的商品開始全面降稅；2007 年 1 月，雙方簽署「服務貿易協議」，60 餘個服務部門相互做出高於世貿組織水準之市場開放承諾。至 2007 年，中共與東協貿易額已達 2,025 億美元。

中國對非洲政策文件 2006 年 1 月 12 日，中共在北京發表「中國對非洲政策文件」，旨在宣示中共對非政策目標及措施，規畫今後一段時期雙方在各領域的合作，推動中非關係長期穩定發展。文件全文近 5,000 字，除「前言」外，分為「非洲的地位和作用」、「中國與非洲地區組織的關係」、「加強中非全方位合作」、「中非合作論壇及後續行動」及「中國與非洲地區組織的關係」等六部分。

中國對歐盟政策文件 2003 年 10 月 13 日，中共發表「中國對歐盟政策文件」，闡述中共對歐盟政策目標，並規畫今後 5 年的合作措施。

該文件係中共制定的首份對歐盟政策文件。

文件指出，中共對歐盟政策目標是：互尊互信，求同存異，促進政治關係穩定發展；互利互惠，平等協商，深化經貿合作；互鑑互榮，取長補短，擴大人文交流。並提出加強高層交往與政治對話、增加中歐政黨往來，以及在經貿、農業、環保、交通、科技等方面合作意願。文件同時敦促歐盟恪守「一個中國」原則，鼓勵港、澳與歐盟合作，推動歐盟了解西藏，繼續開展人權對話。

中梵建交二原則 一是梵蒂岡必須遵守「一個中國」原則；二是不得藉宗教事務干涉中共內政。

中歐峰會 1994 年，中歐簽署「政治對話協定」；1998 年 1 月，中歐領導人在第二屆亞歐首腦會議期間舉行會晤，決定建立領導人年度會晤機制。同年 4 月，中歐在倫敦舉行首次領導人會晤，雙方建立「面向 21 世紀長期穩定的建設性夥伴關係」。2003 年 10 月，在第 6 次中歐領導人會晤期間，中共發表首份對歐盟政策文件，歐盟亦發表第 5 份對華政策文件，雙方決定發展「全面戰略夥伴關係」。2007 年 11 月，在「第十次中歐領導人會晤聯合聲明」，雙方同意於 2008 年 3 月底前成立副總理級的中歐經貿高層對話機制，討論中歐貿易、投資和經濟合作戰略。

互利共贏的開放戰略 2006 年 3 月 14 日，中共在第十屆全國人大四次會議中，表決通過「關於國民經濟和社會發展第十一個五年規畫綱要的決議」，綱要全文共分為 14 篇，其中即提出「實施互利共贏的開放戰略」。互利共贏是中共的對外開放戰略，亦為「科學發展觀」關於「統籌國內發展和對外開放」目標之具體體現。該戰略以經濟全球化時代為實施背景，以深化國內經濟體制改革為實現基礎，以開展與世界各國經濟合作為實踐方式，並成為中共走向和平發展道路之重要途徑。

六方會談 指由中共、南韓、北韓、美國、俄羅斯和日本等六國共同參與，旨在解決北韓核問題的系列談判。會談於 2003 年 8 月 27 日開始，至今共舉行過六輪會談。先後發表四份「主席聲明」、一份「共同聲明」及一份「共同文件」。

中共主要發揮三方面作用：1. 提出和平解決核問題的總體目標、方向和途徑；2.推動形成三方及六方會談的框架，迄今已成為一個持續的進程；3.發揮東道主的斡旋和調停作用。

在具體措施上，採取三項作為：1.積極推動各方尤其是北韓與美國雙方拿出具體解決方案，將會談引向深入和細節性爭議的化解；2.反覆勸說各方相互尊重，深入研究各方所提出的方案；3.在出現僵局時及時提出折衷方案，積極居中斡旋。

反對霸權主義和強權政治　霸權主義泛指大國、強國不尊重他國主權和獨立，對他國強行干涉、控制和統治的政策與活動。強權政治係指一國在國際關係中，使用武力和經濟的威脅作為國家對外政策的手段。50 年代至 70 年代，毛澤東與周恩來強調要反對超級大國的霸權主義，認為霸權主義是戰爭的根源。80 年代初，鄧小平指出：「反對霸權主義，維護世界和平是中國的真實政策、對外綱領」。

太平洋島國論壇（Pacific Islands Forum）　是南太平洋國家政府間加強區域合作、協調對外政策的區域合作組織，其前身為「南太平洋論壇」。1971 年 8 月，在紐西蘭倡議下，斐濟、薩摩亞、湯加、諾魯、科克群島和澳大利亞在紐西蘭首都惠靈頓召開南太平洋七方會議，正式成立「南太平洋論壇」。2000 年 10 月，「南太平洋論壇」正式改稱「太平洋島國論壇」。

論壇宗旨主在加強各成員間在貿易、經濟發展、航空、海運、電訊、能源、旅遊、教育及其他共同關心問題上之合作與協調。目前論壇有 16 個成員，包括：澳大利亞、紐西蘭、斐濟、薩摩亞、東加、巴布亞紐幾內亞、吉里巴斯、萬那杜、密克羅尼西亞、所羅門群島、諾魯、吐瓦魯、馬紹爾群島、帛琉、庫克群島和紐埃。新赫里多尼亞、東帝汶和法屬波利尼西亞為論壇觀察員。

論壇每年召開一屆首腦會議，並在各成員國或地區輪流舉行，另自 1989 年起，開始邀請中、美、英、法、日和加拿大等國出席論壇首腦會議結束後的對話會議。中共自 1990 年起，以非本地區成員國身分參加南太論壇對話會議，2002 年 9 月太平洋島國論壇駐「華」貿易代表處在北京正式開館。2005 年 10 月，中共外交部副部長楊潔篪在第 17 屆太平洋島國論壇會後對話會上，正式倡議建立「中共—太平洋島國經濟發展合作論壇」，以促進中共與太平洋島國在環保、旅遊、立法、教育、農漁業和衛生領域的合作。

文化外交　即是以文化活動為手段，達到國家外交目的之過程。環顧全球各國的實作經驗，文化外交

往往是一國經濟實力或整體國力達到一定程度後，才會積極推廣作為。

1961 年《維也納外交關係公約》提到各國使領館的職責之一就是「促進派遣國與接受國間之友好關係，以及發展兩國經濟、文化與科技關係」。冷戰後，國際關係領域更出現文化外交研究熱。

隨中共對外開放政策不斷深入，其與世界各國交往頻繁，文化外交政策研究即成為中共對外政策重點。2000 年時任中共總書記的江澤民在廣州視察時首次提出「三個代表」理論，其中之一就是主張中國共產黨代表中國先進文化的前進方向，中國文化的重要性明確提到重要位置。另中共「十六大」報告中有關對外政策部分，則特別強調要擴大對外文化交流，文化外交亦成為中共官方論述的重要內容之一。

中共總書記胡錦濤 2004 年在中共第 10 次駐外使節會議講話特別強調，中共要加強經濟外交和文化外交，實施引進來和走出去相結合的對外開放戰略，展開對外文化交流，文化外交成為中共第四代領導集體的重要外交策略之一。

五畫

世界多樣性　中共在「十七大」政治報告中提出「文化上相互借鑑、求同存異，尊重世界多樣性，共同促進人類文明繁榮進步」，旨在宣指文化是綜合國力的重要組成部分，亦是對外交往的重要載體，國際各國應體認要尊重不同文化，謀求共同繁榮與合作。

以史為鑑、面向未來　係中共對日本關係所發表的原則，希望日方要以二戰期間侵「華」歷史記取教訓，避免重蹈覆轍，並共同展開未來友好合作關係。

1997 年，中共總理李鵬訪日，即提出發展「中」日關係五原則：「一為相互尊重，互不干涉內政；二為求同存異，妥善處理分歧；三為加強對話，增進瞭解；四為互惠互利，深化經濟合作；五為面向未來，實現世代友好」。1998 年 4 月 21 日，時任中共國家副主席的胡錦濤訪日，則強調發展兩國關係要「以史為鑑，面向未來」。

1998 年江澤民訪日，兩國簽署的聯合聲明中涉及「歷史問題」的內容共 138 字，闡述中方「希望日本汲取歷史教訓」。

2005 年 4 月 23 日，胡錦濤出席在印尼舉行的亞非峰會時，會見

首相小泉純一郎，就發展兩國關係再度提出要「以史爲鑑、面向未來」。之後，雙方高層及領導人會晤時，均採用此說法。直至 2008 年 5 月，胡錦濤對日本進行國事訪問與福田康夫共同簽署的《中日關於全面推進戰略互惠關係的聯合聲明》中，涉及「歷史問題」則改提出「正視歷史、面向未來」。

以鄰爲伴，與鄰爲善 2002 年，江澤民於中共第 16 次全國代表大會報告中指出，其亞洲外交方針爲「加強睦鄰友好，堅持與鄰爲善、以鄰爲伴，加強區域合作」。

北京共識 與盛行於 20 世紀 90 年代的「華盛頓共識」相對應。該名詞起源於倫敦外交政策中心於 2004 年 4 月發表題爲「北京共識」論文後，開始被運用。文章對中共經濟改革作全面理性思考與分析，並指出中共的經濟發展模式適合中共，亦可成爲發展中國家仿效榜樣，對全世界苦尋發展且融入國際社會秩序國家，中共提供新思路。此外，北京共識不僅在經濟上，並包括許多非經濟思想，涉及政治、生活品質和全球力量平衡等問題。

另起爐灶 爲 1949 年中共建政初期，毛澤東所提出之外交方針。毛澤東指出：「凡屬被國民黨政府所承認的資本主義國家的大使館、公使館、領事館及其所屬的外交機關和外交人員，在中華人民共和國與這些國家建立正式外交關係前，我們一概不予承認」，亦即不承認當時國民黨政府與各國建立之外交關係，而是在外交上另起爐灶與各國建立新的外交關係。

四不兩超 爲中共「韜光養晦」方針的主要內涵。四不：1.不扛旗。不應尋求代替前蘇聯作用，成爲社會主義陣營領導；2.不當頭。不應成爲第三世界國家領導；3.不對抗。不應和西方陣營搞對抗；4.不樹敵。不管其是否背離社會主義，不應干涉他國內政。

兩超：1.超越意識形態因素。在處理與他國關係時，不以意識形態定親疏，不以一時一事論得失。2.超脫。在一些與中共利益直接關係不大的問題上保持相對超脫態度。

四好 胡錦濤擔任中共國家主席後，在會見周邊尤其是共產國家領導人，均提及要在「長期穩定、面向未來、睦鄰友好、全面合作」16 字方針指導下，按照「好鄰居、好朋友、好同志、好夥伴」的「四好」精神，推進各領域合作。

四個環境 2005 年 8 月 25 日至 29 日，中共國家主席胡錦濤在第 10 次駐外使節會議講話中指出，要維

護中共發展的重要戰略機遇期,爭取「和平穩定的國際環境、睦鄰友好的周邊環境、平等互利的合作環境和客觀友善的輿論環境」。

外交為民　中共宣稱其外交工作主要分為三階段:從 1949 年到 1978 年,強調「民間外交」和「以民促官」,以民間外交打開外交局面。從 1979 年到 20 世紀末改革開放初期,發展「人民友好外交」,中共公民走向世界。

21 世紀初以來,中共新領導集體提出「立黨為公、以人為本、執政為民」新治國理念,為在外交領域上體現「執政為民」理念,故提出「外交為民」口號,並成為中共外交重要內容。

打掃乾淨屋子再請客　1949 年初,毛澤東在與蘇共中央政治局委員米高楊會談時指出,「我們這個國家,若比作一個家庭,這個屋子太髒了……。解放後,我們必須認真清理屋子,好好整頓……等屋子打掃清潔、乾淨,陳設好了,再請客人進來。」;並宣布「不承認國民黨時代一切賣國條約的繼續存在,取消一切帝國主義在中國開辦的宣傳機關,立即統制對外貿易,改革海關制度」,意在先行肅清、整頓當時其所謂西方帝國主義國家在華特權及殘餘勢力。

永不稱霸　1982 年 9 月 1 日,鄧小平在「十二大」開幕式上致詞時表示:「80 年代是我們黨和國家歷史發展上重要年代,中共要實現自已的發展目標,必不可少的條件是安定的國內環境與和平的國際環境」,並提出系列想法,指出五大基本的外交方針,其中之一即是不搞集團政治,「更不當頭,永不稱霸」。(其他為淡化意識形態之爭;不糾纏歷史恩怨,主張結束過去;開闢未來,以及主張和平解決爭端),中共之所以提出「永不稱霸」,目的主要在平息外部視中共崛起為威脅之聲音,進而為內部發展營造和平的國際環境。

申博　中共建政後至 1982 年以前,西方國家舉辦世界博覽會均未邀請中共參加。自與美國於 1979 年正式建交以後,美國諾克斯維爾世博會組織者邀請中共參加於 1982 年 5 月 1 日至 10 月 31 日在田納西州諾克斯維爾市舉行的「能源」專業世博會。1992 年起,中共貿促會與有關部委、地方政府配合,向國際展覽局申請在中國大陸舉辦世博會。之後,中共決定正式申辦 2010 年上海世博會。

申辦世博會的主體是中共政府,上海市為承辦城市。2000 年 3 月,中共專門成立由國務委員吳儀

擔任主任委員的 2010 年上海世博會申辦委員會。成員單位共有 14 個，包括中宣部、上海市、外交部、國家計委、國家經貿委、科技部、財政部、建設部、外經貿部、民航總局、體育總局、旅遊局、國務院新聞辦、中共貿促會。

在申辦 2010 年世界博覽會國家中，中共第一個向國際展覽局正式提交申請函（2001 年 5 月 2 日）、第一個遞交《申辦報告》（2002 年 1 月 30 日）、第一個接受國際展覽局考察（2002 年 3 月 10 日至 17 日），並在國際展覽局第 129 次全體大會（2001 年 6 月 6 日）、第 130 次全體大會（2001 年 11 月 30 日）、第 131 次全體大會（2002 年 7 月 2 日）、第 132 次全體大會（2002 年 12 月 2 日至 3 日）上就申辦世博會作陳述報告。2002 年 12 月 3 日，在國際展覽局第 132 次全體大會上，成員國代表經過 4 輪投票，中共最終以 54 票對韓國 34 票，獲得 2010 年世博會舉辦權。上海市成為舉辦 2010 年世博會城市。

申奧 中共申辦奧林匹克運動會簡稱。1998 年 11 月 25 日，北京市人民政府正式向中共奧委會遞交申辦 2008 年奧運會申請書。1999 年 4 月 7 日，經中共奧委會批准，北京市正式向國際奧委會遞交申請

書。國際奧委會正式接受北京申請。1999 年 9 月 6 日，國家體育總局、北京市人民政府和國務院相關部門組成北京 2008 年奧運會申辦委員會。2001 年 7 月 13 日，國際奧委會第 112 次會議在莫斯科舉行，北京市獲得 2008 年奧運主辦權。

六畫

乒乓外交 1971 年 4 月，日本名古屋舉行第 31 屆世界乒乓球錦標賽，美國球隊應中共球隊邀請訪陸。4 月 10 日美國乒乓球協會主席、團長和運動員科恩、雷塞克等人抵達北京，中共總理周恩來會見代表團，14 日美國總統尼克森發表聲明，就改善、鬆動兩國關係採取系列措施。此球隊訪華，重新開啓中斷 22 年的中美交往，對雙邊關係產生突破性影響，推動兩國關係正常化的進程，國際喻為「乒乓外交」。

全方位外交 胡錦濤新一代領導為靈活外交策略，提出「全方位外交」，即全面與國際間各個國家維持友好關係，核心原則為：不搞霸權主義、不搞強權政治、不結盟、不搞軍備競賽。

全方位開放 中共在黨的「十一大」三中全會中提出改革開放策略，自「十三大」四中全會以後，多提出

要加快步伐密切與世界經濟合作，形成「全方位、多層次及寬領域的對外開放格局」。之後，中共在黨的「十六大」三中全會通過「中共中央關於制定國民經濟和社會發展第十一個五年規畫的建議」，亦進一步提出「實施互利共贏的開放戰略」，並稱要「在更大範圍、更廣領域及更高層次」參與國際競爭與合作；2007 年，胡錦濤在中央黨校省級幹部進修班講話亦指出，要全面提高開放型經濟水準，其主要目的係藉全方位的開放，化解國際間對其開放程度的疑慮。

共同但有區別　中共認為「共同但有區別」是在應對環境挑戰的歷史上，一個為各國包括國際社會廣為接受的法律原則。即是由經合組織（OECD）國家首先實施的污染者付費原則（即 Polluter Pay Principle）。根據此原則，在 1992 年《里約環境與發展宣言》、《聯合國氣候變化框架公約》以及 1997 年《京都議定書》等國際環境公約或文件中都確定已開發國家和發展中國家在解決諸如防止臭氧層破壞、減緩氣候變化等全球環境問題上承擔「共同但有區別的責任」。中共主張應對氣候變化應堅持遵循《聯合國氣候變化框架公約》規定的「共同但有區別的責任」原則。

多極化　多極化（Multipolarity）係指透過種種政策將目前國際社會「一超多強」的戰略格局轉變為多極的相互牽制。中共多極化戰略目標之一，係在防止美國單一霸權世界的形成，避免出現不利中共之影響或壓力。故在後冷戰時代國際政策是「建構多極化秩序」。

多邊主義　多邊主義作為一種與單邊主義截然相反的外交方式，是國際政治和國際思想當中所運用詞語。多邊主義主要意涵係以多邊外交為基礎，通過多邊形式討論國際政治，解決國際問題。此外，多邊主義尚含有多邊國際體制建設問題，其中，特別重要的就是多邊國際經濟體制建設。如歐盟，其在一定地理範圍內，具有比較周全和詳細的組織體制，規則和議事和決策程序，即為多邊主義發展到最高形式。

多邊貿易體系　1947 年誕生的關貿總協定（GATT）以及 1995 年取而代之的世界貿易組織（WTO）被通稱為多邊貿易體系。此體系宗旨在於通過組織多邊貿易談判來增加國與國之間的貿易、規範貿易行為和解決貿易糾紛，從而使國際貿易更加自由、資源得到更有效的配置。多邊貿易體系最直接的好處在簡化多國間的貿易行為。

有理、有利、有節 為抗日戰爭時期中國共產黨對中國國民黨鬥爭的策略原則。毛澤東於 1940 年 3 月 11 日在《目前抗日統一戰線中的策略問題》中明確提出：「有理」即自衛的原則。人不犯我，我不犯人，人若犯我，我必犯人，此是鬥爭的防禦性。「有利」即勝利的原則，不鬥則已，鬥則必勝，絕不可舉行無計畫無準備無把握的鬥爭，應擇其最反動者先打擊之，這就是鬥爭的局部性。「有節」即休戰的原則，之後中共將此說法運用於外交上，表示在與其他國家交往時，須把握「有理、有利、有節」原則。

七畫

冷靜觀察，沉著應對 1989 年 9 月，鄧小平指出，面對世界局勢深刻變化，中共一定要「冷靜觀察，穩住陣腳，沉著應對」。後來又提出，中共在具體外交策略要「冷靜觀察、沉著應付、韜光養晦、有所作為」。鄧小平提出上述觀念的背後，存在中共在世界新局勢下外交政策的需要及國情的客觀需要，並體現出鄧小平的外交理念以及其內部的辯證關係。

利民工程 「利民工程」專案是日本政府以改善發展中國家貧困地區生活條件為目的而實施的小規模無償資金援助行動，其以貧困地區的初等教育、醫療保健、民生環境等為重點援助領域，規定每個項目的最高援助金額為 1,000 萬日元（按 2007 年 12 月 18 日匯率換算，約合人民幣 64.7 萬元）。該項目開始時使用「小規模無償資金合作」名稱，1995 年改稱「基層（級別單位）無償資金合作」。在中國大陸，由於此援助直接造福於民，故起名為「利民工程」。

八畫

亞洲合作對話 2001 年，泰國外長素拉革在越南河內舉行的第 34 次東協外長會議上，正式提出亞洲合作對話概念。此後，泰國政府再向亞洲地區主要國家和歐美一些國家提出倡議，並獲得廣泛支持。

2002 年 6 月，中共等 17 個亞洲國家外長或部長在泰國南部海濱城市昌安首次舉行非正式會議，就亞洲合作及亞洲合作對話未來發展交換意見，並確定對話機制的性質和任務，亞洲合作對話機制正式建立。

2003 年 6 月第二次外長會在泰國清邁舉行。2004 年 6 月第三次外長會議在中國大陸青島舉行，中共總理溫家寶發表題為「共同推進新世紀的亞洲合作」講話，會後通

過「亞洲合作宣言」及關於能源合作之「青島倡議」；2005 年 4 月第四次外長會議在巴基斯坦伊斯坦堡舉行，溫家寶發表「做亞洲人民可信可靠的合作夥伴」講話，會後發表「伊斯坦堡宣言」和「關於亞洲經濟合作伊斯坦堡倡議」；2006 年 5 月在卡塔首都多哈舉行，就推進合作及發展交換意見，會後發表「多哈宣言」；2007 年 6 月在韓國首爾舉行，會後發表「首爾資訊技術宣言」。

亞洲合作對話是一個開放性的論壇組織，除對所有亞洲國家開放，並希望與區域外的國際組織就共同利益展開積極的合作，促進亞洲區域內貿易、投資及合作。

此外，中共曾於 2004 年 5 月在北京舉辦亞洲合作對話農業部長級研討會，並通過《亞洲合作對話農業部長級研討會聯合倡議》，目前除積極參與亞洲合作對話相關活動，亦擔任對話農業、能源領域合作牽頭國。

亞歐會議 亞歐會議是亞洲與歐洲政府間之論壇。1994 年 10 月，新加坡總理吳作棟訪問法國時提出召開亞歐會議的構想。1995 年 3 月，歐盟部長理事會正式通過支持召開亞歐會議決議。亞洲的東協各國和中共、日本、韓國亦對此構想

表示支持。會議宗旨是通過對話增進瞭解，加強合作，爲經濟和社會發展創造有利條件，促進建立亞歐新型全面夥伴關係。

1996 年 3 月，首屆亞歐會議在泰國首都曼谷舉行。參加會議的 26 個成員包括亞洲的泰國、馬來西亞、菲律賓、印尼、汶萊、新加坡、越南以及中共、日本和韓國，歐盟 15 個成員國以及歐盟委員會，會議通過《主席聲明》。2004 年，亞歐會議實現首輪擴大，東協 3 個新成員及歐盟 7 個新成員加入。2006 年，第六屆亞歐首腦會議同意接納蒙古、印度、巴基斯坦、東協秘書處、保加利亞及羅馬尼亞 6 個新成員，亞歐會議實現第二輪擴大。2008 年 10 月在北京召開第七屆會議。

根據亞歐領導人達成的共識，亞歐會議活動以非機制化方式多層次進行，主要有首腦會議，外長會議，經濟、財政和科技等部長級會議及其他後續行動。首腦會議爲最高級別會議，負責確定亞歐會議的指導原則和發展方向，會議隔年在亞洲和歐洲輪流舉行。

李鵬出席首屆亞歐首腦會議；朱鎔基出席第 2、3、4 屆亞歐首腦會議。現任總理溫家寶分別於 2004 年 10 月、2006 年 9 月出席第 5、6

屆亞歐首腦會議。參與亞歐會議有助中共取得歐洲資金與技術，中共對會議保持樂觀其成態度。

兩個中間地帶 1960 年代中期，為打破美蘇孤立中共之政策，毛澤東提出「兩個中間地帶」理論，指出：「中間地帶有兩部分，一部分是指亞洲、非洲和拉丁美洲等廣大經濟落後國家，一部分是指以歐洲為代表的帝國主義國家和發達的資本主義國家，此兩部分都反對美國的控制。在東歐國家則發生反對蘇聯控制的問題。根據此戰略，中共將拉丁美洲與亞洲、非洲各國並列為反對帝國主義陣線的同盟軍。

兩點論 1989 年 7 月，中共召開第 7 次駐外使節會議，時任中共中央總書記江澤民強調對外開放政策不變，提出外交工作中的「兩點論」：既要講經濟，又要講政治；既要講友好，又要講鬥爭；既要講原則，又要講策略。

和平、合作、友好之海 中共與日本於 2004 年 10 月啟動東海問題磋商，2006 年 10 月，雙方打破政治僵局，兩國領導人接連進行互訪，一致同意建立並全面推進戰略互惠關係。兩國關係改善和發展為加快東海磋商注入動力，兩國領導人一致同意，要使東海成為和平、合作、友好之海。2008 年 6 月 18 日，中日兩國政府同時宣布，雙方就東海問題達成原則共識，將在東海劃界前的過渡時期，在不損及各自法律立場情況下進行合作，並在東海北部海域邁出共同開發第一步，咸認是雙方決心使東海成為和平、合作、友好之海的強烈意願。

和平共處五原則 1954 年 4 月 29 日，中、印在北京簽訂「中印關於中國西藏地方和印度之間的通商和交通協定」中首先提出，即互相尊重主權和領土完整、互不侵犯、互不干涉內政、平等互利、和平共處。1954 年 6 月 28 日中共總理周恩來與印度總理尼赫魯在新德里發表聲明，重申上述原則，並於次日在聯合聲明確認。係中共處理不同社會與政治制度國家之間相互關係的基本原則。

和平崛起 中共前中央黨校副校長、中國改革開放論壇理事長鄭必堅於 2003 年 4 月博鰲亞洲論壇首先提出，說明中國特色的社會主義發展道路，將爭取和平的國際環境來發展自己。同年 12 月 10 日溫家寶在美哈佛大學發表題為「把目光投向中國」的演講，闡釋改革開放與和平崛起。另胡錦濤 2003 年 12 月 2 日在紀念毛誕辰 110 周年紀念會上明確將堅持走和平崛起道路。惟「崛起」一詞外文翻譯隱含

武力征服，為避免誤解，中共學者建議修改為「和平發展」。因此，2004年下半年後「和平崛起」一詞逐漸在對外宣傳中淡出，改以和平發展論述。

和平發展道路　2005年12月22日，中共國務院新聞辦公室發表「中國的和平發展道路」白皮書，旨在表態和平發展是中國政府和人民的鄭重選擇和莊嚴承諾。解決發展面臨的困難和問題，要靠中國自己。強調中國不把問題和矛盾轉嫁給別國，更不通過掠奪別國來發展自己。

白皮書全文約12,000字分5部分：1.和平發展是中國現代化建設的必由之路；2.以自身的發展促進世界的和平與發展；3.依靠自身力量和改革創新實現發展；4.實現各國的互利共贏和共同發展；5.建設持久和平與共同繁榮的和諧世界。

和平鴿　「中國現代化報告2008」於2008年1月28日在北京發布，首次提出中共實現國際現代化的「和平鴿」戰略構想。根據「和平鴿」戰略的概念結構和地理結構，聯合國是「和平鴿」頭部，「和平鴿」身體前部是未來由博鰲亞洲論壇和亞洲合作對話等為基礎組建的亞洲國家聯合會，東翼是亞太經濟合作組織，西翼是未來由亞歐會議升級和擴建而成的亞歐經濟合作組織，身體後部（南方）是南美洲、大洋洲和非洲國家。「和平鴿」戰略基本思路是：遵循憲章，促進和平，即遵循聯合國憲章，促進和平與進步；立足亞洲，面向全球，即以亞洲合作為基礎，促進全球跨區域經濟合作；東西比翼，南北合作，即同時發揮亞太經合組織和亞歐經合組織的作用，加強與歐美的合作，加強與南方國家的合作，包括與非洲、大洋洲和南美洲國家合作；及參加合作的國家平等互利，互利共生，和平共處，求同存異，協同發展。

和諧世界　2005年4月22日，中共國家主席胡錦濤參加雅加達亞非峰會中提出，亞非國家應「推動不同文明友好相處、平等對話、發展繁榮，共同構建一個和諧世界」。此是「和諧世界」理念第一次出現在國際舞臺。7月1日，胡錦濤出訪莫斯科，「和諧世界」被寫入《中俄關於21世紀國際秩序的聯合聲明》，為第一次被確認為國與國之間的共識。2005年9月15日，胡錦濤在聯合國總部發表演講，全面闡述「和諧世界」內涵，此全新理念逐漸進入國際社會視野。總體而言，「和諧世界」新理念是以胡錦濤為總書記的新一代中央領導集

體，對新時期中共外交政策目標的新概括，亦是其指導對外工作和處理國際關係的新方針。「和諧世界」提出，凸顯中共外交希望藉參與國際體制，表達其特有主張，並藉以宣揚中共要發揮大國的責任，維護國際體制的穩定和發展。

和諧亞洲 中共國家主席胡錦濤於 2006 年 6 月在哈薩克阿拉木圖出席亞洲相互協作與信任措施會議（簡稱亞信會議）成員國領導人第二次會議。會上發表題為《攜手建設持久和平、共同繁榮的和諧亞洲》的重要講話，表示創造共同繁榮的「和諧亞洲」應在以下幾方面共同努力。1.堅持互信協作，建立亞洲新型安全架構。尊重各國維護國家統一的權利，尊重各國獨立自主選擇發展道路、制定內外政策的權利，尊重各國平等參與國際事務、平等發展權利。2.堅持相互借鑒，促進各種文明共同繁榮。尊重人類文明多樣性，鼓勵各種文明相互交流、取長補短，宣導各種文明相互包容、求同存異。3.堅持多邊主義，加強區域內外合作。加強上海合作組織、獨聯體、歐亞經濟共同體、東協、亞信等區域組織或機制內合作，構築密切的夥伴關係網絡，加強優勢互補，為實現亞洲各國發展繁榮創造更好的條件。4.堅持互利共贏，繼續深化經濟合作。發揮亞洲各國經濟互補性和潛力，積極開展各領域的合作，努力推進區域經濟一體化，促進共同發展繁榮。

東西南北問題 冷戰後，國際形勢發展明顯呈現緩和與和平、緊張與動盪並存的兩種趨勢。基於此國際背景，鄧小平運用馬克思主義觀點和方法，分析當代戰爭特點和世界各國矛盾，認為南北問題並未因冷戰結束、部分發展中國家經濟的高速發展而發生根本性變化。發展中國家作為美蘇兩個超級大國爭奪的「中間地帶」地位已不復存在，已無東西方矛盾可利用，並開始與西方直接對陣。基此，1992 年鄧小平表示：「世界和平與發展這兩大問題，至今一個也沒有解決。東西問題、南北問題依然是當今世界的兩大主題」。

總體而言，鄧小平的「東西南北」問題包括以下幾個基本點：1.東西、南北兩大矛盾已經成為冷戰時代牽動國際全局的兩大主線，與此相應的和平、發展兩大問題已成為冷戰時代的兩大世界主題。2.在這兩大矛盾、兩大主題之中，南北問題、發展問題是核心問題。3.要解決這兩大問題，只能以和平共處五項原則為指導，並建立國際政治、經濟新秩序。

東亞高峰會　東協 1995 年在第 5 次首腦會議發表宣言指出，東協國家要在政治、經濟等領域加強合作，努力加速東南亞一體化進程。會議決定每年舉行一次非正式首腦會議，並歡迎其他亞洲國家首腦參加。2001 年，由參加東協 10+3 會議的東亞 13 國組成「東亞展望小組」提出建立「東亞共同體」報告，2004 年在寮國首都萬象舉行的第 8 次東協與中日韓領導人會議上，各國領導人決定 2005 年在吉隆坡召開首屆東亞峰會。東亞峰會是與東協峰會同期舉行的年會，由東協輪值主席國主辦，峰會模式由東協和東亞峰會其他所有參加國共同審議。東亞峰會是一個開放、包容、透明的和具有前瞻性的論壇；東協在東亞峰會及東亞合作進程中發揮主導作用。

東協組織提出參加東亞峰會的三個基本條件是：應是東協全面對話夥伴；已加入《東南亞友好合作條約》；與東協組織有實質性的政治和經濟關係。

緣於東亞峰會與會國主要為東亞國家，人口含括全球一半人口，具牽動國際視聽之作用，且峰會最終目標在建立政治與經濟結合的「東亞共同體」，中共重視在東亞峰會角色，然對外宣指秉持以東協為主導、協商一致、循序漸進、照顧各方舒適度、平等互利、相互尊重、求同存異為特徵的合作原則參與。

東協 10+1　「10+1」是指東協 10 國分別與中日韓 3 國合作機制的簡稱。1990 年代後期，在經濟全球化浪潮的衝擊下，東協國家逐步體認啟動新合作層次、構築全方位合作關係的重要性，並決定開展「外向型」經濟合作。在此形勢下，「10+1」合作機制應運而生。邁入 21 世紀，「10+1」合作機制逐漸由經濟向政治、安全、文化等領域拓展，已形成多層次、寬領域、全方位局面。「10+1」確定五大重點合作領域，即農業、信息通信、人力資源開發、相互投資和湄公河流域開發。在「10+1」合作機制下，每年均召開領導人會議、部長會議、高官會議和工作層會議。除東協 10 國與中日韓 3 國舉行每年機制化的「10+1」會議外，東協尚與其他域外國家展開不定期「10+1」對話合作。

東協 10+3　是東協 10 國和中共、日本、韓國 3 國合作機制的簡稱。自 2004 年 11 月啟動以來，已經形成多層次、寬領域、全方位合作局面，在 18 個領域建立約 50 個不同層次的對話機制，其中包括外交、

經濟、財政、農林、勞動、旅遊、環境、文化、打擊跨國犯罪、衛生、能源、信息通信、社會福利與發展、創新政府管理等。在「10＋3」合作機制下，每年均召開領導人會議、部長會議、高官會議和工作層會議。

爭常 即爭取成爲聯合國安理會常任理事國之意。聯合國安全理事會常任理事國是安全理事會中的五位創始成員國（美、俄、英、中、法），即二戰期間同盟國中的五大國。安全理事會以聯合國 15 個會員國組成。依照《聯合國憲章》，除常任理事國，大會選舉另外 10 個會員國爲安全理事會非常任理事國，按地域均勻分配原則選出。2004 年，日本、德國、印度及巴西組成「四國聯盟」，藉由安理會改造的機會積極爭取成爲常任理事國，但四國聯盟遭遇不小阻力，例如中共、南韓、北韓反對日本，美國、義大利反對德國，墨西哥、阿根廷反對巴西，巴基斯坦反對印度。美國雖然支持日本成爲常任理事國，但反對日本、德國、印度及巴西擁有否決權。德日印巴四國讓步，提出爭取六個無否決權的常任理事國議席，四個歸屬德日印巴，其餘兩個給予兩個非洲國家。由於非洲國家一直爭取有否決權的常任理事國，故難以獲非洲國家支持。新增常任理事國方案最終不獲通過。2007 年 2 月，日本再次計劃與印度、巴西和德國一起組成「四國聯盟」，爭取成爲聯合國安理會常任理事國。

非核三原則 即「不擁有、不生產、不引進」核武器。爲 1967 年 12 月 11 日，日本佐藤首相在第 57 屆臨時國會眾議院預算委員會上提出政府將忠實遵守不製造、不擁有、不運進核武器的非核三原則。1968 年 1 月 27 日，佐藤首相在第 58 屆國會發表施政演說，再次強調盼望銷毀核武器，決心自己不擁有、亦不允許運進核武器。同年 3 月，又將非核三原則寫入自民黨提出的《核政策的基本方針》中。1982 年，中曾根擔任首相後，爲配合美國在西歐部署「潘興 II」式導彈，正式同意美國在必要時派遣核潛艇進駐日本港口，實際上突破日本政府宣佈的非核三原則。

九畫

南北合作 表示開發中國家與已開發國家在經濟、技術等領域進行合作。由於開發中國家多在南半球，已開發國家多在北半球，故以南北爲代表。2004 年 7 月 27 日至 30 日世貿組織總理事會會議在日內

瓦召開，提出必須加強南北合作，從而維護多邊貿易體制。

南北對話 第二次世界大戰前，南方國家大都是北方國家的殖民地、半殖民地，長期處於貧窮落後狀態。戰後，廣大南方國家雖然取得政治獨立，惟經濟狀況並未獲得根本改變，在國際經濟體系中仍處於不平等地位。渠等要求發展獨立的民族經濟，鞏固已經取得的政治獨立，在國際經濟體系中取得平等地位，建立新的國際經濟秩序。1955年萬隆會議通過決議，明確提出大小國家一律平等，在相互尊重國家主權和互利的基礎上實行經濟合作。從60年代中期以來，南北關係中經濟合作逐漸成為南北對話的主要內容。南北對話是解決南北矛盾的重要環節，其主要內容是經濟合作和變革現存的不合理國際經濟秩序。

總體而言，南北對話大體經歷3個階段：

⑴60年代，第三世界國家開始通過不結盟國家首腦會議和聯合國貿易發展會議，組織和發動變革國際經濟舊秩序、建立國際經濟新秩序的鬥爭。主張從掌握自然資源主權和確定原料價格入手，發展民族經濟，要求已開發國家從第三世界國家增加進口，並給予特殊的關稅優惠，從而為「南北對話」拉開序幕。1964年在聯合國第一次貿易和發展會議上成立的77國集團，在「南北對話」中發揮先鋒作用。

⑵70年代初開始，南方國家在國際經濟領域中鬥爭進入新階段。1973年阿拉伯產油國家的聯合行動，促進開發中國家在經濟領域的聯合行動。1974年第六屆特別聯大通過關於《建立新的國際經濟秩序宣言》和《行動綱領》，標誌著南北關係問題提上國際議事日程。南北對話內容涉及原料、貿易、技術轉讓、國際貨幣金融等各個領域。第三世界國家提出全面系統的改革國際經濟關係的綱領和行動原則，並深入到國際經濟結構和體制的改革，擴大和加深「南北對話」範圍和深度。1975年12月，南北雙方在巴黎直接對話，19個第三世界國家和8個已開發國家舉行首次國際經濟合作會議部長級會議。1979年開發中國家為打破南北談判僵局，建議舉行全球性談判。1981年10月22日，根據墨西哥和奧地利的建議，在墨西哥坎昆城召開的「國際經濟合作和發展會議」是南北對話的一次重要高級會議，有14個開發中

國家和8個已開發國家國家元首和政府首腦參加，即南北對話首腦會議。中共也首次參加。會議就恢復全球談判問題以及南北經濟關係中迫切需要解決的一些具體問題進行廣泛討論和磋商。

⑶進入 80 年代後，南方國家經濟發展面臨貿易、債務和國際金融諸方面的巨大困難，第三世界國家在繼續推動南北對話的同時，連續召開南南會議，把重點轉向加強集體自力更生、實現南南合作方面。80 年代末 90 年代初，世界國際格局發生巨大變化，蘇聯和東歐國家相繼發生持續性經濟混亂和社會變革，國際經濟舊秩序所遺留的問題並未得到解決，第三世界國家和已開發國家之間的經濟差別和不平等依然存在。

南南合作 1982 年 1 月，鄧小平會見阿爾及利亞政府代表團時表示：「南南合作是新提法，指發展中國家在集體自力更生的基礎上，以互相尊重主權、平等互利、共同發展為原則，不斷增強彼此間經濟上新型的國際合作」。並強調「第三世界各國要鞏固國家獨立，發展民族經濟，僅依靠南北對話與合作是不行的，還必須加強第三世界國家之間的團結與合作，開展南南合作。」1982 年在印度召開的南南會議上，中共代表並提出「南南合作五項原則」，強調南南合作應朝發展獨立的民族經濟，加強自力更生的方向努力，並按照平等互利、互相照顧的原則進行；應有助於開發中國家的團結，加強對已開發國家的談判地位，推動國際經濟新秩序的建立。

南海各方行為宣言 2002 年 11 月，中共與東協針對南海問題制定《南海各方行為宣言》。旨在希望本地區各國完全可通過對話處理相互間存在的分歧，通過合作共同維護南海地區和平與穩定。

《南海各方行為宣言》要點如次：

⑴各方重申以《聯合國憲章》宗旨和原則、1982 年《聯合國海洋法公約》、《東南亞友好合作條約》、和平共處五項原則以及其他公認的國際法原則作為處理國家間關係的基本準則。

⑵各方承諾根據上述原則，在平等和相互尊重基礎上，探討建立信任的途徑。

⑶各方重申尊重並承諾，包括 1982 年《聯合國海洋法公約》在內的公認的國際法原則所規定的在南海的航行及飛越自由。

⑷有關各方承諾根據公認的國際法原則，包括 1982 年《聯合國海洋法公約》，由直接有關的主權國家通過友好磋商和談判，以和平方式解決它們的領土和管轄權爭議，而不訴諸武力或以武力相威脅。

⑸各方承諾保持自我克制，不採取使爭議複雜化、擴大化和影響和平與穩定的行動，包括不在現無人居住的島、礁、灘、沙或其他自然構造上採取居住的行動，並以建設性的方式處理它們的分歧。在和平解決它們的領土和管轄權爭議之前，有關各方承諾本著合作與諒解的精神，努力尋求各種途徑建立相互信任，包括：1.在各方國防及軍隊官員之間開展適當的對話和交換意見；2.保證對處於危險境地的所有公民予以公正和人道的待遇；3.在自願基礎上向其他有關各方通報即將舉行的聯合軍事演習；4.在自願基礎上相互通報有關情況。

⑹在全面和永久解決爭議之前，有關各方可探討或開展合作，可包括以下領域：1.海洋環保；2.海洋科學研究；3.海上航行和交通安全；4.搜尋與救助；5.打擊跨國犯罪，包括但不限於打擊毒品走私、海盜和海上武裝搶劫以及軍火走私。在具體實施前，有關各方應就雙邊及多邊合作模式、範圍和地點取得一致意見。

⑺有關各方願通過各方同意模式，就有關問題繼續進行磋商和對話，包括對遵守本宣言問題舉行定期磋商，以增進睦鄰友好關係和提高透明度，創造和諧、相互理解與合作，推動以和平方式解決彼此間爭議。

⑻各方承諾尊重本宣言的條款並採取與宣言相一致行動。

⑼各方鼓勵其他國家尊重本宣言所包含的原則。

⑽有關各方重申制定南海行為準則將進一步促進本地區和平與穩定，並同意在各方協商一致的基礎上，朝最終達成該目標而努力。

南海行為準則 「南海行為準則」提議可追溯至東協在 1992 年發表「南海宣言」以及 1996 年第 29 屆東協外長會議與 1998 年第 6 屆東協高峰會，東協會員國同意擬定一套爭端國間的南海地區行為準則。1999年 5 月，菲律賓在東協資深官員會議建議下草擬「南海行為準則」草案，並於同年 8 月完成。

　　相較於中共所擬「南海行為準則」存有重大歧異，主要表現如下幾方面：1.解決衝突方式：中共強調雙邊談判、東協主張多邊協商。

2.文件內容：中共主張僅限於南沙群島；越南要求包含西沙群島，東協則強調整個南海區域。3.停止佔領島礁：東協強調停止繼續擴佔島礁，但中共態度模糊。4.南海軍事演習：中共強調軍事演習不能具有針對性，但東協態度模糊。比較雙方立場，中共堅持準則的政治性、非法律性及原則性，強調維護南海航運航道的通暢，避免影響美、日等西方國家利益而引發干預，並爲日後收回南海主權作準備。

南海斷續線 根據南海海底成因與地形特徵，並透過建立和分析南海海底數位地形模型，將南海海底分爲中央的深海盆地、兩側的階梯狀大陸坡、以及周邊亞洲大陸延伸的大陸架3個地貌，可見9條斷續線將這片海域圍住，斷續線內即爲中共領海。

建立、恢復和發展與東協各國關係的四項原則 中共總理李鵬1988年11月訪問泰國期間宣布，包括：1.在國家關係中，嚴格遵循和平共處五項原則；2.在任何情況下，都堅持反對霸權主義的原則；3在經濟關係中，堅持平等互利和共同發展的原則；4.在國際事務中，遵循獨立自主、互相尊重、密切合作、相互支持的原則。

後發國家 是指在世界上存在眾多已開發國家的條件下，較落後的國家可以從已開發國家已走過的經濟發展道路（或軌跡中）吸取正反兩方面的經驗（或教訓），結合本國實際情況，作出更明智的發展戰略選擇，從而避免走「先發」國家已走過的「彎路」，以更短的「捷徑」、更快的速度縮短自己與已開發國家之間經濟水平上的距離，依循此種發展模式的即爲後發國家

政治多極化 是國際體系中是兩極走向多極的過程，即所謂多極化。按照國際政治長週期的預測，國際權力出現分散化趨勢，地區性強國有可能會努力填補美俄中間地帶的權力真空。在它們試圖有所作爲的時候，可以不再顧慮大國甚至超級大國的存在。這使原來意義的盟國體系受到嚴峻考驗，新的力量組合正在演變之中。

首腦外交 最早賦予政治首腦（summit）具外交意義的是英國前首相邱吉爾，其在1950年號召西方資本主義國家召集首腦會議，共同對付所謂「鐵幕後的威脅」。中共認爲首腦外交不僅是首腦親自參與的外交，而且是首腦作爲最高外交決策者從事一切外交決策和執行活動，而且在「首腦」界定上更加寬泛。中國外交學院的《外交學概論》

教科書中將首腦外交界定爲「國家元首或者政府首腦或者國家對外政策最高決策人（如社會主義國家的執政黨共產黨的最高領導人）直接參與的，主要是雙邊的（也包括一些多邊的）會商和談判」。

十畫

時代主題　指在一定歷史時期內，反映世界基本特徵，並對世界形勢發展具全般影響與戰略意義的問題，亦即在世界發展進程中亟需解決的主要問題。在毛澤東時代，中共係以「戰爭與革命」爲時代主題；鄧小平時代，以「和平與發展」爲主題。1997 年，江澤民在中共「十五大」報告中，再次強調「和平與發展是當今世界的主題」，並指出「和平與發展兩大問題，和平問題沒有得到解決，發展問題更加嚴重」。胡錦濤時期，雖指「當今時代主題依然是和平與發展」，惟亦提出「要和平、促發展、謀合作是時代的主旋律」，在傳統「和平與發展」主題之基礎上，增加「合作」主張。

紙老虎　紙做的老虎。引申爲看起來很嚇人，但卻虛有其表。毛澤東曾於 1946 年針對美國提出「一切反動派都是紙老虎」的論斷，認爲「反動派的樣子是可怕的，但是實際上並沒有什麼了不起的力量。從長遠的觀點看問題，眞正強大的力量不是屬於反動派，而是屬於人民……原子彈是美國反動派用來嚇人的一隻紙老虎，看樣子可怕，實際上並不可怕」。

高舉和平、發展、合作旗幟　中共自 2004 年以來，逐步將「和平發展」由 1980 年代中期對國際形勢發展的基本趨勢判斷，轉變爲其國家戰略和外交思維，律定爲現在及未來中共的發展道路，並在此基礎上提出「和平、發展、合作」及建立「和諧世界」的思想和國際戰略目標。2007 年 10 月 15 日，中共總書記胡錦濤在「十七大」政治報告中向全世界宣告：「中國將始終不渝地走和平發展道路。這是中國共產黨和中國人民根據時代發展潮流和自身根本利益作出的戰略選擇。堅持中國特色社會主義道路，在對外關係上就是堅持和平發展道路；高舉中國特色社會主義旗幟，在國際社會中就是高舉『和平、發展、合作』的旗幟」。

十一畫

國際竹籐組織　1997 年在北京成立，由中共與加拿大政府共同發起，爲第 1 個總部設在大陸的獨立、非營利政府間國際組織，爲專

門從事竹和籐非木材資源研究開發的國際組織。

國際政治經濟新秩序 早於 1970 至 80 年代初期，中共即就建立國際經濟新秩序提出部分主張；80 年代末，中共亦對建立國際政治新秩序提出部分原則設想。90 年代初，蘇聯解體後，國際格局丕變，中共重申霸權主義和強權政治終究行不通，需建立國際經濟新秩序，亦需建立國際政治新秩序。

1999 年 10 月江澤民訪問法國時，對國際政治新秩序做出以下概括：關於國際政治新秩序，首先應堅持公認的國際關係準則，特別是相互尊重主權和領土完整，互不侵犯、互不干涉內政，平等相待，和平解決國際爭端之原則；其次是加強聯合國的權威，充分尊重和發揮聯合國在維護世界和平與安全方面的積極作用；第三是國際新秩序的建立過程應是世界各國充分參與的民主過程，國家不分大小，均應有平等參與建立新秩序權力。關於建立國際經濟新秩序，首先應在國際經濟關係中堅持互利合作與共同發展的原則；其次是在全球化的過程中應有全球性的協調與合作，各國應共同致力改善現存的國際經濟金融秩序；第三是已開發國家應承擔更多義務，幫助開發中國家，致力縮小貧富差距；第四是尊重發展中國家根據自身國情選擇發展道路。

國際關係民主化 根據中共「十六大報告輔導讀本」，係指各國事務要由各國人民做主，國際事務要由各國平等協商，全球性挑戰要由各國合作應對。如此，有利於體現各國人民的意願和利益，有利於促進世界平衡發展。世界上所有國家，不分大小、貧富、強弱，均是國際社會平等成員。無論發達國家或發展中國家，均擁有平等參與國際事務權利。相互尊重主權和領土完整，互不干涉內政、平等互利、和平共處等五項原則，應成為各國共同遵守的國際關係準則。國家主權神聖不可侵犯，任何國家均無干預他國內部事務，將自身意志強加於人的特權。

脫北者 又稱逃北者，指受苦於朝鮮民主主義人民共和國（北韓）的政治體制和生活環境，而從該國逃亡出來的人。以前曾稱作歸順者。在大中華地區稱為「北韓難民」或「朝鮮難民」。

軟實力 軟實力（Soft Power），指國際關係中，一個國家所具有的除經濟、軍事以外的第三方面的實力，主要是文化、價值觀、意識形態、民意等方面影響力。此概念是由美國哈佛大學教授約瑟夫・奈提

（Joseph Nye）所出。根據其說法，硬實力是一國利用其軍事力量和經濟實力強迫或收買其他國家的能力，軟實力則是「一國通過吸引和說服別國服從你的目標從而使你得到自己想要的東西的能力」。其認為一個國家的軟實力主要存在於三種資源中：「文化（在能對他國產生吸引力的地方起作用）、政治價值觀（當這個國家在國內外努力實踐這些價值觀時）及外交政策（當政策需被認為合法且具有道德威信時）」。美國學者尼古拉斯・歐維納則認為，軍事以外的影響力都是軟實力，包括意識形態和政治價值的吸引力、文化感召力等。

中共政治菁英願意運用軟實力概念操作相關實際事務，主係認為當前中共綜合實力尚無法與歐美相抗衡，故冀藉其他諸如公共外交及文化等軟實力之增強與推展，以彌補綜合硬實力之不足。

麥克馬洪線 麥克馬洪線（McMahon Line）是一條由英國探險家為印度測量時劃的一條位於英屬印度和西藏的邊界。其走向起自不丹和西藏交界處，大致沿分水嶺和山脊線至雲南獨龍江東南的伊素拉希山口，將傳統上西藏當局享有管轄權、稅收權和放牧權的約 9 萬平方公里領土都劃進印度。英屬印度政府和印度均聲稱此條邊界就是正式疆界。中共政府不承認該線。1913 年 10 月 13 日，西藏、英國和中華民國政府代表在西姆拉舉行三方會談。西藏立場是要求承認和保證其完全完整的獨立地位，中華民國中央政府則堅持西藏是中華民國領土不可分割的一部分，要求擁有西藏外交和國防權利，以及一定程度的地方行政權利。英國則以劃分外藏和內藏的方案進行調和，並據此達成三方協議，但中華民國政府最終拒絕在協議上簽字，並拒絕承認英藏雙方簽訂的任何條約和協議，即所謂的「麥克馬洪線」單方面將部分西藏領土劃歸印度，致會議並無任何成效。1940 年代印度獨立，1949 年中共建政迄今，此邊境問題仍懸而未決。

十二畫

博鰲亞洲論壇 博鰲亞洲論壇（Boao Forum for Asia，BFA，或稱為亞洲論壇、亞洲博鰲論壇），由 25 個亞洲國家和澳洲發起，於 2001 年 2 月 27 日在海南省瓊海市博鰲鎮召開大會時，決議正式成立。總部設於海南博鰲，是亞洲第一個永久定址於中國大陸的國際會議組織。成立後通過《宣言》、《章程指導原則》等綱領性文件。

論壇為非官方、非營利性、定期、定址的國際組織，成立宗旨：1.立足亞洲，促進和深化本地區內與世界其他地區間的經濟交流、協調與合作；2.為政府、企業與學者專家提供一個共商經濟、社會環境及其他相關問題的高層對話平台；3.通過論壇與政界及學界建立的工作網站為會員與會員間、會員與非會員間日益擴大的經濟合作提供服務。

單極世界 單極世界即指兩極格局結束以後，美國成為世界上的超級大國，世界上沒有能與之抗衡的國家。隨著蘇聯解體，世界政治關係和權力結構發生根本性變化，美國成為僅存的超級大國。美國在世界政治結構中的權力優勢可說是史無前例，世界上沒有任何大國或大國集團能單獨與美國進行全球抗衡，因而形成一超獨強、沒有對手的世界權力結構和力量對比關係，導致現代國際關係史上未曾有過的「單極時代」。由於美國絕對優勢地位的確立，就使過去長期以來因爭奪國際領導地位而導致世界衝突的根源將不復存在，使世界出現一種「單極力量主導下的穩定與和平」。

單邊主義 係指舉足輕重的特定大國，不考慮大多數國家和民眾願望，單獨或帶頭退出、挑戰已制訂或商議好的維護國際性、地區性、集體性和平、發展、進步的規則和制度。

華盛頓共識 華盛頓共識（Washington Consensus）為 1989 年出現針對拉美和東歐轉軌國家的新自由主義的政治經濟理論。1989 年拉美國家陷於債務危機急需進行國內經濟改革，美國國際經濟研究所邀請國際貨幣基金組織、世界銀行、美洲開發銀行和美國財政部研究人員，以及拉美國家代表在華盛頓召開研討會，旨在為拉美國家經濟改革提供方案和對策。會中就美國國際經濟研究所的約翰·威廉姆森（John Willianson）提出的十條政策措施達成共識，稱華盛頓共識。內容包括：財政政策（加強財政紀律；把政府支出重點轉向經濟回報高和有利於改善收入分配的領域，如基本醫療保健、基礎教育和基礎設施；改革稅收，降低邊際稅率和擴大稅基）、貨幣政策（利率自由化；採用具有競爭性的匯率制度）、貿易和資金政策（貿易自由化；資本准入，特別是外國直接投資進入自由化）、宏觀產業政策（私有化；放鬆政府管制，消除市場准入和退出的障礙；保護產權）。其後理論界又提出與其相對的北京共識。

十三畫

新干涉主義 中共定義新干涉主義是一種以人道主義和捍衛西方共同價值觀爲藉口，以武力干涉別國內政爲手段，以推行霸權主義和構築有利於西方的國際關係新秩序爲目的的思潮和模式。以科索沃危機爲契機，新干涉主義正在西方乃至全球日漸抬頭。它作爲一種處理國際問題的模式，日益顯示出對國際關係的危害。而且在美國及其盟國的推動下，新干涉主義在理論上日漸完備，在行動上日漸機制化、制度化、模式化。

就本質言，新干涉主義與二戰後出現的各種舊干涉主義並無太多區別，僅不過它產生於冷戰後國際格局失衡和全球化趨勢強勁的特殊大背景下，從多個層面對現行的國際關係提出挑戰，進行衝擊，並呈現出一些新特點。

中共認爲新干涉主義的兩大理論支點或兩大藉口更具有迷惑性。其一是「人權高於主權論」。新干涉主義在人權和主權關係上大做文章，提出「人權高於主權」、「主權有限論」、「主權過時論」、「人權無國界」，大力鼓吹所謂「人權外交」和「道德貿易」。其二是「捍衛人類普遍的價值觀」，公開宣揚人道主義、民主與法治是西方共同的價值觀。

新安全觀 1996 年，中共根據時代潮流和亞太地區特點，提出應共同培育新型的安全觀念，重在通過對話增進信任，通過合作促進安全。認爲新安全觀的核心應是「互信、互利、平等、協作」。互信，是指超越意識形態和社會制度異同，摒棄冷戰思維和強權政治心態，互不猜疑，互不敵視。各國應經常就各自安全防務政策以及重大行動展開對話與相互通報；互利，是指順應全球化時代社會發展的客觀要求，互相尊重對方的安全利益，在實現自身安全利益的同時，爲對方安全創造條件，實現共同安全；平等，是指國家無論大小強弱，都是國際社會的一員，應相互尊重，平等相待，不干涉別國內政，推動國際關係民主化；協作，是指以和平談判的方式解決爭端，並就共同關心的安全問題進行廣泛深入合作，消除隱患，防止戰爭和衝突發生。新安全觀已成爲中共對外政策重要組成部分。中共認爲，新安全觀的合作模式應是靈活多樣的，包括具有較強約束力的多邊安全機制、具有論壇性質的多邊安全對話、旨在增進信任的雙邊安全磋商，以及具有學術性質的非官方安

全對話等，而促進經濟利益融合，亦是維護安全有效手段之一。2002年7月31日，中共參加東協區域論壇外長會議時向大會提交《中方關於新安全觀的立場文件》，全面闡述中共在新形勢下的安全觀念和政策主張。

新型黨際關係 1978年12月，鄧小平在中共十一屆三中全會中，首度提出「黨與黨之間要建立新型的關係」。其執行機構為中共中央對外聯絡部。「十二大」中共將黨際交往概括為「堅持在馬克思主義基礎上，按照獨立自主、完全平等、互相尊重、互不干涉內部事務的原則，發展與各國共產黨和其他工人階級政黨的關係」。至「十五大」，中共拓展新型黨際關係的內涵，強調要在獨立自主、完全平等、相互尊重、互不干涉內部事務的黨際關係四項原則基礎上，深入開展新型黨際交流與合作，努力促進國家關係的發展，為國內改革開放和社會主義現代化建設服務，為國家總體外交戰略服務，為鞏固中國共產黨的執政地位服務，為建設有中國特色社會主義服務。工作對象從各國共產黨及其他左翼政黨擴大到開發中國家的民族民主政黨、已開發國家的社會黨、工黨、保守黨等各種意識形態和性質的政黨、政治家及其國際組織。迄至2008年11月，中共與世界140多個國家的400多個政黨和組織建立聯繫和往來，其中多數為執政黨和參政黨。

新帝國主義、新帝國主義論 新帝國主義（New Imperialism）是19世紀至20世紀初歐洲各國（主要包括英國、法國、德國、荷蘭、義大利等）及後來的美國、日本以其科技及經濟力量，對亞洲、非洲進行殖民地及經濟勢力擴張行為。在1870年普法戰爭後至第一次世界大戰前的40多年間，是其發展最快時期。

新帝國主義和16世紀至19世紀初的殖民形式舊帝國主義或古代的帝國主義（如羅馬帝國、波斯帝國、中華帝國）有所不同。16世紀至19世紀初的舊帝國主義，其目的主要是通過爭取海外貿易利益以富裕母國，當時西方各國利用殖民地作為貿易給站（如香港、澳門、新加坡等地的作用）或利用殖民地生產貨品，直接轉售給顧客（如荷蘭人直接將香料轉賣予其他歐洲國家）。但新帝國主義是在貿易基礎上，加上工業革命帶來的影響而產生的，殖民地作用是作為歐洲工業的原料生產地，原料從殖民地運往母國經過工業加工，再運往他處進行傾銷。其次，舊帝國主

義時西方各國和其他國家的地位上大致是平等的，雙方同以農業為基礎，國力相差不遠，有時西方各國甚至要屈從於其他國家的限制，以維持貿易可能性，如西方國家必須遵守清廷和江戶幕府規管下在華及在日的貿易限制。但新帝國主義時，兩者關係存在很大落差，西方各國以船堅炮利打破其他國家的限制，進行工業傾銷，及大幅度的領土要求。譬如 1840 年代前，英國對華只要求允許自由貿易及平等外交，但數十年後，英國目標便是獲取經濟特權，對中國進行商品傾銷，以至佔領中國藩屬和劃分勢力範圍以扶助本土工業發展。大致而言，新帝國主義與舊帝國主義最大的不同在於：舊帝國主義注重經濟掠奪，而新帝國主義更有領土野心和及政治目的。

新能源安全觀 2006 年 7 月，中共國家主席胡錦濤出席八國集團與發展中國家領導人對話會議，就全球能源安全問題作出闡述。表示每個國家有充分利用能源資源促進自身發展的權利，絕大多數國家都不可能離開國際合作而獲得能源安全保障。因此，全球能源安全關係各國的經濟命脈和民生大計，對維護世界和平穩定、促進各國共同發展至關重要。強調要保障全球能源

安全，應樹立和落實互利合作、多元發展、協同保障的新能源安全觀，並著重在以下三個方面進行努力。一是加強能源開發利用的互利合作，二是形成先進能源技術的研發推廣體系，三是維護能源安全穩定的良好政治環境。

睦鄰合作夥伴關係 係指與周邊國家進行睦鄰外交合作，營造外部安全與內部安定相互聯繫的氣氛。如在 1996 年分別與印度、巴基斯坦建立「面向 21 世紀的建設性夥伴關係」、「全面合作夥伴關係」；1997 年與東協建立「睦鄰互信夥伴關係」；1998 年與南韓建立「合作夥伴關係」；2001 年與東協成員國推動「睦鄰互信友好合作關係」等。

經濟外交 經濟外交有兩種不同含義和性質：第一，為利用經濟手段達到特定政治目的或對外戰略意圖；第二，意指在對外關係中，著重發展與各國的經濟聯繫，以發展本國的經濟並透過外交手段處理經濟事務，以維護國家對外經濟關係權益。其表現方式主要為：經濟合作、經濟援助、經濟制裁、第三世界的「發展外交」、國際協調與國際經濟法。中共目前尤其是對開發中國家善用之外交手段。

十四畫

夥伴關係 夥伴關係是指在合作互利之共同目標下，以平等地位的精神持續交往。中共參與營造的夥伴關係可劃分成 4 個類型：

1. 戰略夥伴關係。此關係大致包括三層意思：其一，兩國應是夥伴，而非對手；其二，此種夥伴關係是建立在戰略全局上的，而不是局部的，是長期的，而非權宜之計；其三，此種戰略夥伴關係是建設性的，而不具排他性。是一種既非結盟又非敵對的合作關係。例如與美的「建設性戰略夥伴關係」。

2. 戰略協作夥伴關係。包括：中俄的戰略協作夥伴關係。中法、中英的「全面夥伴關係」等，中共與這些大國建立之夥伴關係，雖使用不同修飾語，強調重點各有不同，但部分基本方面是共同的，即結成某種程度的戰略平衡協作關係，旨在推動世界多極化的發展，抵銷與牽制對美關係中的不和諧因素。

3. 睦鄰夥伴關係。此種夥伴關係旨在促進中共與其鄰國之間的互相信任和共同發展，加強地區經濟和安全問題的溝通與協調。如中共與東協建立的夥伴關係。

4. 基礎性夥伴關係。指中共與開發中國家建立之夥伴關係。

對外援助八項原則 1964 年 2 月，中共總理周恩來訪問亞非 14 國，提出對外援助八原則：1.中共政府一貫根據平等互利原則對外提供援助；2.嚴格遵守受援國主權，絕不附帶任何條件和要求任何特權；3.以無息或低息貸款方式提供經濟援助，在需要時可減輕受援國負擔；4.提供援助目的不是造成受援國對中共的依賴，而是幫助受援國逐步走上自立更生、經濟上獨立發展的道路；5.所援建的項目，力求投資少、收效快，使受援國能增加收入，積累資金；6.中共提供自己所能生產的、質量最好的設備和物資，並具國際市場價格議價，如有不合乎商定的規格和質量者，中共保證退換；7.所提供的任何一種技術援助，保證使受援國人員充分掌握這種技術；8.中共所派出的專家，同受援國自己的專家享受同樣的物質待遇，不容許有任何特殊要求與享受。

對外開放三原則 中共證監會主席尚福林於 2005 年與美財長斯諾暢談首提資本對外開放三原則，即「積極穩妥、循序漸進；兼收並蓄、為我所用；公平競爭、互利共贏」。

熊貓外交 是中共向境外輸出大熊貓的一種外交方式。最著名的「熊貓外交」是在 1972 年，美國總統尼克森至中國大陸訪問，中共總理周恩來宣布贈送給美國人民來自四川省寶興縣的大熊貓「玲玲」和「興興」。以後計有蘇聯、北韓、美國、英國、法國、德國、日本、西班牙及墨西哥等 9 國家接受過來自中國大陸的 24 隻熊貓。直至 2007 年 9 月 12 日，中共國家林業局新聞發言人公開宣佈，中共將不再向外國政府贈送大熊貓。

十五畫

歐盟三個支柱 第一支柱爲「歐洲各大共同體」，涉及經濟、社會及環境等政策；第二支柱爲「共同外交與安全政策」，涉及外交、軍事等政策；第三支柱爲「刑事領域警務與司法合作」，涉及共同合作打擊刑事犯罪，該支柱前身爲「司法與內政事務部門」。

歐盟三駕馬車 指主導及帶領歐盟事務發展的歐盟輪值主席國、歐盟委員會對外關係委員及候任主席國。

歐盟東擴、南進 歐盟是根據 1992 年簽署的《歐洲聯盟條約》（也稱《馬斯垂克條約》）所建立的國際組織，1971 年至 2007 年曾進行 6 次擴大，其中 2004 年加入的愛沙

尼亞、拉脫維亞、立陶宛、波蘭、捷克、匈牙利、斯洛伐克、斯洛維尼亞、馬爾他和賽普勒斯，由於地理位置位於東歐，因此稱爲「東擴」。而在東擴之際，亦訂定南進政策，與地中海國家發展包括經濟、政治和文化在內的全面夥伴關係。1995 年，有 38 個會員的「歐盟/地中海夥伴關係」，制定「巴塞隆納計畫」，歐盟 1995 年到 2005 年雖挹注 200 億歐元，但因以巴危機和移民等問題，使此夥伴關係計畫未達預定目標和具體成效。

十六畫

戰略互惠關係 中共與日本於 2007 年 4 月簽定《中日新聞聯合公報》，努力構築「基於共同戰略利益的互惠關係」，其基本內涵爲：1.相互支援和平發展，增進政治互信。保持並加強兩國高層往來。擴大和深化兩國政府、議會、政黨的交流與對話。2.深化互利合作，實現共同發展。加強在能源、環保、金融、資訊通信技術、知識產權保護等領域的合作，充實和完善合作機制。3.加強防務對話與交流，共同致力於維護地區穩定。4.加強人文交流，增進兩國人民相互理解和友好感情。廣泛開展兩國青少年、媒體、友城、民間團體之間的交流。開展

豐富多彩的文化交流。5.加強協調與合作，共同應對地區及全球性課題。共同致力於維護東北亞和平與穩定，堅持通過對話和平解決北韓半島核問題，實現北韓半島無核化目標。雙方贊成聯合國包括安理會進行必要、合理的改革。支援東協在東亞區域合作中發揮重要作用，共同在開放、透明、包容等三項原則基礎上促進東亞區域合作。

戰略合作夥伴關係 係指戰略關係處於變動但又避免衝突，維持既交往又遏制之合作與防制性兩國關係。如在 1996 年與俄羅斯簽署「關於世界多極化和建立國際新秩序聯合聲明」，建立「戰略協作夥伴關係」；1997 年與美國簽署「中美聯合聲明」，建立「建設性戰略夥伴關係」。

獨立自主和平外交政策 1986 年 3 月，中共總理趙紫陽在六屆「人大」4 次會議提出「關於第七個五年計畫的報告」，將過去「獨立自主」外交政策，更張為「獨立自主的和平外交政策」，其主要內容與基本原則如下：1.反霸、維護世界和平、發展各國友好合作與促進共同繁榮，是中共對外工作的根本目標；2.世界各國一律平等，世界事務由各國協商解決，中共絕不稱霸，也反對任何霸權；3.堅持獨立自主，

一切國際問題依其本身的是非曲直決定中共態度；4.中共絕不依附任何一個超級強國；5.中共將以和平共處五原則發展對外關係；6.中共屬第三世界，加強與第三世界國家合作是中共對外工作的一個基本立足點，中共反對帝國主義、殖民主義和種族主義；7.中共反對軍備競賽；8.中共堅持長期實行對外開放，在平等互利基礎上擴大與各國的經濟、貿易、技術交流與合作；9.中共支持聯合國依據憲章精神所進行的各項工作；10.中共重視各國人民之間的交往，鼓勵民間各方面的交流與合作。

獨聯體 即為獨立國家國協，又稱獨立國協或獨協，係原蘇聯解體後由各加盟共和國協調成立的一個國家聯盟，屬國際組織，總部設在白俄羅斯明斯克。1991 年蘇聯解體的同時，由原蘇聯加盟共和國俄羅斯、白俄羅斯和烏克蘭於 1991 年 12 月 8 日在白俄羅斯首都明斯克簽署協議成立。至 1991 年 12 月 22 日止，有 11 個原蘇聯加盟共和國加入獨協，分別是亞塞拜然、亞美尼亞、白俄羅斯、哈薩克、吉爾吉斯、摩爾多瓦、俄羅斯、塔吉克、土庫曼（已於 2005 年 8 月 26 日在喀山會議上宣佈退出）、烏茲別克和烏克蘭。喬治亞於 1993 年 12 月

加入，但 2008 年 8 月宣佈退出。所有的前蘇聯加盟共和國中，僅波羅的海三小國的立陶宛、拉脫維亞和愛沙尼亞始終拒絕加入此組織。

十七畫

擱置爭議、共同開發　係鄧小平提出來和平解決領土爭端的新思路。1978 年 10 月 25 日，時任國務院副總理的鄧小平應邀訪問日本，原本兩國政府約定不談及釣魚台問題，然在東京記者招待會上，日本記者提出此問題。鄧小平回答：「尖閣列島我們叫釣魚島，這個名字我們叫法不同，雙方有著不同的看法，實現中日邦交正常化的時候，我們雙方約定不涉及這一問題。這次談中日和平友好條約的時候，雙方也約定不涉及這一問題。我們認為，兩國政府把這個問題避開是比較明智的。這樣的問題放一下不要緊，等十年也沒關係」。這是鄧小平首次提出為實現中日和平友好，暫將釣魚台問題擱置起來的思想，是「擱置爭議、先共同開發」思想的萌芽。之後，鄧小平在國內會議，或與外國領導對話時，多次闡述此思想。1979 年 5 月 31 日，鄧小平會見來訪的自民黨眾議員鈴木善幸時表示，可考慮在不涉及領土主權情況下，共同開發釣魚台附近資源。同年 6 月，中方通過外交管道正式向日方提出共同開發釣魚台附近資源的設想，首次公開表明中方願以「擱置爭議，共同開發」模式解決與周邊鄰國間領土和海洋權益爭端的立場。

聯合國 2758 號決議　中華民國係聯合國創始會員國，亦是五個安理會常任理事國之一。但由於發生國共內戰，1949 年國民黨政府退守台灣，造成兩岸分治局面。

　　從 1950 年開始，蘇聯等國即在歷屆聯合國常會提出「中國代表權問題」，主張由中華人民共和國取代中華民國在聯合國與安理會席次。1950 年至 1960 年間，由於中共是蘇聯的盟友，美國為防止共產主義勢力在安理會另增一常任席位，故仍承認中華民國為代表中國之政府，協助中華民國保衛其代表權。美國採用「緩議」（moratorium）策略，在各屆大會主張暫時不討論中國代表權問題，均為大部分盟國所接納，蘇聯則對美國及其盟友排擠中共作出抗議。

　　從 1960 年起，多個國家開始與中共交好。首先是阿爾巴尼亞提案建議將中國席位轉給中共，取代中華民國。初期親美的國家掌握大多數票，得以阻止提案的通過。但因陸續有新國家（多數為新獨立的

第三世界貧窮國家）加入，使大會改變過去一面倒現象。加以當時美國總統尼克森爲制衡蘇聯與中共和解，使得支持中華民國力量開始弱化。

1961 年至 1971 年，由於亞洲與非洲新興國家大多支持中共，美國確認「中國代表權」爲重要問題，但需過半數同意，其後任何改變中國代表權的議案，均需三分之二多數方能通過，以此保住中華民國在聯合國的席次。

1971 年 10 月，中華民國代表團在阿爾巴尼亞所提「恢復中華人民共和國在聯合國之合法權利案」表決之前退出會場。嗣後，聯合國大會以 76 票支持、35 票反對、17 票棄權通過「聯合國大會 2758 號決議」，即「恢復中華人民共和國政府在聯合國的一切合法權利」。

十八畫

顏色革命　顏色革命（Color revolution），又稱花朵革命，是指 21 世紀初期一系列發生在中亞、東歐獨立國協國家的以顏色命名，以和平和非暴力方式進行的政權變更運動，包括向中東的地區在內的地方蔓延的趨勢。參與者通常通過非暴力手段抵制他們所認爲的獨裁政府以及俄式思維方式，擁護他們所認爲的民主、自由以及美式思維方式，其通常採用一種特別的顏色或者花朵作爲標誌。顏色革命已經在塞爾維亞、喬治亞、烏克蘭和吉爾吉斯等國獲得成功，推翻原先的親俄羅斯政府。

十九畫

韜光養晦，有所作爲　1989 年「六·四事件」後，中共遭到西方國家政治、經濟制裁，面臨嚴峻的國際形勢和壓力；同年 9 月，鄧小平指出：「對於國際形勢，概括起來就是三句話：第一句話，冷靜觀察；第二句話，穩住陣腳；第三句話，沉著應付。不要急，也急不得。要冷靜、冷靜、再冷靜，埋頭實幹，做好一件事，我們自己的事……」、「朋友還要交，過頭的話不要講，過頭的事不要做……」「第三世界一些國家希望中國當頭，但千萬不要當頭，這是根本國策……。」。鄧小平的前述講話，被概括爲「冷靜觀察，穩住陣腳，沉著應付，韜光養晦，有所作爲」的 20 字戰略方針。旨在強調少說多做，先發展經濟，不能當頭，謙虛謹愼，過頭的話不說，過頭的事不做。

陸、涉台類

一畫

一中「三段論」 2000 年 2 月，中共國務院台辦與國務院新聞辦發表「一個中國的原則與台灣問題」白皮書，將「一個中國」原則定義為：「世界上只有一個中國，台灣是中國的一部分，中華人民共和國政府是代表全中國的唯一合法政府」；亦即所謂的「舊三段論」。

一中「四段論」 2005 年中共全國政協主席賈慶林在紀念「江八條」發表十周年集會上所提出，即「世界上只有一個中國，大陸和台灣同屬一個中國，儘管兩岸尚未統一，大陸和台灣同屬一個中國的事實並未改變」。

一中「新三段論」 即「世界上只有一個中國，大陸和台灣同屬一個中國，中國的主權和領土完整不容分割。」

2000 年 8 月 24 日，時任中共中央政治局委員、國務院副總理的錢其琛，在會見台灣「聯合報系訪問團」時指稱，「就兩岸關係而言，我們主張的一個中國原則是：『世界上只有一個中國，大陸和台灣同屬於一個中國，中國的主權和領土完整不容分割。』」次日，新華社發布此項訊息，首次正式披露該段話。台灣輿論很快稱之為「新三段論（新三句）」。2002 年 3 月，時任中共國務院總理朱鎔基在「全國人大」作「政府工作報告」時，重申「新三句」。同年 9 月，時任外交部長的唐家璇出席第 57 屆聯合國大會上，正式在國際講壇重申「新三句」。11 月 8 日，中共中央總書記江澤民在「十六大」政治報告中，鄭重宣示「新三句」。

一中內涵 86 字解析 1998 年 10 月，「海協會」會長汪道涵在辜汪上海會晤時提及「一個中國」之 86 字建言：「世界上只有一個中國，台灣是中國的一部分，目前尚未統一，雙方應共同努力，在一個中國的原則下，平等協商，共議統一；一個國家的主權和領土是不可分割的，台灣的政治地位應該在一個中國的前提下進行討論。」

一個中國原則 1956 年中共總理周恩來於一屆「人大」3 次會議講話

提出：台灣從來就是中國的一部分，世界上只有一個中國，唯一能代表中國人民的只有中華人民共和國政府。

1979年中共「人大」發表「告台灣同胞書」：世界上普遍承認只有「一個中國」，承認中華人民共和國政府是中國唯一合法政府。

1983年鄧小平以「中顧委」主任委員身分接見美國學者楊力宇時提出「中國大陸和台灣和平統一的設想」表示：兩岸制度可以不同，但在國際上代表中國的，只能是中華人民共和國。

1992年中共中央總書記江澤民在「十四大」報告提出：在「一個中國」前提下，什麼問題都可以談，包括就兩岸正式談判的方式問題同台灣方面進行討論。同年海基、海協兩會在香港會談後，海基會指出：「在海峽兩岸共同努力謀求國家統一的過程中，雙方雖均堅持一個中國的原則，但對於一個中國的涵義，認知各有不同」，並建議以口頭聲明方式各自表述；海協會回函對「一個中國」原則口頭表述是：「海峽兩岸都堅持一個中國的原則，努力謀求國家的統一。但在海峽兩岸事務性商談中，不涉及一個中國的政治涵義」。

1993年中共「國台辦」、「新聞辦」發布「台灣問題與中國的統一」白皮書：世界上只有一個中國，台灣是中國不可分割的一部分，中央政府在北京。

1995年中共國家主席江澤民發表：「為促進祖國統一大業的完成而繼續奮鬥」（又稱八項看法和主張，簡稱「江八點」）指出：堅持「一個中國」原則是實現「和平統一」的基礎和前提，中國的主權和領土絕不容許分割。

1998年中共副總理錢其琛在「江八點」發表三周年講話：首度提出兩岸間「一個中國」新解：「統一之前，在處理兩關係事務中，特別是在兩岸談判中，堅持一個中國的原則，就是堅持世界上只有一個中國，台灣是中國的一部分，中國的主權和領土完整不能分割」。同年中共國家主席江澤民在中央對台工作會議上提出：「世界上只有一個中國，台灣是中國不可分割的一部分，中華人民共和國政府是全中國的唯一合法政府、在國際上的唯一合法代表」。

2000年中共「國台辦」、「新聞辦」發表「一個中國的原則與台灣問題」白皮書：中共「堅持世界上只有一個中國，台灣是中國的一部

分，中華人民共和國政府是代表全中國的唯一合法政府」。

2000 年中共副總理錢其琛在中南海會見台灣聯合報系訪問團稱：「一個中國」是兩岸間能夠接受的最大共同點。就兩岸關係而言，中共主張的「一個中國」原則，就是「世界上只有一個中國，大陸和台灣同屬於一個中國，中國的主權和領土完整不容分割」。中共國家主席江澤民在美參加「聯合國千禧年世界高峰會議」期間會見美國主要媒體負責人：重申「世界上只有一個中國，中華人民共和國政府是中國唯一合法政府」。

2002 年中共總理朱鎔基在中共九屆「人大」五次會議工作報告中，將新三段論納入。即：中共堅持「一個中國」原則，主張「世界上只有一個中國，大陸和台灣同屬於一個中國，中國的主權和領土完整不容分割」。

一個中國的原則與台灣問題白皮書

中共「國台辦」、「國新辦」於 2000年 2 月針對我即將舉行第二次總統直選而提出，內容包括：

(1)「一個中國」的法理基礎。

(2)「一個中國」原則是實現「和平統一」的基礎和前提。

(3)中共堅決捍衛「一個中國」原則。

(4)兩岸關係中涉及「一個中國」原則的若干問題。

(5)在國際社會中堅持「一個中國」原則的若干問題等部分。

一國兩制　一國兩制（One Country, Two Systems）即「一個國家，兩種制度」，是前中共領導人鄧小平為實現統一的目標而創造。1982年 1 月 10 日，鄧小平接見赴大陸訪問的美國華人協會主席李耀基時表示：「在實現國家統一的前提下，國家的主體性實行社會主義制度，台灣實行資本主義制度。」此為鄧小平第一次正式提出「一個國家，兩種制度」的概念。1982 年12 月中共五屆人大第 5 次會議通過的第 4 部憲法，將之納入總綱，規定「國家在必要時，得設立特別行政區，在行政區內實行的制度按照具體情況由全國人民代表大會以法律規定。」目前中共於香港及澳門兩個特別行政區即採用此制度，且亦為中共處理台灣問題的主要方針。一國兩制政策以「一個中國」為原則，強調中華人民共和國是代表中國的唯一合法政府，大陸實行社會主義制度，香港、澳門，現行資本主義經濟制度不變，生活方式不變，享有高度自治權；有立法權、終審權、外交權，可發行貨幣。

一綱四目　中共前總理周恩來在 1963 年將中共對台政策歸納爲「一綱四目」，其中「一綱」即台灣必須統一於中國。「四目」則爲：1.台灣回歸祖國後，除外交上必須統一於中央外，台灣之軍政大權、人事安排等悉委於蔣介石；2.所有軍政及建設經費不足之數悉由中央撥付（當時台灣每年赤字約 8 億美元）；3.台灣的社會改革可以從緩，必俟條件成熟，並尊重蔣之意見，協商決定後進行；4.雙方互不派特務，不做破壞對方團結之舉。毛澤東一再表示，台灣當局只要一天守住台灣，不使台灣從中國分裂出去，大陸就不改變目前的對台關係。

二畫

九二共識　用以概括兩岸在 1992 年香港會談中就「一個中國」問題及其內涵進行討論所形成之見解及體認。其核心內容與精神是「一個中國，各自表述」與「交流、對話、擱置爭議」。中共認爲「一個中國」係指中華人民共和國；台灣則認定爲中華民國；但都互相承認對方爲政治實體，並願意擱置主權爭議，以進行交流。兩岸在此系列會談中，對於「一個中國」的默契及信賴，以及擱置爭議、交流對話，是「九二共識」的核心精神。

該次會談是由台灣方面的「海峽交流基金會」（以下簡稱「海基會」）代表中華民國行政院大陸委員會，大陸方面的「海峽兩岸關係協會」（以下簡稱「海協會」）代表中華人民共和國國務院台灣事務辦公室，於 1992 年 10 月在香港舉行。會談中，「海協會」對於「海基會」所提議之「在海峽兩岸共同努力謀求國家統一的過程中，雙方雖均堅持『一個中國』的原則，但是對於『一個中國』的含義，認知各有不同」以及「兩岸事務性之商談，應與政治性之議題無關」等項精神間接表示承認及尊重；基於此一基礎，兩岸關係才有後續的發展，1993 年 4 月的「汪辜會談」才可能舉行並取得成果。

惟在會談當時及 2000 年以前，雙方並沒有使用「九二共識」一詞。「九二共識」是 2000 年 4 月民進黨在中華民國總統大選獲勝後，國民黨移交政權前，由當時陸委會主委蘇起創造並公布，用以在字面上替代國民黨自 1992 年至 2000 年間使用的「一中各表」之內涵，並同時涵括國民黨主張的「一個中國、各自表述」、民進黨的「各自表述」，以及中共的「一個中國」等不同立場，藉由此模糊性之概念讓各方解釋都有交集，以便兩岸關

係解套與發展。「九二共識」的名詞雖得到中共及美國的認同，但民進黨認為九二會談當時的雙方只是各自表述「一個中國」原則，對於兩岸問題沒有達成共識，不接受有「九二共識」存在的說法。

九二香港會談 1992 年 10 月 28 至 30 日，大陸「海協會」和台灣「海基會」在香港舉行會談第二次工作性商談，為「九二香港會談」。其中有關「一個中國」原則問題，大陸「海協會」提出在商談中必須堅持「一個中國」原則，在事務性商談中，只要表明堅持「一個中國」原則的基本態度，可以不涉及「一個中國」的政治含義，表述的方式可以充分協商，並提出五個文字表述方案。同時「海基會」建議「各自以口頭方式表明立場」。11 月 3 日，「海基會」發表新聞稿並致函「海協」表示，對「一個中國」原則「應有所表述」，「我方將根據國家統一綱領和國家統一委員會本年 8 月 1 日對於『一個中國』涵義所作決議，加以表達」。11 月 16 日大陸「海協會」致函「海基會」，告知「海協」的口頭表述要點：「海峽兩岸都堅持『一個中國』的原則，努力謀求國家的統一。但在海峽兩岸事務性商談中，不涉及『一個中國』的政治含義。」同時將「海基會」在香港會談中正式提出的第八個表述方案附在函中，作為雙方彼此接受的共識內容。12 月 3 日，「海基會」回函，對此未表示異議。「九二香港會談」及此後包括「汪辜會談」在內的一系列協商對話基礎，就是體現兩岸均堅持「一個中國」原則的「九二共識」。

八個率先 中共福建省省長黃小晶於 2008 年 1 月福建省第十一屆「人民代表大會」第一次會議上表示，閩台合作應實現「八個率先」，促進合作。包括：

⑴零關稅進口台灣水果；

⑵擴大台灣農產品準入種類和範圍；

⑶設立台灣農產品、水產品集散中心；

⑷恢復對台漁工勞務合作；

⑸實施台灣居民在大陸申辦個體工商戶；

⑹入島舉辦商品展、圖書交易會和文藝公演；

⑺啟動兩門航線包裹業務；

⑻開展兩岸職業技術教育培訓交流。

十六字方針 中共總書記胡錦濤 2008 年 4 月 29 日會見國民黨榮譽主席連戰時，提出「建立互信，求同存異，擱置爭議，共創雙贏」十六字方針，是對當時候任副總統蕭萬長在博鰲論壇所提十六字方針（正視現實、開創未來、擱置爭議、追求雙贏）的回應。

三畫

三光 即中共力爭 2000 年將台灣邦交國挖光、國際政治生路堵光、與中共爭對等之籌碼擠光。

三個凡是 中共總書記胡錦濤 2003 年 3 月 11 日出席十屆「人大」一次會議台灣團會議時提出「三個凡是」，即：

—凡是有利於台灣人民利益；

—凡是有利於國家統一；

—凡是有利於民族復興，都要全力推動。

三個可以談 江澤民在中共「十六大」報告指出，「在『一個中國』的前提下，什麼問題都可以談，可以談正式結束兩岸敵對狀態問題，可以談台灣地區在國際上與其身分相適應的經濟文化社會活動空間問題，也可以談台灣當局的政治地位等問題。」。

三個只要 中共國家主席胡錦濤 2003 年 12 月 25 日在人民大會堂會見來京參加座談會的「台協」會長時提出「三個只要」，即：

只要是對台灣同胞來大陸投資經商、興辦實業有利的事情；只要是對兩岸經濟、科技和文化等領域的交流和合作有利的事情；只要是對兩岸關係發展和祖國統一有利的事情；我們都會盡最大努力加以推動。

三個有利於 中共國台辦 2003 年 12 月 17 日於新聞發布會發表「以民為本，為民謀利，積極務實推進兩岸『三通』」政策說明書，為大陸方面首次就兩岸「三通」問題專門發表全面政策闡述，強調三通可實現「三個有利於」，包括：

—有利於兩岸經濟共同發展；

—有利於台灣經濟的持續發展；

—有利於兩岸同胞共同因應世界經濟全球化和區域化發展的趨勢。

三個延伸 2006 年 9 月 28 日，「中國和平統一促進會」秘書長梁金泉提出，為達「反獨促統」目標，須做好台灣人民工作，秉持「求同存異」原則，形成「統一戰線」。以「三個延伸」為途徑，「四個群體」為重點，實現創新與突破。其中「三個延伸」為：

(1)推動工作向上延伸，努力做當地主流社會和主流媒體的工作，爭取他們對中國和平統一政策的理解和支持。

(2)推動工作向外延伸，努力做好爭取台胞社團的工作，並把工作做到台灣島內去，做到台灣「邦交國」中去。

(3)推動工作向下延伸，廣泛聯繫當地華僑華人，不斷擴大統促會的社會影響，爭取住在國廣大民眾的支持。

三通四流 1979 年元旦，中共全國人大常委會在「告台灣同胞書」中提出兩岸交流提議。包括：「通商、通郵、通航」，是為三通；「經濟交流、文化交流、科技交流、體育交流」，是為四流。

三通政策說明書 中共「國台辦」2003 年 12 月 17 日新聞發布會，發表「以民為本，為民謀利，積極務實推進兩岸『三通』」政策說明書。該書闡述大陸方面關於兩岸「三通」的基本立場和政策主張，並就兩岸民間行業組織協商「三通」，兩岸直航中飛機、船舶的旗、證，外國公司參與兩岸航運，實現「三通」與所謂「台灣安全」等相關問題作出說明。要點包括：

⑴以民為本、為民謀利，是解決「三通」問題的立足點和出發點。

⑵「三通」是兩岸間的事，是兩岸中國人內部的事務。

⑶擱置政治爭議，不因政治分歧影響和干擾兩岸「三通」。

⑷直接雙向、互惠互利、平等協商。

⑸由兩岸民間行業組織協商「三通」問題。

⑹台灣當局應當儘早取消針對大陸的各種歧視性限制和不合理障礙。

大中華經濟圈 1980 年香港「浸信會學院」社會學系黃枝連教授指出，亞太地區將出現一個「中國人共同體」或「中國人經濟集團」，為最早提出大中華經濟圈構想者。此後提出類此主張者不乏其人，且名稱繁多，而其所涵蓋的範圍亦不一致。這些名稱類似的經濟結合，雖然範圍有異，但其基本構想、大都是以台、港、大陸東南沿海地區，甚至東南亞的自然經濟結合為發展基礎。

小三通 2001 年 1 月 1 日起，台灣海峽兩岸實施的小型三通模式，實現兩岸小規模的通商、通航。

⑴通商部分

1994 年 1 月由中國大陸片面實施「關於對台灣地區小額貿易的管理辦法」，指定福建、浙江、江蘇、上海、山東等東南沿海口岸，由台灣居民和大陸對台小額貿易公司進行「小額貿易」，「小額貿易」並不等於一般性的進出口業務。大陸當局將這種小額貿易定性為非官方的直接貿易和經濟交流。

⑵通航部分

1997 年 4 月 19 日，兩岸開始進行高雄與福州、廈門間的「不通關、不入境」的境外通航。及至 2000 年 3 月 21 日，台灣通過「離島建設條例」，其中第 18 條明訂「為促進離島（指

澎金馬地區）發展，在台灣本島與大陸地區全面通航之前，得先行試辦金門、馬祖、澎湖地區與大陸地區通航」（俗稱小三通條款），條例於同年 4 月 5 日實施。

2000 年 12 月 13 日，中華民國行政院根據「離島建設條例」通過「試辦金門馬祖與大陸地區通航實施辦法」，以作爲小三通的管理依據。並於 2001 年 1 月 1 日開始實施，定點定時的貨客運通航。目前有「金門－廈門」、「馬祖－馬尾」、「金門－泉州」的小三通固定航班。截至 2008 年上半年，福建沿海與金門、馬祖、澎湖海上「小三通」，累計運送旅客已突破 300 萬人次。

另爲落實馬總統於 2008 年 8 月 24 日在金門的「和平宣言」，台灣通過擴大「小三通」方案，於同年 9 月底開放大陸觀光客到金門、馬祖落地簽證；另外澎湖「小三通」於同年 10 月底進行。

四畫

中央對台工作領導小組　1980 年元月中共成立中央對台工作領導小組，直接對中央政治局負責，是中共對台決策的拍板部門。1990 年後，小組包括組長、副組長、秘書長各一人，成員若干名，由中共黨

務、外交、總參、國安、統戰、經濟及國台辦系統代表。

綜合研判，胡錦濤擔任總書記後，中共中央對台工作領導小組成員與江澤民時期相同，計有 10 人：由總書記胡錦濤任組長，全國政協主席賈慶林任副組長，秘書長是國務委員戴秉國。其餘 7 位成員分別是：中央辦公廳主任令計畫、解放軍副總參謀長馬曉天中將、統戰部長杜青林、國安部長耿惠昌、商務部長陳德銘、國台辦主任王毅、海協會長陳雲林。

中美建交涉台三原則　1978 年 12 月，美國政府接受中共提出的建交三原則，即：美國與台灣當局斷交、廢除「共同防禦條約」，以及從台灣撤軍。

中國台北　中共「國台辦」、中宣部、中宣辦 2004 年制頒「關於正確使用涉台宣傳用語的意見」第 3 項第 2 款中規定：「對不屬於只有主權國家才能參加的國際組織和民間性的國際經貿、文化、體育組織中的台灣團組機構，不能以「台灣」或「台北」稱之，而應稱其爲「中國台北」、「中國台灣」。在大陸舉辦的國際體育比賽場合中，台灣團隊可以使用中文名稱「中華台北」，但在新聞報導中仍應稱其爲「中國台北」。台灣地區在 WTO 中的名稱

為「台灣、澎湖、金門、馬祖單獨關稅區」，宣傳報導中可簡稱「中國台北」。

中國和平統一促進會 簡稱「統促會」，是支持中國「統一」具有半官方背景的民間組織，於 1988 年 9 月 22 日在北京成立，其宗旨是「聯合海內外各界人士，發展台灣海峽兩岸的民間往來，促進中國的『和平統一』」，目前在全球多個國家設有分會，被視為是中共針對海外華人的統戰機構之一。現任會長是中共政治局常委、「政協」主席賈慶林，其他主要理事多為中共民主黨派人士和一些海外華僑團體領袖。在大陸以外地區是由當地不同的僑團共同組建，不定期訪問北京並得到中共高層領導人接見。但因其過於濃厚的大陸背景，該組織在台灣實質影響力不高。

中華台北 中華台北（Chinese Taipei，簡稱 TPE）。該稱號為中華奧林匹克委員會參加國際體育比賽代表團的簡稱，也是現今中華民國台灣地區參加奧林匹克運動會以及其他國際運動賽事的名稱。另外自 1970 年代後，中華民國有時也將「中華台北」一詞用於加入各種國際組織時所使用。

中華光電產業聯盟 2007 年於福建泉州成立，由中華光電產業協會、中國美旗控股集團、和諧光電、晶藍光電、量子光電等企業主導，聯合兩岸及港澳共五十多家光電企業組建而成，推選世界佛教和平基金會會長常大林為理事長。旨在通過聯盟組織形成上下游系統產業鏈，為大陸的光電產業與世界接軌，藉助中國美旗集團的國際採購交易平台、物流平台和市場、技術、人才的高效整合平台，擁有更為先進的技術和廣闊的市場，提升國際市場競爭力和品牌影響力，並透過聯合投資，降低產品成本。

中資 一般指大陸資金，或泛指由大陸資金所經營的企業。部分中資機構具有中共背景，屬國營企業或其屬下機構。

五一七聲明 2004 年 5 月 17 日，中共「中台辦」、「國台辦」針對前總統陳水扁提出要在 2006 年「制憲」、2008 年「行憲」的「台獨時間表」，授權新華社就「當前兩岸關係」發表聲明，又稱「五一七聲明」。中共表示當前兩岸關係形勢嚴峻。堅決制止旨在分裂中國的「台灣獨立」活動，維護台海和平穩定，是兩岸同胞當前最緊迫的任務。指責陳前總統強行撕裂台灣社會，惡意扭曲台灣民意，肆意煽動仇視大陸、對抗中國，竭力挑釁大陸和台灣同屬「一個中國」的現

狀，公然提出通過「制憲」走向「台獨」的時間表，將兩岸關係推到了危險的邊緣。提出兩條道路：一是懸崖勒馬，停止「台獨」分裂活動，承認兩岸同屬一個中國，促進兩岸關係發展；一是一意孤行，妄圖把台灣從中國分割出去，最終玩火自焚。何去何從，台灣當權者必須做出選擇。如果台灣當權者鋌而走險，膽敢製造「台獨」重大事變，中國人民將不惜一切代價，堅決徹底地粉碎「台獨」分裂圖謀。

五個絕不 中共「中台辦」、「國台辦」2004 年 5 月 17 日凌晨授權新華社就當前兩岸關係發表的聲明中，提出「五個絕不」，即：「我們堅持一個中國原則的立場絕不妥協；爭取和平談判的努力絕不放棄；與台灣同胞共謀兩岸和平發展的誠意絕不改變；堅決捍衛國家主權和領土完整的意志絕不動搖；對「台獨」絕不容忍。」

五緣、六求 2004 年 1 月，中共福建省省長盧展工於十屆「人大」二次會議上，首度提出「建設對外開放、協調發展、全面繁榮的海峽西岸經濟區」戰略構想。翌年，為完整包裝此一戰略結合「中央」對台政策，盧展工於 5 月主持廈門市領導幹部大會時指出：「廈門是海峽西岸經濟區的龍頭，是促進『和平統一』平台的最前沿」，並強調閩台之間具有「五緣六求」關係。

其中，「五緣」指閩台兩地有割不斷「地緣」、「血緣」、「文緣」、「商緣」、「法緣」，是加強合作交流的優勢所在。而「六求」內容包括：

(1)求緊密經貿聯繫：目前在閩投資的台資企業 8000 多家，實際到資近 100 億美元。福建現有 4 個台商投資區，29 個對台貿易口岸。

(2)求兩岸直接「三通」：以閩台交通最為便利，大陸先後在福建沿海設立了 35 個台灣漁船停泊點。

(3)求旅遊雙向對接：至今透過金門、馬祖直航來往兩岸的旅客已突破百萬。

(4)求農業全面合作：福建是台灣農業資金最集中的地方，截至 2005 年 7 月，福建已累計引進台資企業 1730 多家。

(5)求文化深入交流：如閩南文化、客家文化、民俗文化、宗教信仰、民間信仰的交流活。

(6)求載體平台建設：如台交會、海博會、花博會等經貿洽談活動，都是閩台合作交流的重要載體。

六個絕不 2003 年 11 月 26 日中共「國台辦」發言人張銘清在例行新聞發布會，抨擊「台獨」分裂行徑，提出「六個絕不」，包括：在涉及到國家主權和領土完整的問題上

中國政府和中國人民絕不含糊、絕不妥協、絕不退讓；對「台獨」的分裂行徑絕不容忍、絕不姑息、絕不坐視。

六點共識 2001年7月11日，中共「中台辦」與台灣「新黨大陸事務委員會代表團」，就兩岸關係問題交換意見，並達成六點共識：內容包括：

⑴對兩岸關係若干問題具共同認知和主張，即「一個中國、和平統一」。雙方將努力推動在「九二共識」基礎上恢復兩岸接觸、對話，早日實現直接「三通」。

⑵兩岸同胞都是中國人。二千三百萬台灣人民，不論是台灣省籍還是其他省籍，都應和睦相處，共同促進台灣社會安定、經濟發展。

⑶兩岸加入ＷＴＯ後，應加強兩岸農業交流與合作，協助台灣農民謀求利益。

⑷新黨提出，希望大陸方面對於熱心前往大陸興辦教育事業的台灣團體和個人給予鼓勵和協助。中共「中台辦」表示願向主管部門反映，在政策允許下積極促成。

⑸中共「中台辦」、新黨本著相互尊重、平等協商的精神，不定期就兩岸關係與國家統一問題交換意見，逐步建立經常性的對話機制，推動兩岸關係發展、謀求兩岸同胞利益進行合作。

⑹新黨基於服務兩岸人民的熱忱，由大陸事務委員會成立專責機構，與中共「中台辦」相關專責機構相互聯繫，協助處理涉及兩岸同胞權益的事項。

反分裂國家法 「反分裂國家法」是在2005年3月14日中共第十屆全國人民代表大會第三次會議通過，計有10條。中共宣稱立法宗旨係針對「台獨」分裂勢力、分裂國家的活動，表達必須予以堅決反對和遏止的態度及立場。在主張兩岸可以就正式結束敵對狀態等事項進行協商；談判的同時，並明確提出「台獨分裂勢力以任何名義、任何方式造成台灣從中國分裂出去的事實，或者發生將會導致台灣從中國分裂出去的重大事變，或者和平統一的可能性完全喪失」三種情況下，中共可使用非和平方式及其他必要措施，捍衛國家主和領土完整。

心理台獨 中共所謂心理台獨是屬概念性，是指台灣當局透過一種政治主張或行動，突出台灣意識，諸如借助「正名」、「去中國化」，塑造新的國家認同，因心理台獨具有很大的危害性和隱蔽性，值得高度關注和深入揭批。以中共新華社

2007 年 2 月發表題為「心理台獨、貽害無窮」的署名文章為例,其認為台灣中華郵政公司倉促更名為台灣郵政公司,即是大搞「心理台獨」的一個例証。

文化台獨 「文化台獨」為中共指台灣部分推行「台獨」人士,利用文學、語言的政治蘊涵,以本土化為號召、塑造新的國家認同,與中國形成區隔。

五畫

世衛組織涉台問題「四項原則」 中共衛生部長高強於 2006 年 5 月 22 日第 59 屆世界衛生大會在日內瓦開幕時提出:

⑴大陸和台灣同屬於一個中國,台灣同胞是我們的骨肉兄弟,我們把關心台灣同胞健康作為義不容辭的責任,凡是有利於台灣民眾健康福祉的事,我們一定堅決去做,並努力做好;

⑵支持台灣衛生專家參加世衛組織技術活動,幫助台灣地區及時準確地得到國際衛生資訊和技術援助;

⑶堅決反對衛生問題政治化,反對台灣問題國際化,反對利用衛生問題謀求「台灣獨立」或「一中一台」;

⑷積極推動海峽兩岸在一個中國的框架內平等協商,解決兩岸衛生合作和台灣地區參與國際衛生合作問題。

台交會 為海峽兩岸機械電子商品交易會暨廈門對台進出口商品交易會的簡稱,1997 年由中共商務部授權中國機電產品進出口商會、台灣區電機電子工業同業公會和廈門市政府共同主辦,每年 4 月 8 日至 11 日在廈門舉行。

台交會是目前海峽兩岸共同主辦的規模最大的機電展覽會,2008 年舉辦的第 12 屆台交會參展企業達 715 家,展覽規模達 1810 個國際標準展位,其中台灣展位超過 500 個。共吸引來自 39 個國家和地區的 27,815 名專業客商參會,其中境外客商 4,352 人,台灣是台交會境外客商來源最多的地區,參會台商達 2,242 人,其他境外客商來源較多的國家和地區是香港、日本、美國、新加坡、印尼、泰國、菲律賓、馬來西亞等國。

台流 「台流」來自於「盲流」。「盲流」是大陸用來形容無戶籍、無固定居住所、無固定收入,並竄流在大都市角落的大陸外地人。「台流」如今泛指沒有固定工作在大陸的台灣人。

台胞投資保護法　全稱爲「中華人民共和國台灣同胞投資保護法」，在此之前中共國務院曾於 1988 年 7 月，頒布關於鼓勵台灣同胞投資的規定。正式立法則是 1994 年 3 月，八屆全國人大常委會通過，計 15 條。1999 年 12 月，國務院據以續又頒布台灣同胞投資保護法實施細則。

台商子女入學暫行規定　福建省福州市於 2007 年 9 月頒布，提供台商子女在福州就讀中小學享受優惠政策。要點如次：

⑴台商子女入讀福州市義務教育階段公立中小學，一律免繳借讀費和任何形式的贊助費。

⑵台商子女可到區域內相對就近的定點優質小學就讀；小學畢業繼續在福州就讀中學者，按初招政策對口升入初中，八縣（市）按當地初招政策與當地學生一視同仁予以安排；新來入讀初中的，按就近原則安排到優質初中學校就讀；初中升高中享受中招加分照顧，並享受同等條件下優先錄取的政策。

⑶福州市各縣（市）區各確定 1-3 所優質小學作爲台商子女就讀的定點學校。對符合條件的台商子女，定點學校必須無條件接收，個別學校如已爆滿，由教育主管部門協調安排到相對就近的其他中小學就讀。經各級教育主管部門協調安排的台商子女，有關學校必須無條件接納安排。

⑷台商子女較爲集中的學校應開設台生班；人數較少的學校，實行隨班就讀。學校招收台商子女實行計畫單列，不占當年學校 15%的借讀生指標。

台商權益保障工作聯席會議　「台商權益保障工作聯席會議」第一次全體會議於 2007 年 1 月 30 日於中共「國台辦」大樓內舉行，「國台辦」主任陳雲林在會中表示，各部門及地方一定要依照中共國家主席胡錦濤指示，全力落實台商權益保障工作，以建構兩岸和平發展前景。

出席此次會議的有全國人大常委、國務院辦公廳、全國政協辦公廳、最高人民法院、中央紀委、政法委、公安部、海關總署、商務部、國土資源部、建設部、勞動保障部、稅務總局、工商總局、貿促會等中共中央和國家機關涉台業務負責人。

台商權益保障工作聯席會議於 2008 年第二次會議召開時，增加教育部等十個成員單位，包括教育、工業和資訊化部、民政部、交通運輸部、衛生部、國資委、銀監會、證監會、保監會、國家旅遊局爲成員單位。

台港模式 「台港(航權談判)模式」，係指 2002 年台灣與香港談判兩地航運業日後飛行航線與航空公司班機規畫的模式。該次談判雖以民間業者爲檯面上的談判主體，但我方實際主談的都是政府官員。

台、港歷經 7 次談判後，在 2002 年 6 月 29 日簽訂協議。當時，雖是我政府授權台北市航空運輸商業同業公會理事長樂大信，與香港方面授權的民航業代表簽署協議，但陸委會企劃處長詹志宏、交通部民用航空局長張國政都以公會顧問身分在場見證。談判過程也由詹、張全權主導進行。

台港澳居民內地就業管理規定 由中共「勞動部」2005 月 6 月頒布修訂後，同年 10 月 1 日起開始正式實施，規定台灣民眾可以與大陸民眾一樣平等就業，用人機構要爲台港澳人員申請辦理就業證，取得就業證的台港澳人員在大陸就業受法律保護，與居民一樣參加社會保險，享受社會保險待遇。同時取消包括：「聘雇的台、港、澳人員從事的崗位是用人單位有特殊需要，且大陸暫缺適當人選的崗位」、「用人單位要有勞動部門所屬職業介紹機構開具，在轄區內招聘不到所需人員的證明，或在勞動部門指導下進行公開招聘 3 周以上，仍招聘不到所需人員」及「具有從事本專業實際工作經歷」的條款。

台資企業協會 台灣同胞投資企業協會，簡稱台資企業協會，是依據「中華人民共和國台灣同胞投資保護法」及其「實施細則」，以及中共國務院頒布的「社會團體登記管理條例」等法律法規，以在大陸各地登記註冊的台資企業爲主體組成的社會團體。截至 2007 年，共有 24 個省、自治區和直轄市成立 100 家台資企業協會，會員企業 2 萬多家。

台灣民主自治同盟 簡稱「台盟」，1947 年 11 月 12 日在香港成立，是中共現有的八個民主黨派之一，屬於統一戰線中的一員，曾於 1948 年 5 月發表「告台灣同胞書」。台盟由居住在大陸的台灣省人士組成，目前在大陸 13 個省、直轄市建立省級組織，現有成員 2,100 餘人。歷屆主席爲謝雪紅（女）、蔡嘯、蘇子衡、蔡子民、張克輝，現任主席林文漪（女），常務副主席汪毅夫，副主席吳國禎、陳蔚文、楊健、黃志賢，秘書長張宵。

其章程宣稱，台盟是「由居住在中國大陸的台灣籍人士組成的社會主義勞動者和擁護社會主義的愛國者的政治聯盟，是爲社會主義服務的政黨之一」。政治綱領

是：「以中華人民共和國憲法爲一切活動準則，在以鄧小平理論指導下，堅定不移地貫徹執行中國共產黨在社會主義初級階段的基本路線」。主要任務是「高舉愛國主義、社會主義旗幟，團結廣大盟員和所聯繫的台灣同胞，爲加快改革開放和社會主義現代化建設步伐，爲維護安定團結的政治局面，爲健全社會主義民主和法制，爲實現「一國兩制、和平統一」而奮鬥。

台灣同胞投資企業協會管理暫行辦法　2003 年 3 月 20 日由中共「國台辦」頒布，旨在保障台灣同胞投資企業協會（以下簡稱台資企業協會）的合法權益，並律定「台資企業協會」註冊規定、業務範圍、提供服務、成立條件、主管機關、活動範圍等項目，自 2003 年 4 月 20 日起施行。

台灣居民來往大陸通行證　簡稱台胞證，於 1992 年 5 月 1 日啓用，作爲臺灣同胞出入大陸的有效證件，申請簽註分一次性和 5 年期兩種。可在公安部門出入境管理局委託的駐香港簽證處、駐澳門簽證處，以及香港中國旅行社、澳門中國旅行社申辦和簽註；或由中共駐外國的外交代表機關、領事機關或其外交部授權的其他駐外機關申辦和簽註。台胞來大陸後因故不能

在簽註有效期內離開的，可向暫住地的市、縣公安局出入境管理部門申辦停留延期；因商務或求學等事物需多次來往大陸的，可向暫住地市、縣公安局出入境管理部門申辦多次有效的簽註。目前，隨著台胞往返兩岸活動頻密，另在台胞入出境增幅較快的大陸口岸城市廈門、福州、海口、三亞和上海等地可辦理一次性台胞證，在廈門、福州等地可辦理 5 年期的台胞證。

台灣居民參加國家司法考試若干規定　中共司法部於 2008 年 6 月發布，並自發布之日起施行，宣示台灣民眾將可報名參加大陸國家司法考試。在大陸工作、學習或者居住的台灣民眾，欲報名參加司法考試的，應當在其居所地司法行政機關指定的報名點報名；在香港、澳門工作、學習或者居住的，應在香港、澳門向承辦考試組織工作的機構報名；在台灣或者外國工作、學習或者居住的，應至司法部在大陸指定的報名地點報名。

台灣問題與中國統一白皮書　1993 年 9 月 1 日由中共「國台辦」所發表，爲第一份對台政策白皮書。在白皮書中，中共第一次引用大量歷史史實說明台灣自古以來就是中國領土的一部份，同時全面性地闡述中共在台灣問題的立場。並強

調，兩岸應該儘早針對結束敵對狀態、和平統一進行談判；而且在「一個中國」原則下，什麼問題都可以談。此外，白皮書也駁斥台灣的務實外交之立場與行為，並且清楚地提出中共對於台灣發展對外關係的立場，特別是反對台灣參與聯合國。

四次台海危機 中共在韓戰後，對台灣所採取的軍事行動，被認為可能引發全面戰爭的危機。

⑴第一次（1954－1955 年）：一江山島戰役和大陳島撤退

1954 年 9 月 3 日，共軍對駐守金門的國軍發動榴彈炮突擊。1955 年 1 月 18 日，共軍華東軍區部隊由軍區參謀長張愛萍統一指揮攻佔一江山島，是共軍首次陸、海、空三軍的協同作戰。共軍佔領該島，國軍一江山指揮官王生明將軍引爆手榴彈自盡。2 月 8 日至 11 日，美國與我國海軍將大陳軍民船運撤退至台灣。

⑵第二次（1958 年）：八二三砲戰和料羅灣海戰

1958 年 8 月 23 日，共軍對駐守金門的國軍發動突擊，在 44 天內，向金門射擊砲彈幾近 50 萬發。金門防衛部副司令官吉星文、趙家驤、章傑等中彈陣亡。9 月 2 日，國軍沱江號完成運補作業後，於金門料羅灣附近外海，遭到共軍魚雷艇包圍與猛烈的攻擊，幾乎沉沒。9 月 11 日，金門守軍擊毀廈門火車站。9 月 22 日，美國所支持的八吋大口徑巨炮運抵金門。美國並緊急運送響尾蛇飛彈支援空軍，造成共軍空中部隊的損失。使其封鎖金門的嘗試失敗。

⑶第三次（1962 年）：國光計劃

1962 年，中共推行大躍進失敗，整體國力虛弱，中共指出我政府急欲趁此時機反攻大陸。一方面，開始積極調整軍隊部署，提出反攻在即的口號。另一方面，徵詢美國意見，希望得到支持。但最終在美國的反對下，未有實際行動。往後，除 1965 年間偶發的東引海戰、東山海戰和烏坵海戰之外，亦未有正式交戰的行動。

⑷第四次（1996 年）：飛彈封鎖試射

1996 年 3 月，中共對台灣南北海域進行飛彈試射及軍事演習，以干擾中華民國第一次總統直選，但美國派遣航空母艦戰鬥群馳往附近海域觀察。台灣人民以過半數投票選出李登輝先生，順利完成總統選舉，使中共飛彈恫嚇全面失敗收場。

四個最大 中共總理溫家寶於 2004 年 3 月 14 日十屆「人大」二次會

議閉幕記者會答問時表示：將以最大的努力來維護台海的穩定，以最大的努力來促進「三通」，推動兩岸經濟、文化的交流和人員的往來，以最大的努力推進在「一個中國」的原則下，早日恢復兩岸的對話和談判，以最大的努力來推進祖國的「和平統一」，上述簡稱「四個最大」。

四個群體 2006 年 9 月 28 日，「中國和平統一促進會」秘書長梁金泉表示，為達「反獨促統」目標，須做好台灣人民工作，秉持「求同存異」原則，形成「統一戰線」。以「三個延伸」為途徑，「四個群體」為重點，實現創新與突破。其中「四個群體」即以台灣中南部基層民眾、工商界專業人士、台灣青少年和所在地常住台胞（包括台商和台生）為重點，以貫徹「寄希望於台灣人民」方針。

四項專案包機 2006 年 6 月 14 日，大陸民航總局台辦主任浦照州與陸委會主委吳釗燮，同步在兩岸召開記者會宣布，兩岸經充分溝通後達成四項專案包機決議，包括專案貨運包機、節日包機機制化、緊急醫療包機以及緊急救助殘障（疾）等特定人道包機。節日包機範圍限於春節、清明節、端午節和中秋節；台灣航點為桃園（中正機場）、高雄（小港機場），中國航點為上海（浦東機場）、北京（首都機場）、廣州（白雲機場）、廈門（高崎機場）。

四誠 中共總書記胡錦濤 2006 年 11 月 12 日，在北京紀念孫中山先生誕辰 140 周年紀念大會上發表對兩岸關係講話，指稱兩岸中國人完全可以在「一個中國」原則的基礎上，以中華民族的根本利益為重，以兩岸同胞福為重，「真誠相待、坦誠相商、精誠團結、熱誠合作」（四誠），推動兩岸關係和平發展，促進祖國「和平統一」。

六畫

全國台辦主任會議 該會議為中共對台部門每年例行性會議，由中共國台辦主任主持，與會人士包括大陸各省、自治區、直轄市台辦主任以及中央和國家機關對台工作機構負責人員。

全國台聯 全稱中華全國台灣同胞聯誼會，於 1981 年 12 月 27 日成立。是台灣人在大陸地區的同鄉會組織，目前在大陸各省市、自治區（西藏除外）設有分會。歷任會長為林麗韞、張克輝、楊國慶，現任會長梁國揚。宗旨為：「高舉社會主義、愛國主義旗幟，團結聯絡居住在祖國大陸的台灣同胞；在愛

國統一的旗幟下，廣泛團結聯絡台灣島內、港澳及海外的台灣同胞，同心同德，為振興中華，促進中華民族的大團結，為按照『和平統一、一國兩制』的基本方針實現祖國統一，為增進鄉親情誼和台灣人民的福祉而貢獻力量」。並於 1983 年創辦「台聲」雜誌，以溝通海峽兩岸交流、促進「和平統一」為目的。

近年來，除加強與各界台胞溝通與聯絡，對赴陸探親、訪友、求醫、旅遊的台灣同胞，做好接待、服務工作之外，並協助經商、投資、建廠、求學、興辦公益事業和進行科技、文化、學術、體育等各項交流。其中，2005 年起，每年舉辦「龍脈相傳，青春中華」為主題的「台胞青年千人夏令營」活動，總計已有 6,000 餘名台灣青年參加；2008 年更加入參訪北京古都、奧運場館等行程。

全國台灣同胞投資企業聯誼會 簡稱台企聯，是以大陸批准成立的各地台灣同胞投資企業協會為主體自願組成的聯合性非營利性的社會團體。該會宗旨是：為會員和台資企業服務，增強會員間聯誼以及會員與政府部門間聯繫，維護會員合法權益，推動兩岸經濟交流與合作，促進兩岸關係和平發展。並接受業務主管單位國務院台灣事務辦公室和社團登記管理機關民政部的業務指導和監督管理。

台企聯的主要業務範圍是：組織會員開展聯誼和交流活動；溝通會員與政府及有關部門的聯繫，反映會員和台商有關生產經營等方面的意見、建議與要求，維護會員的合法權益；為會員提供國家有關法律、法規、政策以及經濟資訊等方面的諮詢服務，促進台資企業發展，促進兩岸經濟交流與合作；舉辦社會公益活動；推動兩岸關係和平發展。

江八點 1995 年 1 月 30 日，時任中共中央總書記的江澤民發表題為「為促進祖國統一大業的完成而繼續奮鬥」的講話，其中提到關於發展兩岸關係、推進中國和平統一進程的八項主張，要點如下：

⑴堅持一個中國原則。

⑵對於台灣同外國發展民間性經濟文化關係，我們不持異議。但是，反對台灣以「兩個中國」、「一中一台」為目的，進行所謂「擴大國際生存空間」活動。

⑶進行海峽兩岸和平統一談判。在「一個中國」前提下，什麼問題都可以談，包括台灣當局關心的各種問題。

⑷努力實現和平統一，中國人不打中國人。

⑸要大力發展兩岸經濟交流與合作，以利於兩岸經濟共同繁榮，造福整個中華民族。應當採取實際步驟加速實現直接「三通」，促進兩岸事務性商談。

⑹中華文化始終是維繫全體中國人的精神紐帶，也是實現和平統一的一個重要基礎。兩岸同胞要共同繼承和發揚中華文化的優秀傳統。

⑺台灣同胞不論是台灣省籍，還是其他省籍，都是中國人，都是骨肉同胞、手足兄弟。我們歡迎台灣各黨派、各界人士，同我們交換有關兩岸關係與和平統一的意見，也歡迎他們前來參觀、訪問。

⑻我們歡迎台灣當局的領導人以適當身份前來訪問；我們也願意接受台灣方面的邀請前往台灣。中國人的事我們自己辦，不需要借助任何國際場合。

同外國建交的涉台原則　中共外交部 2006 年 5 月透過網站明確指出：凡與中國建交的國家，要表明與台灣當局斷絕一切外交關係，承認中華人民共和國政府是中國的唯一合法政府，中國政府絕不容忍任何國家搞「兩個中國」或「一中一台」等活動，也絕不容忍重中國正式建交的國家再同台灣當局建立任何形式的官方關係。

七畫

汪辜會談　台灣稱「辜汪會談」，指 1993 年 4 月 27 日至 4 月 29 日台灣「海峽交流基金會」董事長辜振甫，與大陸「海峽兩岸關係協會」會長汪道涵，在新加坡舉行的會談，該會談為兩岸自 1949 年國民政府遷台以來，首度進行的正式會晤。會談定位為民間性、事務性、經濟性與功能性。

經過協商，雙方在 4 月 29 日上午簽署兩岸公證書查證協議、兩岸掛號函件查詢補償事宜協議、兩會聯繫與會談制度協議，以及「汪辜會談」共同協議等四項事務性協議，而兩岸由當局授權的談判機制，象徵台海兩岸關係的解凍和發展，引起國際社會矚目。

後因中共不滿前總統李登輝推動「務實外交」以及發表「一邊一國」等違背「九二共識」之「台獨」言論，及其在 1995 年 6 月訪問美國，中共遂中斷第二次「汪辜會談」之準備；協商機制也因為 1995 年至 1996 年間台灣舉辦第一次總統直選，以及中共對台導彈演習而中斷。及至 1998 年 10 月間，辜振甫率團訪問大陸，才再次達成加強對話、恢復協商的共識。而「汪

辜會談」的主角—汪道涵與辜振甫已於 2005 年先後去世。

八畫

兩岸一中　2005 年，親民黨主席宋楚瑜訪問大陸，進行搭橋之旅時，與胡錦濤會面後，雙方提出「兩岸一中」的主張，就是兩岸同屬一個中國之意。事實上宋楚瑜在與胡錦濤會面之前，曾就「九二共識」向「海協會」會長汪道涵詢問是否同意「九二共識」就是「一中各表」。不過此問題並未獲得汪道涵的正面回應，只說須待與胡錦濤會面再談。親民黨回到台灣之後，解釋「兩岸一中」就是「一中各表」，然無證據顯示大陸方面同意此項說法。

兩岸分裂分治　傳統中國的分合均屬「統治權」之爭，分裂代表著統治權力與管轄地區的區隔，而未曾牽涉到意識形態問題。現在兩岸的分裂分治，表面上看起來是因為內戰期間各黨派權力之爭，惟究其本質，實受國際政治的影響及外來意識形態的支配，最後形成以中華文化為基礎的「三民主義中國」與以馬列主義為根源的「共產主義中國」之爭，也是兩種不同的政治、經濟、社會制度與生活方式之爭。

兩岸包機　指台灣海峽兩岸之間的航空包機，起始於 2003 年。2003

年及 2005 年僅限於在中國投資的台商及其家眷，不包括在中國求學的台灣學生及以旅遊探親等為目的的台灣居民，故此兩次包機稱為「台商春節包機」。2006 年，台灣居民包機正式將搭乘對象擴展至持「合法證件」的台灣居民，稱為「台灣居民包機」。

2006 年 7 月起開放「專案貨運包機」；同年中秋開始，包機實現節日化，即在清明、端午、中秋、春節四個傳統節日期間進行。2007 年起擴及「緊急醫療包機」和貨運包機，2008 年汶川地震之後，開辦「人道救援包機」，接返滯留四川的台灣旅客並運送救援人員和物資到四川。

2008 年 7 月 4 日起，擴大為「週末包機」，不限台灣居民搭乘，更開放讓中國及其他國家人士搭乘。同年 12 月 15 日開放「平日客貨運包機」。

兩岸包機會談紀要　由「海基會」與「海協會」於 2008 年 6 月 12 日簽署，雙方敲定兩岸週末包機於 2008 年 7 月 4 日正式啟航，而初期班次仍是暫定為每個週末共 18 班，大陸共有北京、上海、廣州、廈門與南京五個航點，我方則是松山、桃園、小港等八個航點，搭乘包機的乘客，不限兩岸居民，航路上仍須

飛過香港飛行情報區，但會盡快協商截彎取直。至於貨運包機部份，本次雖未達成協議，但是大陸方面承諾將在 10 月 4 日前，進行協商以盡速實施。

兩岸交往五原則　中共「國台辦」副主任、「海協會」副會長唐樹備於 1991 年 4 月 29 日會見「海峽交流基金會」秘書長陳長文時提出，處理海峽兩岸交往中的具體問題應遵循的五項原則：

⑴台灣是中國領土不可分割的一部分。中國的統一是台灣海峽兩岸同胞的共同願望和神聖使命，兩岸同胞都應為促進祖國和平統一而共同奮鬥；

⑵在處理海峽兩岸交往事務中，應堅持一個中國的原則，反對任何形式的「兩個中國」、「一中一台」，也反對「一國兩府」以及其他類似的主張和行為；

⑶在堅持一個中國的原則下，考慮海峽兩岸存在不同制度的現實，應消除敵意，加深瞭解，增進共識，建立互信，實事求是、合情合理地處理海峽兩岸交往中的各種具體問題，維護海峽兩岸同胞的正當權益；

⑷積極促進和擴大兩岸同胞的正常往來，盡早實現直接通郵、通航、通商，鼓勵和發展海峽兩岸

經濟、文化、體育、科技、學術等各方面的雙向交流；

⑸海峽兩岸許多團體和人士致力於促進直接「三通」和雙向交流，應繼續充分發揮他們的積極作用。同時，為解決海峽兩岸交往中各個方面的具體問題，應盡早促成海峽兩岸有關方面以適當方式直接商談。

兩岸共同市場　由時任國民黨副主席蕭萬長先生於 2001 年間所提出的經濟政策，為一種自由貿易協定及區域經濟整合的概念。該政策真正落實宣示於 2005 年中國國民黨與中國共產黨所簽訂之連胡公報，其中「兩岸」指的是中國大陸與台灣。

　　參考歐洲聯盟的兩岸共同市場，其最終目的在於從經濟上整合逐步走向政治上的整合。該政策認為：歐盟的發展亦從歐洲煤鋼共同體漸次發展到現今歐洲共同市場。此經驗亦可作為兩岸共同市場的根基，前提為淡化台灣與中國大陸的政治差異，完全尋求經貿合作。

　　提倡人士認為，該作法可以擺脫台灣與中國大陸間的政治力牽扯，並讓雙方面於和平安全及互惠原則下，降低經貿往來的障礙與成本。同時，也可解決實施戒急用忍與大三通所帶來的問題。就細節實

踐上，兩岸共同市場重點實爲：台灣與中國大陸之間的經濟全面交流，並藉由該交流建立兩岸經濟合作機制。詳細內容則包括全面、直接、雙向三通的海空直航、加強投資貿易往來、農漁業合作、台灣農產品於中國大陸內銷合作並共同打擊經濟犯罪。

兩岸和平協議　2005 年 4 月國民黨榮譽主席連戰訪問大陸「和平之旅」期間，國共雙方達成五項願景的第二點，即「促進終止敵對狀態，達成和平協議」；中共「十七大」胡錦濤在工作報告中呼籲簽署「兩岸和平協議」，爲「兩岸和平協議」首次出現於中國共產黨政治文件中。

兩岸和平發展共同願景　2005 年 4 月中共邀訪國民黨主席連戰，與中共總書記胡錦濤、政治局常委賈慶林、「海協會」會長進行會談，在北京大學、上海與台商餐會上發表演講，並發布「兩岸和平發展共同願景」新聞公報，指出兩黨基於「堅持『九二共識』，反對『台獨』」、「增進互信，累積共識」、「和平發展兩岸關係」的體認，共同促進下列工作：
(1)促進盡速恢復兩岸談判，共謀兩岸人民福祉。
(2)促進終止敵對狀態，達成和平協議。
(3)促進兩岸經濟全面交流，建立兩岸經濟合作機制。
(4)促進協商台灣民眾關心的參與國際活動的問題。
(5)建立黨對黨定期溝通平台。

兩岸航線　由中共前國務院副總理錢其琛於 2002 年提出。2002 年 9 月 15 日，錢其琛會見由前立法院副院長饒穎奇率領的國民黨立委大陸參訪團時指出，如果雙方無法就「國際」或「國內」航線取得共識，不如稱之爲「兩岸三通」航線。

兩岸商標保護綜合信息平台　2007 年 6 月 18 日福建省成立「福建省實施商標戰略信息平台」，爲大陸首個推動兩岸商標保護的綜合信息平台。包括：商標戰略法律與政策、馳名與著名商標、商標轉讓、地理標誌商標、出口商品商標、商標權保護、兩岸商標動態等信息。

兩岸經貿文化論壇　2008 年 4 月 28 至 29 日在北京舉行，由中共「中台辦」海研中心與國民黨國政研究基金會共同主辦，主題爲「直航、教育、旅遊觀光」。計有國共兩黨及親民黨、新黨、無黨團結聯盟和兩岸企業界人士、專家學者、台商代表等共 500 餘人出席。

兩岸經濟自由貿易試驗區　中共江蘇昆山市 2008 年 4 月提出正籌劃「兩岸經濟自由貿易試驗區」，以

承接台商新一輪投資，使昆山成為台灣地區產品進入大陸分包營銷的重要基地；並將在花橋率先建立台灣商品交易中心。

兩岸農業論壇 論壇於 2006 年 10 月在海南省博鰲，由中共副總理吳儀主持，國、親、新三黨、兩岸農業企業界人士、專家學者和農民團體代表等 400 餘人與會。論壇主題為「加強兩岸農業合作，實現兩岸農業互利雙贏」，議題以「加入 WTO 後兩岸農業合作面臨之機遇與挑戰」、「當前兩岸農業合作模式之探討」和「兩岸農業合作發展之問題與對策」為主。

論壇共達成 7 項共同建議，由「中台辦」主任陳雲林，宣布 20 項擴大和深化兩岸農業合作新政策措施。措施涵蓋農業園區、技術合作、便利貿易銷售、保護知識產權等四大領域。中共學者並建議大陸應聯合我農民組織，推進農業合作、推廣我先進技術與管理經驗、加強兩岸民間交流溝通、宣傳大陸優惠政策與便利措施；建立策略聯盟、建立交流合作機制

兩條道路 中共「中台辦」、「國台辦」2004 年 5 月 17 日凌晨授權就當時兩岸關係發表聲明，提出現有兩條道路擺在台灣當權者面前：一條是懸崖勒馬，停止「台獨」分裂活動，

承認兩岸同屬一個中國，促進兩岸關係發展；一條是一意孤行，妄圖把台灣從中國分割出去，最終玩火自焚。何去何從，台灣當權者必須做出選擇。

兩辦 指中共「中台辦」、「國台辦」，常見諸於對台聲明中。

和平統一、一國兩制 1990 年代中共中央在處理港澳、問題期間，同時將「和平統一、一國兩制」做為對台工作基本方針，根據中共「中臺辦」、「國台辦」在 1998 年 9 月編印的「中國臺灣問題（幹部讀本）」釋義，其要點包括：

1. 一個中國原則是「和平統一、一國兩制」的核心，中國的主權和領土完整不容分割，在國際上代表中國的是中華人民共和國政府。

2. 兩制併存是解決台灣問題的合理安排。兩制併存的基本內涵是指，在實現統一之後，中國的主體部分實行社會主義制度，同時允許一些特殊地區實行資本主義制度。

3. 統一後臺灣享有高度自治。高度自治的基本內容指的是，台灣現行的經濟和社會制度、生活方式、與外國的經貿文化聯繫長期維持不變；台灣作為特別行政區享有高度的自治權，包括行政管

理權、立法權、司法權（包括終審權）；可以實行單獨的財政預算，中央政府不向台灣收稅；中央政府不干預特別行政區的內部事務；中央政府在全國性政權機構中留出一定比例的名額，讓台灣各界人士參與國家管理；大陸不派行政人員去台灣，黨、政、軍等系統，都由台灣自己來管；台灣人民的各種合法權益，諸如私人財產、合法繼承權、企業所有權等，以及外國人和僑胞在台灣的私人投資等，均予以法律保護。

4. 堅持和平統一，但不承諾放棄使用武力。用和平方式實現統一，有利於大陸的改革開放和現代化建設，有利於兩岸同胞感情的融合，有利於統一後台灣的長期繁榮穩定，也利於有利於維護亞太地區的和平與穩定。絕不能承諾放棄使用武力。一方面，這是涉及國家主權的問題；另方面是解決台灣問題的戰略考慮。

5. 解決臺灣問題，寄希望於台灣當局，更寄希望於台灣人民。台灣問題的解決，只靠台灣當局，是靠不住的，還需要團結臺灣同胞，共同努力。要充分尊重臺灣同胞的生活方式和當家作主的願望，保護臺灣同胞一切正當權益。

6. 積極促談，爭取通過談判實現統一。以和平的方式實現國家統一，關鍵在於通過談判解決問題。

7. 積極促進兩岸直接「三通」和各項交流。通過兩岸人員往來和經濟、文化交流，早日實現直接「三通」，以此增加兩岸同胞的相互了解和感情，使兩岸經濟、文化關係更為密切，進而為實現和平統一創造條件。

8. 堅持反對任何臺灣獨立的言行。台獨勢力的活動與國際反華力量的支持是分不開的，若是臺獨搞起來，臺灣最終將淪為外國的附庸。如果出現臺灣獨立，中國政府和人民絕不會坐視。

9. 堅決反對外國勢力插手和干涉台灣問題。解決台灣問題是內政，任何國家無權干涉。採用一國兩制的方式解決台灣問題，不僅解決了中國的統一，美國利益也不致受損害，也有利於亞洲太平洋地區和全世界和平穩定。

法理台獨 「法理台獨」與「台灣法理獨立」意義相同，為大陸官媒泛指前總統陳水扁意圖通過「憲改」、「正名」、「終統」等手段進行「台灣法理獨立」活動。最早出現於陳水扁2006年2月28日決定終止「國統會」運作和「國統綱領」

時，中共「中台辦」、「國台辦」聲明出現「台灣法理獨立」一詞；2007年9月30民進黨通過「正常國家決議文」時，中共「中台辦」指稱陳水扁與少數「台獨」份子通過「憲改」、「公投」謀求「台灣法理獨立」，同時中共「社科院」院長亦投書人民日報指稱，「正常國家決議文」爲邁向「法理台獨」的告白書，此爲「法理台獨」一詞約莫正式出現之時間點。

金門協議 「金門協議」是1949年以來，兩岸分別授權民間團體簽訂的第一個書面協議。

1990年9月，爲合作打擊兩岸間的違法犯罪活動，中國紅十字會總會與台灣紅十字組織在金門舉行商談，就解決違反有關規定進入對方地區的居民和刑事嫌疑犯或刑事犯的遣返問題進行協商，並簽訂了協議書。此一協定即爲「金門協議」。內容包括：

⑴遣返原則：應確保遣返作業符合人道精神與安全便利的原則。

⑵遣返對象：違反有關規定進入對方地區的居民（但因捕魚作業遭遇緊急避風等不可抗力因素必須暫入對方地區者，不在此列）、刑事嫌疑犯或刑事犯。

⑶遣返交接地點：馬尾及馬祖，但依被遣返人員的原居地分佈情況及氣候、海象等因素，雙方得協議另擇廈門與金門。

⑷遣返程式：遣返交接雙方均用紅十字專用船，並由民用船隻在約定地點引導，遣返船、引道船均懸掛白底紅十字旗（不掛其他旗幟，不使用其他的標誌）。遣返交接時，由雙方事先約定的代表二人，簽署交接見證書。

九畫

保護台灣水果省際協作備忘錄 第11屆「海交會」期間，中共國家工商總局與北京、天津、上海、山東、廣西等18個省、市、自治區的工商行政管理部門，在福州金山展覽城舉行「保護台灣水果省際協作備忘錄」簽署儀式，共同簽署和發布「關於規範台灣水果市場經營秩序工作的意見」、「保護台灣水果省際協作備忘錄」等規範性文件，以維護台灣水果權益。

胡四點 自2003年3月以來，中共總書記、國家主席胡錦濤對兩岸關係先後提出六個四點意見、主張、看法、建議，統稱爲「胡四點」：

第一次是2003年3月11日，胡錦濤在參加十屆全國人大一次會議台灣代表團審議時，就做好新形式下的對臺工作談了四點意見：一是要始終堅持一個中國原則；二是

要大力促進兩岸的經濟文化交流；三是要深入貫徹寄希望於臺灣人民的方針；四是要團結兩岸同胞共同推進中華民族的偉大復興。

第二次是 2005 年 3 月 4 日，胡錦濤在看望參加政協十屆三次會議民革、台盟、臺聯界委員時，就新形勢下發展兩岸關係提出四點意見：一、堅持一個中國原則絕不動搖；二、爭取和平統一的努力絕不放棄；三、貫徹寄希望於臺灣人民的方針絕不改變；四、反對台獨分裂活動絕不妥協。

第三次是 2005 年 4 月 29 日，胡錦濤與連戰會談時，就發展兩岸關係提出四點主張：一、建立政治上的互信，相互尊重，求同存異；二、加強經濟上的交流合作，互利互惠，共同發展；三、開展平等協商，加強溝通，擴大共識；四、鼓勵兩岸民眾加強交往，增進了解，融合親情。

第四次是 2005 年 5 月 12 日，胡錦濤與宋楚瑜會談時，就當前改善和發展兩岸關係再提出四點看法，即：一、堅持體現一個中國原則的「九二共識」，確立兩岸關係和平穩定發展的政治基礎；二、推進兩岸三通，開創兩岸應經濟交流和合作的新局面；三、早日恢復兩岸平等對話和談判，求同存異、擴

大共識；四、增進相互理解，密切兩岸同胞的感情。

第五次是 2005 年 7 月 12 日，胡錦濤在會見郁慕明率領的新黨紀念抗戰勝利 60 周年大陸訪問團時提出，主要為：一、共同促進中華民族的偉大復興；二、堅持一個中國原則；三、堅決反對和遏制台獨；四、確實照顧和維護臺灣同胞的切身利益。

第六次是 2006 年 4 月 14 日，胡錦濤和連戰及兩岸經貿論壇上百位與會人士，就兩岸關係和平發展提出四點建議，表示：一、堅持「九二共識」，是實現兩岸和平發展的重要基礎。二、為兩岸同胞謀福祉，是實現兩岸關係和平發展的根本歸宿。三、深化互利雙贏的交流合作，是實現兩岸關係和平發展的有效途徑。四、開展平等協商，是實現兩岸關係和平發展的必由之路。

胡宋會談公報 2005 年 5 月中共邀訪親民黨主席宋楚瑜，與中共總書記胡錦濤、政治局常委曾慶紅、「海協會」會長進行會談，在清華大學、上海與台商餐會上發表演講，並發布「會談公報」，認為兩黨應促進兩岸關係緩和，謀求台海地區和平穩定，增進兩岸人民福祉，維護中華民族整體利益，共同做出下列努力：

⑴促進在「九二共識」基礎上，盡速恢復兩岸平等談判。

⑵堅決反對「台獨」，共謀台海和平與穩定。

⑶推動結束兩岸敵對狀態，促進建立兩岸和平架構。

⑷加強兩岸經貿交流，促進建立穩定的兩岸經貿合作機制；達成推動兩岸通航、實現兩岸直接貿易和直接通匯、磋商建立兩岸貿易便利和自由化等相關機制、加強兩岸農業合作、實現兩岸企業雙向直接投資、商談解決保護台商投資權益問題、為兩岸人員往來提供便利、實施在大陸就讀的台灣學生與大陸學生同等收費標準、擴大兩岸人才交流、促進協商台灣民眾關心的參與國際活動問題等共識。

⑸促進協商台灣民眾關心的參與國際活動的問題。

⑹推動建立「兩岸民間菁英論壇」及台商服務機制。

另宣布若干對台舉措，包括：

⑴進一步為台灣居民入出境大陸提供便利。

⑵對在高等院校就讀的台灣學生按照大陸學生標準同等收費。

⑶逐步放寬台灣同胞在大陸就業的條件。

胡連會 指國民黨榮譽主席連戰與中共總書記胡錦濤會面，自 2005 年 4 月至 2008 年 11 月已舉行 4 次，包括：

⑴2005 年 4 月 29 日於北京會面，會後發表「會談公報」，內容重點包括「堅持『九二共識』」、「儘速恢復兩岸談判」、「促進終止敵對狀態，達成和平協定」、「促進協商台灣參與國際活動的問題」、「建立黨對黨定期溝通平台」。

⑵2006 年 4 月 16 日於北京「國共經貿論壇」期間，胡錦濤提出「堅持『九二共識』」、「深化交流合作」、「開展平等協商」等建議。

⑶2007 年 4 月 28 日於北京「國共經貿文化論壇」前，雙方提出「共同建議」，重點包括促進「兩岸空中直航與航空業交流」、「兩岸海上通航和救援」、「兩岸教育交流」等合作，以及「拓展福建沿海與金門馬祖、澎湖直接往來的範圍和層次」、「推動實現大陸居民來台旅遊」等。

⑷2008 年 4 月 29 日於北京揭幕「水袖」雕塑前，胡錦濤提出在「九二共識」基礎上儘早恢復兩岸協商談判；對兩岸關係發展面臨的歷史遺留問題和今後出現的新情況新問題，只要「建立互信、

攔置爭議、求同存異、共創雙贏」，兩岸關係和平發展的道路一定會越走越寬廣。

十畫

海西區 源自 1995 年廈門大學學者提出的「建設海峽西岸繁榮帶」構想，而後被福建省政府採用。2004 年 1 月，福建省第十屆人民代表大會第 3 次會議通過「福建省人民代表大會關於促進海峽西岸經濟區建設的決定」，將海西區納入為福建省發展的新戰略。至 2005 年 10 月，中共第十六屆五中全會通過「中共中央關於制定福建省國民經濟和社會發展第十一個五年規畫建議」，首次將「支援海峽西岸和其他台商投資相對集中地區的經濟發展」寫入了中央文件，並在 2006 年 3 月的第十屆全國人大 4 次會議中，通過「政府工作報告」和「國民經濟和社會發展第十一個五年規畫綱要」的決議，將支援海峽西岸經濟發展正式納入國家發展的「十一五」規畫中。

「海西區」發展核心區為福建省，主推「閩台合作」，以「吸引台資」與「促進閩台產業分工」重點；並且，將「海西區」定位為對台工作「先行先試」的區域，尋求建立閩台實質的合作機制。中共十

七大報告提出，支援海峽西岸和其他台商投資相對集中地區經濟發展。這是海峽西岸經濟區建設首次被寫入中共黨代會報告。

海峽中線 或稱台海中線，是台灣海峽的一條無形界線，從北緯 26 度 30 分、東經 121 度 23 分、北緯 24 度 50 分至東經 119 度 59 分至北緯 23 度 17 分、東經 117 度 51 分，呈東北－西南走向。

台海中線是國共內戰、1949 年後兩岸分隔的副產品。該線 1951 年由美國單方面劃定，隨後海峽兩岸皆以此為「楚河漢界」，彼此的軍民飛機、船隻互不越線，但從台灣本島到金門、馬祖等外島的航線，則「默契」地得以例外。海峽中線的實際座標，多年來一直沒有公報，直至 2004 年 5 月，我方由時任國防部長李傑於記者會中透露。

海峽西岸經濟區論壇 簡稱海西論壇，由福建省自 2006 年起每年舉辦，迄 2008 年已舉辦三屆，主題皆為「合作發展、建設海西」，由中共國家有關部門和組委會，強化對台經貿合作舉辦的專題活動，旨在落實中共支持「海西區」經濟發展政策，促進閩台經貿、文化對接。

最近一屆（第三屆）於 2008 年 9 月 7 日舉行，會中由中共「國

台辦」主任王毅發展重要講話並授權宣布五項涉台政策：

⑴凡持有效往來台灣通行證及簽注的大陸民眾，可經金、馬、澎往來兩岸。

⑵首批開放赴台旅遊的大陸 13 個省市居民，今後可以赴金門、馬祖、澎湖旅遊，並經金門、馬祖、澎湖赴台灣旅遊。

⑶調整現行五年有效台胞證的號碼編排規則，自 9 月 25 日起，實行台胞證號碼「一人一號，終身不變」。

⑷自 2008 年 10 月 20 日起，增加北京、南京、重慶、杭州、桂林、深圳六個口岸爲台胞證簽注點。

⑸自 10 月 20 日起，增加北京、天津、重慶市和浙江省公安機關出入境管理部門，爲在大陸的台灣居民補發、換發五年有效台胞證。

海峽兩岸　即台灣海峽兩岸，簡稱兩岸。此一稱謂係一種地域概念，指台灣海峽兩岸的台灣與中國大陸；因爲這個名稱不涉及中華人民共和國政府所認定的較爲敏感的政治稱謂或對岸的政治地位，所以常常被用作政治概念來指代台灣海峽兩邊的中華民國政府與中華人民共和國政府。在台灣內部普遍認知的立場，海峽兩岸分屬不同國家，1949 年，中華民國政府播遷台灣，而中國共產黨在北京成立中華人民共和國，此後海峽兩岸就一直處於政治對立與分治的狀態，而中國大陸普遍認知是海峽兩岸同屬一個中國。

海峽兩岸經貿交易會　簡稱海交會，自 1999 年舉辦以來，迄今已舉辦十屆，成爲兩岸規模最大經貿展之一，並由初始地方性招商性質，轉由中共「國台辦」主導。另中共「國台辦」自 2005 年起連續三年，每屆利用「海交會」平台宣布重大「惠台」政策，宣指重大對台經貿政策及措施。

最近一屆（第十屆）於 2008 年 5 月 18 至 22 日於福州召開，主題爲「促進兩岸合作、加強經貿交流、展示海峽西岸」，與會包括近 1000 名台商、108 家台資企業，以及 23 個台灣縣市（除花蓮、台東未參加），數目創下歷年之最；台北縣市、高雄縣市及嘉義縣爲首次參展縣市。兩岸簽署聯合聲明包括：

⑴福州市與台北市簽署「福州市與台北市加強交流合作共同聲明」，進一步加強兩市經貿合作。

⑵福州市總商會與高雄市中小企業協會簽訂「合作框架協議書」，建立榕台工商界企業合作平台。

(3)福州市旅行社協會與澎湖縣旅遊發展協會簽署「建立旅遊市場合作與交流關係協議書」。

(4)福州市消費者權益保護委員會與台北市消費者保護權益協進會簽訂「閩台消費者權益保護合作意向書」。

海峽兩岸關係協會 簡稱海協會或海協（Association for Relations Across the Taiwan Straits，ARATS），成立於1991年12月1日，為中共因應台灣的海峽交流基金會成立的社會團體組織，屬大陸授權處理海峽兩岸事務的機構。其業務指導和管理機關為國務院台灣事務辦公室。章程規定，設會長一人、常務副會長一人、副會長若干人、秘書長一人；分設設立秘書部、研究部、綜合部、協調部、聯絡部、經濟部，作為辦事機構。

在1999年至2008年期間，由於政治影響，「海協會」與台灣「海基會」的協商中斷，因此雖然會長汪道涵逝世，很長一段時間內未任命新的會長。2008年6月3日，海峽兩岸關係協會召開第二屆理事會，並推舉陳雲林擔任會長，原常務副會長李炳才改任駐會副會長，遺缺由「國台辦」副主任鄭立中接替；孫亞夫出任執行副會長；王在希、安民、張銘清連任副會長；

增加「國台辦」副主任王富卿出任副會長。（續聘台籍代表張克輝、林麗韞為顧問）主要理事成員如下：

(1)台辦系統官員：「國台辦」交流局長戴肖鋒、港澳涉台事務局局長楊流昌、經濟局長徐莽、新聞局長李維一、前經濟局長何世忠等；北京市「台辦」主任馬玉萍、四川省「台辦」主任劉俊傑、上海市「台辦」主任楊建榮、湖北省「台辦」主任尤習貴、香港「中聯辦」台灣事務部長刑魁山等。

(2)主管未來協商議題官員：中共「發改委」外資司長孔令龍、商務部台港澳司司長唐煒、衛生部國際合作司司長王立基、交通運輸部水運司司長兼「台辦」主任宋德星、民航局「台辦」主任浦照洲、「證監會」國際部主任童道馳、科技部國際合作司司長靳曉明、林業局國際合作司司長曲桂林、教育部「港澳台辦」常務副主任丁雨秋、「國家旅遊局」旅遊促進與國際聯絡司司長祝善忠等。

(3)金融機構與商貿集團主管：「中行」行長李禮輝、「工行」行長楊凱生、「農行」行長項俊波、招商銀行董事長秦曉、光大集團董事長唐雙甯、港中旅集團董事長張學武、中國網通黨組副書記

陸益民、中國船舶工業集團公司總經理陳小津、中核集團總經理康日新、大唐集團總經理翟若愚、首鋼公司黨委副書記霍光等。

(4)涉台智庫學者：中共「社科院」台研所所長余克禮、副所長周志懷、廈大台研院院長劉國深、清大台研所所長劉震濤、天津市台研所所長曹小衡、軍科院台海研究中心主任王衛星、中華文化發展促進會秘書長辛旗。

海峽兩岸關係研究中心　簡稱海研中心，於 2000 年 9 月 6 日在北京成立，為中央台辦、國務院台辦成立的台灣問題研究機構。中共國務院台灣事務辦公室前副主任唐樹備任中心主任，中心副主任由國台辦主任助理、海協會副會長孫亞夫擔任，汪道涵出任中心名譽主任、高級顧問。中共中央黨校常務副校長鄭必堅、國台辦副主任王在希少將、前駐美大使李道豫、前駐日大使徐敦信、社科院前副院長劉吉等任顧問。

目前聘請海協會會長陳雲林為名譽主任，聘請高級顧問 6 人、顧問 17 人、學術顧問 4 人、兼職研究員 138 人，來自中央和國家機關、軍隊部門對台研究單位、社會科學研究機構、高等院校，涵蓋政治、經濟、法律、軍事、歷史、社會、新聞、對外關係、國際關係等

研究領域。海研中心主要是從事「技術性、戰略性研究」，探討如何統一的問題。海研中心成立 8 年以來，每年大事為舉辦「兩岸關係研討會」。

海峽兩岸（泉州）農業合作試驗區發展規畫　根據中共中台辦、國台辦政策指導，福建泉州市 2007 年頒布「海峽兩岸（泉州）農業合作試驗發展規畫」，其工作布局有 5：1. 辦好兩年一屆的農業合作交流洽談會。2.建設兩個中心，即泉州海峽兩岸農業科技交流中心及閩台農產品物流中心。3.建設三大產業合作帶，即藍色產業合作帶、綠色產業合作帶、農產品加工產業合作帶。4.培育四大農產品加工合作區，即水產品加工合作區、食品加工合作區、糧食加工合作區、竹木藤草陶藝加工合作區。5.建設六大泉台農業創業園區，即茶葉產業創業園區、蘆柑產業創業園區、龍眼產業創業園區、生態休閒園觀光農業創業園區、花卉產業創業園區、珍稀名特品種創業園區。

海峽兩岸民間藝術節　「海峽兩岸民間藝術節活動」創始於 2004 年，係由中共文化部、「國台辦」指導，大陸「中華文化聯誼會」、福建省文化廳及廈門市政府主辦。該活動每年舉辦 1 次，主要透由歌仔戲、

南音等民間藝術活動交流，確立閩省「對台文化交流基地」位置，突出兩岸民間傳統藝術之歷史淵源。

海峽兩岸旅行業聯誼會 「海峽兩岸旅行業聯誼會」是兩岸旅遊業者交流層次最高、規模最大的活動。該會由中國旅遊協會、中華兩岸旅行協會、旅行業品質保障協會、台北市旅行商業同業公會、高雄市旅行商業同業公會、台灣省旅行商業同業公會和高雄市觀光協會共同舉辦。海峽兩岸旅行業聯誼會首創於1998年，是海峽兩岸旅遊界人士一年一次的交流盛事，也是兩岸旅遊業相互交流與合作的重要管道，迄2008年已舉辦11屆。

海峽兩岸關於大陸居民赴台協議 由「海基會」與「海協會」於2008年6月12日簽署，規定大陸觀光客必須團進團出，最長可停留10天，每團10到40人，初期開放每天3千人，1年後可視市場情況再做調整，爲配合包機直航，陸客「首發團」7月4日抵台，而一般陸客來台，則因大陸方面作業不及，直至7月18日才正式上路。

海峽兩岸紡織服裝博覽會 簡稱海博會（STCF），由福建省政府、中國國際貿易促進委員會、中國紡織工業協會、中國服裝協會、中國服裝設計師協會、台灣紡拓會、台灣針織工業同業公會、台灣制衣工業同業公會、台灣毛衣編織工業同業公會共同主辦，泉州市政府和石獅市政府承辦。海博會於每年4月18日－21日在大陸休閒服裝名城－福建石獅舉行，迄今（2008年）共舉辦11屆。

涉台突發事件應急處理預案 2007年7月10日福建省廈門集美區頒布並正式實施。爲確保兩岸人員往來和各項交流活動順利進行，預防和減少涉台突發事件及其所造成的損害，保障兩岸同胞生命財產安全，維護社會安全穩定。適用於集美轄區內發生的重大涉台突發事件和在台灣發生的涉及集美區村（居）民的突發事件。

特別行政區 中華人民共和國「特別行政區」概念最初是爲解決台灣問題而提出，中共表示，如果願意接受「一國兩制」方式的統一，將可以給予特別行政區的地位，並指出設立的特別行政區可以自行處理文化和經濟事務，制定國際貿易政策，參與世界貿易組織，並保留自己的軍隊。已分別在1997及1999年在港、澳中率先施行。

十一畫

國台辦 全稱爲「國務院台灣事務辦公室」，和中共中央台灣工作辦公

室（簡稱中共中央台辦、中央台辦或中台辦）爲一套人馬兩塊招牌，編制上是中共中央直屬機構，亦爲中央對台工作領導小組辦事機構。負責執行中共中央、國務院確定的對台工作的方針政策，並在不同的情況使用不同的名稱，如對在大陸投資的台商稱「國台辦」，對台灣的黨派使用「中共中央台辦」。

國務院台灣事務辦公室設 10 個職能局，分別是：秘書局（人事局）、綜合局、研究局、新聞局、經濟局、港澳涉台事務局、交流局、聯絡局、法規局、投訴協調局和機關黨委。

國共經貿論壇　2005 年國民黨榮譽主席連戰及中國共產黨主席胡錦濤會談，達成 5 項共同願景，舉辦兩岸經貿論壇是其中一項重要內容。兩岸經貿論壇原擬於 2005 年 12 月下旬在台北舉行。計劃邀請「中台辦」主任陳雲林赴台參加論壇，但未獲批准。因此，2006 年 3 月 15 日，中國國民黨建議將兩岸經貿論壇移至大陸舉辦。3 月 22 日，陳雲林與國民黨智庫代表團商定，4 月 14 日至 15 日，在北京舉辦第一屆兩岸經貿論壇，主題爲兩岸經貿交流與直接通航。

此論壇係由中共中央台辦海研中心與中國國民黨國政研究基金會主辦，海峽經濟科技合作中心與兩岸和平發展基金會共同承辦。是中國國民黨與中國共產黨繼 2005 年中國國民黨和平之旅後，再一次的高層會晤。兩黨人士和兩岸企業界人士、專家學者、台商代表等共 400 餘人出席了會議。

期間，連戰與胡錦濤於 4 月 16 日在人民大會堂進行第二次的「連胡會」。連戰會中提出希望國共論壇能再接再厲面對更嚴肅的挑戰，如兩岸和平安全機制，及國際參與等問題，希望能通過共同市場理念，排除貿易阻礙，鼓勵生產要素自由流通。

國務院關於加強對台經貿工作的通知　中共國務院於 1990 年 2 月 4 日發出通知要求，把對台經貿工作提高到政治高度和戰略高度來對待，採取積極、穩妥的方針，既要充分發揮各地、各部門的積極性，利用多種方式擴大兩岸經濟交往，又要加強集中統一領導，搞好組織、協調和管理，使對台經貿工作沿著健康的軌道發展。主要工作爲：積極擴大對台貿易、認真做好吸收台資、努力改善投資環境、加強對台經貿管理和協調。

寄希望於台灣人民　1979 年元旦，中共全國人大常委會「告台灣同胞書」中提出：「我們寄希望於 1700 萬台

灣人民，也寄希望於台灣當局」，這就是中央對台的兩個「寄希望」方針。後因面對我政黨輪替，民進黨執政，自 2002 年後中共中央只提「寄希望於台灣人民」。

統一戰線 統一戰線（United Front，簡稱統戰）思想起源於列寧，依照毛澤東思想，「統一戰線」是中共戰勝敵人的「三大法寶」（統一戰線、武裝鬥爭、黨的建設）之一。此論最早出現在毛澤東寫於 1939 年「共產黨人」雜誌的發刊詞。簡要而言，其核心是在政治競爭中掌握「聯合次要敵人，打擊主要敵人」的原則。因此判斷形勢，區別敵我勢力消長，洞悉各方力量分佈與態度，對統一戰線的實施極為重要。

陳江會 是指中共「海協會」會長陳雲林、中華民國「海基會」會長江丙坤的會談，大陸稱陳江會談，我方謂江陳會談。

第一次會談於 2008 年 6 月 11 日至 14 日在北京進行，主要為中斷 9 年的兩會協商重新開啟達成共識。第二次會談於 2008 年 11 月 3 日至 7 日在台北舉行，雙方就直接通郵、食品安全、海運直航、平日包機四項議題，分別簽署了海峽兩岸郵政協議、食品安全協議、海運協議及空運協議。

十三畫

奧會模式 兩岸在國際奧林匹克委員會（以下簡稱「國際奧會」）及奧林匹克活動中的代表權問題，自 1950 年代起便紛至沓來，影響到我國在國際體壇的活動空間，更有甚者，中國大陸於 1971 年加入聯合國以後，國際情勢丕變，造成我國在各國際組織的會籍相繼中止，兩岸奧會的問題也在國際奧會內部引發不同意見，而受到國際奧會的重視，幾經折衝，終於在 1980 年間理出一個雙方雖不滿意但可勉強接受的解決方案，國際奧會保留了兩岸奧會的會籍，給予兩岸運動員同台競技的機會，並與在台灣的奧會於 1981 年在瑞士洛桑簽訂協議書，規範台灣運動員參加奧林匹克運動會使用的國家名稱、旗、歌及出場排序等，形成所謂的「奧會模式」，迄今 20 餘年，並逐漸成為許多國際運動組織參考援用的範例。

廈金生活共同圈 中共福建省廈門市「金門同胞聯誼會」副會長許伯欽於 2008 年 2 月稱代表廈門和金門兩地民間人士提議，構建「夏金生活共同圈」。建立模式可先易後難，分層次推進，首先可從經濟、文化等日常生活展開；兩地居民持

雙方認可的有效證件，即可在對方轄區內自由安排生活，包括探親訪友、休閒度假、求學就業、居住等；建立非官方聯合管理機構，共同協商和處理包括實現落地審批、增加廈金直航新航線、督促廈金大橋建設等工作。

廈金海域突發事件應急預案　由廈門市海上搜救中心編制，自 2007 年 2 月 1 日開始實施。該預案適用於處置涉及台灣地區的海上搜救和船舶海上交通安全監督管理工作，包括：海峽兩岸船舶執行直接往來運輸過程中在廈門行政海域和搜救責任區發生突發事件、險情、事故的應急處置和救援工作；海上旅遊船舶在廈門至金門海域發生險情事故涉及到金門控制水域的應急處置工作；處置海上突發事件中涉及廈門與金門雙方或聯合海上應急行動等。

　　「廈金海域突發事件應急預案」依照涉台突發事件的影響程度、政治敏感程度等情況將其分為重大涉台突發事件和一般性涉台突發事件兩個級別。一旦突發事件發生，將立即啟動相應程式，由廈門市海上搜救中心負責組織、指揮海上救援力量實行搜尋、救援等應急措施。

　　根據該預案規定，海上救援力量包括：東海救助局廈門基地及駐廈救助船；東海第二救助飛行隊及救助直升機；廈門海事、公安、港口、海洋漁業、海關等國家公務部門及所屬船艇；駐廈海警和公安邊防力量及船艇等。

廈門工商服務三十條　中共廈門市工商局 2008 年 10 月頒布「關於充分發揮工商行政職能，為我市新一輪跨越式發展營造良好經濟環境苦幹實施意見」（簡稱廈門工商服務三十條），其中涉台有下列 5 項措施：

⑴放寬台灣居民在廈辦理個體工商戶的經營範圍，將台灣居民個體工商戶可以申請登記的經營範圍擴展到種植、飼養、養殖、電腦修理服務業、科技交流和推廣業中的相關行業。

⑵完善、落實對台灣水果、花卉經銷商的優惠政策，加強對台灣水果、花卉的商標品牌和原產地標誌的保護，及時查處侵犯台灣果農、花農合法權益的違法行為。

⑶開闢台商投資企業登記綠色通道，簡化台灣同胞投資主體資格審查，只需提交台胞證及當地的合法身份證明複印件，即可辦理股東註冊登記。

(4)開闢台商投資企業維權綠色通道，設立台商申訴、舉報、諮詢服務平台，引導台商註冊商標。只要台商提出要求，可以派員協助台商到外地打擊假冒台商商品和服務、侵犯台商產權的違法行爲。

(5)加強與台灣地區，特別是金門地區行業協會和社會團體的交流與合作，探索建立廈金消費者權益保護協作機制，調解跨地區消費糾紛，共同保護好兩岸消費者的合法權益；以私營企業協會、個體勞動者協會等社會團體爲載體，積極開展與金門商會等台灣地區社會團體交流。

愛國統一戰線　係指由中國共產黨領導，各民主黨派參加，包括社會主義勞動者、擁護社會主義的愛國者和擁護「統一」的愛國者組成的廣泛的政治聯盟。它具體包含兩個範圍的聯盟：一個是中國大陸範圍內，由全體社會主義勞動者和擁護社會主義的愛國者所組成的政治聯盟；另一個是廣泛的團結台灣同胞、港澳同胞和國外僑胞，以擁護「統一」爲基礎的政治聯盟。

十四畫

葉九條　1981 年 10 月 1 日，中共全國人民代表大會常務委員會委員長葉劍英發表「有關和平統一台灣的九條方針政策」，簡稱「葉九條」要點如下：

(1)中國國民黨與中國共產黨兩黨可以對等談判。

(2)雙方在通郵、通商、通航、探親、旅遊及開展學術、文化、體育交流達成協議。

(3)統一後的台灣可保留軍隊，作爲特別行政區，享有特別自治權。

(4)台灣社會、經濟制度、生活方式與同其他外國的經濟、文化關係不變；私人財產、房屋、土地、企業所有權、合法繼承權和外國投資不受侵犯。

(5)台灣政界領袖可擔任全國性政治機構領導，參與國家管理。

(6)台灣地方財政有困難時，可由中央政府酌予補助。

(7)台灣人民願回大陸定居者，保證妥善安排、來去自如、不受歧視。

(8)歡迎台灣工商界人士到大陸投資，保證合法權益與利潤。

(9)歡迎台灣各界人士與團體，提供統一的建議，共商國是。

對台售武　美國於 1982 年 8 月 17 日爲徹底解決對台武器出售問題，與中共簽訂「八一七公報」。針對對台售武問題，美國對中共做出明確承諾，包括：1.向台灣出售的武器在性能和數量上將不超過中美建

交後近幾年供應的水準；2.準備逐步減少對台灣的武器出售；3.經過一段時間導致最後的解決。

然因中共認為美國沒有切實履行該公報中有關承諾，不斷指責美國政府繼續對台售武，而且數量和質量都不斷提升，違反該公報精神。而美國則以「台灣關係法」中對台關係的承諾，以及兩岸軍力不對等，對於中共抗議不予理睬，使之成為三個聯合公報中爭議最大的一個公報。（有關公報內容請參閱外交類「八一七公報」）

對歐盟涉台三不立場　2003 年 10 月 13 日中共在首次發表的「中國對歐盟政策文件」中指出，「一個中國」原則是中（共）歐關係政治基礎之重要組成部分，希望歐方警惕台灣當局製造「兩個中國」、「一中一台」圖謀，慎重處理涉台問題。另提出「三不立場」：

⑴不允許台政要以任何藉口赴歐盟及成員國活動，不與台當局進行任何具有官方性質的接觸與往來。

⑵不支持台加入只有主權國家參加的國際組織。

⑶不售台武器和可用於軍事目的的設備、物資及技術。

與台灣關係法　「與台灣關係法」（Taiwan Relations Act，TRA；我

稱「台灣關係法」）是一部現行的美國國內法。1979 年，美國為和中共建交，其國會制定此法，旨在因應美台雙方涉外事務無法以「國際條約」為之，遂以國內法形式制定，從而取代遭廢除的「中美共同防禦條約」（Sino-American Mutual Defense Treaty）。台灣關係法於 1979 年 4 月 10 日經美國總統卡特簽署生效。美國訂定台灣關係法的要點為：「支持一個中國政策，但統一如何以和平方式達成要靠雙方進行兩岸對話。如果中共企圖以武力而非對話來達成，美國將提供軍事物資使它無法成功。」

該法規定，如果中共試圖通過武力統一台灣，將是對「西太平洋地區和平與穩定的重大威脅」。美國得以根據該法在台灣設立美國在台協會。此外，值得注意的是，該法 15 條延續了「中美共同防禦條約」的宗旨，「台灣」一詞僅包括台灣及澎湖列島，而不包含中華民國實際治理的金門、烏坵、馬祖、東引、東沙、南沙群島。台灣關係法亦未表示美國對台灣主權現狀的認定以及未來歸屬的看法，只是一個規範美國政府對華政策的法律。

閩台族譜彙編　由大陸數十名專家學者歷時十年編纂而成的大型歷

史文獻「閩台族譜彙編」，預訂於2008年出版發行。「閩台族譜彙編」課題由福建省台辦立項、廈門大學具體承擔，涉及70多種族譜，出版時將有100冊。

民間族譜所保存的大量歷史資料，反映兩岸血緣關係與社會文化淵源。「閩台族譜彙編」按照這種移民的分佈格局進行選取；另從姓氏結構上看，閩南與台灣的大姓主要集中在：陳、林、黃、張、李、王、吳、劉、蔡、楊、鄭、郭、洪、曾、賴、徐、周等姓氏上，此次整理也主要是在這些姓氏的基礎上進行取捨增減。

十五畫

鄧六條 1983年6月25日，鄧小平在會見美國西東大學教授楊力宇時，闡述實現台灣和大陸和平統一的六條具體構想，內容如下：

⑴台灣問題的核心是祖國統一。和平統一已成為國共兩黨的共同語言。

⑵制度可以不同，但在國際上代表中國的，只能是中華人民共和國。

⑶不贊成台灣「完全自治」的提法，「完全自治」就是「兩個中國」，而不是一個中國。自治不能沒有限度，不能損害統一的國家的利益。

⑷祖國統一後，台灣特別行政區可以實行同大陸不同的制度，可以有其他省、市、自治區所沒有而為自己所獨有的某些權力。司法獨立，終審權不須到北京。台灣還可以有自己的軍隊，只是不能構成對大陸的威脅。大陸不派人駐台，不僅軍隊不去，行政人員也不去。台灣的黨、政、軍等系統都由台灣自己來管。中央政府還要給台灣留出名額。

⑸和平統一不是大陸把台灣吃掉，當然也不能是台灣把大陸吃掉，所謂「三民主義統一中國」不現實。

⑹要實現統一，就要有個適當方式。建議舉行兩黨平等會談，實行國共第三次合作，而不提中央與地方談判。雙方達成協定後可以正式宣佈，但萬萬不可讓外國插手，那樣只能意味著中國還未獨立，後患無窮。

十六畫

澳門模式 2005年1月15日，兩岸官員以「民間白手套」在澳門就春節包機進行協商，達成2005年春節包機以「雙向、對飛、多點、不落地」方式展開的協議，打破了56年海峽兩岸沒有直接通航的僵局。此一澳門春節包機協商的成功經驗，稱之為「澳門模式」。

錢七條 中共前國務院副總理兼外交部長錢其琛在 1995 年發表有關「香港涉台問題基本原則與政策」，簡稱「錢七條」，要點如次：

(1)港、台兩地現有的各種民間交流交往關係，包括經濟文化交流、人員往來等，基本不變。

(2)鼓勵、歡迎台灣居民和台灣各類資本到香港從事投資、貿易和其他工商活動。台灣居民和台灣各類資本在香港的正當權益依法受到保護。

(3)根據「一個中國」原則，香港特別行政區與台灣地區間空中航線和海上運輸航線，按「地區特殊航線」管理。香港特別行政區與台灣地區間的海、航運交通，依雙向互惠原則進行。

(4)台灣居民可根據香港特別行政區法律進行香港地區，或在當地就學、就業、定居。為方便台灣居民出入香港，中央人民政府將就其所持證件等問題作出安排。

(5)香港特別行政區教育、科學、技術、文化、藝術、體育、專業、醫療衛生、勞工、社會福利、社會工作等方面的民間團體和宗教組織，在互不隸屬、互不干涉和互相尊重的原則基礎上，可與台灣地區有關民間團體和組織保持及發展關係。

(6)香港特別行政區與台灣地區之間以各種名義進行的官方接觸往來、商談、簽署協議和設立機構，須報請中央人民政府批准，或經中央人民政府具體授權，由特別行政區行政長官批准。

(7)台灣現有在香港的機構及人員可繼續留存，他們在行動上要嚴格遵守「中華人民共和國香港特別行政區基本法」，不得違背「一個中國」的原則，不得從事損害香港的安定繁榮以及與其註冊性質不符的活動。我們鼓勵、歡迎他們為國家統一和保持香港繁榮穩定作出貢獻。

十九畫

關於大嶝對台小額商品交易市場管理辦法 中共海關總署對外公布「中華人民共和國海關關於大嶝對台小額商品交易市場管理辦法」，為針對廈門關區特殊監管區域所制定的行政規章，從 2007 年 10 月 1 日起施行。要點如次：

(1)對遊客購買免稅台灣商品予以更多的優惠政策，為海關總署支持海峽西岸經濟區建設，促進兩岸經貿交流的重要舉措。

(2)實施 3 千元的免稅額度，旅客購買力成倍增長，有助於刺激市場擴大經營商品種類，提升商品檔次。

(3)明確規定從台灣進口到交易市場的台灣產捲煙，可以免於交驗「自動進口許可證」。

(4)廈門海關法規處處長指稱，海關總署在「關於海關支持「海西」有關事項的答覆意見」中指出，海關贊成並積極推動在福州馬尾、莆田湄洲島和寧德三沙設立對台小額商品交易市場並比照廈門大嶝對台小額商品交易市場的政策措施。

關於加快推進海峽兩岸農業合作試驗區建設的實施意見 2007 年 5 月 15 日大陸福建龍岩市頒布「關於加快推進海峽兩岸（福建龍岩）農業合作試驗區建設的實施意見」，推動龍台農業合作。提出「十一五」期間，龍岩市將採取實行用地優惠、加大財政支持力度、加強創業園基礎設施建設等措施，推動龍台兩地農業合作，力爭到 2010 年新增龍台農業合作項目 60 個，引進利用台資 5000 萬美元以上，形成 2-3 個台商投資農業集中區；引進台灣農業優良品種 300 個以上，推廣面積 30 萬畝以上；引進台灣先進實用技術 30 項以上，推

廣 50 萬畝以上；先進農業機械 500 台（套）以上。並根據龍岩市的特點和龍台農業合作的現狀，建設台灣優良品種引進繁育中心和農產品質量安全檢驗檢測中心。

關於金融更好地服務「兩個先行區」建設的指導意見 中共人民銀行福州中心支行、福建銀監局、福建證監局和福建保監局 2008 年 5 月聯合頒布「關於金融更好地服務『兩個先行區』建設的指導意見」，將進一步探索建立海峽兩岸貨幣管理清算互換機制；推動閩省與台灣相關銀行建立通匯或者代理行關係，加強匯款、托收、信用證等國際結算業務合作；及進一步擴大新台幣的兌換試點，積極向國家爭取，將福建新台幣兌換業務試點由「中行」試點拓展到基層網點眾多的「工行」、「農行」、「建行」和興業銀行。

關於促進沿海台資企業內移四川的意見 20007 年 5 月 29 日中共四川省「台辦」頒布「關於促進沿海台資企業內移四川的意見」，除依法降低準入門檻，讓台資企業更易進入商貿、物流、金融、旅遊、教育、衛生等領域；將電子資訊、石油及天然氣化工、精密儀器、精細化工、醫藥等製造業和農業、農產品加工企業，作為四川省引入台資的

重點領域；並鼓勵台商以獨資、控股、參股等多種方式，在鐵路、高速公路、電力等基礎領域及城鎮供水、燃氣、公共交通、環保及污水垃圾處理等基礎設施和公用事業領域方面投資；同時展開保全倉庫、出口退稅托管、動產質押、非全額擔保等貸款及擴大票據業務等融資服務，以解決台灣中小企業融資問題；成立「成都市台商投資促進中心」，並執行「馬上辦」機制，24 小時內協助台商協調生產、經營等問題，並將加強對重點項目的專項跟蹤服務。據統計，四川省目前已有台資企業 1303 家，項目投資總額逾 30 億美元，其中實際利用台資超過 22 億美元。

關於涉台民事訴訟文書送達的若干規定　中共最高人民法院於 2008 年 4 月 23 日正式公佈並實施，律定涉台法徑訴訟範圍與相關規定。內容包括：

(1)「規定」共 11 條，主要內容包括對適用範圍、送達或代為送達的民事訴訟文書的種類、送達途徑、方式以及送達期限等涉台民事訴訟文書送達的相關事項進行具體規定。

(2)2007 年各級人民法院審理涉台民事一審案件達 4,163 件，主要涉及涉台婚姻、繼承、經貿投資等民事方面的糾紛。兩岸法院審理互涉案件，都遇到如何相互送達民事訴訟文書的瓶頸問題。

(3)最高人民法院副院長黃松有指出：「大陸人民法院手裡的涉台民事案件 80%無法送達，台灣法院目前積壓的需要向大陸當事人送達的訴訟文書也高達數千件，由於民事訴訟文書無法送達當事人，有關案件難以開庭審理，只是兩岸許多當事人的訴訟權利難以行使，實體權利經常出於一種不確定的狀態」，「規定」將在大幅度緩解兩岸法院民事訴訟文書送達難的問題，此為繼 1988 年、1998 年最高人民法院制定實施若干重要司法解釋後的又一重大司法舉措。

關於對台灣地區小額貿易的管理辦法　由中共「對外貿易經濟合作部」、「海關總署」於 1993 年 9 月 25 日發布，用以規範兩岸民間小額貿易交流。規定對台灣地區小額貿易指定口岸（福建、廣東、浙江、江蘇、山東、上海）依照有關規定進行的貨物交易、身分認定、出口限額、審閱規定，以及懲處規定等項目。

參考資料

壹、黨政

一、書籍類：

1. 中央金融工委組織部，《黨的組織工作實用手冊》，北京，中共中央黨校出版社，1999 年 6 月。

2. 中共中央宣傳部，《講學習、講政治、講正氣》，北京，學習出版社，1996 年 12 月。

3. 張全景、王金山，《最新組織人事工作大辭典》，太原，山西人民出版社，1993 年 10 月。

4. 李其炎，《中國共產黨黨務工作大辭典》，北京，新華出版社，1993 年 9 月。

5. 景杉，《中國共產黨大辭典》，北京，中國國際廣播出版社，1991 年 5 月。

6. 姜華宣、張蔚萍、蕭甡，《中國共產黨重要會議紀事（1921-2001）》，北京，中央文獻出版社，2001 年 2 月。

7. 中共中央宣傳部宣傳教育局，《黨章學習講話》，北京，中共黨史出版社，1995 年 7 月。

8. 《十四大報告輔導讀本》，北京，人民出版社，1992 年 10 月。

9. 江澤民，《論「三個代表」》，北京，中央文獻出版社，2001 年 8 月。

10. 漢儒、韶偉，《發展黨員工作手冊》太原，山西人民出版社，2001 年 4 月。

11. 中共「黨章知識辭典」編委會，《黨章知識辭典》，北京，中共中央黨校出版社），1996 年 7 月。

二、期刊、報紙類：

1. 新華月報（北京）

2. 人民日報（北京）

貳、經濟

1. 楊天賜主編《黨的『十五』報告經濟詞語解釋》，中國財政經濟出版社，1997 年 11 月。

2. 崔新民、翟留春、張鐵梁主編，《中國金融小百科全書》，中國物資出版社，1999 年 2 月。

3. 劉樹成《現代經濟辭典》，鳳凰出版社，2005 年 1 月。

4. 中國社會科學院經濟研究所，《現代經濟辭典》，江蘇人民出版社。

5. 李谷城，《中國大陸改革開放新詞語》，香港中文大學出版社，2006年。

6. 中共新華網之《財經詞典》，http://big5.xinhuanet.com/gate/big5/www.xinhuanet.com/fortune/cjcd.htm。

參、軍事

1. 王厚卿主編，《中國軍事思想論綱》，北京，國防大學出版社，2000年12月。

2. 王厚卿主編，《戰役學》，北京，國防大學出版社，2000年5月。

3. 王啓明主編，《打贏高技術局部戰爭軍官必讀手冊》，北京，軍事誼文出版社，1997年5月。

4. 徐小岩主編，《信息作戰學》，北京，解放軍出版社，2002年6月

5. 常巧章主編，《軍事變革中的新概念》，北京，解放軍出版社，2004年4月。

6. 吳杰明主編，《軍隊政治工作理論學習指南》，北京，解放軍出版社，2004年4月。

7. 編審委員會，《中國軍事百科全書》，北京，軍事科學出版社，2002年11月。

肆、社會心理

1. 李谷城，《中國大陸改革開放新辭語》，香港，中文大學出版社，2006年。

2. 戴自明，《新的『農轉非』應引起重視載》，半月談1994年第12期，頁6。

3. 湯應武、繆曉敏主編，《黨和國家重大決策的歷程》，頁111-125。

4. 「紅旗文稿」編輯部，《紅旗文稿》，求是雜誌社，2006年12期。

5. 中共中央黨校第十九期中青班文化問題課題組，《中國文化競爭力研究》，中國時代經濟出版社，2004年1月。

6. 李嵐清，《李嵐清教育訪談錄》，人民教育出版社，2003年11月。

7. 行政院大陸委員會，《中國研究導論》，行政院大陸委員會，民國96年12月。

8. 「人才強國戰略幹部讀本」編寫組編，《人才強國戰略幹部讀本》，中共中央黨校出版社，2004年4月。

9. 王佐書，《中國文化戰略與安全研究》，人民出版社，2007年1月。

10. 杜作潤主編，《中華人民共和國教育制度》，三聯書店，1999年4月。

11. 任傑、梁齡編著，《共和國機構改革與變遷》，華文出版社，1999年1月。

12. 中國科學院，《2006 科學發展報告》，科學出版社，2006年3月。

13. 杜樂勛、張文鳴、中國衛生產業雜誌社主編，《中國醫療衛生發展

報告》，社會科學文獻出版社，2007 年 8 月。

14. 「中國法律年鑑」編輯部，《中國法律年鑑（1990）》，中國法律年鑑社，1990 年 11 月。

15. 半月談

16. 瞭望新聞周刊

17. 中國統計資訊網 http://www.stats.gov.cn/

18. 中國民政部網站 http://www.cnss.cn/

19. 中國政府門戶網站 http://www.gov.cn/

20. 中國網 http://www.china.com.cn/

21. 新華網 http://www.xinhuanet.com

22. 百度百科網 http://b.baidu.com/

23. 維基百科網 http://zh.wikipedia.org/wiki/

24. 中共安監總局，www.chinasafety.gov.cn/

25. 人民網 http://www.people.com.cn/

26. 中國文聯網 http://www.cflac.org.cn

27. 中新網 http://www.chinanews.com/

28. 中國互聯網路發展狀況統計報告，http://www.cnnic.net.cn/index/0E/00/11/index.htm

伍、外交

一、書籍

1. 魯毅、黃金祺等，《外交學概論》，北京，世界知識，2004 年。

2. 楚樹龍等編，《中國外交戰略和政策》，北京，時事，2008 年。

3. 唐家璇等編，《中國外交辭典》，北京，世界知識，2000 年。

4. 李寶俊，《當代中國外交概論》，北京，中國人民大學，1999 年。

5. 洪停杓、張植榮，《當代中國外交新論》，香港，勵志，2004 年。

6. 顏聲毅，《當代中國外交》，上海，復旦大學，2004 年。

7. 楊勉等編，《國際政治與中國外交》，北京，中國傳媒大學，2005 年。

8. 李谷城編，《中國大陸改革開放新詞語》，香港，中文大學出版社，2006 年。

二、網站

1. 新華網 http://big5.xinhuanet.com

2. 人民網 http://politics.people.com.cn

3. 中共外交部網站 http://www.fmprc.gov.cn

陸、涉台

1. 中共商務部網站 http://hzs.mof.com.gov.cn/date/date.html

2. 新華網 http://www.xinhuanet.com

3. 文匯網 http://paper.wenweipo.com/

4. 中國台灣網 http://www.chinataiwan.org/

5. 兩岸經貿網 http://www.sef.org.tw/html/

391

6. 香港中評網
   http://www.chinareviewnews.com/

7. 人民網 http://www.people.com.cn/

8. 維基百科 http://www.wikipedia.org/

9. 中共國務院台灣事務辦公室
   http://www.gwytb.gov.cn/

10. 中國台商網 http://www.ctb-maga.cn/

11. 央視國際台灣頻道
    http://www.cctv.com/

12. 中國網 http://www.china.com.cn/

13. 中新網 http://www.china.com.cn/

14. 華夏經緯網 http://huaxia.com/

15. 海峽之聲網 http://www.vos.com.cn./

16. 台海網 www.taihainet.com/

壹、黨政類

一畫

二畫

貳、經濟類

一畫

二畫

三畫

參、軍事類

一畫

二畫

三畫

十畫

十一畫

十二畫

十三畫

十四畫

十五畫

十六畫

肆、社會心理類

一畫

二畫

三畫

索引

索引

陸、涉台類

國家圖書館出版品預行編目

大陸常用辭語彙編 / 大陸常用辭語編輯委員會
編. -- 一版. -- 臺北市：秀威資訊科技,
2009.01
　　面；　　公分. -- (語言文學類；PG0230)
BOD 版
參考書目：面
含索引
ISBN 978-986-221-155-7 (平裝)

1.慣用語　2.俗語　3.中國

802.38　　　　　　　　　　　98000370

語言文學類　PG0230

大陸常用辭語彙編

作　　者 / 大陸常用辭語編輯委員會
發 行 人 / 宋政坤
執行編輯 / 藍志成
圖文排版 / 黃莉珊
封面設計 / 蕭玉蘋
數位轉譯 / 徐真玉　沈裕閔
圖書銷售 / 林怡君
法律顧問 / 毛國樑　律師
出版印製 / 秀威資訊科技股份有限公司
　　　　　台北市內湖區瑞光路 583 巷 25 號 1 樓
　　　　　電話：02-2657-9211　　　傳真：02-2657-9106
　　　　　E-mail：service@showwe.com.tw
經 銷 商 / 紅螞蟻圖書有限公司
　　　　　台北市內湖區舊宗路二段 121 巷 28、32 號 4 樓
　　　　　電話：02-2795-3656　　　傳真：02-2795-4100
　　　　　http://www.e-redant.com

2009 年 1 月 BOD 一版
定價：520 元

讀 者 回 函 卡

感謝您購買本書,為提升服務品質,煩請填寫以下問卷,收到您的寶貴意見後,我們會仔細收藏記錄並回贈紀念品,謝謝!

1.您購買的書名:＿＿＿＿＿＿＿＿＿＿＿＿＿＿＿＿＿＿＿

2.您從何得知本書的消息?

　　□網路書店　□部落格　□資料庫搜尋　□書訊　□電子報　□書店

　　□平面媒體　□ 朋友推薦　□網站推薦 □其他＿＿＿＿＿＿

3.您對本書的評價:(請填代號　1.非常滿意 2.滿意 3.尚可 4.再改進)

　　封面設計＿＿＿ 版面編排＿＿＿ 內容＿＿＿ 文/譯筆＿＿＿ 價格＿＿＿

4.讀完書後您覺得:

　　□很有收獲　□有收獲　□收獲不多　□沒收獲

5.您會推薦本書給朋友嗎?

　　□會　□不會,為什麼?＿＿＿＿＿＿＿＿＿＿＿＿＿＿＿＿＿＿＿

6.其他寶貴的意見:＿＿＿＿＿＿＿＿＿＿＿＿＿＿＿＿＿＿＿＿＿

＿＿＿＿＿＿＿＿＿＿＿＿＿＿＿＿＿＿＿＿＿＿＿＿＿＿＿＿＿＿＿

＿＿＿＿＿＿＿＿＿＿＿＿＿＿＿＿＿＿＿＿＿＿＿＿＿＿＿＿＿＿＿

＿＿＿＿＿＿＿＿＿＿＿＿＿＿＿＿＿＿＿＿＿＿＿＿＿＿＿＿＿＿＿

讀者基本資料

姓名:＿＿＿＿＿＿＿＿＿＿＿　年齡:＿＿＿＿　性別:□女 □男

聯絡電話:＿＿＿＿＿＿＿＿＿　E-mail:＿＿＿＿＿＿＿＿＿＿＿

地址:＿＿＿＿＿＿＿＿＿＿＿＿＿＿＿＿＿＿＿＿＿＿＿＿＿＿＿＿

學歷:□高中(含)以下　□高中　□專科學校　□大學

　　　□研究所(含)以上 □其他＿＿＿＿＿＿＿＿

職業:□製造業 □金融業 □資訊業 □軍警 □傳播業 □自由業

　　　□服務業 □公務員 □教職　□學生 □其他＿＿＿＿＿＿

To：114

　台北市內湖區瑞光路 583 巷 25 號 1 樓

　秀威資訊科技股份有限公司　　　收

寄件人姓名：

寄件人地址：□□□

（請沿線對摺寄回,謝謝!）

秀威與 BOD

BOD（Books On Demand）是數位出版的大趨勢，秀威資訊率先運用 POD 數位印刷設備來生產書籍，並提供作者全程數位出版服務，致使書籍產銷零庫存，知識傳承不絕版，目前已開闢以下書系：

一、BOD 學術著作—專業論述的閱讀延伸
二、BOD 個人著作—分享生命的心路歷程
三、BOD 旅遊著作—個人深度旅遊文學創作
四、BOD 大陸學者—大陸專業學者學術出版
五、POD 獨家經銷—數位產製的代發行書籍

BOD 秀威網路書店：www.showwe.com.tw
政府出版品網路書店：www.govbooks.com.tw

　　永不絕版的故事·自己寫·永不休止的音符·自己唱